三秋重唱

一个律师二十年的家国叙事

杨仲凯——著

作家出版社

图书在版编目（CIP）数据

三秋重唱 / 杨仲凯著. -- 北京：作家出版社，2020.7
ISBN 978-7-5212-0939-6

Ⅰ．①三… Ⅱ．①杨… Ⅲ．①散文集 – 中国 – 当代 Ⅳ.
①I267

中国版本图书馆 CIP 数据核字（2020）第 068852 号

三秋重唱

作　　者：杨仲凯
责任编辑：李亚梓
装帧设计：百丰艺术
出版发行：作家出版社有限公司
社　　址：北京农展馆南里 10 号　　　　邮　　编：100125
电话传真：86-10-65067186（发行中心及邮购部）
　　　　　86-10-65004079（总编室）
E-mail:zuojia@zuojia.net.cn
http://www.zuojiachubanshe.com
印　　刷：中煤（北京）印务有限公司
成品尺寸：170×240
字　　数：506 千
印　　张：29.25
版　　次：2020 年 8 月第 1 版
印　　次：2020 年 8 月第 1 次印刷
ISBN　978-7-5212-0939-6
定　　价：46.00 元

自 序

〰️

杨仲凯

一个月以前，我已经写好了这本《三秋重唱》的《跋》并且一直以来并没有要写一个自序的强烈愿望。因为那时候我好像觉得要说的话都已经说过了，我特别担心雷同的文字和生活，没意思。

而在新书就要付梓的时候，我忽然意识到，如果我此刻再不写下一篇文字来表达内心，我就没有机会了。没有机会是一件可怕的事，我的职业和使命就是为别人寻求机会，我当然也可以为自己寻求，也为自己表达。

凡是过往，皆为序章。把序放在正文前面，是告诉读者这是写了一本什么样的书，而让自己也一并审视一下这些文字，并且看看自己的过往，都干了些什么。

1998 年连续 100 天写下的文字，早在 20 多年前就有了读者。至少有我的父母亲，后来也有家人朋友读到过。1998 年的夏秋，我一个人住在一个校园里，就有人跟我说，这是你的"瓦尔登湖"，这是你的"一个人的校园"。我和操场、野花、雨水、黑板报、老工友、乡村街道、夜晚与黎明、阳光的尿骚味儿、秋天的丰收在一起。我有梦想，在梦想里焦虑和忍耐，踽踽独行。其实，那时的文字里可能也有爱情，不要提起那些年轻人的事了。只有人到中年，才能知道自己也曾经年轻过并且珍惜。1998 年的文字基本上保留了原样，有删节和润色，但没有后来进行的虚构和加工。

2008 年，除了 9 月 21 日我找到 1998 年手稿之后的少数几天，我并没有按照 1998 年对应的 100 天时间写出同主题相应的创作型文字，所幸我写日记，所以那些时光里发生了什么，还是逃不过我。我就在 2018 年 7 月 1 日开始，一边以现在进行时的时态忠实记录当下，一边也回顾10年前的2008年的那段生活。

2008年虽然有所遗憾，但现在看来，恰恰2008年的文字又显得有点意思。这是因为，相对而言，在我繁忙的律师生涯里，2008年是我的文学创作的一段旺盛时期。在2008年的那100天时间里，我写了大量的文字。我把那些当年的文字镶嵌在这个作品里，有点儿恰如其分的感觉。文中的《从呼伦贝尔开始》《西湖纪行》《行走吉林》都是我同时期写下的文字，这弥补了刚才所说的遗憾，而在那时这也是"现在进行时"的当下文字。如果说这些文字和1998年或者2018年的专门创作文字不同，但也至少是描写了那段时间的生活，而《露天电影》《死亡话题》《我与庞标》等章节则是从2008年这个时间本坐标展延开去，所思所想所见，人间故事写什么都是可以的，世界那么大，万象都可以让内心包罗，再跃然纸上。

2008年还要特别指出的文字是《奥运杂记》，和《从呼伦贝尔开始》一样，这更是纯粹进行时态的写作，这不是我独有的生活，而是国人共同的。我从体育写人生，有体育的评述，有人生的况味，也有时代的呈现，也可以说是北京奥运会的小切口的全景图，甚至把镜头拉远，回溯到了1984年洛杉矶奥运会时候的世界的样子。

我在2017年秋天到鲁迅文学院读书的时候，就准备着等到2018年7月1日那天，我重新开始。发生什么，看到什么，都是在路上。我当然不知道这100天会遇到什么，但我当然也可以说是大概知道，因为世界杯足球赛在踢，我的律师事务所重新创业，我的生活将与此有关。写到10月9日那一天戛然而止，有什么算什么，生活还在继续，就如同大河继续东流，很多未来不可预知，而我们毕竟看到了已经看到的。

既然提到了世界杯足球赛，那就再啰嗦一句，1998年的这段日子里有世界杯，到了2018年还有，我20年来枯坐长夜，青春是一场踢不完的世界杯，而我毫无希望地断续写着，一晃半生过来。夹在中间的2008年还有北京奥运会，我也不是运动员，我跟体育也没有什么关系，为什么写这些，我只是想说，人生是一场竞赛，是火的战车。

2018年的文字在我自己看来，比较起20年前也没有太大进步。那时我写着，把其中的一些章节也给几位同道中人看过，有人诚实地说，这没有什么意思，杂乱而散漫。也有人说，过日子不就是这样吗，真实才是这样文字的价值所在。还有人说，很有价值，文章要看内容，而这种写法也是别开天地，有独特之处。又有人举出了《浮生六记》的例子，说，未来回过头来看，才能更清楚地看这个作品。他们谁说得对，我也不知道。

我记得 2018 年的文字里，还有一些我对文学创作的经验总结，和对一些作家作品的评价。我的一位同学说我在模仿俄罗斯帕乌斯托夫斯基的《金蔷薇》，我诚实地告诉他，《金蔷薇》我没有读完，或者说只是翻过而已。我还把比如《共享单车的一些思考》《乒乓人生》《生活在酒店》《画地为牢》等杂文，《读书与藏书》《再谈读书》等读书感想，以及和出行相关的比如《公共汽车》《乘着地铁去远行》《自行车往事》《高铁时代》等一系列散文放在了 2018 年的文字的后半段当中，我这样做一个是因为这些文字确实是同期写的，另外我想让这个文本看起来尽量丰富一点儿，隐秘的时空，像多重的梦境，也像多层的花卷儿，这样才好看又好吃。这样的写法让这个文本有点像一个散文集，但我自己还是觉得这也能是一个长篇散文，就像生命大山一样，每天的生活也不能完全是连续的，翻过一个山峰，还有下一个，但这是一座绵延的山脉。

1998 年、2008 年到 2018 年，时间是我排列前进的士兵，也是我打光的子弹。

在我写作《三秋重唱》的那段时间，我同时还在写着一个叫作《乡关何处》的东西，我甚至想过要把这两个并不是太相干的文字整合在一起，文中多次提到，我 1998 年一个人所在的地方实际上是我的故乡，我从城市回到故乡，然后我从故乡再回到城市。

一个文学人的精神源头很可能是故乡和童年。打开这本书的目录，看看文字的标题，我发现出现频率最高的，无意之中，竟然还是小南河这个地方，《小南河和大南河》《再说大、小南河》《去了一趟小南河》《西楼和小南河》，小南河这个乡村，是我的故乡，西楼这个城市地名，也是我的故乡。乡村和城市，哪里是我的故乡，现实和梦想，我将何去何从，积极前进和消极抵抗也可能是一回事，痛苦和希望都是写作者写下一行文字的原因。

2020 年 8 月 8 日

目 录
contents

之 零

1998 年 7 月 1 日
生命的呈堂证供

写这个作品，我已经酝酿很长时间，期待很久了。

我忽然想放弃文学而学习法律的那个时候，就决心要做一名律师，这样的决定可能跟生计有关，跟想要的体面生活有关。至于跟理想是不是有关系，有什么关系，我还没有想清楚。我想成为一个作家，可我觉得，在法庭上自由言说，或者慷慨激昂，或者冷言慢讲，那样的感觉也是我所喜欢的。

对法律的热爱本身，以及我对法律背后生活的窥探欲，还是让我把写了一半儿的小说扔到一边去了，法庭上下和当事人的内心，一定有很多故事。我想走进其间，然后，在终于可能的一天再重新回到文学，把我所知的和体验的这些都写下来，成为我生命的呈堂证供。在我的有些漫长的人生作品最后，我会说，我要交代的就是这些，句句都属实，我这辈子就干了这么多事。我签上自己的名字，如果需要，我再按上我的红手印。

这样说来，好像我想成为律师还是为了我的写作做储备似的。后来我才知道，学习法律是一件痛苦的事。那么多法律条款枯燥无味，不是所有的法律学习都像悬疑小说那样有意思。法律是一门科学，法律理性冷静，在很多方面和文学相反。可是既然我已经投入进来，就只好义无反顾。我就又发现，法学和文学很像，都和人性与生命息息相关。我想着早点儿参加律师资格考试，我想当我成为一名律师的时候，那我就可以深入法律生活了，做那些法律实务，总比学习条款要有意思吧。而一个写作者，即使成为了一个法律人，写作是使命和习惯，不吐不快，不写看来不行，我就计算着，在我封闭复习的时候，用文学的手法，写一个和法律相关的作品。

1998 年 7 月 1 日，今天，我开始了。

这个夏天将很悠长，夏天之后就是秋天。当我在秋日温烫的阳光中回头看时，一定能看到我从夏天汗流浃背地向前奔跑，目光炯炯，还有微微忧伤。

我从去年的冬天就做出了这个决定：在距离 1998 年全国律师资格考试还有一百天的时候，开始实施我的写作计划。那时我就知道我的写作将从 7 月 1 日这个夏夜开始，那时我就已经有点按捺不住，但我想，等一等吧，会开始的。

所有的期盼和等待都会有开始和结束，正如我去年冬天开始盼望着今天。而今天，我开始盼望一百天以后，其实，快。我将以优异的成绩通过今年的考试，从而成为一名年轻而优秀的律师。然后——我成为正义的骑士，我为民请命，我仗义执言，我为苍生而歌哭，再把他们的和我的故事用笔写下来。

这样的写作完全是真实而不虚构的，伴随性地行进在我律师资格考试的复习生活中，一天一篇文字，共一百篇。可以当作散文来读，如果你是热爱文学、热爱生活的人；也可以当作学习方法或者参考资料来读，如果你是 1999 年或者后来的"律考"考生，也许能借鉴我忠实的备战历程。

这样的念头在心间徘徊了那么久，被这如期而来的夏日晚风浸染一番，下笔就是文章。

2008 年 7 月 1 日
在三段时空里跳跃

2008 年的 7 月，我从事律师行业将近十年，算是实现了当年的法律理想。十年以来，我白天做律师，开庭调查或者经营管理律师事务所，晚上要看案卷，也要看账本。白天和晚上是紧紧相连的，工作做不完，就接着做。而现实和梦想也是紧紧相连的。在某些夜晚杯觥交错的时候或者夜静更深，忽然想起文学，我会有点发愣，有时会拿起笔，也有的时候，我就那么有点怅然地待着，好像对那种无奈还有一些享受。我已经不是少年，对生活的滋味，知道得更黏稠了一些。

1998 年的伴随性文字不仅没有出版，稿子曾经一度不知道去向。因为改革，律师资格考试在 2002 年起叫作"司法考试"了。2008 年的司法考试是在 9 月 21 日举行。我在那一天恍然一惊，才知道原来十年过来了，我真是觉得双腿沉重而两手空空。那一天前后我正在搬家，我的屋子里空空荡荡，因为收拾东西的缘故，就找到了 1998 年作品的手稿。我站在那里读了起来，觉得过去的很多文字太过幼稚，于是我决定做一个"十年旧作新翻"。我开始写了起来，站在 2008 年的视角回顾审视 1998 年的生活，做了一些"补记"。很快觉得那些"补记"文字仓促而缺乏诚意，就又都删掉了。

现在是 2018 年了，又是十年过来。

和 1998 年那时一样，我也是在前一年，也就是 2017 年的冬天，就酝酿着等到今年夏天开始这个写作。那时我正在鲁迅文学院读书，重新回到文学生活。既然从头来过，我忽然就想把二十年前的这个作品写下去。

怎么写呢？第一，我把 1998 年时的作品文字保留下来，只做一些必要的润色。第二，对应 1998 年，我依据记忆和日记，记述和审视这位考生成为律师十年过后，在 2008 年的日常，也可能直接引用我 2008 年那个时段当天写就的文学作品，作为这个文本的一部分。第三，2018 年同样的日子，我仍然像 1998 年那样，以"现在进行时"的时态行进着记录我个人和当下的社会生活。我不仅每天要记录当下时代，而且，我可能会穿越回去，回顾 1998 年或者 2008 年。

这样的写作计划让我兴奋，时空交错里记忆可以复苏，2008 年和 1998 年好像都在眼前。很多往事叠加在一起，生活的忠实一定会比虚构更魔幻，虚构和非虚构，也说不定哪一个更真实。

我翻开日记本，看到 2008 年 7 月 1 日这一天，下午我带着两位律师到福鸿房地产公司去服务，其中一位律师是至今和我合作的孙志伟律师，当天晚上参加民主建国会党派活动。

2018 年 7 月 1 日
从 1998 年到 2018 年

我早上四点就起床了，我儿子也是。和二十年前相比，我人到中年，儿子长得比我高了。

天色蒙蒙亮的时候，送他到位于天津"五大道"的学校，和他的同学、老师会合，他们就要到欧洲游学。

儿子穿一条浅色长裤和一件粉色 T 恤，看起来已经是翩翩少年。他在长大，他有一点儿羞涩，在学校门前，他奋力躲开母亲的叮咛，钻进人群，然后走上了开往北京机场的大巴。晚上十点多，飞机平安顺利地抵达德国慕尼黑。

我听说儿子到达德国的消息，安心打开电脑，俄罗斯足球世界杯正在如火如荼地进行着，我在每天连续写一个叫作《世界杯看世界》的东西，我一边写着现在，一边写着往事，一边把现在成为新的往事。我写足球，也写人生。

而从今天开始，我接续 1998 年 7 月 1 日开始的那些文字，完成我这个律师从 1998 年到 2018 年的非虚构生活记录。二十年来，我只选取三年中的三个时间节点，加起来是三百多天。这不仅仅是我个人的二十年，也关乎这个时代。2018 年 7 月 1 日的夏夜，我打开 1998 年的文稿，再翻开 2008 年的日记，一个律师作家二十年的家国情怀，就呼之欲出。我只需要忠实地记录，我不需要任何虚构，非虚构，是最高的想象力。

1998 年我的文字幼稚得就像我本人，2008 年我自以为自己足够成熟，其实还什么也不是。2018 年，我除了记录当下以便于未来审视，除了不说谎，对其他我都无能为力。这个年纪了，二十年律师生涯，我遇到很多人和事，我好像什么都不缺，但我真的缺乏足够的想象力。从 1998 年到 2018 年，我行色匆匆，2018 年和以后我会怎么样，这个世界将会怎样，我现在还完全想不到，也根本没有时间去进行这样的假想，我只需要记录下来就足够了。

历史总有惊人的相似，这是一句实在的套话。2018 年是世界杯年，其实 1998 年也是。今天我早晨四点起床毫不费力，也是因为我一直在看足球，1998 年我的复习生涯里我其实也是一边看着世界杯，一边写作。从这个意义上说，我的生活真的是一成不变。二十年过来，我毫无进步，还是在这里看着、写着，尽管我的这些文字没人喝彩，甚至没有人看到过。

我就这样写下去吧。

之 一

1998 年 7 月 2 日
时间和时间的连接处

距离律师资格考试，昨天还有一百天，今天呢，那就还只有九十九天了。日子本来是个混沌的整体，时间单位其实就是个刻度，就好像深深嵌在肌肤里的伤痕，如果哪一天能记得更清楚，那一定是因为那一天的伤痕更深，能渗出血丝来。日子是靠伤痕分段的。

我的桌上放满了法律书籍，这些书待在这里，就好像等着时光的检阅。我翻开书，就看见光，光芒很亮，我的眼睛很累，所以我一边读着《刑法》，一边揉着我的眼睛。

就是个考试，有这么重要吗？现在这个架势，好像重要的是仪式的完成。我每天坐在这里，时间从我的身体上经过，时间就是阳光，时间就是风，时间就是我们自己的肉身。我把自己泡在茶香和书香的混合味道里。我太安静了，安静得嫌弃自己的时候，我就大声地背诵法律条款，就好像自己是学堂里的孩子。我感到快乐和放松，也有一点痛苦。痛苦都是因为思考带来的，思考又带给我快感和满足。

我每天都要坐在这里十二个小时，一天能有一半时间，我就在这里坐着。我晨跑回来，收拾停当，一切安好，快 8 点了，我告诉自己，上课！我就坐下来，仿佛面前有人在监督似的那么庄重。正午时分，我快速地吃了饭之后，还能有个午睡，我抱着阳光的香味儿睡着，睁开眼，还早，还好，就又睡着。阳光嗡嗡嗡的，和蝉的叫声混在一起，让人分不清楚。我调整各种姿势让自己更接近舒服，就好像胎儿时代在妈妈的肚子里。我忽然坐起来，下午连着正午，而黄昏连着下午，时间连着我。

晨光中我会去跑步，而在夕阳里我还有例行的散步，早上我 6 点钟准时起床，晚上我在 12 点前准时熄灯。我有一个重大发现，夜里 12 点，那是深夜，也是凌晨，很快就又是黎明。

我的屋子安静地包围着我，我不想从中走出去，只想在自己给自己做的这个茧里潜伏。学累了，我就会停下来，站在窗前，眺望不可预知的未来。

我每天写一点儿，一百天连起来，我想我也就把自己印在这些纸上了。纸上，有影子，激越的脉搏，滚烫的呼吸。我会在午后睡不着的时候写，我会在散步回来的时候写，我会在深夜梦醒时抓起笔写，我也会在读书的间隙写，写作，是时间和时间连接处的玉环。

2008 年 7 月 2 日
记忆靠不住

记忆里的 2008 年的这段时间，好像比较散淡，我一心想着"退休"，希望闭门不出、做一个全职写作者。我甚至能想到很多具体的问题，比如我的生活来源，比如我躲藏到哪里写，比如我的律师事务所里那些跟我一起干的同事，我该怎么跟他们交代。我是要把我的律师事务所关掉呢，还是交给谁来接我的班，还有我的那些客户该怎么办，我要在哪个时间节点不再受理新的案件，因为如果我还亲自接案件，那么我就永远也不可能停下来。我还想过，这个年纪就"退休"是不是过于早了一点儿，我是热爱写作呢，还是热爱恬淡的生活状态，写作就能改变我的焦虑吗，我是不是真的不喜欢律师工作了，或者其实我很热爱，只不过因为过于热爱，才有一点儿厌倦。

但如果真的回首，比如找出当年的日记，一页页地审看，又发现记忆是个靠不住的东西，因为我虽然在文学和法律两个工作的时间选择上比较焦虑，但实际上，我的律师工作比较努力，没有特别多的空闲时间可以让我浪费或者用于写作。我每天也能写一点文字，一般是在夜静更深的时候。那为什么记忆里的自己在那段时间是散淡的，可能就是因为那段时间的愿望如此，时间长了，就记成了那样。

这一天我在做参评天津市河北区"十佳青年"的工作，我把写我的"先进事迹"的稿子发到司法局，再报送到团组织。填写这样的表格并且自己写"先进事迹"这让我感到无奈和害羞，当时听说后面的评比还要看网上投票，更让我感到焦虑和愧疚。在是否继续参评的选择上，我想了很久。午间和天津广播电台经济台几位老朋友谈合作，有天津报道法制案件的著名记者李文刚等人。比较而言，我更喜欢到电台参加节目，电波的情调，很能让人有想象力，而去电视台，一番化妆占去不少时间，上镜也不见得能说出更多的观点来。这天我在处理两个案件，一个是福鸿房地产公司和建筑商的合同案件，另一个是一起故意杀人案件的刑事辩护，我记得后来的结果都很好。

2018 年 7 月 2 日

老律师，新创业

我在清华大学经管学院高级工商管理专业的同学周伟来家里接我，然后我们在津利华大酒店共进早餐，他诚恳地表达了加盟的意愿。我们磋商了一段时间了，用一个早餐会来进一步商洽我们的合作，是因为我的时间总是排得比较满，而早餐的时间，可以有。

我 1998 年参加律师资格考试，同年到律师事务所实习。2018 年，我也算从业二十周年了。中国的律师制度在 1979 年恢复重建，到明年的时候是四十周年，我在 1998 年的时候是绝对的新人，没有想到，现在我不仅是个老律师了，而且我的执业生涯甚至会占到这整个四十周年的一半儿了。我经历了和正在经历着中国法治进程，作为一个参与者，我因为身在其中而感知着自己的存在。

我在这样的时点要重新创业了，这是时代的拐点和我个人的十字路口。奇怪了，当我能找到创作的感觉并摊开纸笔的时候，我往往就又有机缘重燃创业热情。我要重新做一家伟大的律师事务所，但我也想写一本有意思的著作。我一边激情澎湃，一边觉得人生总是在跟我开玩笑。我双线作战，我左右互搏，但又哪个也舍不下。我只好仍然是白天做律师，晚上做一个写作者，我用思想的光把我所做的事情焊接起来。

我已经有一茬一茬的徒弟，在很多方面他们比我更出色，但我除了是律师事务所的经营管理者以外，仍然在一线做律师业务。文学是我所爱，律师也是我的所爱。能为民请命，能为规范这个社会的秩序做些微小的努力，让我有荣誉感和使命感。而每一个案件也都仍然让我感到新鲜，在法庭之上，当我发言的时候，我觉得全世界都安静下来了。所有的诉讼参与者，还有一直站在那里的桌椅板凳，都列队倾听，我的意见可以表达，我的意见有可能会被接受，这是我的价值所在。

今天在处理一个局级机关过去遗留的股权案件，开会研究，还到武清区去处理一个房地产案件，那个楼盘坐落在花园里，还有湖水。天津现在建设得很好，很美丽。

我的《世界杯看世界》系列文章在《今晚报》副刊"星期文库"开始刊发第一篇。今晚上接着写，也接着看世界杯。巴西 2 : 0 胜墨西哥闯入八强，内马尔进球了。

之 二

1998 年 7 月 3 日
这个小镇是我的故乡

1998 年 6 月 25 日的上午，我来到位于天津五大道地区的常德道 119 号天津市司法局，报名成为天津考区第 3 号考生。

然后我带上我的书籍、衣服，写作中的稿子和一些日用品，到目前我所在的这个安静的小镇校园里来了。

这个小镇，就是天津市西青区南河镇，著名爱国武术家、精武英雄霍元甲的故乡，也是我的故乡。

我回到我的故乡，闭门读书。

霍元甲 1910 年到上海兴办精武体操会，孙文先生题词"尚武精神"，可谓名满天下。他当年就在上海去世，传说是被日本人害死的。只活了 42 岁。有人死，就有人生，那一年，我爷爷杨树桐出生在南河镇的小南河村，彼时这块土地还归属静海县管辖。这里过去叫作"老东乡"，是卫南洼一片贫瘠的盐碱地。1930 年代，我爷爷走出乡村，到天津城谋生定居，住在现在的天津市中心河西区。1948 年我的父亲在那里出生，我父亲兄弟四人，还有一姐一妹。而在知识青年上山下乡的潮流中，1969 年，我父亲这个 21 岁的天津城市青年，抱定重新做农民的信念，宁愿回乡插队，也不愿意到黑龙江兵团，他在故乡落户，重建家园。十几年的光景，一晃就过去了，知识青年陆续返城。80 年代初，我这一代兄弟二人作为"知青子女"也落实了返城政策。而我父亲户口"转非"，人却留了下来，成为我在城市与乡村的最好连接。故乡如果有故居，故居里面有父亲，这才是故乡的样子。

西青区南河镇，距离天津市中心，也就是十公里的距离，城市和乡村，正在慢慢变得没有边界。

我记得南河镇曾经被当地人俗称为"永红工业区"。据我父亲回忆，和六七十年代相比，这里好像变化不是很大。当然，镇中心包括周围的村庄里，也都盖起了不少楼房。这样的小镇，没有电影院和茶馆、咖啡厅这些娱乐设施，也没有什么像样的商业。对于我来说，有邮局就足够了，这样的话，当我有些寂寞的时候，可以写写信。小镇往四面八方走不了多远，就都是农田和村庄。田野里有花草，夏天干净的天空上，从乡村飞来的单纯的小鸟，在炎热的小镇上空盘旋飞过。

2008 年 7 月 3 日
很多个瞬间

日记所见，这天清晨，一位恰巧就是 1998 年左右认识的、现在远在美国的朋友给我打来了电话。朋友说了什么，时间长已经记不清，但这个电话让我颇多感慨。他给我讲了很多在美国生活的故事，甚至还有他个人在国内时候的成长史，我不知道为什么他会打来电话，也不知道他为什么忽然要说这些。

胞兄仲达在哈尔滨发来短信，告诉我他要去中国的最东端抚远考察，黑龙江很美。仲达 2006 年由部队转业回津，在天津市档案局工作并坚持写作。如果说 1998 年对于我来说是个重要的年份，对于仲达来说一样也是。那一年秋天，我参加了律师资格考试，而他那年也考取了解放军艺术学院，在秋天入学成为那所著名军事院校文学系的一名学生。我回想起 1998 年仲达回津来看我时的场景、我 1999 年或者 2000 年到解放军艺术学院去看仲达的很多个场景。还记得我们在颐和园一起划船，昆明湖水清亮无垠，波光粼粼，我们划着船，用足力气，在那个春天，我们年轻的额头上都有被太阳照射着的汗珠。很多美好时刻不会重现，只会在记忆里忽然跳出，如果用笔记录下来，可能就会再次想起来，如果没有记下来，那可能就永远想不起来了。人的一生由很多个瞬间组成，这个瞬间过去，就是下一个。

下午我在办公室看财务报表，和高玉芳一起核对账目。高玉芳是我从事律师工作带的第一个徒弟，后来成为我的合伙人，我也还能清楚地记得我和高玉芳第一次见面的时间和地点。我们初识在 2000 年的夏天，那时候我们都还年轻。我还留着她入职的表格，现在已经快成文物了，我准备在更合适的时候以高价卖给她。1998 年我还是一个考生，我一个人待在故乡小镇的一所中学里复习，2008 年的时候我经营着一家律师事务所，我身边聚集了很多人，我 33 岁了。

2018 年 7 月 3 日
时间的摩天轮

2008 前的日记里有，2018 年，又十年后的今天，日记里仍然有合作伙伴高玉芳的名字，有的人就是注定会在自己的生命里住下来。今天我们一起做了一个房地产案件的报价和服务方案。

晚上和远在欧洲游学的儿子用微信交流，他给我讲他在欧洲的见闻，讲埃菲尔铁塔和巴黎圣母院。这是儿子第一次在没有父母的陪同下出远门，他们这一代人，所谓的"零零后"，很快就是他们的时代。看看他们，这一走，一步就到了欧洲。

第一次离家出门，对于每个人来说，都是重要的人生经历，我当年第一次出门游历是到天津几百公里以外的泰山，作为当年天津市的优秀三好学生参加了一个夏令营活动。别说欧洲，我记得那时到泰山已经让我有很高昂的兴奋，那些时光三十多年了，仍然记忆犹新。出走是一个人的孤独的事，先走出去，看见属于自己的世界，慢慢又会遇到应该遇到的人，那都是世界的一部分。

一代人和一代人，时间的摩天轮在慢慢流转，原本高高在上的轮子，会渐渐转下去，而在下面的轮子，终究会转到峰顶，然后呢，又慢慢地落下去。就像太阳，日出和日落。到峰顶的时候，什么都看清楚了，人生原来如此，轮子开始慢慢下沉，心情其实也就沉静下来了。一般来说后半生比前半生会安静一点儿，也就是那么回事，见过了。哪怕后半程的风景并不一样，但是大约也都是宠辱不惊的事了。

俄罗斯世界杯激战正酣，北京时间今天凌晨，日本在 2：0 领先的情况下 2：3 输给了比利时，比利时的第三个进球是在第九十四分钟的时候打进的。比赛和人生一样，不一定是谁会笑到最后。足球赛场的规律是开场时容易进球，快结束的时候也是，决定成败的，很可能是"最后一票"。

之 三

1998 年 7 月 4 日

绿茵之上

凌晨时候，起风了。

我看见夜空上划过闪电，一道过去了，就又是一道。风呜呜地拍打着门窗，操场上的树木连带我屋子附近的树木，都摇动得厉害，雨还没有下，也没有雷声，风里有尘埃的味道，还有一股湿气。

我起身去关紧了窗子，世界和我就都安静了一点，我定定神，然后打开我的那台破旧的电视机，绿茵之上，正是一片欢腾过后的寂静。意大利和法国的四分之一决赛，九十分钟踢平，再踢三十分钟，还是平局，电视机上的短暂寂静，正是点球大战即将开始的时候。在决定这两支球队命运的前夕，不仅两方的队员和全场的观众都屏住呼吸，全世界，还有我，都为之目瞪口呆。

点球由法国队率先主罚，第一个站在球门前的是谢顶的齐达内。球进了！

而意大利队第一个站在球门前的，正是上一届世界杯力挽狂澜把意大利带进决赛，但是在决赛中把点球踢飞的罗伯托·巴乔。忧郁的巴乔，这一次，他罚进了。

我看见齐达内和罗伯托·巴乔都是又酷又帅，在法兰西的下午，把那个足球踢成一片观众的沸腾。法国队特雷泽盖、亨利等人也都把球成功地踢进球网，只有第二个出场的利扎拉祖把球罚丢了。而意大利第二个罚球的阿尔贝蒂尼也罚丢了。意大利最后出场的迪比亚吉奥，眼睁睁地看着法国队最后出场的布兰克罚球成功，而他没有把球踢进球门。

只因为法国队比意大利队多罚进了一个球，4∶3，法国队胜。胜利就是比对手多进一个球，或者比对手少罚丢一个球。

迟暮英雄罗伯托·巴乔木然的眼睛里，依然闪烁着幽蓝色的光，这应该是巴乔最后一届世界杯了。老马尔蒂尼一直在焦急地走动着，而法国主帅雅凯则镇定自若，稳坐钓鱼台……

我在这个长夜里为意大利难过了一会儿，就进入了失眠状态。此时，谁的灯也还在亮着？

看比赛，读人生。我们看着人家在球场上奔驰，总会把那些球星想成自己。我们看着巴乔的忧伤失意，也会联想到自己。每一个人，其实都想做得更好一点。我这个考生，也不想让自己的观众失望。

这是 1998 年法国世界杯，从 6 月 11 日以来踢到现在，好像觉得已经很漫长了，其实才刚刚踢到四分之一淘汰赛。比赛从来是一个艰难的过程，只要比赛不结束，就有机会。这次世界杯，来了很多球星，也涌现了很多新秀。世界杯参赛队伍从十六支到二十四支，这是第一次达到了三十二支。三十二支队伍旌旗招展，真是壮阔。今天获胜的是法国队，法国是东道主，东道主留下来了，后面的比赛，还有更大的玄机。

2008 年 7 月 4 日
生命的节拍

这天上午到一家我们担任法律顾问的企业上门服务，论证一个投资项目的可行性，讨论了很久。当事人都希望律师帮助提出意见，一旦律师的意见是慎重决策，当事人可能又会觉得律师说来说去太啰唆。而对于律师来说，如果说这样做不行，那么能不能告诉人家哪样做？要有提出解决问题的办法才是好律师。当然，也确实有非常多的问题，本来就是没有解决办法，律师也不能含含糊糊，要说出明确的意见。

和我一起去的律师又是高玉芳，遍识天下人，知己有几人。那时我的日记，有的长一些，但很多时候就是寥寥几笔，却总有合作伙伴的名字。生活中有家人，事业上有伙伴。

我下午在汇文中学听了民建天津市委会组织的报告会之后，就匆匆到岳父那里去看儿子。去看儿子，好像是件难得的事情，要提前算计好时间才行。儿子说话还不流利，走路也还蹒跚，看到我来，他很兴奋，他的两只胳膊像翅膀那样呼扇着，好像扇动着生命的节拍。我岳父住在海河之畔大光明桥附近，在屋子里就可以眺望海河美景，但孩子还小，必须要我把他抱起来，他才能看到外面的世界。

2008 年和 1998 年的考生时代相比，我娶妻生子。这一年我的生活并不安定是因为，孩子的妈妈也成为司法考试的复习考生。为了获得好的成绩，孩子妈妈也暂时封闭读书，我一家三口，却住在三个地方。晚上我也只好自己读书写作，度过了一段别样时光。

2018 年 7 月 4 日

提起行囊进胶囊

我决意从头做一家律师事务所，李婷和吴海成是绝对的支持者，他们和我的故事，才刚开始。今天上午我们还在畅谈未来规划，接下来袁松博士来找我商洽案件的文件起草，林茂律师专门来请我吃午饭谈合作。林茂和袁松都是我 2011 年带的实习律师，现在都成为了优秀的人才，多年来和我相互支持搀扶，感谢她们，感谢所有支持我的人。

在我的办公室，放着我的行囊，我随时提起来，就可以走天涯。上午我还在办公室，晚上就飞到了新疆。此刻，我是在乌鲁木齐的深夜，在机场的"胶囊"休息室里，我闭上眼睛休息了一会儿，然后我先翻开 1998 年的旧作，再翻开 2008 年的日记本，随后打开电脑，打开今天的白天和黑夜。

我这是要从乌鲁木齐转机到南疆，去和田考察访友。南疆非常广阔，这是我第二次来。2006 年我去过喀什，还清晰记得那里的高台民居、香妃墓、大巴扎。过去常有人说，越是发生很久的事情的细节越是能记得清楚，却会忘掉早晨吃了什么，媳妇是个什么样的发型，这都是有一定生命经历的人才有的体会。这次去和田，相信也一定会有好的见闻，并在多年后被清晰地想起来。

转机的这几个小时，要么睡觉，要么就利用这段时间写些文字。我写着，感到困倦袭来。机场电视机屏幕上播放着世界杯比赛集锦，1998 年法国世界杯，2018 年俄罗斯世界杯，我的二十年律师生涯或者说青春时代，仿佛就是在一场踢不完的世界杯里。二十年来，我写写停停，就算在飞往新疆的飞机上，停下来转机，飞机都停了，但是我没有停。

之 四

1998年7月5日
另一张也是书桌

我的屋子里，有两张书桌。

我常坐的这个书桌前面还是一个书桌，两个书桌之间的空间仿佛隔着一条河。每读完眼前桌上的一本书，我就把它送过河去，在前面的那张书桌上有一座书的小山，我把所有研究过的书放在山上。去送书时我就站起身来，让自己显得舒展。走过去，我就在对面的书桌旁坐下来坐一会儿。就好像我出去串了个门儿。我有时坐在这张书桌前，也有的时候坐到那张书桌去，就仿佛我的世界很大。

把两张书桌上的两座小山搬来搬去，互换一两个轮次，大约就到了秋天，考试就要进行了。每天的搬山工作让人感到乏味，也让人觉得充实美好，山不知不觉就长高，不知不觉，就又矮了下来。

第二个书桌前面，就是窗子了，玻璃本来被我擦得很亮，今天午时的一场大雨，把我的玻璃和心情都弄脏了。

窗台上有一束花，那是我今天早晨采来的。我把花束放进一个瓶子里，加上了水，往窗台上一戳，小屋里于是有了勃勃生气。闷热的天气也并不算什么困难，如果心足够安静，能看出花朵在微微摇曳。没有风，花朵的摇曳是不是被阳光吹起的呢？

花儿是我在乡村公路散步的时候采来的，那是路边怒放的野花。我写着字，抬头就可以看见花儿开放。我幼稚地想过，只要我天天用心给它浇水，它是不是就永远也不会枯萎？

我的全封闭学习已经有一段时间了，完全阻隔了朋友们的消息，不少同学也都报名了要参加今年的考试，不知道他们怎么样了。他们谁也不知道我在哪儿，我也不知道他们在哪里，一个人的心到底能有多大呢，我高效率地读书写字，可是我还能想着很多人，我能想很多不着边际的事情，心底的世界和外面的世界一样荒诞。

今天让我感到高兴的是，仲达回天津休假，来看望我。我们接下来，能有几天时间可以好好聊聊文学。

2008 年 7 月 5 日
人生何处不相逢

这天是周六，我在南开大学上课，课程是"西方经济学"。南开大学和澳大利亚弗林德斯大学联合办学，弗林德斯大学的教授到南开来给我们上课。我所学的专业是"国际经贸关系"，后来我获得了弗林德斯大学的"文学硕士"学位，当然，我必须要澄清，这里的"文学"和我所从事的文学创作，其实没有什么直接关系。

说到这里，我想起来到弗林德斯大学时的一件往事，在我们毕业前夕，南开大学组织我们到那里进行访问。

弗林德斯大学位于澳大利亚的阿德莱德。阿德莱德是南澳大利亚州的首府，也是一个重要的港口城市。具体位置在州东南部洛夫蒂山地和圣文森特湾之间的滨海平原上。这个城市不是旅行者常去的澳洲城市，我有缘来到这里就是因为弗林德斯大学在这里。弗林德斯大学很漂亮，校园也很大，出乎我的意料。而弗林德斯大学的隔壁就是阿德莱德大学，这有点儿像南开大学和天津大学的关系。

我记得我曾经写了一篇文字叫作《人生何处不相逢》，记录了我在阿德莱德到张巍老太太家里做客的事情。张巍的老伴儿是一位老革命，她自己也是，经一位领导推荐，她在国内时，我帮助她圆满处理了她的继女继子房产和知识产权纠纷，张巍对她的继子女其实很好。

出国前她就已经有八十岁了，那时她住在天津养老院里，是位慈祥的老人。

老太太后来去了阿德莱德女儿和女婿家定居。她知道我去了她所在的异国城市，想要邀请我去做客，但她在电话中亲切而深深歉意地说，本来是要请你到家里来的，但是女儿和女婿都要工作，实在是没有人来接你。我当然是说那就来日方长，不必客气之类的话，但是我知道，如果我去老人家里，那可能就是最后一次相见。如果我和老人不能在异国相见，那么今生我们也不会有机会再相见。在我离开阿德莱德要到澳洲其他城市之前的最后的那个下午，张巍老人又给我打来了电话，她说，从遥远的天津恰巧来到了这里，他乡遇故知，怎么能不请你到家里来做客呢！我又担心打扰她，推辞不去，她说，你要不来我这辈子都不安生。老人的女婿专门请了假开车来接我。他们的家门前有宽阔的草坪，房子很大，就一层平层，没有二楼。房子后面也有草坪，好像更大。围墙很矮，木质的，一跨步就可以进去，西方很多地方的房子都是这样。我记得在老人屋子里的白墙壁上看到了一张外孙女的毕业照，非常巧合，这个孩子也是弗林德斯大学的学生。

我不知道我还能不能再次见到张巍老人，这么多年过去了，也许老人已经不在人世了。我还记得老人曾经给我讲过很多故事，她是电台记者出身，当年在河北省胜芳集结，徒步走到天津。她讲的很多故事很精彩，如果我当时记录下来就好了。

2018 年 7 月 5 日

在热瓦克遗址

凌晨时我从乌鲁木齐转机，接着往和田飞。在机场奔跑时只顾上背包，一度忘记了手提箱，四顾茫然，告诫自己冷静地想想能丢在哪里，就奔跑着往回去找，好在找到了，就长嘘了一口气，然后再重新接着奔跑。飞机终于安抵和田时，还是很早的早晨。人生就是一场赛跑，总是上气不接下气，总是险些就赶不上，或者总是险些就赶上了。这是很一般的比喻，但也是最好的比喻。

上午，当地朋友安排了参观公元二三世纪的历史遗存热瓦克佛寺庙遗址。车安静地开了许久，好像就是这一条路，一辆车，没有别人，这就从和田市区来到了洛浦县。左顾右盼，才发现实际上是到了沙漠里。沙尘里所见的，这是一处全国重点文物保护单位。这个寺庙以一个佛塔为中心，一个圆圆的黄土堆依稀可见当年的繁华，还能看见当年寺庙院墙的断壁残垣。当年在敦煌偷走壁画的斯坦因也曾经两次来这里，弄走过很多宝贝，在某种程度上，这个斯坦因也是很"了不起"，只说敦煌到和田，这个为了事业不要家庭的瑞典人，独自在中国的西北跋山涉水，他要走多远的路。

很多有识之士都在呼吁对传统文化进行保护，实际上少数民族的文物遗存就显得更珍贵了。比如这个安静的地方，热瓦克，翻译成汉语就是亭台楼阁的意思。在风沙里，寺庙遗址什么也不说，却能想象得出千年的安静时光和昔年的繁盛。和朋友搀扶着，通过一个后来搭建在沙丘上的栈桥才能走到遗址周围，在柔弱的阳光里走过去，四处全是黄沙，深一脚浅一脚，弄得鞋里都是沙子，眼前全是黄亮的光。

在朋友的盛情下，中午吃了和田的烤肉串儿和烤包子。那家烤包子店一点儿也不排斥客人参观和拍照，就算到后厨去也没有关系，不怕看。那些圆圆的受了灼热而发红的包子，整齐地排列在炉子里的样子很是壮观。而包子用筐从后厨端到柜台，直接倒进柜台上一直放置在那儿的售货筐里，顾客人很多，没有人排队，因为包子很抢手，谁能抢，谁买走。这真是很好地解释了什么叫"抢手"，也能看出当地朴实的民风。随后还参观了新疆特色织锦的手工作坊，去了和田博物馆。博物馆不大，可真有不少好东西。和田是古代丝绸之路的一颗明珠，是塔克拉玛干沙漠南边最大的绿洲，有灿烂文化，现在人们提起和田，想到的就是和田玉，对其他很多事，都不知道了。

之 五

1998 年 7 月 6 日

中断与中止

有关校园的爱情，有许多在夏天中断。

请注意是"中断"不是"中止"，请注意法律意义的诉讼时效"中断"和"中止"的区别。中断意味着重新开始，而中止呢，那是和过去藕断丝连。

假期把许多腼腆的少男少女分隔开来，男孩子们疯跑了整个伏天，忽然发现自己一下子变黑变高，女孩子们无聊地织着毛衣，编织着自己的心事。他们大约都觉出了夏天的漫长，疯跑和织毛衣，都抵御不了内心的暴躁。

有一些学生又突然出现在校园里，他们在校园里漫步的时候，柳条的丝缕仿佛显得很长，他们或者是来办一些毕业前的还没有办好的事，或者是来这里最后道别。明天是全国统一高考的日子，他们要到指定的考场考试，从此就离开校园，到新的校园，或者走向校园以外的很多地方。

男孩子或者女孩子，在高考前夕，可能想对一位同学说："祝你能考好。"也许下一句他们想说："要是我能和你考到同一所大学，那该多好啊。"然而他们都什么也没有说。他们在一群同学中间，终于搜索出想要找的人，他们痛苦和兴奋地等来一个单独的机会，终于他们什么也没有说。

什么也没有说，甚至，他们没有留下那个人的电话和住址。也许，这段记忆令他们在随之而来的整个暑期里都遗憾不已并且心事不宁，直到他们在大学时代找到自己的青春伴侣，想起那个时候，才忽然觉得自己有那么一点幼稚。或者，他们没有考上大学，伤心的假期是他们学生时代的终结，从此他们告别青春，长大成人。

高考将在明天举行，而律考还有九十五天，时间是最不经数的，转眼就到。

我用了八个小时的时间来读行政法的教材，然后我又看了很多案例题。做案例题也没有什么难，把读题部分当成听故事，把解题部分当成做游戏，一切就都变得简单。当然，在未来实际办案的时候可不能当游戏，因为我想尽量成为一个优秀的律师。这样想着，未来可期，一丝兴奋从心头掠过。

2008 年 7 月 6 日
来吧，怀念九八

周日，继续到南开大学上课。日记里记录课堂上受到了表扬，因为什么受到表扬，现在想不起来了。

但却记得那天的一点心情。日记里记载了那天晚上，在收音机里听到了一首叫作《相约九八》的歌。"来吧来吧，相约九八，相约在甜美的春风里，相约那永远的青春年华……"王菲和那英的歌声触碰了 2008 年 7 月 6 日夜晚我的内心。

听着，就在 2008 年那个晚上站起身来，想着我的 1998 年，那是我的青春年华。

但没有什么永远，前几年，这支歌的词作者靳树增因为诈骗罪被判刑了。王菲和那英这二十年来各自轰轰烈烈的爱情，她们各自恋爱分手又复合，一直吸引人们关注，但也渐渐没有那么受关注。

1998 年那一年的很多光景，包括那英和王菲在春节晚会上唱歌时洁白的样子，还有那年的很多晚上，我复习时站在那个校园里抬头看见的银色月光，却都还记得。

1998 年有很多公共事件是一个时代群体的回忆，比如那一年电视剧《还珠格格》的上映，我记得在 1998 年的冬天的南开大学的宿舍看到的情景。宿舍每一层都有一台电视机放在楼道的开阔区域，那么多大学生从宿舍里走出来，就都直直地站在楼道里，津津有味并且目不转睛地看着小燕子在电视机上大呼小叫，看到高兴处，大学生们跟着小燕子一起叫。每个生命都会因为年代的共同记忆而彼此连接，想起自己的小情小调，也会和大时代背景联系起来，而家国命运也牵动着很多人的敏感细节记忆。

1998 年我考取律师资格并且进入这个行业，默默无闻地开始了律师生涯。而那一年对于很多人来说都是个重要年代，我不知道是哪一年都重要呢，还是对于某个人来说，一定有自己的重要的年份。而至少是因为回忆起那首《相约九八》而写这些怀念 1998 年的文字，怎么觉得 1998 年出现了那么多的人和事。不仅文艺界事情不少，企业家里面也出现了很多风云人物，这些改变了人们生活的企业家，早已经超越了他们的行业而影响了世界，马云、马化腾、刘强东、陈天桥等互联网精英，也似乎都是从 1998 年开始起步走向他们的事业的巅峰。虽然他们都是在电视机上才能看见的人，但仿佛都是普通人的朋友一样，在这个世界上，我们一起呼吸。

2018 年 7 月 6 日

见过就简单

在和田，今天又聚齐了两位朋友，一起驱车去了墨玉县拉里昆湿地公园。在辽阔安静的湿地的深处，看到了好几个小动物。我至今不明白生物的起源，为什么在这样的湿地里就能生出小野兔呢，它们是从其他地方迁徙来的，还是在这片大地上忽然冒出来的？在内地中原有野兔，而为什么在亚洲腹地的这里，也会有一样的野兔子呢？

接着到了一个桑树皮纸之乡，在去那个桑树皮纸厂之前，我从来没有看到过用桑树皮做成的特色的纸。这个世界上有那么多动物，也还有这么多树木，桑树可以做纸张，而核桃树呢产核桃。在墨玉县我看到了一棵核桃树王，核桃树可以长成这样的规模，也是我所没有见过的。我在树下仰望的时候，这棵树王之上，正有几个维吾尔族的孩子爬上了树干，我看着他们，他们友好地摘下核桃扔给我。还看了无花果树王和一个无花果树的园子，结的无花果微甜，很好吃，这个园子里有很多棵树，树叶子密密匝匝连成一片，真是个奇观。

和田就是过去丝绸之路上的于阗古国，风物毕竟不同于中原，已经有了这么多没有见过的，而还有很多没有吃过的。比如朋友一直跟我讲的西瓜炖鸽子。

中午就在一个典型的维吾尔族的农家饭店，吃了这种特色美味。将一个西瓜上面掀开一个盖儿，挖去果肉，把鸽子放在空西瓜里，再把掀开的那片西瓜皮盖上，看起来还是一个完整的西瓜，就送到厨房里去炖了。上得桌来，掀开碧绿的西瓜皮盖儿，有西瓜的果香，也有肉香。鸽子肉在西瓜里，宛在水中央，边吃肉边喝汤。鸽子肉是西瓜味道的，汤汁里混着西瓜汁和鸽子肉的味道，好吃得不得了，词汇匮乏，只好用"别有风味"来形容。这一天的见闻，开了眼界，想象力在现实面前总是显得无力。很多事情，见过就简单。

这一路上的车上的空闲时间，都在和天津联系，在谈设想中的几家律师所的合并。晚上住在援疆干部基地，和大家聊天之后，读书写稿子。看看 1998 年的文字并回想那时的生活，那时候还是纸质书信的时代，想想真是遥远。

之 六

1998 年 7 月 7 日
春风得意归故乡

早晨时候，下起霏霏细雨，但不久就停了，太阳出来，天气很热。

今年 5 月 1 日那一天，我从天津城区来到我的故乡南河镇看望我的父母亲。80 年代，改革开放年代，我父亲他们这些下乡的知识青年，好像并不对回到大城市有过多的期待。不完全像有些影视作品所描写的，知青们一心想回到城市。不少知青好像对回城也比较迷茫，回去能干什么呢？ 1982 年，我父亲在南河镇带领其他二十多位知识青年，创办了一家叫作"春风"的印刷厂，春风印刷厂一度春风得意，很有些发达气象。那一年我父亲 34 岁，也可以说春风得意的就是我父亲。那时候，南河镇还叫作"傅村公社"。后来我父亲又自己做了一家私营企业，我记得叫作"三星塑料厂"，在 1988 年的时候达到了他的事业巅峰，那是中国第一代私营企业家的好时候，好像随便干点儿什么就可以有丰厚的回报。但是中国的改革进程风起云涌，更多厉害角色开始出场，全民经商，都梦想发家致富，面对激烈竞争，我父亲的小企业很快就走了下坡路。我父亲也由高光时刻很快陷入了人生低谷。他又搞了很多经营，甚至曾经尝试进入汽车行业，他螳臂当车，心有余而力不足，他发现，所处的世界已经不是他的时代。

从 1997 年也就是去年开始，我父亲重操旧业，回到南河镇经营一家规模更小的印刷厂。他为什么会回到这里，为什么又要做一家印刷厂，我不知道，我想也许和他想起了当年带给他荣光的"春风"有关。

我父亲的小工厂就在这个简朴而宁和的校园附近。5 月我看望了父亲之后，就决定在这里开始我的复习封闭生活。就像我不是很清楚我父亲为什么要回到这里重新做一家印刷厂一样，我也不是很清楚我为什么要到这里来复习读书。偌大的一个天津城，就没有一间教室和书房吗？我是想距离家人更近一点儿，或者是什么呢？人总是在不知不觉之间就会回归，比如回到故乡，回到自己最熟悉的、开始的地方。

2008 年 7 月 7 日

律师没有手铐

这一天，用一个上午的时间到天津市第一看守所会见被告人。刑事辩护案件并不是我的主要业务服务方向，但我之所以也对刑事案件抱有兴趣和期待，是因为这关乎人的自由甚至是生命。而法律，除了具有约束和管理作用，本来就是对生命和自由的尊重。刑法是一切法律的保护法，法律保护人，也能保护其他法律。

看守所是关押犯罪嫌疑人和被告人的地方，在这里有种种故事发生，这些涉嫌犯罪的人，也都有属于自己的故事。而律师来会见，也会有种种趣闻。比如这一天，我只带了律师证，而没有带身份证，很多看守所要求律师在会见的时候还要带着身份证的。从看守所的大门进入，律师到最终见到自己的当事人，要穿过层层铁门，要登记并且要用身份证换证。先把身份证放在第一道关口，然后才有机会进入到看守所内部，这个时候才用律师证。我因为没有带身份证，费了很多口舌，险些就没有会见成功。履行律师职责，我只需要提供律师证就可以了，我为什么一定要提供身份证，我又不是接受检查的人。

我记得过去还有很多看守所要求律师会见的时候自带手铐，我的律师生涯里也遇到过一次。当看守所的警察轻描淡写地问我有没有带手铐的时候，我简直蒙了，律师自己带着手铐，然后铐住自己的当事人，这多么荒唐，律师哪里会有手铐呢？在某种程度上，律师是帮助被告人摘掉手铐的人，律师没有手铐，律师只有知识和钥匙。但真的发生过这样的事。不仅如此，在有的地方，甚至还发生过律师被手铐铐住的事件。现在，中国的法制环境越来越好，律师的执业受到法律的保障，而且受到全社会的尊重。

那天晚上在写长篇小说《甲男乙女》，那是一个写都市青年律师生活的小说，一直没有写完，到现在还在电脑里。在当天的日记里我告诫自己："上床太早，而起床太晚，要再定严格的作息时间和写作学习计划"，还写"晚上也不要再听着收音机睡觉"。

参观王蔚纪念馆

　　我今天接受邀请，参加北京在和田的部分援疆干部的党日活动，我随同大家一起，去参观位于和田喀拉喀什河渠首的王蔚同志纪念馆。

　　隔着万里山水，也隔着行业，我之前没有听说过王蔚的大名。在从和田市出发乘车的路上，虽然听了朋友们的介绍，看到他们的一脸崇敬，但是对王蔚还是一知半解。

　　但当我来到了王蔚纪念馆，听了讲解员对他的事迹介绍，看了图片和纪录片以及他的遗物展览，我被王蔚的伟大作为和人格魅力深深感动。我的兴趣本来只在这一路的山水草木、风土人情，可如果没有王蔚这个和田的"水神"，和田的很多地方根本就没有水。

　　20 世纪 50 年代末，正值壮年的王蔚同志在新疆和田地区水利部门担任领导工作。他本来也是一位优秀的水利工程师，他和当地水利工作者一起努力，跋山涉水，在和田三十多年间主持修建了五十八座半水库、二十四座永久性渠首、两万多公里的水利渠道，和田绝大多数农田这才成为稳产高产田。直到他去世前，都还挂念着和田的山水。影像里，他用尽最后的力气也要从乌鲁木齐的医院回到和田，之后死在和田并且长眠在这里。我们这些游人、来访者，怀着欢喜的心情，走马观花，还能写诗作文。但是让谁扎根在这边疆，一辈子伴着这里的山水而远离故土，这就太不容易做到了。

　　我别无所长，只有用文字记录，记住英雄的长者王蔚所做的一切，还有此刻我内心因为崇敬和感佩而带来的波澜起伏。

　　中午在新疆特色农家院吃简餐，当然有烤肉串和大盘鸡，菜简单朴素，但是团圆热闹。援疆干部们虽然没有做出王蔚这样的成绩，但也都是抛家舍业、想建功立业并且怀有理想抱负的人。这个农家院是很大的院子，实际上是个带池塘的具有新疆少数民族风情的小型园林，环绕播放着西域音乐。援疆干部还邀请了几位新疆少数民族同胞和我们一起吃饭，有成年人，也有几个年轻的学生。围桌而坐的还有王蔚纪念馆的优秀讲解员，维吾尔族姑娘吾尔克孜。吾尔克孜讲得非常好，是我走南闯北中遇到的很不错的讲解员。

　　晚上接着看世界杯。

之 七

1998 年 7 月 8 日
越是华丽越悲情

这些天的晨跑，总是一边跑着，一边踢着路边的小石子，这是世界杯综合征。看球看得多了，看见圆的就想踢，好像圆的都是足球。

对于足球的技战术问题，我能说出的不多，我更关注的，是足球和人生的关系。昨夜刚刚看到了巴西和荷兰大战的壮怀激烈。法兰西上演精彩的一幕，巴西最终战胜了荷兰！

赛前人们就预测着比赛的结果，猜测金发女郎苏珊娜是否仍然会来为外星人而鼓掌，并且用她的微笑迷倒全世界。猜想后三剑客时代，博格坎普率领着克鲁伊维特、戴维斯、西多夫这一众新人，能不能和强大的巴西抗衡。希丁克带领的荷兰队这次表现值得期待，他们一路打得不错，大比分 5∶0 赢了韩国，并且送走了另外的夺冠热门阿根廷。

今天为比赛打破僵局的又是罗纳尔多。球星就是球星，前锋的责任就是进球，没有什么好说。9 号黄色的队服在前场一直不停地晃动……但荷兰随后艰难地将比分扳平。

九十分钟比赛，1∶1 平局，比赛胶着。

加时赛三十分钟，还是没有进球！

大战一百二十分钟，不分胜负，又是残酷的点球大战……

幸运倒向了巴西一边。5∶3，巴西获胜。

尽管巴西阵中有几个老弱残兵，巴西也曾经几次倒在点球大战上，但是巴西底蕴厚重，况且要看巴西遇到的是谁。如果是德国那样成熟的球队，可能真的不好说结果。而偏偏遇到的是荷兰这样的才情毕现的球队，巴西绝对实力更强，在才华与综合实力的对比上，可能大家还是会更看好巴西。

橘红色的荷兰队，是灿烂美艳的花朵，总是盛开得那么壮烈。他们一身才华好像流得遍地都是，然而失败的总是他们，他们不是出局，就是拿亚军。越是华丽，越是悲情，多少事，多少人，说不清。

在体育比赛里，强调状态，就如同文学里的"灵感"。状态这种东西，需要"调整"，状态来得太早或者太晚，都不行，要恰到好处才行。才子气太重，不一定是好文章，才子们也往往做不成什么大事。厚重和踏实，也许比起华丽的才气更重要和实际。

2008 年 7 月 8 日
日记为什么简短

因为要把 2008 年的这段生活表现出来，我把当时的日记找出来放在案头，随时翻阅。

那段时间我的日记有一些记得比较长，虽长，也可以字迹工整；也有的写得比较简略，虽短，却字迹潦草。长或者短，工整或者潦草，这跟很多因素有关，比如当天发生了什么样的事情，有怎样的心情，有没有特别重要值得记录下来的事情。当然也要看，当晚是不是陪人家喝酒，而且是不是喝多了，人左右世界，也被世界左右，很多事情的发生只能说莫名其妙。喝不喝酒跟日记好像没有什么关系，但喝了酒就可能什么也干不了，然而酒又不是辣椒水，不是别人给灌下去的，是自己喝下去的。能主宰自己的人，才是能做出一点成绩的人。

日记记载的内容少，也许是那天的事情乏善可陈，也许是要说的太多，干脆就不写了。或者写着的人很犹豫，不知道是不是所有的生命里发生的事情都应该被记录下来，也有的人要把发生的事情故意做一个曲解，其实，那又是骗谁呢？

2008 年 7 月 8 日这一天，我的日记里记载"出差前夕，特别忙"，还简略记载了我正在办理的几个案件的处理情况，没有什么展开，没有任何评论和抒情，也没有记录我当天的生活状况。我写得这么简略，也许就是因为我"特别忙"，特别忙的时候，没有时间展开写日记。而如果是"特别闲"，又能写些什么？如果真的是特别忙，可以用这三个字来表述，也可以全面展开都忙了些什么，而如果只是特别闲，也许只好写下：今天特别闲。

下午签订了一个房地产案件的委托代理合同，还拿到了一家医院的合作建房纠纷的判决书。结果不错，就让人感到高兴。

2018年7月8日
在于阗酿成麝香

就要离开和田，返回天津了。

到买克力阿瓦提故城参观，故城除了荒凉，还有干燥的阳光和干燥的风。就什么也没有了。

朋友带我去参观了玉石大巴扎，就是专门售卖和田玉的集市，规模非常大。这几天还曾经去过和田的夜市，看到很多之前没有见过的东西，比如烤鸡蛋。我是五一期间在上海的崇明岛上生平第一次看到烤鸡蛋，这次在和田又看见，风格不是完全一样。很多东西，人要走出去才能看到。在我四十多年的人生经验里，我过去认为鸡蛋要煮熟或者炒熟，我的认知里，没有想过鸡蛋可以烤熟。无知多么可怕。

朋友还特意带我到当地人家里去看玉料。大巴扎上的玉石大小各异，有的很贵，因为经营成本的考虑，可能被加了很多价，而当地的农民有不少骑着摩托车到河滩去捡来玉石卖。玉石会随着山上的水顺流而下，就到了河滩上。我其实不懂玉石，也不在意价格，因为我根本就没有想买。我对和田乡下的民居更感兴趣，家家户户门前和院子里，都有绿色的葡萄架，有了阴凉，就更加显得整洁。这里的农家经济也许比内地的很多先进地方落后，但总的来说，民居大方而淳朴，也有地方特色。大街上有很多维吾尔族的孩子到处跑，好像一点儿也不担心车辆。维吾尔族人开着农用车，往往车上也会载有好几个小孩儿。我没有在大巴扎买玉石，也没有在农家买，我记得那个维吾尔族人张开手心，友善地给我看。他的手心里有一块小玉石，他要价五百，并且告诉我这一小块玉可以做一个项链坠儿。

晚上吃了和田著名的玫瑰花烤肉，是家很有西域风情的店。几位朋友盛情，说他们预订了好几天才订上的。但我过午不食，只是喝了一点特色酸奶。这是我今年夏天的难忘旅程，也是此生难忘的。只有旅行才能跳出既有的平庸生活，日子才会被自己记住。

在和田机场回眸和我的朋友告别，这个风沙大的城市下面会埋着多少古代的城郭和房屋，古代和现代的城市里，又会埋着多少深情故事。我转身离开，也没有人记得我来过这里。

又在乌鲁木齐转机的时候，用"新韵"写了四首所谓七绝，顺口溜而已，只作纪念用。

一
到买克力阿瓦提

欣然走笔写于阗，漠里风烟映远山。
谁在孤城寺下住，沙吹不尽过流年。

二
访维吾尔族民居

葡萄架下有人家，西域民居映晚霞。
维汉情深牵手坐，药茶烤肉唱芳华。

三
咏和田玉

和田因尔暴得名，温婉玉石润此城。
何处相逢都不定，回头一望见晶莹。

四
赞援疆干部

离家辗转路八千，筑梦援疆有数年。
不问前程不问利，光芒一段照心间。

想起维吾尔族著名的双语诗人鲁提菲的诗——

香獐子窃取你秀发的芬芳
在于阗酿成麝香

世界杯还在踢着，克罗地亚通过点球战胜俄罗斯也进入四强。最抢镜的是克罗地亚冒雨的红衣女总统。而被人在后面撑起雨伞的普京总统却显得风度尽失。克罗地亚是个小国，五万多平方公里，俄罗斯当然是大国，一千七百多万平方公里，获胜的却是克罗地亚的格子军团。

之 八

1998 年 7 月 9 日

一张合影

南河镇毕竟也还是有一些商业设施的。午后，学习间歇，和仲达一起散步，就看到了一家照相馆，规模不大，却也大方整洁。

我们从这家照相馆路过，看到照相馆门前的玻璃橱窗里的示范照片。有孩子的百岁照，也有一些漂亮女士的"明星照"式样的照片，那个调子还颇有过去年代的老店色彩。

我们兄弟不约而同地停下了脚步，说，是不是要请父母一起来，拍一张合影呢？

我父亲在 80 年代初喜欢上了摄影，在简陋的条件下，他的黑白和彩色照片可能没有拍出什么技术和艺术，但至少留下了很多旧日的光影。他们这代人一旦要拍合影，还是要到照相馆，规规矩矩地站好，花钱拍一张。很多人家里都会有一家人齐齐站好、目光一致的合影照片。这样的照片被放在相册里、镶在镜框里、压在桌上的玻璃板下面，几年前仲达从军前行之际，全家也是照例去照相馆拍了合影。

今天看到了这家照相馆，我和仲达同时想起了并且提议，我们是不是该留个纪念。我们为什么都会有这样的想法呢？就像喜悦，不到一个临界点，不会笑出声来；就像悲伤，不到分别的时刻，也不会哭出声来。我即将成为一名律师，但文学梦想不知道何时实现，仲达即将到解放军艺术学院去读书，未来好像锦绣可期，但也不全知道前路如何。我们从来没有想到在这个夏天我们会在这里相聚，在这个午后，我们心情宁静而没有其他的事情，我们于是就想，遇到了这家照相馆，那就拍一张合影吧。世间事，哪怕是一家人拍一张合影，也都要赶上合适的机缘。

从呼伦贝尔开始——青城

我们一行十数人，从天津乘飞机来到了内蒙古首府呼和浩特。通信和交通发达了，世界真是小了，原本遥远的塞外青城，一个小时就到了。

"呼和浩特"的汉意是"青城"，在汉语里，"青"有绿色也有黑色的意思，青城的得名，可能和青草有关，也可能和大青山有关，大青山就是阴山的一段，大青山脚下的城市，叫作青城，可以想象青城附近的依依青草。

当年，这片土地紧邻着的中原国度是赵国，赵武灵王的大手笔是"胡服骑射"，汉人开始从战车上走下来，骑上了战马，汉人穿上了胡人的衣服起初看起来不顺眼，却便于征战。赵武灵王以夷制夷，塞外大片土地纳入赵国的版图。赵武灵王曾于阴山河曲筑城，"昼见群鹄游于云中"，因而命城为"云中"，秦朝时候设置"云中郡"，遗址位于现在呼和浩特市托克托县古城村西，是内蒙古西部地区最早的城市，大约有两千三百多年了。这里的大窑文化堪比北京猿人时代。元好问说："中州万古英雄气，也到阴山敕勒川"，塞外名城，也和中州一般。青城不仅有牛马，到了明清两代，已经成为内蒙古第一大商业城市，草原上也有"丝绸之路"——"蒙绥商道"。而今全国谁人不知"伊利""蒙牛"。

"青城"或者"云中"都是美丽的意象。两千三百多年来，青城和中国的所有城市一起发展，城市的面孔不分南北，都有着类似的模样，但是尽管如此，城市也都还有城市的品格，北京仍是北京，上海也仍是上海，青城也当然还是青城。冯骥才先生多次撰文呼吁，城市该有自己的品格，现在六百六十六座城市都快一模一样了。我颇同意冯先生的高论，但也有不以为然之处，塞外还保留当年的原汁原味，可能也不行。城市自然都是城市，城市的文明也总要朝着一个大方向，北京自金元以来成为都城，可能历朝都是所有城市的榜样，就如同现代化的城市都要有大型商场，都有步行街，都有飞机场，但这些"一模一样"，也只能说明城市与城市是相同的类别，去看看过去的城市，都有一个城隍庙，都有一个钟鼓楼，都有一个县衙，这些"都有"也只能说明了当时城市的大模样。当年的青城在蒙绥商道的贯通下，也有这些。当然，云中郡自有云中郡的繁华，直到今天，呼和浩特的街上，还有北京没有的风情建筑，还有草原的奶酪和皮雕画，还有喇嘛教的大召寺，其实也就够了，不希望蒙古族同胞总还是居住在蒙古包里。

拆掉的很多，但是留下来的也不少，还是冯先生自己的话，"鞭（辫子）虽然剪了，但神还留着"。

当我在这个夏天踏入青城的土地的时候，我知道我只是看到了夏天的青城和2008年的青城，过去的和未来的我没有看到，我的眼睛所能看到的世界只有这么大，只有这么少。赵武灵王或者成吉思汗挥师而过的青城，留下了他们些微的足迹吗？什么都会改变，什么也没有改变。看到表象不一定是本质，看到反面侧面不是正面，每个人看到的，也就都是这么一点点。

到了北京一定去王府井，到了天津一定去吃"狗不理"吗？当我看到一些朋友去吃那些变了味儿的"狗不理"的时候，那是他们眼里的天津，不是我的。但我到了青城仍然会去打听这里的历史名胜和著名小吃，然后我也会像别人吃"狗不理"那样去吃奶酪，这是我眼里的青城，不一定是青城人的青城。

青城或者云中都诗意而遥远，其实呼和浩特还有一个更直白的简称——"呼市"。内蒙古人对呼和浩特的简称是"呼市"。我有一位内蒙古朋友，我对他提起我对内蒙古人的好感，又提及呼和浩特时使用了"呼市"这个称谓，他大为惊讶和感动，说，一般只有我们内蒙古人才叫呼和浩特为"呼市"，你怎么也知道？！我们的交情就因为"呼市"二字而拉近。而今天，我第一次到了呼市的时候，我在干燥的阳光下走出机场的时候，我就用目光去搜索"呼市"二字，果然，"呼市"的字眼频频映入眼帘，这二字竟也会掺杂着说不清的亲情。

这次来内蒙古，我们一行来自天津的"知名青年企业家"入住呼市的锦江大酒店，组委会下午的安排就是休息。现在，午后的阳光透过雪白的窗帘，打在我的纸笔上，我用一个很小的记事本疾速而潦草地写作，然后，我要一个人去感受青城，我喜欢独来独往。

"呼市"亲情而具体，"青城"美丽而飘忽，这四个字其实就足够了。

2018 年 7 月 9 日
镜中的自己

人的外表和内心都是在慢慢变化的。一天一天的，浑然不觉，其实变化很大。去看看当年的照片，再看看镜中的自己，一经对比，就知道什么是岁月了。

我找出了 1998 年的今天在南河镇那家照相馆拍的那张照片，此刻，当年的自己正在和现在的自己对视，那时不仅我们兄弟，就连我父母亲都还年轻得很。

那天，在照相馆拍下那张照片，是明智和正确的选择，那张照片是那段时光里我保留下来的唯一影像。拍照的人在拍的那一刻未必觉得有什么意思，甚至会嫌麻烦，但是未来再看就全然不一样了。如果这也是一种投资，可以叫作"时光投资"，就算此刻我们都还不老，今天怎么也不能拍出昨天的照片。

二十年前我甚至觉得自己很成熟了，并且觉得我的父母亲已经很老了。二十年来我的年纪正在接近我父母当时的年纪，那天的很多事都忘了，记忆里没有自己，只有那个小镇，那些早霞，那些苦读的时光，那些热烫的夏天。能想起来的往事都是珍贵的，而已经忘记的很多也许也曾经是珍贵的，但可能永远也想不起来了。那个年代觉得并不太遥远，却恍惚如梦一样。那时如果有智能手机，有微信朋友圈，随手拍随手记录下来，很多事情就不会忘了。然而，哪有这些如果，没有就是没有。

我的"世界杯看世界"系列文章接连发表以后，引起了一定的关注。这几天的早上，我都是作为特约评论员在天津电台通过电波点评世界杯，今天评点足球之后，我谈了两个建筑工程案件，又在天汐园"水西庄"和吴海成谈律师事务所的合作。

我的院子外面的梅江南湖的湖面上，红荷白荷，正在盛开。然后呢，我来到友谊商场的星巴克里，和周伟商定合作，在夏日里，掺了阳光，我们把咖啡喝成啤酒。

之 九

1998 年 7 月 10 日

假期的老工友

我写着字，偶尔会停下来，看着我重而粗的笔道，字迹潦草，好像敷衍了事。对文字我当然有眷恋，看来也一定会有厌倦，我的手指疼，我用力得把稿纸都弄破了。

这个晴热的周五，一切正常。又是一天开始了，新鲜的太阳慢慢地升起来。这座校园里开始了它真正的宁静，年轻的中学生考完了试，都放假了，不再来。

只还剩下我。我在这个偌大的校园里读书，偶尔有值班的老师和那位老工友从我的门前走过。

那位老工友得有 60 多岁了吧，山东口音，总是穿着一身灰布制服。看得出他年轻的时候应该也算帅气，他的眼睛很大，剑眉，但眼皮多少有些抬不起来，也许是跟年龄有关。老工友走路的姿势有些难看，好像多少有点瘸，但是细看，腿脚没有任何毛病，就是走路的姿态不算美。他负责学校的传达室，收发信件，看大门，在停电没有办法使用电铃的时候，他还负责用手摇的铃来给学生们传达上下课的消息。我不知道该怎么称呼他，就暂时写他为"老工友"，也许他有明确的职务，但我不知道。他可能是姓高，因为我听见有人叫他"老高"。

他走路的步子总是很轻，好像过于小心翼翼。由于眼皮总是撩不起来，这让他看起来显得老态。他也喜欢听广播，走着路也拿着一个收音机，有时候是拎在手里，也有的时候是把收音机举起来放在耳朵旁边，还歪着头，以凑近收音机。收音机的声音很小，要不然他也不用以那样的姿态凑近。如果是相声节目，他听着会眯起眼睛笑起来。有一次他收听的是天津电台《每日相声》节目，是马志明先生的《地理图》。他正好在我的门前遇到了我，他站住了，他对我说，你听，你听，这要下多大的功夫才能有这样的口齿呀，这么多地名记也记不住。又说，你也很用功，你也一定行。

倒计时这种东西很让人警醒，过了一天，就又少了一天。这个时候，我看见几只壁虎在墙上爬来爬去，在捕捉着蚊子。我觉得它们有些像我。它们在捕捉蚊子，而我，在捕捉灵感。

2008 年 7 月 10 日
从呼伦贝尔开始——青冢

青城里有一个青冢，青冢里埋葬着的人，是王昭君。

昭君出塞的故事，两千多年了，到现在，我来青城，还是要找寻这个传说。

昨天来到青城，我一个人从房间里出来，我在酒店的前台要了一份呼和浩特的地图，青冢位于呼和浩特的旧城。

我悄然地走到呼和浩特的大街上，天气还很热，空气里没有一丝风。靠西部的城市大约总是这样，午时很热，而早晚凉爽，但热也是热得那样直接，一点儿也不潮湿，热就热了，爱就爱了，不拖泥带水。

我要到昭君墓去，昭君墓就是青冢。

当千年的史诗和传说被物化成一个博物馆或者陵园，就觉得没意思了，这样的陵园，真的是千篇一律。四大美女之昭君，曾经母仪天下的昭君，怎么能被关进这么一个四四方方的院子里？而陵园还被人圈起来卖票，被恶俗地称为"景点"，就心绪全无，觉得要找寻的青冢，怎么也应该不是这个样子。

想要找寻的传说或者风景，总是在希望又失望又希望中盘桓。昭君是什么样子？昭君墓是什么样子？如果没来过，总是会先进行无限的假想，假想和现实总是不一样，这个不一样，总是会让人失望的。所谓的看景不如听景，但是当发现原来如此，就会想，也就该是这样，只能是这样。

秦砖汉瓦，唐风宋韵，往往都荡然无存，想看某个明清建筑而不得，可以埋怨城市的过分开发，可以遗憾几十年甚至就是几年前，某个楼宇还在某个地方矗立，而怎么就没有早些来到。而类如王昭君，想看见她的故居，想看见她的嫁衣，想看看她是如何一步三回头，从湖北到漠北，时代太久远了，谁也看不到了。看到的都是遗址和遗憾，站在那里，什么都没有，什么都没有让时光很安静。站在历史的时空里，却又能看见汉朝恢宏的宫殿还有匈奴奔驰的骏马，王昭君抱着琵琶，美艳如花。

我上街的时候手拿着地图，那时我还不知道我能不能有足够的时间去昭君墓，所以我其实是先去了位于市内的大召寺。大召寺是青城的著名寺院，也有着悠久的历史，寺门前有一条"塞外老街"，我在那里买了许多皮雕画和皮饰品。那时候太阳很好，我找了一个出租车司机，我说已经四点了，现在去昭君墓，两个小时能不能往返，司机很坚定，能！他说，来呼市怎么能不去看看昭君墓。阳光依然柔暖，我们向郊外一个叫作"贾家营"的地方去，青冢就在那里。

呼和浩特这样的城市，匈奴人早就风样无踪。草原上的匈奴人和蒙古族人都曾经带给汉人无穷的灾难，但是蒙古族人早就融合到中华文明。匈奴人呢，一部分骑着马沿着一路水草去征战欧洲战场，他们一路地走，有的人到了欧洲，有的人散落在蒙古高原和亚洲大陆，也有不少兵士留在了征途中的中国，慢慢成为了汉人。而留下来归附汉朝的那一支，更是被中华文明同化了。载我的这位出租车司机，经常从昭君墓前经过，但是他除了"昭君出塞"这四个字，对匈奴人或者昭君，都一无所知。曾经是匈奴人领地的呼和浩特，如今在这里生活的人讲起"出塞"似乎那"塞"是在那更遥远的地方，出塞的故事似乎和他们脚下的土地毫无关系。宫殿倒塌了，往昔不再，匈奴人远走或者悄悄地留下来，而山还是那山，水也还是那水，去看看那位出租汽车司机袜子里的脚趾，说不定他就是匈奴人的后裔，匈奴人悄悄地变成了汉人，变得连他自己都不知道，而他还在摇头说着塞外和胡虏。

"自从贵主和亲后，一半胡风似汉家"，那些和亲的公主，为了民族的融合做了巨大贡献。而她们远离故土，金枝玉叶的身体怎堪忍受塞外的胡虏与风沙。汉武帝时候为了联合乌孙部落，嫁给乌孙王昆莫的细君日夜思乡，唱出了这样的句子：

吾家嫁我兮天一方，远托异国兮乌孙王；穹庐为室兮毡为墙，以肉为食兮酪为浆；居常土思兮内心伤，愿为黄鹄兮归故乡。

她想家了，可是回不来。

我最早知道"昭君出塞"的故事是我偷偷地拿出了一本父亲珍藏的连环画，封面上的王昭君头上是一个红色暖兜，身上披着一件猩红的斗篷，身下骑着一匹白颜色的马，怀里还抱着那个标志性的琵琶，"马上琵琶行万里"。

昭君是古代的"四大美女"，谁见过昭君，又是经哪里的评比才把她列为四大美女？昭君当然没有照片和画像留下来，她的形象是后人一点点地想象出来的，她可能比西施美，也可能还不如我们的邻家小妹，但红斗篷下骑着白马的昭君卓尔不群，美丽神秘。

汉高祖何等英雄，但是白登之围让高祖声名扫地，高祖以陈平之计用贿赂的方式才得以灰溜溜地逃生。刘邦惊魂不定，西汉也再无力打击匈奴，就献出女人。于是在西汉的时候开始，一位一位的公主嫁给了一位一位的单于。

于是，汉人和匈奴人成为了亲戚。匈奴人是汉人的女婿，汉朝的王成了匈奴单于的舅舅，女婿不打岳父，外甥怎么能射杀舅舅？就这样，战争平息了下来，中原得到了安宁。那个时候中原的军事实力确实抵挡不了马快刀沉的游牧民族，他们杀了汉人又抢了汉人的牛马和财物，汉人想报复都找不到他们，他们来去无踪，不一定住在漠北的哪一个地方。

昭君也是这样被嫁出去的女子。那些公主和昭君，并不知道，远嫁的意义并不只在于国家战事的安宁，还推动了民族的融合。匈奴的一支经过西域去了欧洲，另外一支已经和汉人分不清。

刘邦不知道他屈辱的政策造就了民族的大一统，而还有刘邦所不知道的。他死后，他的王后吕雉当政的时候，匈奴冒顿单于给吕后写了一封信，意思是说，我是个光棍，你也是个寡妇，我们都挺寂寞的，你何不来侍奉我呢，然后把你的国家和我的国家也合并了，我们一起过快乐逍遥的日子。而吕后并没有在回信中发怒，她忍气吞声委曲求全地说，感谢您没有忘记我们这里，我已经年老色衰，连牙都快掉光了，就不去玷污你了！这封信后来被刘邦的孙子刘彻看到了，刘彻无法容忍这样的耻辱，从刘邦到刘彻的几十年间，汉武大帝等来了汉朝建国以来的盛世，他挥师向北，收复失地和荣光。战事绵延数十年，卫青和霍去病"匈奴未灭，何以家为"。他们挺枪跃马，十数次用兵，击退匈奴三千里，然后汉武帝再修长城，居高临下。

可是若干年后的昭君，还是又走上了和亲之路。

刘邦打不过匈奴，所以要和亲，而汉武大帝横扫匈奴，还是要和亲，上面说的细君公主，就是汉武帝时嫁出去的，目的是联合这一支匈奴去打击另外的一支。唐朝也要和亲，文成公主嫁给了松赞干布，吐蕃曾经让唐朝吃尽苦头。直到清朝，和亲依然是个好办法，康熙也把自己的六女儿恪靖公主嫁给了喀尔喀蒙古族人。

"昭君出塞"和刘邦时代的和亲大不相同，从冒顿单于开始，和亲的内涵就发生了变化。那是呼韩邪单于为了归附汉朝而做的准备，他从匈奴国土上亲自来到汉朝，他是带着诚恳来求亲的，而湖北秭归人王昭君也是自愿请行。那是西汉末年，汉匈的实力对比已经发生了巨大的变化。匈奴内部分裂，又大约一百年之后成为南匈奴和北匈奴两支。昭君的丈夫呼韩邪单于就是南匈奴前身的首领，东汉初年，南匈奴归附了汉朝。

南匈奴的归汉，和昭君的和亲有着很大的关系，这种和亲，是匈奴对汉朝的感恩。

昭君披着红斗篷抱着琵琶来到了匈奴单于的营帐，成为皇后。不几年，呼韩邪单于就死了，昭君为了汉匈的友情，又依照匈奴的风俗嫁给了呼韩邪单于和前妻的儿子。昭君先后嫁给两代单于，甚至昭君的后代也为了和平做出了巨大的努力。

昭君去世的大约年代在西汉覆灭王莽篡位以后。而昭君是不是真的葬在这依青山靠黄河的地方，也只是一个传说，但是这已经都不太要紧，内蒙古呼和浩特和包头等很多地区出土的文物里，有当时的匈奴人关于欢迎和亲的记载。

一直以来，我总是无法想象，孱弱的荆楚女子王昭君是怎样抵御塞外的风沙，昭君会怎样思念故国。但是我今天在昭君博物院看到的昭君和匈奴单于的蜡像，他们是手牵着手的，昭君美丽的眼睛里闪烁着幸福的光芒。

哪里的黄土不埋人呢？比如这葬着昭君的青冢。而匈奴单于的盖世武功难道配不起农家女王昭君吗？所以我相信昭君和单于的美好爱情。

我用一个小时就游览了昭君墓，直到最后我走近了青冢，那是个高约十丈的黑色土丘。青冢之上，7月的时令，芳草青青。据说到了9月的时候，塞外的草就都衰败了，唯独青冢之上的草依然青青，"青冢拥黛"曾经是呼市的八景之一。

青冢之上，有一个凉亭。站在凉亭上，能看见呼市的面貌。能看见现在的青城，也依稀能看见当年的云中郡。历史总和天空一样，有时蔚蓝清晰，有时迷蒙。

我当然也看见了青冢之上的青青草，绿色的草下的黑黄土里，埋葬着出塞的昭君。

我匆匆回酒店的时候，在回程的出租车上猛一抬头，看见了路对面刚从园子里看见的青冢，不用买门票，也能在园子外面清晰地看见昭君墓。就在一条寻常的路边，葬着"四大美女"之王昭君，她是汉人的骄傲，她也是汉人的寻常，她接受了伟大的任务。匈奴单于的大帐里，女人一样地温情，一样地生儿育女。无法看见过去，也不必为了看不见而遗憾，在此凭吊，把自己默默地融入历史里。

日子总还要一天天地过下去的，现今的生活也总会一样地模糊不清。

不要说我来了一处怎样的古迹名胜，更不能说是一个"景点"。这只是一个墓，青冢，里面埋葬着一个伟大而寻常的女人，她是王昭君。

2018 年 7 月 10 日
二十年前的准考证

早晨我继续连线给天津电台评球，今天的题目是《金元对决》。放下电话，距离工作时间还早，就争分夺秒接着整理过去的文章和物件。翻看 1998 年的日记本的时候，一个重要发现是在日记本的这一页码里——1998 年 7 月 10 日这天，夹着我参加律师资格考试的"准考证"。

不用去想着多少年前的物事，秦砖汉瓦遥不可及。这张已经保存了二十年的准考证，现在已经显得非常珍贵，我们自身所经历的，也渐渐变得遥远。去年我带一个回国华侨参观杨柳青石家大院和天津城区五大道，看着古色古香的民居，还有华洋风情结合的小洋楼，那位华侨对我说，只不过是一百年的时间，就能让我们感到这么新奇，看来我们现在的生活日常，在一百年后也会引人参观，说着大家都笑起来。

一百年是人家的，而这张二十年前的准考证，是我自己的。时光远去，照片也会慢慢褪色。一枚红章印迹压在证件照片右下角上，彩色寸照，红底儿，我穿一件半袖白衬衣，目视前方，眼神坚定而又迷茫。我还记得那是我报名之前专门去位于天津市最繁华的和平路上的"中国"照相馆拍的。那个时候的时光是那时的最前沿，在我拍摄那张照片的时候，以为那是最新的生活，现在回首却已经是上个世纪的旧时光。和平路后来改名叫作"金街"。谁也逃离不了时代，那条路在中华人民共和国成立以后叫作"和平路"，和人们期盼和平有关。后来叫了"金街"，可能也说明了那时人们的价值取向。和平路是天津最繁华的商业街道，现在受到电商冲击，就算是贵为"金街"，好像没有太多人到那里去买东西了。

从准考证上可以看到很多信息，想起很多往事。比如我是 3 号考生，我在第 1 考场，我考试的地点是位于天津市和平区成都道 141 号的九十中学。如果我没有找到这张准考证，也许我就把这些都忘了。我忽然想起了父亲，他过去基本上搞不清楚我的学习情况，比如高考都考什么课程，他一概不知道。但是在我的律师资格考试的时候，我从成都道的这个考场走出门外，看到父亲站在人群中间。

很多个大小考试的考场门外，家长翘首以待等着孩子走出来。过去没有人等过我，我也觉得这样的举动毫无意义，但是我父亲忽然出现在考场门前，还是给了我亲情的力量。

日记本的那一页，夹着的纸除了那张准考证之外，还有一页诗稿，我想不起来为什么会写了一首这样的诗，也想不起来诗是什么时候写的，又为什么和准考证夹在了一起。

发生在某个乡村的一瞬

炊烟被风一吹
就开始枯萎
夕阳正慢慢地下沉
牵牛花声嘶力竭地开着

河水缓缓地流
流成五颜六色
风和小燕子
有的向南
有的向北
飞

站在村口的
那个少年
落泪了

之 十

1998 年 7 月 11 日

一场庭审电视直播

中央电视台能用这样长的时间现场直播这个知识产权案件的审理，真令人振奋。我知道，这一上午之间，十大电影厂状告"天都"等三被告一案一定已经蜚声全国。不少人都看了电视直播，我约请了仲达，看得聚精会神。

我在电视机前注意着双方律师的表现，我不想漏掉每一个细节，包括他们的举止和穿着。我想坦白地说，没有哪一方的哪位律师让我为他特别叫好，我甚至多少担心，公众会由于收看了今天的现场直播而对律师这个行业的表现有所失望。

原告的律师可能是在准备诉状时就有所疏漏，把被告公司的具体名称列错了。这个疏漏着实让被告律师紧紧抓住对原告狠狠一击，要求法院驳回原告的诉讼，理由是原告搞错了被告主体。庭审现场一时有些骚动。还好，经过法庭当庭合议，认为名称微小的差异不影响对被告主体的最终认定。被告的律师是不是有些过于纠缠枝节呢？或者这是被告律师应该坚持的原则问题，再就是被告律师用以扰乱原告的一个招法，给原告律师一个"下马威"。但是，当审判长将合议结果通知给被告律师的时候，被告律师还是马上表示："尊重法庭意见。"

如果说被告的律师有可能失去了一些谦和的风度，那么原告律师就显得不够严谨。因为这个疏漏，原告律师回答法庭问题的时候多少有些慌乱，他们的解释是进行调查时得到的被告的名称就是诉状上所列。这不是理由，原告在诉状上列明的，毕竟和被告的营业执照上的名称有所差异。

我自己将来成为律师，我能不能做得更好一点儿？我这样想着，甚至有点紧张。

上午在收看直播中过去了，下午读书。现在是夜晚，皓月当空。我大约是病了，因为劳累，对写这个作品也又有了一丝厌倦情绪。我也没有好一点的稿纸和流畅的钢笔，我觉得这阻碍了我的写作热情。

2008 年 7 月 11 日
从呼伦贝尔开始——在内蒙古却想起匈奴

在内蒙古自治区主办的"东部沿海地区知名企业家走进内蒙古"的签约会议上，自治区一把手储波书记作了精彩的演讲。当得知仪式之后我们将要赴呼伦贝尔考察旅行时，储波书记说，为什么不可以去鄂尔多斯看看，那里不仅经济发展快，还有成吉思汗陵。储书记还提到成吉思汗征服欧亚大陆的战功，提到那时的疆域达到了三千多万平方公里，纵横无边。储书记自豪之情溢于言表。

下午时候参观了内蒙古博物馆，在那里我看到了蒙古帝国三千多万平方公里的版图，横跨欧亚，西亚东欧，幼发拉底河或者多瑙河，都尽收版图之内。

储书记还提到了他有一次到位于欧洲的匈牙利去参观时，曾经问当地人，为什么你们这里会修建了这么多城堡？当地人诚实地说，这都是当年为了抵御蒙古大军时修建的，他说欧洲人都被当年成吉思汗的子孙打怕了。

傍晚，我跟随代表团由呼和浩特飞抵呼伦贝尔的首府海拉尔。祖国辽阔的土地让人感慨，这里是中国、蒙古国和俄罗斯三国交界的地方。我由储波书记的谈话，想着另外的一个民族，她的名字，叫匈奴，匈奴人和蒙古人，也有可能是一回事……

晚上的时候，我的伙伴都到呼伦贝尔的海拉尔区去看夜色了，此刻，我更多的感受不是大草原的美丽，而是边陲的边远感受，这里是三国交界的地方，历史上曾经有太多的壮丽传奇。宾馆的服务员来来往往服务忙，她们大声交流着，呼和浩特的口音接近西北，而这里是东北口音了，也难怪，从地域上说，这里已经是中国的东北部，在行政上这里也曾经是东北的管辖范围。

酒店突然停电，我扶窗看着这座草原边陲小城的夜，这是我从来没有见过的夜色，夜色和草原一样辽远空旷……

2018 年 7 月 11 日
我这一天

我在我即将离开的律师事务所我的办公室里，回顾我这一天。

这几天的早上都是从电台的评球儿开始。电台的人认为我的观点鲜明，而且口齿不错，知道电台的节目要什么。我想还有一个原因是他们看了我的"世界杯看世界"的稿子，他们知道我也许会发挥，但不会超出这个范围。

之后去天津电信公司谈法律业务，到图书大厦的办公室和几位律师谈新律师所的合作。一天中我约了好几位律师，也有人听说了我重新创业的想法来约我，总之我不厌其烦地给大家分别讲我要做一家什么样的律师事务所，我为什么要在这个年龄重新创业。我其实本来可以在现在的律师事务所轻车熟路地过下去，但我想从头来，我想，我喜欢，所以我就去做。

下午4点我回到办公室，处理几个案件的沟通工作。每一个案件都不一样，都不容易做好。沟通是律师重要的工作，我和当事人沟通，也和团队中的其他律师沟通。律师这一天要说非常多的话，和老师不一样，老师备好了课，可能天天如此，但对于律师来说，每天讲的东西都不一样，因为案情不一样，而听众的人群也不一样。

律师除了做好关乎专业的案件之外，还要懂得财务。今天我也用大量的时间来看财务报表，我要离开这家律师所了，账目也要弄清楚。既然律师是自负盈亏的行业，律师除了要做公益，也要看效益，没有效益就不能生存。律师事务所上半年的成绩单恰巧今天出来了，我的成绩还不错，排在前列。

我的办公室是在二十三层，此刻，天津的夜晚灯火辉煌。我的窗外可以看见天津迎宾馆和水晶宫饭店那边的湖水，白天看得很清楚，而晚上看不太清楚水面，可以看见灯火闪亮。我在这个办公室有很多年了，我将搬出去，然后，有新人搬进来。

人生就是这么进进出出的。世界上很多事情，新来的人可能完全不知道。不知道太正常了，因为他没有经历过。渐渐地就没有人知道这个房间里曾经有过一个很有趣的人，而且在这里写下过很多有意思的句子。

之十一

1998 年 7 月 12 日
乡村晨跑

出了永红中学的校门，就是南河镇的主街道，那条道叫作"永红村道"或者是叫作"荣华道"。沿着永红村道向东走到十字路口，那条路叫作"五七路"，是因为过去河西区的五七干校建在这里而得名，现在成为了警察学校。

我出门时一般先是步行，到五七路我就开始慢跑，然后徐徐加速，沿着这条宽广的乡村公路，我一直向前跑。目光就能跑到田野里去，脚步一直在公路上，好像路没有尽头一样。只一会儿，公路两边就尽是乡村风光了。清新的气息从四周袭来，天地之间，任我奔跑。我每天都是看到警察学校的时候停下来，然后再跑回来。

五七路的两旁，有很多的水塘，其中一些是养鱼池。南河镇这里以养鱼著称，不少农民靠养鱼发家致富。我在返程时会放慢脚步，这个时候天边的朝霞最美，也是我心情相对放松的时候。如果我跨过五七路的路基，再往外走一点儿，是水塘的堤岸，跨过堤岸，就能站在水塘旁边，有时能感到霞光把水光也都染红了，天高地阔，水鸟飞翔。朝霞的那种红色和紫色，绚烂得让人鼻子发酸。

晨跑归来，小镇的一天开始了。路上有三三两两的人在肮脏的小吃店或者就是在马路边吃早餐。人不是很多，除非赶上这里逢三排八的"集"，就会热闹起来。"集"是纯正的乡村风情，在这样的小镇上也当然会有，赶集的时候，时空都会沸腾一些。让人感到沮丧的是，过去的乡村的集市，其实一去不复返。集，早已经没有什么乡村特点和风情，集市售卖的商品和城市的自由市场也没有什么两样。乡村，好像就是比城市稍稍肮脏和落后一些。而乡村本该是乡村，城市该是城市才对。

我埋头苦干，机械地做一些很熟练了的习题。我努力练习速度，我希望能不假思索就写出答案。每做一个章节，我就测试一下正确率，并把出错的题目找出来，查一查错在哪里。时而我要站起来，到屋外去，到蝉鸣的夏天中去，蓝天总是碧蓝碧蓝，太阳总是白花花的。

2008 年 7 月 12 日

从呼伦贝尔开始——草原的诗意表达

上午我们参观了位于伊敏河畔的华能集团伊敏煤场，然后又去了海拉尔世界反法西斯纪念馆，直到下午将近五点，这才往心仪已久的呼伦贝尔大草原去。

其实，我们早就到了大草原了。储波书记很幽默地说，内蒙古有十三亿亩草原，我们全国人民每人有一亩，你们应该常来看看自己的草原。而内蒙古草原的杰出代表呼伦贝尔大草原，是世界上的三大草原之一，生态保护得非常好。还是储波书记的话，我们要建设一个长达二百公里的大高尔夫球场，从海拉尔到满洲里的二百公里都是草原，就是一个大高尔夫球场。从呼和浩特飞赴海拉尔机场的时候，在飞机上就能看见下面的大团绿色，上午去华能集团，那其实就位于草原上，一路上都是绿。

而要去的陈巴尔虎旗又是呼伦贝尔大草原的精华部分，我上小学的时候就读过老舍的一篇写草原的文章，他就是去的陈巴尔虎旗草原。

路上，我用手机键盘写诗：

> 在草原上想着草原
> 草原在哪里
> 在幸福中想着幸福
> 幸福在哪里
>
> 在拥抱中被拥抱
> 在焦急里焦急
> 是你拥抱着我
> 还是我拥抱着你
>
> 天上有黑云

地上盛开着雨

河流缓缓伸展

梦想和草原都无边无际

有风吹过的时候

连我都变得像草样的碧绿

　　在车从海拉尔纪念馆往陈巴尔虎旗行驶的时候，就一直在下雨，黑云密布。草原上的雨来得快去得也快，每个人都在心底默默地祈祷着，希望天光放晴。虽然黑云下的草原由碧绿的颜色变成了青绿色，也是很美的，但大家还是希望看到蓝天白云下的草原。

　　天果然就晴了，当我们来到呼和诺尔湖边的时候，天空蔚蓝，白云就在我们的头上。似乎跳起来就能伸手触摸到云朵，蓝天和白云让世界变得广大而安详。在天边，碧绿的草场和蓝色天空连接在一起，天似穹庐，笼罩四野，人也都成了绿草，我们无处可逃。先是看见无边的牛羊无边的静默，然后就看见了对面来了一群疾驰的马队，蒙古族小伙子策马扬鞭来迎接。那些骏马争先恐后地来到车前，待到和车无限接近的时候，他们一队人马猛地掉转马头，在前面引领着我们继续前行，马挂銮铃之声，叮当优美。车上的蒙古族志愿者对我们一行人说，这是蒙古族人迎接远方客人的高贵礼仪。志愿者还说，过几天就要在离这里不远的地方举行盛大的"那达慕"了，小伙子们要比摔跤比骑马比射箭。那都是些男人的游戏。

　　捕捉这世间的美景，其实用眼睛和心灵就够了。但是人们总是想表达，尤其是想表达给想表达的人，于是大家全都拿起了相机，快门儿和马挂銮铃之声一起响。如果不能有摄影这种表达，那就用绘画，很多人拿着笔在描摹。而假设没有相机也没有水彩，就只好用诗：

开了那么多会

要什么时候开"那达慕"

风骑马云射箭

和蒙古小伙子摔跤

牛和羊

别只顾着操劳和吃草
抬头看那伸展的草原
正和骏马一起奔跑

整个世界
却被绿色烧焦
牧民在原野里站起身
是一种特殊材料的草

为什么
成吉思汗要拿起刀

我用手指飞快地在手机上写着，我的句子像草原上的流水，漫溢过我的心田：

在飞机上看云
云比飞机低
一朵一朵的云
是一朵一朵的涟漪

站在草原上看云
云也不高
蓝蓝的天上白云飘
我看见绿色的草在燃烧

我总在走
云也总在游移
于是
我躺在大地上看云
脸就和天平行
我和云都梦一样依稀

我假想着躺在地上看云，脸和天平行。我是该尽量地去看云呢，还是该温情地抚摸大地？于是我接着用手机写：

看云的时候
也可能正在想你
你在哪里呢
想你是生活必经的程序

但你不是云
你该是大地
云或者高或者低
都是遥不可及

脸已经和天平行了
平行就不能相依
该去选择紧紧拥抱
还是选择距离
也可以像云和云那样对望
也可以像我和大地一样贴在一起

我干脆停住了脚步，从挎包里拿出了纸和笔，潦草地写着：

马挂銮铃的声响很优美
美得就像湖里沸腾的水
蓝天把我的稿纸都映蓝
蓝得很像佛学里的禅

我的遥控器是我的诗句
我的诗句是我的玄机
所有能被定格的
后来都是奇遇

马蹄把雨后的天空踩湿了
人是彼此的烘干机
因为过分地热了
就又下起太阳雨
那些远处的毡包里
是不是住着你

看见了安静的湖面旁边的蒙古包和蒙古包前的敖包，畅饮了歌声中蒙古少女敬献的美酒，然后绕敖包三周，许下美好的心愿。当然，我又写下了这样的句子：

敖包就在呼和诺尔湖边
湖水晶亮了大草原
谁知道是什么时候的约定
是谁让我们在敖包相见

雨后的天空又是蔚蓝
心头和青草一样柔软
骏马背上是谁远去
蒙古长调和着你的笑脸

腾起来的那是炊烟还是云烟
你究竟是亲近还是遥远
我要行万里写悲欢
天空飞过阵阵大雁
一定记住这个敖包
还有在那里许下的心愿

就是那个时候太阳突然就落山了。落在草原上，扑通一声，火光冲天。
晚霞把平静的湖水都烧焦了。
正是一天中草原最美的时候。敖包上缠着的红丝带红彤彤地和晚霞比美，和草原的敖包相会，亲爱的人们，人生就是一场相会。

2018 年 7 月 12 日

大连之行

我们每天要探讨到很晚，创业不是一件简单的事情。有句俗话叫作"说起来容易做起来难"，做其实并不是最难，决定尤其艰难。一生在想象中度过，如果没有决定，连做的机会都没有。

本来一切都很好，我和李婷在同一家律师事务所已经合作很久了，吴海成原先也其乐融融地经营着一家不错的律师事务所。我们之前并没有特别想过要做出改变。

但就在上个月我们一起去了一次大连，情况就发生了变化。在大连我们参观的那家律师事务所是大连的较好地段，窗外能看见辽阔的大海。必须承认我这次重新创业跟大连之行有很大关系。在大连海滨我们一起晒阳光吹海风，到当地的樱桃园里去摘樱桃，海是蓝的，樱桃是红的，我们心动了。

世间事，其实也都能说清楚，有因就有果。也可以说成我们到了大连，于是就动心了。而如果这样问呢，如果不动心，如果一点儿想法也没有，那相约到大连是去做什么呢？没有什么不可以放弃，也没有什么很难开始。

我登上去往大连的飞机的时候，世界杯刚刚踢了揭幕战，我是在飞机上决定我要写一个叫作《世界杯看世界》的作品。我知道我的重新创业，将给我的文学事业带来不良影响。二十年来，我的写作总是给我的律师事业让路，这次也是这样。如果说过去我经营律师事务所是为了生存，这一次显然不是。对于做一家崭新的伟大的律师事务所，我抱有期待。如果让我一定在文学和法律这两个事情当中二选一，看来其实我无法选择。

大连和天津有很多地方很像，都有着殖民地的深深烙印，也都是海边的北方城市，我到大连还见了我的鲁迅文学院同期同学、小说家于永铎。他热情地请我去乘海船，请我吃大连著名的红叶西餐。临走时，还在我居住的酒店里收到了永铎送来的红樱桃，心头一热。

而我们的行程里，还有到樱桃园去采摘的项目。红樱桃被绿叶映衬，让人感到心驰神往，而"流光容易把人抛，红了樱桃绿了芭蕉"之句，更让人有点坐不住。我告诫自己，要抓紧一点儿。在樱桃园，我写下了这样的句子：

一

端阳访友采樱桃
绿树枝头挂玉娇
又见薰衣烧日暮
停歇正在半山腰

二

流光果然把人抛
终岁奔忙过路桥
朗润晴空无雨打
飘飞叶子太逍遥

之十二

1998 年 7 月 13 日

罗纳尔多，发生了什么

昨夜和今晨连成了一体，就像一个铁桶阵，密集防守。全世界和我联合起来，我们通宵达旦，一起陪着那个足球疯。

大将风度的雅凯率领几千万法国人欢呼，法国队赢得了大力神杯！胜利永远属于胜利者，而整个巴西和罗纳尔多，一起哭了。

我在电视机上看见法国队员的女友们欢呼雀跃，她们个个都光彩照人，她们正如解说员黄健翔所说的那样，在那一时刻成为了世界上最幸福的女人。好像听见她们在得意地说，我们也很美丽，为什么让苏珊娜风光占尽，那么抢镜！

从电视镜头上却没有找到罗纳尔多漂亮的女友苏珊娜，罗纳尔多在今夜是个失败者，好像男人失败了，女人也就找不到了。谁也不知道赛前究竟发生了什么，罗纳尔多开始的时候竟然没有被列入首发，而上了场的外星人又像梦游一样。

这支最终夺冠的法国队拥有前锋特雷泽盖和亨利，但他们之前好像是在依靠后卫进球，5 号，图拉姆打进了两个进球。而在决赛里，齐达内挺身而出，独中两元。在重要的比赛里打进重要的进球，这才是球星。

看了这场决赛，才有了今天上午的这一场好睡。法兰西世界杯终于结束了，好像我这边也像是告一段落，好像我的复习也结束了似的。这段时间看球、复习、思考，是真的累了。我从早晨六点一梦到中午，梦里我听见阳光的声音叮咚地响彻我的屋子。一些善良的蝉奋力地把我吵醒，醒来我看见树叶很绿，在黄亮亮白花花的阳光中，耀眼地展示着夏天。我一点儿也没有因为睡觉耽误了时间而懊恼。午后，我有条不紊地开始工作学习，距律考还有八十八天，日子数来数去，就没了。

仲达和我一起看了这场决赛，在晨曦中，他离开了这个小镇，到北京去追寻他的梦想。我目送他离开我的屋子之后，就睡了。睡着或者走了，都是为了梦想。

2008 年 7 月 13 日

从呼伦贝尔开始——人生难得一醉

在大草原的夜晚醉上一回，诗意而血性，所以，当昨晚我在蒙古包里坐定的时候，就想着要醉上一回。

抱定要醉的想法去醉，当然别有意味。昨夜虽有畅饮之念，但其实还颇踌躇，直到和李涵相拥拍照，才此意已决。草原与美女，都是值得的。

李涵是位土家族姑娘，能歌善舞，聪慧大方。写着这些文字，我只剩下了一些记忆的残片，大醉之后，几乎什么都记不清。我只记得我和李涵邻座，大家纷纷合影之际，李涵说谁和我合影，我随即高呼，我。然后我悄声说，我们亲近些好不好。草原之夜，大可不必拘泥，李涵笑而未答，于是我拥住她的肩膀，引来伙伴们妒意而兴奋的狂呼，快门声响闪光灯亮。李涵嫌效果不好，往复几次终于满意。弟兄们说让我小心他们，我开怀大笑，向他们致意。我们该给自己些欢乐，于是大笑更狂呼，然后我给大家敬酒，大家都一脸幸福。那时我杯中之物正满，晶莹剔透，我双手举杯一饮而尽，喝彩声一片。蒙古族姑娘又来敬酒，我也照单全收，此后来者不拒，凡来与我共饮，杯杯见底。也有"不怀好意"者故意灌酒，但他怎么知道我但求一醉，喝下就是。我也不知道自己喝了多少，据今天朋友们所讲，至少有二斤多。

记忆大约就是此时断尽，午饭时和李涵等人复盘，才慢慢想起。相邻代表团有朋友也讲昨夜我饮酒高呼，牵朋引伴。今晨早餐时，又有几位朋友跟我讲，兄弟，以后喝酒可别这么实在！这样说着，兄弟亲情陡然拉近。其实他们并不知道，这样的人生快意，为什么不一醉方休！

昨晚我们由喝酒的大帐回到住宿的蒙古包，同伴相互搀扶，且唱且走。稍事休息，我们一起去看篝火晚会。

我已经忘了我为什么从蒙古包离开，又去了哪里。蒙古包内外，灯火通明，蒙古音乐响彻云霄，大家载歌载舞。蒙古包远处，是夜色里沉静的呼和诺尔湖，湖水平而光亮，据说我就是从蒙古包一个人去了湖边。大家焦急地分头找我，还有人说一个和我模样差不多的人驾驶一辆摩托车向草原深处而去，这简直恍如传说。今晨还有人说让我"赔鞋"，为了找我，被水草弄湿了新鞋。

后来就是李涵和高浩找到了我，然后把我又重新带到了篝火晚会上。我只记得他们和我在一起，我已经不记得他们是在找我。好像是我和他们在一起，寻找别人。

篝火晚会一夜成往事，只记得有很多被火光映红的脸随着蓝天的幕布一起抖，还有紊乱的火焰和狂呼。还有人一边畅饮一边跳，呼伦贝尔的罗市长也和人们一起热舞。

今晨我被草原的晨曦惊醒，早霞从云中撕裂开来，霞紫色的光埋伏在清冷的湖水上。我是第一个走出蒙古包的人，低头能看见草地里有无数个蹦跳的小青蛙。我看看手表，早上4点30分，那时候，天空正有一群大雁，从远处的青蓝色的天空齐刷刷地调度过来，远天下青青草原一望无际。雁阵游进霞紫，淡成黑色的斑点，渐渐无影无踪。我一手拿DV，一手拿相机，湖水里映着我的影子，我清清爽爽，醉意全无。

DV能拍下影像，而文字才可记载心情。行走着快意着，还要记载着，一天可成遥远，数日便可风过无痕。此刻，我从满洲里外交会馆的晚宴上一个人悄悄溜出来，我得买些稿纸，一会儿大家要去看夜色还要欣赏俄罗斯风情表演，我还没有拿定主意是不是一起去。

草原晨光湿淋淋地把我浇洗，狂欢的人们也都渐次醒来。梦想和现实，远之又远，又近之又近，有多远就有多近。

然后我们去看呼伦湖，我们去看满洲里国门，一路上大家还在谈论着昨夜的酒，不仅我，原来很多人都醉了。

当我向他们追问昨夜的一些细节，有的人也想不起来了。李涵说，别去想了。

又是夜上浓妆之际，想起昨晚恍惚的篝火，我还记得高浩的劲舞和他给我的搀扶，记忆里李涵也在舞蹈。草原之夜，大家寻找我时，都一荡一荡地喊着我的名字。

2018年7月13日
高玉芳说，好

今天上午的开庭，我是履行仲裁员的职责，以一个裁判者的身份，在天津仲裁委员会审理一起案件。做律师和做仲裁员是完全不同的感受。做仲裁员更多的是听和问，不像当律师要说那么多。坐在仲裁员席上看着很多律师在不停地说，才知道律师不一定要说那么多，不要急于表达。这是位置感给人带来的变化，坐在不同的地方，就有不同的立场和视角，如果我坐到代理人席位上，也许也不一定能把控得有多么好。但是我坐在裁判者的位子上，好像就能把过去没有看清的问题一下子看清楚了。

午时我回到律师事务所，我和高玉芳会面的时间只有这个中午了。

因为下午还要赶回继续进行仲裁案件，又加之中午的谈话内容比较重要，因而我有些焦虑。

在我仅有的一个小时里，我和我的重要合作伙伴高玉芳谈了六十分钟。就是说，我把所能给的时间都交给了我的伙伴，我尽量让自己说得条理清楚，也尽量说得流利而不啰唆。

昨天深夜，我用微信告诉了高玉芳我的决定，我要离开现在的律师所重新创业。高玉芳很快给我回话，她说，好。

7月12日，也就是在昨天，是我和高玉芳一起合作十八年的纪念日。2000年的7月12日，高玉芳成为我的合作伙伴。从那时起，我们相互搀扶，合作到现在。

对于高玉芳来说，今天中午的这一个小时显得太短暂了，她有足够的理由觉得我的决定太过于仓促，昨晚的通知太草率。她甚至还不知道我们接下来要做一件什么样的事情，但是她已经决定要跟我在一起。高玉芳是跟我共进退的人。人的一生要遇到很多人，有的人仅仅是遇到了而已。今天中午，我当面告诉高玉芳我要重新创立一家伟大的律师事务所，我说我也不知道能做成什么样子，但是我想让你跟我一起体验，高玉芳还是一个字，好。

之十三

1998 年 7 月 14 日

为什么要读书

汗瓣里啪啦的，一分钟能把人浇湿好几遍。

中高考的学生们，都放暑假了，他们在享受夏天。律师资格考试，为什么要设在 10 月呢，如果是在 7 月考完，至少这个伏天，就不用这样辛苦。

热。热好像能让人变傻，仿佛把什么都忘记了。夏天能把人和过去隔绝。我的桌上，有一把蒲扇，正是 7 月里最热的夜，有蒲扇在手，虽然风是热的，但至少有点心理作用。可两只手一只拿书，一只拿笔，都占着呢，扇子就放在那里，基本用不上。身子稍稍往桌上一伏，书和纸顷刻就湿了一大片。

读书人不断读书，然后去参加一个又一个考试，读书考试，所为何来？

我现在的读书是为了参加考试，但我持续地读书，好像就是沉浸在读书时光里，读着就行了。这是这段时间我的生命形态，至于读书为了什么，好像可以不去想。

就是为了读书而读书，又有何不可。读书也是享受，读书也是生命的呈现方式，是一种活法儿。生命就是一段时光的总和，前面是光，后面也是，不存在着哪束光去照亮哪一束，谁也照亮不了谁。所以，读书就是读书，考试就是考试，就业就是就业。此刻我不想考试，我只在书香四溢里，获得生命的满足。读书也不是读书人的专利，庄稼人种完地，也可以读书。

但考试当然还是要考的。割裂开读书的目标和过程，也是矫情。所以我一边做着习题，一边统计着得分率，效果还令我满意，正确的在增多，而出错的自然是在少着。我把所有出错的地方都标示出来，过些日子再把它们都整理一通，只学习研究这些出错的地方就行了。

2008 年 7 月 14 日

从呼伦贝尔开始——敖包相会

> 十五的月亮升上了天空哟
>
> 为什么旁边没有云彩
>
> 我等待着美丽的姑娘啊
>
> 你为什么还不到来哟嗬
>
> 如果没有天上的雨水呀
>
> 海棠花儿不会自己开
>
> 只要哥哥你耐心地等待哟
>
> 你心上的人儿就会跑过来哟嗬

这首蒙古民歌所表达的情怀，任是蒙汉，任是男女，都能理解。这支歌曲的传唱，让人知道了蒙古族有一种东西叫作敖包，并且懵懂地认为，敖包是和"相会"有关的。

敖包当然和相会有关。但是敖包真正本来用意是蒙古族人祭祀用的。

12 日来到陈巴尔虎旗草原的时候，我们在呼和诺尔湖边的一个敖包前，用蒙古族人送给我们的红丝带缠上一块石头，再把石头抛上敖包。根据人家的习俗，我们绕敖包三周，自己都在心里默默地许着心愿。一个皮肤黝黑的蒙古男人给我们讲述了敖包前祭祀的由来和规矩。大体上有家族的祭祀和民族的祭祀，表现一种由衷的爱与崇拜。祭祀家族的长者和民族的英雄，还祭祀神灵。蒙古族人信奉萨满教，并相信敖包是萨满教神灵所居和享祭之地。

牧民们用五彩花卉将敖包打扮得美丽非常。没有见过的人也许以为敖包是一种像蒙古毡包一样可以住人的"包"，其实不是的。敖包是用石头堆砌成的，形状有些像塔，也有用沙子堆的，还有用树枝堆的。

在敖包前要摆放一个供桌，这和汉人祭祀祖先的供桌没有什么区别，供桌上的物品也其实差别不大，都是要有酒的，有糕点，而在草原的供桌上当然要有牛羊和奶产品。这些食物要由同族或者同盟的人共同负责准备。仪式也是要由德高望重的人主持，或者是声望高，或者是家族的族长。也要焚香敬酒，也要"跳神"，也要诵经，只不过是供奉的神不同而已。还要献哈达，这是特殊之处。期盼的是一样的风调雨顺，期盼的是一样的平平安安。

漫山遍野都是跪伏着的人们，他们跪拜着，默默祈祷。仪式完成之后，小伙子们就开始比试骑马摔跤射箭，姑娘们唱歌，同庆同乐。

藏传佛教传入蒙古地区后，萨满跳神大都改为喇嘛念经，祭敖包不再是纯粹的萨满教的祭祀活动，宗教也在慢慢地变异，就是文化的融合。而现在，蒙古族人的活动范围内，敖包的数量逐渐变少了，敖包的祭拜仪式也不再那么复杂，我们这些外来人的祭拜成为了一种文化活动，或者就是在招商引资过程中的一种招待客人之礼貌，这是敖包的新的作用。

远远看去，巨大的石头敖包上遍插枝条，枝条上五颜六色，红色为主，煞是好看。枝条与红丝带，好像是神灵和爱的召唤。为什么要把敖包堆成塔的样子，远看又像是一座小山，可能是因为对山的崇拜，据说和成吉思汗有关。而又听说，敖包一般在水边的多。现在风景区建成一个敖包，并且举办的祭祀仪式，主要是为了让来访者了解这种蒙古族文化，同时也表达主人的好客。

那位负责给我们介绍敖包的人正在讲敖包相会的故事。他说："你们知道为什么要在敖包相会吗？也只能在敖包相会！你们看，"他说着，我们就随着他的手所指处看去，"无边的草原，"他继续说道，"只能敖包相会，这么大的草原，茫茫一片，没有任何其他参照物，要走到哪里去相会呢！"青年男女在敖包旁一边许着心愿，一边定了下次约会的时间，时间定了下来就好办了，地点就在敖包，这就是敖包相会。

没有人和你相会，是不幸的，有要相会人而不能相会，也是不幸的。有缘千里来相会，大草原的敖包相会。

2018 年 7 月 14 日
访欧归来

儿子从法国回到天津，我就到学校去接他。

这群兴奋的学生，他们出了趟国，说是什么夏令营或者什么游学活动，实际上也可以理解为学校组织的商业行为。但在很多家长看来，孩子们不是出国潇洒了一回，仿佛是载誉归来一样。当载着孩子们的大巴停在学校门前的时候，孩子妈妈们冲到前面用手机给孩子们拍照，以记录孩子们的这次远行归来，但是大多数孩子并不领情，妈妈们跑上来，而他们纷纷跑开。

我儿子也是跑开的一个，他比较害羞于家长当众靠近他。当我把儿子接上自己的车，起初他好像也还有点不自然，过了一小会儿，他才开始兴奋，一路上大声叙述他在国外的见闻。半个月没见儿子，他长高了，也晒黑了。在他们这个年代，小学生时代就可以到世界各地去走走看看，而往上几代，很多人一辈子也不一定能走出村庄。当然，他们的时代，世界变成了一个村庄。我第一次参加这样的夏令营，去了济南、泰安，登了泰山，就觉得是走了很远很远的路，而现在天津到济南的高铁，七十分钟就到了。不觉三十多年过去，我记得回程的大巴上，车子经过一个村庄的中午，其中一位带队老师说，这些学生，一辈子也不会再凑齐了。当时我还不太明白，现在发现他说得还真对。

　　俄罗斯世界杯仍然在继续着，今晚的季军争夺战中，比利时2：0战胜英格兰获得季军。夜静时候，我看世界杯，也看自己的旧作。二十年前或者十年前的句子就像预言，暗中指引着自己走向自己。我接上儿子，直接来到滨海一号酒店，我在这里有个同学聚会，也算是带儿子来放松一下。我在房间里写东西，我的同学们在院子里聊天，十年前我在呼伦贝尔时就是这样，我好像总是这样顾此失彼，我总是断断续续，这让我对自己失望，我总是不言放弃，这又是我的希望。

　　　　　　　　　　　　　　　　　　　　三 / 秋 / 重 / 唱

之十四

1998 年 7 月 15 日

对律师生涯的假想

这火样灼热的日子里，竟然有丝丝秋日才有的爽利的风，我看见天空澄明的蓝，天很高，云很白。在最热的夏天里掐指一算，秋天其实很快就要来临了。想着迷人的秋天，想着这段生活的结束，让人心乱如麻。想想未来，有些期待，就站起身来。

我开始假想我未来的律师生涯。我对能成为一名律师毫不怀疑，对能把律师工作做好也充满自信。我觉得这真的只是时间问题，这段时间过去，我在这里走出去，经过一场考试，我由一个考生成为一名律师，经过一段时间的锻炼和打磨，我渐入佳境，开始我用法律匡扶正义的一生。我用我的才能和热情帮助了很多人，我的意见被法院、被这个国家的很多部门所采纳。

我也开始想着律师事务所的样子，我假想我所在的律师事务所应该是位于天津的五大道。在一栋小洋楼，律师事务所每天门庭若市，有很多律师进进出出。这里面有经验丰富的老律师和我这样的新锐律师，有男律师，当然也要有干练和漂亮的女律师，我们大家和睦相处，共同研究国家的法律和关于公平和正义的若干问题。有时候我们从律师的身份中向后还原一下，我们不总是那么正式和严谨，有时候我们也会一起谈谈法律之外的生活。

也有不少当事人慕名来找我们，木地板被人来人往踩得咚咚响，那种响声，显得很有秩序。我能有一个靠窗的办公桌，最好能有一个独立的房间。我甚至想到有当事人焦急地敲我的门，但又尽量掩饰着他们的焦急，他们很想请我帮助处理法律事务。起初我没有听到，因为我太忙了，后来因为敲门声显得急促了一些，我终于听到了，我语气淡淡地说，请进。

我也没有想好将来我是做一个出庭的律师呢，还是做一个具体的事务律师。

我更偏爱出庭律师一些，在法庭上表达自己，有很多人来旁听，是很有意思的，简直是威风凛凛。当我用我的声音弄响我的麦克风，世界一下子安静了，麦克风能传出我的声音，我要表达我的意见，传播我对这个世界的看法，我希望这个世界是公平的，充满爱。

2008 年 7 月 15 日

从呼伦贝尔开始——一定是很普通的

7 月 10 日晚上，好客的蒙古族人举行了盛大的晚宴欢迎我们，晚宴上还有精彩的文艺演出，民族风情的歌手和舞者，蒙古长调、呼麦，还有马头琴。东部沿海来的知名企业家们也登台献艺，在这样的场合，人们不一定喜欢看那些专业演员的表演，大家自娱自乐，也是很不错。席间有个歌手齐峰表演，很受当地人欢迎。就是那位《我和草原有个约定》的原唱者，他一路也与我们一起参观考察。因为受邀请的是东部沿海的很多省份，每个省都来了不少人，可以说精英荟萃。各省都推荐人来参与联谊表演，天津有人推荐我表演一个诗朗诵，我略微迟疑，还是放弃了登台的机会，人家见我犹豫，也就没有安排我。

晚宴上我看到了风云人物潘刚，伊利集团的领军人。我从内蒙古团委的一位负责同志得知，潘刚现年 37 岁。这个年纪就取得这样的成绩，也可以说是少年得志。伊利作为一个生产乳品的企业，年销售额度已经超过了二百个亿，了不得。

我在临近主桌的一张桌子就座，离潘刚不远，我旁边坐着天津来的姑娘李涵，我问李涵一个很俗套的问题，我说："李涵你是个女孩，你觉得是一个什么样子的姑娘才能配得上潘刚呢？"李涵说："一定是很普通的。"

我认真地想了想，我不知道潘刚的夫人是谁，也许是个很了不起的人物，或者是个很美丽的女人，但是我觉得李涵的说法，很有道理。

潘刚迎娶一位怎样的女人才"配得上"他呢，什么样的人才算好，才算成功，对于一个女人来说，她温情，她贤惠，这就够了，潘刚的妻子也可能是个女强人，但是她一定也是很普通的。

在呼和浩特参观了著名的奶制品企业，伊利集团。到这样著名的大企业来，是一种学习，同时，工业也可能是一种旅游项目，看着壮观的工厂车间的流水线，感到震撼。那流水线的运行，一首交响乐似的。

2018 年 7 月 15 日
一个扁担挑两头

　　昨天晚上接到从国外远行回来的儿子，我们直奔滨海新区。今天下午有当事人来接我说案件，之后去了东疆港海滩。天津虽是沿海城市，但没有像样的沙滩，岸边不是沙子而是泥。东疆港有人工做出来的海滩，好像是用从广西北海购进的沙子装点。光看沙滩还可以，但是不能极目远眺，眼光稍稍放远，就能看到海水是被人工围了起来，很多人把自己当成饺子放到不大的一口锅里。站在沙滩上，很热，看不到海的辽阔。滨海新区距离天津市区有五十公里的路程，是原先的塘沽、汉沽、大港三个行政区和其他功能区合并而成，过去的这三个区都靠海，都曾经有渔民以打鱼为生。塘沽是个中心区，现在市区人到滨海新区来，不少人也还说是"去塘沽"。滨海新区距离市中心比较远，这为天津留下了充足的发展空间。好多人说天津人保守，也不完全是。"一个扁担挑两头"，扁担说的是路，两头指的是市区和滨海新区，多有想象力，多大的胆量。

　　1998 年的今天我还在假想着律师事务所的样子，那时候我只是到过天津有限的几家律师所，对律师这个行业缺乏了解。人的想象力是有局限的，没有见过，就想象不到世界的大。当然，如果全都见到了，也就没有想象的空间了。就像东疆港的海边，一眼能望到边。现在我到过国内外很多个律师事务所，参观和了解各地的律师所是我的工作内容之一。到不同的律师所去仍然让我感到兴奋，因为没有一家律师所的布局是完全一样的。这也很有意思，室雅何须大，别说办公室，就算每个家庭，也是各有各的特色和布局。我又要重新做一家律师所了，我也还不知道我的办公室会是在哪里，会是个什么样子。

　　今晚俄罗斯世界杯决赛，法国队 4 : 2 战胜了克罗地亚队，捧起了大力神杯，姆巴佩打进一球。和二十年前一样，还是法国队获得冠军。正如这么多年过去，坐在书桌前的人还是我。

之十五

1998 年 7 月 16 日
比如野草

校园操场旗杆上的那面国旗，因为日晒雨淋风吹，都变成红色的布条儿了。抬头看看，旗子挂得太高，也没有办法把它摘下来。就这几天的光景，空空荡荡的校园里，操场上呈现出一片破败的样子，有许多野草横生出来，乱得没有规则。

操场上有野草，其实也有野花，还有野菜。比起很多叫不上名字来的草木，也有很多野草的确拥有自己的名字。但很可惜，它们的名字也许就是在一个地域这样叫，它们没有学名大名，它们的名字只是小名乳名。我在内心里能对一些花草叫上名字来，但是那甚至是我自己对花草的昵称，是不是应该这样叫，不知道。

在我从房间出来到外面，或者我自定的课间休息的时候，我有时也会走到操场，面对着那么多不知道该怎么样称呼的野花和野草。我有些束手无策。

该拔掉它们，还是该呵护它们？野草似乎该被拔掉，可是一群彻地连天汹涌澎湃的草，谁有能力去拔掉？如果呵护呢？再呵护，也是野草。生下来，就是野草。

每日里，我在这里雷同地读书。坚持，姿态都一成不变，坐着，也是一种类似于机械化的运动。

看起来，我认真读书，我读着，写着，默默背诵，好像风过无痕，老僧入定。可是我的内心，也还是有波澜。

就像那野草。

这个校园变得安静，也就是这十天的事。乡村校园操场，本来就是一片硬化了的土地，光秃秃的。这些天没有人来，野草就疯长了出来。人的内心，其实也很荒凉，也很坚硬，稍不小心，也就会长满了野草。

读书的过程，对理想的追逐，其实无非是杀毒和除草。让内心丰盈，别那么荒凉，别那么芜杂。

只要是土地，总会长草的，只要是人心，也总是温润的，并且有渴望。草和人的欲望多像，忽然就冒了出来，无边无际，大兵压境。去拔掉，去压抑，就也可以什么都没有。

内心什么也没有，内心长满了草，哪一种更荒凉？

如果不长草，那得是多么坚硬的内心。

细看那些野草，怎么样长的都有。奇形怪状，好像人的胡思乱想，怎么想出来的，为什么会这样想，不知道。它们钻出土地，见到风，见到光，就算是羞涩，就算是短暂，也来过了。就像人们卑微的理想和爱，爱有什么错，所有的理想也都值得尊重。

2008 年 7 月 16 日

从呼伦贝尔开始—— 一日三题

1. 又到青冢

刚到呼和浩特我就单独行动，去了昭君墓，我没想到转天早晨的时候能第二次来。

组委会通知，7 月 10 日的第一项安排是参观昭君墓，于是我跟随着大队人马第二次来到了那里。

独往有独往的妙处，我并不觉得自己的单独行动是办了一件傻事。再看一遍又有收获。而且，如果没有之前的独往，也就没有昨天的记忆和心情，在不同的心境下，能写出不同的文字。

接下来，来自天津的企业家们，和其他东部沿海城市的知名企业家们，一起参观了呼和浩特著名的企业伊利集团。这次招商引资活动，伊利集团也是主办单位之一。伊利集团在午时宴请大家，席间，我对我的伙伴们说，其实，昭君墓我已经来过了一次，他们问我什么时候来的，我笑而未答。

2. 行走的方式

下午是内蒙古自治区的同志给大家介绍内蒙古的经济情况和其他基本概况，参会人都听得很认真，但是也有的人没有来，托伙伴们带回相关的材料，他们在酒店里看电视呢。

很多人的出行，不管是商务活动，还是自由的旅行，会把很多时间用来在酒店里待着，什么也不干。

行走的方式多种多样，行走的内容也各不相同。

探亲、访友、求学、商务活动、外出考察、讲课办案，参会参展跑业务，都是外出的理由。还有纯粹的"旅游"，自驾或者跟着旅行社，乘车乘船乘飞机，或者是驴友们背上行囊就上路；可以住青年旅社，可以住五星宾馆，可以住在老乡家里，可以露宿街头和大山脚下。可以游览开会，当然也可以在宾馆里看看电视，哪里也不去。

3. 青灯

晚上和伊利集团交流结束回到酒店，深夜里黄卷青灯。

青城的夜很安静，在哪里都可以有一个安静的夜，但不一定有静夜里安宁的心灵。奇怪，往往要远行千里人才会安宁。

"青灯照壁人初睡，冷雨敲窗被未湿"，黄卷青灯是刻苦的写照，也是文人追求的情调，这情调里，没有矫情的成分。扭燃台灯，读书写字。寒窗苦读的时候，谁不是三更灯火，谁还没有一盏青灯，而功成名就之际，灯变红了，青灯就不那么好守候。没有应酬的普通人，大约也不会再守着青灯。唱着摇篮曲抱着孩子，和家人一起看了很多很烂的电视剧，讨论着剧情，就睡了。这当然也没有什么不好。

去陪着家人消费时光，是人生的一种享受。而去应酬，也不仅仅都是无奈，都是自己愿意的。每天青灯照壁，那也不应该是生活的全部。

塞外青城的夜已经深得看不见底，夜色正渗出水来。夜是大海，青灯是海上的灯塔。可以想心事，可以有乡愁，憧憬即将见到的呼伦贝尔大草原，我的家人此刻一定安静地睡着了。

2018 年 7 月 16 日

从历史和文化看律师的未来

我坚持为天津即将执业的实习人员进行培训，应该有快十年了，我至少为几千人讲过一堂相同的课。今天我全天在天津律师协会，为律师行业的这些"新人"讲课。

几天前工作人员告知我今天上课的安排时，我本来是有一点儿犹豫的。近来嗓子不舒服，话说得太多了。我们这些当律师的人，和歌唱家、播音员一样，也可以说是靠嗓音工作的人。由于说话太多或者不得其法，保养又跟不上，甚至会通过手术的方式干预。我本来希望晚几天安排我的课，当我听说这次要给两个班上课，我还希望把至少上下午的两堂课不要放到一天，缓解嗓子的压力。通电话时，我觉得对方希望把我的课程安排在今天全天，我就又想，那就趁着还没有其他安排，就这一天吧。

两堂课分别在礼堂和报告厅进行，人都不少，都坐满了。

我演讲的题目叫作《从历史和文化看律师的未来》，是通过讲述律师的历史和传承，帮助新律师们作职业规划，所以我的课一般都是每一期培训的第一堂课。学生们踊跃和我互动。新中国律师制度从1979年恢复重建，到明年就要四十周年了，而如果从1912年民国元年算起来，现当代意义的律师制度已经有一百多年了。我没有讲稿，这些事情讲得多了，已经烂熟于心。

上午的课讲完，我已经说不出话了，拼着喊出声音。把下午的课讲完，我已经感到完全发不出声了，但是当我出了律师协会的大门，想起来很早前还答应了电台，随后又去了直播间做节目。说话太多，以至于到晚上回到家，一个字也说不出来了。我想起在课堂上和大家开玩笑的一句话：一个演讲者是不是能获得更好的演说效果，不是看他的能力和水平，而是要看主办者有没有提供一个好的话筒。有句广告词说得很好，没声音，再好的戏也出不来。大家都笑了。当然了，有的话筒因为声音很大，回声也大，声音太大了也不好，这也好像是个人生的道理。

1998年的那个考生，想不到未来会成为新律师的讲课老师。一个人的职业生涯很短暂，我好像不知不觉就由一个新律师成为了一个老律师。一个藐小的生命个体，也历经着中国的法治进程，并且成为其中的一部分。

之十六

1998 年 7 月 17 日
小南河和大南河

南河镇大约有十几个村庄。永红乡撤乡建镇的时候，更名为"南河镇"，是因为这个镇有一个叫作小南河的著名村庄。

很多人不知道，除了"小南河"，还有一个"大南河"。为什么叫大南河，就是因为它在小南河的旁边。小南河是不是真的有一条河？过去有古运粮河，就算是在我的幼年，运粮河的河道，也还有清晰的样貌。

早上我晨跑归来，到了五七路和荣华道交口的时候，我本来应该左拐回来，但我忽然一个闪念，我就右拐往大南河村方向步行而去。这时候我的右侧是一家农村信用社，我的左侧是一家养老院。再往前走不远，和养老院一侧的那些红砖平房，那就是大南河的村庄了。那些红砖平房的前身，是土坯房，我还能想得起，我在这些村庄和村庄的房子里的穿梭。

我只是站在荣华道上，看看这个村庄，就又回来，下次可以骑自行车到村子里摇摇晃晃一阵。大南河这个村庄规模比小南河要小一些，小南河因为 80 年代港剧《霍元甲》的播放暴得大名，大南河在小南河的旁边就好像是个陪衬似的。实际上大南河村曾经是乡政府的所在地，而且历史上出过很著名的义和团人物刘十九，这个刘十九的故事在南河镇一带流传至今。刘十九那年只有 19 岁，带领义和团大战八国联军，南河镇曾经是个主战场。

我只用了一上午时间，就把《经济法》部分教材通览一遍。刚翻看了一篇叶兆言的文章，他说，知道该说什么和不该说什么的人都能当小说家，我想说，知道该学什么和不该学什么的人，一定都是好的学生。

从呼伦贝尔开始——国家的门

我们同行的人中有两位是刚刚参加了"喀交会"又来到呼伦贝尔的。"喀交会"就是喀什商品交易会的简称,就是说他们是从喀什来到了呼伦贝尔,如果从地图上看他们的行程,就可以知道他们走了有多远的路。喀什位于中国的最西端,而呼伦贝尔已经是中国比较东部又非常靠北了。

而且从喀什到呼伦贝尔的满洲里,几乎就是中国和俄国边境线的大多半了。7 月 13 日到了俄罗斯的边界,到了位于满洲里的"国门"。而喀什那里,和满洲里一样,也是一个口岸城市,喀什的红其拉甫口岸位于海拔四千米的帕米尔高原。如果说满洲里这座城市别有风情,喀什则是另外的和内地不一样的人文风光。

我去年的这个时候参加了当时的喀交会,维吾尔族姑娘和小伙子或者盘陀城和高台民居,还有雪山慕土塔格峰,都让我念念不忘。而今年的同一时候来到呼伦贝尔,人生到底要走多少路,不知道,只知道我们每天都在路上。

满洲里国门距离满洲里市区也就是几分钟的路程,我们乘坐专车来参观。草原上的云朵清晰而洁白,我通过国门看见了邻国俄罗斯上空的云。俄罗斯的天空与云朵,和中国的连接着,巨大的门上写着"中华人民共和国"的大字,庄严威风。透过中国的大门,可以看见俄罗斯的国门,再穿过俄罗斯的门,就是看不太清晰的世界,有房子,有村庄,有和我们一样生活的老百姓。

不同的门摆放在不同的位置,那就是不同的身份,这一扇大门,是国门。

中国辽远的土地上,不曾有多少次安静地走近家国的门。别说门,就是一块界碑也行,走近它,抚摸它,感受祖国的怀抱和体温。

喀什那里也是一个口岸城市,站在昆仑山上望着山那边的世界,那里和阿富汗、巴基斯坦、哈萨克斯坦、乌兹别克斯坦等国家都相邻。而满洲里对面的门,那是俄罗斯的大门,俄罗斯或者中国,在国土面积上都是巨无霸类型,但是国家再大,也是有门的。要关紧门,也要打开门。没有关紧门,丧失了何止几百万平方公里的土地;没有打开门,曾经变得愚昧和落后。

在国家的门前,想起我四五岁的时候听我父亲讲关于守护好自己家门的故事,说的是一个孩子光顾着"看门",贪玩的时候把家扔了,背上门板去玩儿,门是看好了,家却丢了。我就想,如果让我看门,我就坐在门墩上,我看的是家，不是门，我就是家的门。

如今我站在国门面前，我坐在门墩上看着自家大门的日子变得斑驳不清，我不再是那样的看门的孩子，我来到了国家的门前。我可以到喀什到呼伦贝尔，我距离自己的家乡、童年和父母，都很遥远，而且必将是越来越远。

回头一望，我已经走了这么远的路。

2018 年 7 月 17 日
再说大、小南河

这些年因为办案办事，也常常到西青区去。当然也会到精武镇——当年的南河镇去。

多年以来，有些风物还是当年的样子，但我读书的那个校园早已经不存在了，那个校园附近的那些淳朴的商业设施，还有附近的原始状态的楼房和平房，也都陆陆续续拆掉了。南河镇在 2009 年改名叫作精武镇以后，好像开始进入了发展的快车道，现在已经成为天津新四区比较抢手的地点，房价也不低了。

我 1998 年的今天站在那里看着大南河村的地方，在 2008 年左右就建起了一个叫作"小镇西西里"的小区。这样的"小镇"当然不是行政区划，而只是房地产小区的名字。"小镇"和"小城""广场"这样的房地产时髦的名字，已经盖到我当年的乡土小镇上去了，小镇本来真的是小镇，现在反而成了时髦的名字。又有些怀恋那个纯粹和安静的小镇和那些时光，我想在秋凉时候，一定再去看看。

十公里的路程而已。这里就是城市，那里就是乡村。当然，用了几十年的时间，这十公里才终于紧密顺畅相连。

今年年初，我开始了非虚构作品《乡关何处》的写作，其实就是想探讨城市和乡村的关系。我一度写得很用心，但我担心我驾驭不了这样的主题，我写不下去的主要原因竟然是法律问题。我觉得我对关于城乡的法律和政策的了解还不够深入，应该做足功课再写，就又放在一边了。

而当进入 7 月，当我再次以行进时态，准备写完我这个二十年前就开始了的作品的时候，我发现那时的文字里就在关注南河镇。时光不能倒流，如果现在回到 1998 年，我会更认真翔实地用笔记录下当年的情况，并且用胶卷相机去拍照。尽管这只是假设，但所谓开始就是不晚，我们抓得住的唯有当下，尽力记住当下，是一个作家的职责。能记住和留下的只能是沧海一粟，但为了"留下"而进行的任何的一个微小的努力，也都是值得肯定和有意义的。

　　大南河的村庄平房一度拆除得比较慢。现在，大南河的村庄无论是房屋还是田园，都不复存在，全村人都住进了还迁楼房。他们的还迁楼房一侧相邻"小镇西西里"，而另一侧，这两年拔地而起了几个联排别墅项目，其中的一个叫作"燕南园"，多好的名字。因为精武镇这个地带在天津的奥体中心南侧不远处，这里号称是天津城南的重要板块，叫作"南奥体"。我的故乡现在已经成了"南奥体"，开发商们真会炒概念。

之十七

1998 年 7 月 18 日

我的时间管理

写这些文字能有些什么意义呢？好像意义不大。文字的文学性是等而下之的东西，不写也罢。文章多少还是应该"有用"，如果后来的学子从我的备战复习情况中得到一些参考经验——比如我的时间管理。谁能最合理地使用好自己的时间，谁就是成功的。

如果让我谈我的经验，我有规律的作息时间。

一般情况下我在早上 6 时准时醒来，我睁开眼睛看见窗外射进来的光，知道新的一天又开始了，就起床，到学校外面的田野里进行晨练。趁着晨光，我大约要往返长跑好几千米。

早餐等人间烟火的事情都收拾停当，开始的时候大约要 7 点半，我毫不停歇，直接坐在书桌旁——这时候如果赖在床上躺一小会儿，可能一个上午就会赖过去了，会睡着的。如果读读别的书，或者随便干点什么别的事情，时间也会过得很快。必须马上坐到书桌前，拿出一个读书的样子，不仅要正襟危坐，而且一边读书，还要一边动笔，动笔才是真正的读书，才能精力集中。

大致上我每天的读书生活是分成三个时间段，上午、下午和晚上各进行四个小时学习，这样加起来在十二个小时左右。听起来这是个很长的时间了，但是除了有三餐的时间、上厕所或者一些琐事之外，黄昏的时候还能有半个小时散步时间，还能挤出点时间看看电视和报纸新闻，中午的时候偶尔还能有个短暂的午睡。

现在，傍晚时候，我刚刚散步归来，临到我快进门的时候，天空忽然乌云密布，狂风大作，雨说来就要来了。抬头看看，天黑得真像锅底。我就匆匆地跑回来，马上坐到书桌前。外面的天越来越黑，渐渐全黑了。雨声和闷雷伴着我的笔尖沙沙。

2008 年 7 月 18 日
从呼伦贝尔开始——分别

人生是一场总的分离，由一次次的聚散构成。

东部沿海知名企业家走进内蒙古活动，在呼和浩特的三天议程告一段落。7 月 11 日这一天，企业家们大都一起到呼伦贝尔大草原去，也有的人商务繁忙，就要离开了。而呼和浩特当地的领导，有的人继续陪同前往，有的也要留下了。比如内蒙古团委机关的郭书记，一次午宴时我们相互讲了常来常往，我对她说很可能我们其实一辈子就见这一面，她点头称是。除了亲人和朋友，人与人是相互的匆匆过客。

像我们这些走江湖的人，谁能不经历这样的别离呢？"劝君更尽一杯酒，西出阳关无故人"，"桃花潭水深千尺，不及汪伦送我情"，分别，是人生的常态和文学的主题。风霜阅尽的人，柔软只是最深处的心灵部位，我们必须坚硬如铁。

而比如志愿者小朱，小朱还是个学生，她还不能更好地阅读人生，或者说她还太年轻。

小朱全程陪同了我们在呼和浩特的三天行程，作为一名志愿者，她并不出色，她的眼神总是空茫的，问她什么基本上也不知道。但她是热情的，她很想为大家服务。我们初到呼市的晚宴上，同桌都作了自我介绍，最后介绍自己的，就是志愿者小朱。她的开场白怯怯的，有些紧张。我记得那天晚上我讲了分别的话题，说大家要珍惜此行，必成美好回忆，小朱频频点头，好像也很同意我的观点，但那时我还不知道，她是一个如此善良而脆弱的孩子。当天，小朱还用英语作了自我介绍，她说有时候愿意用英语而不用普通话，果然她用英语的时候反而自信了很多，她是一个英语系的大二学生，大家都给了她热情的鼓励。

她总是举着一个小旗跟着我们，但插不上话也帮不上什么忙，她很腼腆，总是红着脸。我们都鼓励着她，但这种鼓励一点儿也不真诚，只是一个年长者对后辈的套话而已。

如果不是小朱的哭泣，我会很快忘掉这个孩子而且也许不会想起她，但她的哭泣却改变了这一切，以至于若干年后，我还能想起她。

她很愿意和我说话，这可能是因为同行的那些企业家老是跟小朱开玩笑，而我不会。我不合群，往往一个人走，而小朱也是个落寞的人，她总是在外面等或是在队伍的最后，所以我们就常常有机会说话，但我一直没有找到和她的共同话题，说几句就进行不下去了。而我也还老是想事，言不由衷。看得出来，她也在找话题，可是也找不到。会务安排她并不熟悉，而当地的风土人情她也知道得不多，还能谈些什么呢。我记得她对我说，看来您还挺喜欢历史的，我说是啊，我试图和她说一些历史方面的问题，但也没说下去，我没有热情，也没有足够的时间。

我们在呼和浩特的最后一个内容是参观内蒙古博物馆，小朱当然得随同，直到最后送我们到机场。在博物馆时我已经察觉出了小朱的异样，那种异样的内容是依依不舍。但我不完全确信是不是这样，因为小朱的目光总是那么定定的。直到她在机场和我们洒泪而别，我才完全相信她的不舍。

不要忽略了任何一个人，读书人或者粗鲁人，高官或者平民，阅历丰富的人或者涉世不深的人，其实心底都有着纯洁的情愫。每一个人的隐秘情感，都需要和值得尊重。

对于离开呼和浩特的这些企业家，这样的活动经常参加，这样的分别习以为常，我们都坚硬如铁麻木不仁。而对于小朱这样单纯善良的孩子，这可能是她参加的不多的社会实践，她的阅历还经不起这样的考验。

其实高浩不过是开玩笑，我们都忙着办托运换登机牌，完全冷落了一边送行的小朱，甚至忘了旁边还有这样的一个人。高浩突然对小朱说，我们可走了啊！我相信那只是大人在逗逗小孩子，就见小朱突然间说，你别说了，再说我就该哭了，说着她红润的眼眶里就都是泪水，接着她以手掩面，抽泣起来。我们那时已都陆续地往安检口走，大家回头一望，小朱孤零零地站在那里，背景是机场玻璃窗外呼和浩特的蓝天白云。

大家都还说说笑笑着，还相互开着玩笑，说你快留下来吧。但说着，谁的脚步也不停下来，我对小朱挥挥手示意她过来，然后让她留下电话。我对大家说，应该留一个她的电话，然后给她发个 E-mail，表明我们也是有情有义的，大家也都赞同。我们也并非无情。

可是小朱没有来，她可能没有看到我的挥手。我已经到了安检口，我不可能再回去了。小朱还站在那里，眼神定定的。对我们的对话和想法，她一点儿也不知道。

人的一生能遇到多少人，人的一生又能记住多少人，人的一生又能有几个人曾经为你哭泣，珍惜彼此挂念的亲人，也珍惜小朱这样有情有义的陌生人吧，老是柔软会让自己受伤，老是坚硬如铁却会伤到别人。年轻时，谁也都曾经被更坚硬的人伤害过。

还好，经人提醒，大会秩序册里有小朱的联系方式，但这几天我也还一直没有联系她，我在秩序册里找到了她的名字。

2018 年 7 月 18 日
悼念伊蕾

在天津市作协。创联部主任王忠琪先生邀请我来，和秘书长王岚一起，同伊蕾的亲属谈伊蕾的后事处理。伊蕾女士单身，所以来的亲属不是她的孩子或者配偶，而是她的妹夫，一位通情达理的男士。

这几年，著名诗人伊蕾的名字在诗坛渐渐淡出了。伊蕾女士的最新身份是个画家，她常年居住在北京宋庄的画家村。很多作家在上了年纪之后拿起画笔，不是赶时髦，其实艺术是相通的。仅就文学而言，一个作家的表达也不愿意一成不变，总是在寻求变化。而就整个文学艺术的范畴而言，作文或者作画，是更高一个层面的表达方式的选择。作家作画，可能艺术上的感觉培养很快，而作家也很清楚自己想要表达什么。伊蕾女士也画画，也闲居，参加一些诗人之间的活动，然后到世界各地走走看看，她已经去过六十多个国家了。

伊蕾当年有多红，现在已经不好形容，一个时代一个样子，没有办法横向对比，只说她当年标新立异的样子和带给这个世界的惊诧，程度要远远高于前几年走红的余秀华。伊蕾女士当年的组诗《独身女人的卧室》，每一个小节的最后都有一句期期艾艾的幽怨的提问，在当时不啻电光石火：你不来跟我同居。多年以后我才张大嘴巴读完这组诗，但我没有看到肉欲，我看到的是人的真实的情感。

让我来参与伊蕾后事处理，并不是因为我和伊蕾大姐有多么熟悉，也不仅仅是因为伊蕾是天津市河北区人，而我是河北区作家协会主席，我想主要是因为我是作家里的律师。伊蕾大姐突然去世，遗体还在冰岛，主要的法律问题集中在旅游合同当中的保险问题，很多问题是外交政策问题。我给出了我的解答意见并安排了其他律师做点更具体的工作。

7 月 13 日那天我知道噩耗之后，也写了一首诗来悼念。伊蕾大姐这样的诗人，好像真的是有仙气，死在冰岛，对于她来说，这个结局好像很合理。我是 2017 年

7月13日在天津参加甘肃诗人李老乡的葬礼时，最后一次见到伊蕾。那天天气很热，我和她打了招呼，和其他几个人一起想邀请伊蕾大姐吃了饭再走，但也许是因为天气太热，她说不吃，摆着手，还是飘然而去。我当然不会想到，整整一年过去，2018年的7月13日，伊蕾在冰岛去世。

悼念诗人伊蕾

七月十三日
是个告别季
一年前的今天
是别人的葬礼

夏天这桶火药
流淌着汗味和西瓜汁的气息
去年我们共同送别的
那个诗人叫李老乡
说实话我并不认识他
我的老乡，伊蕾，是你
就算走遍所有的国
你的故乡在，你的老乡都在这里
我在天津看看世界地图
冰岛太小，看不到什么痕迹
你这样的诗人
你从来都不会
在一个地方安放自己
死在异地
也许应该是你本来的结局

葬身在哪里
其实都没有关系
在哪里都是一场囚禁
在哪里生死都是一个谜

去年今天
你穿着裙子戴着帽子
你一转身就走了
整个世界
都由你这个独身女人独居

我写着这首悼亡诗
想着你的飘然而去
阴阳之间被屏蔽了
只有诗歌还有些信号
断断续续
诗人之间有微弱的联系

之十八

1998 年 7 月 19 日
商品房

意想不到的事情，我出门去买一点日用品，还有稿纸和笔，竟在小镇的一家商店里遇到了一位中学同学，一抬头，我们都说，怎么是你呢。原来他搬到南河镇这里来住了。

于是耽误了半天的宝贵时光——我无法拒绝他的盛情。今天是周日，他执意邀我去做客，同学学着老练的成年人样子，在家里热情地招待我，他住在一个崭新的两室一厅里。这位上学时很不起眼儿的中学同学已经结婚啦，看得出来他对眼下的生活比较满意。我记得上学那时我们交往不多，现在他这么热情，完全出乎我的意料。问他为什么搬到市郊的这个小镇，他说，这里的商品房便宜，几万块就能买一套房子，要是到市中心，那得二三十万一套。他的说法对我也有所触动，我除了想着怎么样能成为一个律师，从来没有想过安家置业。当我从同学家中吃了午饭走到街上的时候，我并没有对他安心狭小生活的不屑，甚至我多少有些忧虑自己的未来。

天气炎热，街道肮脏，在小镇通往市区的 157 路公共汽车站旁边，停靠着几辆黄色的大发出租车，司机大声地喊着："三块钱一位，三块钱一位。"如果愿意拼车，坐上这样的出租车，凑够了四个人，司机就会发车了，比起老迈的公共汽车，这确实是一个更好的选择。在这里买房子，在这里生活下去？我想着，很多事还是想不明白。我就还是回到我的斗室，继续我的生活。

显然是受到了外出的影响，我显得有些疲倦，读不进去书，还想起了我那位热情的同学，也因此思虑自己的未来。下午很快就过去了，星星也从云中刺出光芒来，天空显得有些与众不同。夜晚仍然可以看见蓝天白云，只不过白天的蓝是澄明的蓝，而夜晚的蓝是深重的那种。一个人有孤独的伤怀之美，摊开稿纸，把拿笔的手放在纸上，却写了一首诗。

七月的歌谣

七月是一种危险品

一碰就燃烧

七月里的知了

扯着脖子唱信天游

年轻的母亲

到田野里

寻找她的

疯跑的孩子

于是一家人

都没有进行午睡

她的孩子

很淘气

大地被烤出了油

然而勇敢的孩子

光着上身赤着脚

这一切被诗人看到了

诗人已经热得傻了

双眼让阳光刺成一片白

他伸出手抚摸着七月的蓝天

只说了一句话

逃—不—掉

他一转身

用汗水洗了一个澡

2008 年 7 月 19 日

其实不会再相聚

去呼伦贝尔考察的那一行人回到天津之后，这个晚上首次聚会，大家共叙别后离情，热情洋溢地回味那一周发生的种种趣事，比如在草原的那个夜晚，我究竟喝了有多少酒？席间我把我的新书《生命之书》送给他们，并给大家签名留念。想着草原之美，大家都说，这样的聚会咱们要搞下去，不能断了联系，要轮流坐庄，每年至少一次，一个也不能少。

可能很多人都有过类似的记忆，大家说着这样的话，内心向往，但是其实都知道，原班人马是永远不会再次凑齐的。说着下次下次，就渐渐没有消息。这样的聚会当然很好，但是大家都又有新的活动，又有新的行程和伙伴，说再聚的时候一定是真诚的，然后一定不会兑现，心有余而力不足。十年来这些伙伴再没有过一次完整聚会，他们中间很多人的名字已经忘记了，我相信很多人也会想起过我，但大多数人已经把我忘了。

我又想起1998年和那个同学的那次相聚，那是我们这一生最亲密的交集，当时却不知道。如果那天我没有到他家里吃饭，我的内心也不会涌起那层波澜，但那道涟漪退去，我依旧读书，总算是实现了理想，做了律师，勉强有自己的生存之地。我后来也买了房子，每一个人生决定和选择背后，都是略有惊险的后怕，如同虎尾春冰。我那个二十年前相见的同学，有多久没有见面了呢，有二十年。从那时候起，我们就再也没有见过面。现在我们的孩子都大了，那位同学的孩子应该都结婚了，他当爷爷了。我们做着不同的事情，再也没有工作和生活上的一点交集。我想我当年吃了一餐饭，也许是要欠他的这个人情了，我要什么时候能和他再聚到一起呢，真的聚到一起，也没有什么话可说了。那么好吧，就这样吧，不这样，我也没有什么好办法。

2018 年 7 月 19 日
和世界慢慢告别

参加律师事务所的团队建设活动。

大家以各自不同的交通方式聚齐，都脱下西装革履，穿上夏天的清凉服饰，就很有些休假的味道，花枝招展，叽叽喳喳。早上从天津西站乘坐高铁到太原，再换乘大巴到平遥，下午就入住在古城。律师工作紧张忙碌，难得一聚，更难得在外集体游览潇洒，都喜不自禁。平遥的古城风光，几次来过，每次都有不同，因为每次相伴来的人不同，记忆就也更显得不同。

晚上一起看了王潮歌导演搞的舞台剧《又见平遥》。这些年每个旅游城市都会有一台这样的舞台剧，好像哪个城市如果没有，就不够格似的，看多了也就不新鲜。但平遥这个室内情景体验的，观众是介入式的，身在其中，就很有几分新颖。走进历史和画面里，体验了晋商当年的生活。各种艺术行当，都有人走在前面想着寻求突破。写作也是，律师行业也是一样。其实关于做人，我们也都在尝试不同的活法，对人生突围。

这一路上我一言不发，中午吃饭时也没有说话，而是和大家打手势。这不是我深沉，而是因为前几天给青年律师培训时说话太多，嗓子彻底哑了，说不出话。

我看着我的这些伙伴，我很想告诉他们，一起奋斗多年，我现在要创立一家崭新的律师事务所了！他们中间有的人会跟我一起再次创业，而有的人就不一定了。大家把酒言欢，笑语喧哗，我们都身在青壮年，但此生，这支团队的聚会是最后一次。人出生后其实就要学会和这个世界慢慢告别。2008 年的今天的那次聚会大家说了还要再聚，也没有再次聚过，而今天，大家没有说。说和不说，还不都是一样。

晚上住在古朴的平遥院落里，看着漫天星斗，想，人生为什么会是这样，人说四十不惑，可还是有很多事情我想不明白。站了一会儿，我自己回到房间，关上房门，打开日记本和电脑。我一个人住在一个房间里，年轻人继续着他们的游戏。听他们笑着闹着，而我内心涌动着幸福和苦涩。尤其是现在，我说不出话来，我觉得除了用笔表达，我好像对什么都无能为力。

之十九

此地人韩慕侠

我猜想除了我，很多人也都是一阵子追求闲适和恬淡生活，而另一阵子又渴望闯荡天下，做一些为国为民的事情。今天闲时读王安石的诗，像王安石和司马光这样的人，也都半是诗人，半是"社会人"。他们有诗才，也又要做官，又要面临着升迁和被贬，不知道他们是怎么处理时间和心情，如何完成角色转换。

而今天还读了一篇周恩来早年写的侠客小说，写得像模像样，如果继续下一阵子功夫，不是金庸古龙，也能成王度庐宫白羽。

但这不可能。周恩来这样的人，终归是要做更大的事。

又把周总理的小说拿起来翻翻，想，这个当年曾经生活在天津的少年，曾经写过"武侠"的文字，似乎也合理，他曾经是一个想仗剑天涯的少年。据说周恩来能文能武，他在天津读书期间习武健身，而他的教师是一个叫作韩慕侠的人。韩慕侠的武馆，就开设在距离觉悟社不远的地方。而有记载，韩慕侠也曾经像霍元甲那样打过洋人的擂台，在万国赛武大会上击败过俄国大力士，并且当过宋哲元部队军营的武术教官，还获得过武术比赛的金牌。

我幼年的时候听过张志宽先生的长篇快板书《武林志》，其中所述，就是以韩慕侠为原型打擂台的故事。这个故事也拍成了电影，在快板书和电影里，故事主人公的名字都叫"东方旭"。东方旭善使八卦掌，在故事的结尾处，东方旭上洋人的擂台之前，一条胳膊已经断掉了，他靠着顽强的意志力和巧妙的战术，勇胜洋人。但我那时就感到很纳闷，韩慕侠和霍元甲，都打过擂台，都击败了洋人，情节有雷同之处，过于神奇。

这个韩慕侠，不是别处的人，正是此地人。据说就是南河镇附近青凝侯村人或者是大泊村人。他到底是哪里人，好像不确定，而终老在哪里，也似乎不是很清楚。如果能腾出时间来，我应该去青凝侯村访察一番。周恩来当时住在天津城里，他为了习武，是不是来过城西南南河镇这一地带呢，这样的假想让我感到兴奋。

2008 年 7 月 20 日

在兴城想起袁崇焕

我们一行五人起个大早，从天津驾车到兴城，住在一个海边的宾馆，准备好第二天的工作之后，就去兴城古城游览。

我所居住的这个宾馆有很大的院子，那个院子里有大片的阴凉。我的窗外有一棵芙蓉树，散发着淡香。从古城回来的时候，正是午饭过后，人就很疲倦，头枕在雪白的床上就沉沉睡去，直到醒来，看见红色的芙蓉花很鲜艳地开着。

太阳光已经不那么强烈，芙蓉花的背景天空不再炽热和透蓝而是变得色调稍暗，那种暗色让人觉得空气里有些湿气，这让花色显得更加艳丽。夏天醒来的下午，伤感而美丽。

我们就到海边去，准备游泳，或者乘船到菊花岛。夏天的海滨燥热而清凉。

我上次来兴城，还是初春时候，天气还凉根本无法下水，只能在海滩上散步，这里和天津同属渤海湾，都供奉着海边人敬仰的女神妈祖。这次来兴城，天气正是刚刚进入伏天，下水正好。我们远远就看见，水里那么多人在游着，海浪猛烈，涛声依旧。

但我还是有阵阵的凉意。兴城二字，总是给人一股肃杀之气，如果说出兴城另外的名字，似乎就更有一种悲凉，"宁远大捷"的杀声也涛声依旧。

不过是四百年前的往事。

这座城市在殷商时代就有历史记载了，辽代的时候开始叫作"兴城"。明朝时候正式兴建了现在的这座兴城，就叫作"宁远"了，到了袁崇焕重建的时候"宁远"这个名字有二百年了，民国之后又复叫"兴城"。人们大都是在旅游的时候来到和提起这个城市的，现在人们提起兴城常常和另外的几个城市并列——西安、平遥、荆州，据说这是我国目前保留的为数不多的几座古城。人们强调这座城市的建筑意义，文物保护意义，当然也还有旅游产业意义。据研究者称，这座城市和北京还有很多建筑上的相同特色，甚至兴城也有一个"钓鱼台"。

3 月来的时候我也到了兴城古城里面去看，今日再游，更生感慨——这就是袁崇焕的宁远。那么小的一座城池，当年就能挡住后金的千军万马。

　　同样的海滨，3月和7月大不相同，我们乘船观海，海中戏水，太阳光的紫外线把我们的胳膊都晒红了，晚上时候边听涛边吃海鲜，可惜没有看见海上生明月，天气稍稍有些阴郁。我们参与了沙滩上的篝火晚会，还亲手点燃礼花，让焰火缤纷在海上的天空。夏夜的海风，能把所有的不如意都吹走。而古城没有什么变化，3月和7月，没有什么两样，不过这次我游览得更加细致，古城里的文庙、城隍庙还有将军府、周宅，都进去仔细察考，城墙和钟鼓楼也都攀上端详。我沿着古城的四周安静地走了一圈，四四方方一座城，工夫不大就走了下来，有三轮车夫过来问我，是不是要坐车，我说不要。我得走着去体会，这就是袁崇焕的那座城。

　　古城墙有的部位已经坍塌了，正在维修，有数十个水泥包堵住城墙的豁口，其情其景，当和当年的情景一样。袁崇焕有红衣大炮，努尔哈赤也有，袁崇焕的炮射杀了努尔哈赤，而后金人的大炮也打在了城墙上，我去仔细地看那墙上的斑斑痕迹，不知道是不是努尔哈赤的炮火打击的。

　　我所在的宾馆距离兴城古城几公里，距离海水也就是几百米，现在的深夜，灯光把窗外的芙蓉树照亮了，四周很安静，我却仿佛能听见涛声和厮杀声。我记得在高速公路上看见兴城古城的旅游标示牌，兴城古城被电脑做得颜色非常重，朱红色的城门，很炫目。其实现在的古城很破败，整体上是灰黑色的。想着袁崇焕，书生守国壮怀激烈，最后落得那样的结局，我告诉自己赶快睡吧，别去想了。

2018 年 7 月 20 日

王家大院

　　上午游览平遥古城，下午到王家大院。平遥古城我来过多次了，而王家大院，却是第一次来。

　　这不是巧了吗，十年前的这一天我也是和同事在古城，平遥古城和兴城古城，都是古城。也许人生有密码，一旦对比和分析，就能梳理出内在的规律。

　　天气很热。我们乘车从平遥到灵石县静升镇去，不过三四十公里，一路上这黄土高坡上的黄土景象，就让天气更显得热。王家大院的王家据说在那个年代是世界首富，是不是真的，不知道，但一个民宅搞成这样的气势，真是让人叹服。

静升王氏家族几代人，经明清三百余年修建成的五巷六堡一条街，堪称是具有传统文化特色的建筑艺术博物馆。主院敦厚宅和凝瑞居都是依山而建，又是城堡又是民宅，很有山西特色，也有北方边关特色。而且院落排列是左右对称的，中间一条主干道，站在高处来看，很规整的"王"字能看得很清楚，这就是这个宅子的独有特色了。当然，这不是一个宅子，而是好几个建筑群，无论是高家崖还是红门堡，时代特征和主人的追求，都还是能鲜明地反映出来。民宅无论如何不同于官家的气势，看起来也算恢宏的建筑群，自然、清新、简洁的乡土气息还是在黄土的映衬下能清楚地感受到。就算大院里的砖雕、木雕、石雕这些，不仅艺术水平高，民间元素也是非常鲜明，看了觉得亲切。而处处透露出来的实用主义特点，比如"结实"，让人知道这毕竟首先是房子，其次才是艺术品。房子首先是用来住的，然后才有金融概念和艺术特征。

王氏先祖从农业耕作结合卖豆腐起家，一步步做到这么大规模，黄土的坚韧和包容，可见一斑。虽然王家突破了所谓"富不过三代"的规律，最终还是败落了。这样大的院子，最后也还是属于全人类，这样想想，人生充满希望，人生也有点悲凉。

之二十

谁最累

一天的光阴其实就在低头和抬头之间。早晨时低头是书海，后来一抬头，天就黑了，是夜的海。这一天，就又过来了。低头抬头，书海夜海。

端坐一天，我感到肩膀累得慌，做一点扩胸运动，好像好一点儿。但是肩膀不如后背累，自己捶不到自己的后背，只好站起来"直直腰"。是后背呢，是腰呢，还是就是所谓的颈椎，我也搞不清楚，总之痛感来自背部。自背部往下，屁股也累，我整整坐了一天了，我能坐下来，还不是全靠有一个坚实的屁股。屁股这一生不容易，只要我坐下来，屁股就是要承受我的体重，就算我坐下来，屁股也承上启下。更何况屁股决定脑袋，这一屁股坐下来，也是个方向问题。脑袋累就更不必说了，谁让它是脑袋呢。但脖子替脑袋承受了这么多，应该受到表扬。好像从来没有人表扬过脖子，脖子太不容易了，那么沉重的头颅不低下，还不是因为脖子比较硬。都赞美骨头硬，脖子不硬也不行。但是脖子光是硬还不行，脖子还要随着头转，还要有一定的灵活性。所以脖子和人一样，不仅是体力上累，心也累。

当然，两只手也累，手是直接参与劳动的，翻书写字，都要用手。左手是做辅助工作的，相比而言，右手更累。具体点儿说，不仅累，是疼痛。说得更准确一些，我右手的大拇指内侧和中指指甲盖旁边很疼，我写字太用力了。这两个部位磨出茧，甚至磨出一个肉埂子来，磨得又硬又亮。我用橡皮膏把它们缠上，无非能把伤痛暂时覆盖起来。如果我的右手比左手要辛苦，那么，我的酸涩的眼睛就该怎么说？眼睛看到的太多，当然也累。

我抚摸着疼痛的手指，想着很多的问题。而最辛苦的应该是内心，要背负那么大的世界，根本背不动，却又放不下。但所谓内心，不像手那么乖巧和忠诚，内心是最不听话的器官，总是越位，总是胡思乱想。不让它想也去想，而且想的匪夷所思。人一辈子，难得有心，也难得没有。

2008 年 7 月 21 日
一个律师对芸芸众生的敬意

匆忙的一天从兴城赶往葫芦岛中级法院阅卷开始。一路沿着渤海湾海滨行驶，北方的海边是粗犷的，不像南方的沙滩那么细腻有风情，但看着大海，也还是因为辽阔而心情好。

葫芦岛中级法院的审判人员告诉我们，案件将会是一个公开审理的"大庭"，有很多群众和人大代表政协委员等社会各界人士会来旁听，这让人感到兴奋。阅卷就是把法院的案卷用复印机复印下来，或者拍照也可以，回去之后再仔细阅读。很少有律师使用摘抄的办法了。

之后又去绥中县会见案件的被告人并和被告人家属交流。绥中县是山海关外的第一县，是航天英雄杨利伟的老家，现在的东戴河海滨在夏天时也很是热闹。办事之后毫不停歇，一路疾驰回到天津已是晚上 9 点多了，立即把法律切换成文学。

2008 年的这个案件在葫芦岛也算轰动一时，开庭后很多人来聘请我办理其他案件。当事人的家属到现在还和我保持着联系，2017 年仍然从绥中到天津来委托我这里的律师办理了一起案件，从关外到天津，也是不近的路程，辽西那么多律师不找，只找我，就是一份信任。律师用心去做，就会获得信任，反之，做一个砸一个，怎么会有人来再次聘请。

这里提到的这位当事人家属，是一位值得尊敬的农村妇女毕淑香。案件的被告人是她的弟弟，多年来为弟弟的案件多方奔走，一个收入微薄的农村妇女，不仅没有钱，也没有什么文化，但是她有爱，有见识，有恒心。我记得她多次向我表达感谢，我还记得这位北方农村妇女黝黑的面庞和真诚谦卑的笑容。

很多人为了儿子能做到如此忘我，不顾一切。为了弟弟，能做到这样的就不多了。我必须在这里为她写上一笔，表达一个律师对芸芸众生的敬意。

2018 年 7 月 21 日

游绵山

昨天下午游览了王家大院之后，乘车前往绵山，两个著名的景区距离非常近，也就是几公里。

绵山是第一次来，人和人之间有缘分，其实人和某座山水也是有缘分的。没来，就是缘分不到。这样一座山，因为介之推和"寒食节""清明节"的关联而名扬天下。而这个介之推也真是与众不同，又不是投敌变节的事，不想当皇帝的官有话好好说嘛，宁可被烧死也不当，在很多人看来不可理喻。当然，拿现在世俗的眼光来猜度古人，更是不可理喻。

今天早上在绵山醒来，山里毕竟是凉爽一些。酒店的设施有点儿陈旧了，我们疑心被子是潮湿的，服务员解释山里就是这样。我们出门，先到抱腹寺参观。抱腹寺因在抱腹岩上而得名，正名是"云峰寺"，是空王古佛的道场，佛教禅净两宗之地。寺庙山岩很是雄伟，山岩立面的迎面凹进去的巨大敞口山洞，很像人的肚腹吸了气瘪下去，庙宇就修建在肚腹之内，山壁上挂着很多响铃，随风而动。上午参观时用新韵口占七绝一首。

至绵山抱腹寺

忽闻顶壁有金声
望见云峰响挂铃
身在空山抱腹寺
流云掠过不心惊

一行人又沿着"之"字形的栈道楼梯，登上抱腹岩到了正果寺，遇到一个僧人，给我们指点寺庙里的包骨真身。在寺庙前站立良久，感到已经尽兴了，加上惦念山下没有跟着一起爬上来的人，就下山来了。我们中间有一部分人跟我一起爬了上来，也有一部分人没有爬。这一定像他们中间的人有人和我一起再次创业，也有的人不会了。从正果寺下来之后我们一起去了水涛沟，之后就离开绵山，去游张壁古堡。

有人怀疑张壁古堡是隋朝末年军阀刘武周的大将尉迟公修建的军事基地。想着幼年听评书里尉迟公和秦琼在介休这里"三鞭换两锏"的故事，这样的说法更让我感到神往。实际上这个村庄很可能始建于南北朝时候，是个村庄，也是个微型小城，这个城堡首先是有军事防御功能，古堡的地下，有好几千米长、上下三层的地道，在那个时代，就有"地道战"。上面是城堡，下面是地道，真是奇观。古堡除了防御的"堡"的功能，也有人间烟火，庙宇民居、生活场景，这分明就是生活人的一座小城。

古堡上空飘荡着山西梆子，我们悠悠然转了一圈，就乘车返回了太原。

我在游览的间隙用手机写了一篇叫作《爬山》的小文，记述的就是今天我们登山时的事情，这种小文多少也有点虚构成分。放在这里和真实的情况作对比是想表明，既然是文学，就可能或多或少地有一定的虚构成分。这篇小文显然不是小说，可是它是散文吗？既然散文一般被认为不能虚构，那它既不是小说，也不是散文。

爬　山

有一个公司的部门，在年中时搞团队建设，到风景旅游区度假。夏日炎炎，但是大家热情很高。

这天将近中午，他们在出了一座寺庙之后，看见前面有一处山峰，在峭壁上有外挂的梯子，看起来爬上去就到那座山峰，于是大家鼓舞着，就要去爬。

这时就有人说，还爬吗？天气太热了，不如去玩漂流还凉快一些，又有人说，当然要爬，都已经兵临城下，哪有退缩的道理。于是队伍雄赳赳地爬上去，爬着，大家回头一望，却见有几个人站成了小黑点儿，原来那几个人没有爬。

上面的人朝着下面的人喊了几声，让他们也快爬上来，下面的人没动，也朝着上面的人挥挥手，意思是就不上来了。上面的人觉得，很快就能下来了，那就别勉强下面的人了，一会儿下来就能会合了。

于是，就朝着山峰爬吧。三转两转，曲径通幽，柳暗花明，但几个来回，那山峰好像就是走不到了。景色却是真好，想着下面的人如果一起上来了是最好呀，下面的人不至于等得焦急，而上面的人呢，也就可以从容不迫。

就要到山峰的时候，他们看见了另外一座庙，庙宇是南北朝时期的建筑，很有特点。庙里还有一位老方丈给大家讲了很多，还带着大家去看了几尊包骨真身佛像。大家觉得很有收获，但又觉得不那么真实。出得庙门，老和尚指引前方有一座佛塔，很有灵性，大家觉得没有理由不爬上去，于是登塔望远，看见对面的山上，宛如有一尊卧佛，简直是栩栩如生。大家心旷神怡，漫步下了塔，想着下面的伙伴还在等，手机也没有了信号，再看想登的山峰，似乎就在眼前，又好像还有一点距离。大家想，就到这里吧，可以打道回府了。于是不再想登上那座山峰，就顺着原路往回走，却在半路上看到一个通往山下的电梯，来时好像并没有看见。已经爬上来好几百米高了，电梯向下收费十五元，大家觉得价格还算公道，就坐着电梯下来，发现是登山时原点的背面，就又走，好在转过一个山环儿，就来到了原点。

看看手表，再看看天色，竟然已经是黄昏时分，觉得很对不起下面的那几位伙伴儿。又觉得，也该见面去问问他们，一起来的，为什么不一起上去，害得大家可能都没有玩好。进了房间才知道那几位都睡着了，醒了之后他们说，其实睡上半天，也不错。

问，你们为什么不跟着一起上去呢？答，一是以为如果我们不去了，没准你们也就不去了，咱们就都回去漂流了，另外也觉得，山就在眼前，你们上去很快也就下来了，就等等吧。

接下来，上去的人开始讲爬山的见闻，听着的，就有后悔之意，看来要在路上，才可以看见很多。但是你们爬上那座山峰了吗？

爬山的人想想，就诚实地说，没有。

之二十一

1998 年 7 月 22 日

永红中学

这所 70 年代初建成的中学叫作"永红中学"。为什么要写出这个中学的名字，为什么要指出我现在所在的这个小镇，就是我的故乡南河镇。太写实，就会失去回旋的余地，甚至文字之美。不能虚构，不仅作者，就连读者的想象力都会大打折扣。在一定意义上说，文章是由作者和读者共同完成的，所谓一千个人的眼里就有一千个哈姆雷特。

我是在一个乡村中学隐居封闭复习，听起来，这多有意思。而乡村不一定都是美好，还有肮脏、贫穷和落后。虽然虚构是文学之美，但真实才是文学真正的力量。打动人心的真实情感，是作者达成和读者共鸣的钥匙。一条大河波浪宽，当然好。而一条臭水沟，因为情感的真挚，不一定不能打动别人。不是每个人的家门前都有一条大河，甚至一条美丽的小河，也可能大家的村庄或者城市的门前，就是一条臭水沟，那又能怎么样呢，我们很多人就是在这样的环境下成长的。

永红中学规模不大，有几座教学楼，据说原来还有宿舍楼，因为教学改革，生源也少了，这里不再有住校生之后，宿舍楼就出租出去了。这样的中学，没有多少学生能考上名牌大学，也没有出过什么像样的校友，实在是太平凡。但是我记得听人说过，永红中学好呀，有楼房！永红中学的教学楼，曾经是南河镇的最高建筑。

不管怎样，这个校园是我今年夏秋的乐土。学校操场不算小，从面积上来说，几乎是一个标准的足球场。操场四周都有茂盛的树木，在夏天有绿树荫，整个院落就显得幽静，尤其又是在一个学校的假期里。有一条小河沟从校园里穿过，沿着操场东侧一直由北向南，由校园墙下面的暗沟里伸展到校园外很远的农田里去。这个季节里，河水很丰盈，河岸边长长的柳丝有的垂进河水里去。在树木最茂盛的地方，浓荫盖住大地，上面积有一层厚厚的鸟粪，走进那片浓荫，仿佛听见百鸟齐鸣。

又到了夜晚，又看完了半本教材，写些文字，一天过去。月亮升起来，挂在蓝天上，金黄金黄，像是假的。有淡淡的风吹刮着淡淡的月华。小镇的夜很安静，学校的正门就临着主要街道。有歌声传来，是街头卡拉OK，歌声很难听，甚至是太难听了，但歌唱者浑然不觉，也许正扯着脖子，投入地唱得很动情。

2008 年 7 月 22 日
辩护词也可以写得优美

律师是靠"出售"时间来获取报酬的人。律师的工作是手工操作，不是大机器生产。律师做了这件事就不能再去做另外的事，所做的法律事务，不可能批量生产。律师事务所不是企业，就是集合在一起的艺人、匠人，也可以说是知识分子。

而 2008 年的这一天我时间的出售情况是先到一家公司去参加了一个谈判，然后就开始写这几天接手的绥中县刑事案件的辩护词。

这是一起罪名是故意伤害致死的案件，被告人是辽宁省绥中县一个叫毕德锋的农民，在某个冬天的夜晚，他的妻子死了。检察院指控他伤害自己的妻子致死，但是他坚持不承认。案件经过几个审级来回，现在又发回重审。案件疑点重重，证据不足。他的妻子之前实际上是一个"坐台女"，社会关系复杂，案件的很多合理可能性没有排除，按照疑罪从无的法律精神，理应判决被告人无罪。我记得我几次去绥中县对这个案件调查，包括对犯罪现场，我完整地绘制了图纸，做了严密的分析和论证。毕德锋的老母亲看到我的时候，在那个北方农舍的院子里站着，满眼泪花。

人就怕没有技能，所谓艺不压身，任何一项独有的本领都是能有用武之地的。我的那批天津医科大学的实习生在我的辅导下，协助我写了这篇辩护词的部分章节，在写作过程中，因为案情的原因涉及死者的死因，恰巧用到了他们的医学知识，所以那篇辩护词显得逻辑严谨而厚实。律师的辩护词，在充分论证说理的前提下，其实也可以写得有观赏性，甚至可以写得很优美。文辞之美是一个方面，那种层层递进的逻辑之美，也是文章美的重要方面，如果两者结合起来，那就更好了。我最初做律师，写的法律文书都是有文学性的文字，后来慢慢改进，才能写出纯粹的法律文书。其实把这些所谓的"文学性"放在一边，甚至全部剔除掉，文章的文采还是会在那里闪烁。而从我的纯文学创作来说，何必再去虚构，我生命里经历的那些案例，都是最好的人生故事。

2018 年 7 月 22 日
就差一点点

我们预订好今天午后的高铁票，要从太原回天津了。几天的游览交流很是惬意，到自己日常生活以外的地方去，这种出格的日子才会被记住。但，当人们在一个地方看山看水几天之后，内心并不真是流连忘返或者乐不思蜀，而是想回去了——家里都有一摊子事情等着处理，人们总是在出走和回归中间生活。人们在出行之时很兴奋，将要回去的时候，也是带着兴奋和期待。这次是回去了，下次还是要再出发。

导游小王自信满满，她认为时间充裕，赶上回程高铁不会有问题。我们游览了山西省博物馆之后，悠悠然去吃特色面食。大家边吃边聊，吃得一点儿不着急。我因为还是说不了话，就静静听着。没有想到这时候雨悄悄下起来，等我们发现的时候，雨已经很大了，后来淅淅沥沥，也没有停的意思。而当我们慌慌张张出门乘车往火车站走，才发现路上都是车，因为下雨的原因，天地之间都是黄黄亮亮的，而我们的脸上都惊起了一层浅色的不安。司机师傅在雨中的人流里左冲右突，我们坐在车上干着急也使不上劲儿，大家都不说话，好像一说话就会惊扰了谁。导游站在车前，有点愧疚，但是也不说话。终于在高铁站前下了车，但距离进站口还有很远的距离，看看手表，我们知道可能没有希望了。但我们又觉得充满希望，一行人就前后一起在雨中奔跑，这时候太阳已经出来了，地上的积水溅在我们的衣服和脸上。

我感到我的腿的酸痛和心脏的压力，还有喉咙里冒烟一样的感觉。我不甘示弱，我和年轻人一起奔跑。到了检票口闸机前，虽然距离开车还有三两分钟，但是检票刚刚停止。奔跑了很久，未必赶得上，而赶不上往往就差那么一点点，也许就是自己放弃了的那一点点。而如果赶上了，那么也一定不会超出太多，就是放弃与不放弃的那么一点点。

我们没有为难导游，经过换算各种方案，我们乘汽车先赶到石家庄，从那里再坐高铁，这才回到天津。

之二十二

1998 年 7 月 23 日

大暑日用法律术语写诗

时间用得多了，遇到的障碍就变得少起来。在障碍多的时候，因为不得解而苦恼，要是完全没有障碍，又觉得没有趣味性和挑战。现在的状态恰到好处，甚至有点儿美妙。学习很像写作，找一个更合适的词汇，找得到或者找不到，这都让人痛苦而幸福。

今日大暑。暑，其实就是热。大暑节气，是一年之中最热的时候，正是三伏天的正中。热得汗流浃背，就喝热茶解暑，喝得浑身是汗，反而不觉得那么热了，想来正是因此，才有大暑日"喝伏茶"的习俗。二十四个节气，大暑是中间的，之后，就是立秋了，一旦立秋，天气毕竟就会早晚凉爽了，这是个很深刻的道理，从来都是在最热的时候，就忽然不热了。

在大暑前后的夏夜，能看见满天的萤火虫。就像今天晚上的永红中学这样，院子里那些晶亮飞虫，一团团轻轻飞过。

在暑日休息的时候，我依然用法律术语连缀着诗，有一首是这样的：

为了漫溯时光
我已经下了通知书
记忆的银行
全都冻结

还有一首是这样的：

是不是有一些漫长

法定期间早已经过了
还是没有那些春消息

用法律的术语写诗，是我把法律和文学结合起来的探索，自娱自乐总是可以。这一首是这样写的：

无法制造或者改变
一个新的联结点
所以就无法规避
你的影子
你的目光

联结点本来是一个国际私法上的法律概念，放在诗里，还真有点味道。这样的诗，这几天写了有十几首，比如还有：

合同依然有可能成立
迟到的承诺发出了
爱于是变成
新的要约

这里"承诺"和"要约"是法律术语，迟到的承诺是新的要约，这是有意思的发现。

我在学习之余，也能想起一些过往的事和过往的人，当然，我更多的还是想着未来，我对这个世界充满期待。太热了，想起杜甫关于暑日的诗："永日不可暮，炎蒸毒我肠，安得万里风，飘飘吹我裳。"

2008 年 7 月 23 日
听别人的喜怒哀乐

暑热中，看着 2008 年的当日日记里有"开庭，竟用去一下午时间"，因为没有明确记载，不记得开的是个什么庭了。还有"晚上看案卷，直到深夜"的句子，看的什么案卷，也当然不知道了，但是那段时间的紧张的生活状态还是清晰可见。还有"布置工作，接待当事人，源源不断"的记录，甚至还记录了一个当事人来咨询一起在四川峨眉山的案件，游客捡到一个手提包交公，却被控盗窃。很多案件很有意思，因为案件的法律问题之外，就是人生。很多看似荒诞的事情，其实常常发生。也是因为有案件的发生，才有所谓的真相大白。经过调查和审理，事情就明朗了，穷尽所有的手段，就可能还原事实的真相。而在滚滚洪流中的众生，每天发生了很多更有意思的事，我们不知道，但是不等于这样的事情就没有发生。

做一个律师，并不是那么枯燥。做一个律师有意思的地方就是，我坐在这里，然后有很多人来到我的办公室，其实是来专门告诉我他的悲欢离合和喜怒哀乐，我听着别人的人生故事，然后堂而皇之地记下来。当然，我会认真地感悟其中，却从来不轻易把人家的故事讲出来。那些故事在律师事务所的案卷里，也在我的内心，也可能忽然就会在某年某月被我想起来，也可能我就永远忘记了。我自己的很多生活细节都会永远忘记，我又怎么可能专门记住别人的。

在某些时候，听，比说还要重要。对于很多案件的当事人，或者就是某些事件的亲历者，他需要解决办法，也需要一个倾听者，需要朋友的在场。而对于一个律师来说，如果不能学会听，也就没有办法说服对方。听别人的故事，这是我的工作，是我的向往，也是我生命的存在和表现方式。

2018 年 7 月 23 日
塘沽、塘沽

早上和薛浩律师乘坐天津地铁九号线，到滨海新区去开庭。这条高架地铁线，是连接天津市区和滨海新区双城之间的重要交通工具。

天津市区到滨海新区有五十公里路程，在没有轨道交通的时代，人们往往是乘坐长途汽车前往。我还记得私人公交车的售票员大声喊着"塘沽塘沽塘沽"，那个声音急促、低沉、连贯，天津话的味道飘荡，是一种特定时代的情调。

也还记得我曾经在开发区的一家公司担任法律顾问，那段时间在市区和开发区之间往来得非常频繁。每次从开发区回市区坐在长途公交车上时，随着车开动得摇摇晃晃和我耳朵里塞着的音乐声，我就痛苦地睡着了。车沿着津塘公路走，一般开到东丽区地界的时候我就醒来了，准能看见一轮又圆又大又红的夕阳挂在天上，那是我的青春时代。

今天开庭是关于天津两家足球俱乐部之间的纠纷，文化产业、体育事业，现在很多事情都是律师处理的业务范畴。回程前我们忽然想起来，选择高铁的方式可能比轻轨更好，从滨海新区的于家堡乘坐京津城际高铁直达北京，中间在天津站可以下车，高铁有座位，而轻轨不一定有。于家堡和响螺湾是滨海新区的重要地名，这里曾经雄心勃勃要打造中国的曼哈顿，但看来还需要一个过程。于家堡高铁站上车的人不多，偌大的候车大厅，有空空荡荡之感。车站之外就是这里林立的高楼，入住率还不是很高。这些年天津的基础建设已经搞得很好，天津的经济腾飞其实指日可待。

从滨海新区回到市区，快下午4点了。稍事休息，我的几个未来的合伙人在5点时候陆续聚齐，我们热火朝天地畅谈起来，三个小时不知不觉过去，主要会议议题是研究选址问题。重新创办一家律师事务所，首先要有一个办公场地，今天整个会议围绕着这个事情进行，还有其他相关事项。是要选择一处高档写字楼呢，还是选择天津五大道的一处小洋楼，我们想要一个什么样子的办公室，我们议论着，有些振奋，也有些担心。当然我们还是进一步圈定了几个可能的地段，并且决定明天就去实地考察。我又想起来，我在1998年复习生涯里，就假想过我未来的律师事务所的样子，二十年来想相同的问题，我不知道该为此哀伤，还是感到幸福。

之二十三

1998 年 7 月 24 日

后世界杯

世界杯结束之后，那群球星就不踢球了，他们带着女友，开始了度假生涯。

而就在这个时候，全世界更多的人开始踢起球来。那些狂热的足球爱好者撩起上衣露着肚脐，或者干脆直接光着膀子，他们在各种场地哧哧地喘着，把叫作足球的寂寞踢来踢去。这个有世界杯的夏天，他们从电视机前回到了自己的足球场上，发泄着后世界杯的情怀和多余的旺盛的精力。他们一般都是青春少年，单纯得像打足了气的足球那么硬，他们在简陋的球场上奔驰着，那一刻仿佛他们自己就是罗纳尔多。嘴里也在不停地喊着："我是克罗地亚队，我是苏克。"或者"杀呀，打败法国队"。

这时候，夕阳血红，好像有些黏稠，挂在天上，和操场上的那个足球一起滚动着。那群年轻人又翻墙而入到这个校园来踢球了。我结束了一天的学习，走过去远远观战。我从来没有和他们一起踢过球，我站在一旁默默地看着，这让我的身份变成了一个观察家。不轻易进场踢球，否则观察家的神秘不存，球技差也就暴露了。

世界杯是个舞台。提供给那些球星，他们把自己的青春踢成教科书，给全世界的人看。包括我。

法国的齐达内和巴西的里瓦尔多只比我大了三岁，他们已经获得了人生的大成，罗纳尔多和克鲁伊维特比我小了一岁，下届世界杯他们还会不会卷土重来？人们更容易记住冠军，但璀璨的比赛人生里，不仅仅有冠军，群星灿烂才构成一个世界。只要足够有特点，比如智利双萨——萨莫拉诺和萨拉斯，他们没有获得冠军，也没有获得亚军，但不影响他们是球场上的光和亮。多年以后，是不是还会有人能想起他们？人生一世，草木一秋，来这一次，总要在球场上留下纪念。

未来属于未来，英格兰的追风少年欧文才 18 岁，下一届世界杯，是罗纳尔多的，还是欧文的？而我自己，这个始终站在场边的看客，我认真地想了一下，看来我是没有办法夺取大力神杯了。我要什么时候，才能登上自己人生的舞台？

2008 年 7 月 24 日
《国家的门》补记

我从呼伦贝尔回到天津之后，整理我写在笔记本上字迹潦草的文章。边打字边稍做修改，7 月 13 日在满洲里写了一篇文章叫《国家的门》的，17 日我回天津之后把文章输入到电脑上，今天又看看，觉得意思没有说出来。

前几天我感慨于我走了那么远的路，我到了呼伦贝尔、到了满洲里，那是国家的门，我发现，其实，用不了走那么远的路，就是国家的门和边界。这种说法好像和我的文章主旨相悖，但是现在我确信，无论是做什么事，也可能真的用不了走那么远的路，这是一个道理，也是一个客观。

比如距离我很近的首都北京，稍稍再往前数一数，那就是边疆。北京自元代以来几乎一直是首都，长城外面，曾经就是"外国"。

到哪里去寻找"国家的大门"呢？天津本身就是国家的大门。换个说法可能会更容易接受，天津起码是首都北京的大门，"首都的门户""首都的东大门"，这些，我们这些天津长大的孩子，上小学的时候就都背熟了。而天津这颗渤海湾的明珠，就面临着大海，海那边的远处也就是"外国"了，大沽口的硝烟弥漫，是不远的往事。50 年代我大伯父年轻的时候去塘沽当兵，据说就是"边防军"。天津难道不是"边防"重地吗？

而还有些事情更是深刻，宋辽时代，白河为界，就是现在天津人民的母亲河，海河。此刻，我的窗子下面就是海河，我能看见流水悠悠，这一河的两岸曾经是两个国家，这条大河曾经就是国家的门，甚至我现在身处的地方，海河的东北边，不是宋，而是辽。

我刚才说了，不一定走那么远的路才是边界，这是一个客观，也是一个道理。

2018 年 7 月 24 日
雨中选址

天津下了今年入夏以来的最大的一场雨，那雨下得天昏地暗，风雷滚滚。很快，城市的大街小巷，积水为患。

我们昨天约好今天考察写字楼的时候，没有预计到今天的雨。早上出门时，雨就很大了。看到雨下起来，大家还是勇敢地出门了。我在吴家窑地铁站和李婷会合，坐上她的车，然后再和其他伙伴陆续向着目的地聚齐。路上大家互相打电话鼓励，没有因为雨水而退缩。

在刚刚的日记里，我写到"雨中我们手拉手肩并肩，毫不畏惧"。谈何畏惧？这两年人们诟病城市的排水系统，也确实是出了不少事。今天的雨下得很大很密，地上的雨水显得深不可测。我们毕竟要把车停下来，才能靠近写字楼。在雨中，在风里，我们深一脚浅一脚地往前走，风大得能把手中的雨伞吹飞了，甚至能把本来涉水走起路来都费劲的人吹得东倒西歪，所以，一众人需要相互搀扶才不至于摔倒。水深的地方，能没过膝盖，很多路上的汽车打着闪火儿停下来，淤在水里，一辆辆的车，像一艘艘漂浮在河面上的船。

我们上午在雨中看了三四个写字楼，但其实我们只看了一眼，就觉得其他几个都是陪衬了。虽然我们一时用不了这么大面积，虽然租金可能超出了我们本来的预算，但是在创业的热情面前，喜欢，这个理由就够了。我们一致选中了新的律师事务所办公地址——位于海河畔解放桥头的茂业大厦，那里有天津最美的河景，低头是河景，抬头是蓝天。

李婷拍摄了一张我的宝贵的照片，画面里，我的衣服全湿了，头发当然也是湿的，我卷起裤腿光着脚丫，目光坚定，手里拿着一柄已经被风吹坏的伞。伙伴们当时就说要把这张照片挂在未来的办公室里，以记住我们创业时的心情。

午饭时张彬和石艳也都赶来，我们围坐，热情地讨论着展望着。之后我乘地铁去找段威谈案件，并告诉她成功选址的好消息。

之二十四

作家该是个什么样子

摊开稿纸，我感到很疲惫，握着笔的手悬在半空很久，对着方格纸，有点不知所措。

一个紧张复习考试研究法律的人，偏偏在夜静更深的时候换个频道，换个身份搞文学。我对自己的行为的合法性有所怀疑。据说爱迪生每天只睡三四个小时，其他时间都在工作，他为什么有那么旺盛的精力呢？不知道这种少睡的功夫能不能通过后天练就。我想这应该是个生理的问题，而不是纯粹能靠意志力解决的。

在困倦中我不假思索地写着，一点儿也不谋篇布局，笔道又大又粗。这能行吗？我其实有点疑惑。所以，更可能的情况是，我写着，忽然有一天我没有了兴致，把每天匆匆写的稿子放在抽屉里不去管它，不久它们就丢了。写文章也显然不是意志力能够左右的，困倦的人强打精神写，又有什么意思。很多作家有写作任务，要求自己每天必须要写多少字。反对者说，没有感觉硬写不出来，或者写出来的作品没有质量。而支持者说，一定是要写够字数的，作家也只是个操作工的行当而已，有数量才会有质量。而且，一个作家，没有作品，那还能叫作家吗？

我虽然认为强写不好，但我是支持后者的。人太容易为自己找借口了，舒服不如倒着，好吃不如饺子，一天的工作学习结束之后，躺在床上睡觉才是最佳选择，睡觉当然好，可是梦想怎么办，作家必须坚持写下去。一天不写就是十天，十天不写就是一个月，然后可能就是一生顺流而下。

那专职写作可以吗？至少不要在干了一天的辛苦工作之后再拿起笔，要在状态最好的时候动笔。把写作当成最重要的工作，才能把最好的精力放在文学上。

可是，专职写作，能不能赖以生存呢？比如对于我来说，那我的律师证，还考吗？

辞职写作是很多人的想法，大部分人不能付诸实施，原因多种多样，写了东西没有人看挣不到稿费怎么办？另外，还有一个重要的问题，每天坐在家里的人，看不到世界，又能写出什么东西呢？

2008 年 7 月 25 日
滑兵来将军他们

这一天来到天津市老区建设促进会开会。这个组织简称"老促会"，是为了老区人民和老区建设服务的。同日成立了老促会下设的法律咨询委员会，后来我还担任了委员会的副主任，我们所做的事情，公益的居多。为老区服务，也为服务老区的人服务。

见到天津市委原常委、警备区原司令员滑兵来将军。我和滑司令算是忘年交。滑司令是河北省柏乡县人，柏乡有著名的汉牡丹，千年不败。滑司令来天津之前是河北省的省委常委，这些年来受滑司令的感召，我也一直跟随着他，坚持做一些公益事业。天津一万多平方公里的土地上，有不少乡镇是属于革命老区。老区的人民为了国家的解放事业做出了很多贡献，而现在大多老区还不是很富裕。滑兵来将军退出领导岗位之后，就一直坚持为老区服务，让人感佩。像滑司令这样级别的领导干部，如果他利用过去的权力为自己或者亲属谋一点好处，其实是比较容易的。但他从来没有这样做过，他的最大热爱就是工作，为了老区人民谋福利。在我和滑司令的交流中，我知道他甚至只去过中国的几个省份。像他这样的级别和资历，在全国各地有很多亲朋故旧，不搞私利，到处自费走走看看总是可以的吧，但他没有时间。他的时间不是在不同的老区到处转，就是待在他不算大的办公室里布置工作，写东西。

人选择不同的生活方式过下去，有的人求财，有的人求名，有的人求取内心的安宁。做公益事业是高尚的，仅仅就做公益来说，有人求回报，有的人什么也不图。类如滑司令这样高尚的人，就拿天津来说，也还有像白芳礼老人那样靠自己蹬三轮车支教的伟大老人，和他们比较起来，真是自愧不如。

律师参与公益比较直接和有效的手段是法律援助。用自己的知识和技能去帮助别人，哪怕给别人解答了一个具体的法律问题，都是有价值的。过去我曾经想过，学法律的人，只有像法学家那样传播法律思想，才有意义和价值。其实也不完全是这么回事。一个律师为别人解决了一个具体问题，就是功德无量。

2018 年 7 月 25 日

文化河北区

经过天津市河北区楼宇办郑霞主任和温宝印副主任的穿针引线，今天我和茂业公司天津负责人进行了有效商洽，愉快而卓有成效地初步达成一致意见。随后，我就相应的会谈情况向我的合作伙伴汇报了细节。温宝印，那年曾经和我一起报名参加律师资格考试，二十年来，他成了现在的模样。

2002 年，我第一次创办律师事务所的地方，就是在河北区。说起河北区，因为常常简称"河北"，被人和"河北省"混淆。河北区的"河"指的是海河，而河北省的"河"指的是黄河。天津市和这条海河有关的区，河西区和河东区，顾名思义，河西区在海河的西边，河东区在海河的东边，两区隔河相对。但是河北区和河东区好像在海河的同一侧，看起来怎么也不会是东和北的关系。有人解释说这是因为海河在历史上曾经多次裁弯取直，所谓"三十年河东，三十年河西"说的就是这个意思。沧海桑田里，人过去是在河的这一边，未来可能没有动地方，会住到河对岸了。在 1955 年地名酝酿的时候，有人提议将这个区域叫中山区，孙中山 1925 年来此演讲的地方就是现在河北区中山路上的中山公园。但是后来这个区域的定名，还是采取了袁世凯当年在这里北洋新政时候的"河北新区"的说法，就叫了河北区。在北洋新政的时候，河北新区的"河"指的不是海河，而是白河和金钟河。河北区在白河和金钟河的北岸。在海河裁弯取直之前，金刚桥和狮子林桥之间是没有相连的河道的。

河北区是个人杰地灵的地方。在茂业大厦俯瞰，楼下就是海河，临着海河上最为著名的桥，现在叫"解放桥"，就是过去的"万国桥"，是天津重要的历史遗迹。解放桥是一个法国人设计的，是海河上能开合的桥。过去每逢海河过大轮船的时候，解放桥都会从中间打开，也可以作为一种风情展示，桥打开，河水流光溢彩，是为天津一景。

由梁思成亲自设计的梁启超的"饮冰室"距此六百米，曹禺获得《日出》写作灵感的故居距此五百米，现在建有纪念馆和剧场。李叔同故居粮店后街距此一点五公里，目前也对外开放。曾经因被火烧而闻名中外的望海楼教堂距此一点九公里，周恩来和邓颖超的觉悟社距此三点一公里。早年的"老龙头"火车站（就是现在的天津站）距此六百米，袁世凯修的天津北站距此三点八公里。

哪段故事，都能写一万字。

而我和河北区的关联故事，且说我的旧居民生大厦，距此，三百米。

之二十五

1998 年 7 月 26 日
星光打在浴缸上

这个夏天，我住在这个校园里的一排平房尽头儿的一间。推开我的房门，是一个相对独立的小院儿，这个不大的院子外面才是大校园。

我的门前露天空地上，放着一个浴缸，就那么光天化日地放在院子里，到了晚上，也多少有点儿明目张胆的。早上我晨练回来的时候，顺手用水桶去学校的自来水管处打来水。在我回来的这点时间里，水桶里的水有些会洒在路上，但大部分还是会融会到浴缸里，听见水桶往浴缸里倒水的声音，哗哗的，就一身凉意。打水路上回头看，能看见那些洒下来的水弄湿了来路。

早晨的时候天气一般相对凉爽，我用桶里的水注满浴缸，看见丰盈的水稍稍在晃动，用手伸进去，能感受到凉冰冰的。一个上午我有可能一动不动，也可能推开屋门站在小院子里，也可能会走出小院子去学校的公共厕所。我进出当然能看见浴缸里的水，好像也能看出水的变化。快到中午的时候如果再伸手去摸，水温就能烫人了。太阳热，水就是热的。

我在一天中会有把自己放在浴缸里的时候。在太阳最热的时候躺在浴缸里，犹如在海滩晒日光浴，直到把皮肤晒得黑红，在午后稍稍有房屋影子形成阴凉的时候，人又躲在凉意庇护的浴缸里，看着阳光的影子很长很长，心事就比影子还长。在浴缸里，也有的时候是在晚上。轻轻悄悄地从房间里溜出来，夜很黑，有点偷偷的快感，四顾无人，本来也没有人，就一下子钻到浴缸里。太阳早已经下山了，把滚烫的温度也带走了，水已经又有了凉意，藏在里面，抬头能看见星星。星光落下来，自带薄凉，水光就显得更凉了。

此刻，我刚刚从浴缸里出来，从头爽朗到脚。几百字写完，凉意消失，剩下的就又是热和摊开的书本。人生就是凉了，又热了，然后又凉了。该读的书还是要读，该做的事还是要做，黑夜里，有很多的星光和灯光。

2008 年 7 月 26 日
西湖纪行——行走是生活的需要

牵挂渐多，能去的地方渐少。人生是一场一场的相遇，亲人之外，还会遇到那么多人和事。年纪大了，分不清究竟是幸福还是哀伤，是为谁而幸福，为谁而哀伤。

狼奔豕突，低着头向前走。我从呼伦贝尔到了兴城古城，今天又来到了杭州，在能走的时候，走到最远的地方，然后再回到开始的地方。一方水土养育一方人，不同的风土又有一样的人情，爱着走着的人们一样地息息相通。呼伦贝尔大草原粗犷的牧民，西湖边上细腻的浣纱女，都是一样。

为了能顺利地在今天出门，我提前好几天费尽周折去协调。律师这个行业，看上去很美，还有人以为律师是绝对的"自由职业者"。实际上律师是个事务性很强的工作，开庭、调查，很多事都有固定的时间，法院也有审理期限，有各种时间限制，含糊不得。同时，当事人很可能是指名点姓要让某一位律师提供法律服务，人家就是冲着谁谁谁来的，如果更换了别的律师，当事人不一定同意。我有一支比较得力的律师团队，但是很多事也仍然需要亲力亲为。上午我让我的助理们帮助我处理一个关于"天塔"的非诉讼法律服务项目，还委托他们帮我审查签署了两份合同。为此，我们一起认真地研究了一个上午，这样我才能得以在下午时候飞抵杭州。

一行四人来到了杭州西子湖畔，大家提议马上去看西湖，看三潭印月。我们希望能看见白天的西湖，还有黄昏时的西湖，当然还要夜游西湖。但大家也感到累了，于是先回酒店休息。

看了西湖过后，我们还要去舟山群岛、普陀山，山水环绕，看了这程再看那程。

杭州似乎比天津天黑得早，将近黑天的时候，好像更能闻见空气里的潮湿。我不知道这个感受会在哪一天忽然被想起，然后再次被记忆湮灭。写作，就是消解内心的恐惧和记录生命的瞬间。

2018 年 7 月 26 日
人生若只如初见

　　我陆续收拾办公室里的各种物品和文件，我在我已经度过了八年时光的办公室里坐了许久。我把我的办公桌弄干净，在我的椅子上默默地坐着。我的窗外能看见天津迎宾馆里的湖水，白天那湖水波光粼粼的，晚上能看见闪亮的灯光。

　　很多同事知道了我要去组建新的律师事务所了。我开始和我所在的律师事务所告别，不仅告别人，而且还有这个地方。人和人有感情，人和一个地方，其实也是有感情的。

　　我走出屋门，和我的很多同事打招呼，有合伙人、律师，还有秘书和行政人员。我和大家说，要离开了，真的舍不得。世间事，不就是这样矛盾冲突和不合常理吗？不舍，但也要离开。马弘律师是我的亲密合伙人，我们约定暂时分开，如果有可能，几年后再聚首。我们握手拥抱，拥抱握手，眼里有泪光，手心里是汗水。

　　所谓的暂时分开，很有可能只是一种愿望。人生本来就是五彩纷呈，一旦分开可能咫尺天涯，一生不能再聚首。

　　人生所有的情感和隐秘，好像都有前人有句子写就了。从这个意义上，人生有些艰难。别说有怎样的发明发现，人就算表达和找寻自己的内心，都是一个巨大的工程。有情感而不能抒发，或者不知道自己究竟有着怎样的情感，这都是可能的。我和我的同事以及我的工作场所告别的时刻，如果我只能说出"百感交集"这样的句子，那还是什么也没有说出来。告别是个顺流而下的东西，它从来自己收势不住，过去的一切，都不会再来。

　　人生若只如初见。那时，我们几位主要合伙人把各自的律师事务所合并在一起。我们都放弃了自己原先的工作构想，我们编织同一个梦想。夜深时我找出我们合作仪式上的照片，每一个人都笑容灿烂。可惜我们和初见时毕竟不同，也不可能相同。

之二十六

1998 年 7 月 27 日

从夏到秋

名字叫作夏天的季节，慢慢地在向着秋天泅渡。虽然天气还是热得难耐，秋天气息和丰收象已经初露端倪。该伸手去抓住夏天，不让它溜走。时光要在盛年抓住，一切都是转瞬即逝。

能看见乡村路旁的果园里，果子挂满了树枝，许多闲着没事的老头儿老太太，或者放了暑假的小姑娘们，无所谓地摆了地摊儿，在路旁出售自家树上结的梨和还没有长大的青苹果。有嗡嗡嗡的苍蝇在装着水果的篮子上起落，在老头儿的脸上停留，老人就要睡着的慵懒样子，是夏天的一个侧面。

明明是想抓住夏天，却又有些盼望秋天。总是热爱下一个季节，等到漫步在秋天的金风里，可能就又憧憬着白雪和冬天。我热汗淋淋，伏在桌子上，这一伏就是一天。汗水弄湿我的书和稿纸。这样的姿势，是我这个夏天的主要形态。

累了的时候，从书桌旁起身，来到院子里。浴缸静静的，水很清，我走过去，把毛巾轻轻地丢进去，啪嗒一声，毛巾随后慢慢地沉浸浴缸里。那声音，是生活的一声尖叫。我能假想后来天气凉了，有一天我在浴缸里忽然感受到了风里的一丝凉意，我觉察出那是秋风的味道，那我的这段复习生活就快要结束了。闭上眼睛去感受秋风，睁开眼睛去看天空，能发现天高云淡，云朵越飘越远。于是我从浴缸里走出来，从一段生活里走进另外一段生活。

蝉还是鸣叫得欢快，青草和树木还是翠绿葱茏。仍然热得流汗，街上的乡村汉子们仍然赤着上身，其中有的人肩上搭着污渍接近到发黑的毛巾，他们的前胸有的长满了胸毛，后背一律晒得赭红。

而日光其实已经变得薄淡，太阳从一个火红的球体变得不再那么很厚实，又薄又柔弱，这夕阳西下的时候，甚至都能觉得它有一些无力。到了这个时候，还毕竟是凉爽了些。

夏天的汗水迷蒙了双眼，这个夏天好像已经很遥远，1998夏天的世界杯赛场或者我自己的小屋，我挥汗如雨，一天一天把夏天挥去。不用将来，仅仅是现在，这一切，已经成为美好的回忆。过去的日子，好像什么都想不起来了。整个的夏天，都是一片白花花的，是一个不可分割的整体，秋天正慢慢逼近。

等到虫声唧唧，天就凉了。当许多人埋怨夏天的燥热，一脸痛苦地说着夏天热不可耐的时候，感到热了，那就凉了。

2008 年 7 月 27 日

西湖纪行——普陀游记及舟山杂感

游普陀的时候正是下午2时。普陀山上炽热如火，海天佛国游人如织。人和人都尽量保持着距离，仿佛一旦有肢体上的接触就会发出电来，如果有人点上一支烟，空气遇有明火，一定会燃烧的。

我们是从舟山的沈家门码头乘坐快艇上普陀山的。沈家门是一个十里渔港，据说是全国最大的渔港，繁华极了。舟山本身是一个岛，岛上生活着将近一百万人民。沈家门是舟山市普陀区的政府驻地，但是普陀区和普陀山还是两回事，从舟山本岛的沈家门到普陀山还是要乘船。从杭州来先是乘坐大巴，后来连同大巴一起上了船。乘坐了四十五分钟的轮渡，在甲板上看着海上的群山巍峨，海水被巨轮出海激起了阵阵白浪，才到了沈家门。

在沈家门乘快艇再去普陀山，那就快了，也就是二十分钟时间。说是山，其实就是海岛，主峰才二百九十一米。山不在高，有仙则名。在海岛的码头上登陆，就开始了普陀的游览。走上这海天佛国，立时觉得真是大开眼界。

"山当曲处皆藏寺，路欲穷时又遇僧"，这是明人徐如翰的句子。山上高低起伏，错落有致，奇花异树，鹁鸪鸟语。红色的夹竹桃，清丽而沧桑的千年古香樟树，岛上遍布。绿树红花芳草，毒辣的太阳。佛国里净是佛音，加之往来的善男信女和路遇的僧人，真好像是来到了取经的西天。

唐朝的时候普陀山就有佛教活动，普陀山这个名字就来源于梵语。我去九华山的时候，听说山上号称有九十九座寺院，而普陀山上似乎没有那么多，也有普济寺、法雨寺、慧济寺三大寺院，还有紫竹林等三十多个禅院，晨钟暮鼓。唐以后这里佛教兴盛，直到后来成为专供观音菩萨的道场。岛上的南海观音铜像高高在上，很多香客一步一磕头，虔诚叩拜。

参观了寺院禅院之后，我们也来到了南海观音前，我站在那登高之处，看着这个海岛。普陀山是舟山"群"岛的一个，茫茫大海之上，一个一个岛屿历历在目。朱家尖那边奇石林立，金沙绵亘，有独特的沙雕；桃花岛上有小说中郭靖和黄蓉的爱情。

陆游有诗："碧海无风镜面平，潮来忽作雪山倾。"太阳光打在静静的大海上，金光与白光交映，刺痛着我们的眼睛，不仅汗流浃背，连眼睛里也都是汗水，被太阳光刺着，迷蒙而疼痛。

向海滩走去，可以看见千步沙滩那边的海上，有勇敢的泳者，还可以听见浪涛拍岸，再由近及远，大海茫茫无边。

普陀山除了佛国的身份，是一个和佛学有关的大园林。面朝大海，春暖花开，佛光普照，佛音绵绵，峰峦秀美，奇花艳丽，居住在岛上的人们宁静安逸。

历朝历代的帝王将相和文人骚客登临于此。弘一法师和印光大师法雨寺的佛缘，南明僧人在岛上的忠义，赋予普陀山更多的文化内涵。到了那里都会发现，那里有一个过去所不知道的世界。佛学博大精深，佛学也是人学，是哲学，甚至是文学。佛学本身也说，佛是什么，佛就是我们每一个人。膜拜的时候，感到了对生命的尊重和敬畏，不管由此振作还是安宁，这都是佛学的积极意义。

乘船到普陀山的时候，白云洁白。在船上，我从低于水面的舱底看大海，还有海上的群岛和白云，佛国上空的一团一团的白云，距离生命很近。那时候船舱的电视上正在播放一首佛歌，我用手机记录了歌词：

> 天上的白云啊
> 一生也没有家
> 行路匆匆追赶着晚霞
> 修行的人啊
> 都把苦难磨
> 得到真的同时也要舍下
> 舍下你对亲人对故乡的牵挂

佛歌的调子悠扬而富有磁性，直抵心灵。歌词里的"修行""舍下"等佛学的用语都是常用句子，再比如"慈悲""闭关""觉悟"这样的词语，都是从佛学里来的，更比如"因果"这样的典型佛学用语，是很精准的法学语汇。

毕竟是俗世里的人，从普陀山回到沈家门，我的朋友催促我去吃海鲜，沈家门本来是有一条海鲜大排档的，却因为市政建设的原因暂时迁走了，只好到别处去吃。我们居住的是"海景房"，大海和海上的白云就在窗外。我猛地抬头，看见刚刚还蔚蓝的天空已经全黑了，海面上千帆竞渡，而此刻那些船在黑夜的夜空里似乎看不太清，而白云依旧很白，挂在黑色的天空里。蓝天时就是蓝色的海面，而黑夜时就是黑色的海，海浪好像是白色的，船泊在岸边，轻轻地摇。

2018 年 7 月 27 日
辞职和退伙

来到办公室，先郑重地写了一份"辞职声明"，请求辞去在律师事务所合伙人会议机构中的职务。接着，我又写了一份"退伙申请"，请求退出合伙。

律师事务所一般是采用合伙制的方式合作。就是几位或者多位律师联合在一起，共同使用一个品牌、共用一套制度、共同使用一个行政和财务团队的方式。当然除了共用和共享，也要共同承担风险，一般是采用"无限连带责任"方式。就是有一个律师给当事人服务时做错了，在承担赔偿责任的时候，如果他能独自承担还则罢了，如果不能，那就需要全体合伙人共同承担。

律师"合伙人"，除了类似于公司企业里的"股东"之外，同时也差不多代表着等级、资历和专业程度。不能在某个法律领域有所作为，不能至少带几位律师组成一个团队，一般是不能成为合伙人的。

我所在的律师事务所是天津规模比较大的，有三十几位合伙人。当年通过合并重组做大做强，算是实现了愿望。但这个世界从来是分分合合，现在，我想做一家全新的律师事务所。

新中国的律师制度恢复建设从 1979 年开始，那个时候全天津一共二十八位律师，全国也就几百人，而现在律师业发展很快，无论是人员规模还是营收数字，都达到了不错的水平。全国现在有三十多万律师，天津也有七千多名，现在有不少大型律师事务所，一家律师所就有上千人甚至几千人。

对离开现在的律师事务所，辞职并且退伙，当然不舍，那种纠结和留恋是最复杂的情感，然后选择一旦做出，反而身心轻松了。辞职申请交出之后，我乘车到青岛去，高速公路的很多地段在修路，颠簸中晚上才到，内心仍颇不宁静。

之二十七

唐山大地震纪念日

　　早上例行地写今天的学习计划，写下 7 月 28 日的字样，才猛然发现，今天是唐山大地震的纪念日。

　　二十二年前的今天凌晨，在那场地震之中，距离震中唐山一百多公里的天津震感强烈，也震倒了不少房子，死了不少人。在天津的主要街道南京路和成都道交口，后来建有一个抗震纪念碑纪念这件事和那场灾祸中死去的人。

　　唐山大地震的震级很高，又恰巧时间很不好。夏天的后半夜，很多人正在熟睡中，在睡梦中很多人就去了另外一个世界。那时我年纪很小，这些往事我大多是后来根据长辈的口述来复原。或者通过读书，比如钱刚 1986 年发表的《唐山大地震十周年祭》，那是我最早接触到的报告文学。对当晚的强烈震感，我毫无所知，我的记忆隐隐约约停留在天津震后的那些临建棚里。距离唐山最近的天津宁河县和汉沽区，也包括天津市区很多家庭流离失所。天津市区很多房屋完全倒塌，也有不少房屋成了危房，住在政府给民众搭起的"临建"棚，很多孩子跑来跑去，不知道发生了很大的灾难，反而觉得很好玩儿。

　　关于地震的记忆，有件事我母亲常常提起，引为笑谈。说震后期间，余震不断，我们兄弟二人被母亲带到姥姥家去小住，一天晚上，人们都入睡了，忽然又起余震。母亲惊得从夜晚弹起，一手一个，夹起我们兄弟二人，从屋子里急走到院中，尚且惊魂不定。母亲的自嘲是，彼时屋子中也有老人在，她不顾姥姥安危，也来不及细想，人已经冲了出去。

　　时代不同了，现在的天津跟那时候比起来大不一样，那些低矮的平房差不多都拆掉了。那时我还小，慢慢行进在历史里的，是比地震纪念日大一岁的这个复习生涯里的年轻人。

年轻人在这里坐下来安静读书，已经快一个月了。坐着，也可能是个烦躁的运动。白昼穿身而过，岿然不动，就又迎来夜晚。每个夜晚的思考，可能都是一场地震。

2008 年 7 月 28 日

西湖纪行——夜游西湖

前天来到杭州，大家提议去夜游西湖，但是都累了，也就没有成行，逛逛附近杭州的夜景，也就休息了。但是我已经感受到了暖风熏得游人醉。吴越故地，南宋都城，丹秋桂子，十里荷花，钱塘自古繁华，现在仍然如此。

昨天游览了普陀山，今天早上时候从舟山出发，先是赶到了绍兴匆匆去游览了王羲之的兰亭，而百草园和三味书屋，还有沈园，就都是匆匆带过，王羲之、陆游、鲁迅，不同时代的不同的人，都曾经生活在一个城市，这就叫作人杰地灵。再从绍兴重回杭州，就是为了夜游西湖。

大约夕阳西下的时候，来到西子湖畔，入住在花港酒店，西湖十景的"花港观鱼"就在这里。路上看见了远处的雷峰塔，"雷峰夕照"正是当时，只是我们需要在酒店里稍歇，就躺在酒店房间的阳台藤椅上看景，不一会儿太阳落下去了。昏黄的光亮渐渐暗下去，灯光就亮了起来。大约 19 点 15 分，天色就全黑了。于是我们去西湖边上的"楼外楼"吃西湖醋鱼和叫花子鸡，当然还有东坡肉。山外青山楼外楼，西湖的歌舞怎么会"休"呢？

"楼外楼"据说是一座一百六十年的老店了，一首著名篇章的诞生或是一个著名人物的来临，之于一个城市的得名，太重要了。而西湖这样的宝地，出了太多名人贤士。当然，西湖因其美才吸引了那么多人的来临，也是相辅相成。

出得"楼外楼"，沿着西湖岸边散步，夜游西湖。湖边上有风，而且风还不小，甚至可以用"怒涛"来形容。湖上停泊着的画舫在水上漂来漂去，全然没有"西子"样的妩媚。为了安全的考虑，夜晚的西湖不开船。远处的山峦依稀可见，雷峰塔上灯火闪烁。但岸边杨柳依依，长椅上对对恋人面朝西湖静默着。湖面上荷花盛开，绿色的长长莲蓬托起朵朵荷花，夜西湖的妩媚就显现出来了。中学课本上的一篇文章，谁写的我已经记不清楚。"红荷垂露，盈盈欲滴，白荷带雨，娇娇无暇"，这句子我却还记忆犹新。

向前走着，看看天空，看看西湖，看看人们，看不见历史，看不见未来，看不见自己。我来到了西湖边，我已经和白居易、苏东坡他们并列在一起了，他们是大文豪，我是小学生。但我也有权利写诗。再过一千余年，我和他们都是古人。

走着就看见了一个墓，往左拐，就顺着白堤往前走了。苏堤春晓，是西湖著名的景色，沿着白堤走，就是断桥了。那是苏小小之墓。有文字介绍，是2004年重修的，原来的墓在"文革"期间被毁掉了。苏小小是南齐时候的名妓，一个忠义女子，也是为了自己爱的人忧郁而死，很多人的节操，真是未必比得过妓女。

接着往前走，没几步，是武松墓，也是2004年重建，《水浒传》里写武松也是在杭州坐化。武松大约是确有其人，但是打虎武松是不是真的葬在了杭州西湖，就不一定了。我倒退两步，深深地给武松墓鞠躬，忠义而勇敢的人，谁能不去敬仰。也有人说这个武松不是打虎武松，而是宋朝时候的另外一位义士。朝代相同，都是义士，究竟是谁，恐怕不好说清楚。再往前走，看见在西湖岸边叫作"风雨亭"的亭子，那是为了纪念鉴湖女侠秋瑾。"秋风秋雨愁煞人"，在风雨亭看着西湖夜色里的湖水怒涛翻滚。而夏夜的和风里，也就有了些愁煞人的味道。

水光潋滟晴方好，不知道晴西湖是个什么样子。看天上的云朵，白色的云密布着，据说有雨，却也没有下。在湖边岸上的长椅上坐下来，长椅距离湖水很近，湖边就是一片荷花。看天看水，天色变成了一块大的幕布，风一吹，幕布随风抖动着，而湖水与荷花之类，也似乎都成了布景。这不是在西湖边上，这是在一座照相馆里。连我们自己也都成了布景和道具。人们常说，"美得像画似的"，我今天真有切肤之感。想起幼时看露天电影，幕布经风，和天空一起抖动，好像天也是幕布。那时看的电影里应该就有一部《白蛇传》。这么多年以后，我来到了故事发生的地方，如果接着往前走，那就是许仙和白娘子相会的断桥了，断桥相会，水漫金山，那些故事真是鲜活。

同伴中的长者累了，我们在西湖边上坐了那么久，我也有些累了，断桥和"花港观鱼"还有一点点距离，就不再走。好在我们明天的时间都留给了西湖，于是我们乘车回宾馆去了。

2018 年 7 月 28 日

鹿鸣旅社

我到青岛，是来谈一个法律服务项目。昨天晚上住在了黄岛的红树林酒店，开始彻夜长谈。对于一个律师来说，千里奔袭，就为了谈一件事，也是个常态。也可能谈得很好，也可能谈得不好，那也没有办法。好在昨晚几方沟通得比较顺利，所以我得以睡了一个比较好的"早觉"。睡着已经是今天凌晨三四点钟的事情了。10点钟左右，我悠然醒来，开始和天津我的新合伙人们一个一个通电话谈情况，大家都按部就班推进工作。

后来我到红树林酒店外的沙滩上坐了一会儿。一群人在打沙滩排球，日子好是悠闲。

休息调整半日，下午到青岛老市区栈桥附近去见一个律师同行，求取管理经验，并且参观他的律师所。在栈桥边，我特意停留了一会儿，看着那些德式建筑，想起了一些往事。1990年，我第一次出门远行，乘船先到烟台再到青岛，那次当然也是来过栈桥的。那时候的栈桥更接近于最初的样子，一条小路，伸向大海。记忆中的青岛老火车站，我觉得实在是太小了，老而古朴。

我记得二十八年前我是住在了一家叫"鹿鸣"的旅社。青岛过去是德租界，青岛的"八大关"和天津的"五大道"都是著名的洋人区域，无论是房屋建筑还是路旁美景，都有得一比。我在鹿鸣旅社是住在那所德式房子的阁楼上，但现在我也不明白，那样的一个小小旅社，为什么竟然起了"鹿鸣"这样有点儿文学色彩的名字。鹿鸣旅社会不会幸运地没有被拆迁掉？虽然鹿鸣旅社很小，但我的那时居住体验感受，一点儿也不亚于红树林这样的大酒店。从鹿鸣旅社到红树林大酒店，这是时代的变迁和我个人的成长。我记得我住在鹿鸣旅社的那个夜晚，到楼下散步时，遇到了一个天津老乡，攀谈起来，我告诉他们我在这里住。我也许表达得不清楚，那老乡可能认为我在这里有家，长期住在这里，后来我还遗憾也没有机会跟人家解释清楚。我们说的"住"只是住店而已。还记得散步回来，上鹿鸣旅社阁楼时的情景。到大门口，店已经上了门板，费了好大劲儿才把老板给叫出来，店老板有些不高兴，说，你们这么晚回来，不随便开门！当时我还在想，这是住店，又不是军营，怎么还限制出入呢。

之二十八

1998 年 7 月 29 日
对律师资格考试的回顾

我在此之前已经找到了从 1986 年到 1997 年的共九次律师考试试卷，今天我开始对这些考卷进行规律性研究，并且尝试解析这些试题，就有了突飞猛进的感觉。

中国的律师制度恢复重建是在 1979 年，但首届全国律师资格考试是从 1988 年开始的。在此之前，虽然有律师制度，但是没有律师资格的考试制度，这对法律人才的选拔和培养是不利的。进行律师资格考试，首要的一个问题是考什么。那个时候的重要任务是立法工作，1979 年的主要法律只有《刑法》，就连《民法通则》都是 1986 年才有的。

在 1986 年已经进行过一次律师资格考试，不过那一次是比较内部的，不对全社会开放，而只是针对跟司法工作比较沾边的人群，比如已经在从事律师工作的人。开始的时候，全国统一的律师资格考试是两年一次，1990 年和 1992 年继续又考了两次之后，从 1993 年开始改为每年一次。这样算来，之前一共进行了九次律师资格考试。我报名参加的将是第十次考试。从历届的考试试卷来看，早期考试的内容和方法，考题的题型，甚至有几张考卷，都不稳定，一直在摸索，这几年才渐渐稳定了下来。但也还是在不断地尝试和改进中，今年就首次要加入部分英语试题。司法部要求律师做"三懂"人才，除了要懂法律以外，还要懂科技和懂外语。考生能做的，也只能是适应考试的范围和要求。

下午的时候，天气凉爽起来。我的眼睛总是感到有些劳累，有时只好闭上一会儿。闭着的时候，其实也能够体会到阳光明媚。一天的学习生活带来的充实感受不能马上消解，写作也就还不能马上进入状态。在考虑该写一些还是读一些或者干脆休息一会儿的时候，时间往往就过去了。据说海明威每天清晨 6 点开始写作，持续六个小时，下午的时候就去泡酒吧和会朋友，其实我也想过那样的生活。但我现在的梦想是做一个律师，我不知道在未来，我会成为一个好的作家还是一个好的律师。

2008 年 7 月 29 日

西湖纪行——雨中西湖

我醒来的时候听见人声鼎沸，在安静的西湖边上，怎么有这样的喧闹呢？我看看表，大约才 6 点钟，再向窗外看去，山色空蒙，别的什么也看不清。于是我起床来，到阳台上坐定。阳台很大，有一个很好的藤摇椅，我坐在那里，外面的景色就看得很清楚了。

窗外是一个亭台，亭台之上有不少人在那里招呼，似乎是一个旅游团，人声就从他们中间传来。我坐在阳台看，他们似乎很知趣，一队人马悄然离开。亭台安静下来，景致就清丽了许多。亭台和我居住的楼中间，是一泓池水，池水中是无数条锦鲤。

还有雨声，我听见了，而且还看见了，雨水很细密，打在池水上。这雨看样子已经下了很久，而且并没有停下来的意思，那就是说，我今天只能雨中游西湖。水光潋滟晴方好，山色空蒙雨亦奇。我晚上的飞机回天津，看来"晴方好"是看不到了，但是总算"雨亦奇"。昨天夜游西湖，今天雨中西湖。

我的同伴却迟迟不起床，他们并不在乎马上去看西湖。起床之后大家要缓慢地吃早餐，我只好耐心地等着。雨一直在下，忽而大些，忽而小些，但从来没有停止。我默默地盼着同伴们早些吃好，而雨也能停下来。但大家要去西湖边不远的丝绸市场购物。在雨中，我们乘车在西湖边上，看着湖上的烟雨蒙蒙。

丝绸市场的街市是苏杭风情的，我们每个人都撑着一柄伞，有的时候干脆把伞放在一边，雨水正好，能沾衣不湿。

我耐心地等着，他们总算买好了。我们也总算来到了西湖。

西湖边上，一处著名的地方，叫作岳王庙。

岳飞的故事我是听刘兰芳的评书知道的，而岳王庙，我是从我连环画"小人书"里知道的。那时候我只能看画，而不能读懂内容，我母亲手拿着小人书给我讲读。岳庙里的岳坟，和小人书里的一模一样，还有秦桧等四人的跪像，也早就看见过。我记得我母亲合上小人书的时候告诉我，岳庙在西湖边上，你将来会去看到的。大约过去了三十年，我来了，而母亲还没有来过。

"青山有幸埋忠骨，白铁无辜铸佞臣"，"正邪自古同冰炭，毁誉于今判伪真"，这些岳坟前的联句，那时我就已经能背诵了。

来到岳飞墓前。恰恰是个雨天。多年前慨叹岳飞，现在想起来，眼里仍是泪花，脸上被雨水和泪水纠缠着，一片冷落和木然。九百年前岳飞怒发冲冠，而今天，我的头发被雨水浇得乱蓬蓬的，凭栏处，也正是潇潇雨歇。我的吟哦还是被我的伙伴听见了，我索性就大声地朗诵起来："靖康耻，犹未雪。臣子恨，何时灭。"在岳王庙前朗诵《满江红》，仿佛能看到淮河与大散关前，战旗猎猎。我的同伴从来不知道我是一个写作的人，但是他们没有惊诧我的泪流，他们和我一起吟诵。

"贺兰山缺"地点不对，岳飞郾城大捷，直取朱仙镇。而"匈奴血"族属不对，岳飞打击的不是"匈奴"而是女真。历来由此有人认为，这首《满江红》是伪作。忽而潇潇雨歇，忽而细密地下，出了岳飞庙，朝对面的西湖望去，雨落无声。

我们到西湖茅家埠午餐。雨声又渐起，同伴们才说："没想到你还是一个文人！"雨声里的酒就绵长得有些醉意。那醉意一直绵延到雷峰塔，就是压着白娘子的那个雷峰塔。

雨一直在下。到了雷峰塔的时候，只剩下了我一个人。我的伙伴之前都来过了，他们就找地方喝西湖龙井去了。

登上雷峰塔，西湖美景，就都在眼底。不用再造句形容，有杨万里的诗：

毕竟西湖六月中，风光不与四时同。
接天莲叶无穷碧，映日荷花别样红。

"雷峰夕照"，雨中能看见远远淡淡的夕阳，但是雨不停歇，打在西湖上和荷花荷叶上。我在雷峰塔上看西湖，巍巍塔影，湛湛青天，潋滟之水，八面来风，古刹名木，画桥烟树。这一切，尽收眼底。

我是先知道保俶塔，再知道雷峰塔的。知道保俶塔还是因为一本叫作《钱王与保俶塔》的小人书。钱王就是钱镠，钱王保境安民的故事那时就知道了，但直到今天来到了西湖才看到了"老衲和美人"，保俶塔是美人，而雷峰塔是老衲。吴越国时代建塔后的六百年，倭寇窜进江浙一带，用火焚烧了雷峰塔，被焚烧之后的雷峰塔竟然显现出了一种苍凉美。残砖破壁是古铜色的，被夕阳照射的时候更是红彤彤的。我在重修的雷峰塔中看到了当年雷峰塔的图像，真的像一个老衲，塔上长满了野树和野花，而秀气的保俶塔自然是美人。北宋宣和年间方腊起义的时候，雷峰塔就遭受过灭顶之灾，但是却屹立不倒，而南宋年间险些被拆掉，正巧，塔下现出了一条大蟒蛇，人们惊而不敢再拆，雷峰塔这才被保住，这可能也是雷峰塔镇白蛇传说的缘起。

1924 年雷峰塔倒掉的前夕，人们纷纷到塔身去盗砖，传说得到了雷峰塔的砖可以驱邪避害。而到了雷峰塔真正地轰然倒塌的时候，人们又都争相去捡拾砖物，雷峰塔一时狼藉。而今重修的雷峰塔把原来的雷峰塔废墟包围起来，往事也被一并封存。

塔代表着佛教文化，吴越国时候的君王就是信奉佛教的。而雷峰塔所代表的文化，自然不仅仅是佛教。雷峰塔上总览西湖美景，而其中最美丽最沉重的部分，自然是白娘子。白娘子是一条白色的蟒蛇，她是仙，也是妖，也是人。她象征着爱情，也象征着叛逆，所以鲁迅先生才"论雷峰塔的倒掉"并"再论雷峰塔的倒掉"。我下得塔来，衣服已经湿透，想着白娘子昆仑山盗仙草的勇敢，想着许仙的是非不分。白娘子亦仙亦妖，忠勇美丽，而我辈如是许仙，会不会也帮了倒忙，让法海用金钟罩住了自己的爱人，想着真有些后怕。其实许仙当然更不是"仙"，许仙其实是叫"许宣"。杭州一带仙和宣同音，"许宣"才被叫作了"许仙"，他就是个凡夫俗子。

从雷峰塔出来，我来到了对面的净慈寺，那就是著名的"南屏晚钟"。我雨中静立，仿佛听见钟声悠扬。往前走，是"苏堤春晓"，沿着苏堤往白堤走，走到了断桥边，断桥残雪的时节是冬天，现在还早。雨还在下着，不知道朋友们的龙井茶，是不是已经喝得味淡。

2018 年 7 月 29 日

青岛啤酒节和灵山岛

应友人邀请，乘坐普通的客运船，到青岛的灵山岛去，游览并且接续谈合作，颇可一记。

灵山岛，又名水灵山，是明朝的军事"四大卫"之一，天津卫、威海卫、成山卫、灵山卫。竟然是和天津曾经并列的地方，但是问起青岛的几位友人，他们不少人不知道青岛还有一个这样的所在。有诗记之：

登灵山岛七绝四首

之一

暑中踏岛水灵山，
万顷碧波映日蓝。
岸上人家忙有序，
船帆点点白云间。

之二

浮翠飘来若玉盘，
红砖碧瓦掩梯田。
花开浪走无穷日，
煮海栽山又一年。

之三

登高赋诗意延绵，
浩渺峰云迷水烟。
绕岛一遭寻深处，
风光就在巷街前。

之四

少年梦远不觉边，
怎晓山高海更宽。
及至沧桑说往事，
仍然未敢话二三。

工作处理得差不多，从灵山岛回市区，晚上就和几位朋友去看青岛啤酒节，灯火辉煌之中，一个梦幻世界。我们在露天的酒吧，在这个星光和灯光联合闪烁美丽的夜晚喝得薄醉。朋友中还有专门赶来的天津述真律师事务所的律师。在青岛，在今夜，他们决定把他们的律师事务所关掉和我合并，一起做一家伟大的律师事务所。为此，我们当然也要干一杯。

从啤酒节出来，路上人很多，行人的队伍绵延几公里，交警忙得不亦乐乎。找不到出租车，我步行了很久才回到酒店，感觉腿都走麻了。走了很远的路。

　　打开电脑，看着过去的文字，2008年今天的晚上，我从杭州到天津再到绥中长途跋涉的情景，清晰地出现。直到现在我还暗暗为自己庆幸，如果当天飞机不能起飞而取消，转天真的就没有办法开庭了。那天杭州一直在下雨，我们雨中游西湖。本来是下午的飞机，以为时间绰绰有余。但是雨一直在下，飞机晚点了，我在萧山机场的玻璃幕墙看见停机坪上的好几架飞机，但那都不是我要乘坐的，我们的飞机还没有飞来。雨水细密，比我的焦虑还急。天津方面，郑伟律师和实习生哈福双在等着我，一旦我到了天津，我们就自驾出发，出山海关到葫芦岛市的绥中县去。而关外的当事人也打电话一遍遍地催着，杨律师，我们等您来吃晚饭。我哪里可能去山海关外吃饭，晚上9点多我才从杭州起飞。做律师的人，飞来飞去和时间赛跑是生活的常态。还好，飞机在夜里11点多到达天津滨海机场。我马不离鞍，从天津出发，郑伟律师开车，连夜到绥中去。案件已经准备得非常充分了，但是这一路之上，仍然不断地讨论着。而且我已经做了紧急预案，如果飞机真的没有起飞也有办法，我的搭档和旁听学生，已经先到绥中等我们了。

之二十九

1998 年 7 月 30 日
老工友和弹琴姑娘

在这个夏天，在这个假期的乡村校园，一般有两个人。其中一个当然是我，另外一个是那位值班看门的 60 多岁的老工友。老人的职务是传达室工作，也做其他杂务，在学生上课的期间，遇到停电用不了电铃，他还用一个手动的摇铃在校园里边走边摇，招呼学生们上课和下课。

其实我们每天都在相互陪伴着生活，只是我们很少说话。假期里，他好像没有什么事，但是他仍然每天兢兢业业，看守着寂寞校园里的空空荡荡。

我和老人也有交谈，但总是非常短，一带而过。偶尔在校园里相互看见，点点头，问候一声。我知道他有些孤单，也许他想来跟我说说话。老人对时事政治很关心，很想找人交换一下对一些国家大事的看法。而我有时也想和他去说说话，但我担心一发不可收拾，我无暇闲谈。于是，这个校园里的这一老一少，就几乎什么也不说。老人自己生火做饭，下午四五点钟的时候，他就点燃那个小煤球炉子，腾起一阵白烟。他吃饭的时候就坐在他门前的露天地里，饭菜简单粗糙。

还有一个姑娘，偶尔会出现在这个校园里。听老工友说，那姑娘是学校里某位老师的女友。

就在我居住的屋子后面的琴房里，她有时候来练琴、唱歌。钢琴伴奏着她的"洋嗓子"美声唱法，常常唱："百灵鸟从天上飞过，我爱你中国。"有时我会侧耳倾听，她弹得好，唱得也不错。

但是我始终没有见过她，只能听到她的琴声和歌声。据说这个姑娘，想考天津音乐学院。有时有一个男人的声音在唱，就没有那么好听，估计就是她的男友了，不过大多数的时候只是那姑娘自己来。她并不经常来，我估计她是在其他地方另有钢琴，不然的话这样三天打鱼两天晒网，怎么能把技艺练好呢。

2008 年 7 月 30 日

绥中开庭

2008 年的这个早晨,我在绥中县的一处简陋的招待所醒来的时候,快 7 点半了,立即起床。当事人本来给我准备了县里最好的酒店,我的这个当事人家属是普通的农人,经济条件不富裕,作为律师,我怎么能让他花费更多的钱用在住宿上呢?

案件早就准备得很充分了,因而我比较放心。招待所就在法院门口,步行五分钟就能到,就算 7 点半才起床,时间也比较充裕。虽然我是在凌晨 5 点半才睡着的,但是因为今天要开庭而感到兴奋,人的生物钟早就调整好严阵以待了。到法院才看见,我的天津医科大学的那批实习生都来参加旁听了,这让我感动而振奋。

法院使用了最大法庭公开审理案件,当地法院和检察院都非常重视,看得出也都经过了精心准备。因为是公开审理,也来了不少旁听的群众,这其中有当地的党政干部和其他各界人士,也有自发来的普通老百姓。庭审从 9 点准时开始,从交叉询问出示证据质证、到法庭辩论、被告人做最后陈述,中间没有休息,不吃午饭,下午 4 点多一点儿才宣告结束。审判长宣布休庭时,我站起身来收拾案卷材料,才感到疲劳袭来。

庭审很激烈,高潮迭起,做律师自己也觉得很是过瘾,全神贯注之间,衬衣都湿透了。开庭时我就得到了掌声和欢呼,庭审结束,当事人家属和很多群众围上来,被告人的姐姐兴奋得哭了。她们拉住我的手,以为抓住了希望。但我并不为案件的最终结果感到乐观,这种感受当然是因为我的经验和这个案件的具体情况。草草吃了饭,就即刻驱车返回天津,到达时又是夜里了。我记得归途中我忽然牙疼,车到秦皇岛的时候我甚至想过要到当地的医院把牙拔掉。我努力让自己闭目养神,过了一会儿,我就沉沉睡去。

2018 年 7 月 30 日

归 来

2008 年的今天,我从山海关外,结束开庭,驱车回津。今天我是从青岛办事归来。十年光景，不断地出走和归来。

从青岛走走停停，一路都在用电话沟通各种事情。到天津梅江会展中心，已经是傍晚6点半了，高玉芳在这里等我，我们就很多事情进行交流。到天津后又和我的其他合伙人沟通到夜半。这才有时间打开电脑，让自己回到从前——不是十年前，就是二十年前。就像从空间上我要回来，从时间上我也要来来回回，审问自己过往的人生。

1998年夏天校园里的弹琴姑娘何在呢？后来是不是考上了音乐学院，已经无从知晓。我能想起她，哪怕我从来没有见过她。她从来不会知道她的琴声和歌声曾经给我带来美的感受，更不会知道我还会把她写进文章里。当年破旧的琴房早就没有了，世界上发生过多少事，我们都只能知道和我们有关的部分。那个老工友，前几年还曾经在路上见到过，见到我的时候亲热得很，他说，那几年常常在电视上看见你！他走过来拉着我的手，说，我早说过你能行！几年前看起来，他比1998年那时苍老了许多，不知道现在老人家怎么样了。

而2008年那次开庭记忆犹新，本来表现是一边倒，如果是一场辩论赛，我们是压倒性胜利，但是这偏偏不是比赛，而是法庭审判。我以我的经验判断，我所做的无罪辩护虽然可算精彩，法律专业上也做得认真，但还是不会得到采纳。在归途当中，心情多少有点沉重，就把头偏向窗外，看着外面的树木在车的疾驰中向后倒去。之前的一天基本上没有睡觉，但好像也没有太多困意，一车的人一路聊这个案件接下来该怎么做，也聊我们律师事业的发展前景。后来我睡着了。在车上睡着，总是伴随着颠簸，似乎睡不舒服，但是在车上睡着，却也是个不一样的感受。

我记得二十年前的今天，我结束了一天的复习，开始写作。十年前的今天，我回到天津，也是如此。而今天这夜半时候，我这个刚刚从青岛归来的人，又从法律工作回到读写生活。我好像回到原点，我没有任何的进步和改变，我原地不动。

之三十

1998 年 7 月 31 日

青凝侯村

今天有两件事情值得记录。

一是我没有晨跑，而是借了一辆自行车，直接蹬出一早晨的清凉，去考察南河镇几公里之外的青凝侯村，寻访著名的武林人士韩慕侠的踪迹。我没有立即起床而是犹豫了一小会儿，我感到困倦，我就又想，骑自行车也是一种锻炼，干脆去青凝侯村看看。就给自己找了一个借口。

韩慕侠的名气虽然远不如霍元甲大，但是关于他和外国人打擂台的故事，还有他是周恩来的武术教师的说法，流传很久。我起来心情很复杂，有懒惰的羞愧，也有对去考察韩慕侠事的冲动和兴奋。

但我乘兴而来，多少败兴而归。

这个村子的土地其实和小南河村的南洼土地接壤，但是比较小南河村的位置，这里看起来非常荒凉隐蔽，僻静不好找，我是费了好大口舌并且几经判断才找到的。这个村庄在行政上属于相邻的大寺镇。村庄紧邻着独流减河，跨过这条宽广的人工河，就是属于静海县的团泊洼那边了。整体上这一片相连的土地都是地势低洼，都属于天津著名的"卫南洼"的一部分。从卫南洼这个名字来看，这里是个多水的地方。明朝时候，这个洼地村庄曾经叫过"清平泊"，后来水少了，土地凝结，有人从地底里挖出石猴（一种砾石，可以当粉笔用），村子因此叫了青凝猴。再后来时间长了，就写成青凝侯了。这个村庄是不是韩慕侠的故乡，和他有什么关系，是不是听说过有一个大侠叫作韩慕侠？我问了好几个人，请问您知道韩慕侠吗，请问韩慕侠是不是这个村子的？谁？韩慕侠？都说不知道，好像没有人知道。

这样的情况好像不太可能，比如霍元甲就是青凝侯村邻村小南河人，在小南河这个村庄，没有人不知道霍元甲的大名。我只好先蹭车回来。

另外一个要记录的，是今天看电视新闻，陈希同案公开宣判，我此前就注意到了，辩护律师叫王耀庭，电视机上，镜头一晃而过。

2008 年 7 月 31 日

律师写小说

我的日记上记载的当天的生活轨迹是"写《甲男乙女》，业务繁忙"。《甲男乙女》是我至今也还没有写完的一部表现都市男女法律人生活的小长篇。那年状态不错，一写就是十万字，然而一放就是十年。一个律师写小说，好像这是个很奇怪的事。更奇怪的是，我写了那么多年，不仅没有写出什么名堂，很多作品都是写了大多半就放在一边。

律师写小说，因为职业的原因，可能会有两种声音。一个是会让人感到惊讶，除了体制内的作家和那些依靠稿费生活的全职写作者，其他写作人都是兼职的，都有一份本职工作。教师、记者、机关工作人员，很多人业余写作不遭诟病，但是律师从事文学创作，因为律师是特殊理性的行业，会特别引人注目。另一个声音是对律师写作抱有支持的态度，律师一般被认为有丰富的人生经历。而让一个律师来发言吧，我不会把当事人的故事直接写进小说，那可能是人家的隐私和伤痛。我把他们的故事放进律师档案里，锁起来，我要写的非常多，我只写我可以写下来的。或者，就是时候还不到，我可以在合适的时间，以适当的方式讲出那些精彩的故事。

为什么可以有工人文学，也可以有农民作家，有军旅文学、校园文学甚至打工文学，为什么不能有律师文学或者法律文学？在很多人看来，法律文学充其量还处在"无名女尸"这样的地摊文学的水平。

律师写小说，有什么不可以呢？司汤达的《红与黑》或者巴尔扎克的《人间喜剧》都和律师生活和案件有关。就是现在，很多国外的律师是纯文学作家或者畅销书作家。律师从事写作确实也有得天独厚的优势。律师最接近人性，最接近真相和隐秘的故事。我每天所做的两种不同的事情别人看起来好像不同，而在我看来，它们就是一件事。我所以能有较好的庭审表达，来自于我的千锤百炼，我推敲提高的过程，就是文学修养的温润打磨。

在写作的间隙我忙忙碌碌，我是一个被写作耽误了的律师，也是一个被法律服务业耽误了的作家，两面不落好。写作的锤炼和思考锻造了我的能力，让我成为一个较好的律师，而我律师生涯的宝贵人生经历和思考带来的人生升华，也必将是我接下来写作的宝贵财富。我只是觉得我这样的写作者实在是太有意思了，为什么要坚持，又为什么断断续续，我自己也说不清楚。

2018 年 7 月 31 日
关于王耀庭律师

记忆里，1998 年的今天我在电视画面上看到的陈希同的辩护律师王耀庭，是穿着半袖的白色衬衣，一个中年人的样子。江山代有才人出，一代人写一代事。我做了律师之后，时间过得很快，中国的律师行业很多前辈老当益壮，新律师也越来越多，都快四十万人了。这其中知名律师也走马灯似的换着，各领风骚。我基本上把王律师忘记了——那时我也不认识他，那时他是成功的刑辩律师，而我还是一个在复习的考生而已。

但，记不清具体时间，我听说了王耀庭律师的最新消息是他的走失。人生谁可预知，当年在法庭上给人家打官司的大律师，后来也有走失的时候。王律师已经七十多岁了，患有老年痴呆症。王律师是不是安全地被找到了，后来的情况我就不知道了。

王律师走失的这个消息，还是从著名法律人《民主与法制》杂志社刘桂明兄的微信朋友圈看到的。刘桂明先生，是中国律师界的老朋友，为律师做了不少事。接着说王耀庭律师，这些 1979 年律师制度恢复重建之后早期的中坚律师，都是应该被记住的。王律师曾经是著名文化人吴祖光先生的一起名誉侵权案件的代理人，因为那个案件，王律师得以和吴先生成为朋友，又通过吴先生认识并为陈希同的秘书提供服务，最后成为陈希同的辩护人。一名律师的整个职业生涯，有一件被世人记住的经典案例，就是成功。2018 年是改革开放四十周年，而明年，2019 年，是律师制度恢复重建四十年，很多事情需要总结和展望。

我回顾了那么多，好像今天本身乏善可陈。当然不是这样。大河奔流一般，哪一天的流量总是基本一致，每天都有很多事情发生。上午和高玉芳一起去和原来的律师事务所再谈一些细节，下午又去茂业大厦谈写字楼租赁的合同条款，我们进一步敲定，这里将是我们的办公室。

之三十一

1998 年 8 月 1 日

马蹄湖畔

桌上那么多的习题册让我感到厌倦，而远天上的白云那么高，又高又飘，让我充满憧憬，也让我有些坐不住。我及时调整着心情，让自己安静下来，我一边读书，一边安排着剩下时间的任务。

但我还是控制不住自己抬头看天，天蓝得像童年似的，蓝得好像就要渗出水来。看看日历，8 月 1 日了，又是一个建军节。8 月 8 日立秋，只还有六天就是秋天了，而今天就有秋高气爽之感。

我在屋子里站起来走了两圈儿，还是按捺不住内心的惶恐与期待。加之又有不少学习材料和生活用品要买，所以还是悠悠然地骑上了自行车。从南河镇出发，也用不了太久，就到了南开大学。南开校园里有个著名的新开湖，还有一个精巧别致的马蹄湖。马蹄湖上，到了夏天的时候，就会盛开满池荷花。记忆里，我过去每次看到的都是残荷。今天我在马蹄湖前驻足观赏荷花时还在想，为什么之前我看到的都是残荷呢？想想也是很浅显的道理，荷花盛开的七八月份，学生们都在放假，到了 9 月来此，看到的当然是残荷了。残荷有残缺之美，但是毕竟不如盛开之时。我记得那时我就曾经想过要在最好的时候来看荷花，而今天来时，在马蹄湖边静静坐一会儿，荷静人闲。校园里空空荡荡，细看荷花，才发现，已经不是看荷花的最好时节，虽然很多花儿开得还很好，但是残荷也已经不少了。我好像又错过了。人生好像充满了遗憾，无论再怎样追赶，也总还是会错过的，很多事哪怕是精心地想去准备，也还是错过了。

我这样写着，却想起我正在准备的考试，这件事不容错过，要再精心一些。我这样想，就有些焦虑，反过来我又告诫自己要放松一些。往往越是渴望，越是得不到。我今天去南开大学看荷花完全是"临时起意"，没有一点儿"预谋"。早晨的时候我都不知道我会在接下来的时间做了这件事。我来了，我看了，耽误了时间，但不后悔。我在马蹄湖那里待了一会儿，到南开大学的百货商店买了日用品，就又骑上自行车悠悠地回来。刚刚我又做了好多习题，忽然想起那些湖水上红的白的荷花，好像这不是今天所见，就像一场梦一样。

2008 年 8 月 1 日
天津站和京津城际

原先我总是以为 1998 年距离现在是个遥远的年份了，现在才知道 2008 年也在慢慢地褪色，进入历史。2008 年 8 月 1 日这天，我参加了一个拥军活动，给军营送法律咨询，然后我带着实习学生讨论一个新案件，因为案件涉及税法问题，为了有更好的讨论效果，我们还专门请来了一位具有税务师资格的律师一起参加。

那天晚上我分别去看妻儿，妻子就像我的 1998 年一样，封闭复习，准备当年的司法考试。有两个成语，一个叫作蹒跚学步，一个叫作咿呀学语，说的就是那时的我一岁多的儿子。每个人都要经历这一切，从出生长大到慢慢衰老，一个程序都不能少。

那之后，我带着父母去看了新扩建的天津站。2008 年的天津建设也是借着北京奥运会的东风，变化很不小。天津站在天津老百姓口中被叫作"东站"，前身就是民国年间的"老龙头火车站"。李瑞环主政天津时期，天津站扩建成为当时亚洲最大的火车站，一度被天津人引以为傲。那是 1988 年，龙年，所以当年的宣传语叫作"老龙头龙年龙抬头"。新修建的天津站前广场宽敞漂亮，新建成的商业体叫作"龙门大厦"，天津呈现一片繁荣景象。站内主体建筑内楼穹顶有一幅"精卫填海"的壁画，吸引很多市民前去观赏，不为了坐火车，就是为了去看壁画。我还记得我 1990 年第一次出门远行，在蓬莱的一家旅店里，听到一对沈阳夫妇说起沈阳要建设的车站要超过天津的。当时听了，虽然知道被超越是个必然的事，但内心还是很不悦呢。

8 月 1 日，不仅是天津站再次扩建整修运营，天津和北京之间的"京津城际"列车也于当天开通了。天津和北京这两座超大城市，三十分钟就到了，这是京津协同发展的重要事件。这个速度，在过去是不可想象的。我年幼的时候，天津到北京乘坐火车要好几个小时，后来提速到了大约七十分钟。80 年代，时任天津市委书记的李瑞环同志引进"摩托罗拉"到天津的事曾经被传为美谈，当时他在北京开会不在天津，而"摩托罗拉"方面项目选址也在天津和福建两地之间左右摇摆。李瑞环当机立断，沿着京津公路三个小时赶回，成功留住这家后来在天津经济发展中的重要的企业。那个时候，没有高速公路和高铁，而在 2008 年，京津之间三十分钟就可以到了。

2018 年 8 月 1 日

第一次合伙人会

我在今天午后陆续写些东西，一边写着，一边等人。有人坐在我的对面，那谈话开始，屋子里没有别人，那写作开始。

我午后所在的地方是天津图书大厦文华中心写字楼，位于天津的小白楼商务区，地点很好，是我十几年前创业时购买的。至今走进楼里，还能记得当时的很多憧憬和后来的满满记忆，在每一个地点住下来，都会发生很多故事。那时候这个写字楼还是崭新的，一片美好气象，现在这个写字楼已经显得落后，天津的高楼大厦里，更加优质的写字楼很多。我特意把今天的会议安排在这里，好像象征着我的重新开始。

我在这里等我的合伙人，他们后来陆陆续续来到。我重新创业，今天算是召开第一次合伙人会议，会议热烈而成功。有几位律师还在进一步考虑是不是和我们合伙，算是来旁听。围坐在会议桌前，我给大家讲了我的创办律所的理念，这一讲就是好几个小时，随后大家也都纷纷发表自己的见解，发言很踊跃。

法律服务是高尚的，为国家和社会服务，为民生服务。同时，法律服务也可以是一个很好的产业，我们要融入科技理念，用法律人的职业纪律要求，借鉴引入优秀企业的管理发展理念，把我们的律师事务所做得更好。

我回首十年前和二十年前的往事，并记录着当下生活。如果再过十年，2028年的时候，回望 2018 年改革开放四十周年这一年，生活会留下怎样的印迹呢，而十年之后的生活又会是个什么样子？再过十年，好像遥远，其实呢，也很快。很多期盼着的日子，很快就会到来。

之三十二

1998 年 8 月 2 日

自己的橡皮

我的书桌上，除了书本纸张之外，也有其他文具，比如此刻捏在我手里的这块橡皮。

如果按照某种视角，橡皮这种东西真是了不起，值得讴歌。因为它"牺牲自己，成就别人"。过去的很多文章好像都是这个套路，好像如果不这样写，主题就没有办法升华上去。我顺着这个套路看看我手里的这块橡皮，也确实有点怜惜它。它曾经也有过洁白的时候，被涂来涂去，弄得又脏又黑，它用自己的洁白之躯，去擦拭最污浊的铅笔黑道儿。哪怕把"洁白"这种精神层面的东西先放在一边，至少橡皮也曾经是完整之躯，日复一日，就这么渐渐残缺。

橡皮甚至连蜡烛都不如，蜡烛还能燃烧，还能有光亮，橡皮简直是窝囊，软软的，面面的。橡皮也不张扬，不管擦下去多大面积的污垢，不表功，不喊疼，一声不吭。不像蜡烛那样脆弱或者矫情，还不断地流泪。橡皮默默无闻，把清白之身擦成黑灰，就这么不明不白，不清不楚的，就走完了自己的一生。橡皮比无名英雄还要可贵，默默无闻很多人可以做到，可是承受污名那就不可以了，绝大多数人做不到，所谓"粉身碎骨浑不怕，要留清白在人间"，橡皮不仅是粉身碎骨，甚至连清白也留不下。

橡皮的功能就是涂抹错误，自从它出生以来，它就是个配角儿，是干辅助工作的，还是个"清洁工"。偏偏每个人的一生，都有那么多的错误要涂抹，谁也无法保证一生不犯错误，我们每个人可能都需要一块合适的橡皮。如果有一块合适的橡皮随时在自己的身边，随时改正自己，那简直是太幸福的事情。

生命本身就是一块逐渐矮下去的橡皮。每过去一天，就涂下去一点儿，涂得差不多了，生命就结束了。人生百年，不过三万多天而已，根本就经不起随意的涂抹。就像我们有三万块钱，花一块就少一块，谁都知道，三万块是不经花的。那么橡皮呢，也是越涂越少。别回避，也别怕，过一天少一天，这是个事实。

所以得算计一下这三万块钱该怎么花才好，所以要计算一下，怎么样才能用自己的人生橡皮涂抹得更美丽，也更干净洁白。我们周围的很多人很会算计别人，但是却不会算计自己，与其算计别人，不如算计自己。耗费自己的生命去算计别人，就像拿你的橡皮帮助人家去涂抹错误答案，而发现自己错了，橡皮也用完了。

2008 年 8 月 2 日
一个时代从我的楼下经过

2008 年我的一个重要写作是行进时态的纪实文学《奥运杂记》。在北京奥运会召开的十几天时间里，我以日记体的形式，忠实地记录了奥运会的比赛情况和我个人紊乱的生活，能从中看到那个年代的样子。

现在回想，我们这个时代和国度的人，曾经有过对很多时间节点的期待，比如八九十年代对"2000 年"或者"21 世纪"的期待，对于"实现四化""过上小康"的期待。

这里也有对承办体育赛事的期待。1990 年，北京办了亚运会之后，国人开始对承办奥运会有巨大的期待。先是 1993 年申办 2000 年奥运会失败，后来申办2008 年奥运会成功以后，好像每天的《新闻联播》里，播音员都会宣布北京奥运会开幕倒计时。

当我身处那个时代并且奋笔疾书，因为身在其中不好察觉，直到现在回首才发现，原来 2008 年北京奥运会，已经是十年前，才知道曾经所有的期盼，总会成为往事，而每个人都是在和时代和过去的自己，慢慢地告别。

人们最初敏感的时间点可能就是"2000"年，其实那个时间只是一个崭新的纪年，而 2008 年有北京奥运会，因而才会显得更加具体和可把控。人们普遍认为，这场体育活动能推动国家的经济发展，并且影响我们个人的生活进程，甚至有更高的期待，比如能上升到提振国运的高度。

我生活在距离北京东南一百公里以外的天津，我记得 2008 年 8 月 2 日这一天，在全国范围之内的奥运火炬的传递活动从河北省传到了天津。天刚刚亮的时候，就有不少人等待着火炬传递了，天津城被打扮起来，火炬沿着天津的美景燃烧，路旁的人围了好几层，呵护着那团火。很多成为火炬手的人，倍感光荣，引以为傲。火炬从我居住的楼下经过时，我还曾经专门下楼去看。群众都很兴奋，向前围拢。因为人多，也因为围得太严实，我事实上并没有看到火炬传递。火炬手的奔跑，前后火炬手手擎火炬的交接，我都没有看见，这些都是我从电视上看到的或者想象出来的。也可以说在我楼下经过的，不是什么火炬传递，而是一个时代。一个时代，曾经从我的楼下经过。

2018 年 8 月 2 日
长缨和宋长缨

今天先和几位企业家谈合作，谈互联网介入法律服务和天津区域法律服务市场的现状，我们想一起做一家互联网法律服务的机构。接着我和我的合伙人以及骨干律师谈合作细节。我谈一个，等下一个。我每等一个人的间隙，就迅速转换频道，从再次创业的中年律师，进入写作模式。我用力地谈着和写着，好像能看见时光一点一点地变老或者溜走。我知道，现在流逝而过的每捧阳光，也都会成为记忆。如果不记录下来，就什么也留不下，当然了，记录了，也不一定能留得下。

北京康达律师事务所的宋长缨律师来和我谈合作。宋长缨律师是天津人，后来到北京发展，是活跃于京津两地的优秀律师，而"康达"也是律师界的一个著名品牌。我们谈了共用办公室等多种合作方式和可能性。人和人之间的合作方式其实有很多种，哪怕是纯粹松散的合作，也不是很容易的，除了相互成就、彼此包容，别无他法。宋律师人很高大，性格温婉谦逊，这也许正和他的名字很像。长缨，就是长绳子，软中带硬，虽然软，能捆住硬。

宋律师和我有缘，因为我 1998 年考取律师资格之后工作的第一家律师所，就叫作长缨律师事务所。

那时候长缨律师事务所的办公地点，只不过是位于天津市南开区鞍山西道的普通民居里，一室一厅。那个时代，不仅天津是这样，北京的很多律师事务所也是这样，能有个楼房民居做办公室就不错了，还有不少律师事务所的办公室就是普通的平房。我记得 1998 年的时候，整个律师事务所也没有几台电脑，律师也没有自己固定的办公桌。记得在当年年底合伙人聚餐时，几位律师都深情地憧憬着说，明年咱们一定要添置个复印机！说得好像是个多么大的理想似的。很多如梦如烟的记忆，虽然有时连自己都不信，但那是真的发生过的。而就是在这样的条件下，转过来的 1999 年，长缨律师事务所的业务收入，位列天津市律师事务所的第 38 位，再过一年到了 2000 年，位列第 10 位。

后来长缨律师事务所的负责人庞标律师到北京发展，长缨律师事务所交由我来管理，再后来和我创办的明扬律师事务所，合并成为"明扬长缨律师事务所"。在律师制度恢复重建的四十年间来回首，不仅那些高大全的律师事务所的事迹有意思，其实只要有人的地方，都有精彩的生活。我们这些普通律师和大多数律师事务所，也都曾经历过属于自己的很有意思的故事。

之三十三

1998 年 8 月 3 日
早 起

田园生活里，随意间，就可以看见花儿的团组，一簇一簇，胡乱地开着。看见小桥流水边，有老人在种瓜种菜。清晨时候，如果朝着野地里猛跑一步，一层麻雀就腾起来，好像飞起了一张鸟儿翅膀连成的网。

田园晨光中，心旷神怡。这几天我 5 点多一点儿就起来。

尽管是这样，我每天的起床都不轻松，起床过后锻炼的过程是个享受，而起床当时，可不是一件享受的事情。我的生物钟调整得很好，不需要闹钟我就会准点醒来，我睁开眼睛，知道又一个黎明的来临。我想想这一天的学习安排，最多再想想昨天我和这个世界都发生了什么，我就会强迫自己马上坐起来。因为我知道，如果我不能马上坐起来，我很可能就会接着睡了。我起来之后立即穿上衣服开始晨跑，不敢有一点儿磨蹭，我在起跑的时候其实还会很困倦，很不情愿。直到我猛力地跑出一段路程，我才会庆幸，这个早晨，我又一次爬了起来。

每个早晨，都是一次雷同的战役，都有失败的可能，人都想早点儿去看灿烂的黎明，偏偏只有少数人能早起。每个人也不是在生命的每个阶段都能早起，不能做到每天都早起。当我结束这段复习生涯，改换了一个新的环境，也许我又会睡懒觉，这也不好预知。

早起不容易，甚至早点儿出发，都不是很容易。早起是意志的磨炼，而已经早起然后早点儿出发就可能只是一个习惯。很多人都知道如果早出发十分钟，可能路上就不会堵车。但是早出发这十分钟谈何容易，这十分钟里总是要有很多事去做。反过来说，早出发可能还是意味着要早点儿起床，说来说去，也还能算是一件事。当然起大早赶晚集的情况也是有的。如果不早起，就不会太早出发。对于这个世界里绝大多数人来说，别说早起或者早出发，不迟到就不错了。而所谓的成功，无非就是早起或者早出发。

现在，我刚刚晨练归来，写着这些文字，然后打开国际法的教材……

继续写。

继续的时候已是黄昏。用晚饭前的这些零星时间，给今天的文字收个尾巴，边写边听雨。正下着雨。有些凉意侵袭，雨丝里含有泥土的腥味儿。当把短裤或裙子换成秋装，会猛地感到温暖，感到被生活猛地抱住。除了感动，情感里可能还有忧伤。

一只麻雀飞过去，雨似乎停了。

2008 年 8 月 3 日
一场百岁宴

这天参加一个朋友儿子"百岁"宴。我送了一个"麒麟锁"，表示祝福。麒麟锁一般是银材质，套在脖子上，寓意长命百岁。

朋友中年得子，心情自不必说，大家也都替他高兴。他又颇有家资，因而宴会很是铺张。百天的孩子抱在一个保姆的怀里，夫人站在一边，完全是阔太太的样子。很大的宴会厅里，设置了至少五十张桌子，白桌布和红鲜花都很抢眼，满满地来了好几百人，很有气势。

朋友身材较胖，体态和神情都有些臃肿。他年龄也说不上太大，可他的头发已经很少了，细细地梳理着，蘸上了水或者发胶。他穿得很随便，就是一件白色的老头衫，一条黑色的大裤衩儿，一双普通的凉鞋。但越是这样，越是显得深藏不露。2008 年的时候他的事业很不错，据我知道，他经营一家广告公司和几家餐饮店，在天津的市中心有好几套房子。广告公司只是经营纸媒广告，为房地产商服务，但效益就非常可观。几家餐馆也档次分明，高低各异，其中高档的一家餐馆，也有很大的排场，几家小饭馆分布在天津市几个区域，都特色鲜明。他不喜欢热闹，几乎从来不外出参加应酬。家人外出旅游，他就一个人在家里守着。他自称"喜欢静止"，平时一般也都是自己独处。但是他的世界也很大，他喜欢石头、玉器，喜欢养花和养鱼，他沉浸在自己的王国里，也自得其乐。

宴会虽然很隆重，但是我的朋友的答谢词很简单。他只是走上台去，微笑着向全场欠身，说谢谢大家。大家都对他简单的致辞报以热烈的掌声，还有人说，看看人家多有水平，话少！

参加了宴会之后回家时，我们还特意路过了天津的"水滴体育场"，看街边的标语和各种设置，奥运会的气息已经很浓烈了。水滴体育场旁边，是天津体育馆。我还记得1995年在天津举办的第43届世界乒乓球锦标赛，中国队就是在这个场馆战胜了瑞典队，打了"翻身仗"。那场经典比赛我在现场，跺疼了脚，喊破了嗓子。

2018年8月3日

为什么一点儿机会也不给留

想来十年前的今天在保姆怀抱里的孩子，现在已经有十岁了。十年间见过这孩子几次，非常聪明可爱。但是我和我这位朋友的见面，基本上是在微信朋友圈里。并且，开始的时候我们互动点赞，现在都是默默地关注对方。中年人的生活方式总是会悄然改变，不是不想见面，不是友情不在，我们只是觉得，没有非要见面说不可的话题，也是可以不见面。

他的那几家餐饮店，高档的，因为反腐的原因，渐渐门可罗雀，就转手了。他那几家相对低档的小饭馆儿，受到"外卖"的冲击，也干不下去了。利润不高，还很麻烦，可干可不干，也就不干了。有一次我看到他在朋友圈里埋怨，现在的年轻人真是懒，吃个饭都懒得下楼来消费，一律叫外卖。他说，这样下去怎么行！我看了他的评论，不禁哑然失笑。我想发微信给他，调侃他的"倚老卖老"，但我还是把编辑好的文字删掉了。他的广告公司也受到了互联网的冲击，也不怎么经营了，他有些赋闲在家的感觉，倒也逍遥自在。

我一度对他刮目相看，是因为他跃跃欲试，要做"互联网＋"。在微信朋友圈里看到他简直是雄心勃勃而同时又愤愤不平。他有一天是这样写的：时代为什么要冲击我们这群中年人的所有，就连一点儿机会也不给留？

但再次听到他的消息，不是他做了互联网，也不是他重新创业，而是他做了直销，并且迅速地带起了一支团队。这样的反转简直让人不能接受。首先他减肥成功，容貌为之大变，我相信他至少减掉了五十斤，这个潜力股可以说帅呆了。另外，他过去喜欢静止并且不愿意参加社交活动，但是在他的朋友圈里看到的情形，他总是在一群人中间C位，侃侃而谈。他攀岩、跳伞、坐热气球，和很多人一起坐海船进行环球之旅。他深夜与友人碰杯的声音，我没有参加，所以也没有听到是梦的声音，还是梦碎的声音。

在写这些文字之前，我和几位合伙人邀约了一位律师同行谈"入伙"的事，从下午 4 点竟然聊到晚上 10 点，从理想到现实，聊着，渐渐觉得不太对路子。律师事务所的经营方式和管理模式有很多例子，反复论证拿不定主意可以共同做成一个什么样子的，因而看来是不能跟这位同行合作了。人是没有办法和每一个人都合作的，这是个事实。当你拉住张三，李四可能已经转身走了，时代和人，都不等你。和这位同行一起，喝茶谈梦想，我们谈了这么长时间，这已经是很了不起的缘分了。

之三十四

1998 年 8 月 4 日

1993 年抛向凯悦饭店楼顶的网球

　　想起在 80 年代，凯悦饭店是天津的一个标志性建筑，是当时天津最豪华的酒店之一。那时和凯悦同级别的饭店有在海河边上的百年老店利顺德大饭店，晶莹剔透的水晶宫饭店，还有喜来登大酒店，再稍后还有津利华大酒店。80 年代天津的经济一度异军突起，很多先富起来的天津人到凯悦饭店去见世面、开洋荤。天津本是五方杂处、华洋结合的地方，老天津人是吃过西餐见过洋世面的。凯悦饭店是天津进入改革开放时代、重新变成一个比较有"洋味儿"城市的一个地标。

　　我其实是要说发生在凯悦饭店门前的一件往事。

　　一个黄昏的时候，我和我当时的女友一起，在天津的海河边上漫步。那时我年少气盛、豪情万丈，一起路过凯悦饭店的时候，我忽然有一种按捺不住的激情，我伸手抓住放在我破旧防寒服衣袋中的那个网球，猛一用力，朝着凯悦饭店的楼顶扔了过去。我看见网球在天空中划出了一道美丽的弧线，绿色的网球迎着红黄相间的夕阳，准确地落在凯悦饭店主楼身探出的一个顶子上。

　　我记得我看见夕阳旁边晚霞的光芒，还有我张扬得有些感到寒冷的手，冬日的阳光照射下，我的五个手指好像五根透明的胡萝卜，那个时候的冬天，真的很寒冷。

　　那是 1993 年冬天。彼时，我十八岁。不是第一次爱一个女孩，但是第一次有了女朋友。我看见我女友复杂的目光，那目光里有惊异，你的力气怎么这么大呢，怎么就抛到了楼顶呢？这是她的潜台词。她的惊异目光，是一个女人对于一个男人体魄的崇拜，或者也可以说，那是我女友对我的爱。所以说，那眼光里还有赞赏和幸福。

然后，我们在海河边上，在凯悦饭店旁边，在那条叫作"台儿庄路"的单行路上，相视而笑。继而，我们呆愣住了，我们意识到那个网球到了楼顶上是不能下来的了，尽管是根本看不到，我们还是一起伸长了脖子，往楼上看。那天是冬日黄昏少有的晴好天气，没有风，只有爱情。

接下来呢，我们牵着手，推着我的破自行车，继续向前走。

女友追求我，别人都知道了，只有我不知道。后来知道了，也不太在意，记得那时年纪小。当然，现在年纪也还不算大。五年过去了，生活在前进和改变。我想不到以我这样的年纪，内心里能盛满那么多往事。我想我还是先接着读书复习，因为我的回忆稍一用力，很多往事就都会溢出来，我没有时间收拾。

2008 年 8 月 4 日

把故事讲完

在这里把 1998 年没有讲述完的发生在 1993 年的故事讲完。

1993 年的那个冬天，有那么一天，女友忽然就告诉我，有人约她打网球，并且告诉了网球场就在天津人民体育馆，在天津的"五大道"之一的成都道上。

我不知道有人约她打网球的事情，她为什么要告诉我。但我想想，还是悄悄地跑去了。我在成都道的便道上站着，有冷风吹来。我隔着体育馆外墙的围栏，看见网球场里，女友和一个小伙子在打网球，那小伙子球打得很好，而我女友，基本上不会打，那小子就很耐心地教。那个小子不仅负责教球，而且满场飞奔着捡球。我发现自己有些失落，我觉得我女友和那个小子是很般配的。我也发现，我好像是很喜欢我的女友的。

我没有作声，我就那么待在球场外面的马路上往里看，后来，我觉得我该离开，但我还是没有动，就那么看着。越看越是觉得女友，是个漂亮人。

直到女友发现了我，她又继续打了一小会儿，仿佛若有所思。他们的球就结束了。女友从球场出来，执意拒绝和那个小子一起走。那小子说，我送你回家吧，我女友说不。那小子就讪讪地走了。女友告诉我，那个走了的小子其实刚才已经发现我在场边了。然后呢，我们就牵着手，从成都道，一直走到了海河边，当我们走到凯悦饭店的时候，我突然就把放在我衣袋里的女友刚刚打过的网球拿了出来，然后抛到了楼顶上。我在多年以后忽然想到这件事，我在想我为什么要把那个网球扔掉呢？并且我揣测，我扔掉的是女友刚刚打过的网球，她是不是反而感到更加高兴呢。

2008年后有一段时间，我到了天津比较豪华的一处写字楼信达广场办公。我的办公室是个"金角儿"，从哪个角度都能看见天津的美景，天津的市政建设越来越好，也变得很整洁。我的办公室能看见海河，还能完整地看见海河边上的凯悦饭店。如果你想解释什么是天津的八九十年代，那可以用凯悦饭店来回答；如果你想解释什么是21世纪天津的CBD，那就可以用信达广场来举例。

我记得有一天我一抬头，就看见凯悦饭店，我旁边的客户看见我在看凯悦饭店，他说，这个楼以后说不定会炸掉，你看这个建筑风格，说土不土，说洋也不洋。他的同来者似乎同意这个说法，附和着说，已经跟不上时代了，你看这窗外的风景，天津现在真是了不起。

他们说这些的时候，我正埋头审阅他们送来的法律文件，无暇顾及他们的言论，但是我在想，怎么可能炸掉呢。我就想起了我青春时代对于凯悦饭店的向往，那时候我还不知道我以后是不是能经常出入这样的高级饭店，那时候我需要抬起头来看它。而后来我所在的楼像是"长"高了，凯悦饭店已经是在我的楼下。我那时当然也想起了1993年冬天我抛向凯悦饭店的那个网球，我甚至还想，那个网球是不是还在呢？那么多年了，我下意识地往凯悦的楼顶上看去，凯悦饭店的顶层上，有很多杂物，在我的那个角度看得非常清楚。而我当年其实并没有把球抛到顶层，而是一个探出的屋顶上。我虽然内心里一动，但还是对自己说，怎么可能找到那么多年前的网球呢，风吹日晒，肯定早就烂掉了。

2008年的今天，日记所载，接了一个案件。律师接手案件，这是生活的常态。

2018年8月4日
和杨慧娟去祁连山

我能想起和我的每一位合作伙伴初次见面时的场景和美好，杨慧娟也是。现在我想起慧娟，我又想起了我们去年6月青海祁连县之行。记录下来，是因为值得记录。

到祁连县是完成一个普法授课法律服务的政府项目，听众是祁连县的电商经营者。辗转到了之后才发现，"电商"经营者，就是当地的牧民或者农民。我记得上课的场面，本来准备得较为专业的互联网法律问题，只好改成了基础法律知识，那些纯朴的牧民可能就是在家里经营着一个小卖部，最多是一个农产品店，他们也通过互联网的方式卖货。他们听得很认真，但是从互动中他们茫然的眼神来看，尽管我们已经用了最通俗的语言，他们也未必真听懂了。

我是宁波沧海公司的独立董事，在香港开了董事会之后，和慧娟会合，一起到青海祁连县。从西宁开车到祁连县的时候途中遇雪。6月飘雪，纷纷扬扬。因为刚从南方的夏天里来，竟然一头闯进大雪，真是不可思议。祁连山6月遇雪，要说也是个常事。正如人生，阴晴各半，忽然就阴了，忽然就晴了。阴晴之间，也是可能快速转换的。我们在路上行驶着，很快天又晴了，白雪覆盖着绿草原。

我用手机写了一首顺口溜记事。

过祁连山

六月祁连雪满山，
驱车辗转朔风寒。
忽觉碧色连天际，
求索行吟多少年。

我今天上午到位于天津河北区的美术高中参加了一个文化活动，之后匆匆地赶到瑞吉酒店，我是在这里等慧娟，顺便考察一下酒店的设施和服务。慧娟定居北京，但是这不影响我们之间的合作。我要在天津成立一家大型的律师事务所，慧娟则决定在京津之间往来，成为协同发展的践行者。慧娟是个斯文的知识女性，是个非常优秀的律师。

我等着她来，思绪又回到祁连山，我和慧娟在祁连攀爬的是哪座丹霞地貌的山，名字想不起来了。但此刻想起我们来回到西宁的场景，还有路上同行遇到的人，和当地朋友说着下次再见。我走的地方多了，遇到这样的场面也多了，知道当时只道有可能，一旦分别，连名字也记不住。有一男一女，从祁连一路陪同开车回到西宁再乘飞机，到西宁的当晚陪我们吃饭并在市区登山，在山顶看夜色，还给我们讲门源的油菜花开的美丽样子，分别时依依不舍，但是现在我是真的想不起来他们的名字了。

在从祁连到西宁的路上，在车上聊天中，我又用手机写了几首顺口溜。

祁连返津归途随感

之一

高原雪褪似逢春，
四望晴空了无痕。
何处飞来七彩鸟，
群山寂静待啼音。

之二

终岁奔波倦此身，
征程万里恋风尘。
牛羊遍野无人问，
忽隐忽现日一轮。

之三

归途总是有迷津，
回望来时意境新。
景物依稀曾遇见，
千年多少往来人。

之四

乡愁所缱伴白云，
跃上青山化玉魂。
漫漫关河一丈短，
抬头依旧罩华雯。

之五

相送车行论古今，
家国上下有初心。
别时紧踏苍茫路，
竟是识君唤代君。

之六

丹霞地貌自横陈，
壑谷幽然映碧真。
此地祁连天境外，
花开花落几春深。

之七

自此西出有故闻，
青稞酒里梦追寻。
何时给我白龙马，
走遍山河赞母亲。

之八

心中日月照昆仑，
所向有晴也有阴。
设若人生光万段，
读书走路各几分。

我对瑞吉酒店感到满意，我和慧娟也谈得很好，我们注定不是一面之缘，作为亲密的合伙人，我们要一起走下去。

之三十五

1998 年 8 月 5 日

暴盲事件

上午 11 点左右，在紧张的学习中，突然头疼欲裂，心烦意乱。我甚至把笔和书摔在桌上，并且用拳头重重地捶了桌子一下。报载有中小学生连续十多个小时守在游戏机前，因为过于投入，故而"暴盲"，什么也看不见了。我虽然没有达到看不见的程度，但也多少觉得理解了这种所谓的"暴盲"。表象上长时间的操劳和精神过于集中，中医的说法，肝气郁结，胃热蓄积，导致气滞血瘀，阻塞眼络，就看不见了。

我感到浑身不舒服，眼睛酸痛，内心焦虑惊恐。我不仅坐不住，站起来也觉得天旋地转，头脑里一片轰鸣。

屋子里的一切物品都让我感到厌恶。想象力却好得很，一些奇怪的念头和一些奇形怪状令人恶心的符号和图案，在脑海里不停地涌出来。越是这样，我越是强迫自己去想象它们。后来我努力地躺在床上，慢慢闭上眼睛调整自己，很久才让自己慢慢平静下来，而头仍是疼得厉害，好像有一柄鼓槌，在大脑旁边有节奏地不停匀速敲击。

我休息了一个中午，把自己调整好，坐起来读书，就从下午到深夜。我屋子里有一套鲁迅文学奖获得者的作品合集，其中有天津作家林希的小说《小的儿》。林希先生的作品，这几年能看到的，都看了。这几年他的小说创作呈现井喷之势，老作家厚积薄发，但仅就这篇小说，我觉得完全可以有个更好的标题，一个好标题可以让作品更好地传播。"小的儿"不响亮，不仔细看还真不知道写的什么。深夜的收音机里正在播放着一首歌曲。是李敖的那首著名的诗歌被谱了曲，"不爱那么多，只爱一点点"。我的复习生活有时是要开着收音机的，收音机里不仅播放音乐，有时也有新闻，甚至有科普知识一类的内容。任何声音在于我都是一种背景，我听着，一点儿也不影响我的复习。越吵好像越是安静似的，人在自己的世界里浸泡着，就能主宰自己的沉浮。

读书和音乐让我心态放松，精神上没有问题了，身体上也就没有那些不适的症状了。但这起"暴盲事件"应该记住，所以记下来。

2008 年 8 月 5 日

我的奥运

我从 2008 年 8 月 5 日开始写《奥运杂记》，一直行进地伴随到北京奥运会结束。

第一篇文字《我的奥运》，把时光拉到了 1996 年，甚至是更早的 1984 年、1988 年和 1992 年。从 1984 年到 2008 年，改革开放的中国故事，也可以从我的这些文字里看到点点滴滴。

1996 年夏天我还是一个青涩的少年。我记得那一年的夏天我居住在天津唐山道的一座小洋楼里。天津的小洋楼不止"五大道"上的那些，比如花园路、赤峰道、营口道，这些路上的小洋楼也很有特色。

我所居住的那座小洋楼有个别致的阳台，常常站在阳台上，凭栏眺望的那个人就是我。除了看天空和未来，我也会认真地看着阳台外面的行人和商家。阳台外路对面正对着的是一家"夫妻店"形式的包子铺。很多个中午或者黄昏，我看着那对年轻夫妻勤奋劳动，也很是恩爱，就算是脑门子上有再多的汗水，他们也从来不相互埋怨。我最在意的是阳台外的白杨树，直直地从地面长上来，因此在阳台上，哗啦啦的杨树叶子就触手可及。夏天的白杨树叶子的银亮醉人光芒，是我非常喜欢的意象。

1996 年对于我是一个重要的年份，现在回忆起那个夏天之所以清晰，当然是因为那个夏天我想放弃文学而想成为一名律师。却也和那年的远在美国的亚特兰大奥运会有很大的关系。

那是一个完全属于我的奥运会。暑期我没有什么事做。每每我懒散地从阳台上返回到房间里，我就躺在地板上，认真地看奥运会转播。在那个期间，我写了一个四不像的文体，叫作《奥运杂记》。有我对于奥运会的观感和金牌走向的预测体育评析，也有我的时评杂感，但我是用小说的体裁来串联的。我把稿子寄给了河北省的《长城》杂志，不久原稿退回。

和大多数中国人一样，我关于奥运会的最初记忆是1984年的洛杉矶奥运会。从那年起中国重返奥运，并且获得了十五枚金牌，风光无限的李宁青春飞扬，而我还只是一个小学生。我记得看了体操比赛转播之后，我的一位贺姓同学在上学的路上还难掩兴奋，他一边快速地奔跑，一边欢呼着大叫："我叫贺李宁！"那是我第一次知道什么是偶像和粉丝。我知道了大洋彼岸洛杉矶这座城市，知道世界很大，并且从那时起热爱上了体育精神。

1984年电视转播还不发达，只能看看新闻汇总，简单了解远在美国的奥运会的赛程情况。到了1988年，中国人在汉城奥运会遭遇滑铁卢，体操王子李宁也失利了，中国最终只获得了五枚金牌。人们议论纷纷，有的说中国实力还不够，1984年的好成绩只是因为苏联和民主德国等东欧传统体育强国没有参赛；也有人迷信地说，1988年是龙年，反而对中国不利。我记得比赛结束之后，李瑞环迎接中国代表团时勉励大家不要气馁，他说两年以后还有个亚运会，而且在自己家门口开，让大家放下包袱再接再厉。他说的是1990年北京亚运会。1990年中国城市的样子，北京或者天津，都还没有这么多高楼大厦，人们的脸上还纯洁而茫然。那是人们常说的"90年代第一春"，北京就是从那时起，开始成为了一个真正国际化的都市。1991年的春节晚会上，彼时中国最火的一对相声演员是牛群和冯巩，他们的相声叫作《亚运之最》，牛群大约有这样的一句台词，他借着市民之口说出了这样的话："千言万语汇成一句话，办完了亚运会了，什么时候办奥运会呀？"随即这对天津籍的相声演员获得了观众热烈而由衷的掌声。

1992年的奥运会在西班牙的巴塞罗那举行，中国人重新崛起，获得了十六枚金牌。我记得17岁夏天的寂静夜晚，我一个人在看奥运会，家人们都已经睡了。当我轻轻悄悄地关上电视的时候，夏夜或者仍然是那样地热，或者已经夜凉如水，我兴奋得睡不着，看着外面的夜色，感受到自己的成长。那时候奥运会的电视转播已经渐渐多了起来，央视还没有体育频道，体育部的负责人马国力亲自主持一个早间节目，播报新闻，但是有很多观众不喜欢他。

然后就是1996年了，那时候我走出家门，求学创业。我居住的整个小洋楼的奥运夜晚，只有我一个人。中国队成绩一般，仍然是获得了十六枚金牌，郎平作为主教练带领中国女排获得亚军，获得冠军的"东方神鹿"王军霞身披国旗，像一个奔驰的美神。

2000年悉尼奥运会时我已经是一副老成模样，那时我做律师不久，因为运气还不错，所以我算是成了一个还可以的律师。我在忙碌的开庭间隙听到中国队夺得金牌的消息。我预测中国队的金牌数字将达到二十五枚以上，有人不信，为此还和我打赌，我赢了，前提是中国队赢了，获得了二十八枚金牌。大家原来自信地以为，2000年的奥运会要在中国举办的。我清楚记得1993年萨马兰奇宣布获得主办权的城市是悉尼的时候，电视机上国人失望的神情。

　　2004年奥运会搬到了雅典，我预测中国人的金牌数是三十二枚，结果就是三十二枚。大家都说如果田径和游泳不能有更大的突破，中国金牌数就不会有太大的突破，其实不怕千招会，就怕一招熟，中国队的优势项目全是"梦之队"，关键还是要看这些优势项目。我不仅预测了中国的金牌数，还提出了2008年北京奥运会时，中国将超过美国。很多人摇头，及至雅典奥运会比赛结束，很多人才发现，中国已经超过了俄罗斯，而且比美国仅仅差了三枚金牌。东道主的威力无穷，以1992年的西班牙为例，西班牙此前的近百年共获得五枚金牌，而1992年这一届比赛，就获得了十三枚金牌。1988年的汉城也是这样，2000年的悉尼也是这样（更不要说，2002年的世界杯，韩国队竟然进了四强）。北京奥运会，中国必定也会有东道主之利。

　　我还记得2000年悉尼奥运会期间，我曾经邀请几个同学来家里聚会，我说四年之后，我要到雅典奥运会现场去看比赛。聚会结束之后，我们奔跑着送一个同学去火车站，大家玩命地奔跑，都浑身是劲儿。觉得四年之后何其遥远，不想八年都过去了，一直匆匆忙忙奔跑，哪有时间去雅典看奥运会。

　　而2008年似乎成了一个重要的年份，很多事情都开始和"2008年"挂钩，甚至房价。人们把2008年当成一个分水岭，说2008年以后房价会涨，2008年房价会落，都是瞎猜。2008年结婚，2008年生子，2008年怎么还不早点儿到来。还有好几年，还有好几百天，还有二百天，还有一百天，转眼，就还有三天。当年歌星艾敬唱着《我的1997》——1997你快些来吧，让我站在红磡体育馆。2008年你怎么还不快点儿来，我要到北京去看奥运会。

　　今天早上收听收音机，有一老年人在谈奥运会，听着觉得此人知识渊博，很不一般，他甚至还谈到了运动员是否要急流勇退的深刻话题，后来才听出来，他是蒋子龙。蒋子龙的散文越来越言之有物了，我很喜欢。电台电视报纸天天都是奥运会的消息，金牌预测，赛前新闻。比赛还未开始，已经沸沸扬扬。我想像1996年那样，再写一个《奥运杂记》，记录这个行进着和逝去着的时代。奥运会四年一次，已经成为我的青春纪念册。

我忙碌，心有不甘但又认命，对这个世界，我仍是如此热爱，我还比较年轻，这让我感到安慰。电视里的广告语说得好：我奥运，我年轻。

2018 年 8 月 5 日

80 后已经不年轻

这个周日的早上，我很早就出门了，到地处海光寺的吴海成律师的办公室和他会合。海光寺现在只是一个地名了，在天津代表着的是拥挤，每天这里都堵车。而若干年前，海光寺晨钟暮鼓，是天津城外的一处重要寺庙，抗战时期还是日本宪兵的司令部所在地。

江苏盐城人吴海成，是一个很有事业心的年轻人，老成持重。一个 80 后，已经两鬓斑白。6 月我们一起在大连谈律所发展的时候，一处樱桃园里，留下一张合影，影像里他的目光英气勃勃。很少能看见他有那样清澈的目光，他的目光总是很深沉，甚至有几分暮气。总的来说，看不出他是一个 80 后，有人说他看起来像个 60 后。

海成的这个写字楼有点古老了，因而电梯不好用，在今天早上只有一部电梯可以运行，其他的都坏了，因而电梯前就排成了长龙。我等了一会儿，眼见电梯遥遥无期，就干脆爬楼梯到了十楼。爬楼时先是气喘吁吁，之后反而觉得舒适，那是运动过后的享受。我和海成谈了很多关于我们未来律所建设的问题，创业艰难琐碎。然后我们一起等来另外一位有意愿加盟的合伙人，进一步探讨律师事务所的体制，什么样的方式才能把律所做好。我们都会捍卫对方发言的权利。尽管她的想法我们也不完全认同，但是必须尊重不同的意见和声音。大家激烈争论，然后又一起微笑。

中午时候谈话结束，各自去忙。我忽然意识到，在和我谈合作的这些律师中，基本上都是 80 后了，只有我自己是个 70 后。在我的少年时代，曾经有过一部报告文学叫作《中国小皇帝》，说的就是计划生育政策情境下 80 后孩子的生活，那时候我对这个群体还有一些羡慕。现在看起来，80 后不仅不再年轻，而在当年和我们这些 70 后比较起来，他们无非也就是多喝了几瓶麦乳精和橘子汁。在年龄、人生经历和社会压力上，80 后已经渐渐和 70 后拉平了。

也别说 90 后年轻或者叛逆，当年也是这样评价 80 后的。90 后当中的年长者现在已经接近 30 岁了，就连 90 后也已经不算年轻。而生于 2000 年代的孩子，就要是大学一年级的新生了。

下午吊唁著名相声表演艺术家魏文华先生。

之三十六

1998 年 8 月 6 日

独流减河

午睡以后，蹬上自行车，在南河镇这个小镇上逛了一圈儿。逛着就逛出了圈儿，直奔城外而去。

距离我这里不出十里，有一条宽广的人工大河，可以说一条大河波浪宽，最宽的地方超过千米，很有气势。

这就是著名的独流减河，是天津一条重要的行洪河道，是日本人当年开挖的，中华人民共和国成立以后又定线开挖。因为是从天津静海县的独流镇开始，故名"独流减河"，全长蜿蜒好几十公里，一直到大港区的万家码头，再流入渤海。闻名全国的独流老醋，就是生产在独流这个古老的镇。独流减河也是天津市西青区和静海县的分界线，我在西青区这边，过了河就是静海县。这个季节，大河枯水，裸露的河床上野花淡淡，还有一团团的大片绿草，远远看去真有些草原气势。河中心当然还是有不小的水面，有人在水里养鱼。因为桥只有几座，水面上还有孤独的摆渡船，供距离桥比较远的人从河的两岸来往。

从南河镇这边，过了独流减河，就到了一个叫作"团泊洼"的地方。那年，一个比我好很多倍的大诗人郭小川，就是在那里写下了著名的《团泊洼的秋天》。我记得我父亲曾经对我说过，要是他知道当年郭小川就在那里的五七干校劳动，他一定要去拜访郭先生。

眼见为实，我是骑上自行车到了独流减河边上，静静地看了好一会儿才回来的。我只是在河这边，没有过桥，也没有坐摆渡船，我站在河堤上眺望水面，还走下河堤，到了裸露的河床上，静静地感受了一会儿，我就回来继续读书。河水的味道清新混杂着腥气沁进心脾，想不起来上次是从哪里闻到过这样的味道。河那边的团泊洼里，没有任何关于郭小川的踪迹，他当年所在的五七干校的具体位置在哪里，也没有人说得清楚了。但是团泊洼有很有气势的大水面，风光如画，只好等有充分的时间再去细看。

忽然想起来我在 1992 年曾经和仲达骑着自行车到过团泊洼，只不过那次我们并不是要去看团泊洼，而是要去看大邱庄。曾经是"华夏第一村"的大邱庄就在团泊洼边上，那时候大邱庄和禹作敏还没有出事，那次经历见闻等我有时间再写出来。

2008 年 8 月 6 日
享受奥运

一旦有重要的体育比赛，我就会想起陈进。1996 年唐山道的小洋楼就是陈进的，我正帮助他一起办一个文化公司。2002 年日韩世界杯夏天，陈进果断地给全体员工放假。那时候他成为了一个开发商，他帮助我买了一套窗外能看到海河水流的房子，我在那里开办了我的第一家律师事务所。那个楼宇位于天津的意大利风情区民生路，就叫作民生大厦，彼时是天津的涉外高档社区，楼里住着不少老外，风情独特的楼宇里，有陈进精心打造的业主俱乐部，他自己躲进那个俱乐部，并且拉上我。俱乐部位于那个楼的顶层，黄昏时四望周围，夕阳如血，天津城美景尽收眼底。我和陈进一起在夏夜里喝咖啡，喝啤酒，打台球，看世界杯。奥运会又来临了，他也一定又躲进小楼，享受比赛和人生。

本届奥运会，中国运动员的第一场比赛将在天津举行。女子足球，中国队对瑞典队。我只是想享受奥运生活，不想在炎热的天气里去接受复杂的安检，那不是我喜欢的奥运气氛。体育是更快、更高、更强，体育也是休闲和娱乐，是人与自然的和谐。就算女足比赛就在天津的水滴体育场，那我也没有时间去现场。

人们开始猜测中国最终的金牌数是多少，开幕式上的旗手是谁，主火炬手是谁，开始猜测 8 月 8 日的奥运火炬将怎样点燃。在谜底揭晓之前，猜测也会让谜更像一个谜。

在这么多届奥运会的观看经历里，通过电视机看到异国的别样风情，洛杉矶、汉城、巴塞罗那、亚特兰大、悉尼，还有雅典。当然也会有来自各国的很多观众通过电视收看北京奥运会，看到各国健儿的比赛，也看到北京的城市风光。

人们为什么要参加体育运动，为了力与美，为了更快、更高、更强？我想本源不是这样，这都是体育后来被附会的意义。在蓝天和白云之下，奔跑、跳跃、搏击，人曾经梦想自己跑得能像豹子那样快，像鹰一样飞翔。

天津的交通开始实施"单双号"了，街上的车明显减少了，但是气氛已经氤氲得就要达到高潮。北京的"鸟巢"，天津的"水滴"，都是多么诗意的意象，在那里，比赛就要打响。

2018 年 8 月 6 日

曾到郭小川故居

今天继续和茂业大厦谈租赁房屋的细节，并和天津一位著名律师谈共同做大律师业的事情。而看到二十年前文字里关于郭小川先生的叙述，想起了去年秋天全家到郭小川故居的情景。

一个地方，只要你想去，你想办法，总还是能去的。1998 年之后我多次到过团泊洼——现在已经叫团泊湖了，郭小川真的一点儿痕迹也没有留下来，但郭小川在他家乡丰宁的故居还在，比较完整地保留了下来。2017 年的国庆长假，我在鲁迅文学院上课期间，学校也放假了，我带着全家自驾到赤峰的克什克腾旗。归途中经塞罕坝回津，因为时间宽裕，路上有多种选择，但我们还是一致选择了要走丰宁，就是因为想去看郭小川故居。到时天色已晚，就在县城住了下来。丰宁这里是坝上草原的一部分，我之前也来过几次，仲达当兵的青春时代，还来这里进行短暂的集训。夜里我们在丰宁县城的街上散步，还记得街上的凉意。转天我们直接到了凤山镇，那里是郭小川的故乡。

"郭小川故居位于丰宁满族自治县凤山镇石桥东向南的小胡同里。"这是故居墙上的原文，确实是一个小胡同里的民居，我们也找了一阵才找到，大门紧锁，门框的一副对联映入眼帘：

小院朗魁星享文苑千年清誉
川流归沧海领诗坛一代风流

对联出自谁的手笔不知道，但是这样评价郭小川先生毫不过誉。

故居是个坐北朝南的四合院，有一个青砖门楼。看来到这里参观的游人不多，大门锁着，不开放。以下内容是从外墙上的文字介绍里摘录下来的：

"进门为一影壁；正房面阔三间，进深一间；青砖灰瓦，皮条脊，虎皮墙；两级踏跺，木板门；窗为中间亮窗，两侧耳窗；院内东西各有两间厢房。故居占地面积273.06平方米。是郭小川出生地，直至1933年随父去北京之前的居住地。于2001年2月7日被河北省人民政府批准为河北省重点文物保护单位。"

进不去很遗憾，只好父子三人都在门前留影。凭吊一阵，又看看凤山镇的其他古迹，就到附近滦平县金沟屯考察普通话语音源头去了。郭小川是我最早喜欢的当代诗人之一。用现在的眼光看，他的诗歌文学技法可能已经落后了，但是文法本来并无优劣，他的诗歌的炽热饱满的情感，影响深远、不可估量。我生得太晚了，如果当年赶上前辈，一定到团泊洼去看他，我父亲当年都没有去成，更何况我。

那天正好是中秋节，秋色正浓，我在路上用手机以新韵写了两首七绝纪念。

中秋日丰宁凤山镇拜郭小川故居

一

不羡繁华向北方
苦寒塞外访异乡
虔诚探索追前辈
丁酉中秋拜故堂

二

青纱不逊红高粱
几卷诗文胜过枪
静默团泊秋又至
遐思可见旧时光

之三十七

十五年前小学生范勇的爱情

大约是十点钟以后，看见校园里忽然冒出三三两两的学生，可能是假期返校。看着这些学生的亲密程度和天真样子，思绪一跳，忽然想起了大约十五年前的一件事。

我有一个同学叫范勇，还有一个同学叫臧真。范勇是个男孩子，而臧真是个女孩子，那时我们都上小学二年级。我们的班主任老师姓童，当时他也就是二十出头，跟我此时的年纪相仿。

在一个秋天的早上，伴随着雄壮的上课铃声，童老师走了进来。说，上课，我们的班长尖着嗓子喊，起立！大家就都起立了。然后童老师示意大家坐下。

却有一个人没有坐下，这个人就是臧真。臧真勇敢地大声说，童老师！

大家都愣住了！这个漂亮的臧真要干什么呢？于是我们都把目光投向她！我记得那时差不多全班的男生都认为臧真漂亮，当然我却没觉得。

其实有两个人都知道臧真要干什么，一个是我，一个当然是范勇。这时候我看见勇敢的臧真通红的脸上有三分傲气，三分害羞，剩下的四分应该都是坦然。而范勇几乎坐不住，要逃走了，他脖子都局促得红了。但范勇总的来说还算比较坦荡地等着臧真要说出什么。

好像我比范勇更紧张。我觉得我替范勇害羞，我觉得我替男孩子这个群体害羞，我自己也害羞极了，我真的担心，事情不是范勇干的，而是我干的！

其实也没有什么，范勇只是说了一句话，他说得真诚而勇敢。直到现在我也相信范勇的说法发自内心，记得范勇那诚挚的神情和涨红的脸。

我和范勇以及臧真坐得很近，他们两个人是同桌，而我就坐在他们的后边。我们是很好的邻居，又都是成绩好的学生，常常一起探讨问题。范勇说的话只有我听见了，因为范勇的话并不是对着臧真说的，而是对着我说的。但我知道，范勇是要把对着我说的话让臧真听见。我佩服范勇的勇敢，更佩服范勇的谋略，他怎么这么有本事。

当童老师愣住的时候，同学们都听见臧真对童老师复述了范勇刚刚说的话，她说："童老师，刚才范勇说——"

范勇的心脏一定都快跳出来了！

因为我的心脏都快跳出来了！

"他说什么？"童老师问，那时候全班都还站着呢！大家都惊呆了，不知道发生了什么，但是似乎大家能隐隐约约地猜测到，一定是一件挺害羞的、让人兴奋的事。

"他说什么？"童老师又问。现在回想，童老师也太没有经验了，应该先上课，下了课再单独问嘛。

"他说什么？"童老师好像也很想知道，他就再次追问了一下。

臧真："他说，我耐臧真。"

"耐"是天津发音，就是爱的意思啊！

在课堂上，范勇真诚而振聋发聩地说："我爱臧真！"那是十五年前的事情了！

2008 年 8 月 7 日

七夕何夕，奥运前夕

我早上出门的时候看见天空中满是红蜻蜓。

华北平原的天空，一旦能看见飞舞的红蜻蜓，那就意味着秋天来了。我幼时常常在河边或者空旷地捉蜻蜓。除了用网来抄，用胶来粘，用树枝扑，用棍子抽，还有一种办法叫作"钓蜻蜓"。一个小木棍，一头儿拿在手里，另一头儿拴上细绳子，细绳的另一端小心地系上一只蜻蜓，拿着小木棍儿站在河边摇来摇去，好像被系上的蜻蜓在那里飞着一样，其实它是飞不走的。一会儿的工夫就有另外的蜻蜓飞过来，是不是来和手里的小棍儿上的蜻蜓交配呢？在两只蜻蜓亲密接触的时候，我们人原地打转，手的晃动也不停，为的是把蜻蜓转"晕"了，然后我们快速地把木棍放下，抓在手里的蜻蜓就是两只了。也有的时候手慢，或者蜻蜓反应得太快，钓来的蜻蜓就没被抓住。在钓蜻蜓的时候还唱有歌谣，那些唱词至今还能回忆得起来，但是不好意思写在这里。

我记得那些不同的蜻蜓都有不同的名字，时间久了，那些名字现在记不全了，至少有"大老青""电驴子"等等。而红蜻蜓被我们叫作"红辣椒"。待到"红辣椒"一群群出现的时候，我们往往已经疯跑了一个夏天，大家开始考虑暑假作业的事情了。所以，"红辣椒"的出现就有些让人惆怅。即使不考虑作业的事情，也能感受到时光，长大往往是在夏天。我还记得有一年的春节晚会的串词是韩静霆写的，赵忠祥和倪萍有一个朗诵："责令长江改道走东海，大漠沙海刮绿风，你看，你看，料峭的春风里，有一只红蜻蜓。"韩静霆是诗人，不必追究，料峭的春风里怎么会有红蜻蜓呢？而且是一只。红蜻蜓从来都是一群一群的。

今天立秋啦！立了秋，把扇丢，若不然，好没羞。虽说"秋老虎"还会发威，可是一早一晚就凉爽多了。而抬头看天，天空一定就会显得高远了。

恰巧，立秋的这一天是七月初七，牛郎和织女相会的日子。"七夕"也被附会成了中国的情人节。而七夕何夕，今年的七夕和立秋重合在一起，又恰是奥运会开幕的前夕，明天北京奥运会就开幕了。刘欢教授将会主唱明天的奥运主题歌。我的助理刚刚问我，您看今年中国能拿多少金牌？我说，四十六枚，他说准吗，我笑说差不多。

七夕何夕，奥运前夕。

2018 年 8 月 7 日
参加济南论坛

今天随同天津青年企业家协会，去济南参加一个经济发展论坛。我是天津青年企业家协会常务副会长，严格来说律师事务所也不能算是企业，不过律师事务所具有企业的一些属性。

山东省非常重视这次会议，给企业家们很高的礼遇。山东省委书记刘家义亲自出面，并且全程聆听企业家和有关专家的演讲。山东的经济情况原先一直被看好，后来好像和江浙的差距拉大了一些，因而有点要奋起直追的意思。现在各地都在抓经济，抢人才引项目，天津也在 5 月的时候实施了"海河英才"计划，那段时间各地人来，盛况空前。

参加这个论坛还是获益匪浅，会上，我见到了全国各地的很多企业家朋友，比如猪八戒网的朱明跃先生。朱明跃是我在中央统战部新的社会阶层第 12 期班的同学，我们曾经一起度过一段美好时光。而在 2016 年的 12 月，还共同探讨过互联网科技法律服务的多种可能性。那时的朱明跃雄心勃勃，希望进军法律服务行业，他说他希望通过互联网做一家规模在三万人的律师事务所。互联网人的格局大得惊人，当我告诉他全世界最大的律师事务所也没有超过一万人，他说那就调整一下目标，我们做一个一万人的律师事务所。

而上午的主论坛上，这次是第一回见到了摩拜单车创始人 80 后的美女胡玮玮，听她的演讲，很受启发。我想随后找时间，写一篇关于共享单车的文章。

根据会议的议程安排，本来是明天要从济南到德州考察项目，但我还是当天就返回天津了。明天晚上，我的首批合伙人第一次签约仪式要举行，还有很多细节需要我来敲定，而到德州的考察项目和我这个做律师的关系也并不是很大，那我就还是回天津了。我的两位合伙人律师来天津高铁南站接我，我们一起吃晚饭，畅谈合并细节。

之三十八

1998 年 8 月 8 日
那后来呢

那么，后来呢？我昨天讲的故事的结局，就连我自己都想知道。那就还是趁着复习间隙，把故事接续讲完。

十五年前，范勇借着和我说话而对臧真进行的爱意表达，就远不如臧真向童老师的复述这样地脆生，范勇有些犹疑，像是对我说，也像是对臧真说，更像是自言自语。总之，范勇在课间的时候说了："我耐臧真。"少年范勇单刀直入，明确地表达了他的"耐"。

臧真向童老师复述的时候，我还替范勇惊恐不已。而当范勇先前勇敢地说了出来的时候，我已经惊恐了一回了。我满心都是对少年范勇的敬佩，我其实没有认为他有什么不对。可是当我听到"耐"的字眼在我的小朋友中间出现的时候，我还是震撼得很，这不是那些小流氓才干的事情吗？我不知道该怎样评价范勇，他是个坏人还是一个勇敢的人？而且我也在想，他怎么这么厉害呢，如果我也"耐"臧真，我真的不敢说出来。当然，我那时候一点儿也没有觉得臧真好。其实，所以"早恋"这个词一点儿也不准确，孩童有着很多和成人一样的思想，不过是更加纯真，定义得更加简单明了罢了。

少女臧真听了范勇的话，还不懂得这是一个少年的深情。我听见了臧真的当即表态是："我一会要给你告诉童老师。"范勇有些担心，说："你和童老师说什么呢？"臧真说："我要告诉他，你说你耐我。"我看见臧真的神情真的很坦然，没有像多数小女孩那样伏在桌子上夸张地哭，也没有心花怒放的快乐，有那么一点儿的害羞，还有不解和质问。

范勇就有些忐忑不安，意思是请臧真不要去说，而且还有一层含义在里边，范勇一定是在想，我对你说我耐你，你为什么要去告诉别人呢？

少年范勇没有表达"臧真很美",而是"我耐臧真",但是他毕竟没有更进一步的表示,比如"臧真,请你和我在一起"。那时候的范勇当然没有这样的勇气,甚至他还不知道,耐一个人就要想和这个人在一起,该怎样去做,范勇觉得能够和臧真天天在一起上课,他已经很满足了。

后来范勇没有因此而沉沦,也没有因此破坏了和臧真的关系,过了一段时间臧真就原谅了范勇,他们,也还有我,我们还是经常一起讨论学习的问题。范勇成为了我们的英雄,他敢当着女孩子的面表达感情。而我也成了众人访问的对象,大家都想知道事情的原始版本:"范勇当时是怎么说的?"

在这个秋日,我在复习的瞬间想起这件往事,感受很好。范勇或者臧真后来回忆起这段经历是不是会有更美好的感受,那我就不知道了。

2008 年 8 月 8 日
普天同庆

2008 年 8 月 8 日晚 8 时,北京奥运会开幕。

往小里说,奥运会就是一个城市的事情,洛杉矶或者北京。往大处说,那是全人类的事情。把所有人的目光都聚在一起,在奥运精神之下,人们和平、友爱、团结,公平竞争。

我打开电脑的时候,北京奥运会开幕了,时间就是晚 8 时。开幕的时间让我一笑,想起当年春节晚会上有一段相声,名为《八字迷》,表演者是东北相声名家杨振华。说有一个人,生平最喜欢八,上班的时候要戴着八角帽,本来是 7 点多就到了办公室,不进去,一定要等到 8 点 8 分,但其实八历来是吉祥数字,八面来风,八面玲珑。

谜底一个一个地揭开。宣誓的运动员是张怡宁,国球新女皇,北京人。点燃主火炬的是李宁,之前已经被人猜到了,总之不是许海峰,就是李宁,二选一。最终的结果是许海峰第一棒,最后由李宁点燃主火炬。许海峰也是点燃主火炬强有力的候选人,据说是他自己因为体力原因放弃了。

熊倪是李宁的替补,熊倪也是一段传奇。他在 1988 年汉城奥运会就是一匹黑马,由于裁判的原因才负于跳水王子——美国的洛加尼斯。那时熊倪才 14 岁,青春年少,一出手就不同凡响,但洛加尼斯的影响力太大了,在跳水这样的打分项目中,洛加尼斯如果没有重大失误,冠军就不会旁落。而到了 1992 年的巴塞罗那，后来被证实是同性恋并且患有艾滋病的洛加尼斯退役了，偏偏又杀出了一个更年轻的广东选手孙淑伟，熊倪只获得了铜牌。直到1996年的亚特兰大，熊倪才获得了金牌，距离汉城，八年过去，黑马已经不黑，少年得志也已经变成了大器晚成。而熊倪的传奇更在于他的复出，熊倪一度退役停训，这时候俄罗斯的萨乌丁横空出世，几乎无人能敌。2000年的悉尼奥运会，跳水队出师不利，连丢金牌，这个时候熊倪出现了。他沉着应对，战胜了萨乌丁，连夺两枚金牌，挽狂澜于既倒，扶大厦之将倾。这是一段插曲。

在一众最后阶段的火炬手传递的行列中，还看到了跳水女皇高敏。高敏是真正的女皇，国际比赛从没有输过。我记得高敏她的最后一次奥运跳水中也是险胜，她站在领奖台上，泪流满面。还有陈中、张容芳、占旭刚、李小双、张军等人。执旗手八位，冬奥会冠军杨扬，羽毛球女皇李玲蔚，登山英雄潘多，游泳健将穆祥雄，乒乓球教练张燮林，射击选手杨凌……

开幕式中国元素太表象化，四大发明就能代表中国吗？表现孔子就要高呼"四海之内皆兄弟"吗？中国戏曲就是几个大汉吊着的几个戏曲人物吗？而画轴之类的中国文化符号出现的频率太高，有雷同之感。最终超时，待到点燃主火炬之时，已经不是8月8日，而是8月9日的凌晨。

主题歌为什么不能写得更好些？"心连心""伸出你的手"这样的词用滥了，没有想象力。刘欢表现还好，衣服穿得随便。记得1990年亚运会刘欢唱《亚洲雄风》的时候，大背头，戴着一副夸张的墨镜。

运动员入场时有的手拿摄像机，甚至有人在打电话，是不是打国际长途给家里说，你在电视上看见我了吗？汶川地震的小英雄在旗手姚明身边走着，和奥运会主题无关。

李宁在天空中飞了起来，他绕场一周，在天上奔跑。45岁的李宁早生华发，在头顶上飞天的那个人其实是我们共同的青春，他高擎着火炬，在徐徐展开的画轴上，李宁飘飘欲仙。火炬点燃的时候，我在电视机前，想着，李宁，你曾经那样地年轻。

2018年8月8日

合伙人签约仪式

下午在原来的律师事务所签订了退伙协议，无非就是在一份事先打印好的文件上签上名字。把文件放在提包里，我一转身，离开了那里，到瑞吉酒店来了。

骄阳还很热辣，昨天刚刚立秋，看这个阵势，还要热上一阵子。我在瑞吉酒店预订的房间里现场办公，各界朋友陆续前来祝贺。我的合伙人也陆续来到，昂首走过，盛装出席。

君辉律师事务所首批合伙人第一次签约仪式，今天晚上在瑞吉酒店举行。瑞吉酒店的背后就是海河，海河的对岸就是我的新办公室茂业大厦。茂业大厦的旁边一座漂亮的小楼是民生大厦，举行仪式的房间的窗子，正隔着河对着民生大厦前面的森林公园。灯火闪亮时分，海河两岸的建筑都亮了起来，海河水被灯光点燃，瞬间沸腾。

我在致辞中说，十六年以前，我就是单枪匹马在民生大厦开始创业的，说着，我向身后一指。我的伙伴和我自己，一起顺着我的手指向着窗外的河对岸看去，辉煌的夜色里，并排着的是民生大厦和茂业大厦。我说，兄弟姐妹们，现在我又到了梦开始的地方，我要重新创业了，并且是和你们一起！大家给了我掌声和笑容。

这个五彩斑斓的夜晚，我喝了很多酒，但"舒心的酒呀，千杯不醉，知心的话呀，万言不赘"。在很多朋友的见证下，首批第一次签约的八位合伙人纷纷对未来做了展望，并且分享了各自的成长历程。为什么是这些人能凑在一起，必有原因。人愿意和谁在一起，都是经过了慎重的选择，我们不是在一起吃一次饭，是要在一口锅里抢马勺，这一夕可能就是百年。

晚宴结束之后，夜色正浓。我们相互搀扶着到海河边的亲水平台上，合影留念，海河里有灯影，也有我们的倒影。

之三十九

跟雨水有关

早晨起来，我迅速进入学习状态，提高效率比什么都强，一个上午很快就过去了。

停下来的时候，我就走神。我能想象着初秋的阴雨天气，比如是一个初晴的下午，本来一直下雨，后来天气有些好转，但还不是晴朗得那么利索，天空灰蒙蒙的。在一个院子里，一个城市大杂院或者一个农家院落，北方的那种煤球炉子被一个主妇点燃了，放上一个拔火罐儿，升腾起的烟袅袅的，也呛人。孩子们在院子里外跑来跑去，太阳虽然在云朵的后面隐藏着，但也足能隔空把地面烤干了。地面干燥，人的心也安宁。我还想着雨连绵了一天的情景，雨到夜晚还没有停或者刚刚停下来，有一点淅淅沥沥的冷，一个人在一间屋子，没有朋友，没有情感，显得有一些孤单。

想什么就有什么，当我高效完成今天的学习任务，外出的时候，本来毫无征兆的，雨就下了起来，而且雨势颇急，我第一件事是用衣服紧紧包住书，然后任雨水下起来，不愿被雨水浇湿，但既然没有地方躲藏，就勇敢面对，淋雨也是件痛快的事。

那时候我正在天塔湖边，雨水直泻到湖水里，电闪雷鸣，气势大得有些吓人。后来雨水小了一些，可以看见湖面上细密的雨点如同盛开的花朵在跳跃。过了不久，雨停了。我又在天塔湖岸上小坐了一会儿才又骑上自行车回来。

今天在书店又买了好几本书，还看了一场叫作《红色恋人》的电影。上一次看电影，还是今年春天看的《泰坦尼克号》。记得那部电影非常轰动，场面也很大，看着，有很多人感动得哭了。

在我回家的路上，大雨又气势磅礴地把我包围，雨水一声招呼也不打，突然就把我抱住了，把我新买的书都弄湿了。

现在，雨水终于是完全停下来了，天气的阴郁跟我的想象一样。我用内心充实的温暖抵御着天气的阴郁。希望明天是个晴天，我准备抽时间洗洗衣服，再把自行车擦干净，并且把所有淋湿了的，好好晒一晒。

2008 年 8 月 9 日
比赛开始

谁获得本届奥运会第一枚金牌那都是天数。中国队当然想，却没能如愿。杜丽只获得了一个第 5 名，射击金牌被捷克人捷足先登。很快，女子举重陈燮霞夺得了属于中国自己的第一枚金牌。东道主都希望自己人能夺得奥运首枚金牌，却不一定能如意。很多东道主专门设置自己有把握的项目作为第一项比赛。

女子举重从 2000 年在奥运会设置，设七枚金牌，每个国家只能参加其中的四个项目，中国女子举重起步并不太早，派谁来比赛是个巨大的问题，每个项目都有好几个人选，谁来都是来拿金牌。央视放了之前采访的一个小片子，陈燮霞说最幸福的事情是每天训练之后去洗澡。上届举重冠军唐功红，本是一个乡下打草的孩子，被教练选中，想，训练虽然苦，总比打草强。

陈燮霞领奖的时候身披国旗，直到后来很久还不肯拿下来，这有违《国旗法》。2004 年雅典刘翔身披国旗，跳上领奖台，再早些，东方神鹿王军霞高举国旗飘扬过顶，绕场飞奔。乒乓球队刘国梁、孔令辉，升旗时右手置于胸前，表示虔诚。上届雅典的比赛，乒乓球队马琳陈玘想身披国旗上台，却被某人拦住，脱下国旗才走上台去。更早时候游泳名将林莉在比赛中获得冠军，升旗奏国歌的时候，竟然是戴着一顶礼帽。这些问题该规范一下才好。

中国体育代表团的金牌数大幅提升要归功设置项目，1988 年加了乒乓球四枚金牌，1992 年以后加了羽毛球五枚金牌，2000 年加了女子举重四枚金牌，跳水也又加了双人项目四枚金牌。当然，我国的竞技项目已经能多点开花，连网球比赛都已经可以得金牌了，再比如水上项目、自行车、柔道。得田径、游泳者得天下，其实也不然。美国田径、游泳强，但对手也多。

我在家中看了上午的比赛，然后来办公室处理一些事情。立秋之后天气还这样热，刚来时的出租车司机说，"晚秋热死牛"。

2018 年 8 月 9 日
再说别离

这几天仍然要偶尔和过去的当事人、合作伙伴联络沟通。其实这也是一种人生别离。很多诗文描写男女之间或者亲人之间的别离，却很少有写同事之间的。其实很多人和合作伙伴在一起的时间要比亲人还多。

也许是因为这种情绪的影响，想起了前几天，确切地说，是 7 月 21 日晚上在太原的事，那时我带着我原先的律师团队去山西搞最后一次团建。

我的重要合作伙伴薛浩，是个 80 后的小伙子。2002 年他到天津商业大学读本科，他开学那天，我还陪同一起去，见到他入学的场面和他的温馨的宿舍。那之后有一段时间他经常带着几个同学到我这里来。那时我刚刚开办了律师事务所，事情很多，但是我非常愿意和学生们交流，我给他们说过一点点律师实务并且谈了我的成长历程，彼时是他们的第一学期，刚刚接触法律专业课。十六年过来，薛浩已经是我绝对得力的助手。这回我们一起来山西，21 日晚上，我们从张壁古堡回到太原，薛浩告诉我，晚上有个同学专门提出要和我见个面。

是谁呢，我当然不知道。在太原街头的一个酒吧里，一起见了薛浩的同学。是当年和薛浩一起到律师事务所听我讲课的学生中间的一个，他的名字叫关心伟。时间太久了，我对这个名字已经生疏了。那天晚上薛浩和心伟都谈起，当年心伟家里还出过一件事，是委托我来处理的，对我表示感谢。往事我其实已经记不清了。但是在那个晚上，我没有直接说我其实忘了。在酒吧里，听着音乐，一起聊天，说大家各自的现状。看得出，心伟现在一切都还好。前面提到薛浩开学时我还去送他，这是因为薛浩是我的表弟。因为薛浩叫我表哥，心伟也是这样叫。

刚一见面，一坐定，心伟就很亲热并且真诚地跟我说，表哥，咱们有十六年不见了！接着他凑近我，抓住我的手，端详着我，略有忧伤地说，您可不是当年的表哥了，您可不是意气风发的表哥了，您苍老了。

人生真的不用虚构，不虚构就是不说谎。心伟如果不说，我当然也知道自己的苍老是一件真实的事情。但是他很真诚地告诉了我，在太原这样的异地他乡，我和关心伟，竟然在这里重逢并且在酒吧里聊天，想想自己都不敢相信。别离和相见，都是人生的重要仪式。

之四十

每天多一个

8 月 10 日的天空，农历六月十九了，月亮依旧又圆又黄又亮。还有六十天就要考试了，期待萦怀，但这周而复始一成不变的生活，也还是让人感到厌倦。又厌倦，又喜欢，其实这才是生活该有和本来的态度。

一成不变，以不变应万变，经过这些时间的练习，很多法律条款我越来越熟悉，能脱口而出。每天都有进步，就会大不一样。其他事情也是如此，我早上坚持长跑，而晚上时候我抽出一点时间练习俯卧撑，我的胳膊明显地比之前粗了一点儿。

我每天就在地上做俯卧撑。地面就是洋灰地，因为使用的时间比较长了，肮脏不平。手掌撑在上面，弄得都是土。还有些凉，因为地面多少有些返潮。我父亲就用木材帮我做了两个简易的器具"扶手"，我双手握住那器具的木把，可以撑在地上，这样手就不用直接沾地了。我从十个俯卧撑开始做起，开始的时候做下来这十个俯卧撑已经感到很艰难。我给自己订下的计划是，每天只多加一个，绝不贪多。到现在，我能连续做五十个俯卧撑。

其实只是每天多了一个，就可以越来越多。如果想每天多十个，那跟没有计划一样，因为根本不可能做到。不仅做不到，做不到给人带来的挫败感对接下来的目标，还会有进一步的打击。

这是个秘密，每天多一个。其实很多简单的道理，却可能是一个秘密。

成功的路径千万条，其实没有所谓的终南捷径。没有秘密，所有的秘诀都是公开的，只不过在使用的时候可能会是不同的组合而已。

成功的秘诀比如，勤劳、正直、坚持……这些都是耳熟能详的简单道理。

而每天多一个也是。每天多一个就是坚持下去的具体举措，不贪多，脚踏实地。不怕慢，就怕站，每天多一个就是每天都有进步，这简直是了不得的事情，是复利，是市场倍增。

说了多少，不算数，坚持做到，每天多一个，这才算数。秘诀在此，可惜很多人做不到，或者很多人明明可以知道，却视而不见。

2008 年 8 月 10 日
同庆同乐

很多人的目光其实不只是盯在中国本土运动员身上，北京奥运会上也来了不少外国明星。比如美国篮球"梦 8"、网球天王双星费德勒和纳达尔，还有足球场的小罗和梅西。

还有很多明星没有来，就都成了青春记忆。上届比赛乒乓球巨星瓦尔德内尔来了，飞鱼索普也来了，现在不知道他们都在哪里。他们都是从来没有谋面的朋友，因为奥运会和体育运动，却成了我们生活的一部分。

当然，一个时代结束了，一个时代还会开始。我们每个人都有自己的时代。索普退役了，菲尔普斯更加闪亮。他扬言要一人独得八枚奥运金牌，这还是从来没有过的事情呢！奥运的魅力就是不知道他能不能做到。

在电视机前我看见美国前总统布什也到现场去看比赛，此刻的布什，只是一个美国公民。体育比赛是竞技，却让人们向往和平。菲尔普斯拿到了第一枚金牌，接下来他还有七个项目，更多的悬念，要一个一个慢慢地破解。

今天比赛吸引最多人收看的，肯定是中国姚明对决美国"梦 8"。这是全人类的盛会，那些明星属于美国，也属于中国。邓亚萍、高敏，也一定曾经走进过那些不同肤色的人们的世界里。奥运会，让我们同庆同乐，不分国界和肤色。中国的体操传奇人物李东华，因为体育结缘娶了一个瑞士人；乒乓冠军焦志敏，嫁给了韩国人安宰亨。还记得上届奥运会上中国射击选手贾占波战胜的那个美国人埃蒙斯吗？他遥遥领先之际，最后一枪却打在了别人的靶上，煮熟的鸭子飞了！这时候一个女子选手来安慰他，他回眸一望，和这位女子倾心相爱了！爱情的力量战胜了比赛的失意，他振作了起来！这是体育的更大收获了。你知道那个女子是谁？就是昨天战胜杜丽的本届奥运首金获得者，那个捷克人。美国人的捷克老婆又战胜了中国人获得了首枚金牌，这多么的有意思。

他们是哪国人，这不重要，他们是为我们大家奉献了精彩比赛的人。

那个木扶手

我在两个办公地点之间穿梭。我在茂业大厦办公室和房东商洽各种细节，我又回峰汇广场收拾我即将搬出的办公室。我的个人物品还没有搬走，那间我用了将近十年的办公室里，除了物品，还有我很多深情。有深情，却也要离开，离开了也还要回来，这都是人生的无奈。

白天我工作，晚上我写作，文学和法学之间，无非也是一场穿梭。好像怎样都不舒服，就像睡觉，总是要换个姿势。一边睡着，一边还有可能再变换回来，因为变换到的姿势也未必真的是最舒服的。也许当下是，但接下来就不是了，所以人总是在寻找中找到当下最合适的姿态。当下就是当下，过一秒钟，那就不是了。

晚上还是接着看十年前的旧作和二十年前的。看到了关于那个"木扶手"的描述，想起很多。我们的那个年代，健身房的概念当然是也有，但是还不像现在这么普及，个人的健身理念也和现在不一样。那时是徒手健身的时代，长跑、快走，这些都比较好，一分钱也不用花。如果一定有器械，也是哑铃、单杠甚至石锁那些东西。而就算当时遍地都是健身房，我也没有钱去消费。

回想起父亲给我亲手做的那个木扶手，我已经想不起他给我做这个东西的场面，但却想起我们幼年时，父亲和爷爷各自给我们做木头枪的情景。我父亲做的木手枪规整霸气，我爷爷做的是一挺机关枪。我记得爷爷做枪是一个夏天，爷爷光着后背，后背上和脑门子上，是细密的汗珠。而他竟然还叼着烟袋锅，他的两只手都占着。他叼着烟袋，时间长了，嘴唇和牙齿都累，吸溜吸溜，很吃力的样子。我们这个时代的人，可能都有这样的看着父辈或者祖辈给自己做玩具的经历。父辈和祖辈，一般都是会些木工手艺，别说给孩子做玩具，他们结婚的家具都是自己做的。现在我回想起来，这些记忆很清楚，可是我的那些木头枪，还能不能找到呢？

关于那个木扶手的一个细节是，我那年的复习生活结束之后，就搬离了那个小镇，很快开始了我的律师生涯。我的一些书和那个木扶手存放在空闲的一处小房子里。就是在 2008 年之前，那处一直空着的房子卖掉了。

我和仲达去收拾东西，给人家腾房子。雇了一个小型厢式货车，让人把我们的物品搬上车。当搬走了所有的物品，准备走人的时候，我看见了那对木扶手静静地在这个小房子的角落里，蒙着灰尘。我心中凛然一动，想起了很多，那段复习生涯，还有我双手握住那个木扶手人趴在地上时，闻到的地上的潮湿气息。只是我们的买主已经来了，车也等着走，手里也还拿着不少东西，我已经来不及再去拿回我的木扶手了。我扭身走的时候又回头看了一眼那个简陋的健身器材，我心里很清楚，我再也不能拿回它，但我还会想起它，那一刻我内心的情感很复杂。但我还是走了。又想起我的那个木扶手，那里有我父亲的深情，还有我不会再回来的青春。当时我之所以没有回头去拿回那个木扶手，一个原因是回头去拿两块烂木头，有失风度。另外我也可能是在想，很多事已经过去了，就没有必要再去拿。拿了，又能放在哪里呢。

当然，如果现在有机会让我能拿到我的旧物，我会不惜代价拿回来。道理当年就懂，可惜做不到。

之四十一

1998 年 8 月 11 日

小事连着大事

往往一件小事的发生会影响到大事的走势，一个任务能否完成，除了主要问题以外，还有很多其他因素。比如我的笔不大好用，写字不流畅，或者我的钢笔水没有了，急着去找也没有找到，心情就有点败坏，当我终于顶着热浪买来了工具，却发现工作学习的状态已经受到了很大的影响，积攒好的情绪找不到了，面对着教材不知道从哪里下手。

尽管人总是要求自己尽力地去克制，让自己内心安宁，波澜不惊，但并不是只有比如失恋或者职位升迁这样的大事会影响情绪，就连一件小事都会。而心绪的波动总是要波及工作的进度的。认识到这个问题，情况还是会好得多。做到完全不受影响，那也不可能。

要注意尽量不出现这样的小状况，出了也要尽量以最快速度处理好。谁能那么尽善尽美呢，比如现在，我的钢笔水的问题解决掉了，钢笔也启用了新的，可是我的手指却又感到疼痛，这让我只能暂时停下来，我抚弄一下手指，并且深吸一口气。我写字很用力，像是"刻"字，所以手指让笔都磨亮了。

手指可能是一直在疼，不疼的时候，也许只是因为麻木。如果我的钢笔水不出状况，也就不会出现手指的情况。一件事总是连着一件事，小事和大事相连，小事和小事也相连。很多事情的发生，都是有原因的，而很多事情的不发生，也是有缘由的。世间事，洞悉了一切，掌握了方法，尚且不一定能做得好，更何况，在多数情况下不得要领，南辕北辙，自己已经做得很糟糕了，可还是感觉很好。

我用写文章的方式平复内心，终于调整好了，我再接着学习。学习一阵，再以更好一点的心情接着写文章。我按照不同的分类方法来进行学习，比如最近我是按照法律的部门，一部部的法律逐步学习。今天开始清理《刑法》学习中遇到的问题。

2008 年 8 月 11 日

表　情

比赛的人有比赛的表情，而看比赛的人有看比赛的表情。我喜欢听大家的议论，我也喜欢看各种表情。我今天上午去一个机关开会，听见那里的人也都在议论奥运会。这次奥运会是在家门口比赛，大家自然要更加关注。在议论昨天的射箭怎么没能战胜韩国，在议论举重的龙清泉如何虎头虎脑可爱，议论游泳也得了奖牌，议论菲尔普斯和"梦 8"，当然更多议论足球队怎么又输了球。而关于奥运会开幕式的议论就一直没有终止，主题歌怎么样，刘欢为什么要穿一件泛白的黑色老头衫，张艺谋导得怎么样，国家要给他多少导演费，鸟巢里一共进去了多少工人，田径比赛的时候能不能把现场收拾好……

而议论的时候自然要有表情，那些表情夸张而深情，关注而投入。传媒渠道多了，各取所需。上网的、看电视的、买报纸的、听广播的、道听途说的，什么样子的都有，再把自己得到的信息和别人交流，趸来了还要卖出去，现趸现卖，乐此不疲。大家猜测谭雪的父母的伤心，家里肯定早早地做好了卫生等着有关领导来，大家一起看着天津人夺得第一块属于天津的金牌，可是谭雪失利了。其实都是瞎猜，谭雪的父母在北京现场看比赛呢！

议论时候的表情当然就轻松了，甚至是一种交流的快感，说对说错管他呢，痛快就行了，这也是重在参与。而看比赛时候的表情就凝重了，张大嘴巴的，闭上眼睛的，来回踱步的，两个手心拍不到一块去的，手心里全是汗，找不着东西南北的，喜极而泣的，一蹦老高的，啥样子的全有！再看那些特殊的观众，布什父子都来看菲尔普斯，布什也是追星族。运动员的家属都来给孩子加油，谁的孩子谁不爱！还有教练员的神情，看看柔道冠军冼东妹的教练，胜利了他也哭，他把双手举起来，比运动员还激动。还有那么多教练员，他们的脸上写满了各种各样的失意和欢欣，这是体育比赛之外的看点。

而那些运动员，你看看陈燮霞的手下败将、那位土耳其的银牌得主，她幸福的样子，得了银牌比金牌还高兴似的。而且她一直期盼，她在祈祷，直到中国台北的选手失利了，她才确信自己是银牌。陈燮霞赛前的一个小录像，她高兴地挥着手说："不行不行我紧张！"可是比赛的时候她一点儿也不紧张，而且她是用摇头的方式来庆祝胜利的，她扑向教练的时候高兴地摇着头……龙清泉又是眨眼睛，又是吐舌头，不同的表情，不同的人生。

昨晚看电视，还有一位 98 岁的老奶奶来看比赛，她的表情也很丰富，她对着镜头说，我喜欢！而看冼东妹赛后的采访，她突然提到了女儿，她已经有一年多没有见过女儿了，她说一定要补偿！说着，目光闪处，潸然泪下。个中甘苦，唯有自知。

2018 年 8 月 11 日

共享单车的一些思考

今晚在赛达工业园参加西青区招商恳谈会，西青区政府很多个部门都来了。清华大学经管学院高级工商管理天津校友会也组织了很多校友企业家参加。因为在座的都是企业家，席间忽然就想起前些日子山东济南企业家论坛时对共享单车的思考。

1. 连接比拥有更重要

最后一公里的自力解决，在过去是在公交站放一辆自行车。下了公交，离家还有一公里，骑上自己的自行车，风一样地走起，效果不错。但是怕丢，怕坏，自己还要维护，最重要的，自己的自行车只能放在家门前的公交站，那地铁站要不要放一辆？单位附近各种车站要不要放？这一天要去的地方多了，哪里都需要，靠自己的力量不可能拥有那么多车，我们只需要一辆自行车，我们无法拥有一万辆。而共享单车呢，无论你走到哪里，都有一万辆车等你，或者说那一万辆中间有你的一辆车供你骑行就行了。你不需要拥有那么多，但是你要和世界相连接。

2. 共享比独享更快乐

看到满世界的小黄车，还有小红车，这五颜六色的世界，你骑行穿梭在这个冷暖世界上，想想你得意的样子，就替你高兴。而试想，如果只有你一个人在骑车，大家都用汽车比你还拉风，你会觉得没意思，我都替你没意思。好在还有我们，你骑，我也骑。昨天我在二十分钟的烈日骑行中遇到了三个律师同行，这不是巧了吗！我们在自行车上相互致意，都没有下车，只会挥挥手，什么也不带走，颇有些马上相逢无纸笔的感觉，但是我们匆匆擦肩，说声：嘿！特别洋味儿，特别时髦。

3. 到底怎样是合适

到底怎样是合适，这是想了很久的问题。如果能想清楚，那还有什么意思呢？就是因为想不清楚，才想啊想，一边思考，一边疼痛。隔壁老王，就是王律师，想明白了，来和我探讨，说，其实，摩拜单车的押金二百九十九元，我想明白了，不合适，还是自己买一辆单车合适！你想啊，骑这东西，不仅要交押金，还要骑一次交一元，什么连接不连接，如果车是我自己的，我想什么时候骑就什么时候骑，不用交钱！还是自己买车合适！我说：不对呀，你虽然骑一次交一次钱，但是那押金你毕竟能退回来，钱还是你的，而买了车，车很快就旧了，二百九十九谁退给你？老王想了想，说：不对，这二百九十九说是押金，只要我还能健康地骑车，我什么时候才能退押金呢？而且，这家公司万一要是黄了，我找谁去退押金呀！

4. 挣钱的层级

我记得那一年，在拥挤的火车上，一个面孔红亮而油渍的大叔，对着一对儿同是乘客的小情侣讲：记住大叔的话，要像大叔一样，好汉子不挣有数的钱！话随着他手中的烧鸡骨头一样掷地有声！多么豪迈，情侣中的小伙子显然是被震撼了，露出对神一样的崇拜的面容，而那情侣中的姑娘的淡定，到现在也被我引以为神，她说：不对呀，再好的汉子挣的钱也是有数的呀！大家都是路人，下了火车就一生不会再见。时间很长了，那大叔如今恐怕早已作古。姑娘没准儿也当了奶奶。言归正传，我是想说，这共享单车，每辆押金二百九十九元，有多少人交押金，不一定！比如我，就一共给三个不同的共享单车品牌交了押金，我的一个师兄，交了七份，就为了方便呗，想骑哪个就骑哪个。共享单车，面对这么大的市场，这是要挣多少钱呀！当年的那位大叔，这辈子哪见过这个阵势。而押金的问题，究竟合适不合适，困扰了我的同行隔壁王律师很久了，账到现在也还没有算清楚呢。而据说，马云先生已经酝酿共享单车不要押金了，什么芝麻信用，蚂蚁信用，未来都免押金了！老王啊，眼前的账还没有算明白，人家怎么挣的钱，咱们都没看明白，到了这个境界，人家可能就不直接挣钱了，这才回答了当年那个姑娘的困惑，再好的汉子挣的也是有数的钱呀！不对，人家现在挣的是趋势，是信用，是大数据，是你根本看不懂的大世界。

5. 仿佛回到了原点

我同行王律师说，现在哪天如果天气好，都是用行政手段调整，才会天朗气清。我觉得倒不是，雾霾在冬天才比较厉害，夏季，天本来就是蓝的。要知道，尤其是你骑上了自行车的时候，天肯定就是蓝的。我们这些人好像已经青春不再，我们是骑着自行车上下学，骑着自行车创业，骑着自行车体会爱情的。我们是创一代，我们不是富二代，生下来的时候，我家没有汽车，相信你家也没有。如今，任谁家都有汽车，无非是夏利和奔驰之间的区别，区别不大，都是四个轮子，从这一点上说，也可以说没区别！当我在近期骑上了共享单车，我简直是出走半生，归来仍是少年。我大街小巷满城飞奔，汽车不好停，汽车不环保，汽车还限号，最重要的是，汽车一点儿也不青春。骑上我的小黄和小红，天又变得很蓝，能想起很多事情。现在什么也不能满足我的虚荣，什么也不能让我感到快乐，什么也不能让我感到忧伤，我骑上共享单车，如果我不共享此刻的心情，说实话我对不起你。我骑上自行车就仿佛回到了原点，当然，其实也回不去了，就算把我车库里的汽车砸了都不行。

6. 谁比谁更无奈

因为开汽车的时间已经比较久了，久得忘本。我说你了，你也得认。开着车的时候，常常忘记了自己曾经是骑自行车的，我们的父辈也都是。开车的人会说，现在骑自行车的人，可是和过去不一样，拐弯从来也不打手势，横冲直撞。这几天我又骑回了自行车，当我的位置又一次发生了变化，我要庄严地为共享单车的骑行者代言，你们这些开汽车的，你们就不能对行人和非机动车礼让一些吗？你们看看，骑自行车一样要面临堵车，现在还有自行车道吗？道路都让汽车给占了，汽车开起来飞溅污水和热浪，你们考虑过我们的感受吗，哼！

大家都不容易，骑车或者开车，相互包容着吧。我想起我早年的一个生活场景，我少年时代的一个早晨，我骑着自行车，看着金色的霞光和美丽的海河，我在想，将来，我也要开上一辆汽车，但是你们看着吧，等我开汽车的时候，我要和骑自行车的人和谐、友爱，一起沿着这条美丽的路，向前！

之四十二

1998 年 8 月 12 日

一只苍蝇

经过一个雨季，校园墙上的黑板报已经斑驳不清。但还是看见上面有上个学期的体育知识竞赛的题目。

因此记起我参加过一个小学生的体育知识竞赛。在那次比赛中，我名列全区第一名。我的发挥题可能给我加了很多分，到现在我还记得那个题目，《在新中国的运动员里你最喜欢谁？为什么？》我的回答大意是"容国团。不仅喜欢他的球技，而且喜欢他的人生能有几回搏的精神"。

我就是在那次比赛中，在材料里看到了一个体育史上的离奇悲剧。

记得故事是这样的：

很多年前某个盛大的夜晚，一位叫作路易斯的著名台球选手和另外一名选手进行冠亚军决赛，谁赢了谁就是冠军。比赛呈现了一边倒的趋势，掌声和欢呼都给了路易斯，因为他太出色了，对方没有任何机会。香槟和鲜花都已经准备好了，还有许多美少女，她们会给胜利者尖叫和拥吻。对方选手颓唐地坐在椅子上看着头号选手的表演，没机会了，他只能是叹息。

这个时候，飞来了一只改变这场比赛的苍蝇，也改变了两位选手的一生。那只苍蝇怎么就这么会选择地方呢？它从哪里来，又为什么来，谁也不知道，总之它停落在白色的首球上。头号选手一皱眉，然后用球杆在天空中挥了一下，他试图把苍蝇赶走，苍蝇的出现已经多少让他感到沮丧，他觉得有些晦气。然后他做好动作准备击球，只要他再击中这个球，他就将取得最后的胜利，全场都屏住呼吸，认真地等待着冠军的诞生，有的人已经把两只手伸了出来只等鼓掌了。可是就在这个时候，那只苍蝇又飞了回来，恰好又停在了那只白色的首球上。头号选手就有些不高兴了，他再次用球杆挥了一下，苍蝇又走了。是不是天意如此呢，

173

当他再次准备击球，苍蝇又回来了。

接下来发生的一切真的让人觉得无法可想。心烦意乱的路易斯把近在眼前的白球轻轻一击，他发挥失常了，白球击中了要触击的球，但是没有打进球袋。这个时候，对方选手仿佛被打了鸡血，他终于等来了机会，那个机会非常渺茫，对方选手落后得太多了。可是，只见对方选手有如神助，霎时风云突变。一个进球，再一个进球，还是进球。对方选手每球必进，路易斯颓然地坐在了那里。

对方选手赢了。

路易斯死了。

第二天，人们在湖中发现了自杀的路易斯，无论如何，他不能接受这样的事实。不是因为实力而失利，而是因为一只苍蝇。

2008 年 8 月 12 日
祖国好

我今天想说说击剑队，还有栾菊杰。

击剑队可谓命运不济。1984 年洛杉矶奥运会夺得了一枚金牌之后，二十四年了，竟然就没有再拿一枚金牌。1988 年中国军团集体失利，击剑队也跟着沉沦。1992 年有一位著名剑客，当时著名，现在还有多少人能记起呢？天津人，王会凤。王会凤剑光闪处，红灯已经亮起，那是胜负手，生死剑。剑客王会凤胜出，她跳起来在欢呼！但是实际的胜利并不等于裁判判定的胜利，王会凤跳起来，刚刚因为地球的引力而重重地落在地上，对手却也跳了起来，因为裁判判定是对方胜。两个人的两跳，是两重天。王会凤把帽子摘下来，重重地扔在地上，什么也没有再说，王会凤获得了银牌。到现在为止，中国人已经在奥运会上夺得了一百三十一枚金牌，金牌选手的名字，谁还能全记得清，就更别说银牌了。没有人再记得王会凤，也更没有人再为她愤懑，我想就连她自己也早已经释然。

可我还记得。

然后关于击剑队的记忆就是 2000 年了，那时著名的三剑客风华正茂，王海滨、叶冲、董兆致。这三个名字，真是一代风流。2000 年关于三剑客的关键词有两个："黑哨""引而不发"。击剑是欧洲人的天下，击剑是绅士的运动。比赛中，当对手因伤不能继续的时候，中国绅士挺剑在手，引而不发，全场报以华丽的掌声。但是掌声没有换来金牌，中国剑客赢得了比赛，赢得了尊重，却没有能打动裁判，华山论剑，裁判心太偏。

时间就到了 2004 年，天津姑娘谭雪已经出落得绝代风华。我说了击剑队命运不济，谭雪仅仅获得了一枚银牌。而这个时候，三剑客再次联袂也再次遭遇黑哨，三剑客黯然悲情退役。这次黑哨，欧洲人自己也看不过去了，剑联主席公开发表意见说，耻辱！但是比赛结果不可更改！三剑客哪里做得不够好？他们努力了，也坚持了，他们挥汗如雨，他们风度翩翩，可是他们就是不能获得原本该属于他们的金牌。现在，已经没有了三剑客的消息，帅哥的面庞上，该都有胡须和皱纹。

1984 年到今天，横亘二十四年，中国队只获得了一枚击剑金牌，这本身似乎是一个传奇。而获得这枚金牌的人不是别人，她的名字叫栾菊杰。

而更大的传奇还在延续，二十四年之后，栾菊杰又来北京论剑，她只身一人返回北京，已经是知天命之年！直到昨天我在电视上看到了栾菊杰，我才确信这是真的。50 岁的女人，50 岁的剑客。

该坚持，还是该急流勇退，还是该复出？这是运动员的不朽命题，也是人生的巨大追问。比如邓亚萍 24 岁就退役了，完美人生。王楠 30 岁了还在坚持，也是完美人生。该如何评价栾菊杰？急流勇退是一个问题，重出江湖又是一个问题，复出的歌星影星太多了，用退休和复出来吸引人的眼球，体育明星复出的也太多了，褒贬不一，连乔丹也不能免俗。而 50 岁的栾菊杰，她重要的是参加。对于她，除了赞美，还该是赞美。

电视上的栾菊杰说自己想要回来参加奥运会，我还看到了她在比赛的时候打出了一个横幅——祖国好！

栾菊杰已经客居加拿大，她也是代表加拿大来比赛了。但是她打出了"祖国好"的横幅，这是 1984 年当我还是一个孩童的时候看到的那个扬眉剑出鞘的栾菊杰吗？

2018 年 8 月 12 日

共享单车的思考继续

7. 如果没有车怎么走

如果实在没有车，那么只好就靠双脚走，路在脚下。最终相信和依靠的，还是自己的脚。我记得那一年，那夜大雪纷飞，我定了约会而且必须赶到，我一个多小时打不上车，公交车也挤不上去。如果自己的车在手边，也会不管雪大，奋不顾身地开着就走。但是我只有脚，我硬生生靠脚走到目的地，到地方鞋全都湿透了事小，主要是裤子也全湿了，雪太大了。再有是去年夏天，大雨倾盆，打不到车，"滴滴出行"的车一律加价也不来，我只得耻辱地，违背原则地打了一辆黑车。我到了目的地，但事情办得不顺利，心情颇为不好。现在，共享单车的出现，这些就都没有关系了，至少，我有自行车可骑，总比脚要快些，比黑车靠谱，不仅靠谱，主要是能抓得住。

8. 总有适合的

地铁这种东西很好。不仅是交通工具，而且创造了很多商机。比如还说最后一公里的问题，地铁站下车的人，回家的途径除了步行，就是出租和黑出租。有地铁站上下来的一群乘客，出租车或者黑出租车从业者就忽地围拢上去，说：师傅，我问你了，师傅你去哪儿？后来公交公司开通了短线的公交，专门解决最后一公里的问题，据说出租车还来闹事，说有了短线公交车，那我们怎么办！后来据我观察，从地铁站上下来的乘客，一部分选择了短线公交，一部分还是用出租，各得其所。只要有自己的特点，就不愁没饭吃，谁都是一样。现在共享单车出现之后，我又专程去考察，共享单车、短线公交、出租车，仍然是都有饭吃。老天也公平，只要出力，就有饭吃。当然比较起来，恐怕最后一公里的问题，共享单车还是占据优势，单车可以骑到离家最近的地方。而离家最近的交通工具，其实还是自己的脚。

9. 摩拜靠什么取胜

我去考察共享单车的那个夜晚，风很大。摩拜单车绝对一分钱也没有给我，我们之间是清白的。我不是他们的代言人，当然今后是不是另当别论。摩拜肯定是完胜小黄车。我来用数据说话。我一路走了至少三公里，竟然没有一辆小黄车是可以使用的。有的缺胳膊断腿，有的轮胎没气儿了，有的链条丢了，总之我一次次地弯腰扫码，一次次发现问题。有的密码根本打不开，有的是打开了才发现有质量问题。后来我先认真地看看轮胎是否有气，链条是否还在，但是一经扫码，才发现条码被人用刀划乱了。我总算找到轮胎也好，链条也好，也不缺零件的小黄车，又发现该车被人为地锁在了柱子上，或者和其他自行车锁在一起，我如果一定要骑，那就连着柱子一起骑走吧。而摩拜单车好像没有这样的问题。摩拜押金二百九十九元，小黄车九十九元，看来，商战中胜出的一方不一定是因为价位低。是真心的好，才会赢得真心。

10. 再说摩拜的胜出以及国民素质

说话的火候一定是没说完留有余地，但是意思已经传递清楚为最好。是不是应该说一说国人的素质？把小黄车往河里扔，把小黄车的车座卸下来自己用，把小黄车染成其他的颜色然后变成自己的。素质确实差，但是质量好不好呢？为什么摩拜单车这样的情况很少，我也专门考察了摩拜，没有上一小节的情况，否则我也不会天天骑摩拜而不骑小黄。比如小黄的开锁还要人工密码，一点儿也不高科技，这样就给人以可乘之机嘛！摩拜开锁时只需要用手机对准了条码，能听见清脆悦耳的声音，锁就开了，这是骑行的新的情调。干什么去怪别人差，你是自己还不强。当然，这是两个问题，返回来再说国人素质的问题，其实一切都在慢慢变好，应该有足够的耐心。

11. 规模与经济

如果没有人来夺我的话筒，我就再说几句。这么多的共享单车品牌，人家骑车一次都是要一元钱，有的共享单车标明零点五元一次，打价格战。但是很多共享单车的品牌，只看见过一两辆车，我没有在任何其他地方看到这一款其他的同类车，这就太遗憾了。我很早的时候的好友小温告诉我，不要用规模促经济，要用经济促规模，我深以为然，写成我的座右铭。可是，一个品牌一共就一辆车，这怎么也说不过去。就算你只要零点五元，就算你白给骑，就算你倒贴，谁会骑你的车！现在大街小巷共享单车成灾一般，最多的还是小黄和小红。看看那些共享单车车筐上贴的各种其他的小广告，搭一下共享单车的顺风车吧，不能创新，也只好如此了。

12. 尾声

共享单车勾起了很多思绪。一个律师想的主要还是法律的问题，兼职思考单车以及其他。我长久以来不骑车了，再一次骑车也感到有些发怵。轻踩油门汽车就走，单车不听话，要使劲儿蹬车才走，腿疼，屁股也疼，很容易就放弃。如果我们放弃了，单车就不前进了，我这些日子每天骑车，越骑越远。我18岁那年，有一段时间，我天天从小海地骑到民权门，那是很远的路程了。其中我记得有一次也是夏天，我用力骑上了一座高架桥，俯瞰前方的地平线，才发现了天地之大。我要是那天没有骑上去，我就不会看到现在的人生。好了，到这里，就到这里吧。

今日无事，就接着把昨天没有写完的文章写完。

之四十三

1998 年 8 月 13 日

把时间抓起来

这一天其实过得很快，雄心万丈想做很多，其实做不了多少事就是一天过来。吃了早餐，就是午餐，吃了午餐呢，那就是晚餐了，晚餐之后，可能就倒下睡觉了。三饱一倒。在三饱和一倒之间能做多少就是多少，好像所做的一切都是为了配合吃和睡。

时间不抓起来，就会跑掉。如果起床稍稍晚了一些，就可能想赖上一个上午；如果中午稍稍睡得多了一点儿，就可能醒来太阳偏西；如果忍不住去看了一会儿电视，如果有一些其他样的放松，那么学习时间也就不好保证了。谁不愿意轻松一点儿，舒服一点儿呢。

比如我，今天散步的时候，不知不觉间，乡间的恬淡美景让我流连和遐想，回到房间没有马上投入学习，而是整理了一些过去的稿子，这一晃就是两个小时过去了。

我过去常想，该怎样去珍惜生命，而今天我也一直在想这个问题。比如说，有一辆汽车或者自行车，舍不得用，也就是很"珍惜"。那么好，把它保养起来，不用或者少用，很长一段时间里，它还会是新的，尽管它终究会报废。

那么生命可以用这样的方式去珍惜吗？把生命存起来或者不到关键时候就不用，行不行呢，大约是不行的。再新的汽车也有要报废的那一天，生命也是存不住的，能留住的其实只有岁月里的感悟和收获。生命才是"有权不使，过期作废"的。生命在于使用，要想方设法地使用，这才是生命的过程。用掉了一天，就使生命前进一步，一步一步，生命才得以完成。

当然，用了又怎么样，时间不舍昼夜，无论怎么样去抓，也只能抓住手心里的那一点儿，那就是手心里的宝。

我把节奏放慢，我烧些开水，沏一杯茶，喝掉，然后再续上，再喝掉。一杯一杯的，慢慢喝得全无茶味。生命就是一段旅程，像喝茶的过程一样，开始浓，后来淡，淡了也不是坏事，淡了才是最接近人生的味道。人生的所有成功，在成功者获得之际可能已经全不新鲜。

还是很热，毕竟还在伏天里。

2008 年 8 月 13 日
黄河魂

女子体操的自由体操项目，是要配音乐的。中国女子体操队程菲的自由操主题曲是《黄河魂》。一曲终了，大家热烈拥抱，中国女子体操队获得了女子团体冠军，这是从来没有过的事情。

我记得当年的苏联队，和李宁争雄的男队主力叫科罗廖夫，女队则有舒舒诺娃、奥梅里扬奇克，都是这些"音"，当时报纸上是用什么样的汉字来翻译，记不太清了。现在美国女队有个柳金，当时苏联男队也有个柳金，而且是顶梁人物，可惜柳金出了车祸。我国著名选手童非，也是因为出了车祸，才渐渐淡出了。当年的童非声名曾在李宁之上，现在谁还能记得。罗马尼亚有著名选手西利瓦斯，罗马尼亚女队和苏联队争雄的时候，中国队还只能做看客。西利瓦斯也是全能好手，我还清楚地记得一篇报道的标题，《苏联裁判偏心，西利瓦斯丢冠》，西利瓦斯本来能获得女子全能的金牌，可是因为裁判原因，最后只获得了银牌，金牌被苏联选手巧取豪夺，我至今还记得西利瓦斯的哭泣。

中国女子体操强项一直是高低杠和平衡木，马燕红就是在 1984 年获得了高低杠的冠军，之后的陆莉、刘璇是平衡木。似乎跳马和自由体操一直是中国的弱项，直到有了程菲跳。中国女子体操的气数在程菲时代终于来临。其实在此之前的起码十年，中国女子体操已经可以了，莫慧兰啊，刘璇啊，都是著名的运动员。

我上午回家稍歇，打开电视，亲眼看到了女子体操的夺冠，听到了那一曲《黄河魂》，就涌起了这些记忆的细节。风云激荡、波澜壮阔，仿佛一曲《黄河魂》。

下午的时候，我去参加一个"十大杰出青年"的演讲，我上台演讲的时候，也一直在想着那一曲《黄河魂》。

2018 年 8 月 13 日
何事惊慌

　　今天到天津市司法局商讨"天津司法行政赋"。天津市司法局要做一个展览馆，有关领导特意嘱咐我来完成这个工作。我受命之后写了好几稿也不满意。我做律师二十年，但法律服务只是司法行政工作的一部分，对于其他方面了解得不多，所以我唯恐写不好。晚上回来再改。

　　然后我就又拿出自己的稿子，我满意我二十年前关于生命的思考。这些年来我也是按照我的"生命在于使用"的理论使用着生命。可是，生命该如何使用呢？我思考着，对这个思考也感到满足。

　　我很满足于我的这种满足的感觉。因为思考也会给人带来烦躁与惊慌，但是我没有这样的感觉，此刻我不算太惊慌。

　　但我毕竟还是有点惊慌的。这几年进入 40 岁这个阶段之后，就自觉地把自己划入到中年人的行列了。我对于年龄一天比一天敏感了，而进入 2018 年以后，我常常会想，我已经 43 岁了！我还是惊慌了，这样想着，我可能会在午夜梦醒时分坐起来，会在白日工作时停下来，生命已经过半，基本一事无成。我不知道我惊慌什么呢，是怕死吗？还是悔恨自己没有做成什么事。如果我能知道自己为了什么而惊慌，也许我就不惊慌了。

　　有人说，就算 80 岁再获得成功也不算晚。所谓世俗里的成功，其实谁都想早一点儿。就像坐在考场里的考生，看到别人都交上了满意的答卷，内心也总是焦急。80 还是晚了，在生命即将接近尽头的时候获得想要的成功，所谓不晚，说的不是此生，其实就是说身后的声名也是很重要的。然而身后的声名比在世时的获得感更重要吗？也可能在那个时候已经不重要了。当然，80 岁也总是得到了，得到好像就比得不到强。如上不是胡思乱想，只是一个中年人的无端焦虑。

　　这些年有个说法，比如奥巴马 50 岁已经卸任，而特朗普 70 才上任，说这叫作人生在各自不同的时区，实际上这是对于成功的评判标准的问题。因为特朗普此前是一个很成功的商人，成功的商人也是成功，如果说当上总统才是成功而成功的商人不算，那就不会有什么"时区论"。

　　前一段时间我跟一位中年人讨论过焦虑的原因，除了所谓"成功"，也谈了死亡的话题。我问他每天焦虑是不是因为这个年纪已经越来越接近死亡，所谓

"感世伤生"，他认真地想了想，说，其实死亡一旦来临也就不害怕了，而现在确实是惶恐不安的。

我这个年纪，好像对什么都提不起兴趣了，好像已经失去热爱的能力了，世界好像和我无关，我只是想抓紧完成自己想要完成的事情，是不是能做到不知道，但我准时去工作，准时去焦虑，准时悄悄擦拭内心的油污，让它尽量清亮一点儿。焦虑的中年人在夜半醒来，知道自己的焦虑时间到，知道自己的吃药时间到，知道自己和这个世界紧紧相连，也有很多和自己一样的人看着夜色，有着和自己一样的不解的眼睛。

之四十四

1998 年 8 月 14 日

人生不易

仲达来访，我这个静岑的院落里，他是唯一的来访者。他 1994 年入伍，光荣地成为一名解放军战士。经过艰苦的复习和考试，他刚刚考取了解放军艺术学院文学系，就要到北京求学去了。解放军艺术学院的文学系很有影响，许多军旅作家都是从那里毕业的。在不久的未来，仲达也很可能成为一名著名的作家。他很快就开学了，所以专程来看我。我能想象出他神采飞扬地行走在校园里的样子，想想这些，内心有点冲动，但是很快涟漪平静，心如止水。

我们一起去散步，谈各自情况，也说一说生活上的小事。我说，也就还有十几天你就开学了吧，他点点头，问我，你的考试还有多少天呢，我说，还有五十六天，他说你也一定能行。那时候，我们兄弟肩并肩，我们的前方和身后都是秋天。

在他成为一名军人离开天津以后，我们常常写信，探讨文学技巧和对这个世界的看法。作为一起成长的弟兄，我们相互促进，这是很值得庆幸的事情。此刻我还记得他从军临行前的那个夜晚，那是 1994 年的一个冬夜，我就是那一年开始写小说的。很多事情的发生都不能简单地说是巧合，到了一定的时候，应该发生的事情就会发生了。一个人成年之后，面对这个世界，总要作出他的选择。仲达入伍当兵，考取解放军艺术学院，也算是在一个阶段实现了他的人生理想，而我此刻只是一个复习中的考生，我有点按捺不住的感觉，我想我的考试什么时候才能开始。又想起那个冬夜，仲达第一次穿上略微显得臃肿的军装，那个时候我们第一次知道了很多东西，比如分别，比如远行，比如人生不易。

2008 年 8 月 14 日
看　客

我在天津滨海机场的候机大厅里看着乒乓球的预赛转播，拿出笔记本电脑。

射击运动员杜丽在中午的时候获得了五十米步枪三种姿势的冠军，她战胜的恰恰是在首金争夺战中战胜她的埃蒙斯，我看见了杜丽的微笑，也看见了埃蒙斯的男友马修，马修深情地亲吻着埃蒙斯。一切皆有可能，杜丽是在自己擅长的项目上输了，却在不擅长的项目上赢了。我们都是看客，看客比主人公还要着急，我们自己也有人生的比赛。

体操选手杨威获得了男子体操的全能金牌。四年前，杨威的最后一项也是单杠，他做成就是冠军，结果他掉了下来，最终得了第七名。这次他终于修成正果。

此前的杨威很悲情，他以各种各样的理由被挫折着，比如黑哨、伤病、运气、心魔。国际大赛是第二，就连在国内的全运会，杨威竟然都是得第二。

后来，杨威蝉联了世界锦标赛的冠军，李宁和科罗廖夫他们谁也没有做到，据说已经有八十一年没有人能做到了。千年老二一朝得志，就不可收拾。

但是杨威的心结未了，他想的是获得这枚奥运会的男子全能金牌。在电视上看到了李小双，1996 年他战胜了尼莫夫。今天的屏幕上也看到了尼莫夫，当年往事，两人都应该还记得。2000 年奥运会之前，尼莫夫已经取代了李小双的位置，但是尼莫夫想获得 2000 年男子全能金牌，应该问问杨威是不是答应。于是杨威挑战尼莫夫。大战三百回合，杨威虽败犹荣。李小双胜尼莫夫，尼莫夫胜杨威，都是老胜少，到了 2004 年却变化了，新人胜了老将，已经是老将的杨威从单杠上掉了下来，新人保罗登顶。再后来，杨威再次败给保罗，又败给富田洋之。直到 2006 年的世锦赛，杨威才如愿以偿。而奥运会四年一届，时间到了 2008 年。

杨威是大家的偶像，是多少人的缩影？从 2004 年到 2008 年，杨威的荣誉几乎都是在他的坚持之间获得的。看客们看着杨威看成自己，也想坚持自己的人生。

杨威不是一个没有情趣的人，2000 年悉尼奥运会，中国队男子团体获得金牌，杨威对着镜头大喊"啊——"，豪气干云。而今天杨威在比赛中间一直面无表情，不知道他在比赛中间是不是会想起他的这八年，想得太多当然不好。他成功了，他是不是想了，已经不再重要。杨威获胜之后面部表情开始丰富，他的笑容开始灿烂，胜利者和失败者，就是不一样。开始登机，我的文章也正好写完。

2018 年 8 月 14 日

一个叫作拉不达林的地方

今天在天津仲裁委开庭审理案件，用去一天时间。此刻回到办公室，继续收拾东西时，我发现了压在我的桌上的一张车票。

是 2015 年 7 月 6 日上午 11 点的，一张从拉布达林开往海拉尔的汽车票。

我当然记得我到过呼伦贝尔大草原，到过海拉尔，但是我已经忘记了我还到过一个叫作拉布达林的地方。我无意中找到了这张车票，我这才能记起那次草原之行。

2015 年我到内蒙古参加中国律师协会民事业务委员会的年会，再次到了呼伦贝尔。会议中遇到了很多熟人，包括法律书籍的著名编辑冯雨春女士。会议结束前后，冯老师和另外的两位出版社法律编辑约我一起到草原自驾，我算计了一下，有几天空闲时间，就欣然赴约。于是我们共同租了一辆越野车，愉快地出发了。我还记得去神州租车的取车点取车的时候，交车的是一个老帅哥，三位女士都不禁多看了两眼，然后我们一起哈哈大笑。

我记得绿色的和金色的大草原，我们驱车越过额尔古纳河，看到许多木刻楞。越过草原，还是草原，一路上就是与天相接的连绵的草原。2015 年的那个夏天，我再次到过那片"陈巴虎"的叫作"呼和诺尔"的草原。就是《从呼伦贝尔开始》里，"人生难得一醉"一文中喝酒狂欢、围着篝火跳舞的那片草原。七年过去了，我没有再找到 2008 年的瑰丽梦幻的感觉，我站在那时醉过的那片草原上，白云悠悠，只觉得草原空空荡荡。

拉布达林那个小小车站的记忆，经由那张车票，复苏得逼真。那个夏天很热，小站里慵懒的人和我毫无关联，如果我不找到这张车票，他们可能跟我的关联连这点记忆都没有了。而现在，就连具体的时间都这么清晰，2015 年 7 月 6 日上午 11 点，车开了，我摇摇晃晃，阳光和草原也摇摇晃晃。

此刻，我的办公室连接上拉布达林，还有我在这间办公室里的所有旧时光。其实这本来没有什么关系。

我为什么要到那个叫作拉布达林的小站呢，这里又说到了分别，冯雨春她们有年假，她们还要接着开车前行。而我做律师身不由己，只得中途下车，从拉布达林返回海拉尔再乘飞机回天津。后来，她们三位开车接着往前走。这些年也没有机会和她们再见面。

之四十五

1998 年 8 月 15 日

跑下去的秘诀

又用去了整整一个上午，才把《刑事诉讼法》的有关知识点看了一遍。下午和晚上我就又开始"民法"部分的学习，这是律师资格考试的重点部分，更是要认真对待。

我每天早上有五千多米奔跑，对于意志品格的锻炼，分不清是自己的意志品格坚定，让自己毫不犹豫地起床奔跑，还是自己不停地奔跑锻炼了意志。我沿着那条乡村公路，向南，一直跑下去。几乎每天，都能看见美丽的早霞。

有时我跑着看见沿途的风景，更多的时候，我忽略了风景，甚至忽略了奔跑的健身意义，忽略了自己的存在，我只知道向前，我跑着，告诫自己不能停下来。我也知道，跑步谁都会，但是坚持下来很难，要不停地跑，不能停。跑下去的秘诀就是跑下去。

但每每回到书房读书，想起早晨的奔跑，我都觉得不真实。如果奔跑和健康无关、和成功无关，那么是不是要跑下去呢？于是我就感到有点恐惧和彷徨，所谓的奋斗，好像也没有什么意思。好像人生到头来也就是一场空，又何必做个苦行僧。与其在这里苦读，不如坦然地去看看湖光山色。好的年华一分一秒地流逝，留不住，真的不知如何是好，怎样也都是留不住。

我还是又拿起书本，惶惑可能谁都会有，可是还得坚定而勇敢地生活。人有什么样的生活，还是因为你想要，想要，可能就会有。跑下去，读下去，这是一样的道理。

2008 年 8 月 15 日

不同的人生

"我和你心连心，共住地球村"……

既然都在一个地球村，所以在哪里都能看奥运。我在深圳参加一个会议，忙里偷闲，做完了一个发言，就悄悄地溜回宾馆，看奥运会。

服务员送来了今天的深圳《晶报》。特 16—17 版是一组照片，所配的文字是"乐翻了""爽呆了""棒极了""笑歪了""酷毙了"，其中有一张照片是福原爱的笑脸，日本队获胜后她的教练紧紧拍着她的脸，是不是会"捏疼了"？

在深圳的街头，听到的也是人们对奥运会的议论，和天津一样。人们还在遗憾昨天晚上谭雪为什么不出剑，包盈盈为什么那么软，击剑队的悲情还在继续。昨天晚上在宾馆电视上却看到了谭雪她们被邀请到央视，我只看见了谭雪她们的笑语，没有看见比赛的惨烈。还好，谭雪等几个人仪态大方，已经忘记了刚刚的失利。忘掉了好，在生活中忘掉，在训练中想起，再等四年吧。还听见人们议论杜丽，在主项上失掉金牌，在附项上又拿回来，真的和人生一样。我一时想不起一个更合适的例子，记得在一次相声大赛里天津籍相声演员赵伟洲获得了"捧哏一等奖"，其实他是一个"逗哏"了四十年的演员，仔细地品咂这样的错位，有点儿意思。

也还听到了人们在说刘子歌和张娟娟，刘子歌是个好听的名字，据说她爱看《道德经》，张娟娟打破韩国神话，让人想起"后羿射日"！

曹磊又得一枚金牌，二十三枚，我预测的金牌数已经完成了一半儿。我记得2004 年雅典奥运会之后，我的预测成真，我很认真地和我的一位同事讲，我说北京奥运会的时候，中国有东道主之利，有可能金牌数超过美国，将能达到五十枚。那位同事惊呼我疯了，他不屑一顾的样子像个可爱的小动物，听说他去珠海发展了，声犹在耳，往事去矣。

一会儿佟文将要上场。我自己住一个房间，我订了方便面，我舍不得出去吃饭耽误时间。这是我的一个完整的奥运下午，我工作这么忙，我从来不可能自己这么安静地做我喜欢的事。

我在会场的朋友给我发短信说你不去开会，躲起来看奥运，你这么热爱比赛吗？我看的是比赛，关注的其实是不同的人生。

2018 年 8 月 15 日
开始和结束，都没想到

十年前的今天我在深圳参加一个和房地产相关的法律论坛，我记得在会场遇到了我后来有将近十年的合作伙伴马弘律师。只不过那时我们还都不知道我们将在一年多以后开始谈合作。而现在，我们的合作就要告一段落，这当然也是我之前没有想到过的。开始和结束，我都没有想到，马弘也不会想到。

十年前的今天，我还在写作《奥运杂记》。当天的比赛中，天津籍著名运动员佟文在女子重量级柔道比赛中，漂亮地一本制胜。我当时也不会知道，我和赛场的佟文还有场外的吴卫凤教练，都会成为很好的朋友。我记得佟文一直是落后的，她是抓住了最后的机会，反败为胜。还记得赛后吴教练有把握地说，哪怕有最后一秒也够了。佟文和我后来在不同的几个组织和场合有很多交集，吴卫凤教练后来成为天津市体育局副局级巡视员，从"吴指"变成了"吴局"，我们都是天津市政协第十三届委员，开会时在一个组。在去年天津全运会开幕前夕，我还带队与天津市和平区的其他律师代表，到吴卫凤的训练基地去慰问，佟文也在场，佟文早已经是妥妥的大姐大形象，带领小队员训练。而她们的训练基地在哪里呢？天津市体育局的那个基地就叫作"付村"训练基地，就在拥有一棵槐荫树的付村，但是我想我的朋友吴卫凤或者佟文都可能不知道这个关于槐荫树的传说，她们也不知道，二十年前，我就是在离付村这里不远的地方读书。她们也不会知道，2008 年北京奥运会的时候，我只是她们的忠实的粉丝。

今天下午，著名剑客王敬之来我这里咨询了一个法律问题。王敬之和我文章里提到的谭雪是两口子，金童玉女。我们是很好的朋友。王敬之身高两米，他从塘沽来到市区，我们就在我还没有收拾好的办公室里说话。屋子是黑的，没有开灯，我们像在时光隧道里，敬之坐在那里就像是一座小山。一个人这一生会见到谁、认识谁，怎样开始和结束，都不知道。

之四十六

读和写的关系

关于读和写的关系，在每一个人的学生时代，我们的不同的老师已经不知道说了多少遍了。只有勤动笔才是一个好的学生，要做读书笔记，记录下学习的心得和疑问，并且尽量能解决这些疑问，否则只是水过地皮湿。确实有很多人读过的书好像还是崭新的一样，书怎样读，效果大不一样。

当然，动笔和写文章，还不完全是一回事。在书的空白处写下自己的批注和见解、感悟，用粗笔和彩笔勾画出所谓的重点和自己认为精彩的章节，做出记号，这就叫"动笔"。而根据读书的情况写读后感、读书笔记或者专门另起炉灶写文章，这就是"写作"了。

动笔的另外一个方案是"抄"。是"抄写"的"抄"，而不是"抄袭"的"抄"。经过这个轮次的整理和归纳，所有我认为是重点的法律条款我都抄写了一遍，边抄边背诵，真是大有裨益。许多零星的学习体会也都汇总在一起了。仅仅是因为下了这个笨功夫，我觉得我的水平有所精进。

而在时间分配上，有的人读书用的时间多，而有的人写作用的时间多。这也看读书和写作的用途。因为，很多人的读书就是为了考试，也有很多人的读书是为了愉悦身心或者消遣时光。而有的人，读是为了写而服务的。读了大量的书，就是为了让自己能写出不朽的文章。有的人甚至说，哪有时间读书呀，所有的业余时间都用来写作了。支持的人说，与其去读别人的书，让别人的思想占据自己的大脑，还不如自己思考，自己凭着自己的生命体验去写。而反对的人会说，先贤的经典都没有读过几本，怎么可能写出什么可读的东西来呢！

我已经把我的两张书桌并在一起。没有了两张桌子间的那条时光河，于是书的两座小山也会合在一起。俗话说，两座山不能走到一起，两个人总是能遇到的。但理论上山是可以搬到一起的，哪怕山再大也可以，子子孙孙无穷尽，但是人心难测，人和人还真的不一定能走到一起。

我坐下来，山被我搬来搬去好几个回合，搬山的感觉很好，那是一种踏实的成就感，也是一段时光，生命就是一束光芒照耀。

2008 年 8 月 16 日
时光流转

我写下"时光流转"这个词是在深圳宝安机场，写下这个词的时候我同时想起了两个人。

第一个人是我的老朋友，中午的时候他设宴为我和庞标践行。我们已经八年不见，原来他早已经来深圳发展，临别的时候我对他说，常联系。但是我还对他说，也可能再次见面，又是十年八年以后。

第二个人是柳金。

深圳的天气很热，但是我仍然从空气里嗅出了一丝秋天的味道。又是一个夏天过去了。奥运会激战正酣，但是也又要过去了。奥运会过去之后，秋天就真正地来临了。2008 年北京奥运会，曾经多么遥远，现在又如此亲近，而终将，又会变得遥远！盘算着能获得多少金牌已经变得没有什么意义，我想该盘算能留下多少记忆。

这次的女子体操全能金牌的获得者就是柳金。我还提到过苏联体操男队名将柳金，柳金是和李宁、科罗廖夫同时代的人物。1988 年，苏联人柳金获得了汉城奥运会体操比赛的两枚金牌，然后他和妻子在 1992 年的时候移民美国。1984 年的时候李宁风光无限，在苏联人没有参赛的情况下，李宁虽然拿到了三枚金牌，但是却没有拿下分量最重的团体和全能金牌。1988 年，李宁和柳金都来到了汉城。李宁悲情失败，柳金终于等来了属于自己的机会。

1992 年，柳金夫妇去美国的时候，还带着一个美丽的姑娘，这个姑娘就是如今贵为女子全能冠军的柳金。从 1988 年算起，二十年过去了，时光流转，又一个奥运冠军诞生，她的名字是柳金。

在 8 月 8 日晚上收看奥运会开幕式的大约两个月之前，我在一本杂志封面上看到了李宁几乎没有了头发，一个英俊小生，已经是一个老态的中年人了。时光流转，一代人。

柳金的女儿柳金已经在奥运会上成功了，柳金和李宁之类的人物，当然就会老了。而我，这个从1984年看着李宁英姿的少年，如今也有几分暮气。早上时候，我同屋的广西律师伤感地说，你看，我又掉了不少头发。我看见他像一个女人一样地照着镜子，我从他几乎秃顶的样子里，看到了他当年的青春面孔。

赛场上的柳金梦幻一样地美丽。也有人说柳金并不美，像个女巫。

还有佟文。这个大级别的项目，中国队是从1992年的庄晓岩开始获得冠军。1996年是孙福明，2000年是袁华。2004年雅典又是孙福明来的，但是那次孙福明却失利了。2008年是佟文，距离比赛结束还有十几秒的时候，落后的佟文漂亮地一本！这是最精彩和好看的比赛，其实人们都爱看大逆转。恍惚间，冠军已经从庄晓岩换成了正当年的佟文。

此刻我坐在深圳飞往天津的飞机上了。比赛正在激烈地进行，中午时候张宁胜了谢杏芳。张宁曾经是个平凡的运动员，29岁才登顶，没想到33岁还能蝉联冠军，这样的伟业似乎应该由李玲蔚那样的天才完成才对，张宁却完成了。有人一鸣惊人，有人千年老二，有人磨砺终成，人生与人生，绝不是完全一样。人家能完成的，你不一定也能完成，你完成的，别人也有可能不可企及。比如这次已经完成八枚金牌的举重队，中国的举重强了很多年了，直到今天才有如此成就，赛艇队刚刚冲击失利又有什么可以着急，每个人的成功又有什么着急。

转眼间，中国已经成为了头号体育大国，起码在狭义的竞技体育金牌榜上是这样。当年形单影只的刘长春或者二十四年之前的许海峰，是想不到现在这样的情况的。

而帝国斜阳下的俄罗斯人，有没有和我一样从体育比赛透视人生的人，有没有和我一样敏感又记忆力好的人？当年的举国体制下的苏联何其强大，1984年的洛杉矶，在苏联不参赛的情况下，孤单的美国人没有对手，我记得在观看比赛时候的美国国歌，一次次地奏响，没有对手是多么地可怕。但是四年之后的1988年，美国和苏联在汉城重逢，一经碰撞，强者仍然是苏联。

1992年来巴塞罗那参赛的是原苏联加盟国家组成的"独联体"，尽管这样，临时组成的独联体仍然以四十二枚金牌稳坐第一的宝座。那时候中国已经悄然复苏，金牌升至十六枚，和俄国相比，仍有不小的差距。

美国首次战胜俄罗斯当然是1996年的事情，美国挟东道主之利战胜了首次独立参赛的俄罗斯。而这个时候德国也开始没落了。

德国曾经也是一个体育强国，强到曾经可以和俄美比肩。甚至有人认为，德国将超过俄美，坐上第一的宝座。1984 年的时候，苏联抵制美国奥运会，还曾经创设了一个叫作"友好运动会"的比赛，德国的成绩曾经一度较为领先。德国当时是分为"东德"和"西德"的，东德就是民主德国，而西德就是联邦德国。1984 年的时候，东德和苏联一样选择了抵制，西德获得了十六枚金牌，排名第三，第一名当然是美国。可见，西德也是一个体育强国，但是给人们的印象，西德更强的是足球，而东德是综合体育强国。有一件事情很奇怪，拆掉了柏林墙，两个国家重新合在一起，德国的体育却每况愈下。我记得 1996 年的雅典，德国是在第六天才获得了首枚金牌，当然他们最终获得了二十枚金牌，仍然是第三位。当时中国已经接近德国了。果然在 2000 年的悉尼奥运会上，中国首次超过了德国，金牌总数位列第三。

2004 年的雅典，中国终于超过了俄罗斯也逼近了美国。国人们恍然大悟，原来中国距离第一位已经这么近了。

时光流转，2008 年，在整个比赛还没有结束的情况下，中国的金牌暂时位列第一。

美国的后劲十足，俄罗斯也还会发力，比赛将近一半时间，"三国"的竞争还没有真正开始，俄罗斯上届比赛就比较慢热，这届慢得让人觉得伤心。突然发现自己的强大，发现对手越来越弱小，有的不仅仅是快乐，而且有很多伤感。剑客与剑客，总是惺惺相惜。

飞机就要起飞，从深圳回天津，等着很多赛事的消息。

2018 年 8 月 16 日
想起小邱

十年前的今天，我在深圳。中午时在论坛上遇到的邱全峰律师宴请我和庞标，他乡遇老乡，难免要喝上一杯。

人一生所遇到的人，形形色色，有一面之缘，有生死之交。于我来说，庞标就是这样的经常出现的人，这次在深圳，又是不期而遇。而这位邱全峰律师，哪怕就是这次深圳一遇，也该是个有缘之人。算一算，他乡遇故知的事，遇到过几次？又和多少人能在异乡，很小范围地喝酒聊天。

记得当时大家都叫他小邱，因为当时他年轻，也是因为还有一位邱姓律师被叫作"大邱"。席间攀谈中细算一下，和小邱上次见面是在 2000 年北京的京西宾馆，律师千年大会。那次会议是中国律师的重要会议，天津律师团的合影里，不少律师现在都不再活跃，甚至已经归隐了。那次会议天津律师合影里独缺两人，就是我和庞标。庞标起晚了，我等他，就都没有去。记得在那次会议上，小邱很是活跃。这样算起来，2008 年再遇小邱的时候，已经有八年不见。那之后天津律师小邱到深圳来发展，就长期住在深圳了，见不到也就是很正常的事情。三位天津老乡临别时还一起拍了合影，那时互传照片还要用电子邮箱，小邱发来的合影我现在还留着。临别时和小邱相互说，要常联系呀，没想到一晃就又是十年过去，不知道庞标和小邱还有没有联系，庞标还是经常见，小邱没有见到过。

今天的生活略记一笔，天津青年企业家协会的工作会议在我的办公室茂业大厦召开，我的办公室还没有完全收拾好，但这不影响开会。我还步行走过海河大沽桥，到吉贤律师事务所参观，从她们所在的办公室里，能看见我的办公室，我们所在的写字楼都是天津的地标建筑，楼很高，能看见天高路远，海河水流。

之四十七

1998 年 8 月 17 日

一棵槐荫树

今天晨练结束之后，我看时间也早，天气不错，我骑上自行车，直接向南河镇的付村而去。南河镇的前身是永红乡，再往前说是付村乡。"乡"这个行政概念之前是"公社"，这里曾经叫作"付村公社"。付村公社的所在地就在付村。这个村庄距离目前的南河镇政府也就是几公里的路途，骑自行车十分钟多一点的时间。我拿出早上的一点时间来付村，当然不是为了看这个村庄，而是要来看一棵树。

就是传说中的那棵槐荫树。就是给董永和七仙女做媒人的那棵槐荫树。

对于这件事，过去我不得其详，现在也觉得不好确定。在我的印象里，董永是山东人，董永和七仙女的故事，和付村有什么关系呢？付村实际上是"傅村"的简化写法，而"傅村"过去是叫作"傅家村"的，这就和黄梅戏《天仙配》的唱词对上了。《天仙配》拍成了电影，我记得很早的时候，我看过这个戏曲电影。有一句唱词好像是"卖身葬父傅家村"一类，电影里出现了"傅家村"的影像，也当然有那棵槐荫树。是个黑白电影，村庄的形象，槐荫树开口讲话的情景我都记得。

据说这棵槐荫树所在的"傅家村"，就是我附近的这个付村，我听说过这个传说，可是这些年来我一点儿也不知道这棵树到底在付村的哪个位置。我向生活在付村的人打听过，他们也说不太清楚。我隐隐约约还记得过去听说过这里有"傅老打鱼"的故事，但是故事的内容只是记得"傅老"是一位很有威望的打鱼老人，好像村庄或者古河道的哪个位置是他拴船的地方，有一片草至今是红色的，红色的草远远看起来像是血迹一样。而他用来拴船的那个木头橛子后来长成了一棵大树。这些民间传说好像多少有点根据，但是现在看来也毫无依据。那个木头橛子就是后来的槐荫树吗？这应该就是我的想象了。

我骑上自行车很快就到了付村，但是我问了好几个人关于大槐树的事情，大家不知道。而且他们看我这个样子，不像一个搞研究的学者，骑个自行车就来了，问这个干什么呢。我自己也在想，问这个干什么呢，就干脆不问了，自己沿着这个村庄的路见弯拐弯，村庄很安静，红砖瓦房一排排的，不算太规整，错落有致。我看见有一户人家的院子里有一棵比较粗的树，也长得高，但我从来没有见过槐荫树是个什么样子，也不知道我看见的是不是所谓的槐荫树。天气热了起来，我想着我的复习，有点心急火燎的，槐荫树，这样的传说跟我有什么关系，就又骑上自行车，回到我的书房，继续我的复习生活。边骑边想，这些事情，以后有时间再说吧。

2008 年 8 月 17 日
我最在意的是那个吻

中国军团今天收获了八枚金牌之后，我到楼下去散步，意大利风情区的初秋夜晚水样沁凉，而我触摸着秋意，感到人生里的冷暖与硬度。

郭晶晶和林丹也都获得了金牌，他们都礼貌得体，媒体对他们的很多批评可能不是本来样子。我记得前两天有记者问郭晶晶，你觉得自己伟大吗？郭晶晶说我们就是小孩，有什么伟大。而林丹今天的表现也彬彬有礼。

今天最想说的其实却是一个叫邱健的人获得的射击金牌，还有这枚金牌背后的故事。

2004 年雅典奥运会，贾占波以匪夷所思的方式获得了一枚射击金牌。因为美国人马修·埃蒙斯，在领先三环多的大好形势之下，把自己的最后一枚子弹射到了别人的靶子上。我当时就想，马修·埃蒙斯下一届可能就会退役了，他和我们的生活本来就不相关。

在 8 月 9 日的北京奥运会的首枚金牌争夺战中，我看见了杜丽的失利和哭泣，也看到了一个捷克女选手的成功，首枚金牌被她夺走。这位女选手胜利之后，有一位帅气的男人来祝贺，礼物是温情和热吻，这个男人就是马修·埃蒙斯，就是四年前最后一枪打在别人靶子上而把金牌送给贾占波的那个马修·埃蒙斯。他又来了。

而他的身份除了仍然是美国射击队的选手，他还是捷克女选手的丈夫。

四年前马修·埃蒙斯错失金牌的时候，女主人公过来安慰他，成就了他丢了金牌却获得爱情的美好故事。爱情的力量让他很快平复了波澜起伏的心，并且又鼓起巨大的勇气，直到四年之后，他从雅典又来到了北京。当 8 月 9 日女主人公成功的时候，我看见他们的吻那样地热烈而绵长。

8 月 9 日之后的 8 月 14 日，杜丽丢了首金，又奇迹般地在五十米步枪三种姿势中获得了金牌，银牌得主就是女主人公。女主人公获得首金之后，她曾经说要把鲜花献给杜丽。没想到今天过后，杜丽是冠军，她又成了亚军。那一天我又在电视上看到了埃蒙斯夫妇的热吻。吻得还是那么深情绵长，吻得让人嫉妒。

据说当女主人公获得了首金他们热吻的时候，男主人公对女主人公说，这下我们的房子有了，等着过些天我再为你获得一所新房子。他是为了新房子而来，为了爱情而来，为了四年前错失的金牌而来。他确实是个射击的奇才，他以预赛第二名的成绩进入决赛，决赛的一枪过后，他就开始领先。他打得稳定而沉着，他一路领先，和四年前一模一样，他枪枪致命，直指靶心，别人已经无路可退，他的沉着把别人胜利的雄心全都击碎了。

看上去别人没有任何翻盘的希望。看上去很美。

一切似乎和四年前无二，只是中国队的选手从贾占波换成了邱健。和他比起来，中国队员似乎有些平庸，和最后的神奇比起来，一切都显得神奇又俗套。最不可思议的事情是预料到的事情，体育解说员也在讲，难道马修·埃蒙斯还会把最后一枪打飞吗？不会，大家都觉得不会。在电视机前，我也有着这样的假想，埃蒙斯会把最后一枪又打飞了？但是我又觉得这怎么可能，那是离奇的笑谈。似乎我们预料到了最后的结果，但我们是瞎说，一点儿把握也没有，最后的结果真的是这样，料到的事情最终发生，不敢相信这是真的。最后的神奇其实是平庸，我们甚至已经猜到了，这才把最平庸的变成了最神奇，而一切和这个神奇相比，只能是更平庸。

我在电视机前听到了比赛场馆的嘈杂的声音，尖叫，掌声，笑声还有嘘声。邱健似乎有些不好意思，其实最后一枪他打得很好，反超乌克兰选手零点一环。解说员的声音也惊诧而夸张，我也不觉惊呼起来，这时候电视画面上看见了女主人公。女主人公的眼睛已经瞪成了鸭蛋，她也不敢相信这是真的。看起来女主人公是在为某家电视台做解说呢，前面她心情很好，我相信她一定陶醉在喜悦中，这次奥运会他们夫妇每人获得了一枚金牌，好像比赛结果已经毫无悬念。但是女主人公错愕地瞪大眼睛的时候，我们不知道她都说了些什么。

最后一枪，埃蒙斯的成绩是四点四环，这大约是一个业余体校的成绩，和上届奥运会把枪打到别人的靶位上具有异曲同工的离奇。

四年前我就担心马修·埃蒙斯能不能承受。当四年后的今天，他再次在最后的一枪错愕的时候，解说员说，上届比赛他因祸得福，那么这次他能收获什么呢？谁也不知道。同样的马修·埃蒙斯，同样的最后一枪，同样的领先三环，同样的打飞，同样的把金牌拱手给了中国人。只不过，不同的是，这次看台上有他的爱人。他的爱人是本届奥运会首金的获得者。

马修·埃蒙斯看见了自己的最后一环的成绩之后，也是很懊恼，很多人过来和他拥抱。最后，我看见女主人公走了过来，那是他的爱人。隔着看台和赛场的栏杆，他的爱人捧住了他的脸，和他倾心交谈，然后又是深长的吻。吻得让人想哭。

好在，马修·埃蒙斯还有这个吻。

最后一枪，他一定是想得太多了，也许没有妻子和爱情，他能心定得更多，他能好好地打枪，有了爱人，有了新房子的打算，他想得太多了。

上届比赛他丢了金牌，获得了爱情，这次呢，他还是丢了金牌，还是收获了爱情。更多的收获，也许是关于人生。

2018 年 8 月 17 日
和关心伟有关

今天晚上，和薛浩一起与一个要加盟的大律师畅谈。而在我们等待这位律师的时候，我和薛浩提起了关心伟。

我说薛浩呀，前些日子在太原见到的你那位同学，他叫什么名字，实际上我早就忘了，那天我们在酒吧里聊天的时候，我就在努力地想，但我其实一直也没有想起来，薛浩笑说，您想不起来也是正常的，毕竟十六年不见了。

关心伟在太原的时候感谢我，说当年我给他办了一件事，是什么事情呢，我给他代理了一起诉讼吗？

薛浩看我有一点困惑，就给我讲述起来。下面是薛浩的话。

我们的那个宿舍，一共有四个舍友，包括我和关心伟，还有一位叫徐冠宇，另外一位叫姜明坚。

（薛浩刚刚开了个头，我就插话了。我说，一个宿舍的几个舍友，十六年来会有什么变化，把你们共同和分别的故事直接记录下来，就是很好的非虚构文学作品，薛浩点点头表示同意。很多人可能会有记录的想法，只有作家才有记录的行动，作家并不是有文学的才华，作家只是有写下来的愿望和执行力，作家如果不把想写下来的东西写下来，那他会感到痛苦，而其他人可能不会。）

您并没有给关心伟代理案件，但您给我们讲过好几次课。有两次是您专门讲给我们四个人的，也有几次是您在律师事务所给全体律师或者客户讲课的时候邀请我们一起参加。我还记得有一次讲座，高玉芳主任也在场，您提起了律师的仪表问题，还提了一位男律师，原先是个很朴素的人，现在总爱打扮自己，头上经常打"啫喱膏"，因为这个词语很像天津话"褶列"，高律师哈哈大笑，徐冠宇是天津人，听得懂其中的意思，也跟着一起笑（褶列就是乖张、不顺从、爱挑事的意思）。

我的这几位同学都非常了解您，那时候我们住在一个宿舍，晚上的时候常常一起听收音机，电波里经常有您参与的法制节目，这是我们了解您的渠道，所以当时我们几个人到律师所去听您的讲座，很是有点去见偶像的意思。您知道吗，徐冠宇现在金杜律师事务所，做海外投资法律服务，他常驻澳大利亚，现在是很牛的涉外律师了。

关心伟也不错，这些年他也不容易，以前他家庭条件很好，他的父亲当年是临汾市的一位领导，但这些年关心伟一直靠的是自己的奋斗，他做过保险公司的高管，现在自主创业，有一家规模很可以的家具厂……

关心伟有几年非常难呀，他上学的时候家里忽然有了变故，这就是我陪着他一起到办公室专门找您的原因。

……

是吗，我真的一点儿也记不起来了，我问薛浩，到底是个什么变故，我又给了什么帮助呢？

薛浩说，关心伟的父亲在山西出车祸不幸去世了。您曾经帮助咨询出主意。法律问题的一个方面是交通事故，另外一个方面是关心伟的父亲的不幸去世是不是算工伤呢？您指出了一个细节，可能对他们没有什么实质上的帮助，但是至少他们因此释然了。时间长了，我也多少有点记不清楚，应该是工作单位在认定工伤的时候有点犹豫，您给查了很多法律规定。出车祸的时候，关心伟的母亲也在车上，您先是说，既然是心伟的母亲在车上，那估计是去办私事，怎么能认定工伤呢。您的这个说法让关心伟反而释然，就不想争了，但您又帮助给出了主意，母亲在车上，也不绝对就因此不能认为是工伤……

薛浩说的关心伟或者徐冠宇，都是曾经和我有过交集的人，他们的后来的经历我都是完全不知道的。在相互的人生里，可以说都是过客，如果不是前些天的太原之行，或者我永远也不会想起他们，他们也不会想起我。如果不是我和薛浩一起在这里等人，他得以跟我说了出来，这些往事我也都忘了。每个人都会有很多个这样的瞬间会很难忘，再过十六年我可能也不会再见到他，可能，今生我就不会再见到他了。但是我记录我自己生命里或者是说这个世界上曾经发生的一件小事，这是我对生命流逝的抵御，也是我对这个世界和许多个生命的尊重。

一天中我开合伙人会布置工作，去茂业大厦正式签约，去司法局沟通交流工作。今天要为赵丽隐律师写下一笔，是因为她的当场加盟。赵丽隐律师，南开法学法律硕士，一位80后女律师。她刚刚转到我的这家律师事务所做律师，在我们开合伙人会议的间隙，赵律师来谈关于合作的若干细节，见我们在开合伙人会，她问高玉芳，合伙人要什么条件，我是不是可以做你们的合伙人。赵律师我们是了解的，她业务精干，谦和有礼，这样的好伙伴要加盟，那简直是求之不得，我们一拍即合，当场成交。感谢信任，被信任、被选择，其实也都是不容易的事。

之四十八

1998 年 8 月 18 日

和我无关的案件

小镇的夜晚，有远处的狗叫声传来，天空上没有月亮，也没有星星。除了零星间断的狗叫，还有蛐蛐持续的叫声。

我每天在这里读书，这个世界却不因为我而停歇……

这两天看看报纸听听新闻，这边中国的海灯法师名誉权案件终审宣判了，那边美国总统克林顿承认了和实习生莱温斯基的不正当关系……

海灯法师的故事，在我们的少年时代，就好像是很神。我记得海灯法师出现在春节晚会时的情景，那么一个干瘦的老人，很不起眼，不过这才符合神话一样的武林传说。我还记得他的事迹拍成了电视剧，我聚精会神地坐在电视机前等着收看，看着看着，就不喜欢看了。海灯法师俗名叫范无病，电视剧里范无病写了一首诗，我只记得其中的一句是"唯命唯天是我宗，神鹰背上听秋风"。在涉诉的新闻报道里，海灯法师要求别人给自己写一幅"功深面壁，绝技惊天"的字，对方说不懂得这是什么意思，让海灯法师自己去写，对方给落款。很多事究竟是怎么回事，也说不清楚，当时本来就是传说，后来当然更是传说了。而克林顿和莱温斯基的事，他为什么承认了，有点让人惊讶，如果没有，他为什么要承认，如果有，他一定要承认吗？那看来，就是有吧。

这些好像都跟我无关，写进来了，看来还是跟我有关系。我关心的不是乱七八糟的花边新闻，而是案件报道。克林顿承认了，这是美国总统的一次桃色事件，这是个事件不是一个案件。而海灯法师案件，是一个足以留下来的名誉权案件，很多年以后这个案件也会被人提起。当然海灯到底有没有那么高的武功，海灯究竟做了什么能获得那么大的名声，这也是一个不解的事件，很多事情，谁能说得清楚呢，这样看来，这些又都和我无关。

2008 年 8 月 18 日
一切皆有可能

如果没有传奇，干什么还要看比赛，如果一切都是既定的，那么人生还有什么意思，戏剧叫作悬念，人生呢，叫作命运。

收看比赛的时候，还经常要收看广告。其中有一条广告是这样的，先是有文字：谁说田径赛场上不能成为焦点？然后看见背景是跨栏，最后打出几个大一些的字：一切皆有可能。

一切皆有可能，这是一个很好的企业理念，也是很好的一句广告词，而且这已经成为了一条新成语。国人耳熟能详，并且能体会个中含义。

但是当那些无法预料的可能发生的时候，还是觉得，这，怎么可能呢？比如昨天的马修·埃蒙斯。在接受采访的时候，马修·埃蒙斯说，也许故事还没有结束。马修·埃蒙斯还很年轻，2012 年的伦敦奥运会他还会去参加，故事要等到那个时候才能继续延展。比如，他再次把枪打飞，比如他获得了金牌，而且是和妻子双双获得，再比如，他连决赛也没有进入，一切皆有可能，要慢慢地等着结局。

而今天发生的事情对于中国人来说，更加让人不好接受，因为主角是很多中国人心目中的英雄，他的名字叫刘翔。他的名字在今天的故事发生之后，已经被很多网民擅自修改为"刘降"，这其实侵犯了一个人的姓名权。

很多人都已经在等待 8 月 21 日晚上的一百一十米跨栏的决赛，期待着刘翔能再次获得冠军。为什么偏巧又出现了一个叫罗伯斯的人物呢，打破了刘翔的世界纪录，最近一直很强势。对于 21 日晚上的决战，都想看到刘翔和罗伯斯的精彩对决。一切皆有可能，但对决不可能了。大多数人在猜度，刘翔今天的退出比赛，和罗伯斯有关。

大家都想尽早知道刘翔以什么样的预赛成绩进入下一轮比赛。但是一家门户网站上很快跳出一行字，"刘翔因伤退出比赛"，那一时刻我听见了很多人的惊呼和遗憾，还有人不友好地说，懦夫。

然后在网上看见了刘翔在比赛中的表现和之前热身的表现，看见了刘翔自己走出比赛场馆，后来还听说刘翔回上海了，迅速组织的新闻发布会，那个叫孙海平的教练痛哭着说，刘翔一直在玩命。还看见了有人叫他"刘退退"或者"刘跑跑"。大多数人都认为刘翔是临阵脱逃，还进行了种种分析。有人说刘翔是在表演，觉得受到了愚弄，起码比赛门票是白买了。更有甚者还提到了刘翔广告太多娱乐活动太多，还分析他故意表演的原因，是明知要输掉比赛而装伤效果更好，还是去输了效果更好。退赛起码没有输掉，请注意不是输掉而是因伤退出。大家都提到了马拉松的最后一名往往更受人尊敬，提到"我最坚强的肌肉是我的心"这句名言，提到了即使膝盖粉碎性骨折还上场的女子速滑选手叶乔波。

一个烂俗的大片正在上演，主角由马修·埃蒙斯变成了刘翔。有人说，刘翔在什么地方养伤呢？其实脚受了伤并不影响参加新闻发布会，刘翔亲自在会上哭泣，不是更能打动人心吗？作为一个教练，孙海平越位了。刘翔很能跑，也很能说，参与的表演一向都很成功。本来他受伤了，却被人们认为又是一次商业表演，这有些不公平。直到现在人们还在议论，为什么早不伤晚不伤，偏偏在这个时候受伤。是新伤？不对呀，他没有跑；是老伤，也不对啊，不是说他训练一直很好吗，刚刚跑出了十二秒九十八的成绩。况且是老伤，那更不该伤着来参赛。刘翔到底是怎么受伤的，伤在哪里，为什么退出？为什么单单这时退出？一切皆有可能。

2018 年 8 月 18 日
散伙饭

1998 年 8 月 18 日我还在乡村小镇的简陋环境里复习，还能听见狗叫，想起来有点原始。其实现在我也能听见狗叫，城市里很多人家在养狗，城市和乡村的界限变得模糊和颠倒。

2008 年奥运会上刘翔退出的时候，人们也不会知道，故事往后再推四年，伦敦奥运会上，刘翔再次来参赛并且再次退出……

而今天值得记述的事，是一顿散伙饭。

轮到吃散伙饭的时候了，面对这样的场面，有些悲伤。我要离开原先的律师事务所而重新创办律师事务所了，不是所有的人都能和我永远在一起。但是我们毕竟曾经在一起。

在海河畔的青年餐厅，我们一起吃饭，当然可以算是闷闷不乐。而世间事有意思之处就在于此，既然大家都心情不佳，这顿饭又何必去吃呢？有开头总该有个结束，而每一个人不论怎样选择，总有离别的情意要表达，哪怕不表达，就相互地坐在一起，也是一种温暖。生命里，不是所有的人都会永远在一起。人和人会疏远，其实就连人和衣服都会，打开衣柜选择自己喜欢的衣服的时候，也总会忽然发现有一件或者几件衣服，过去自己曾经非常喜欢穿，不知道为什么，就不怎么穿了。不能在一起，肯定也有双方面的原因，谁都有权选择，人走近走远，可能有个过程，也可能就是一闪念，就有了一个自己的判断，这样或者是那样，想怎么样就怎么样。

我记得我从青年餐厅出来时内心的伤感，我走到解放桥上，看着蓝天湛湛，海河流水，不舍昼夜，逝者如斯。

我就走过桥，向着我的办公室走去。新办公室位于天津市河北区海河东路78号茂业大厦17层，就在天津著名的解放桥头，世纪钟旁边。吃了散伙饭，还要有新开始。为了表示我们的信心，今天合伙人集体到新办公室做卫生。在我们进入之前，这个办公室已经进行了装修，只需要再对部分区域进行装修改造就可以了，很快我们就可以在新办公室里工作了。

之四十九

1998 年 8 月 19 日

走不出村庄

我所记忆里的乡村，总有在太阳下晒自己的老人。他们并排地坐着，穿戴和长相差不多，一坐就能坐上大半天。坐在那里晒太阳，就是他们的生活方式和存在的意义。

他们晒太阳的地方一般是村子的中心。比如说是村委会门前，或者是村子的商业设施供销社门前。在那些地方的门前，有他们每天来坐的长椅子长凳子，或者就是常年放置好的用来坐的砖头。他们坐在那里就可以目睹人来人往，目睹自己所在村庄的一成不变。因为他们没事可干，也因为他们年龄大了德高望重，也因为他们就坐在村庄的中心，所以他们聚坐的地方，当然地就成了这个村庄的信息交流中心。除了这些晒太阳的老人，一些无所事事的懒汉也和老人们靠拢，一遍遍地晒伤自己和闲话。

这样的人群在南河镇的街上也有。我在中午出来买日用品的时候，走到街上就能看见他们。他们的穿戴一致是因为款式都比较老，都是黑色或者灰色。他们中也有不少人知书达理，但他们聚在一起，还是普遍显得一脸茫然，泯然众人。

南河镇是个行政区划设置，在这里附近的老百姓，还是管这个区域叫作"永红"，这个时代特色鲜明的名字，大家就是叫习惯了，就叫永红，和习惯了叫张三李四没有区别。

在乡村和城市之间，永红这样的小镇，曾经是一个中间点。在这距离天津城十公里左右的地方，很多步子走不到天津城的乡村人，到了永红，至少能看到一点点比起村庄更有光亮的文明，比如这里有公共汽车，有稍微像样一点的商场。我幼年在村庄里看到的那些聚在一起晒太阳的肮脏老人，他们就生活在天津城边上，但是他们中的人有的一辈子也没有走出过自己的村庄。他们可能从来也没有想过要走出那里。在困苦的生活里，他们好像也没有什么愁事，他们能准时地出现在聚集地，只要太阳出现，他们就能出现。

我在永红这里想起我幼年时经历过的村庄，我还能想得起我赶上了最后的煤油灯时代，想起电的光亮在夜晚冲击到人们的生活。我还能想起村庄通了公共汽车和有了公共浴室时的情景，直到现在，周围还是有人一生也没有走出过村庄。只要他们觉得幸福，又何必一定走出去。

2008 年 8 月 19 日
回眸一望

奥运会不仅仅是运动员的比赛，也是收看者的一种生活方式。李小鹏王者归来，邹凯获得了一届奥运会的三枚金牌，体操队也成为了九枚金牌的拥有者，把举重队刚刚创造的纪录刷新。何冲三米板金牌也让跳水队向着包揽八枚金牌的目标继续挺进，跳水队其实还没有完成过这样的成绩。蹦床队也不错，陆春龙是个帅气的小伙子。

还没有到最终盘点的时候，却可以先回眸一望。开幕式已经显得很遥远，而这十几天当中却发生了这样多的故事，神奇如埃蒙斯，离奇如刘翔，伟大是菲尔普斯，张扬的叫作博尔特。中国对美国可以一路领先。而俄罗斯之类的强国却还迟迟不发力，让对手都有些替他们着急。这样回眸一望，竟然有些孤独伤感。

看着比赛，不只是关注中国，也关注很多值得关注的。巴西足球刚刚又输给了阿根廷，小罗一脸忧郁。费德勒王朝在奥运会期间倒塌，纳达尔登顶……

天气也在十几天的比赛中间慢慢地凉爽啦。

我曾经预测北京奥运会金牌中国超过美国，遭到一位朋友不屑，昨天时候这位朋友忽然出现了，给我发来了短信。

我记得四年前我们一起吃饭时，闲聊起金牌的问题，面对那朋友对我预言的不屑和反对，我说四年以后让我们拭目以待。那时我们是同事，当时却没有想过四年以后，我们是不是还能在一起，当时只道是寻常。所以，我这回眸一望，不仅看到了这十几天，还看到了更远的时间。

我的朋友给我发来短信跟奥运无关。他并不是来向我认输，四年前的那些闲聊，他早就忘了。他热情地问候我，并且兴奋地告诉我，他当上了爸爸，他的儿子六斤六两，平安降生。

2018 年 8 月 19 日
还说那棵槐荫树

1998 年的 8 月 17 日的早晨，我匆匆忙忙地到付村，想去看看那棵槐荫树。时间已经很长了，长到有二十年，我看到的究竟是不是那棵传说的槐荫树，我当时都拿不准，现在也就更说不清楚了。在那之前我是听说过槐荫树的传说，但是我没有去看过，而在那之后，我看到了那棵所谓的槐荫树。

那应该是 2003 年或者是 2004 年的一个夏天。我想起了这棵传说中的树，一定要去探个究竟，于是我带着家人专门驱车前往。那时的付村的老的宅基地"村台子"还没有被拆掉，还多少有田园风光。我提前专门找好了向导，带着我们到了那棵槐荫树前。

见到那棵树的时候，我多少是有些失望的。看起来那就是一棵很普通的榆树，虽然枝繁叶茂，又高又粗，但这就是董永和七仙女相会的槐荫树吗？树并没有长在荒野或者高地，而就在一所民宅的院子里，一座北方农村普通的红砖民宅里。带我们去的向导是霍自昌。霍元甲亲叔伯兄弟十人，霍元甲排行第四，人称霍四爷。霍自昌的曾祖霍元辰排行第十，最小。在平江不肖生所著的《侠义英雄传》里也有霍元辰的名字和事迹，并说他也会武功，实际上霍元辰只是一个很普通的农民。霍自昌的母亲是付村人，姓刘，刘姓是付村的大户。霍自昌因此能找到熟人给我们带路。

这棵槐荫树原来是私人所有，是不是也姓刘，我已经忘记了。主人家的女士给我们讲她们小时候在院子里大树下玩耍的情景，当我们问起这棵树和董永有什么关系的时候，她们表示也说不上来。有好热闹的人挤过来，说老人传说这棵树用刀子能割出红色的血一样的液体，我们也没好意思当场验证。在我看来，树虽然有一定树龄，最多超不过清朝，而董永是汉朝人，除非这不是当年的那棵树，而是那棵树留下来的种子长成的槐荫树的重重孙树。

我们提议和主人女士合影留念，但是她们笑着婉拒了，她们说，咱们也不认识，你们也就是现在有热情，照片洗出来也不会给我的。我们说一定给你们寄来，但内心里还是觉得女主人说的是有道理的。于是我们自己和那棵槐荫树合影留念，后来时间长了，我们拍的照片也找不到了。那个时代人们还用卡片相机，还没有智能手机和微信。

后来南河镇改名叫作精武镇了，付村和付村相邻的姚村的大片土地成为天津新兴的"大学城"，有三所大学在那里落户，精武镇已经不再是过去的农村了，而是一片全新的城市。而付村原有的老的"村台子"宅基地也要陆续成为一片"电商城"，或者开发成商品房小区。那棵老树怎么办？我记得那时我想起来那棵树，心头一紧，我担心树在平房改造中被毁掉，甚至担心，就算树不被毁掉，也会自己枯萎死掉。

　　从精武镇到张家窝镇再到杨柳青古镇的大片平房在那些年陆续被拆掉，包括生产年画的著名的南乡三十六村。大约 2010 年，秋天时候我应邀到杨柳青讲课，归途经过付村附近的高村，人家邀请我去摘枣儿。精武镇这附近，盛产枣树，当年霍元甲偷偷练习迷踪拳，就是在一片枣林子里。

　　我被邀请到高村去摘枣，也是因为城乡改造的事情。据说那片枣树林很快也就夷为平地，所以有人才说去看看吧。我记得我站在那片林子里的时候吃着冬枣的甜蜜和感伤，这一切都将不复存在。我看着枣树，也想起了那棵槐荫树。那棵槐荫树还在吗？我在秋天的枣树林子里还构思了一篇小说，我记得我很兴奋，我很想当晚回家就开始写。这些年来这样的场景太多了，我想得很好，但是我还是没有写下来，我当时究竟想写一个什么样的故事，现在已经烟消云散。而我现在想起那片高村的枣树林，就在当年义和团的著名头领刘十九的营地附近。

　　今天想起那棵槐荫树，又有想去看看的冲动，但我今天办案忙碌，哪有时间去。写我的故乡，那棵槐荫树是绕不过去的。我会再去，也会再写。

之五十

1998 年 8 月 20 日

南北大抗洪

从 6 月进入汛期以来，这个夏天和秋天，国家正历经着艰难。好几条大江大河发洪水，这种程度的"南北大抗洪"，历史上也少有。南方闹大水，北方也是，江河奔流。关于洪水的消息，每天都霸占着新闻头条。长江发生继 1954 年来全流域性大洪水，出现多次洪峰，宜昌以下三百六十公里江段和洞庭湖、鄱阳湖的水位，长时间超过历史最高记录。嫩江、松花江发生超历史记录的特大洪水，也出现多次洪峰。珠江流域的西江和福建闽江也一度发生大洪水，湖北、湖南、江西、安徽、江苏、黑龙江、吉林、内蒙古等省区沿江沿湖的城市和农村，经济社会发展和人民生命财产安全都受到严重威胁，此刻，解放军战士奋战在抗洪的第一线！

在长江抗洪抢险最危险的时刻，仅长江流域，就有大军数十万！人民解放军大规模投入抗洪抢险，军民协同作战……8 月 16 日，长江第六次洪峰奔涌而来时，长江水位超过保证水位……

这场战役还没有完全结束。然而我也没有能为此而贡献哪怕一点点力量，我每天在清晨收听《新闻和报纸摘要》节目关于抗洪的消息，并且为我们多灾多难的国家祈祷。

改革开放以后的这些年，国力强盛了，面对这样的天灾有国家组织全社会的力量救助。这和过去大不一样。在过去，不说整个中国，天津也是经常发大水的，我爷爷 20 世纪 30 年代到天津谋生后，就是在 1939 年的大水之后，才彻底地离开了故乡，定居在天津城。那场大水，那场迁徙，到现在已经有快六十年了。很反讽的是，天津从过去的九河下梢，频发大水，到现在变成了一个极度缺水的城市。

此刻又是夜晚，我又完成了一天的学习，充实饱满还有一些轻松，我练习了好几套模拟试卷，成绩还好，就更加气定神闲。我继续打开首届鲁迅文学奖作品合集，迟子建还有史铁生，这都是我喜欢的作家。

2008 年 8 月 20 日
越去越远

跆拳道运动员吴静钰的夺冠感言也让我在意。她说我等待这个时刻已经很久了，她还说想成功有超出别人一倍的能力是不够的，要有十倍的能力。一个运动员的话，简直是军事家的思想，没有数倍于敌人的兵力，是不可能打歼灭战的。当律师也是这样，不准备得绝对充分，在法庭上一定会出纰漏。

多年以前，我和一个朋友在分别的时候，互吐衷肠，依依不舍。说的都是西出阳关无故人朋友干了这杯酒，然后就是挥手告别了，说天涯若比邻。把他送上车站，我用了好长时间才能平复自己，我先是自己发了一会儿呆，然后开始我的事情。当我还在感慨的时候，我的这位朋友却又出现在我面前，他显得有些急急忙忙，我惊问你怎么了，他说哎呀，我把钥匙忘在这里了，说着拿起来。于是我们又经历了第二次分别，因为第二次分别和第一次相隔得太近了，不太容易酝酿感情，所以再说桃花潭水深千尺之类的话，就显得索然无味。所以第二次告别就草草收场，而且严重地影响了第一次分别已经创造出的气氛和质量。

我的几位实习学生经过了将近一个月的实习之后，今天实习期满，静静地离开。在离开之际，没有握手伤感。在一周前我们就吃了告别饭，那时候我们的想法是，还会在一起好几天呢。

我也提前调整心态，完成我和奥运的告别。不想告别，但遏制不住时光越去越远。闭幕式虽然还没有进行，开幕式已经那么遥远。回忆起开幕式上刘欢唱起的奥运主题歌，"我和你心连心共住地球村"……"为梦想千里行相会在北京"，那旋律已经变得很美了。

人们关注着比赛，关注着俄罗斯比赛成绩的下滑和他们与格鲁吉亚的战争是不是有关系，关注着刘翔在电视上的广告是不是少了，赞助商到底给了他多大的压力。体育、政治、军事、经济还有八卦新闻，都在我们的生活中间。有一些时光凝成历史，有一些时光无处找寻。我看到了《体坛周报》对刘翔的采访，他说要在 2012 年伦敦见，我很期待。

2018 年 8 月 20 日
案件给小说续尾

我做律师以来，担任了不少社会职务，其中有一些和司法部门相关，比如我会担任法院和公安局的监督员。这并不是因为我是一名律师，而是因为我是政协委员。一般来说法院不会直接从律师当中选聘监督员的。闲言少叙，今天我以监督员身份，在法院旁听了一个案件。

坐在旁听席心情放松地看着审判员的审理，看着同行的代理和辩护活动，感到非常有意思，比看电影还好看。看着其他律师在法庭上的表现，看着他们的优缺点，是很好的学习过程。

今天法院审理的是个刑事自诉案件，被告人是一个年轻女士，而所谓的被害人是一位老者。在旁听席上，我听到一些旁听群众的窃窃私语，居委会负责人和社区代表也来了。听他们的议论，同情年轻女士的遭遇，而觉得那位老者为老不尊。大约就是邻里矛盾，老者闯入女士的屋子，女士挥手一挡，造成了老者轻伤的后果。国家的法律有对老年人的明确保护，而且只要造成了轻伤的法律后果，不用国家起诉，受伤的人自己可以直接到法院起诉加害人。本案就是这样的情况，老者受了轻伤，然后起诉到法院，要求年轻女士承担刑事责任，通俗点说，就是要求法院判决女士赔钱以外，还要求对女士判刑。

老者的诉求是，年轻女士是故意杀人罪。他讲当他冲进女士家里的时候，女士用一个铁棍猛击他。但在现场根本没有找到铁棍，只有一柄雨伞，而且老者受伤的是手部，而不是头部，年轻女士的回答是自己记不清楚在慌乱中做了什么动作来抵挡老者的闯入。在庭审的中间休息时，大家都说，老者为什么要冲进一个年轻的女士家里呢？居委会甚至给法院出具了证明材料以证明这位老者之前和邻里关系不好，多次无理取闹……看着年轻女士在法庭上的委屈样子，也真是替她着急，一定要保持冷静和克制。而面对别人闯进自己的家门，谁又能完全克制得住呢？人们也在讨论，年轻女士的行为是正当防卫吗？

庭审辩论还在继续的时候，我开始想着我的一篇在二十二年前没有写完的小说，叫作《伙单》。在那篇小说里，有一对居民楼里老夫妇的故事，放在那里那么多年了，也不知道写一个怎样的结尾。而今天听了这个庭审，我觉得可以把有关案情嫁接到我的小说里。在今天晚上，我终于写完了这篇小说。很多事情还没有结尾，但是该有的时候都会有的，不能着急。

之五十一

1998 年 8 月 21 日

去了一趟小南河

时序虽然还没有处暑，但起来晨跑的时候，已经感到了一丝凉意。

在凉意之中，我想了一个问题，我来南河镇复习的百天生涯已经过半，在这期间，我去过付村、青凝侯村、大南河村，还去过独流减河。我能去大南河村，我为什么不能去小南河村看看呢？

那时候我听着路人收音机里中央人民广播电台的《新闻和报纸摘要》节目，我想起了村庄里的一只大喇叭。那是我的村庄小南河村，此刻距离我这里很近。于是我骑上自行车，向着大南河方向走，因为过了大南河村，就是小南河村了。

今天我不是为了看那个村庄，我不是为了看那个故居，我只为了去看我门前电线杆子上的大喇叭。

回故乡是这样简单的一件事情吗？这样想着我多少有点泄气。我假想着我是跋山涉水，我假想着故乡遥不可及。其实，我身在南河镇，那个叫作小南河的村庄根本不用乘坐火车汽车，骑上自行车，很快就到，原来回到故乡是这样轻而易举，我却早已经把归途想成一件很艰难的事。

故乡已经没有人，故居也已经破败，回去难道就为了去看看电线杆子上的大喇叭吗？

我甚至把我的自行车铃想象成牛铃声，好像才像个样子，但是我知道这样文艺的怀想一点儿也不切合实际，不愿意去就算了。现在的村庄跟过去不一样，我也跟过去不一样。

村庄里也已经没有什么人居住了，农村规整的道路和一排排红砖瓦房里居住的都不再是本地人，差不多都租给了外来打工的人，小南河村的人大多都住进了村子北端的新盖起来的单元楼房。对于来这里打工的人来说，这里已经非常接近大城市。

我在我的故居门前看到了当年的门牌号"福丰里八排六号"，一个蓝色的名牌，几乎快倒塌的院落外面，有一个很高的电线杆子，那个非常代表乡土气息的物件大喇叭，离开多年以后还在那里挂着。

然后，我就往回走了，关于我故乡的事情，我不知道我会在什么时候有时间接着说。

2008 年 8 月 21 日

阿克琉斯之踵

跳水运动员陈若琳完美的最后一跳，关系到中国能不能在全部的比赛日都能有金牌。此时她落后了两分左右，她气定神闲，直插入水，整个水池竟还是水平如镜，掌声四起。解说员说，有了。大家都知道"有了"，再看出水芙蓉的陈若琳，她的微笑告诉我们，她自己也知道，有了。

大家关注着新闻赛况和比赛直播。田径比赛，晚上 9 点 45 分，一百一十米跨栏。

其实刘翔已经退赛了。电视机下方出现了两行英文字，世界纪录十二秒八十七，罗伯斯，奥运纪录十二秒九十一，刘翔。刘翔的名字还是赫然在列。

我记得四年前的雅典奥运会，我在某个夜晚突然醒来，电视机很清晰，我看见刘翔英气勃勃，年轻犹如今天晚上的罗伯斯。一共就十二秒九十一的时间，我听见解说员黄健翔的欢呼，他震耳欲聋地说：刘翔赢了！刘翔创造了历史！

然后，刘翔开始进入我们的生活。四年来，在城市的大街小巷都有刘翔的身影，在很多地方都可以看见他的影像。他频频接受采访，他上各种各样的广告。他青春飞扬。

2004 年的雅典奥运会比赛之前，专题片里看到刘翔和美国的老栏王坐在一起，那个时候的刘翔自信满满，初生牛犊，毫无怯意。

黄健翔的呼喊之后，看到了刘翔的豪言壮语，他大约是哭着这样说的："谁说黄种人不能进奥运会前八，今天我就要证明给大家看，我，是奥运冠军！"刘翔身披五星红旗，噌的一下，跳上了领奖台。

刘翔不仅有志气，而且很灵动，他浑身是戏，表情丰富多彩。当年的春节晚会，刘翔被邀请到了现场，他还是那样自信满满，他还有一句台词，他对相声演员刘亚津说："听说你想和我赛赛！"把刘亚津吓得直后退。

这四年里，刘翔的成绩一直不错，收入也一直不错。他二十多次跑进十三秒，他拿了世界锦标赛的冠军，成为了"大满贯"。接着，刘翔又打破了世界纪录，他将要成为一个田径赛场上的天王级别的运动员，如果他能在北京卫冕，那么他也许将真的成为接近卡尔·刘易斯那样的巨星。

但是刘翔退赛了。

还好，在电视里看鸟巢，上座率很高，没有刘翔，观众也没有退票。大家依然坚持来看比赛。结果有些乏味，罗伯斯获得了冠军，而且成绩没有超过雅典的刘翔。

这几天来，有人在骂刘翔，也有人在替刘翔辩护，有人说刘翔有权受伤，更有人说刘翔有权选择，还有人说，为刘翔感动。更有一种说法，是刘翔的压力太大了，说刘翔背负着十三亿人民和五十六个民族的期望！一千三百五十六似乎还不够，有人把刘翔比作古希腊史诗里的大英雄阿喀琉斯。

阿喀琉斯被母亲用神水浸泡，刀枪不入，可是他却有可供偷袭的"阿喀琉斯之踵"！他的脚踵也最终成为了他的失败的根源。

刘翔受伤的部位恰恰是脚。

阿喀琉斯的脚踵是他的致命部位，他的母亲在用神水浸泡英雄的时候，不忍心看着湍急的河流可能冲走自己的儿子，于是她用手紧紧地抓住了阿喀琉斯的脚，于是阿喀琉斯的脚踵没有受到神水的浸泡，那是他最柔软的地方，和他的心灵一样地柔软。刘翔和阿喀琉斯不同之处在于，刘翔的脚伤了，可是并没有刀枪刺中刘翔的脚，他的脚在跑道前自己停了下来。阿喀琉斯死了，而刘翔全身而退。

很多人提出了"马革裹尸""宁死阵前"等激荡的说法，哪怕是走下来，最后一名往往也会受到尊敬，因为这是奥林匹克的精神。墨西哥城奥运会的著名运动员阿赫瓦里说："我的祖国把我送到这里，不是让我开始比赛，而是让我完成比赛的。"更有人说，刘翔应该充满微笑地走完比赛，人们一定会有更高的印象分，一定能有更多的广告商垂青刘翔。

在比赛之前刘翔就受伤了。退赛的选择是在什么时候做的，这就是一个最重要的问题了。刘翔去了比赛现场，刘翔热身的时候一脸痛苦，比赛开始的时候，有人抢跑，刘翔也跑了几步，很痛苦地停了下来。枪声再起，刘翔留给世界一个背影。

刘翔下届还会不会再来，故事还没有结束呢。更多人的人生，正在历经传奇。

手机无罪

我是在昨天晚上才学会在手机上看电子书的。这是崭新的阅读情调和体验，类似的阅读软件其实非常多，装在手机上拿在手里随时可以看。放下纸质的书，电子书不是在电脑上读，而是在手机上，是过去想象不到的。

也难怪有人一天到晚拿着手机不放，智能手机里的各种功能，比如微信，除了是重要的社交工具以外，也是重要的办公传输工具。盯着手机看的，不一定就都是在聊天看烂片。比如我现在，我阅读和写文章也都用手机。

没有时间按照传统方式去买一本纸质书，然后坐下来阅读。新方式是网上下载，手机阅读比电脑阅读又灵活了一些，因为台式电脑会把人固定在房间里，而就算笔记本电脑，在拥挤的人群里无法打开，在地铁上无法打开。手机就不同了，在局促的环境里，在拥挤的地铁上，至少可以有一个手机屏幕，能阻挡贴面人的焦虑的呼吸。

手机早不是奢侈品了，是重要的工具，进入寻常百姓家，而且是各种工具的结合体，不再是精英工作人士的标配。可是谁只要拿着手机按键时间过长，还是要被恶狠狠称为：玩手机。手机不就是沾满了我们各自的汗渍和体温的伙伴吗？！

过去鸿雁传书、牛铃声声，不能一定要回到那个时候才是回归传统，过去的字写在竹简上，写在绸子布上，其实人们读横版纸质书也没有多少年。该去读竹简，还是该把横版书改成竖版的，把从左到右读还改回从右到左？

难道我们读的不是书中的内容吗？通过手机屏电脑屏或者纸张，《红楼梦》也还是《红楼梦》，当年拒绝用电脑的那些前辈，现在要么去世了，要么也用电脑了。

历史不能倒退，守住纸媒是没有意义的害羞抵抗，内容为王，文字在纸媒上，在竹子上，在电脑屏幕上，在手机上，实际没区别。批评手机阅读是碎片化阅读，是不客观的。事实上，在手机阅读抢占传统阅读方式之前，人们也是所谓的碎片化阅读的，那时候街头上小报（不论是报摊还是人们手里拿着的）之多，大家应该都还没有忘记，除了小报，还有各种乱七八糟的文摘杂志。在车站等各种公共场合，人们手里拿着的纸媒体晃动，一点不比现在的手机屏幕光亮少。就连恋爱中的男女，也要把青春杂志作为有效的武器，互相分享读物或者一些鸡汤文，朦胧中尚未捅破窗纸的男女，互相借阅图书，夹带信件，传递情意。

既然说是开卷就有益，为什么纸媒可以，电脑手机就不能碎片化呢？读书卡片是不是碎片化，名言警句是不是碎片化，零星时间看系列散文是不是碎片化，背诵一首一首的唐诗是不是碎片化？一片一片的，也能读完《全唐诗》。用手机看《资本论》一定不是碎片化，用纸媒看《故事会》连碎片化都谈不上，人怎么能被工具所左右呢。

在律师工作的间隙，写些文字，做一些思考。

之五十二

1998 年 8 月 22 日

风风雨雨

阴雨着实地下了一天，秋凉季节。

在我的斗室里，我坐一会儿读书，站起来一阵徘徊。望着一直没有停下来的斜斜细雨，心事也浸泡在了雨水里。

窗前溅雨了，有雨水通过窗子钻进来，又流落到地面上。如果推开门，能有夹杂着雨气的风连同雨水一起进来，还有泥土的腥气，雨水击打在裸着的胳膊上，凉意就更浓了一层。那心事当然就更沉。

我用破布对溅进来的雨堵截，堵不住，就顺着窗户经过墙流下来，直到地上，然后再成为一条小小细流。我就只好再用干土把地上的雨水吸收。再过一会儿，又有雨水袭击进来，刚刚做的抵御工作就没有意义了，地上又湿了。我也就索性不管，等雨水全停下来再说吧。

收音机以最低的音量响着，我也有时候会因为听广播而走神，于是我把收音机完全关掉，就静得只剩下自己的呼吸声，还有风雨声，那声音似乎很远，远在另外的一个世界，远得和我毫无关系。

能回忆起过往的很多秋雨，还有很多个夏天的大暴雨，雷声滚滚，乌墨翻天。很多个年头的风雨已经分辨不清究竟是哪一年来临的，很多年在雨里的因为不同的人和事而引起的思绪，在同样大的风雨里显得雷同，毕竟，风雨就是风雨，风雨里思索问题的又是同一个人。

于是就懂得了什么是"风风雨雨"。就是很多年的风和雨结合在一起，就是风的冷和硬，就是雨的凄冷和潮湿。当然也包括风和雨的温情。别说和风细雨和沾衣欲湿，就算今天这样的冷雨敲窗，何尝不是陪伴和慰藉。

收音机关上了又觉得太静了，就又打开。并且放开声音读书，把读书的声音混在风雨里，风声雨声读书声，声声悦耳。

读着书，意识到了仍然任重道远，所以一点儿松懈也不能有。一些法律，比如《土地管理法》《资源法》这样的法律条款，无非也就是多记住。比如这样一个问题，国家建设征用耕地，应该支付安置补助费，每一个需要安置的农业人员的安置补助费标准，为该耕地被征用前三年平均每亩年产值的几倍？答案是2—3倍。类似于这样的问题除了强记别无他法。人世间的很多事情，记住了，就是记住了，而没有记住呢，那就是没有记住。雨中读书，别有意趣。

2008 年 8 月 22 日
在北京

我在奥运会接近尾声的时候突然产生了要去看比赛的强烈愿望。

天津北京好像正在渐渐地变成一座城市，"半小时"经济圈真是快捷方便。乘坐城际列车到北京看比赛和谈事情，连同进站出站的时间，大约一个小时，到了北京前门的大栅栏。约会地点本来定在北京饭店，发现不好进入，据说奥委会主席罗格住在那里，于是我们把会面地点改在后海的一处商务场所。会谈中间，我看到大屏幕上正在上演乒乓球的四分之一决赛，马琳4:0战胜吴尚垠。

会谈结束，到北京大学去。到时正是黄昏时分，傍晚的6点半，北大体育馆正陆续有观众进场。我早上匆匆决定，晚上就来到了场馆，但是我没有球票。

北京奥运期间的秩序良好，上午在大栅栏，下午又从后海到北京大学，一路之上，车辆行人井然有序，全无混乱。看见众多的外国游人，看见很多戴着胸牌的外国工作人员和运动员，大家满脸喜气，和睦相处。物价也正常，一片繁华和喜庆，没有感到任何的不便。

我知道只能等待有人退票，要不就是从票贩子手里买票，我在路上得知王楠和张怡宁双双进入决赛，可我更想看的是明天的男子半决赛和决赛。但根据时间，我也只好看女子比赛了。我在路边坐了下来，感受着奥运会。华灯初上，北京亮了。

最后我是从一个安静的小姑娘那里买到了一张球票，我不知道她是不是球贩子，她说转让的是自己的票，三千五百元一张，我听见旁边有人喊出了五千元的价钱，我觉得三千五百元有点贵，还是买票进场了。

王楠最近球输得很多。王楠不像邓亚萍，邓亚萍在巅峰时刻就退役，从来没

216　　　　　　　　　　　　　　　　三 / 秋 / 重 / 唱

有当过二号选手，这就是坚持和急流勇退的不同选择。王楠坚持着，虽然在四年前就让位给张怡宁，却完成了二十四个世界冠军的伟业，而邓亚萍24岁就功成身退，冠军被王楠超越了，自己却风光时来风光时去，也早已完成华丽转身。

比赛结果比较正常，张怡宁再次战胜了王楠，王楠也虽败犹荣。30岁的年纪，又一度患病，坚持到如今也是可敬。场内，王楠的球迷，张怡宁的球迷，都是中国乒乓球的球迷。张怡宁获胜之后又回到了四年前，她走到摄像机前，给全世界的观众留下了她的笑和她的吻。

全体起立，三面五星红旗同时升起。在人群中间，我也一起高唱《义勇军进行曲》。

慢慢观众才散去，我也跟着人流走到大街上，正是灯火辉煌的夜色，流光溢彩。看着北京的夜色，内心都是幸福和欢乐。

我的朋友不是球迷，在球馆外面已经等得着急，然后我们一起去吃"烤肉宛"。

2018 年 8 月 22 日

站着睡觉和路上写作

今天在和平区党校参加"新的社会阶层"的培训。不断学习，就是在路上，也在用手机写东西。

这段时间以来，我总是在路上写作，甚至只能在路上写。想想这件事情很奇怪。

写作似乎应该是在书房里完成。在书房里我要做的事情很多。最多的时候是看案卷，还有会客和读书、开会，甚至学习外语。一个人的书房可以无所不能，大于整个世界。

但是书房这么大，却偏偏安放不了我的写作。就像一个失眠的人，一张大而舒服的床却反而睡不着，失眠的时候需要站着，需要把脸直直地对着天花板，要不就是在屋子里焦虑地走来走去。甚至有人坐在汽车上，请人把车开起来自己才能勉强睡着一会儿。

我在路上才能写，在书房一度一个字也写不了。我迫使自己在书房里要研习法律而非文学，如果我在书房里打开电脑写小说，我就会觉得自己在不务正业。而我尝试在路上用零星时间写作，我发现我真像那个失眠的人找到了一个适合自己睡觉的地方。

　　不管我在书房里写什么，我首先要在书房，但是我经常不在书房，我在路上。就像需要站着睡觉的失眠的人，我告别了床，我从此站着。在奔忙中我的思绪不停，既然不停，那就走。在等车的间隙，在红灯的映衬，在嘈杂的人群，在咣当的高铁，我可以埋头用手机写得很高速。

　　今天我遇到了一位优秀的散文家，谈起了各自写作的近况。她深情地说，可以写的东西太多了，我要想尽一切办法写下来！我也想有一天能像她写得一样好。于是我问起她的写作习惯，她说她一点儿也不能熬夜，她就是白天坐在书房里写。我对她有点儿羡慕，我白天要工作，我晚上还是要工作。但我在路上有时间，既然躺下来睡不着就站着，书房里写不了，我就在路上写吧。

之五十三

1998 年 8 月 23 日
模拟考试

我开始进行模拟考试，手头儿有几套"全真"的模拟试卷，也有过去的"历届真题"，都可以用来假想为考试试卷。我假想今天和明天这两天就是考试的那两天，我完全按照考试的时间和纪律安排，在今天完成了第一天的考试。

只是没有监考老师，整个考场只有我自己。我买了专用的铅笔和橡皮，我正襟危坐，像真的一样。中午前我按时交卷，午休一会儿，下午照常进行。当我一个人完成了一天的考试，感到筋疲力尽。随之我又感到很有意思，看看我这个房间里就自己一个人，觉得这真是一个很好的游戏。

在考试中间遇到不懂的问题，也曾经想过要去查阅答案，后来才想起自己是在考试，自己是自己的监考官，于是我克制着。没有人打扰我，秋天很安静。

屋子里很干净，我每天都打扫卫生，地面没有灰尘，床单是整洁的白，被子叠得整齐，被子上有几本没有读完的书。书桌上的书本也都整齐，这就是我今天的考场，就在自己的卧室兼书房。

我完全投入进去，考卷在面前，一个字一个字地清爽地写着，就全无杂念，享受着知识获取给人带来的乐趣。

这是傍晚时候了，一天水米未进，天气还是那样地不爽快。

我在南河镇的这所破旧的中学里，把自己关起来，作茧自缚。我当考生，当自己的考官，我躺着或者坐着，想怎样就怎样。

模拟这个词真好，谁首先使用的呢？在面对生命过程里的很多棘手的问题的时候，如果事先有所准备，结果还是要好得多。但真实情况的最终结果往往还是会让自己一愣，假想了一百遍，和结果仍然不一致，甚至截然相反，这也是常有的事。上场比赛时才发现，自己和对方都完全没有套路和章法，乱成一团，然后就结束了。结果不可改变，人生不能重来。

先模拟一下，总不是坏事。

2008 年 8 月 23 日
关于乒乓球的无序杂感

很多专栏作家的奥运之旅已经开始关注赛场之外的东西，比如丘索维金娜的隐私该不该被披露，李宁为什么送给了她两万欧元。很多体育评论者也已经开始注意整个奥运会的评点，比如博尔特和菲尔普斯谁更伟大。

我今天关注的，只在乒乓球。

马琳战胜了王皓，马琳的运动生涯太不容易了，悉尼奥运会前落选，后来连亚运会也落选，而他的实力早就超群。雅典的时候却输给了已经老迈的瓦尔德内尔，直到今天他才终于登顶。1999 年马琳就获得了世乒赛的亚军，仅仅输给刘国梁两分球，直到 2003 年他终于迎来了马琳时代，却又在那一年意外地输给了朱世赫，2005 年和 2007 年他又连续两届杀入决赛，都被王励勤逆转。我看见看台上有球迷打出了这样的横幅——"马琳，不能再等!"我是从 1997 年开始看马琳的比赛，我记得那届全运会马琳在决赛中输给了王涛，那时候马琳才 17 岁。他的球细腻而灵动，正手弧圈杀伤力强，能对攻相持又能抢前三板，反手直板横打之外搓推俱佳，我觉得把乒乓球打得出神入化的，马琳是有史以来第一人。有的人就是无冕之王，即使他不能有一个冠军，他依然是王者。何况马琳终于用奥运冠军证明了自己。

这届比赛还有佩尔森，还记得瑞典队的五虎将和中国队的二十年争锋。我从几岁的孩童看着乒乓球比赛长大，如今还能看到当年的佩尔森杀入四强。佩尔森 1991 年成为第 41 届世乒赛男单冠军的时候，今天击败他的王皓还只有 8 岁。我清晰地记得，1989 年多特蒙德世乒赛时候的江嘉良等人 0∶5 惨败给瑞典，那是瓦尔德内尔和佩尔森时代的开始，记得 1991 年中国男团在千叶竟然只获得第 7 名。1993 年中国队重新获得亚军，那个夜晚正是我 18 岁的夏天，看完了那场比赛，天亮了，我记得自己院中的葡萄架的绿色。瑞典队完成了三连冠。1995 年的世乒赛是在天津，我在现场喊破了嗓子，中国队重新回到了峰顶。而 2000 年，中国队竟然在巅峰时刻又奇迹般地输给了瑞典队，老英雄瓦尔德内尔和佩尔森击败了刘国梁和孔令辉。瑞典队在那一次回光返照之后退出了历史舞台，但是 2000

年的悉尼，瓦尔德内尔还是杀进了奥运会的决赛，直到 2004 年，瓦尔德内尔再次进入奥运会的四强，他击败了不可一世的波尔，还有马琳。刘国梁和马琳对阵瓦尔德内尔都是胜多负少，几乎不输，但是都被老瓦最后咬了一口，中国队和瑞典队最终打个平手。而今天再看佩尔森，竟是分外地亲切，我知道这是瑞典队这代人最后的谢幕。一个时代总要终结。老瓦和佩尔森从和中国的蔡振华江嘉良这一代开始，和中国的六七代运动员抗衡，之后的马文革王涛，谢超杰王永刚，刘国梁孔令辉，马琳王励勤，王皓陈玘……

佩尔森的教练就是当年的五虎上将之一林德。如今，却也两鬓斑白。在瑞典的老瓦也在电视机前看佩尔森的比赛，英雄在老去，再看王皓，正青春年少。我记得我有一次出差到唐山，恰巧在宾馆里看到了当年蔡振华和老瓦的那场经典比赛。那场比赛中，他们打出了单局最高分，至今没有人突破。那个时候的老瓦不满 20 岁，还是个孩子。

2018 年 8 月 23 日
乒乓人生（一）

参加实践学习，随同和平区统战部到西青区参观赛达中心和学府工业园。

正好今天晚上打了一会儿乒乓球，又看到 2008 年文字里写的关于乒乓球的杂感，就写写乒乓人生吧。

乒乓球是一项很好的运动，好就好在老幼皆宜，这项运动对体力的要求相对不大，很多老年人也能打得非常好。乒乓球的成本相对要低得多，最好的球拍和胶皮，总也是花不了太多钱，至于衣服之类，也都是"丰俭由己"。再有场地要求，标准的球馆当然好，地板、球台、房间高度、风速、灯光、挡板，说起来也都有很高要求。但是这些如果都不存在，也不算有太大的影响，就是一间教室大小的空地上，哪怕把球台子摆在楼道里，大家也能玩儿得很高兴。

1961 年，北京第一次承办了世界乒乓球锦标赛，并且获得了男子团体冠军，引发全国范围的乒乓热。其实早在两年前的 1959 年，容国团就获得了世乒赛男子单打冠军，那也是整个中国体育的第一个世界冠军。即使是从 1961 年算起，中国乒乓球的长盛不衰，竟然也已经将近六十年了。

狂热的球迷，没有球台子就把大门卸下来，或者就用水泥做球台子，连水泥球台也没有的话，那总有光洁一些的水泥地，在地上画一条横线就开始打，要是连水泥地都没有，那对着墙打。上述这些事情，我也都干过。

现在我们一起打球伙伴的球拍，连同底板再加套胶，有市场购买的，也有特制的，也都在几千元的价格，和国际运动员、奥运冠军的球拍没有什么区别。而那时，我也用过纯木头光板的球拍，甚至还用过三层板做的球拍。三十多年来我用过的球拍我都还记得。每个球拍后面都掩藏着岁月、亲情和年少的忧伤。

现在的球馆条件很好，有大众的，也有私人的。我有非常多的地方可以打球，我家里也可以打，我的办公室也有球台子。我年少时的梦想之一是在家里拥有球台。我早就有了，却并没有珍惜。但是我全记得起当年的憧憬和心情。那时候我也有为了打球走了很远的路的往事，有跳墙翻窗入室打球的经历，有寒冷得能冻掉手和热得不穿衣服的打球的经历。找到了打球的地方，有球台没有球网（用砖头代替），没有球（用纸团代替），没有人一起打（自己打过去再捡球），没有电（点上蜡烛），这都是发生过的事。我的前半生里的一个一个的打球的地方和家，伴随着我的人生的转换的球场里，乒乒乓乓，响声和笑声穿彻黎明和黄昏。

我因为打球交了非常多的朋友。高官或者富商，名人或者学者，童年的小伙伴，忘年交，喜欢打乒乓球的人太多了。我的乒乓朋友里有大人物，也有小人物，有世界冠军，也有水平还不如我的。很多人是我的乒乓老师，我也拥有过专门的"教练"，他们脾气各异，山南海北，因为乒乓球，我们度过了很多欢乐的时光。他们和我一起打球，也和我一起成长，他们还教会我做人，他们给我的温暖能让我热泪盈眶。

我对乒乓球的历史知道得多，但是我显然不适合做一个运动员。我实在是打得太差。我技术不行，我算计不行，我没有战术，我心理素质也差，我体力不佳，我的乒乓生涯，胜少负多。

既然说到胜负，由此谈谈人生……

之五十四

1998 年 8 月 24 日

想起一场冬雪

微雨星星，每抬起头来，都是一片雾雾蒙蒙。书本似乎被天色浸渍而变得昏黄，昏黄的天色和昏黄的书，就把学习着的少年，也染成了昏黄颜色。

接着进行我的模拟考试，这是考试的第二天。我一道题一道题地完成着，也有思索滞胀的困惑，也有熟稔操作的快感。抬头和低头之间，太阳匆匆地下沉，微雨搅拌着无力的阳光，最终停住，一场秋雨一场凉。

秋凉中，皮肤和心情都被寒意抚摸，那种寒意的爱抚是老朋友的感觉。在秋风中，我没有怀念夏天，却忽然想起了冬天的一场雪。

是 1996 年冬天。并且是 12 月 31 日的晚上。那天的夜晚，天津下了一场纷纷扬扬的大雪。那时候我一个人住在和平区唐山道的一座小洋楼上，感到外面的雪下起来了，我跑到阳台上看雪。雪和夜都是透明的，路上行人很少，在行人少的时候，路反而显现出它本来的样子，路是给人踩踏的，路也能伸展到远方。因为是一年的最后一天，面对着窗外的大雪飘飘，我写了一篇"岁末感怀"之类的文章。看见雪花飘飘扬扬地下，我还是禁不住到路上去，路上没有其他的哪怕一个人。那是天津同期较大的一场雪，路上的雪越积越厚。就我一个人在路上走，脚踩在雪上，能感受到雪的冰冷，抬头看见天空的寒星，越看越寒冷。

1997 年春天我把那篇稿子交给南开大学的校刊《南开周报》的编辑，稿子已经排版了，却是因为什么又拿了下来。没有刊载成，手写的稿子也没有留下来，回想起那些"感怀"，还记得我在雪中感到有点孤单，我很想回家，因为那是一年中的最后一天，但父母没有邀请我回家过年的意思，我也就没有主动回去。午夜时看着雪，想一些事，很快 1996 年就过去了。

就像此刻，在风里读书。虽然季节还在 8 月，但是很快 1998 年就会过去了。

起了秋风，很快就是冬天。

2008 年 8 月 24 日
开始总是结束

北京奥运会就要结束了。将近二十天以来，奥运会让我能和家人在一起，我们在一起看比赛，一起过着欢乐的时光。开始了，结束了。

我在今天的工作会谈的中间偷眼看见了拳击运动员邹市明的成功，五十枚金牌，我在车上的收音机里听到张小平也获得了金牌，五十一枚金牌。有人议论金牌大国是不是体育大国，奥运会是竞技比赛，竞技就是追求金牌和奖牌，至于全民健身，那其实是另外的问题。在金牌榜上，2000 年中国超过德国，获得第三；2004 年，中国超过俄罗斯，第二；2008 年，中国超过美国，第一。

从 2001 年申奥成功到闭幕，奥运会凝结着国人的情思，也影响着我们的生活。后奥运也成了一种目标和时间段，生活好像也没有什么改变。我前几天到北京看比赛，也在观察奥运会期间首都的生活状态。北京在奥运期间实行"单双号"交通制度，我乘坐出租车的时候和司机谈起这个问题。司机说，千万不要实行，那样大多数人就会再买一辆车，马路上的车不会少了，停车场也会多出来一倍的车。会这样还是那样，只有时间能给答案。有人预言，中国也会成为真正的经济大国，其实只是个时间问题。

晚上，当我回到家里的时候，奥运会的闭幕式正在上演。

1990 年办亚运会，2008 年办奥运会，北京在这两个运动会中间提升着城市品格，北京真的是一个国际化的都市。闭幕式上，多明戈和宋祖英一起歌唱，更多的中国人和外国人在一起交流和欢庆。晚些时候，当我散步归来，明明知道奥运会已经结束了，没有比赛了，但我还是重新打开电视机，那一刻中央电视台正在播放着中国六百多名运动员的影像，一张张亲切而绚丽的脸和着乐曲，我定定地，看了很久。

2018 年 8 月 24 日
乒乓人生（二）

接着昨天的话题，从乒乓球的胜负谈人生。

三 / 秋 / 重 / 唱

我从来没有接受过正统的乒乓球训练，自己瞎打，三天打鱼两天晒网。事实上容国团、徐寅生他们这一代乒乓老前辈，都是曾经买不起球拍，工人出身，打成世界冠军。而到了80年代，乒乓球技术和时代一起发展，瞎打可不行了。只要是那些小时候接受过一定训练的选手，纯粹业余选手就根本没法打。所谓的基础，所谓的起跑线，实际上是真的存在的。在乒乓世界里，逆袭基本不可能，在其他各层世界里，逆袭的事情，也确实太少了。

　　我有一段时间早晨起来去打球，一次在天津中山门的一家球馆里，听见两位老人的对话。他们开玩笑说，咱们是不可能拿世界冠军了，后来他们把理想逐步缩小到中国冠军、天津冠军、河东区冠军、某小区冠军、60岁以上组业余冠军……他们一边打，一边瞎说，到最后，他们停下来，不无伤感地说，就是这个球馆里，我们这辈子也别想打冠军了。

　　想超越别人，太不容易了。到中国随便一座球馆里，到中国的很多机关单位里，都有乒乓高手。那些灯火通明的场馆里，很多人的球打得漂亮有实力，而还有很多人的球看起来太平常了，太难看了。有人看了之后跃跃欲试，觉得自己上场对阵这样的人一定能赢，但是一上去就输球。球场之上，有人靠实力，有人靠聪明，有人靠运气，有人靠歪门邪道。球场的歪门邪道也多了去了，如果你不会打球，我说了也白说，如果你会打球，那就不用我说了。你虽然不会打球，但是你生而为人，你就能体会到。你总是以为你能赢，但你不一定能赢。球场上，一个球员的技术提高哪怕是一点点，就能赢很多人，然后你会绝望地发现，前面还有很多人。

　　在我十几岁打球的时候，我也想提高技术。后来我二十几岁了，然后我就三十几岁了，我的球基本上没有什么长进。我的时间都用在谋生之上，我的理想总是用来被遗忘，我想起来打球这件事，往往就又几年过去了。现在我忽然已经40多岁，我发现我的很多理想已经不可能实现，我也发现时间禁不起这样的倏忽而过，可是，又拦不住。现在我打球不想赢球，只想获得运动的乐趣。如果有胜负心，人就不能享受人生。但是我也发现，在业余选手的乒乓世界里，我还是好岁数，我至少还有二三十年的好时光。很多老同志的球打得很好，70多岁的高手很多。虽然好时光过去了不少，但是也还有很多值得再去抓紧。

　　现在的年轻人，可以玩的游戏太多了，乒乓球在我这一代，是情怀，也已经是健身养生之术。技术提高不提高，不重要了。

　　天津律师界，打好球的不算多，所以尽管我这么差，有时还会代表律师去参加天津政法系统的比赛，或者跟着我的那些乒乓朋友去参加其他的比赛。人生有这样的定律，一旦当我比赛的时候，怎么总是我的状态最差的时候。我也会集中地打一段球，我的球相对熟的时候，也能打出一两个好球来，但是那时候偏偏没有什么比赛。我乒乓人生荒废太多，我的球拍常常很长时间放在那里不动，我匆忙地去参加比赛时，才想起来又有好久没有练球了。只有随时准备着，才能打好你的比赛，没有怀才不遇，是什么也拿不出来嘛。

乒乓球的打法，有长胶生胶，还有直板横板，有弧圈快攻，还有削球怪球。往往就是你不擅长打削球，你就会遇到削球，你终于练好了一切，可能漏算了对面的选手是左手。而再递进一层说，各种奇怪的打法，在绝对实力面前，一律无效。从这个意义上说，别动那么多心机，也不用想那么多，什么怪板怪招，都会被实力笼罩。人活着，靠的还是真本事。

我也看到过专业运动员出身的人败给纯业余选手。问题一般出在轻敌、大意、不认真。世界也不是一成不变的，如果一切都是定下来不可改变，那么奋斗也就没有意义。弱者逆袭毕竟也还是会有的，强者，也可能会犯下错误。

之五十五

1998 年 8 月 25 日

有这么一群人

有这么一群人，在大街上找不到他们，好像不容易找到他们。平时不知道他们待在哪里，好像是昼伏夜出，神经兮兮，他们的名字叫作作家。

之前看到过山东作家赵德发的一篇创作谈，他大意是说，作家这个群体往往是敏感的，否则就不可能有重大发现。但这些敏感的人不宜太多。

如果每个人都那么执着，都思考、哀伤、叩问灵魂、焦急而使命感地要把内心写下来，那这个社会就疯了。而且也不可能有那么多人总是敏感，少部分人的思考也是为了众生快乐。如果大家都变成承担思想使命的人，不思考的人一定是思想者。

那么，如果社会没有这群人呢，会是怎么样？这个社会只能是更疯。作家是这个社会的良心，是这个世界的书记员，是人们思想的美容师，是破冰水里的鸭子，是早树枝头的梅花。这群人总会有，在关键的时候挺身而出。

河里没鱼市上看，你找不到作家在哪里，你可以找到作家写的书，在书店，在街上的广告牌的每一个广告创意……

而且，你找不到我，你完全可以找到自己吧。作家何其少，作家又何其多呢。每个人在青春时代都写过诗，你就算没有写过诗，你没有写过给同学的临别赠言吗？你没有跟女朋友说过情话吗？你没有写过日记吗？这些都是文学。如果这些你都没有，那么，你是不是喜欢流行歌曲，你是不是喜欢旅游登山，这些，其实都是文学的部分。

所以，这群人也很好找，如果你觉得不好找，这也对了。他们其实就混在人群中间，和大家一样。这个世界有很多种人，有人爱唱，就有人爱写。就算有很多种人，但是大家都有一样的爱。

我藏在一所乡村的中学里，我看起来一切正常，我在写着，我就是那群人中间的一个。

2008 年 8 月 25 日
一条铁轨

奥运会结束了，但是生活不停息。晚上有点不知所措，却想起来一条铁轨。

其实铁轨是诗意的，尤其是在夕阳的余晖里。

铁轨旁边，是一条河流，河流在这个时候很安静。

这条铁轨就在我家的旁边。说是"我家"，其实已经不准确，我们一家人在那里度过了几年非常安静而幸福的生活。后来我们搬离了那里，房子卖掉了，幸福生活继续着，那里已经不再是我的家。

当时我去买那个房子的时候，似乎像买菜一样地简单。那时候天津的房价还没有飞涨，大约只有两千多元一平方米，我花了不到三十万元，就在比较中心的地带买到了一套很满意的房子。用很多人的眼光来看，那套房子的朝向并不好，东西朝向，可我不那么认为。从我的西窗可以看见西天的晚霞，可以看见友谊南路的车来车往，看见立交桥上前行的车辆和人们。而且，我的窗外就是河西区体育场，我可以看见很多的青年人在那里踢足球。我非常满意，当即定下来。后来售楼小姐和我成了朋友，她逢人就说，杨律师买房子的时候，是最痛快的，他是我们的优质客户！

很快我们像很多购房的业主一样，全家愉快地搬进了新家。不久窗外的河西体育场不复存在，踢足球的青年人也都不知去向，体育场变成了一家大型超市，胡锦涛主席还来过这个超市视察。超市并没有挡住我的视野，我仍然可以看见我想看的景物，而且超市毕竟方便了购物。

也是在住进来之后，我才发现，原来这里还有一条铁轨。

小区前那条路的尽头，是一条叫作复兴河的河流，就在河岸上，有一条铁轨。有一天晚上我听见了汽笛的鸣叫，然后是火车的有节奏的声音，在第二天早上，我找到了那条铁轨。在清晨中静默的铁轨当然也是诗意的，我在那里伫立良久，直到太阳光把我浑身打湿。后来，或者是清晨，或者是傍晚，那里都成了我的好去处。

去得多了才渐渐地了解，原来这条铁轨我并不陌生，沿着这条铁轨，可以通向很远的地方，不管是来的方向，还是去的方向。我上中学时每天骑着自行车来来往往要经过的一条铁轨，和我门前这条是相连的，我小时候第一次坐火车踏着的那条铁轨，也和这条紧紧相连，而且，我爷爷壮年时工作的工厂里，也是这条铁轨作为运输之用，从那里通过。于是，我更加觉得这条铁轨的亲近和可爱，一点儿也不厌烦偶尔会有汽笛声响，在我看来，那些汽笛的声音，悦耳动听。

我到那里住的时候，铁轨旁边的那条河流还是自然的污浊颜色，很快，天津城市建设大兴土木，包括海河在内的河流也都雄心勃勃地要打造成"世界名河"。这条河流和津河、卫津河一样变得清亮了，其实我倒是觉得河流的自然颜色没有什么不好，改造后的河岸上的林荫还保持了自然的状态，铁轨旁边的河岸变成了带状公园，青草碧绿，鹅卵石什么的，都有了。河畔还修了一个码头，那时候说要搞一个全城的水路系统，在这里乘船，可以到海河，可以到杨柳青，还可以到团泊湖。虽然到现在也没有实现，但毕竟看见了有小艇在门前的河流上驶过。

之前河对岸还是一片荒芜，还有三三两两的住户在那里私搭乱盖，他们都是从外乡流落来的。很快河对岸的广袤土地建成了天津高档的"富人区"，叫作"梅江"。梅江地区也确实很漂亮，有很宽广的水面，我怀疑房价都会把湖水烧红了。那时候的广告词有这样一句："宛在水中央"。开发商也有一些人是有文化的。但是现在也看不到什么"水中央"，都是相对高密度的房子了。

父母亲每天从铁轨旁边的河岸的小路去超市买东西，去立交桥下散步。我也喜欢在落日的余晖里去铁轨那里看远方。其实看不到什么，只是铁轨的延伸。后来我搬家之后，常常想起那条铁轨和我的平静生活。

今天我骑上新买的自行车，漫无目的地骑着。骑着骑着，就到了那条铁轨旁边。我又来到了那条铁轨旁边，那时候只是往远方眺望，这回却开始眺望旧居的那扇窗子，也不知道，房间里，住着的人是谁。夕阳还是那个夕阳，铁轨也还是那条铁轨。

2018 年 8 月 25 日
把电脑打开

今天参加了天津律师代表大会之后，就回家写文章。
有人请教一位文学名家怎样写好文章，回答是，把电脑打开。
在打开电脑之前，很多人要经过很多程序。比如去一趟卫生间总是可以的，泡上一壶茶也是应该的，怎么也要洗洗手吧，手头的几个微信先回了，这是基本礼貌，还可以先写写日记，接下来，也许已经忘了打开电脑这件事了。又想何必要难为自己呢，况且，毕竟还有明天，准备充分了再打开电脑吧。

打开电脑这件事，有的人能酝酿好几年，觉得一般电脑不行，就去买了苹果的，台式，便携，大的小的，都买了。觉得环境不行，就布置书房，要有花草，要有音乐，不然怎么能读书写作呢，等到条件允许，新的问题又产生了。要去谈恋爱，两人世界变成三口之家，本来想写，可是孩子老是哭，怎么开始呀！

打开电脑难，写下第一个字也难。对着那个空荡荡的屏幕，枯坐十分钟后，不是不想写，实在是"没有灵感"呀。然后就拿起鼠标搜搜时尚新闻吧，一晃就是好几个小时过去。

读书也是一样，很多人买书时并不是只想占有，但终于没怎么读，甚至都没有开封。读书也要有读书的样子，要正襟危坐才好，要边读边动笔才好。有的人想，读书躺着也可以呀，舒舒服服的不好吗，就躺下举起来读，读着读着，就睡了。读书的重要功能有两个，一个是让人提高文学素养，另一个呢，当然是催眠了。

九层之台，起于累土，所有事情，都是要有一个好的开始。百里半九十，有道理，万事始于一，也有道理。打开电脑，敲下第一行字。

之五十六

1998 年 8 月 26 日

学习计划

有学习计划才好抓落实。人心很大，天马行空，非得落实到一张纸上的几条，这才是计划。否则就是假想。而计划是一件需要执行力的事情。我记得我年少时看过一个连环画，一个小学生的学习计划，第一个"学"字还没有写完，看见外面有小朋友在踢足球，就扔掉了笔去踢球啦。

很多计划浮皮潦草，根本落不到实处。很多计划的制订者刚开始的时候并不是想欺骗人，也想规划出宏伟的蓝图，然后付诸实施。可是慢慢做着，发现计划根本不可能实现，于是就连同别人，把自己也骗了。目标订得太高，制订计划的时候仅仅凭着热情和理想，根本就没有事先的调查研究。

"取法乎上，得乎其中"，在制订计划的时候确实应该把目标订得高一些，即使没能够达到，也不会太差。但目标订得过高也显然会伤害计划本身。就拿这个早晨来说，总是给早晨赋予了太多的职能，比如健身、学英语、读经典，可早晨要完成的事情还有吃早餐、上厕所、赶公共汽车，怎么可能干那么多事情。再来说晚上，对晚上也有太多的期待了，要学书法，要写作，要去应酬，要做考各种证书的复习，要看白天没有看完的材料……

订下相对切合实际的目标，然后尽量做到，一点一滴，集腋成裘。把闹钟定在 5 点就是 5 点，不要奢望往前再调整，能在 5 点准时起来已经是很了不起的事情了。前一个晚上喝酒了，照样起来，天气不好，也照样起来，就算闹表没有响，也能靠生物钟起来了，规律得乏味。早起的秘诀是起来再说，成功的诀窍一定是坚持。

我计划着接下来的学习安排，顺手写下一点感慨。

2008 年 8 月 26 日

露天电影（一）

很多人都还应该记得看露天电影的往事，那是一个时代。我和妻子提起露天电影的事，她说，妈妈生弟弟的前一个晚上，还在妈妈的怀抱里看了一场露天电影，记得夏夜里妈妈的怀抱和放映场上的嘈杂，第二天早上兴奋地大喊我有小弟弟了，还以为这是电影里的情节。

如果没有露天电影我就不能记住很多童年日子。我当年看露天电影的场所，是我的祖籍小南河村。如果我回到那个村庄，我还能准确地指出当年放映场所的位置。那个场地四四方方，很是辽阔。有一间放映室矗立在放映场，很少有露天电影放映场所能有这样的规整的放映室，放映室里还有一个优秀而忠实的放映员，在前年我办理霍元甲后人起诉李连杰名誉侵权一案的时候，还曾去找他调查。老人叫霍俊亭，是霍元甲孙辈，现今已经是霍氏后人中的最年长者。我小时候和他打过乒乓球，他的技术实在不怎么样，但是战术多变。他几乎不讲打法，但他能调动对手，所以也能独树一帜，当时我对他的战绩胜少负多。我前年调查的时候和他回顾了乒乓球的往事，却没时间提及电影，他所放映的那些电影其实是我的文学启蒙，给我的童年涂抹的美丽色彩直到今天还不褪色。

放映场现在成了村中央的政治和商业中心，当年放电影，也可以说是文化中心。霍老喜好文艺，能弹唱，不喜欢干农活儿，放电影是个适合他的很讨巧的差事。我记得村庄的露天电影一度很是繁盛，几乎是天天上演，起码每周也有三次。放映室正对着的是两根高大的杆子，那是挂银幕的地方，每当下午的时候我们看见那两根杆子上挂上了幕布，那就是晚上要放电影了。或者是说，哪天我们如果看见那杆子上没有挂幕布，那就是不放电影了。那一般是阴天下雨刮风了。还有的时候我们无法判断是不是放电影，因为幕布还没有挂，但也不能确定过一会儿是不是能挂出来，就见霍老远远来了。当然那时他还年轻，他骑着自行车，驮着许多银亮的铁盒子来了，我们知道那里面放着的是电影胶片。

232   三 / 秋 / 重 / 唱

换　笔

夜半时分，忽然醒了。醒了就睡不着了，抓起手机。

夜半读书有感

又醒三更数寒星

中年始感意难平

读书能抵愁滋味

饮酒无关真心情

拥抱天明失月淡

驱逐夜暗有风清

秋凉几度知人世

不问前程过此生

本来以为写了就可以睡一会儿，却再也睡不着。

我这个年纪的人，也是赶上了用硬笔书写的年代。用笔写很长的信，写日记。那个年代热爱文学的人，也当然是用笔来进行创作。想想那个时代的方格稿纸，还是难掩兴奋。我用笔写了很多小说，也用笔写起诉状和其他法律文件。

上世纪 90 年代，很多作家开始换笔。所谓换笔，就是不再用钢笔或者签字笔了，改为用电脑写作。在当年，很多作家对用电脑历经了新奇、不屑、震惊和追逐的过程，当然最后是大多数人都接受了。有的作家说用电脑写作是隔着面纱和情人接吻，不愿意换，有的作家则大呼过瘾，到处给商家做广告一般，复制、粘贴，随意拖动文字，这也太好了。确实，过去作家的很多工作不是创作，而是誊抄文稿，那是重体力劳动。

那时我已经 20 出头儿，既没有自己的电脑，也不会用电脑打字，实际上也是面临着换笔。我感到那些老作家是很了不起的，我接受新鲜事物尚且感到困难，不知道他们是怎么那么快做到的。也听说过很多作家因为电脑故障，丢失文稿的事情，替他们感到可惜。

现在我又换笔了，我有时用电脑写作，有时是用手机写了。我醒来，我随手拿起手机就可以写，我就大可不必打开电脑，也不用去找来一支硬笔。

就算是便携式的灵巧笔记本电脑，带在身上也还是麻烦，坐飞机过安检还要特别检查，写文章的时候还要打开放好，仪式感过强。很多次我刚把电脑打开，就忽然又有事出发了，我一度就是为此才不写东西。后来我发现用手机键盘一样能打字，用手机的最大好处是灵活，比如在车上的时间，有时候很漫长，能写不少东西。甚至等人的十分钟，都可以写下不少文字。当然事先要有提纲，知道自己要写什么，就可以很快地进入状态了。我用手机写文章时，很多人以为我是在玩游戏，或者以为我是在聊天。现在我就算是有大块时间，也有用手机写文章的习惯，随时写，随时保存，用什么写和在哪里写都不重要，重要的是找到合适的书写方式，写一点有用的文章。

过去文人的文集里，一般都专门有书信集，现在人们都不再用纸写信，人们的很多沟通是用电子的方式进行，如果把那些微信记录留下来，那就是书信集，但是现在谁也不保留那些了。不留就不留吧，谁也逃离不了自己的时代。

之五十七

1998 年 8 月 27 日

徘徊在法庭门口

10 点半的时候，累了。

闭上眼睛坐一会儿，还是觉得没有状态。想起南河镇上也有一个"南河镇法庭"，就想拿出半个小时去看看。

法院分成这样的几个级别。最高人民法院是全国最高的法院，一般负责各省市高级人民法院上来的二审案件，并且负责起草对于法律的"司法解释"，指导全国法院的案件审理。而各省也都有自己的高级人民法院，比如天津，也有天津市高级人民法院，负责指导本区域的中级和基层法院。各个地区市都会有自己的中级人民法院，再下面才是基层法院，指的就是区县的法院了。

"南河镇法庭"实际上是个派出机构，南河镇派出法庭下发的判决和天津市西青区人民法院的判决书的效力是一样的，如果对判决不服，都要到对应的天津市第一中级人民法院去上诉。

从我所在的这个中学出发，用不了十分钟就可以走到法庭。这个法庭实际上是西青区人民法院的一部分，只不过不是一个按照专业划分的法庭，而是按照地域，负责处理南河镇辖区之内的民事案件和简单的经济纠纷。乡村的地域比城市要大得多，在区县政府以外的乡镇设立对应的法庭无非是方便群众。

有什么好看的呢，法庭就是很普通的几间房子而已，有一个独立的院子。我去时用了十分钟，回来用了十分钟，另外的十分钟，我也没有到法庭里面去，我就在门前徘徊了一阵子。

除了是给自己找借口偷懒散步，也说明了我对未来法律生活的向往和渴望。我非常喜欢在法庭上的感觉，当我在南河镇法庭门口徘徊的时候，我又想了很多我未来在法庭上的慷慨激昂，法庭下面不少观众在安静地听着。不光今天，看来我这一生，会有很多时间徘徊在法庭之外，等着法庭打开那扇门。

2008 年 8 月 27 日

露天电影（二）

放映室坐北朝南，幕布面北背南，我记得东侧最远处有个公共厕所，西侧最远处应该就到了现在的小南河村的主街道。而就在幕布的旁边不远处的另外房子，是当年生产队的"队房"。我还记得我很小的时候在那里目睹了社员们的开会。东西南北之间的四四方方地带就是放映场了，每当夜幕降临之前，那场地上面摆满了小马扎小板凳之类，或者就用粉笔画成一个小圈子，要不干脆搬来一块儿石头放在那里，干什么，占座儿呗。而在电影开演之前，很多小孩子在那场地里奔跑，我印象里这其中肯定有小梅。小梅是我的姑姑辈分，能比我大五岁左右，小时候她是孩子王，我们都服从她的指挥。前些日子听说小梅的父亲去世了，是我的祖辈。我有些悲伤，但也抽不出时间去吊唁。这位小梅姑姑，多年不见了，还清晰记得她在电影放映场上翻跟斗，她长得清秀漂亮，小时候却是个假小子。我听我母亲说，小梅姑姑说过她在电视上看见我好几次，还说我在电视上看起来老了不少，提醒我要注意身体。可是我不见她已经至少有十五年了。不知道她该是什么样子了。

放映场再往南走，是农村当年的供销社。供销社旁边，还有一个地道，是一个叫作小军的童年伙伴挖的，我今年夏天去著名的冉庄地道，还想起那个秘密地道，以幼年小军的能力和工具，他挖出来的地道绝对是一流的！我记得小军逃学后躲在那个地道里玩儿，里面还点着蜡烛。

当时我就住在距离供销社不远的地方，也就是说，我住在距离电影放映场也不远的地方，我去看露天电影是非常方便的，去看当天是不是挂着幕布也是非常方便的，我随时可以掌握露天电影的信息。

有这样的一个情况，我从家里出来去看露天电影的时候，是首先看到了电影银幕的背面，因为幕布是面北背南，而我是从南面来。

所以我往往在银幕的背面看电影。

我能看见银幕，也能看见幕布正面的那些与我隔着银幕与放映杆子的，面对面地看电影的黑压压的人群。好像我在和他们对峙。

两上井冈山

　　我的新阶层学习班结束了在天津的学习，要经北京到井冈山去现场学习。一路上和同行者交流。所谓新的社会阶层代表人士，有律师、会计师、税务师这样的智力劳动者、中介机构组织人士；也有网络大咖、海外归国留学人员、外企的高级白领、富二代，还有自由作家、画家等艺术界的自由职业者。

　　晚上到了住地，没有停歇，就直接上课。听袁文才、王佐和曾志的后人讲他们的先辈的革命故事，很是感人。

　　去年初夏，我随同天津青年联合会来过井冈山，并且写下了这样的句子，今年再来，感觉仍然美好。

　　　井冈山诗三首

一

　　夜上井冈

无边夜色上罗霄

慨叹平生未弄潮

村后楼前凝目望

这山果比那山高

二

　　井冈逢雨

翠竹逢雨更觉娇

雾色朦胧水韵飘

正好涤清狭隘事

襟怀装进大逍遥

三

　　咏井冈翠竹

满身绿色便成诗

高耸逐节笑我痴

风过昂头迎落雨

站成凝翠一青枝

因为又来井冈山，就想起王广胜。

王广胜是仲达在解放军艺术学院的同学。一个文学系的学生，没有搞文字，却做起了表演。他在井冈山大型实景演出的现场，扮演毛泽东，做了特型演员。多年前我到北京去看仲达的时候就几次见过王广胜，那时他们的一众同学就都说广胜像毛泽东。当然那时候大家都年轻，都觉得生活有无限可能，又都是文学系的学生，都梦想着成为大作家。却没有想到，广胜真的因为形象，饰演起了毛泽东。

去年来井冈山时，和广胜联系，他不仅热情地请我吃饭，并且跟我讲，可以到我的学习住地，和我所有的同学一一合影留念。他外形上确实比较接近青年毛泽东，他在井冈山的实景演出里，剧情里也是在演"朱毛会师"这个桥段。可惜广胜的年龄应该有一点大了，饰演青年毛泽东，也就是还有这几年的好光景。而这样的实景演出，观众是看场面和山水气势，演员甚至没有一句台词。广胜如果想有更好的演艺事业，看来还要走出这个舒适区。

记得去年这个时候，仲达也正好随同天津电视台在江西拍摄节目。我在井冈山学习结束之后，就约起广胜，一起到宜春，去看望著名文学评论家朱向前老师。我们三人也得以一聚。

之五十八

1998 年 8 月 28 日
那个足球少年和我

秋光里，有憧憬也有回忆，也有胡思乱想、稀奇古怪。

今天金风飒飒，清清爽爽。天很高，但云并不淡，甚至有些糊涂乱抹状，一团一团，一层一层，团团层层。鸟叫或者蝉鸣，或者树叶摇曳着的轻响，斑斑驳驳，传入耳鼓和眼帘。目光能把秋天穿透甚至刺伤，思索就显得很寂寥。

安静了一个夏天了，这时候我所居住的这个校园又开始了喧闹。在那个本来空旷的操场上，我看见了乡村的孩子们欢快地在笑着跑着。之后他们热火朝天地进行大扫除，弄出了很大的声响，小男生和小女生，都干劲儿很足。他们身上的土和脸上的泥，是青春气息的一种。

我站在门口的秋风里看他们，真想回到他们那个年龄里去。

旗杆上，又飘扬起了五星红旗，学校换了一面崭新的国旗，在湛蓝的秋风里迎风招展，红透了眼睛。

而傍晚，在操场那边，落日的余晖紧紧贴住大地，好像一块巨大的黄绸带粘在了地上。我看见了那个孤独的少年，我终于又见到了他，他还带来了他心爱的足球。他在那里，练习射门。

我想起那些飘落槐花的春天，我从城市走到乡村，选定了这个地方作为我的书房。后来，在最火热的夏天，我住了下来，在向往中看日出日落，读书几乎是我生活的全部。

我第一天来到这个中学的时候，正是槐花伤心地飘落的时节。我为什么要住在这个校园里，因为这是我父亲印刷厂的宿舍，宿舍不大，只有几间房屋。我从中收拾出了一间给自己，另外的几间其实也没有人住，原本住在这里的工人们陆续走了。我记得那天我安顿好，就到学校里四处看看。校园操场上飘着槐花瓣儿的香气，一个少年正苦苦地在操场的足球门前练习射门，那个帅帅的样子，仿佛是位绿茵英雄。我记得在那个和现在同样美丽的血色黄昏，我站在操场边槐树旁，写的幼稚句子。

黄昏球场所见

目光是一种镰刀
能收割
太阳的金色麦浪
万事万物
都有光芒

绿茵英雄一射门
槐花瓣都谢了
他的脚法
略微长于时光
在球网里捡回来的足球
很像失落的芬芳
在地上的滚动着的
是这个黄昏的又大又黄

为什么下起了一阵太阳雨
少年不经意的一束微笑
难道竟把
最后的春天深深刺伤

想起这个漫长的夏季，这个孤独的足球少年都没有来过，今天忽然就出现了。而我整个夏天始终也没有走开。

2008 年 8 月 28 日

露天电影（三）

是不是王朔写过幼年看电影的往事？那个时候电影就那么几部，电影台词观众都能背下来，演员的动作架势和场面也都能记住。我记得王朔写到他们几个人曾经讨论主演是怎么拔出的手枪，是左手还是右手？为此争论很久，因为有人是在银幕的反面看，要知道，在银幕的反面，左右手当然是反的。

我很小的时候看到的很多电影，也都是反的。为什么不能到银幕的正面去看呢，我有疑问并且强烈要求要去看正面。其实原因很简单，走到正面去看，要多走两分钟，那时候我们还小，常常看着电影就睡着了，离家近些当然更好。我还记得有一次在睡梦中回到了家，发觉母亲在帮我脱鞋，我困意全无，有被欺骗的感觉，强烈要求回去接着看电影，我想那就是我开始长大的一个重要迹象。我母亲确信我不会再哭闹，于是我们回去接着看电影。我现在记不得太多关于我的那个距离露天电影场地很近的家的样子，我只记得有一年夏天，母亲在那所房子的院门里给我洗了澡，我清清爽爽兴冲冲地跑向门外，门外是个坡道，我当即摔倒，膝盖被挫伤了，而后又被母亲抹上了一种叫作"紫碘"的药物。我至今能记得我的紫色的膝盖，还有那时对母亲的依恋。

我在那块露天场地看了许多电影，革命影片，还有更多的"老掉牙"，当然还有李连杰主演的《少林寺》。那是 80 年代的新东西了，是冲击旧有思维方式的换代产品。人的很多零星的感受除了文字，没有地方承载，那些记忆突然会冒出来，也突然会消失，那是每个人都应该抢救的文化遗产。比如我对风最初的感受，电影的幕布迎风抖动的时候，我觉得冷，我紧紧地依偎在母亲的怀抱里，母亲告诉我那是风，我知道了风是冷的，而母亲的怀抱是温暖的，我在幕布的抖动中体会着人生。还记得看古装戏曲电影，我十分不解，问父母，剧中人为什么穿着这样的衣服。从那时才知道"古代"和"古代服饰"这些概念。我纳闷剧中人为什么在唱。我问父母是不是古代人说话都是用唱戏的方式。纳闷了很久，想，古代的人是怎么说话，为什么要这样说话。还有诸如耐心、期待、烦躁等等这些内心感受，我都是在看露天电影的时候，渐渐感受到的。

2018 年 8 月 28 日
所谓读书，不过逃脱

今天在井冈山，参加现场教学，看演出。晚上腾出时间来读书。

不用人教，看见花开就觉得好看，有了心事，就想写日记。所谓悲春伤秋，实际上是种生理反应。很多人的读书写作，不是使命担当，向上奋进，大多数是逃避生活，逃避责任。

很多年轻人，写下一篇鸡汤文，说最向往的就是清风明月读书，蹬三轮的爸爸那时也想，自从有了孩子，就不敢想了。也有不少中年人每天不想工作，就是希望"岁月静好"。如果媳妇连买菜的钱都没有，静什么好。还有更多的人抄海子的诗，也想要"面朝大海，春暖花开"，别光想大海和花开了，春天时该种地还是要去种地，也别忘了海子的疑似精神分裂，他自杀前几天告诉家里人，他是被人害的，要为他报仇，前提是练好气功。

很多人在个人爱好一栏里写上"读书、旅游、听音乐"，在某种意义上说，这相当于在贫苦的日子里，孩子天真地说，我就爱吃肉！那个年头，谁不爱吃肉啊。

读读书，旅旅游，访访友，喝喝茶，谈谈心，聊聊天，吹吹牛，开开心，这样的生活要多完美就有多完美。但是读书本身确实是不能当饭吃的。

国家相关机构里的那些学者和作家，每天的工作就是干这些，他们有的是因为优异的成绩或者天赋进了体制，有的可能就是所谓的运气。他们每天在做这些，如果没有成果，那简直天理不容，但不论如何，他们就是干这个的，他们有权这样生活。还有比如能卖钱的畅销书作家，只要写的书有人买，就可以以此为生。如果只读书而没有饭吃，甚至还要别人帮买饭票，那就是逃避责任。写作不能直接产生效益，没有直接的"作用"，就不必非要写下去，如果没有为天地立心的理想而写作，或者换不来饭吃，那就是逃避生活而已。有钱，有闲，是能读写"闲书"的前提。

多少所谓的学子，打着学习的幌子在校园里其实是在谈恋爱，与其那样混日子，还不如也去买一辆三轮车来，或者去擦皮鞋。

学以致用，哪怕专指世俗和功利的"有用"，也没有错。家长盼着孩子考取一个功名，这是太正常的为人父母之心。读书去考公务员，去考会计师证书，考研究生，就是好孩子，读文学，文学在某种意义上那就是闲书，只不过听起来雅致一些，其实和打麻将和看烂片没有什么区别。看书就是努力，看电视就是耗时间，那可不一定，多少人看着烂小说，幻想自己成为男主人公或者女主人公，就是逃避劳动。就算读的不是烂片和烂小说，读的是鲁迅或者马尔克斯，那又如何，走进自己的精神世界，沉浸其间享受，这很高尚，也很自私。

之五十九

1998 年 8 月 29 日
每个人都是整个世界

很多律师资格考试的试题听起来匪夷所思，也可能那就是出题老师的假想。为了更好地把知识点让学生接受。大家普遍都能接受"科学假想"，实际上这样的案例简直可以是"法律假想"。假想着，却也可能成为真实。法学系学生在接受案例教学或者进行律师资格考试训练的时候，见过的案例五花八门，真实和假想，学生也分不清。觉得有的案例一定是老师编的故事，但那却是真的。正像文学，越是荒诞，也可能越是真实。

比如有个案例考题，说一个从十楼跳下自杀的人，在身体成为了一个抛物线而经过九楼的时候，正巧遇到九楼的人在开枪，自杀的人还没有摔死，却被枪击中而死。多因一果，他死了，但是不能说清楚究竟是怎么死的，这就是民事责任里强调的"因果关系"。法律强调因果关系，而在俗世，何尝不是如此。

还有一道题，说有一个人在以一个自由落体的方式从楼上到楼下的地上，他是怎么死的，或者说他是因为什么而死，说不清楚。因为死者从楼上坠落下来，恰巧被从此路过的驾驶人开的车碾压过去，造成死亡的后果。

汽车碾压之后，死者如果还有微弱的呼吸，这说明死者从楼上坠落下来之后没有死亡，也就是肯定不能证明当汽车从死者身上碾压之前死者已经死了。再换一个说法，死者从楼上坠落触地的时候，他还活着。另外，还要注意的，死者从四楼坠落和他从四十楼坠落下来，那情况就不一样了，根据一般生活法则，从四十楼坠落下来直接触地，人肯定会死，而从四楼，那就不一定了。

案例中，首先是举证责任问题，根据"谁主张谁举证"的原则，死者家属作为原告，有义务证明死者的死是作为被告的驾驶人的碾压行为造成的，而非是坠落造成。原告没有其他直接证据，可以通过司法鉴定的科学方式来确定死因，可是原告又拒绝进行鉴定，法院最终判定被告承担大部分的责任，这来自于法官的自由裁量权。但，并非被告就一点儿举证责任也没有，被告也有一定义务证明自己没有过错存在，而法院最终判定被告承担一定责任，也是认为被告有疏忽的过失：一个大活人从楼上掉下来，驾驶人员在路上应该有所预料。

可这样的事情该怎样预料呢？天上掉馅饼的事都没有，怎么会掉活人！

如果展开说下去，坠楼原因是吸毒后人神志不清，还是为了躲避检查，那么检查者是不是有承担责任的可能？还应该注意，驾驶员过失造成他人死亡，也有可能会承担刑事责任，不仅仅是赔钱了事。

祸从天上来的事情，确实是要面对的人生课题，但是回到法律本身，无论如何，驾驶员承担一定责任是没有太大悬念的。因为至少可以说，死者的死不能排除跟驾驶员的碾压没有关系，如果是根据公平原则判定驾驶员承担一定的责任，这不是"和稀泥"，这其实是法律精神，正如孟德斯鸠所说，在民法慈母般的眼睛里，每个人都是整个世界。

2008 年 8 月 29 日
露天电影（四）

当然还有幸福、灯光、喧闹，还有暴力和厌恶，生猛的农家孩子疯狂地奔跑，他们的粉刺鲜明，声音洪亮。在看露天电影的后期，我也不再是父母怀抱里的孩子，我开始和伙伴们一起去看电影，我也开始注意黑暗处有没有自己喜欢的女生。

后来我搬家了。幼年没有日记，又是那样的久远年代，很多事情就都记不住了。我搬新家的时间大约是 1980 年，所以我能区分我的很多记忆是在我 5 岁前后。原来的家在那个乡村的正中央，后来就到了那个乡村的最南端。在我那样的幼小年代，那是很远的距离了。我记得那一天，我惆怅和疑问当天是不是能有露天电影可看，我向父亲提出了一个在我看来很过分的要求，而父亲的欣然允诺让我大吃一惊。父亲当年就是我现在的年纪，他骑上自行车帮我去看放映场的两根杆子上是不是挂上了幕布。很快他回来了，我不自信父亲能愿意帮助我去看，更不确信天气，不确信幕布真的挂了。年轻的父亲带来了好消息，他说，幕布挂着呢，今晚可以去看电影！

我现在到了父亲当年的年纪，才懂得了父亲当年的心情。而我那时也想不到这一层，父亲也一定是关心着电影的，上山下乡的知识青年，在寂寞的乡村，可能更渴望电影里的世界。我相信在很多个夜晚，在我们兄弟熟睡的时候，父母应该一起悄悄地去看过电影，那时还是他们的青春时代。

我很快发现了一个新家和露天电影的巨大关联。我家院门外有一根电线杆子，上面有一个乡村传播信息的工具——大喇叭。每当晚上有露天电影可看的时候，大喇叭会传递放映的信息。我在清晨的时候从那个大喇叭里收听《新闻和报纸摘要》，而在黄昏的时候收听"小南河广播站"的新闻，还有文艺节目。能想起那些黄昏，歌声从大喇叭里传出，在黄色或者紫色的夕阳里，我的童年在疯长。前几天我在办公室里接待了一个当事人，就是我童年的伙伴，现在成了一位成年女子，我说："你就是德响吗？"她说："是，我就是德响。"至少二十年不见了，那时年幼的德响一直以为我家院门前的大喇叭是我家的私有物品，因而还对我产生了某种崇拜。

我记得大喇叭里播放过很多放映信息，句式一般是这样的："全体社员请注意，吃完饭去看电影啊，今天放映的电影是……"我们常常根据放映的电影的名字来憧憬，也有的时候电影名字会成为长辈拒绝带我们去看的借口，我记得有一天放映的电影是《家》。我记得姑姑告诉我说《家》不好看，咱们不去了，看她说得那样肯定，我也只能认为是不好看，内心里却遗憾了好久。

而搬了新家去看露天电影，却还有一件很害怕的事情呢。

2018 年 8 月 29 日
生活在酒店（一）

今天全体学员到烈士陵园献花。晚上，雨下个不停，就待在酒店里。

一年到头，有不少时间是在外地，有不少个晚上，是住在酒店里的。

前些日子看到的一篇文章，说是很多都市的所谓小白领（加一个"小"为定语，没有任何歧视的意思，只是说他们年轻而已），在有的周末加班之后不回家，而是住到自己所在城市的酒店里。在自己的城市，又不是外地，他们为什么放着家不回，而要再花钱去住酒店呢？其实无非是他们想换个环境，让一成不变的生活有一些新鲜感。

衣食住行。住酒店其实不是"住"，而是"行"的一部分，"住"指的是长期居住，安居乐业，而"行"呢，不仅仅指的是出行方式是坐轿还是骑驴，还指晚上住在哪里。行走无涯而且归期不定，晚上除了风餐露宿，或者睡在车站之外，睡在一家酒店，应该是主流方式。

光是酒店可不行。从古代到现在，酒店的名称有很多种，根据名字不同，功能也不同，当然价钱也不同。

我们通过看电影、听评书就可以知道，在明清以上的古代，除了皇家的行宫和官府的馆驿之外，在民间"赵家老店"或者"张家老店"这种样子的店房比较多（一般位于城市，条件较好），当然也有档次更低一些的各类的"大车店"（一般位于乡下或者更荒凉的地方，比如电影里的"双旗镇"）。总之那时候住酒店的档次不是拉开得很多，样式也差不多，以那个时候的人们的视野来看，让古人能想象出更为名目繁多的酒店样式来，确实是太难为他们了。不就是一张床睡觉吗，还能有什么不同呢？

过去的大车店现在也还存在。高铁、机场旁边，仍然有临时住宿的地方，高速公路的服务区，过去的国道、省道和县道旁边，也都还有档次或高或低的，为了出门在外搞运输的人服务的小旅馆。大车店也有条件好一点的，也仍然还有那种大通铺，或者不按照房间收费而是按照床位收费的低档地方。条件差的，还有使用公共卫生间的，不能洗澡的，或者只能在固定时间用公用淋浴头洗澡的地方。这种酒店（我们用"酒店"来指代所有旅馆行业）可能是旅店业的最原始存在和意义，就是为了住下来便于第二天赶路的地方。人可以带上被子上路，但不可能为了出门把自己的房子带上。这种大车店级别的酒店，受众可能有跑长途运输的司机、底层打工者、学生、吝啬节省的老人等群体。

好像涉外的星级酒店，才能叫作宾馆，或者直接可以叫作"酒店"。星级宾馆的主流房间当然是标准间，一个屋子两张床是标配。后来逐渐认可大床房，一个屋子两张床确实不适合夫妻或者情侣入住（因为他们不需要两张床），也不再适合同事或者同行一起住。人们更要求独立私密一点儿的空间。人们开始觉得，旁边哪怕就住着一个陌生人，也实在不爽。打呼噜的事不愿意让别人知道，也不喜欢听别人打呼噜。既然标间也是住一个人，那么干脆住大床房吧。还有豪华套房的概念，还有适合一家住的三人间或者家庭房，甚至人们希望住在能做饭的公寓式酒店。

之六十

不一定不美好

我在清晨从云霞中锻炼回来的时候，精神振作，周而复始的一天开始，然后结束。

这已经是很深的深夜，我把我的稿子摊开，还有两张信纸。

面对枯燥的法律条款，看着人家写的生动的小说，写自己的口气淡淡的信，我的句子一般，但是不一定不美好。

我紧紧握着笔，生命被握出津津的汗来。我的收音机在播放着南斯拉夫电影《桥》的主题歌《朋友》，"游击队啊快带我走吧，我实在不能再忍受"，"把我埋在高高的山岗，再插上一朵美丽的花"，这都是美好而又忧伤的句子。少年时代看过这个电影，也听过这个主题歌，当时并没有觉得这歌有多么地好，甚至觉得这歌词怎么这样地差呢！直到后来有了更多经历，才慢慢改变看法。这样的歌声传递着诚挚的感情和身临其境的感受，句子是否美，主要还是看其中蕴含的情感。

人年少时，经历得少，所以很多事都看得模糊不清。甚至美丑善恶，也分不清楚。又想起年少时看一个电视节目，有一位老者，是谁我已经忘了，他说他 16 岁的时候认为他的父亲什么本事也没有，一无是处，到了他 60 岁的时候却认为，他的父亲能活下来并且把他养育成人，简直太伟大了。

当然，老者是一个少年的时候，他当时的认知也未必就错，身处那个时空，看到的就是那么多。我为什么会过这样的生活，他为什么会过那样的生活，怎样的生活都是自己的选择，每个人能做出什么样的事情来，其实都是有所缘由。在什么样的时段和身处什么样的环境，就会写出什么样的文字来，就是这样。

露天电影（五）

很害怕的事情是一口棺材。

人死了以后要睡在棺材里，长眠地下。后来"移风易俗"，实行火葬，棺材的意义就不那么大了。但人死之后去火葬场，总还是要有一口棺材成殓，作为火化前的过渡。我所说的那口棺材是村子用来成殓死者的，遇有哪家出了丧事就会用到，下次死了人还会再用，不用的时候就放在路边的一个小房子里。在我们的童年时代，那是个神秘而恐怖的小房子，却位于去看电影的必经之路。黑夜里母亲拉着我的手经过那个小房子的时候，我常常会悄悄地往那里偷看，越是害怕越是偷看。母亲总是一只手拉着我，另一只手拉着哥哥。去看电影的路上，拽住母亲左手的人会靠近盛放棺材的小屋子一边，而回来的路上，自然就又变成右手了。去的路上，我和哥哥就都希望自己牵住母亲的右手，而回来的时候，当然是左手。

所以，看电影来回的路上，我们还要动这样的心思。看电影不再那么单纯，就像成年男女看电影可能是为了去搞对象一样，我们在成长着，开始慢慢计算——左手，还是右手！

九十分钟的电影，怎么也要提前三十分钟来到放映场，聊天和等待；后面还有议论着剧情走回家，那就几乎是整整一个晚上了。那里有丰富的剧情和那些黑暗中的光影，还有我们跳跃的思绪和瞪大的眼睛。我常常在看着银幕的时候回头看放映室，看见一个巨大的昏黄光柱从那里传出，直射到银幕上。而在那时候的技术条件，在放映的中间，每部电影都要涉及"换片"的问题。那是比较落后的露天电影，即使是在那个时候的电影院里，也是不能解决的技术问题。我记得中途要有四次"黑屏"，幕布上先是黑了，然后有混乱的光影闪动，很快就好了，接着看。虽然换片让观影变得不连贯，可是大家并不在意，相反这是观影时的一种情调，也有的时候换片的时间显得长了些，于是就能听见嘘声。很多男孩子就是在这样的时候学会了起哄。

生活在酒店（二）

从江西返回天津，用去一天时间。在途中也能处理很多事情。

在飞机上接着写昨天没有写完的"生活在酒店"。

酒店这种住宿方式更讲究商务性，住在这里的人不单纯是住，还要求比如通信、会议等商务服务。还要咖啡厅、酒吧、歌厅等休闲娱乐场所，还要有健身场所，各种球类项目、游泳池，等等。

如果是商务活动，大家都愿意住高级的酒店，在外来看，这样住有面子，容易谈成事情。对内心呢，很多老板讲，无论到哪里，住在当地最好的酒店就会感到精神饱满，充满自信。我很多个朋友要求自己的下属出门住酒店不能低于五星级，因为他们觉得，商业上事情的成功与否，和住在哪个层次的酒店，关系很大。

但是也有一些人觉得，如果仅仅是去居家旅游，也可以住在那种青年旅社或者应运而生的快捷酒店里。因为，只是自己出一趟门办点私事，花上那么多钱去住五星级酒店，那"何必呢"。就连任正非那样的大咖都在住酒店上那么算计。反过来的声音又说，任正非住在哪里都可以了，他又不缺自信，但是我们，必须住五星级。问题接着的讨论是，如果是商务活动，那住五星级，如果是个很私人的活动，一定要住五星级吗？

有一个恰巧就是在江西南昌的很厉害的老板，也附带做酒店业。他说，在商务活动之外，花费不菲的钱入住超豪华酒店确实不再是一个讲排场的问题，而是对品质生活的追求。他做的酒店不是商务式的，没有超豪华大堂和游泳池，但是对于客房内部的标准是非常讲究的，其标准甚至"比五星级酒店要强"。一些年纪三十多岁的经济稍微稳定的人，不再满足住在那些实惠的快捷酒店里，希望房间宽敞，有明亮的落地窗和大浴缸。很多人的家庭里也有大浴缸，但是可能一年也不会用一次，将浴缸注满水和将水放掉这些事情一点儿不浪漫，非常费工夫。但到酒店里住，浴缸要有。

这就是很多都市小白领要在加班以后去住酒店的原因，他们渴望换个环境，躺在高级酒店的大床上，享受雪白的床单。不一定是家里没有，而是这里有人给提供服务，早晨吃的早餐品类齐全，让人能体会到尊贵的感受。就算住在自己的城市也会有新鲜感，总之都是在酒店里，和住在他乡的酒店也没有什么区别。

很多人愿意住在度假酒店（也有叫度假村的），住在酒店就有海滩，度假一周，就是住在酒店里休闲。只要酒店好，人们不再在意旅游目的地的景区，也不在意目的地是马尔代夫还是斯里兰卡，到哪里还不是住下来休闲呢，海上风光又差不多。

之六十一

1998 年 8 月 31 日
你瞅啥或者你看嘛

又去买凉皮当午饭吃。街头所见两个人的对话，他们吵了起来。

你瞅啥！显然是一句东北话，如果翻译成天津话，就是，你看嘛！

据说这句话是引发很多寻衅滋事打架斗殴的主要原因。两批小青年，谁也不服谁，一旦问出你瞅啥，下一句回答得不好，一场祸事就在所难免了。

回答者往往会觉得如果不硬气起来，是个很丢人的事，天津话叫作"栽面儿"，也许本来并不想干一架，但硬着头皮也要大声地回答，看你了，怎么的，不行吗？那边说不行，双方话不投机，当场动手。天津话里还有一个问法是，服吗？答为不服！于是开打。

回答者如果能大方一些，微笑一下，认怂了，置之不理，就什么事也没有了，这个自不必说，但是发问者是怎么想的呢，这值得探究。刑法学认为发问者就是没事找事，想称王称霸，将这样的客观行为定义为寻衅滋事。

一大部分人是这样的主观心态，但还有的情况并非如此。强迫症患者有一个表现形式是，面对着迎面走来的陌生人，会在内心里悄悄向对方吹一口气，他们认为，这口气一旦吹向对方，就能把对方镇住，自己就安全了，否则，他们总是觉得对方会对自己的安全构成威胁。

所以由此看来，发问你瞅啥的人，一半是火焰，还有一半是海水，他们敏感脆弱，内心焦虑不安，为了寻求安全才会提前发问，你瞅啥！如果再把这句话翻译成普通话，可能就是，你不要过来，你不要伤害我。如果他直接说出了这样的话，他就显得"栽面儿"了，所以他要先硬起来。

你如果不瞅人家，你也就不知道人家在瞅你。江湖上，大家本来都是义气的人，何必如此，把一句话换一种说法就好了，大家都放松一些，都笑一下，四海之内皆兄弟。

我只顾买了凉皮赶快回来吃了，然后接着读书，所以，怒吼着你瞅啥的那两位，最后是不是干了起来，我并不知道，我估计很快就散去了，因为要是真的敢干的，也早就开始肉搏了。这样发问起来形成对峙的，嘴把式多。

2008 年 8 月 31 日
露天电影（六）

露天电影渐渐消失，原因其实很简单。80 年代之后电视开始普及，热闹的春节晚会之类娱乐综艺节目，动画片《森林大地》《尼尔斯骑鹅旅行记》《铁臂阿童木》，电视剧《排球女将》《霍元甲》……这些比起那些老掉牙的电影好看多了，而且足不出户就可以看到，那时电影"大片"的概念还没诞生，第五代导演在北电中戏还没有毕业。我的露天电影的经历最多应该在谢晋的《芙蓉镇》的时代就断裂了，《红高粱》出来时我不看露天电影已经很久了。

1982 年《少林寺》之后，看露天电影就渐少了，那种集体节日似的看电影的方式也一去不返。我的露天电影经历当然也离不开大时代背景。改革开放，文艺复苏，百花齐放，反思中产生了伤痕文学，电影界也创作出了很多新作品好作品，很多"文革"前的优秀作品也能成为"重放的鲜花"。谢晋的电影《牧马人》，我也是在露天电影场看的，将近三十年来没有再次看过，还记得朱时茂那时还不是一个喜剧演员，他好像很帅，那时觉得丛珊并不那么美丽，却温柔如水。后来我才知道《牧马人》是张贤亮的作品，"大墙文学"也是"伤痕文学"的大范畴之内。去年到了张贤亮的"镇北堡"影城，看到了《牧马人》拍摄的地方。

变革的年代，人们又能重新看电影，禁锢很久的东西得以释放，花朵开得更加艳丽，文学和电影造成了人们内心的强烈共鸣。原来生活可以是这样，女人可以穿漂亮的裙子，男人也不一定非要穿着一模一样的蓝色和绿色，刘晓庆和陈冲等新影星的美貌强烈地冲击着人们的视觉。当然，那个时候人们还不知道，清纯的陈冲可以到好莱坞发展，比美国人还性感，而端庄的刘晓庆，比当年她的粉丝的女儿还显得年轻。我的一位比我小的邻居小伙伴，叫万杰，我记得有一次我们兄弟二人去找万杰看电影，万杰妈妈正在给万杰吃饺子，饺子太热，万杰图快烫得一塌糊涂，他担心我们不带他去。后来万杰妈妈用凉水浸泡饺子而速凉，万杰才得以把饺子吃下去，然后跟随着我们走。我们那时哪里懂得什么"重放的鲜花"或者什么叫共鸣，我们只知道热闹，知道兴奋，只知道那是火热的生活。

2018 年 8 月 31 日

生活在酒店（三）

在茂业大厦谈办公室装修方案，间隙接着写酒店的话题。

还有为了其他目的比如赌博而去住酒店的。拉斯维加斯或者澳门，赌博机都在酒店里，赌上一个月不出去也都是在酒店里，这家酒店赌了之后，就去下一家。这也是最原始的酒店业所不能想象的。人们来酒店，不是为了住，也可以是为了来赌。当然，也还有为了嫖娼、洗浴，等等不一。过去那些年兴起的洗浴中心好像是男人专属的地方，洗浴之后也可以睡觉，形成酒店业服务的另一分支。现在很多洗浴中心升级为"温泉酒店"，不仅可以带着老婆来，甚至连老带小全家一起来，在温泉中心洗浴休闲看电影吃饭，合家度过美好夜晚。

还有逐渐在国内兴起的高尔夫酒店、滑雪酒店，窗外要么是绿色的球场，要么就是白色的滑雪场，绿色的或者白色的"鸦片"简直让人血脉偾张。

更有名目繁多的各种文化主题酒店，从历史切入，或者从文学，从地域风情切入，都有。人们不仅要住酒店，还要住大火炕，住农家院，住吊脚楼，住山景房、海景房、湖景房、江景房、沙漠景房，各种不同的地貌，都能构成酒店的主题。还有人喜欢住在政府的定点酒店，享受公务风，有人喜欢住在大学招待所，既便宜一些，又显得有学术味道。

自从互联网作为产业兴起，尤其是"共享"的概念的深入，民宿发展也很快。不仅农村有"农家院"，城市里的很多人也愿意把自己的房间拿出来分享，能营利，又能交朋友，这样全新的生命体验何乐不为呢。我的很多语言能力不错的朋友，出国旅行不仅不会跟着旅游团，也根本不会住酒店，都是住在外国人家里。那样的生活方式是很让人神往的，说不定能有很多故事发生。

酒店行业这个概念下至少还有"会议中心"的概念。人们为了集中开会，一起住在既有住宿房间又有专门较大型会场的酒店，目的就是把邀请的人集中封闭起来，更好地开会。总之，住在酒店为了各种不同的想法，形形色色的人们，为了各自想要的生活，离开家，生活在别处。

我有一个在全世界飞来飞去的朋友，他告诉我他无论住在哪里的酒店，他只是睡在被子的一角，从不把被子舒服地完全掀开，他喜欢蜷缩的感觉。我的一位老师告诉我他住酒店最大的快乐是能看电视，因为家里好几年没有设置电视了，在酒店里偶尔看看，让他感到非常快乐。

我自己也常常天南海北，在外住酒店，我倒是没有那么挑剔。当然也要看出行的目的，那两年在清华大学上学，我就非常不愿意住在高档酒店，那是觉得，住在那样的高级酒店，太没有求学的感觉了。住酒店时我的房间的灯是全部打开的，安静的夜晚，灯光可以让人温暖，能照亮写下的文字，就算睡着了，灯也还是亮着。

酒店的叫醒、叫车、洗衣、送餐、网络服务，酒店销售部负责的各种面点、月饼，还有酒店里的针线盒、地图、书桌，酒店的雨伞和冰箱，酒店的咖啡和矿泉水，酒店的体重秤、厚重的窗帘，酒店的水果和服务生的礼貌鞠躬，这些午夜时分涌上来的纷乱记忆，能串起来我多年的出行生活，想起我一次次的远行和归来，这一切简直都是美好的。

之六十二

1998 年 9 月 1 日

活狗摔死卖

过去有句俗话叫作活鱼摔死卖，比喻人把好事办坏，这样的人可笑幼稚，但有一点要注意，鱼毕竟是自己的，想怎样就怎样，想怎么卖就怎么卖，就是不卖，白送，放生，别人管不着。

今天的一道习题里，却讲有人捡了一条狗，索酬不成把狗摔死了。"活狗摔死卖"只是个套用仿词，和那条活鱼大不相同，最大的不同在于法律上所讲的所有权问题。就是说，那狗不是你的，你不能摔死别人的狗（当然，狗和鱼似乎也不同，摔死自己的鱼吃掉或者卖掉，没毛病，摔死自己的狗，也会有一些爱心人士站出来指责）。

这里的法律问题除了所有权之外，其次就是"悬赏合同"。

我们经常可以在大街上的电线杆子上看到或者在广播里听到，如果你捡到什么，失主必有重谢！其中丢了宠物悬赏的情况，比较常见。

这道练习题里，只是说摔死狗的捡狗人疑似索酬不成，并没有说失主是否悬赏。是失主悬赏了，捡狗人送狗时失主不守信用呢，还是送狗时临时索要报酬不成，或者是捡狗人事先索要报酬，失主本来答应了，而送交时失主又反悔了呢？

不管是失主先悬赏，还是捡狗人索要报酬而失主答应了（如果捡狗人狮子大张口，那也涉嫌违法），双方之间的合同都是成立并有效力的，如果失主不给钱，而捡狗人有证据证明失主曾经答应过合理的报酬，那捡狗人得不到报酬可以依法解决，何必摔死狗。狗已死，失主很悲伤，拾得者也一定很悲伤。失主完全可以主张权利，你赔我的狗！因为狗，是失主的。

听起来很神奇的事情，但是在实际情况中可能就是真的发生了，或者预言似的。生活接下来会发生什么，我们一点儿也不知道。民法，其实也都是来源于生活，法律只能调整既往，法律虽然也具有一定的前瞻性，但是，这样的事情发生了，谁也没有想到，至于未来还会发生什么，谁也不知道。

所以，与其教育人们守法，不如教育人们善良。

2008 年 9 月 1 日
行走吉林——伪满皇宫

2008 年 9 月 1 日，我飞往长春，并在随后的日子里写了一组"行走吉林"。就暂时把《露天电影》按下不表。

下午的时候大家就都在宾馆休息，等待明天会议的开幕。难得有空闲，我就到溥仪的伪满皇宫去。

最早了解溥仪，还是他那本著名的《我的前半生》。我刚刚识字不久，断断续续地看了皇帝的自传。溥仪三岁登基，辛亥革命时被赶下了台，民国和逊帝签署了协议，保留清朝遗老遗少的地位和待遇，末代皇帝就一直住在宫里。直到1924 年，冯玉祥派大将鹿钟麟把溥仪从北京紫禁城赶了出来，故宫从此才真的成了故宫。溥仪先是到他的父亲载沣那里借宿，后来也待不下去了，就从北京去了天津。溥仪居住在张园，很快又转移到静园。溥仪在张园和静园度过了大约八个年头，在天津的溥仪过着奢侈的生活，却也一心想着"复国"，他感到机会来了是在九一八事变日本人侵华以后，溥仪想效仿春秋战国时代的公子，借助外国的力量复国。于是溥仪把自己藏在汽车的后备厢里，然后悄悄地从海河顺流而下到了塘沽，再换了海船，从天津走海路，再辗转来到了长春，终于当上了伪满洲国的皇帝。溥仪以为东北是他的祖先的龙兴之地，他就能在那里"复国"。1932 年，日本人为了隐瞒侵略中国的事实和野心，把溥仪重新扶上台做起了"执政"。1934年溥仪正式再次"登基"，就是伪满洲国的"康德皇帝"。满洲国都城就是现在的长春，那时被叫作"新京"，东三省被划成了很多个省，连四平这样的小城也是一个省。

我少年时代放暑假的时候没事可干，就去查访天津的历史事件名人故居，溥仪当然是不能放过的。张园成了一个机关，而静园成了一个居住着很多人家的大杂院。张园和静园，去了那么多的风云人物，前清的遗老遗少去，张作霖也去那里拜见皇帝。我那时去那里其实也看不到什么，只有破败的园子，一地的阴凉和树叶，还有历史的幽思。我真正看到静园的全貌和内部结构，还是在去年，也是现在的这个季节，静园修旧如旧，接受游人参观。

溥仪在静园的时候带着一后一妃，婉容和文秀。因为偏爱婉容，文秀把溥仪告上了法院要求离婚，溥仪震怒而害羞，皇帝成了离婚案件的被告，真是闻所未闻。因为我是律师，看过民国时代溥仪离婚案件的"民事调解书"，溥仪不得不接受文秀离婚的要求，他还下发了一个"诏书"宣布和文秀解除婚姻关系，意思是他把文秀给"休"了。

我没有想到，去年看了静园，今年就来到了长春的伪皇宫。由静园来到了伪皇宫，溥仪的形象就更丰满了起来。

路上听出租汽车司机说，这个所谓的皇宫在"文革"的时候也被砸烂了，是后来又重建的。正是斜阳温热的时候，我游览了伪皇宫，溥仪当然曾经是一个傀儡和叛徒，但他某种程度上说也是一个有志青年，他痴心妄想地复国，他积极地联络遗老遗少和军阀，他把弟弟和侄子送往国外学习军事，当他知悉军阀孙殿英挖了他的祖坟，还曾经气愤地画了一幅《杀孙图》。画中，孙殿英被五花大绑。当然，也只能是画一张画作而已。

伪皇宫其实也只剩下了几间房子，虽然也还能看出昔日的繁盛，但那个气势比故宫，简直不可比。房子里除了许多介绍图片，其他的东西也不多。我在静园里看到了中华人民共和国成立之后的政协会上，溥仪和当年赶他出宫的鹿钟麟的合影，两人见面握着手，而在伪皇宫里，又看到了溥仪和鹿钟麟的合影，这次竟是肩膀搂着肩膀，过去的那些事情，他们都忘记了。皇帝和军阀，被新社会连接在一起，成为政治协商的重要力量。溥仪自己用针线缝衣服，自己洗衣服，他穿着龙袍，穿着西装，穿着囚犯的衣服，又穿上了公民的衣服。如果我不来这里，我就不能将这段历史感受得这么立体。

我有两位忘年好友，一位是南开大学冯潇教授，一位是俄语讲得很好的马怀旭先生，前者是四平人，后者是哈尔滨人，他们年龄相仿，给我讲起过很多"康德"年间的往事。还有神交的单田芳先生，他们小的时候都是"康德"的臣民。每一段历史都值得关注，每一个人的小历史都是大历史的组成部分。

从伪皇宫回来就是晚宴，之后，主办者组织大家去听二人转，听了一会儿觉得也没什么意思，于是我在秋天的夜晚走回宾馆。路上却想起了东北小说家王宗汉，那是一个写小说的好手，不知现在他怎么样了。我年少时候读过他的小说《关东响马》和《好一朵茉莉花》，忽然想起来，冯潇教授还和我提起过王宗汉，他们好像是认识的。《关东响马》后来被拍成了电影，是刘威主演（刘威曾经是天津曲艺团的相声演员），"带子军"抗日，好一番传奇，女主人公叫"二兰子"。《好一朵茉莉花》写的是二人转演员战争年代的心酸遭遇，故事凄美而引人入胜。女主人公叫"六子"，男的叫什么，一时想不起来了。

秋天夜晚的北国春城，比起天津更有几分凉意，当我走到我所住的春谊宾馆的时候，在门前看见了"长春市文物保护单位"的字样，这里是"大和旅馆"的原址。我刚刚翻开春谊宾馆的"服务指南"，有这样的句子摘录如下：

> 春谊宾馆是吉林省最早的宾馆，始建于1909年，当时称"大和旅馆"。1909年至1945年之间，这里是日本高级幕僚和伪满军政要员经常活动的场所。"伪满洲国"执政溥仪、伪"总理"郑孝胥、日本关东军司令本庄繁、伪"满映"著名女演员李香兰（原名山口淑子）等多次在此活动……

2018年9月1日
盆罐村和东丰台

进入9月的第一天，是个周末。难得我没有其他工作安排，就和仲达带上父母，驱车到天津市宁河区板桥镇盆罐村去。宁河距离天津市区有几十公里，原来是宁河县，现在已经改成宁河区。这是个有悠久历史的地方，过去有"京东八县"之说，就包括宁河。说是"京东"，这里确实是北京以东，但实际上宁河距离北京并不近，甚至距离天津也并不最近，宁河距离最近的大城市其实是唐山。

早就听说这个盆罐村，一个自古就做盆盆罐罐的村子。从市区开了好一阵子车，才来到了位于宁河东北部的这个村子，村子不大，整洁干净。据说这里的盆罐陶艺始于汉朝，那的确是很久远的事了。村子中心的墙上有个很大的"甀"字，甀，就是瓦罐的意思，村子里也有陶艺工艺的展示。在村中心公路的路边，还看见有一个小摊卖炸糕，其实也很想品尝一下，但还是开车过去了。

板桥镇邻近的镇，是东丰台镇。宁河这个丰台镇特意叫作东丰台镇，是为了和北京的丰台区相区别。北京的丰台区，也叫西丰台。东丰台镇的版画，是和杨柳青年画齐名的，可惜这些年知名度已经远不如杨柳青年画。比较而言，东丰台的版画也有自身特色，但不如杨柳青的年画更精美，题材单一，画风也略显粗糙。我们参观了镇上一位叫于来的老人的私人版画博物馆，馆藏物品，完全是于来老人个人收集的。现在民间有很多文物爱好者自发承担起了文化传承的责任，民间的力量，不可小视。于来对东丰台版画没有受到更大的重视，感到愤愤不平，对于自己独力支撑一个博物馆，也觉得有一些力不从心。并且他想着传承的问题，后代子孙，喜欢这些的已经不多，他感到忧虑。我们来看他的版画收藏，他很高兴，并且希望我们能把他的这个馆宣传出去。

最后去了天尊阁，这个道教场所的历史非常悠久，曾经供奉过元始天尊、西天王母和紫薇大帝。唐山大地震的时候，附近很多的建筑都倒塌了，巍峨的天尊阁岿然不动。在秋天的阳光下，我们在天尊阁合影留念。

之六十三

1998 年 9 月 2 日

细看会着迷

一只螳螂在我的屋里飞，它已经飞了许久了，几乎是乱撞，后来一头撞到了我的台灯上。世界上所有的夜晚，有很多个小台灯。

那只螳螂爬起来，继续飞，它牵引着我的视线，看到表针指向夜里 11 点半。有一些饿的感觉，可是找不出什么吃的东西来。我就打开窗子，听外面的声音。

外面在下雨。雨声很有节奏，穿透了夜色。雨滴把自己种进大地里，春雨长出希望，而秋雨能长出思索。

今天的学习计划完成，此刻时光宁静，心情优美。我觉得已经胸有成竹了，却还要这样一遍一遍地复习。我想着 10 月 11 日走出考场，我去干些什么呢，到一个小酒馆静静地坐一会儿，去小睡一会儿，都是很好的。我想着这些，又想如果时间不总是这么仓促，如果我能够不是在这样疲惫的时候开始写文章，那我就可以活得更从容不迫呢，还是会更加狼狈。一些缤纷的憧憬在我的脑海撞击，我随即告诫自己定下心来，什么也不要想，关灯，睡觉。

后半夜，雨停了，天也晴了，我也醒了。就算关上灯，秋天晴朗夜晚的天空也是明亮的，定睛看天空，细看会着迷，夜里的天空是蓝色的。灯关上，又打开，人躺下，又坐起来，下着的雨，还是会停了。

书可能看得多了一些，眼睛一直酸痛。好几本教材的观点是不一样的，也许就是编写的时候粗制滥造。总之我为此引经据典，胡乱翻书。考生就是要珍惜自己的时间，研究考卷，做事半功倍的事情，所以我只是纠正一些明显不统一的地方而不深究，否则那就会没完没了。

就在于怎样想，怎样看，换个视角，学习生活其实也一点儿不枯燥。就像我幼时参加过的糊纸盒或者团泥球儿这种勤工俭学的活动，熟练操作的机械化运

260

动，也能获得乐趣和美感，打乒乓球，推来推去，乒乒乓乓，看似简单，其实在来往之间，打球的人会获得快感。复习生活也是这样，把自己带进一个世界，自己是自由世界的国王。就觉得，我不仅着迷于细看天空，也着迷于细看书本和这样的生活方式。

2008 年 9 月 2 日
行走吉林——参观四平

2008 年 9 月 2 日那天，王岐山副总理宣布东北亚投资博览会开幕，参观了展馆之后，就乘车从长春到四平市去考察。

我来参加"东北亚投资博览会"，吉林省和俄罗斯、朝鲜接壤，最东端的珲春距离日本也就是十五海里。我很想在吉林的这次博览会上有所收获，我也想看看吉林的独有风光。

在路上，我问一位东北企业家，我说四平和吉林现在有什么名胜古迹可以去看看，那位东北老哥摇着头说，四平有什么古迹啊，什么也没有，吉林也什么都没有，就算是整个东北，有什么历史啊。

我没有反驳，我毕竟是一个外乡人。可怎么能说四平没有历史呢，共产党和国民党的大决战，辽沈战役中的"四战四平"空前惨烈，近现代的著名人物马占山、于凤至，还有清朝的孝庄皇后，不都是四平人吗，就算是四平的辖县梨树，奉军将领常荫槐就是梨树人，现在的"超女"许飞也是梨树人。而吉林，高句丽的集安遗迹，岳飞"直捣黄龙"，东北历史上较早出现的国家扶余，这不都是在吉林吗？吉林之前没有来过，但这片土地当然有一种神秘感，高句丽的遗迹和音乐；渤海古国或者扶余古国，那些神奇的雄起又消亡的国家和民族；那些在北方深山老林里居住的人和他们打猎的生活……当然还有，松花江上的渔歌，松花江畔的雾凇，长白山上的天池和长春电影制片厂，还有长春一汽……再说东北，那就更是璀璨。我们现在客观地评价中国的历史，不能只看黄河流域和长江流域，东北文明是中华文明不可或缺的一部分。

从长春到四平是正午时分，午饭后参观了几家四平的优秀企业之后，又参观了四平战役纪念馆。那几家企业各有特色，有生产型的，也有科技型的，规模体量都不小，也都有远景规划的雄心壮志。当地办这样的会，无非是想把吉林特色推介出来。我们这些来自全国各地的人，也都是由衷赞叹。我最感兴趣的还是当地历史文化，所以还是在四平战役纪念馆多停留了好久。那场战役空前惨烈，看那些图片的时候，正巧那位说四平没有什么历史的老兄就在我旁边，我看他非常认真，就也没有打扰他。但他忽然看见了我，我们相视一笑。

下午又从四平回到长春，主办者也是费尽心思，想让与会者看到更多的东西，当然也是够折腾的。

2018 年 9 月 2 日

读书与藏书

在千年古镇杨柳青，参加天津市作家协会组织的读书采风活动。住在杨柳青森林公园附近幽静美丽的西青宾馆。

读书被人赋予了很多神圣的使命和功能，也蒙上了很多神秘色彩，读书究竟有用还是无用之论辩，帮助了很多人，也害了很多人。

关于读书的最直观问题是藏书的数量与读书的关系，有人来到我的书房小坐，问我最多的问题是，你有这么多书都读过吗？

我往往诚实地回答，我的这些藏书很多是没有读过的。

我不是藏书家，没有什么孤本善本，所藏之书只是凭着兴趣爱好买来，积年累月，不觉有万八千本。藏书的理由和目的有很多，藏书家是为了收藏，读书人是为了纯粹的读。也有些人是为了显得有文化品位。还有的人就是为了装饰，一幅油画在墙上挂着当然很好，一面墙的书柜上摆放着各种版本的书籍，不仅书香满溢，而且有直接的装饰功能。也有人买书是为了备查，很多东西是不能在网上查到的，多买书还是有小小图书馆的作用。还有人买书藏书就是一种占有欲，买来就是为了"有"，至于什么时候看那就不一定了。就像在网上看到了好文章如果没有时间看，可以先收藏起来，这其实是一个意思。

可见不是人有多少书就一定要读多少书的，说把自己的书都读过的人，很可能是吹牛。前两天看到作家李敖去世的消息，当年他和胡因梦谈恋爱之际就带美人回家看他的十万藏书，这个办法不错。美人爱财，其实大多也是爱才的，没有那么多钱，至少有这么多书。况且二者也不矛盾，也可能是个相互促进的关系。李敖那时就有那么多书，到后来可能更多，但是他宣称，他读过自己所有的书，并且连段落都熟悉，如数家珍。

这基本是不可能的。人这一生，根本做不了太多事，也读不了那么多书，把人生这本大书读好，已经是很了不起了。读书有多寡的区分，也有深度的问题，读了那么多，如果不能得到其中真味，又何必在意数量呢。

以李敖为例，他去世时 83 岁，恰好在三万天多一些，如果平均每天读书一本，那么他能读三万本书。如果他要读十万本书，那么他平均每天要读书三到四本。

谁也要在幼年时先识字，在暮年时卧床不起，需要游学外出，可能有病有灾，李敖至少有七年的盛年时光在监狱里，他那些日子也能规律地读书吗？就算什么也不用干，就是为了读书，又能读多少呢？李敖也还曾经用大量时间倒卖旧电器，大家都要活着，不是为了把自己的大脑当作电脑储存用。

也许有的人真的能一目十行，一个小时就读一本书，能人的世界是我们所不能想象的，也许有的人把一本书翻翻就算读了，或者看了封面就算，那是统计方法的问题。

之六十四

1998 年 9 月 3 日

校园黄昏

　　人生的严峻，总是因为有很多事实发生或者存在。我发现我的囊中羞涩，没有钱花了，是不是要想办法去挣些钱来，我有些焦虑。一辈子里到底能有多少时刻是安逸闲适的？在许多时候，人都是仓皇的，狼狈不堪。

　　我必须在短时间之内把败坏的心情用水洗净，让它晴朗起来。

　　这是一天中最美的黄昏时候，也是最安静的时候，窗外的秋风很细，而这风，说大也大，假如在秋风中奔跑，那风声也一定能有呼啸的感觉。四周都没有声音，但是每一种生命，比如校园秋天的花花草草都像在述说，它们沿着夕阳光弄黄了大地的痕迹，奔跑，或者舞蹈。

　　我刚刚吃过晚饭，房后琴房的琴声又传了出来，我不懂音乐，但这乐声还是让我感到了美好。一定是那位姑娘弹奏的。我走出屋外，黄昏正逐渐下沉，黑幕慢慢地抖动着，遍地一片暗红色。老工友躺在一张躺椅上，闭目收听着戏曲，他点着的煤球炉子，冒出白烟来，起初呛人，后来烟升得高了，好像就和我们无关。三三两两晚走的学生轻轻悄悄地从老工友身旁过去，仿佛怕惊扰了老人的梦。走得晚的学生，一般都是努力的好学生，或者贪玩的差学生。还有两个学生没有走，他们抱着一大盒粉笔，在搞关于"庆祝教师节"的板报，那几块破烂不堪的黑板，让他们涂抹得五颜六色。

　　琴房里有灯光，我看见了那位姑娘的背影，她的两只手上下翻飞，身体也在优美地动作着，但我终于没有看见她的模样。黑夜吱吱地生长着，太阳今天一定是累得够呛了。

　　校园里寂落寥寥，悄无人声，只有琴声悠悠，姑娘又在歌唱，那是一首很熟悉的歌：

水乡的孩子爱水乡，从小就生长在南湖旁……

2008年9月3日
行走吉林——到延边

这几天在吉林的大地上行走了这么久。今天又从长春乘坐大巴往延边州去，一路颠簸，竟然用了将近十个小时。

路旁的风光都是秋色里的迷人。田地里那些绿色的挺拔秸秆，那是玉米，秸秆上戴着一顶红色的帽子的，那是高粱。还有黄澄澄的色彩挤在一起像是春天里的江南盛开的油菜花，那是稻子。东北平原到了该收获的季节了，可以闻见庄稼的香气，那是秋天的香气里最重要的一种。

想想这一年，就是收获的季节了，匆忙地，这么快。

从长春往外走了一段路就开始有山了，山的存在并不影响庄稼，山和庄稼在一样的天空和太阳下并列，上空都是一样的白云安详地飘逸。而走着走着，就只有山，不见了庄稼。到了一个风景奇美的地方，时间是大约下午快6点了，在一个很大的农家院子吃晚饭。看路牌，我才知道这个地方是蛟河红叶谷。群山环抱着的山谷里，看见树木都已经有秋冬才有的那种苍翠，只是红叶还不见，应该还没有到红叶盛开的季节。虽然没有看到红叶，却让我想起过去很多看红叶的往事。北京香山红叶闻名，我多次和不同的人一起去过。还有天津蓟县的盘山，红叶也好，柿子树也好，我还能想起去年的重阳时候，盘山满山都是柿子树，天气已经微凉，庞标律师和我，还有许多学生一起登山赏红叶。其中一个女孩子叫李婷，在山上欢快地给我们讲她在研究《西游记》。很多往事本来以为是想不起来了，一旦想起来就是清晰的。

大家都在讨论着关于朝鲜的话题，因为知道目的地延边朝鲜自治州已经和朝鲜接壤，自然就讨论起朝鲜的现状，也就自然谈到了朝鲜的历史。很多人已经不知道箕子建立的古朝鲜，已经不知道高句丽和高丽之间的关联，不知道朝鲜和中原的那么多次的分分合合，只是聊着要到这里来投资，要吃延边的狗肉。还有人谈起延边的足球，别说那么遥远的历史，就是当年名噪一时的吉林延边足球队，只是十余年的事情，有人已经忘记了高仲勋，一个上海人还把高仲勋说成了高洪波。很快大家在旅途的疲劳中纷纷睡去，再次醒来的时候，我看见路边的巨大的石碑，上书："长白山第一县"。原来已经到了安图县。我们在延吉和图们考察之后要去长白山，还要再回到安图县。

等到了延吉的时候，夜已经很深了。看见路旁的汉字一侧都配上朝鲜语，真的是到了延边。投宿的酒店下面是一条平静的河水，我在窗子前还能看见，但我不敢确信这是一条河还是一个湖面，只有等到天亮的时候才能看清。明天到图们，后天才登长白山。

2018 年 9 月 3 日

桌上旧时光

继续在杨柳青参加作家采风读书活动，但我事情多，上午听了天津市作协李彬书记的讲话之后，回到市区。好几天没有来办公室了，一进门，看到了桌子上的那本"桌历"。

我的桌子上有一本"桌历"，是不是该叫这个名字我不知道，就是大开本的台历铺在桌子上，就是十二张单张的纸，每张纸上面可以记载本月每天的事情。可以在一天结束后，在当天的空格子里做简易日记，也可以把未来日子里的待办事项，记在还没有来到的日子上面，做日程表之用。

每个日子看起来好像都饱经风霜，有很多故事。但表现形式就是一个空格，三百六十五个日子就是用十二张纸承载的三百六十五个空格。

1 月过去了，就将写满内容的纸撤下来放到后面去，2 月就崭新地呈现出来了，日子就在纸张上又开始了。十二张纸下面有个硬板做底托，上面有个透明的表皮，可以把十二张纸全部盖起来。2 月之后是 3 月，每到哪个月份，哪个月份就在最上面，透过那张透明的表皮，和我亲密接触。

也有时候接到事先通知，相关活动是几个月以后的事情了。那就掀开前面的纸张，把日程先精心地记录在后面对应的格子里。事先有所安排，就不会那么手忙脚乱了。把立体鲜活的日子，量化成纸张平面上的小格子，这是很好的创意，也是冷冷的现实。那些过去诗情画意的生活，那些曾经很有温度的日子就躺在那里，用匆忙的墨迹写在那儿，而且，被涂抹得七零八落。待办事项办好以后，我喜欢在上面画上横线以作表示做过了，那横线看起来就好像日子上的风霜或者伤痕。

我记得每年的三百六十五个空格都被我写满，然后就又被新的桌历覆盖。生命里有些事我记得很清楚，而有些事我已经记不那么清楚，甚至哪件事是发生在哪一年，哪件事是不是真的发生了，都要认真地想想。看看那些桌历上的记载，就差不多都能想起来，也有很多事情记载得不很清楚，模糊的记忆就是旧时光的色彩。时间从来不跟我商量就来做客。时间不是我，时间真的是客人，来了，又走了。

我对很多往事记得越来越不清楚，这是因为我经历的越来越多，很多日子雷同而又重叠，很多人也是，世界性格分明而又含混不清。我所伏着的案头，压着我的多年的旧时光，最上面是 2018 年，8 月在最上面，还没有来得及换成 9 月的。8 月的那些小格子被我涂抹得乱七八糟，我知道那些溜掉的日子不是过客，也不是过往时间的表现形式，那就是我。

桌历越摞越高，如果再摞上几本，可能因为太高就无法写字，但是现在还刚刚好，我伏在桌上，压着沉甸甸的岁月，就觉得自己也变得厚重了。

桌上是我几年的旧时光，好像很珍贵，很隐秘，但其实什么精心的保护也没有，就那样摊开摞着。这些年来我只是知道往上摞着又一年的桌历，我却从来没有把那些旧时光打开。

之六十五

1998 年 9 月 4 日

洗衣服

起得稍微早了一些，看见老工友的房门还没有打开，炉子也没有点起来，看来他还没有起床。校门也当然就还没有打开。

于是穿过操场，踏着秋露，翻墙而出。校园的南墙不高，我只需要蹿上墙头，然后纵身一跃。低头看看，操场草地上的秋露弄湿了鞋。

有晨雾蒙蒙了，这都是秋天的迹象。鸟儿们依旧在晨时欢唱，而满树的叶子不再是翠绿，也有许多黄叶子，这些早衰者慢慢地从树上飞下来，落在地上。

后来的这一天，我有很多时间在学习，也有一些时间在路上。离开这里已经有好几次了，就不再那么在意。我本来以为这一百天，我在这里哪也不会去，现在看来人这种动物，总还是要走出去。我的学习已经成了一种乐趣，十个小时还是八个小时，已经不是那么重要，还是要看效率。况且，我在路上同样也可以背记着很多知识。

回来后一时找不到学习状态，于是决定，那就洗洗衣服吧。在阳光很干爽的下午后半段，我终于有了一点儿闲暇时间。人的各种需求和必要的生活条件，都要得到满足才行，饭要吃，衣服也要洗。做成一件事确实很难，人大量的时间里，为了做成一件事，需要做那么多小事。

我用那个图案简单的盆，接满清水，把衣服投进去，然后把手伸进去。我坐在一个小板凳上，看见水盆里的衣服上面，浮光跃金，太阳光照射下来，我仰脸，就能直接看见金光万道。这样的一个生活图景完成了，好像一幅油画，一幅摄影。撩起好听的水声，搓揉起一片温柔。有几个肥皂泡升上天空，那是我吹起来的。

洗衣服也是生活的必需，当我把学习任务完成好，劳动也就成了闲情。清清的水，我的朴素的衣服，还有一个一个晶亮的肥皂泡，这一幕，将来会被我想起。

2008 年 9 月 4 日

行走吉林——秋天已经很彻底了

早晨时才确定窗外的水面就是延边的布尔哈通河，河水安静柔美。这是延边州的一条重要河流，大约相当于天津的海河。吉林的秋天已经很彻底了。当我结束这为期一周的"东北亚投资博览会"再回到天津的时候，天津的秋天也会一样地彻底，夏天再也无影无踪。

我通过窗子看到河面上空的云，就想起前几天刚来吉林，我在飞机上看到了最美的云。我记得我从飞机上的昏睡中醒来，看见白云的大阵在远方。远方也是云，而飞机下面也是云，云在飞机下面垂直的地方，一朵云就是一朵莲花。再往远处看，云的阵势很强大，洁白的云团聚在一起，洁白洁白的，却还似乎稍稍染了一层黄色。直到飞机冲进云阵，才把云撕开，云雾缭绕，团团层层，云在游移。当我着陆时从机场再抬头看云，天高远得很，云也变得安静。秋天的来临，最先的是强烈的秋的气息，有些呛人，又安静得一动不动，而更鲜明的标志就是天的高和云的淡。而此刻，河流之上的云，安静不动，和我对峙。

今天乘车从延边的州首府延吉出发，到隶属于延边州的图们市考察。隔着图们江，能看到江对岸的朝鲜咸镜北道的稳城郡。前几天，写志愿军生活名作《谁是最可爱的人》的作者魏巍先生刚刚去世。我记得在中学的时候上语文课，我领读魏巍的另一名作《依依惜别的深情》，有个女同学被我的朗读感动得哭了，当然那是作者写得好。70 年代的人也看朝鲜的电影，在那个物质和文化匮乏的时候，能看到的外国电影除了苏联电影，几乎就是朝鲜电影，即使是这样，因为熟悉而又陌生，今天隔着图们江能亲眼所见的朝鲜，感觉还是一个神秘的国度。

晚上几个从天津来的朋友一起小饮两杯，说，珍惜每一次行程，每一次行程都是唯一的。朋友中，有天津青年企业家协会的秘书长邱振刚。夏天时候一起去呼伦贝尔的行程，就是他带队，这次又一起同行，不知道下次一起出行又是何时。夜晚回宾馆的时候，已经觉得有些冷了，相互提醒登长白山的时候加衣服。

2018 年 9 月 4 日

再谈读书

我仍然住在西青宾馆。今天是天津著名作家王松来给大家讲课，无非还是读书写作的事，尤其他讲了很多自身创作上的细节，很实用。王松老师讲得精彩潇洒，并且几次和我互动。他的女儿，也是一位律师。

不是所有的人都像王松这样谦虚。有的人总是以学问家的姿态教育别人该怎样读书，读什么书，或者以痛心疾首状来告诫别人，一定要多读书呀。

书是一定要读的。关于读书的问题，不能过分夸大读书的励志功能和"疗效"，也不能过分排斥读书的其他功能，有的人读书就是为了消磨时光。有的人把读书当成人生的成功秘方，也可以说这样的读书动机和他的人生一样不够纯洁。

既然读书了，就怎么也不要忘了先人们曾经指出，有的人虽然读的是圣贤书，做的却是缺德事，满嘴仁义道德，一肚子男盗女娼。有诗为证"仗义多为屠狗辈，负心最是读书人"，更有名句"坑灰未冷山东乱，刘项从来不读书"。看你为什么要读书，读书为了干什么。读书人读书，比如大学教授和作家学者，他的职业就是读书，其他人读书，那就情况完全不同了。读书人读自己的专业的书的时候，那是工作；读书人拿起一本金庸的小说来看，那么，他可能就是在消遣，在享受人生和文学之美。除非他的专业就是研究金庸。

书要读，但是读书显然没有那么大的作用，半部论语就能治理天下，懂得其中滋味，也就足以做人了。书到用时方恨少，不是书少，是自己读书少，书能"有用"的只是工具书，其他的书读了如果为了现学现用，也一定用不好。书中有黄金屋和颜如玉，也有书呆子和抑郁症，多少人被书所累所误，点灯熬油，不如去做一场春游，挽起身边人，一起去看湖光山色。

读书是权利而不是义务。那些较早期出来打工的民工，蛇皮袋里也都是存着金庸的武侠小说或者琼瑶的言情小说。在一列火车上看去，每节车厢里都有这类的书，无论是社会地位的高低，还是工作工种的不同，人们都是渴望读书的，也有权利读书，因为大家都是人，不想求知，也想求爱。不要以为自己书读得多就一定高尚，不要说太玄乎的话想吓退那些劳动人民。读了自以为深奥高尚的书，所带来的精神满足和情感交流，那些读了《故事会》和武侠小说的民工其实一样通过那些读物能获取。因为他们是和你一样的人。

就算他们连《故事会》也没有读，他能看天地悠悠，看日出日落，他们善良，他们友爱，他们是最好的人。

之六十六

1998 年 9 月 5 日

日子是涂掉的黑点儿

那时候，1998 年刚刚开始，我把一份单张的小年历贴在了我的日记本的首页。每过一天，当我写完了当天的日记，我就在那个年历上对应的日子上，涂一个小黑点儿，表明这个日子过去了。

1 月很快涂得都是黑点儿。后来 2 月也涂掉了，3 月涂掉了，后来整个春天都被我涂掉了。日子过就过嘛，涂上那么多黑点儿干什么呢，很有仪式感觉，也很形式主义。好像涂掉了，就是沉甸甸的，日子就没有白过。其实不管怎么样，日子都会过去的，留不住。

我到这个小镇上来涂抹炎夏，日复一日，夏天也都涂掉了。我每天结束学习，再写完这些文字，还是要拿出日记本来，稍稍记录一下当天的生活，再把日记本的首页上涂上黑点儿。就连 9 月，也都涂上了五天了，1998 年已被涂成黑黑的一大片，浩浩荡荡，日子好像是我指挥的方阵。

仔细地看那些日子的黑点儿，多么像一个执着者吃力地稳步向前。从 1 月来到了 9 月，从开始而来，向着成功，至少是向着结束。不如把那些黑点儿看成哪位执着者的足印，他踏得用力，一步一个足印，把足印紧紧烙在日子上。假如哪一天我没有涂黑那个日子，那一天也不会因而留下来。漏掉了跳跃了哪一天，在那一片充实而饱满的黑色中，所能发现的，那只能是空白。

开始是一种出发，终点是成功。而成功既然是设在终点，那么一切也因此而终结。好在终结是个"居间合同"，一手托两家，这面是已经完成的开始，那一面是刚刚开始的开始。开始总是从终结处生长出来，就像花谢花又开。

在这样的深夜，有的人睡了，有的人还醒着。

行走吉林——传奇长白山

长白山当然是个传奇。我幼时读《红楼梦》研究之类的书，知道长白山是满族的发祥地，后来常常看地图上的长白山，做很多遐想。我的遐想是依据关于我对长白山的零星的了解，比如高山上的天池，该是个什么样子，东北虎活跃的时候，在山林里是怎样的威风。人参、貂皮和鹿茸，还有满山的小松鼠，原始森林，扛着弓箭的老猎人……

这些遐想都比较写实，还有更神秘一些的，千年成精的人参娃娃，穿着红肚兜在高高的松林里奔跑，抓不住。我能想象到长白山的冬天，白雪与冰，坚硬与柔软。也有的时候，长白山的形象枝繁叶茂甚至绚丽无比。我想这个想象可能和很多传说有关，比如"朝鲜"这两个字的含义，有"朝阳"和"光鲜"的意思在里面，所以长白山顶，会有一轮绚烂的红太阳。据说"扶桑"不是指日本，而是朝鲜。《山海经》里的东方君子国，是一个神秘而美丽的国度，不光有北国风光，也是一个红日照射的世外桃源。太阳下，有清澈的水潭，水或者是碧绿的，或者是透蓝的。群山环抱，祥云缭绕，飞鸿在天。有大片的云，也有飞来的瑞彩千条，还有洁白的大鸟展开翅膀在飞，飞着飞着就停落在云端。有朝鲜服饰的仙女和鹤发童颜的老人……我记得我那时在家里看见过一个铁盒装帧的"高丽参"，那个盒子上的彩色图画可能也是我想象的本源依据。

几次有机会来长白山，直到今天才实现。从延吉出发，坐车走了四个多小时的路才到了长白山。路上看到很多朝鲜风情的村庄，很想到里面去看个究竟，但是大队人马不能为我而停下，就没能如愿。路上看见不少朝鲜族妇女头顶着物品，匆匆地走过。朝鲜族的房子屋顶的四个角微微翘起，和中国传统建筑形神都有相似之处，听车上的东北朋友讲，朝鲜族和汉族人居住在一起，汉族人喜欢吃饺子，朝鲜族人喜欢吃狗肉，于是就有了狗肉饺子。朋友叮嘱我们看见朝鲜族人不能称呼他们为"鲜族"而要称呼全称，说称呼"鲜族"会被他们认为是不尊敬，我以前也听说过这样的说法，怎么就不尊敬了呢，"鲜"不是光鲜的意思吗？

路过二道河镇，这就快到长白山了。司机让我们去看路旁的美人松，那松树挺拔而没有枝杈，顺着那树看天，天透蓝的，树梢快把白云都刺破了。二道河是天池流下来的水，天池是鸭绿江、松花江和图们江三条江的源头。

及至进了山门换乘环保汽车又换乘越野车向山顶进发的时候，长白山的景色才显现出来。因为我们的视线一直被层层叠叠的森林所遮盖，直到越野汽车把一行人几乎送到了峰顶，回头再看身后的路，近处都是红褐色的苔藓覆盖在山体上，远处当然都是绿色和黄色的林海，能听见松涛阵阵。正午时候的暖足阳光用力地照耀着山野，亮度适中，不刺眼，很舒服。于是，绿色更绿，黄色更黄，红褐色就更红。我们是从北线上山，从越野车上下来，就是一个边防哨所，上书几个大字"祖国利益高于一切"，长白山是中国和朝鲜的边界，对面的山峰就是朝鲜国了。站在哨所旁边的平缓地带，往来时的方向看，色彩更加夺目，有风从身后吹来，向着远处的林海推进，林海真的成了大海，一望无边。

植被的层次感就成了海上的波涛，山林的莽莽苍苍和厚重感把我定格，阳光和风的吹拂，才让我渐渐苏醒，朋友拉了我一把，说，别发愣，快去看天池。

不是每个人都能看见天池。只有在阳光晴好的日子，比如今天，才能看见透蓝的池水。天池是我国东北地区最高的湖水，这个巨大的湖竟然就在山顶上。从山峰上往下看，能看见阳光照射的湖水波光粼粼，湖水是蓝色的，比天的色彩还要蓝。乍一看，湖水是平静的，细看能看见水光的纹动，太阳的金色光鲜照在湖水上，湖面就发出蓝色的磷火光，更有着不可预知的神奇感。山峰的海拔是在二千七百米左右，而天池水的海拔是在二千一百米左右，这样算起来，我们是在六百米的高处往下看，山峰挺拔，直上直下，山峰上是我们，峰下就是蓝色的湖水。据说天池上空的峰顶有十六座，我一一细数，果然不差。湖水被山峰围成了一个圆形。

在峰顶的风硬了一些，秋天的凉意吹皱湖水，穿着的衣服被风微微吹起，就觉得自己似乎也飘飘欲仙，站在峰顶看着人间奇境想着这是神山圣山，就觉得自己也似乎没有白读圣贤的书，觉得自己的胸腔里仿佛喝了天池透蓝的水，五脏六腑都清澈了。

从峰顶准备往下走的时候，过来了一个澳大利亚人，他中文不行，我英文也不怎样，勉强地交谈，他问我，哪里是朝鲜，我其实也说不好。于是一起猜测，最终证明我们的猜测是正确的。有一段湖面有相当长的一条湖岸线，湖岸上是一片宽阔地，这片宽阔地也是在群山围成的圆中间。从我们这里看，湖岸上有人，那些人几乎伸手可及天池的水，能断定，那是朝鲜的人。再看天池的水，于是又想起关于扶桑的传说。我不知道类似于《山海经》这样的奇书，究竟是怎么写成的，书中描写的那些稀奇的景物都在哪里，为什么古人用脚走也能找到那些秘境，而我们乘着直升机也还找不到。

看罢天池去看长白瀑布，看地下森林，吃了用温泉煮熟的玉米和鸡蛋。用温泉煮熟的鸡蛋，由于沸点的原因，是鸡蛋黄先熟而蛋清后熟，很有意思。长白瀑布，就是天池的水。

下得山来，回眸一望，神山归于平静。晚宴时各代表团纷纷话别，天津的一行人也有说不完的话，应酬到很晚，才能回到宾馆写作。夜色里的窗外的布尔哈通河依然如故，在延吉住了三个晚上，明天就要离开了。因为有一样的期待，世界上可能有很多处一样或者不一样的"世外桃源"，所以我要赶快写下我的心情，我担心我忘了去时的路，下次找不到长白山。

2018 年 9 月 5 日
身外之物

宋人刘过有诗，"拔毫已付管城子，烂胃曾封关内侯，死后不知身外物，也随樽俎伴风流"。

刘过并不是一个非常著名的诗人，知道这首诗的人其实也不多。"身外之物"由此脱化而成，对比原诗，这个成语就太著名了。

不仅著名，而且被引用的频率非常高，因为这是一句漂亮话。大家都喜欢说，钱算什么，那都是身外之物，友情第一！

话又说回来了，大家都不容易，亲兄弟也要明算账。身外之物要是不算清楚，还是会影响到"身内"的。物质也是必要的，能赏的是花，能吃的才是饭。

所有的物品都是身外之物。人的身体之内是五脏六腑，人的身体发肤受之父母。血肉之躯里根本就不可能有"物"。

由身外说"身内"，那什么是身内呢，外在世界的客观情况给人的内心带来的主观感受，指的人的精神境界。没有物质，人只要有内心的充盈，也一样能获得幸福和快乐。如果一定要用另外一个成语来解释，可以用"超然物外"，也可以是"不以物喜"，人的信仰、情操、智商或者爱心，这可能都是"身内"。

刘过当年说死后不知身外物，难道死后还能知道自己的存在吗？自己就是"身"，其实死的就是身，自己都不存在了，当然也就不能感知"物"了。身也不在，物也不在。

唐人看得更透彻。大诗人杜甫的诗其实也谈到了身外之物的话题，他说："王杨卢骆当时体，轻薄为文哂未休。尔曹身与名俱灭，不废江河万古流。"诗人的伟大，不在诗才而在于思想，杜甫是伟大的思想家和哲学家，所有大诗人都是。

王勃、杨炯、卢照邻、骆宾王，人称"初唐四杰"，杜甫是中唐时期的人，和他们的年代差了不到一百年。当时有人讥讽四杰的诗文，杜甫站出来为前辈辩护。说那些讥讽别人的小人都已经灰飞烟灭，但是四杰的诗像江河一样万古流。谁说杜甫没有李白那样的想象力和夸张功夫！当时四杰的诗也就是传了一百年不到，不废江河万古流，这是诗人的想象力和预言，也是对自己诗文的愿景。到如今，初唐四杰他们死了一千多年了，他们的"身"当然早就灭了，但是他们的诗名千年仍在。仅王勃的一句"落霞与孤鹜齐飞，秋水共长天一色"，甚至骆宾王那句"鹅鹅鹅，曲项向天歌"，现在没有人不知道，并且还会传唱下去。

他们的肉身虽灭，文和名都还在，江河奔流，文章不朽。

大多数人公开表示不想追求物质，而有可能许多人是心口不一。但是人追求名声，一般却并不遮掩。大大方方地说，人过留名，雁过留声，人的名，树的影，行得正，坐得端，宁可什么都不要，也在意自己的名声和名誉。

什么是名声呢，名声是对一个人的普遍社会评价，一个人的名声好，只有少数几个人说好，那还不算好，要大多数人普遍说好，那才是真的好。

扩展一点说，身外之物，指的不仅是具体的物质，其实也包含名声。名声是一种评价，当然不是物品，但是这种看似虚无的评价，却如影随形，伴随一个人的一生。所谓盖棺论定，一个人的社会评价怎么样，要到死后才有定论，这是多么重大的事情。名声里包含着的有对人品的肯定，也还包含有美誉度的考量。想上进，这没毛病，但是有多少人为了评上先进、评上劳模而挖空心思、削尖脑袋，为了评上或者评不上患得患失、不择手段甚至花钱买，那就是为声名所累而得不偿失了。

反过来说，名声也可能是和物质与权力有关。比如，"人家有钱！"这是因为物质获得的名声，"人家可是当官的，有背景！"这是因为权力带来的名声。还有人不要官位、不要先进和职称，为了一个"好人"的评价而不惜一切，也可能还会做违心的事，其实还是陷入了声名的负累而失去内心的安宁。这样的声名，就还是身外之物了！总结一下，身外之物，除了物与金钱，看来地位、名声、荣誉等等都是。

还接着杜甫的诗说文名。文与名，是两回事。文是什么，是思想的记录、物化和固定。文的产生过程是种精神活动，这是身内，而文章惊世带来的声名那就是身外之物了。当然，文名播于海内，粉丝无数，能满足人的虚荣心，这又是人的内心感受了；而过分地去追求虚荣，就如同过分地去物质享受，又回来了，循环结。

　　四杰和杜甫的诗，都不过一千多年，还能传多久，会不会随风而去，真的谁也不知道。杜甫贵为诗圣，尚且如此，芸芸众生，又焦虑什么。

　　我其实是今天在我的一位朋友那里，有了写"身外之物"的冲动。这种冲动，在我的"身内"涌动着，晚上就落笔。这位朋友是市人大代表，企业做得很大，我们见面喝茶的地点是在他的红木家具馆。那个馆藏的红木家具都是上好的工艺红木，有的年代很老，可以称得上是文物了。这些红木家具价值至少在数亿元，而他的存放家具的地方，是至少价值数亿的房产。我流连其间也被深深吸引。我如果说我喜欢红木老家具，一定会得到一个"有文化"的评价。但我如果说，我喜欢这套华美的房产，就会有人说，那是身外之物嘛。

　　身外之物和内心相连，很多人也喜欢那些"有文化"的红木。我的朋友苦孩子出身，也是历经多年奋斗才能置身于这样的红木家具馆里喝茶。身外之物的气息和质感，让他的内心很享受，他说，每当自己打拼回来，在这里能找到安静。

　　我们谈了很多。谈到了身外，也谈到了身内，到了这个年纪，能有，也能没有，不以物喜，不以己悲，什么都不应该扰乱人心。当然，虽然我年过不惑，朋友更是知天命的年龄，但是对于过往和未来，我们都还有很多未知。

之六十七

1998 年 9 月 6 日

麻将无益

小镇的街头，除了有小贩和行人走动，也有人在阴凉处当街打麻将，稀里哗啦地搓牌。记忆里，好像只有西北风狂刮的时候，他们才会收兵撤退。

麻将这个东西作为游戏，也有一定的益智作用。传到国外，欧美和日本虽然也风行一时，但是很快被束之高阁，而国人在麻将上荒废的时间就太多了。不仅是全职太太和老太太们，很多正值壮年的人，也在牌桌上度过了太多光阴。打麻将当然是一种生活，可是，吃什么呢？有家底儿的一部分人，当然可以吃喝不愁地游戏人生。而那些并不富裕的人，每天不去工作，坐在牌桌前，住房、看病、孩子上学这些问题，全然不想，起了床就开战，一直到日落西山，然后再挑灯夜战。

有麻将，有酒，有相互之间的边打麻将边斗嘴，日子才好过下去，要不然，干什么去呢？这是很多打麻将的人的心声。

不仅街上是这样，很多人的居家生活也是打麻将。我有一次比较委婉地劝了我的一位同学，有什么意思呢，我问他，为什么不去做些事情。同学很诚恳，说，那我该去做些什么事情呢？做了事情又为了什么呢？人生不就是这个意思嘛。接下来他反过来劝我，说，你又能怎样，你很努力，可是你比我们又强多少呢？而且生活得很累，又何必呢？不如打麻将。

打麻将的人形形色色，麻将在中国的城市和乡村，无处不在。那些通宵达旦打麻将的人，大多叼着香烟，还有那么多的观战者，个个都是烟枪。一般来说屋子里凌乱不堪，地上都是痰渍和烟灰，烟雾缭绕。那些打麻将的人，脸是绿色的，熬夜让眼睛变得通红。

很多人喜欢麻将，可能还是因为有输有赢，一个方面是游戏本身的胜负观，另一个方面就是在乎输赢的钱。很多人乐此不疲，就是很想利用赌博发财致富，起码捞点外快。

所谓用打麻将来进行社会交际的说法，好像也不成立，比如小镇上的马路牌桌，每天打牌的人都是固定的，偶尔换一换，也就是从二叔换成二婶。他们或者是"下岗"了，或者是"停薪留职"，或者就是当地的农民，总之除了打麻将他们没有什么事情可干，或者说打麻将就是他们的事。

2008 年 9 月 6 日
行走吉林——机场的失散

每次远行到机场，都有写下"机场的失散"这个题目的冲动，却一直拖到今天。

我们一行人从延吉机场飞往北京首都机场，又从北京回到了天津。结束了为期六天的吉林之行。从前天就在酒宴或者其他场合听着其他代表团的朋友议论着如何返程。有的人从延吉直接飞回家，也有的人要回到长春再往回走。不管是从延吉还是长春，有的人是直接回家，有的人需要中转，比如天津团就需要到北京中转。还有的人挑选一个中转的地方，比如有石家庄来的，也能在北京中转，但是他们选择了先去哈尔滨，那里有直飞石家庄的飞机，因为没有去过哈尔滨，不如到那里看看，也是一个新颖的走法。

几百人的大型活动，轮到分别的时候，真的是快得不可思议。最后的晚餐结束之后，就都开始各奔东西。仅仅是天津的十数人，也有的在长春的时候就往别处去了，去往不同的机场，在不同的场合分别。从一群人流中很快就融入到另外的人流中，瞬间就会无影无踪。再去看，又是茫茫人海。我们这一行到了北京，又有人在北京去了别处，只有很少的几个人回到了天津，中午在一起吃了午饭。终归还是要各回各家，再想把同样的人凑在一起，此生基本上是不可能的了。

我在国内的不同的机场目睹着一次次的分别，寒暄过后都是行色匆匆说着再聚之类的话，可能还会再聚，那也是不同的时间不同的地点，肯定也是不同的人群。我记得上次从呼伦贝尔回津的时候，大多数人一起回，到天津的时候正好是下着小雨，各有司机来接，在雨中，几乎连告别的话也没有再说一句，就都钻进小汽车。大街上依旧喧闹，人流向不同的方向流动。机场或者车站，这都是别离的地方。别离是个深刻的又不可避免的主题。我现在能想起在很多个机场的很多次分别，不同的人不同的表情，大家挥挥手，不带走一片云彩。

在很多次的分别之后，交了很多个朋友，不再相见的，称呼为朋友也是勉强。再相见的时候想起机场的失散，于是友情更加珍贵，失散之后又能重逢，真的不同寻常。

所有的旅途的起点和终点之间，看见不同的风景，遇到不同的人。遇到和失散，都是人生的常态。

从机场总要回到自己的家的，外面的风光再美好，和家里的温馨相比还是不一样。这种不一样让人走出去，也让人回来。家是向往，外面的世界也是。珍惜身边的人和风景，那是今生不能失散的。

从延吉飞北京，又从北京回天津。晚上收拾书。准备搬家。

2018 年 9 月 6 日
邱华栋来津讲座

总有种种巧合当时未必知道，要过些时间才知道。十年前是我从延边回津，而今天我在鲁迅文学院的同学姜雪梅专程从延边来津，来听著名作家、鲁迅文学院常务副院长邱华栋的讲座，并且来看我。

我趁邱院长来津之际，请他作一个文学讲座，我兼任天津市河北区作家协会主席，偶尔也办一些文学活动。邱院长爽快地答应了，他总是谦逊和气，翩翩君子之风。邱院长这些年佳作不断，在当年，他是以文学少年的身份名世的，出手就不凡，这么多年长盛不衰。而且看他这个厚积薄发的态势和每天求索的精神，他会有更大的作品写出来，这只是个时间问题。

邱院长讲座的题目是《异体小说》。

天津市河北区作协会员，还有天津不少文学爱好者挤满了会场，邱院长侃侃而谈，讲座大获成功。"异体小说"的多种样式，很多人没有听说过，也没有读过。邱院长的阅读量惊人，对中外文学的了解程度，是常人所不能及的。

讲座就在君辉律师事务所的多功能厅举办。办公室还没有完全安顿好，为了这次活动，多功能厅早就收拾了出来。这是我的新律师事务所第一次对外搞活动，竟然不是法律，而是关于文学。

因为天津和宁夏两地作协的合作，也来了几位宁夏的作家参加。他们中间有纯粹的农民，有乡镇干部，也有出租车司机，其实在哪个群体里都有热爱文学的人，而且爱得很深沉。

下午时海河上起了风。和邱院长下楼从解放桥沿着海河散步，竟然步行走到了李叔同故居。一路聊着文学，初秋的风有点大，但是阳光暖足，让人很有安全感。

到了天津，要去听听茶馆相声。而我事先早就约好了，我不能去听相声，是因为我要去表演相声。一个企业的庆典活动，老板是我同学，请我去演一场。我这点功力，火候不到，硬着头皮上场。庆典活动的演出非常不好把握，演员在上面演出，下边忙着相互敬酒，场面闹腾，所以我的表演并不成功。我下场之后，冯巩上台了，今晚和冯巩老师同台。

之六十八

1998 年 9 月 7 日

麻将有害

麻将何止是无益，明明是有害。而害处之一是麻将淡漠人情。

有句俗语："玩牌玩薄了，喝酒喝厚了。"是说打牌可以把人和人的交情变得越来越薄，而喝酒可以把朋友之间的交情搞得越来越厚。打牌有输赢，赢了要找输了的要钱，喝酒呢，总是要变着法子让对方喝。总之是胜了的高兴，而输了的丧气，不管是输是赢，在比赛中都还要动心眼儿，阴谋和阳谋一齐上，暂时忘了是兄弟。比赛就要追求胜负，不用心计怎么行呢？一用心计，兄弟隔心了，当然就"薄"了。而钱的来往，自己的钱到了人家的腰包，当然是不高兴的（除非故意输的那种）。

而健康的游戏，虽然也是要追求胜负的，但少有阴谋，而且"不对话"。牌桌之上，哗啦哗啦地响着，一口一口的浓痰吐着，一句一句的闲话闲舌，胜利者心情舒畅，而失败者当然不是个滋味。不欢而散，甚至大打出手，分道扬镳。牌桌上一言不合掀了桌子的事，是常有的。

淡漠人情的另一种情况，好像人们之间的来往，已经不需要抬头交流，只需要低头打麻将。如果到乡间的很多家庭去做客，家家户户基本上都在打麻将。客人来时，"麻兴"正酣的几位几乎舍不得站起身，一边随便地打个招呼，一边继续激战。来的客人有好面子的，就觉得没有必要再坐下去了，牌瘾已经战胜了亲情和礼貌，就起身告辞，并且思虑了是否还要再来，而主人基本上也不送，头都不抬。来了不迎，走了不送。如果来的人觉得受到了慢待，那么他就太不成熟了，因为人人都是这样，很多人来了不是为了串门，就是为了坐在一旁观战，有的人自己打麻将不行，就是喜欢看。如果是这样的情况，那也就没有什么人情淡漠了，你淡我也淡。

麻将这东西，一百多张牌，四个人，能搞出的花样很多，不得不承认这里面多少有一些技术含量。香港电影里有一类专门描绘赌场故事的，可以领略很多麻将技巧，甚至像变魔术一样，我到现在也不知道，是不是真的有这样的技巧，还是只是影视的一种表现。

麻将本无罪，罪在那些麻木的人。如果能够控制自己，人各有志，下棋钓鱼各有所好，打麻将也就无可指责。

2008 年 9 月 7 日

露天电影（七）

我已经不能想起来我到底在那块露天场地看了多少场电影。记忆杂乱而斑驳，那些革命电影看得应该是最多，比如《地雷战》《地道战》《南征北战》，里面的经典台词比如"地瓜、地瓜，我是土豆"记忆犹新。老电影该有《一江春水向东流》，外国电影比如苏联的《列宁在十月》、南斯拉夫的《瓦尔特保卫萨拉热窝》，还有朝鲜电影里的那些"阿妈妮"形象记得非常清楚。但是很奇怪，我小时候一直是把"阿妈妮"说成"阿妮妈"。印度电影比如《大篷车》那忧伤的风格，那些坐着大篷车到处流浪的可怜的吉卜赛人，让我知道世界这么大，很多人却无家可归。还有电影《流浪者》的那首主题歌《拉兹之歌》，那可能是我最先学唱的外国歌曲，翻译成中文就是"到处流浪到处流浪"。还有一部印度电影《奴里》，我被剧情深深地打动了，我记得剧中美丽的女主人公被那个坏蛋强奸了，可惜那时候她忠实的狼狗被拴了起来，那狗狂叫着，我看着电影，恨不得马上能去解开拴着那狗的链子，让狗去咬死那个坏蛋。我第一次在观看电影的时候感受到了愤怒、伤感、羞耻，主题歌的旋律也记得清楚，三十年来我再也没有看过这部电影，"奴里"是那女子的名字。我还能想起电影的结尾，女主角的男朋友从高处跳下来，可能是跳到那个坏蛋坐着的车上，手刃了那个家伙。

改革开放初期，外国电影开始引进来，法国著名电影《佐罗》，那是那个年代的"大片"。放映的时候可以说是万人空巷，孩子们大叫着"不看佐罗，一辈子白活"。阿兰·德龙潇洒帅气，孩子们也都梦想做一个他那样的侠客。当然还有日本电影《追捕》，真优美和杜丘的形象也清晰得逼真，阿兰·德龙和高仓健这样的"国际巨星"，我就是在刚刚改革开放的中国农村的露天电影看到的。

国产片子我看到的就多了，我感觉那简直是中国的一次"文艺复兴"。比如

《许茂和她的女儿》，我就在露天电影场看到了两个电影厂的版本，其中一个"四姐"是李秀明饰演的，另外一个是谁，现在一时想不起来了。为什么会两个电影厂都要拍这个东西呢？撞车了，大约能反映当时的文艺工作者的大干快干的心态。那个时候还翻拍了过去的老片子，比如《渡江侦察记》新老版本我都看过了。

2018 年 9 月 7 日
啪啪豆、星巴克和萝卜

到了机场和高铁站，如果有一段可以自由支配的时间，就找一家星巴克那样的咖啡店。咖啡香是一个方面，最重要的是那里有电源插座和网络，把自己充上电，在咖啡的香气里，不用担心自己会被世界所抛弃。

我最常去的天津以外的高铁站肯定是北京南站，但我很少有一段时间能在北京南站喝杯咖啡，我的时间会事先算计好，在北京南站下车以后，要么就有人来接我了，要不我就一头钻进地铁，像个土行孙。同样，我在北京南站候车回天津也是如此。到了车站就会勇敢穿梭，安检、取票，挤，上来，下去，上车，坐在座位上，闭上眼睛，长嘘一口气，这班车，又赶上了。

哪有时间喝什么咖啡。喝水都吞咽困难。

这几年我常在北京读书，去年夏天在清华大学毕业之后，秋天到鲁迅文学院读书，那段时间，是我往来京津最频繁的时候。

本来觉得天气还是很热，虫声一唱，就夜凉如水了。我把长袖衬衣穿上，再把外套穿上，直到把棉衣穿上，每天黎明是天津牌儿的，每天的深夜呢，还是天津牌儿的，在黎明和深夜中间，我是鲁院人，我读文学，我读了法律读文学，无非是想搞法律文学。

从那时起到现在，整整一年时间过去了。

今天我读到了我在鲁院的同班同学、杭州著名作家周华诚夏天时写的一篇纪念鲁院生活的小文，文章的题目是《萝卜》。我一边喝咖啡，一边写一篇叫作《啪啪豆》的文章，却被华诚的文章吸引到了关于萝卜的时光隧道里。

我在鲁院的同窗中，人缘不错，但是我来去匆匆，下了课住在鲁院的时候少，跑回天津的时候多，所以跟同学们交流的绝对时间相对不多，因此和不少同学只有神交而没有深交。比如华诚，我很喜欢他的文字和他的为人，我猜他也喜欢我，要不然他也不会写这篇《萝卜》，华诚通篇极尽赞美，却只是称呼我为

"杨同学"，我觉得，他很有可能是在写那篇文章的那一会儿，只记得我的所谓幽默，而暂时连我的名字都忘了。

我的很多同学都记得我给他们的天津著名的沙窝萝卜。天津沙窝萝卜，产自天津西青区，那是我家乡的特产，是真的味美，不亚于水果。甜中带辛辣，水汽大如烟雨，碧绿如玉，身材修长。秋后萝卜就上市了，但冬天才是萝卜最好的时候。偏偏冬天又赶上北京环境污染整治，车辆进出不易，我费了好大力气，把几十箱萝卜从天津运到北京，才有一段萝卜佳话，那段时间，鲁院的宿舍和楼道弥漫着萝卜的味道，很多南方同学，比如云南的倪竹和湖南的曾散，都表示很是新奇，他们没有吃过这种青萝卜。说起萝卜这种北方特产，其实除了青萝卜之外，还有白萝卜、胡萝卜、水萝卜，还有什么"心里美"，做法除了生吃还可以炒菜，可以腌制，还可以做汤。

我们是 2017 年 9 月开学，到 2018 年的 1 月毕业。萝卜送到，细细吃完，就快毕业了，萝卜味道之后是分别的味道，或者说，分别的味道就是萝卜的味道，我们告别，记住了鲁院和彼此。华诚的文章电子版在我们同学中间传阅，大家纷纷表示怀念萝卜，萝卜有什么好怀念，大家所怀念的，无非是那段难忘的生活。我因为萝卜被大家记住，很是讨巧，仅此而已。

说了萝卜，再接着说说"啪啪豆"。一个圆柱体的盒子里装着一盒豆豆，上面涂满了芥末，吃起来非常辣。我为了不迟到，在冬天里 4 点半就起床了，然后从天津赶往北京，我其实有足够的时间赶到鲁院的食堂吃早餐。但是我每每到了北京南站，深吸一口气准备投入挤地铁大战之前，我一般不是要去喝一杯星巴克，我要买一盒"啪啪豆"。

起初我是看上了那个盒（或者叫瓶），我觉得可以用来饮水和漱口，因为我常常忘记了带杯子。我到北京南站下车的时候往往正好感到困倦，是"啪啪豆"的辣味让我精神抖擞，我一边吃着一边上了地铁，把自己从天津切换到北京，从法律切换到文学。直到我从鲁迅文学院毕业离开的时候，我的宿舍里还有好几个"啪啪豆"的包装盒，它们凌乱地放在我的窗台。

我只是在北京南站的食品店见到过这种叫作"啪啪豆"的食物，"啪啪豆"，星巴克，萝卜，有点乱，这几者之间，也多少有一些关系。

延边姜雪梅之外，辽宁实力派作家于永铎也专程来津。昨天讲座之后，两位同学留了下来，今天和邱院长一起谈文学，度过一天美好时光。邱院长事情办好，目送他驾车回京。而我们三人也要在明天一起再去鲁院，到北京南站时找找，这种"啪啪豆"是不是还有卖的。

之六十九

1998 年 9 月 8 日

秋风中的事物

节气是白露了，按说该秋凉下来，然而读书的人趴在桌上，胸前又立马湿了一大片。汗涔涔地落着，滴在写着的书本上，歇了好几天的扇子又摇了起来，光是毛巾就擦湿了两条。

秋光旖旎。虽然热，但也毕竟是秋风在吹起。在午后，秋风的作用，尤其明显。好像秋风的吹拂，就是为了让世界更安静。这些秋风和风中的事物，都显得有些美好，就算这所普通的中学，都仿佛是一张立体的油画。

校园里有琅琅书声，悦耳极了，也有学生在上体育课，课程的内容是"跳木马"。一群孩子叽叽喳喳地笑闹，年轻的体育老师长相很帅，在认真地给他的学生做着示范，他动作优美，一跃而过，引起学生们的欢呼。男生们大多能顺利地跃过木马，而女孩子们，面对着那匹"马"，就显得有些艰难。她们面对着那个横亘在那里的木马，有些不知道该如何下手，另外她们似乎也有些害羞。她们的衣服和微笑都在金风中轻摆，慢吞吞地助跑，到了木马近前，就忽然停了下来，左右流盼，红了脸，笑笑，然后跑回队列里。也有勇敢些的，冲到木马前，双手撑住马背，能跃起来，但分腿动作不好，不是跳不过去，就是骑在了木马上，于是更一片银铃笑。她们骑上木马，就像骑上了时光。时光也是匹马，不需要一跃而过，骑上时光的马的人，两耳呼呼生风，和时光的马鬃撕扯着，彼此落荒而逃。

后来校园又变得寂静，学生们放学了，这一天就要过去了。我在屋里继续伏案，写我的。落日和余晖就忽地落了下来，因为我没有伸手接住，只好咣当一声砸在地上。

喷射下来的阳光，湿淋淋地泻在地上，成为蠕动的光水和光波，和蚂蚁一起爬。院中的绿叶本身已经染了些许黄色，又经阳光这一浸染，一团团黄黄亮亮，仿佛天空间一团团伸手可及的金线银线，它们炫人眼目，引发人们的无限联想。树枝和叶子的斑驳影子投在地上，光影横斜，本来放松的心，忽然就揪紧了。

有声音传来，是拍皮球的声音，静静的，也许外面有人打篮球吧，在这黄昏的校园里。

2008 年 9 月 8 日

露天电影（八）

一些并不是很知名的电影也给我留下了深刻的印记，比如一部叫《十天》的电影。是饰演"潘冬子"的祝新运为数不多的电影。剧情已经记得模糊，我只记得结尾的时候是在船上，主人公砍断了绳子，解救了别人，自己壮烈牺牲。我甚至不敢确信这部影片是不是就叫作《十天》。去年在音像店终于找到了这个影片的光盘，拿回家全家一起看，父母已经不记得当年带我们去看过这个电影。即使从现在的审美眼光来看，《十天》仍不失为一部优秀的电影。还有反映中俄边界各族人民和沙皇俄国斗争的《傲蕾·一兰》，也是最近终于在央视电影频道重新看到。我还记得有一部电影可能叫作《八哥》，讲的是武装暴动的故事，还记得里面的一些场面，穿着蓝色军服的战士脖子上系着红带子，色彩鲜艳，但是情节已经一点儿也记不清楚。还有一个电影，拍摄的是西藏的故事。其中有个情节是姐姐被杀了，姐姐的人皮被做成了一张人皮鼓，只记得一个镜头是妹妹看到了那张鼓的时候的悲愤神情。

农村生活的电影比如《月亮湾的笑声》《咱们的牛百岁》《喜盈门》，后来农村题材电影少了，可能是农村也都向往城市生活的缘故。动作片除了有《少林寺》，还有《武当》《木棉袈裟》之类，很是捧红了一批人。补记一笔，我记得看《少林寺》的时候还有过这样的一个困惑，李连杰饰演的"觉远"，俗名叫作"小虎"，可当王世充的兵马冲来的时候，"小虎"的父亲却高喊："小心"，我纳闷了好久，他不是叫"小虎"吗，为什么叫他"小心"？后来才明白"小心"不是人名，是要他当心些。侦破类的电影有《黑三角》，孩子们看了之后就常常学习其中的一句台词，好像是"您要火儿吗？"或者是"您有火儿吗？"《戴手铐的旅客》主题歌《驼铃》一直传唱，有的伙伴常常说不好这个电影的名字，说成《戴手铐的脚镣》。天津话管这类"侦察"题材电影叫作"破案的"，"案"的音却发不好，

　　　　　　　　　　　　　　　　　　　　三／秋／重／唱

要读成"难（四声）"，就叫"破难的"。现今"警匪类"和"悬疑类""谍战类"影视剧很多，"破难的"这种说法儿已经听不见了。

还有的电影叫什么名字已经完全记不清楚，情节也完全记不清楚，只剩下几个场景。比如有一个电影是在海轮上，一个慈祥母亲的儿子是海军，母亲坐船去看儿子。知道儿子爱吃大红枣，就带了很多，后来在船上知道儿子牺牲了，于是母亲把那大红枣用颤抖枯干的手扔进了大海的漩涡，这是什么电影？还有一部电影的场面，一个女人在美丽的场景里跪着把蒲公英吹得到处都是。后来电影里的场面是多年以后，又有一个小女孩也是跪着吹蒲公英，那是那个女人的女儿了，母女二人的仪态是一模一样的。男人看到了这相似的一幕，非常感慨……只记得这些了。

2018 年 9 月 8 日
回鲁院

2017 年，就是去年，我 42 岁了。人生过半，一事无成。

我忽然感到自己的人生马上要进入下半场了，我觉得我需要一次中场休息。在这个中场休息的时候，我能认真地想想未来和过往。

选择怎样的方式，在哪里度过这个中场呢？我就到鲁迅文学院去学习。

在 2017 年的秋天，确切地说，就是去年的今天，我在鲁院的学习开始了，我在那里过了一个漫长的秋天和冬天。

我是鲁院第三十三期中青年高级研讨班学员。鲁院人是一家，往前上溯，鲁迅文学院的前身是文学讲习所。可以说新中国成立以来的绝大多数一线作家，都有过在鲁院学习的经历，而新中国的很多文学作品和影视作品，都是鲁院人写的。

我本以为，我能认真地在属于我的世界里居住下来。如果前半生和后半生都不属于我自己，那么中场休息总该可以。但我没有想到，那段时间是我人生的重要驿站，但，那也是我最为奔波的一段时光。

人家都住在宿舍里，我好像是住在路上。天津和北京好像只有一百公里或者说是三十分钟的高铁时间，但我为了每天准时出现，我需要在 4 点半就起床。天气在秋光里渐渐冷了下来。鲁院的学生里，可能从来没有过一个律师，可能也从来没有一个外地的学员走读，尽管我是天津的。我在四个月的时间里基本上没有缺课，我在每个早晨从天津醒来，然后在每个深夜又在天津睡着。北京，对我来说，遥远而亲近。晚上八九点钟的时候，我还在鲁院听讲座或者参加讨论，我一转身，就从北京到了天津，从文学回到法律，从理想回到现实。

我才发现，这不是中场休息，这是一场蜕变和重生。我在路上休息，我一边走一边停。我的奔忙反而让我把时间抓得更紧。我左手过去右手未来，一经连接，灯光亮了，很多问题，我都想清楚了。我系统地思考了文学是怎么回事，人生又是怎么回事。我的创作也又开始了，我在天津和北京往来的高铁和地铁上，用手机键盘重新开始持续地写作。看来所有的事情都一样，想明白了，豁出去了，就成了。而今天，我和我的同学辽宁大连作家于永铎、延边作家姜雪梅一起回鲁院。和另外的几个北京同学在鲁院见面，就算是庆祝相识一周年。我们拍照合影，吃了简餐，在鲁院的院子里走了一圈儿，看到花草树木和去年没有什么改变，也就安心了。

之七十

说说香烟

从打麻将说到香烟。

不管吸烟利弊如何，吸烟是个人的问题，只要别在公共场所喷云吐雾也就是了。抽大烟，吸毒，这都不可以，因为这是法律所禁止的。

但是真的不知道吸烟还能有什么好处。

记得几年前看一个电视节目，问几个女士如果送自己的丈夫礼物会送什么，有两个人说送香烟。问及为何要送香烟，均答（做扭捏深情状），他在创作的时候，需要烟！创作的时候就一定需要烟吗？好像也听说过有几位著名作家也有这个习惯，不吸烟就写不出来，倾家荡产，也要买烟。也许烟草确实有提神醒脑、刺激神经的作用，但和创作显然没有什么直接关系，这只是惯出来的坏毛病而已。

也有人说抽烟可以用来交际增进感情，给陌生人递上一支烟，然后一起抽，能迅速拉近感情。其实这也不是很成立，"话是拦路虎，衣是瘆人毛"，沟通能力依靠的还是语言和微笑，靠递一支香烟取悦别人，总是不妥。

又说有很多女孩子喜欢看男人叼着香烟的样子，因为有"男人味儿"，很是奇怪。前几年有一首流行歌，叫《味道》，其中反复吟咏的是一个女人想念一个男人"身上的味道"，这个味道包括"淡淡的烟草味道"，还有"想念你的白色袜子"，不知何意。

抽烟的理由还有很多，反正也没事，抽一支；心情烦乱，抽一支；便宜烟，不抽白不抽；要练习抽烟，以后会用得上；工作太累，抽烟解乏……

还有更荒唐的论调，抽烟减肥。

抽烟的理由这么多，而不抽烟的理由在香烟盒子上就可以找到：吸烟有害健康。当然，除此之外，理由还是有很多，除了影响自己的健康，还有别人的，烟雾缭绕影响环境引发火灾。还有人算过经济账,人这一生光是抽烟的钱,能买汽车,买房子……

我的桌子上有一个香烟盒儿,里面的烟已经干了。我不会吸烟,我记得我幼年时曾经因为爷爷的烟袋锅的味道而醉烟。我还跟一个男孩子学习过"吐烟圈",我学得很快,一边吐烟圈,一边假想着自己的后脑勺被忽然发现了的大人重重地打了一下。后来有风吹来,把我的吐在空中的烟圈给吹散了,烟在蓝天下变得很透明。

2008 年 9 月 9 日
露天电影(九)

大约三十年前的那时候,我的电影生活就在那块露天地里,也有记忆是在电影院。不如让我稍稍跑一下题,简单说两个在电影院里看到的电影。

也许那是我在电影院里看到的第一部电影,这是 1979 年的事,带我去看这个电影的是我的姑姑。我母亲把我和哥哥送到爷爷家小住。当我母亲把我们留下要走的时候,我哥哥是欣然接受了这件事情,和爷爷在一起玩儿。而我拒不接受。姑姑说妈妈不走,你先和姑姑去玩儿好不好?我哪里知道是计,欣然同意了。我还能记得起我和姑姑是坐上了公共汽车,在车上我暗暗想明白了,姑姑就在我身边,我明白这个时候母亲一定是回去了,我知道自己被骗了,但是我也只能接受这个事实。我却记得那是一个新闻电影纪录片,我们为什么要去看一个纪录片,我一直没有弄明白,当时也许是看了一个故事片,而那个纪录片只是前面的"加片"。

能让我清楚地说上电影名字和电影院名字的,我最早该是在河西区谦德庄红星电影院看的《待到满山红叶时》。奇怪了,这个电影的情节很简单,记忆最深的有一个镜头是满山的红叶,哥哥在背着妹妹走,还有妹妹清脆的声音在喊"哥哥"。电影的表现手法现在看来老旧过时,当年觉得画面唯美极了。妹妹好像是哥哥领养的,而哥哥是个在长江边做气象工作的人,后来哥哥因公牺牲了。电影里的妹妹和现实中的我,都感到了深深悲痛。

自己的历史,就自己写吧。

2018 年 9 月 9 日

等还是不等

8 月 8 日是我的首批合伙人第一次签约仪式，时间就到了 9 月 9 日，第二次合伙人签约仪式，在今晚举行。

在仪式以前的下午，我去开了一个庭。在仪式之后的现在，想讨论的是一个律师在法庭上的表现得很微小的环节，就是一个律师对于书记员的记录，该不该去等。

律师在法庭上说的话，是口头表达和书面表达的结合体，一方面要有优秀的口头语言表达能力，打动说服审判员，另一方面，如果没有很好的书面归纳，也不行，因为审判员开庭以后还要继续研究案件，这时候一份好的代理词或者辩护词就显得非常重要。除此以外，律师是用口头语言来表达，而书记员需要用书面的方式进行法庭记录，这种记录是口头语言的书面呈现，书记员如果不能快速和不失原意地记录下来，那律师的工作成果就会打折扣。

有的书记员速录员是刚来的，或者不是学习法律的，这就会影响他的记录速度。书记员的工作并不简单，忠实记录以外，还要有现场归纳能力。

很多律师说话一字一顿的，其实是职业病，就是为了放慢语速，让书记员记录下来。要知道在电脑时代以前，书记员是需要自己用笔一个字一个字地记录的。律师语速太快，那么书记员肯定记不下来。

所以在庭审现场，常常有这样的问题，律师长篇大论，书记员所记不多，记不下来。而有时候问题不在于律师，律师毕竟不是书记员的助理，在言之有物的情况下，律师还是应该为自己服务，需要自由言说。律师已经一字一顿了，已经尽量照顾记录了，还是会遇到书记员的或者粗暴或者幼稚的打断，整个庭审的连贯性和应有美感就会被严重破坏。等会儿，说慢点儿，记不下来，你刚才说的是什么？很多律师面对这样的提问会忘记这些人凑在一起是在干什么，难道就是为了记录，或者做一个游戏？

那么，等还是不等呢？可能还是要等。正是因为这不是做游戏，律师不是来表演的，律师要获得案件的最终结果。而当事人花钱请律师也不是为了看律师的演说，当事人才是结果的最终承受者。所以，还是要兼顾庭审效果，在不至于太割裂的情况下，等等吧。并且展望科技的未来。

之七十一

1998 年 9 月 10 日

教师节的问卷

在这个朴素的校园，下午，学生们在用各色彩笔写黑板报。有几个学生学着写美术字，他们对着图样，一笔一画，很是认真。黑板报我也办过，一期内容写上去，可能会在黑板上停留一段时间，内容哪怕简单，哪怕只有一个小的知识点的传播，也会有积极意义。

这一期的内容，是关于教师节的。今天就是教师节了，今天还在做教师节的内容，不符合新闻的规律，有点儿晚了。好像前几天就看到过他们在做类似的内容的板报，不知道为什么现在才做完。

教师节的设立，已经有十几年了。关于教师节的时间，也有很多人认为放在9 月 28 日比较适宜。因为 9 月 10 日才刚刚开学，不免有点手忙脚乱，如果是 28日，时间更充分。关键是，新设这样的节日，总还是应该有点文化传承，9 月 28日是孔子的生日，可能可以让这个节日的内涵更加丰富。

我下午出来上厕所的时候，看见那几个学生在黑板前写写画画，好像他们也是在黑板上做一个问卷，如果回忆起自己和老师的一件事，会是哪一件。我就也为此想了一下，如果是我，我该怎么回答。

我想起我上小学时的一位班主任郭老师，那时他也就是二十几岁的年龄。他是我的数学老师，偏偏我的数学成绩相对一般，但这不影响我和老师的合作，我是班长，和老师常有交流的机会。

要说的是这位老师严厉的一面。我和仲达是双胞胎，因而被认为有喜感，实际上我们没有什么喜剧才华。那段时间常常去参加天津的一些学生的文艺会演之类，表演相声。那时也没有拜师，也没有什么基本功，就演一些学生相声而已。但是好像还有点儿受欢迎。那次，那是个什么演出机会我已经忘了，为了那次演出，我们已经练了好长时间，也很想去参加。

演出的前夜，我们兄弟又重温了几遍台词，很细致地过了好几遍。那天早晨的时候，我们穿戴整齐，就等着车来接。

我只记得校长急匆匆地来了，他满面春风，说，还不走，车来了！我们就想往教室外走。却见班主任面沉似水，和校长的春风脸形成对比，他只冷冷地说了一句话，我们就放弃了那次表演机会，他说，你们要是今天走了，就不要再来这个教室。

我们真的就没有离开，任凭校长的春风脸也沉了下来。后来我们在小升初的考试里，数学都考了很好的成绩。我没有成为一个相声演员，现在想想，我不是那块材料，就算是，也不后悔。而且那次演出和我是否成为一个相声演员也没有绝对关系。

2008 年 9 月 10 日
露天电影（十）

我忽然想起了刘伟和冯巩在 1987 年春节晚会上的一段相声，叫作《影联巧对》。那时候我正在学说相声，这一段能模仿。相声的结尾冯巩说了一个"绝对儿"，后来刘伟对出了下联，就是相声的"底"，罗列了《端盘子的姑娘》《不当演员的姑娘》等姑娘之后，最后是"这些全是——《嫁不出去的姑娘》"，下联是"姑娘"，上联是"故事"，冯巩大约是这么说的："《寅次郎的故事》《水手长的故事》《黄浦江的故事》《柳堡的故事》《八哥的故事》《爱情的故事》，这些全是——《不该发生的故事》。"记忆里的一部叫作《八哥》的电影，也许就是冯巩说的《八哥的故事》。

写着，陈冲和刘晓庆的《小花》、张瑜的《庐山恋》那些影像都涌上心头来。其实追星族追的不是演员，而是自己。还记得我姑姑的青春时代，她最喜欢的刊物就是《大众电影》（更早叫作《人民电影》，大多数人不记得了）。她喜欢影星，其实多少个姑娘喜欢影星，内心里是更向往自己成为影星。我年轻的姑姑已经到了知天命之年。

改革开放的年代，人们的时间也都忽然金贵起来，谁也没有闲情带上板凳马扎去看露天电影了。一时间，露天电影烟消云散。

后来的争鸣电影包括张艺谋的《红高粱》都是在电影院看的，彼时我已经是一个文学少年，审视着别人的作品和自己的青春，渐渐成长。到了我开始谈女友的青春时代，去看电影不是小时的凑热闹，也不是少年时代的对戏剧的迷恋，和恋人去看电影，看电影又有了全新的内涵。我记得当时的南开大学和天津大学是通着的，没有严格的围墙，南开大学的学生都去天津大学的影院看电影。昏黄的灯光下，都是三三两两的学生或者情侣，那个电影院一般是连映两场。我记得那个冬天我们一起去看电影，我的时任女友没吃晚饭，我奔跑着去给她买了一种叫作"小饼鸡蛋"的东西，然后看着她满意地吃下去，散场之后我们肩并肩地从天津大学回到南开大学。天津大学的青年湖上结了冰，冰面上又下了雪，我和女友到冰面上去，她用一个小木棍在冰面上的肥雪上写字给我看，我看了很受感动，是什么字，这里就不说了。都是久远的青春了。

2018 年 9 月 10 日
画地为牢（一）

我今天再次回到原来律所去收拾东西。在中午的时候，我下楼到附近去看看，以后就没有机会经常出现在这里了。

我办公室的楼下不算远，有一块儿空地。在很久以前，那里是西南楼工人新村。就是 1949 年后，国家为了改善居住条件，一排一排给工人盖起来的平房，天津人管这样的房子叫"段儿房"。著名的工人新村地名还有王串场、中山门、吴家窑等地。后来，改革开放时代了，市场经济了，平房都拆了，腾出来的地方，盖起来的都是高楼大厦。

那时候人单纯，也可能因为很多人是同事的原因，人相互熟络热情，人和人之间没有现在这样的边界意识。每家每户都不用锁门，一家来了客人或者有喜事，街坊邻居不用动员直接帮忙。尤其是夏天晚上吃饭，大家几乎是端着碗一起进行，谁家吃的什么，大家一目了然并且可以共享。说是"新村"，用现在的眼光来看，当时的居住条件也实在是不宽裕。每家也就是十几平方米正房，在门口各家自己再搭一个简易的小厨房，就这么大的地方，一家好几口可以欢乐地住在那里。而现在，人均住房面积就能达到好几十平方米。好多人买不起房子是现实，但好多人有好多套房子也是现实。很多人为了买房子而愿意辛苦一生，甚至当上所谓的房奴，但其实，也都是自己愿意。

我再次路过那块空地。那些人家的悲欢离合和欢声笑语都在这并不算太大的空间里发生。每家在夜晚关起门来，才算有自己的小空间，小到十几平方米。人们要等到孩子睡了，夜深人静的时候，才能真正拥有一点儿自己的时空。想想自己的事，看看自己的书，写写自己的文字。那时或者再早一些时候，人均住房面积很小，有的人的居住面积不能以房子来计算，应该以床来计算。在这个城市里，没有真正的属于自己的房子，但是有一张床来栖身，这就算不错了。还有上下床的设置，现在很多人给孩子的房间里摆一张上下床，是为了时髦，而那时就得这样摞起来住才行。男孩子参军不全是理想，家里没地方住；女孩子出嫁不全是爱情，也有没地方住的原因。

之七十二

私力复仇

很多法律故事说来很有意思。

东汉时期，甘肃酒泉地区有一个女子叫赵娥。赵娥的父亲被一个叫李寿的人杀害，李寿很得意的是，赵娥家没有男丁，以为就没有人能来复仇。

李寿想错了，来报仇的人是小女子赵娥，她手刃李寿为父报仇。后来，县官在审理案件时，同情赵娥，竟对赵娥产生了爱慕，表示愿意辞官不做，和赵娥远走高飞。赵娥拒绝了县官的好意，认为县官应该按律治罪。

赵娥的故事一时传为美谈。

赵娥的故事，也有现代版的。那就是施剑翘刺杀孙传芳。

1925 年，大军阀张作霖和江西军阀孙传芳发生了战争。张作霖的部下张宗昌麾下有一位将领，在和孙传芳部的战斗中被俘，孙传芳下令把这个人杀了，他就是施从滨。后来孙传芳被北伐新军打败，北上来投靠张作霖，张作霖没有报施从滨被杀之仇，而是收留了孙传芳。但是，这个仇恨，有一个人没有忘记，她就是施从滨的女儿施剑翘。

父亲死时，她刚好 20 岁，到她大仇得报，已经是十年之后了。那时张作霖已经死了，孙传芳眼看大势已去，就到了天津做了寓公。

施剑翘本来寄望其堂兄，但是，这个人并没有斩杀孙传芳的勇气，施剑翘大失所望。后来，一个叫施靖公的人走进了施剑翘的视野，说，只要你愿意以身相许，我愿意替你报仇。施剑翘果然就嫁给了他。施靖公和施剑翘结婚之后官运亨通，就不再愿意提起报仇的事了。

施剑翘志向不泯，一定要杀了孙传芳，并写了很多诗来表明自己的志向，其中不乏有"一年一年使人愁"的慨叹。

十年之后才有机会，也正应了"君子报仇，十年不晚"之言。施剑翘是从电台中听到了一个人在讲佛法，她意识到这个人就是孙传芳。原来孙传芳已经皈依佛门，每天诵经讲法。

施剑翘早就准备了一支勃朗宁手枪。她要行动了！

故事一直是两个版本。地点都是天津南马路一处诵经之处。一个版本的说法是施剑翘靠近了孙传芳，拔枪就射，连开三枪，孙传芳当即毙命。另外一种说法是，施剑翘逼近了孙传芳并没有马上射击，而孙传芳看到面前的施剑翘，自知大限已到，并不躲闪，依旧诵经，施剑翘才开枪。不管怎样，施剑翘亲手杀了孙传芳，要解心头恨，拔剑斩仇人。施剑翘大仇终报，当即散发一份"告国人书"。

转天，天津北京上海，国内大城市报刊纷纷发消息，侠女之名天下人知。后来，天津法院判处施剑翘有期徒刑七年，没有判处死刑。据说，开庭的日子里万人空巷，施剑翘和孙传芳的家人都请了律师。

再后来，国民政府给施剑翘颁发特赦令，施剑翘重新获得自由。个中缘由，齐说不一。有人说是冯玉祥起了作用，有人说，是侠女之精神感动了某人。施剑翘后来在家乡成立了私立的小学并且在中华人民共和国成立后交公。在战争年代，施剑翘做了很多工作，还和周恩来有过接触，一度是苏州妇女联合会的副会长。

都是那么多年的云烟往事了，这里的法律问题是私力救济，是不是应该得到轻判和特赦，如果每个人都自己去解决，社会秩序和法律尊严不好维护。但是更深刻的问题是，很多事情如果自己不去解决，可能也未必一定能用法律的手段去解决。当然还要指出的是，施剑翘的复仇行为的缘由，孙传芳杀死施从滨是因为战争而不是私仇，由此施剑翘也许不该有那么大的复仇心。

2008 年 9 月 11 日
露天电影（十一）

国内最早的"大片"概念，我记得可能是《亡命天涯》，很精彩，情节全忘了，只记得男主人公从一个大水洞里逃了出来，他好像是个医生。《泰坦尼克号》上映的时候，"大片"的概念已经很成熟，这就是距离现在十年前的事情了。"大片"的概念刚刚搞清楚，又有什么"贺岁片"。成龙的贺岁片以后，有了冯小刚的贺岁电影，《甲方乙方》很轰动，但是我当时就很纳闷，这个片子不就是米家山拍的王朔的《顽主》的翻版吗？后来张艺谋也坐不住了，也开始拍"大片"。

和他的《红高粱》相比，张艺谋的"大片"艺术就不好评价了。再有陈凯歌拍《无极》，很多人甚至怀疑，那部经典的《霸王别姬》不是那个叫陈凯歌的人拍的。

人们有去露天影院和华贵的影院看电影的，也有在家里用 DVD 看的，还有的用网络下载影片看，看电影的方式有了很大的改变。去年有两部电影，《色戒》还有《苹果》，都被禁了，不知道如果在当年的露天电影院放，会效果如何。李连杰还拍了一个片子叫作《霍元甲》，引起了霍元甲后人的不满，委托我打了这个官司，后来有关部门因此出台了一个法规，涉及历史人物和民族英雄的，不能乱拍了。

在哪里还有那种原始些的纯粹些的露天电影，我还想再去看看。

这些年的电影院已经全面复苏，看电影要好几十元一张票，还有更贵的。电视出现之后，不仅乡村的露天电影没有人看了，城市里的电影院也一度没有人去了。想起那些城市里的对外的"影院"，还有各种企事业单位的内部"剧场"，有更多的故事浮现出来。那些燥热的夏天和冻死人的冬天里的影院中的观影经历，也让人难忘。电影院动辄上千座位，票价很低，坐不满，赔钱。而把大放映厅变成小的，看电影由主要娱乐方式变成情怀、文艺和享受，电影又活了。还记得起刚刚兴起"录像厅"的时期，放的好像都是港台的"枪战片"……

其实当年的乡村的露天电影，青年人不是一定要在自己的村庄看的，青年人和孩子们不一样，那时的青年人追剧的方式是用自行车或者徒步到十里八村甚至更远的地方去看电影。那些当年星光里充满热情追赶的青年人，如今，都已经年过半百甚至已经是花甲老人了。

2018 年 9 月 11 日
画地为牢（二）

今天和民生银行天津分行李稳狮行长一起商量案件的事情。晚上接着说这片空地。

空地之上，房子拆了，人都搬走了，不知道是什么原因，却并没有盖大楼。时间久了，种上了树木和花草，成为了一个简易的小花园，有人从树木中穿行，还踩出了一条小路来。

我常从这里经过，但是我忙得没有时间驻足，我从来也没有走进去那片空地之中。这个午后，我回原来办公室之际，沿着那条小路走了进去，在空地中间，我竟发现别有洞天。

在花草中间，是空地的中心，有几个破旧的沙发，显然是有意放在这里的。沙发上坐着几个老太太老大爷，在闹市中躲在这里，怡然自得，与世无争，聊得很开心。

天地之间，其实就是一个很大的屋子。天是被子，地呢，是床。早就有古人这样想了，如果现代的人们还能这样想，其实也就不那么焦虑了。

不知道空地中间的这几位老人是不是有房子，不知道他们的子女是不是也要还房贷，但是显然，这个世界上还是有很多人生活得很快乐。几位老年人所在的花园空地，其实就是当年的普通人的住房所在，这多少有一定的象征意义。

不是所有人都能有资格来当"房奴"的。很多"房奴"是有钱人。

买房子当"房奴"，至少要有所谓的首付款，要有一定的能力向银行贷款。银行的要求也许并不算高，但是，仅仅是让那些赤贫者和小贩去开一张收入证明，他们就没有办法了。也许他们收入也还过得去，但是他们算是"无业"，没有所谓的工作"单位"，他们的收入只有自己能证明，但是银行不认，银行要一个盖有公章的文书。很多人没有买房子其实就是这样类似的简单的原因。

而那些有钱人和头脑灵活的人，即使是在国家调控限购的情况下，他们也有办法做假证明或者用假离婚之类的手段，买到一切想买的房子。

之七十三

1998 年 9 月 12 日

所做一切，都是自愿

《今晚报》是天津比较有影响的报纸，在全国范围也是很好的晚报，是我每天的必读读物，街上的报刊亭就能买到。

看今天的《今晚报》，说去年——1997 年天津市共有一百七十人考取律师资格，今天他们集体进行了宣誓。报载这其中有硕士学位的四人，有学士学位的九十七人，大专学历的六十九人。我看了，有点心动，我不知道 1998 年考取律师资格的考生将于何时何地庄严宣誓，推算起来，也许就是 1999 年了。时间我不知道，但我知道，那其中的声音里，肯定包含我。

我 23 岁了，有点着急，很多人在我这个年纪，已经名满天下，而我还只是一个复习的考生。但我又觉得一点儿不急。我放下报纸，就又轻浮地假想很远的未来。在十年后的某个场合，有人对我说，呀，你是个老律师了，你当律师已经十年啦。这样想着，自己嘲笑自己，但又觉得，这一定是真的。在较长的时间里，坚持不懈做一件事，而也只能是这样，才能做成一点事情。

每学习一遍都有新的收获，知识的不足，就像"棉袍下面藏着的小"，一榨就出来，也像"海绵里的水"，挤一挤总还是有的。榨出每一个"小"来，或者挤出每一滴水来，都能体会学无止境，而快乐也是无止境的。

我想着，竟打个寒战，十年后我是一个十年的老律师了，那么，我的文学梦想呢？我本来是想做一个作家的。没有人逼着我去做律师，我所做的一切，都是我自愿的。

人走向南一定失去北，捞起月亮也打碎波光。时间就是这么多，心就是这么大，太多的事，根本完不成，也根本装不下。人在同一时间内只能出现在一个场所，完成一件事情。出现在哪里，一定不是偶然的，是经过内心的抉择的。别说理想和追求，别说人生的大选择，就算是买一件衣服，选了黑的，没有选白的，那也是价值取向，是自己所喜欢。

2008 年 9 月 12 日
死亡话题（一）

接近傍晚，我开车在路上，在电话里听说爷爷去世了！种种往事，忽涌心田，内心疼痛。

来电话的人是晨生，我们兄弟是从 10 多岁的孩童时代开始了人生的"交心"。交朋友要"交心"这是老人的嘱托，二十多年来我们交着心，都长大成人。

二十多年前，我被评为天津市优秀三好学生，并因此参加了一个小学生"夏令营活动"。二十多年前的记忆越来越浅淡，如果我不把那些零星残片记录下来，可能就什么也剩不下了。我和晨生就是在那次活动中认识的。起初我们并不很熟，我们并不是一个组，归不同的带队老师管辖，后来我们却成为了交心的朋友。我们的目的地是山东泰山，现在觉得山东泰山是很近便的方位，而在那时，却是我比较早的出远门的经历。

我记得在夏令营结束回来的路上，大家意识到了分别，那时候还几乎都没有电话，更没有电子邮箱什么的。我清楚地记得晨生忽然走到我的身边来，留了我的地址。那一刻我意识到我是很喜欢他的，他聪明，机灵，为人热情。我感受到分别变得这么具体和残酷。大轿子车在不同的地点把不同的孩子交给各自的家长或者老师，晨生要下车的时候，忽然拿出一把随身携带的小水果刀送给我做纪念，我身边别无他物，见晨生情深意切，更不知所措，只好把我带去的一瓶"蓝天漱口液"送给了他。

那个夏令营中有四十多个学生，我还能记得起几个人的名字和事迹，其他人，连名字都忘记了。而其实，如果晨生后来不联系我，我现在恐怕也不会有这样的一个忠实的朋友。我也不会在今天写下这个和死亡有关的话题。

晨生很快就给我写信，我们开始了通信生涯。那个年代，通信是每个人的生活经历，尽管那时候我们还是小学生。信写着，就情深意长，晨生在后来的信中经常说，他很想来看我，我起初并不以为意，认为他只是说说而已。

那时候晨生还只是一个小学生，就算他想按照地址来看我，也还需要成年人的支持，这也是我不相信他来的原因。

2018 年 9 月 12 日
画地为牢（三）

晚上参加"闪光的 1970"五周年聚会。"闪光的 1970"是天津电视台著名主持人管军发起的公益组织，不觉之间，我们已经在一起活动了五年。

因为喝了些酒，已经体力不支，但还是接着把没有写完的文章写下去。

那些想尽办法买房子的人中间，很多人有好几套房子，甚至很多人住上了别墅。

别墅这种房子最大的优势就是能有一个院子，有的豪宅有几亩地的院子，还有更大的。所谓院子，就是四周有墙，人和房子在中间，院子里可以种上花草，可以有亭台楼阁，可以有小桥流水，可以有人能想象到的一切美好。买了这样的房子，人在院子中间，就觉得是自己占有了这块土地，这是自己的私人领地，别人不许进来，就觉得有种成就感。

人给自己画了一个圈，然后把自己放进来，自己在自己的圈套里，沉浸其中。

自己别墅的院子之外，是更大的社区的院子。院子之外，其实还是院子，人逃还逃不脱，为什么还要给自己再加上一层枷锁。外面的那个院子不是更大吗，社区院子外面，不是更大吗？哪里也大不过天地之间。

那些所谓的"刚需"其实不是房奴，因为他们毕竟不能真的用天来做被子，他们要用栖身之地挡住风雨。这些刚需以外的人，他们才是真正的房奴。

不要辩解，他们不是处心积虑地炒房，也不是游刃有余地来投资。买房子对他们来说，其实也只不过是抵御通货膨胀和内心的焦虑。自己把自己放在一个壳子里，壳子外面再用院子这个圈子把自己围住，束手就擒，心也就踏实了。

在别墅院子里看外面的人，路过别墅的人也往里看，彼此三分不屑，彼此也七分羡慕。有别墅的人其实更羡慕没有的，因为一旦拥有了，还想有更大的，海景的或山景的。因为一旦把自己圈起来，那其实也可以说就是没有了自由。有房贷的人还要还贷款，也许把自己的生活质量都交给了银行和开发商，就算央视的记者不来问，自己也可能会扪心自问，你幸福吗？

之七十四

一次法律咨询

傍晚我正在读书的时候，小心翼翼地来到我的门前的人是老工友，他不是一个人来的，后面还跟着一个人。我有点诧异地迎接他们进屋，后来才知道，后面跟着的人就住在附近，是想来向我咨询一个法律问题。

我只是一个在复习的考生，我又不是律师，我行吗？我有点羞涩，也有点跃跃欲试，就还是听了他们的讲述。

附近不远的村庄，华北平原上村民们世代居住的砖瓦平房要被拆掉，要盖起新的单元楼房。村子里居住的马奶奶也分到了一个单元。

马奶奶已经老了，一个人住不了一百平方米的大房子。马奶奶有可能都不知道自己分了新楼房。马奶奶就这样糊里糊涂地过着日子。当房子还是"楼花"状态的时候，房子就被卖了。卖给了同村的一个忠厚的人。

把马奶奶的房子卖了的人，是她的三个儿子。三个儿子也都是 60 多岁的人了，也都当上了爷爷。房子卖了三万元，三个儿子当场就每人拿走了一万。当三个儿子回到家的时候，三个儿子的儿子就把各自的一万元分了又分了。马奶奶 1 月到大儿子家里住，2 月到二儿子家里住，3 月到三儿子家里住，马奶奶不知道她的儿孙们都分了钱。

当房子盖好的时候，出了意外的事情，房价突然涨了很多。忠厚的人到村委会来办手续的时候，村委会的人告知他，马奶奶的二儿子来了，说房子不卖了。

忠厚的人已经预计到了会有这样的事情发生，因为村里这样的情况发生过好几回了。

忠厚人就准备利用法律武器了。正当他准备起诉要求继续履行合同的时候，二儿子却先起诉了，要求认定和忠厚人的买卖合同无效。因为如果这个房子的归属没有一个定论的话，二儿子他们也不能拿到房子的钥匙，村委会把房子"冻结"起来。

忠厚人和二儿子就开始打起官司来了。

关于这个官司，有很多法律问题。比如，房子是马奶奶的，那么她的三个儿子是否有权把房子卖了？在什么时候有权？卖房子的时候，房子还处于楼花状态，是不是违反法律规定？或者是一个附条件生效的合同，而且必须注意到，马奶奶的神志其实已经不清醒了……

我搜肠刮肚地调动我的法律知识，但我觉得我还是不好回答，来找我咨询的人就是上面说的忠厚的人。我尽量给了他我所能的解答，还把我的老师的电话告诉了他们，让他们还是去咨询一个律师为好，我说的仅供参考。

2008 年 9 月 13 日

死亡话题（二）

我们的夏令营是 1987 年的事情，而晨生的突然来访是转过年来的 1988 年秋天。我们通了一年信，他觉得必须见到我了，于是他就来了。

带晨生来的是晨生的爷爷，我在此刻写着这样的文字，是纪念这位善良和伟大的爷爷，愿他安息，对于死亡这样的话题，其实可以延展得很多。爷爷真的不知道，他的死给我带来的痛苦与思索，在经历他的葬礼的时候我所看见的黑色天空与黑色幽默。生与死的问题，庄严与俗闹，泪光和笑声，期冀和恐惧，都一样地华丽又粗糙，一样地肃穆与寻常，一样地沉重和淡然。这样的书写是小我情感慰藉的需要和个人生活史实，同时，这也是大历史中社会和民族的真实风景。

我记得今年春天的时候为他过八十大寿（乡间民俗，80 的寿诞是要在 79 岁的时候过）。我还赶了去，我们对他能长寿百年都信心十足，他的儿孙围绕着他，按照土洋结合的方式为他过生日。看得出，他幸福而又害羞。他戴着一个蛋糕店送的小帽子，被重孙牵着手吹蜡烛，他身高体胖，笨手笨脚，他从来没有被人这样地"宠爱"过。他是老祖宗，其实他也是小孩子。还要让他一起唱"祝你生日快乐"的英文歌，他更害羞得无语和窘迫，大家也没有见过一个被叫作"老祖"的人这般地天真烂漫。

我和爷爷第一次见面的那个秋天，我和哥哥正在院子里读书，母亲呢，在秋阳下晒衣物，他们就风尘仆仆地进门了。晨生从小就是个很伶俐的小孩儿，他很高兴见到了我，说："仲凯，这是爷爷。"

那时候我住在我父亲下乡的地方，也是我的祖籍小南河村。晨生住的地方距离那里不算太远，也并不算近，一个叫作第六埠的村庄。因为紧邻着子牙河，每到夏天，爷爷带晨生兄弟两个到河里去学习游泳，完全能想象得到那个场面。从晨生的村庄到我居住的地方有一条长长的河堤，晨生和爷爷就是沿着那条河堤骑着自行车来的。后来我和哥哥仲达也是沿着那条河堤反方向行进，到了晨生那里。那里是水乡，我一直遗憾很少在夏天到那里去。晨生来我这里一般是暑假时候，而我去一般是寒假，如果能反过来就更合理了，可以在爷爷教游泳的时候也带上我们，那样的场景让人神往，但从来没有发生过。

2018 年 9 月 13 日
画地为牢（四）

上午在天津仲裁委员会审理案件，下午到茂业大厦来看装修情况。晚上改一篇我上个世纪 90 年代的短篇小说《强迫症患者》，在深夜的时候，我接着写——

这样的访谈，我问过一位类似情况的，并且能真诚交流的朋友。他也焦虑，他也追求，但是他说，这样的生活方式让他感到不幸福，但是同时他又感到很幸福。他的截然相反的回答，都是真实的。他说，的确，我还贷款的时候感到压力很大，我追求更快节奏的生活时气喘吁吁，我在自己的院子里的时候也能感受到包围，但是，我也在静夜里感到自己的真实存在，人，还是要向前飞奔。

我这位朋友的说法，我能接受，但是前天中午那片空地上的老人们的生活态度和方式，我更能接受。他们笑得开心，他们把沙发直接放到天地之间，这里有园林，有风吹云走，这不就是最好的别墅功能吗？一分钱也不用花，而且也不用把自己用院子圈起来，想来的时候就来，想走的时候就走，心和梦想一起走。他们坐在过去的平房的遗址之上，可能什么都在想，可能什么也不想，怎样过，还不是一生呀。

枷锁和牢笼，如果是自己圈自己，解开和放下又谈何容易呢？他们知道这样的生活辛苦劳累但是还要选择，他们知道那样的生活轻松快活而不选择，他们的痛苦之处在于他们的清醒。就好像他们没有打麻药在做手术，他们看见有钝刀子在割自己，但是他们无能为力而又随波逐流。他们很可能真的不是被动的，他们的路自己走，也许无法想象和体会他们的复杂感受，可能更多的是为他们感到艰难，他们一边艰难一边幸福。就这么过吧，只要他们自己喜欢。

之七十五

事情并不简单

后来的事情是这样的。忠厚人眼看事情不好办，就违心地拿上了五万元到二儿子家里去。二儿子说，你这是什么意思？忠厚人说，房子涨价了，算是对你的补偿，但是我们要按照合同办事，村里的其他人都是这样的。二儿子说，房子我不卖了！

忠厚人去找大儿子和三儿子，想让他们给说说理，大儿子和三儿子都默不作声。

后来二儿子和忠厚人达成了调解协议。忠厚人从二儿子那里拿走了本金三万元，得到了十万元补偿，二儿子获得了这套房子。忠厚人拿着钱还没回到家，就在路上看到了大儿子和三儿子的儿子们，他们说，为什么房子给了他？于是，马奶奶的三个儿子以及儿子的儿子们开始吵了起来，忠厚人也开始后悔，因为十万元的补偿确实不多。而且在他拿到这十万元的时候，他看见这个案件的审判员用自己的汽车把二儿子从银行接了出来，这里面会有什么问题？大儿子和三儿子的儿子们在一个夜晚到了忠厚人的家里，说我们愿意和你合作，我们要告他！他们要告二儿子，他们宁愿让忠厚人得到房子，因为他们觉得应该信守诺言。更进一步说，他们觉得，不能便宜了二儿子。

可是二儿子在一个晚上突然亮出撒手锏，说我这里有字据，你们放弃了自己的权利。原来大儿子和三儿子给二儿子写了保证书，说自愿放弃这套房子，自愿把自己的权利都给老二。大儿子和三儿子各自愤怒的儿子和老婆几乎要把他们两个吞下去，这老哥儿两个已经想不起来为什么要写这个东西，委屈地被赶到了外面住。

这时马奶奶的两个女儿也参与了进来。二儿子的二女儿也参与了进来，诉说男女平等的道理。忠厚人也得到了一个重要的消息，原来二儿子已经把这套争议中的房子以三十八万元的价格卖给了一个村子以外的人，补偿给忠厚人的钱就是从这笔房款里来的。忠厚人于是找到了这个买房子的人，向他叙述了真实的情况。这个人于是到二儿子家里去，二儿子的老婆正在数钱，和闯进来的买房人就扭打了起来，买房人从屋子里跑到院子里的时候，被赶来的警察抓到了。

这一切，都是马奶奶不知道的，马奶奶确实已经神志不清了。马奶奶被二儿子媳妇吓唬住，按了一个手印，说把一切财产都给二儿子。三儿媳妇经过咨询，认为要给马奶奶去做一个精神病的鉴定。

85岁的马奶奶不知道世界上发生的事。她在三个儿子家轮换着住。她的两个儿子已经到外面去住了。马奶奶下个月就要到北京去做鉴定了，马奶奶还从来没有去过北京。

这是忠厚人昨天陆续给我讲的后面的案情。当我完全听完，我已经后悔把我的老师的电话给了他，我觉得后面的事情确实不好处理。这不像一个案例故事，简直像一篇小说。

2008 年 9 月 14 日

死亡话题（三）

我和晨生都已经为人父为人夫。晨生的儿子5岁了，晶亮的眼睛和他父亲当年的一样。我看着那孩子，有些恍惚，那不就是当年的晨生吗？

如果没有爷爷这样热情的老人，我和晨生也许在通信一阵子之后就渐渐疏远，以至于互相没有消息。当年那位高大的老人的大手，一只抓住了我的小手，一只抓住了晨生的小手，就把我们紧紧地连在了一起。他喊着我的名字，说："我如果再不带他来，他想你想坏了！"爷爷热情的眼神，认真而坚定。

我最后一次见到爷爷就是去给他祝寿，我怎么能知道那竟然是诀别！而在这两次见面中间，不仅是我和晨生二十多年的交心，也是我和爷爷二十多年的交心。他常常给我们讲他的一些人生经验。后来我们都上了中学，他听说我是团支部书记和学生会主席，很是赞赏，听了我的学习心得，对我的评价是"能分析，会总结，也许将来能做官"。我还记得他说这句话时严肃认真的样子，记得我内心惶惑和害羞的感受。爷爷的壮年时代，也曾经做过领导干部，他很留恋那段岁月的辉煌，每每都给我们讲起。最近几年似乎讲得更甚，可惜，听不了几句我就要走了，我天天忙碌，已经没有时间去听了！我印象中他讲的东西给我留下最深刻记忆的，是人要勇敢有魄力，另外不要乱搞男女关系，否则"影响极坏"。还讲过他的一个真实具体的经历，他组织了一次群众健步走活动，忽然就刮起了大风，几百人的队伍止步不前，风越来越大，队伍已经走不动了。爷爷口占一诗，到队伍前迎风高声朗诵。我只记得其中的三句——"风大怎能挡英雄……后辈师生齐努力，永葆江山万年青"，豪情万丈！农民出身，没有念过书，起笔就是"风大怎能挡英雄"。

这些凌乱的往事在我接到噩耗之后就开始清晰，我定住心神，和仲达一起，赶往晨生的老宅，一路上沉默着。我和仲达以及晨生和晨生的弟弟张劲，我们兄弟四人年纪相仿，张劲现在还留在老家，是个实在的人。

我们不知道该如何面对这样的一次死亡，也不知道见到晨生以及伯父母的时候，除了劝慰他们，是不是也会失声痛哭。我们已经都是30多岁的成年人了，不知道如何把握自己的哭泣。

风风光光地完成了爷爷的葬礼，在晨生老家的路旁，又添一座新坟。

晨生眼睛红肿，凝神着前方，我扶着他，让他不要再难过。却听他说："你看这条路。"我顺着他目光所指处看去。他说："这就是爷爷当年带我去看你的路。"

2018 年 9 月 14 日
公共汽车

我上午主持了天津市律师协会和平区律师工作委员会搞的"京津青年论坛"，中午就到青年宫来，当选为天津青年就业促进中心理事。每天都在奔忙，这是常态了。

从甲地跑到乙地，竟不知道该采取什么样的交通工具。开车的时候停车是个问题，打车经常打不上。现在公共汽车的条件好多了，坐在公共汽车上的时候，可以自主地想很多，甚至能香甜地睡着。

那时候，出门如果不坐公共汽车，怎么解决路程的跨越呢，骑自行车是个办法，但不是每个人都有自行车的。自行车曾经是奢侈品，曾经是一个家庭的最为重要的财产。就只好坐公交车，当然不要以为坐公交车也是很容易的事，公交车和自行车重要的区别是，公交车是每次乘坐要花钱的。不花钱的交通方式就是走路，走路费鞋，也比较费饭。走路吃得多呀！

说来说去，公共汽车还是一个绕不开的选择，公共汽车是一代人的集体记忆。

　　比如等车的故事，在始发站和在途中等待的感觉就不一样，最大不一样的是始发车站容易有一个空座位。关于座位，在车上的比如抢座、让座、等座，都可以写成单独的故事。等车可以是一个人等，一个人等车时发生过什么故事呢？也可以是和恋人一起等，又发生过什么故事呢？人很重要的能力是想象力，除此之外还有记忆力，时间一旦久远，好像已经记不清楚过去发生的事情，那是记忆呢，还是自己的想象？

　　公交车种类也不一样，有汽车，也还有电车，电车又分有轨道的，没有轨道的。到现在北京好像还有很多无轨电车，地上是没有轨道，但是天空却有很多网状线路，也不算美观，但那是情怀。

　　曾经有一个阶段，好像乘坐公共汽车是一件很丢人的事情。那时候私家车已经兴起，出租车也开始发达。一个有钱人，一个有事业的人，一个忙碌的成功的人，怎么能坐公车汽车呢？相关发生的趣事也很多，想着，能笑起来。

　　现在乘坐公共汽车不丢人了，公共交通环保，经济，健身，关键是现在的车和过去也大不一样了。冬天有暖风，夏天有空调，车多，一会儿就一趟，车上的人也就不那么多，不用人挤人，有尊严。

　　那阵子很多人坐在公共汽车上不敢接电话，害怕被对方听到车上报站的声音。现在不是这样，现在怕什么听见呢，就是在坐公共汽车了，有什么大不了的，有尊严，就不怕。

之七十六

1998 年 9 月 15 日

钻进被窝

天气骤凉起来，尤其早晚时候，冷意逼人。在学习的过程中，累了就会停下来想想事情，天冷的时候，往往想起童年。我曾经向许多人打听过，他们也都有这种感觉。似乎童年总是冷调的，有一些酸涩。

就又想起冬天和过年，白雪里映着北国的红，红春联，红吊钱，红绸带，红灯笼，还有红色的笑容。这样想着，心里暖乎乎的。对刚刚过去的夏天，有一点儿怀恋，对还没有来临的冬天，也有一点儿向往，但最为重要的，是过好眼下这个秋天。我用手摩挲秋日蓝蓝的天空，用我坚硬的胡须扎疼它，我想把秋天的金色果实珍藏起来，一直留到新年。

秋天总算是彻底了，秋光甚至可以说有些高冷。看今天气温的情形，夜里也得盖棉被。其实从昨天晚上天气就冷了，昨晚是今年第一次盖上了棉被，钻进"被窝儿"，倍感暖和。在被窝儿里，可以把腿蜷起来，又伸展开，体验被温暖包围的感觉，可以把被子用腿蹬开以获得自由，觉得冷了，再把被子拉上来。可以盖上被子，也可以抱着被子，可以仰卧直接看天花板，也可以侧卧或者辗转反侧，有了被窝儿的保护和依赖，能想起妈妈，并且又想起童年。

被子实在是个好东西，过去的穷苦人家，被子可能是一家人最重要的财产，不怕小偷来偷，唯独被子。被子具有多种功能，懒汉的一床被子，可以盖上一个春夏秋冬。冬天盖上的棉被，就是夏天也用同样的。钻被窝儿习惯了，夏天也能用棉被，一点儿也不觉得热，简直是一钻解千愁。被子放在床上，也会在出门的时候背在身上。有了被子，懒汉就能随地找到家，找个背风的地方，把被子蒙在头上，躺在那里，就回家了。被子能盖住肉身、盖住心事，也盖住黑暗。躲进被窝里，就没有什么可怕的事了。比如失恋，比如负债，比如刚刚看了鬼故事的电影，只要钻进被窝儿，一切都能警报解除。

2008 年 9 月 15 日
死亡话题（四）

在去往吊唁爷爷的路上，我想着这个老人的一生，他真的太不容易了。23 岁的时候，就死了伴侣。自己面对农村的困苦生活，独立支撑就够难了，还要带着一个孩子。爷爷从那儿再也没有娶过妻子，就这样一直过到了八十大寿。将近六十年的孤独夜晚，我不知道他一个人在想些什么，在春天的万物复苏，在冬天的冰房冷灶。二十年前我想过这样的一个问题，他的这四十年的夜晚该怎么过，可是他又过了二十年，一点一点地老去，从来也没有离开这个村庄。

而没有再娶妻的目的非常单纯，爷爷不想让孩子有个后娘，他说后娘带的孩子没法活啊。可是他没有想自己的光棍汉的日子怎么活。

直到伯父也到了 23 岁的年纪，伯父娶回了伯母，伯母是一个贤惠而有文化的女人，她从爷爷手里承担起了家务，三十多年来，一家人生活得很幸福。

伯父今年 59 岁，老当益壮，就像二十多年前的爷爷一样，不过比起自己的父辈，伯父也是那么忠厚，但还是显得更内敛一些。当年父子相依为命，现在也是一大家人了。晨生后来先读大学，接着又投笔从戎，现在是一名具有高级技术水平的军队干部。张劲没有走出乡村，在老家，和爷爷一起生活，辛勤劳作，四世同堂。晨生的儿子和张劲的女儿都叫爷爷为"老祖"。

我和仲达在黑夜里数十公里奔丧，进得那个熟悉的院门，眼睛里就都涌了泪花，跪在地上行礼的时候，我看见晨生的儿子在灵堂里欢快地奔跑，一家人都哭成一片。我走过去，握住伯父的手，伯父说，这回你们没有爷爷了！他的泪水咸热地流淌。人的一生，要经历不少这样的别离，最后再面对着别人和自己告别。我有一个曾经深爱的女友，我和她一起面临了她父亲的死，在向遗体告别的时候，她对我说："我觉得我爸爸的眼睛里都流眼泪了！他一定能看见大家，还能感受到大家的伤心。"

2018 年 9 月 15 日
开还是不开

昨天说了公共汽车的话题，今天就还想接着说关于出行的话题。比如开车。

大街上有越来越多的车。

但，也越来越多的人选择不再开车。

当然，也有越来越多的人在考驾驶证，期望早点儿开车上路。

这个世界永远就是这样，有人向南走，就有人向北。

还有呢，还有人站在中间左顾右盼，纠结着想，这车，开呢，还是不开？

除了代步，汽车还有很多功能。实际上开车在过去最重要的一项功能已经完全消失了，那就是体面和虚荣。多少人的奋斗就是为了能有一辆车，然后开到别人面前。有车的最重要的层面不是车是重要的工具，而是人的虚荣感觉。物质生活的进步带动了精神层面，现在没有人这样无聊了，车有什么好显摆的。当然车也仍然是个好东西，遮风挡雨，能顺利地从起点把人送到终点。如果仍然要强调一下开车的精神层面，那就是驾驶的乐趣。开车曾经是技术活儿，是劳动，现在确实能是一种乐趣和享受。提速，嗡的一声，世界在身后呢！

而开车弊端也太多，没有地方停车，也没有办法把车折叠或者背着走，堵车的时候车也没有翅膀飞，动不动就违章被罚款了。罚款事小，还要扣分，想想就一团乱麻。

就别开了吧。但是公交车太慢了，地铁上来下去太折腾了，而出租车呢，如果没有较好的心理素质，就不要打出租车。很多时候打车要厚着脸皮去抢，不抢别人就上车了，还要厚着脸皮看司机的脸色。因为如果路途远些或者什么各种奇葩的原因，司机肯送你那是他心情好。还有滴滴出行或者小黄车可以选择，没有哪一种选择是完美的，和一个人在食堂瞻前顾后地选择菜品一样，哪种都好吃，哪种也都不好吃。

在夜晚的街头打不上车的时候，就渴望开车走了，车也是一个场所和移动的家，待在里面就不孤单害怕。

怎么选择都是对的。

但不管怎样，这段时间我不再开车了，我把手腾出来，不再抚摸方向盘，手机键盘正在我的手掌里上下翻飞，用手机也能写文章。

之七十七

秋天的典型例题

这是关于秋天的典型例题。温习了今天就能温习到许多往事。我在今天的一项重要活动是晒太阳，这是我所向往的那种秋天的阳光。我不一定要坐在书桌前写字，因为我除了需要坐着，还需要站着，我还有行走的要求和渴望。那我就坐在院子里背诵法律条款。我闭上眼睛，我在院子里摆上一把椅子，把自己放在椅子上，阳光和空气从我的身体上面轻轻飘过。过不了一会儿，我就站起来，在院子里边走边想。好像坐着是权利和待遇，走着也是。

太阳确实是温烫的。找准确一个词语就很有些舒服的感觉，就像挠痒痒挠对了地方，痒处，是个需要精准打击的地方。我使用了"温烫"一词来比喻这秋日阳光，这让我感到很熨帖，我躺着，感到了晒太阳的舒服，我写着，也感到了找到这个词语的舒适。我走着，觉得哪里都舒适。那种温烫的"温"，温了周身和周围的空气，而那种烫，恰到好处地，仿佛轻轻地烫熨了我们的心。

我的水瓶里已不再摆放花，在窗台上，它或多或少地沾了些灰尘，已经不再是之前那个葱郁的季节。早晨起来的时候，院子里一地的黄叶，而地上的草，也已经是黄的多，绿的少。尽管树木还枝繁叶茂，但再不是早先所见的翠色欲滴。季候可以叫作金秋了，一切都将是金黄金黄的。又是绿色，又是金黄色，混杂在一起就是五颜六色。这种成熟的综合颜色总会如期而来。该来的，都会如期而来，没有来的，都没有来。在略略的心神不宁中，我的假想一点一点地展开，都是关于秋天的童话。童话里也有一片金色与绿色的混杂物，我在那种颜色里走着，我沿着金色秋叶铺盖的林子，摘了几个苹果，秋天的金风刮响的声音，传得很远。有时候人一愣神的工夫，能假想很多。

傍晚时候，那位我所不认识的绿茵少年又来了，带着他的足球。翩翩少年执着地练习着射门，足球的声音硬邦邦的，滚动了寂寞。嘭，嘭，嘭。少年出汗了，他练了很久，擦擦汗，准备回家去。他朝着我的方向走来，并从我的窗外经过。

2008 年 9 月 16 日

死亡话题（五）

陪着晨生默默地坐上了一阵子，我和仲达也想在爷爷的遗体前为他老人家守灵，但在晨生他们的劝说下我们最终还是在深夜里返回市区。

出殡的时候，我们再来送爷爷最后一程。

那最后的一程很艰难，拉着爷爷遗体的车走在最前面，伯父打着幡儿，紧随着爷爷。而伯父的身后就是晨生，晨生的手中抱着爷爷的照片，我在旁侧搀扶着他。他的身份是"长子孙"，这在乡村，具有崇高的地位。而在晨生的身后，走着他的浑然不觉的儿子，送行的队伍浩浩荡荡，送行的人群里，只有不懂事的小孩子才是欢乐的。

送行的队伍步行着在村子里走了一程，就要换上汽车，前往火葬场了，几辆大轿子车已经在等候着。晨生媳妇把孩子抱了起来，孩子的小脸红扑扑的，他问我："杨伯伯，我们这是去干什么啊？"

我把孩子抱了过来，亲亲他的小脸蛋儿，说："孩子，我们去给老祖送行！"我又说："孩子，伯伯这两次也没有看见你哭呢？"

孩子已经能和我自由地交流，他说："伯伯，我想哭，可是我流不出眼泪来呢，你说这是为什么呢？"

"孩子，你为什么流不出眼泪呢，你喜欢老祖吗？"

"我当然喜欢老祖，老祖对我可好了。"

"那你就该哭老祖一场，以后我们就再也看不见老祖了，你明白吗？"

孩子点点头，脸上现出了一丝伤感的样子，但更多的还是茫然。

我看着他天真的样子，接着说："你长大了就会后悔的，你想起今天我们去给老祖送行，你都没有哭老祖一回。"

孩子还是继续问："那，伯伯，我们是去哪里啊？"

我说："孩子，我们是去给老祖送行呀！"

"老祖在棺材里啊？"

"对啊，在棺材里。"

"伯伯，你看，放着老祖棺材的那辆车往前开了。"

"是啊孩子，我们的车也往前开。"

孩子回道："我们追着老祖走。"

我想拍拍孩子的头，说："孩子，别这么说。"但是我把话咽了下去。因为，孩子说得是对的。

我，们，追，着，老，祖，走。

于是我对孩子说："对啊，孩子，我们都在追着老祖走。"

别去回避这样的问题，谁都将会走上这条路的，送别我们的亲人，然后我们追着亲人走，再让后来的亲人追我们。一场一场的送行，就像一个春天一个春天的花开，生命其实是一种生长的植物。

2018 年 9 月 16 日

和二十年前一样

今年的秋天和二十年前一样，和十年前，也一样。

时节到了这个季候，金风飒飒，于是觉得连自己都是成熟的，像树上挂起来的一个苹果。今天我召集合伙人开会。风是爽利的，院子里干干净净，就觉得人的内心都是干净的。我的院子里，海棠、核桃、山楂都熟了，苹果和石榴虽然还没有熟透，也已经挂满枝头。我们未来的办公室还在装修收拾中，所以我们的会议就在我这个院子里进行。我的合伙人大部分出席了会议，我们探讨未来的律师事务所该怎么样真正地做好。我们提出各种方案，研究业务上的操作指引并且预判市场情况，会议整整用了一天。

现在，他们都走了，秋风和我留了下来，一起把守着我的理想和院子。二十年来没有变化，我本来慷慨激昂，我忽然就安静了下来，人都走了，剩下的人永远是自己，只有理想和自己不分开。

如果晚上没有应酬，那我就属于自己了。今晚我在修改一篇叫作《窗外那条拥挤的街》的短篇小说。我已经很久没有写小说了，这样说好像我曾经是个写小说的好手似的。其实我根本没有写过什么像样的小说。我发现，在二十多年前，在遥远的上个世纪 90 年代，我曾经很钟情短篇小说，只可惜那些小说和我的创作生涯一样地断断续续。这篇叫作《窗外那条拥挤的街》的短篇小说写的是一条街道的一个写字楼上，有两个"白领丽人"，她们坐在高档写字楼的屋子里，她们每天看窗外，窗外有一条拥挤的街。街上有两个姑娘，是卖红薯的小贩。而这两个姑娘也常常在街上看着那两位"白领丽人"，后来她们和两个"白领丽人"终于有了交集和错位……我改着，闻到了90年代的气息，那是我的青春年华，也是改革开放开始进入深水期的时候。个人的记忆和整个时代，总是混杂不清。但时间和我好像都没有什么改变，我和二十年前一样。

之七十八

也就是这样

一个人在社会上生存，总会有一些莫名其妙的琐事发生，躲也躲不掉。就像姑娘脸上的雀斑，嫌弃它，可是它还是长在了脸上。就像我三躲两躲，已经躲到这个小镇中学里面了，自以为隐藏得很深，但也还是逃不掉。

过去常常对那些传说中的专心致志的学者感到不理解，自己悄悄悬梁刺股是可以的，在门口贴上"闲谈不过三分钟"就有些不近人情了。这几年渐渐明白了，人的一生就是这么多时间，做了这样的事，就不能做那样的事了，鲁迅先生说，耽误别人的时间就是图财害命，一点儿不假。不要闲谈，不要干那些没有用的事。

当然话又说回来，人在江湖身不由己，哪能真的超然物外呢？该去处理的琐事，还是要去做，哪一个环节都不能少。每个人原本都希望把自己的全部生命投入到火热的事业中去，尽可能把各种烂事处理好，然后拿出剩下的时间把主要的事情做好，已经就是很不错了。

还要遇到体力不支的情况，当应对了各种突发情况和俗务，人也往往精疲力竭了。不只体力，也有一些时候仅仅是因为"心情不好"。人调整自己的身体之外，还要不断地调整自己的心态，调整哪个都不容易。

我在有些劳累的情况下匆匆回到书桌前，还好，事情办了，学习任务完成得差不多，才觉得自己是安全的。

又已经是很深的夜，我写写停停，眼睛忽而睁开又忽而闭上休息一会儿。想的事情仍然很多，有的东西，想得很困惑。人间的很多道理是没有先知和先哲讲给我们的，于是只好做自己的先知并且也许成为后人的，尽管我们的所思所想也许往往是错误的，但是这也没有关系。在这样的时间和这样的情境下，能想到也就是这样。

越是思考，越是感到明白。可是越是感到"明白"，就越丝毫不敢放松。明白之后可能又是一轮糊涂，而往往是糊涂了，才能更明白。如此循环往复，直到最终彻悟，或者彻底迷失。

2008 年 9 月 17 日
死亡话题（六）

最前端的是安放着老祖的棺材，然后是伯父、晨生、孩子，整整四代。在老祖归天之后，四世同堂变成了三世同堂，但是总有一天伯父的爷爷身份也会升格为老祖。然后，晨生的孩子就从晨生的孩童时代到了晨生的现在，有一脸微微的沧桑，拖家带口，顽强地生活着。而晨生呢，去看看现在的伯父，晨生也会当上爷爷的，和现在的伯父一样。伯父有一天也会睡进那样的漆黑的棺材，晨生紧跟在后面，直到自己最终成为棺材里的人。

生命其实是一种生长的植物，这个比喻一点儿也没有创意。老百姓不是又叫"草民"吗。在我陪着晨生给爷爷送行的路边，在这个时候，就是无边野草，有的地方的草稀疏，有的地方，密密腾腾的。而生命这种植物，也是一样地不断生长，一茬一茬的。

我并不是说草不是高贵的，人的生命高于一切，但生命很脆弱。就像我此刻用文章来悼念的爷爷，他好好的，突然就不行了，早上发病，下午送到医院，傍晚就躺在了匆匆准备的木板上。"生命力"也是"生命"本身，比如一株草，在万绿丛中，如果不是一点红，那真的是太普通不过。没有关系，人生一世，草木一秋，总是要好好地活着，草木珍惜好一个秋天，人生当然一个百年。而春风吹又生的其实已经不是原来的那一株草，但总之，还是那样的地方，还是那样的芳草萋萋。

车往前开，我抱着晨生的儿子，他也变得冷静，我真的不知道在孩子的内心，现在想着什么。我还能看见前面的晨生和张劲，他们坐在棺材的旁边，在露天的解放车里，衣服被风吹起来。晨生也在沉思，而张劲依然在号啕大哭，距离火葬场越来越近，亲人就要化成一缕青烟。

路旁是一个一个静默着的村庄，村庄里都在发生着一样的生老病死，没有什么了不起。

2018 年 9 月 17 日
儿子的成长

我犹豫了一下，还是要把这件事记录下来。

生命中该发生的事情就是这些，这是所有人要面对的规定动作，一件件，该发生的，都会发生。比如出生、上学、参加工作、娶妻生子，然后开始面对孩子的教育成长，自己慢慢衰老。

对于我是这样，对于我儿子来说，也是这样。而我们父子的生命历程和体验，必然有所交集。比如我要面对的子女教育，其实就是我儿子的成长。

不管好坏，总以为是发生在别人家孩子身上的事，还是会发生在我这里。我的儿子会毕业，会长大成人，会娶妻生子，但是他也会有迷上手机这样的事情。我儿子迷上了手机，并且，他开始攀比手机的好坏。

昨天晚上，我回来得稍早，听见儿子愤怒地说，我现在用的手机都这么老了，也够丢人的！我感到惊讶，无可奈何，就陪在他的身边给他讲道理，但是他听不进去，坐在书桌前，胸有不平。后来我找出《朱子家训》读给他听，一粥一饭，当思来之不易，半丝半缕，恒念物力维艰。儿子听着，好像有所悟，也许只是在敷衍我。我忽然意识到他已经有自己独立的思想了，用《朱子家训》来和他交流，也许有点过时，或许我的很多说法，也已经不能打动他。

我已经有很久没有接送过他了，我能想起他刚刚上学的时候我接送他的很多场景。今天早上送儿子上学之后，我一天不能心安，到了他放学的时候，我看看我的工作可以推开，我决定去接他。儿子从学校里走出来，看见我罕有地来接他，儿子难掩兴奋，在回来的路上，我和气地和他交流，他也高兴而平和地和我交流心声。我问儿子你很喜欢手机吗，他敞开心扉大声跟我说，我才知道儿子了解那么多手机型号，无论是国产的还是国外的，各种性能和优势，他简直是如数家珍。他是个孩子，每天学习非常紧张，他当然没有时间到那些手机专卖店去，也没有更多时间上网，这些复杂的事情，他是怎么知道的？我感到他的成长，也感到自己的落伍，我就不怎么再说话。

之七十九

怎样答好"案例分析题"

连续几天大热，今天仍然热。

今天想谈谈关于答好"案例分析题"的事。

一个优秀的考生，完成一张案例题的考卷，得六十五分和八十五分都很正常，我在前面也这么说过。得了六十五分并不说明这个考生不优秀，其实他可以通过很短时间的强化，把成绩提高上去。

案例题并不难，这个观点很新颖，但确是如此。我们常常有这样的感受，答不上来，可是当我们翻看编者老师们的分析之后，会马上说，原来是这样，很简单！

的确是简单的，但又是不简单。

一、你还缺乏足够的敏感。考来考去，律考的案例也就是这么几种，我们一看题就应该敏感地意识到在考什么。这种敏感并不能如期而来，盖因：（一）基本功不扎实；（二）练习太少；（三）缺乏灵性。所谓灵性就是综合能力的体现。

二、不要丧失信心。律考的案例分析涉及的知识点都是常见的和重要的，不可能考太"偏"的东西，所以你要相信只要你静下心来认真分清各种法律关系，问题会一一解决。

我是说优秀的学生会很快从六十五分变成八十五分，这样的优秀生已经具备了我所说的两点，但他们有可能仍然只得到了六十五分，他本来是有能力获得八十五分的，为什么？

一、可能是有些眼高手低，粗心大意。一看就会，一写就错。法律是严肃的，具体的，你必须用规范化的"法言法语"来表达你的正确观点才行。不能拖泥带水，也不能过分简洁。

二、你答题的方法可能还有些问题。不要一写一大片，思路就越写越乱。可以先画个图表，把各种法律关系列出来，别太相信你聪明的脑袋。先写出结论，再展开。不要嫌这种方法呆板，必须抓住要点写，判卷子是"采点给分"，写一大片也没有用。

三、全面些，再全面些，细致些，再细致些。把字写工整些。

我说给大家，也第一个说给自己听。要动笔！不要认为简单就扔过去了，都简单，也都难。

这几天我都会研究案例的问题，学习的方式是把典型案例的参考分析结论机械地抄一遍，对照着习题，边抄边规范解题思路和答题方法。这样，用最笨的办法，也许就不会缺乏上面我所说的"足够的敏感"，那么或许还能得九十五分呢。

2008 年 9 月 18 日

死亡话题（七）

死亡当然也可能是一件喜事。比如安乐死的话题，安乐死是一种有尊严的死，人有选择活下去的权利，也就有选择死的权利。

高寿而死，在民间也有"老喜丧"的说法。人死了，如果高寿而且无疾而终，或者有了疾病但是没有受到什么折磨，在老百姓看来，那就是一件喜事。而如果死的时候还能儿孙在侧，那就是幸福中的幸福了！虽然有"好死不如赖活着"的相反言论，但是如果死亡是不可避免的，一个人能赶上"喜丧"的程度，那就真是修来的福气了。

说是一件喜事，起码首先是一件热闹的事情。我小时候在农村的幼儿园，上课的内容没有教材，没有一定之规。如果哪一天村子里有人死去，那么那一天我的课程，就是跟随着幼儿园的那些看管孩子的老太太去"看死人的"。当然她们也不是有意让我们去面对生与死的严峻问题，她们怎么能有这样高深的教育理念呢。家长的目的是有人看护好孩子就行了，而她们的职责也是不要让孩子有安全问题就行了。是我的幼儿园"老师"们要去看死人的，我们也就跟着去看。现在想起来，我历经了这样的恐怖的过程：一群孩子在农村幼儿园老师的带领下去看一个死人躺在床板上，看浩浩荡荡的出殡的队伍披麻戴孝、吹吹打打，这太不可思议了。可是我觉得那真的是很好的一课，能让我在那样小的时候就能认识到，死亡是个痛苦的、孤独的事情，死亡也是一个热闹的事情，有悲有喜，悲喜交加。

　　我的记忆里有很多关于丧事的片段，大多都是很久远的了。其实大家都知道，人死是不能复生的，当痛苦的眼泪流得差不多的时候，悲伤必须被另外一种截然相反的气氛所代替，总会有一些搞笑的事情出现。很多出殡一点儿也不庄重，而只不过是俗闹的节目。我记得起很多孝子在灵堂里守孝的时候的相互逗趣，大家都觉得这没有什么，活着的人总还是需要欢乐的。我记得我大约 10 岁的时候，我父亲的舅舅去世了，我家亲戚里的同宗兄弟们在守灵的时候讲"气功"的"意念"的事情，他们在棺材前嘻嘻哈哈地说着，而且还很神秘的样子。还记得他们和一个年轻女子的对话，那女子去取忘在了灵堂的旁边的衣服，他们对女子的话里有很轻薄的意味，然后哄笑。我虽然是个孩童，也觉得他们不怀好意，现在想起还能一笑。

　　而在晨生爷爷的葬礼上，也还是这样。我们最后向遗体告别，大家又都感到心被揪紧了疼，可是告别那刻之后，就都一身轻松了。哭过的都哭过了，没有哭的一定只是一般的乡亲，就算是晨生，还有伯父，他们也总有不再那么伤心的时候。最后看过自己的亲人，只能横下一条心，别去想了，别去看了！

2018 年 9 月 18 日
如果不开车

　　在律师所的这一天，开了好几个碰头会。我们在商量律师事务所的文化建设，比如我们的会议室的墙上要挂上什么样的"标语"或者法律名人的名言，要不要做一间模拟法庭。还商量房间分配的办法，房间大小略有差异，有的能看见河景，有的看不到。把房子分给不同的人，让大家都心情愉快，这是个重要的才能。

　　等到工作结束，我就又接着写关于出行的问题，开车，开，还是不开。

　　那天有一位朋友问我，你现在不开车了？我说我不开了。他说，现在不开车也不丢人。

　　丢人是没有的，但是一度，拥有一辆属于自己的汽车，是件光彩的事，那确实是真的。新中国成立以后，人们见过的小汽车恐怕就是军用吉普车，以苏联为代表的东欧的车，比如伏尔加之类的，还有国产的红旗车。20 世纪 80 年代，改革开放经历了一个过程，日本车和欧洲车开始进入中国市场，城市暴发户和乡村企业家较早坐上了高级轿车，奔驰一类已经能看见，到了90年代，轿车里的桑塔纳、捷达、富康之类登堂入室，有了一定的普及率，当然还有夏利这类更经济类型的车。

我记得当年三厢夏利能卖到十三四万，普通桑塔纳要十八九万。那时候的十几万是个什么概念呢？那时在天津的高端住宅体院北的新商品房，大约三万多元就能买一套两室一厅，这样一对比就知道，当年有一辆轿车确实是一件很拉风的事。那套住了几十年的两室一厅能卖好几百万了，而那辆车早就变成废铁了。

人们曾经不敢奢望中国人也能有私家车，更不太能想象，外国人为什么一个家庭就有好几辆车。2000年代以后，中国大力发展家庭轿车，那些崭新的商品房的设计者根本考虑不到停车的问题，很快汽车多得像灾难，占领小区内部和门前的街道，甚至把城市的主干道变成停车场。我记得我有一个朋友刚刚开上车的时候对我说的话，当时他开的车叫作"东风小王子"，他说，开着车从熟人面前走过的时候，自己都对自己肃然起敬，自己的内心感到紧张和骄傲。

为了买车，很多人去贷款，商家也开始用各种促销手段，车越来越多，很快很多城市"限号"了。那时候天津人听说上海的一辆汽车上个车牌要好几万还觉得怎么可能，后来才慢慢接受了，不接受又能怎样。

开车其实是个累活儿，手眼脚并用，而且开车非常不利于健身，人窝在驾驶室里，其实很不舒服。还要有什么验车之类的事情，城市里到处是摄像头，为了规范秩序，也连同为了罚款，罚款也就罢了，还要扣分。为了"消分"，又产生各种违法行为，产生了代办车辆事务的产业链，很是麻烦。如果不开车呢，这些问题就都解决了，而且是最好的解决办法。

不开车可以叫网约车，有的人长期聘用过司机，问题也不少，就算车是自己的车，不也是需要联系好，司机才能赶到嘛，网约车其实也是一样的。不开车了就坐公交车，现在的公交车很舒适，还可以坐地铁，快捷而准时。还有一个最好的办法，就是让别人来接，这样可以迅速见面交流。开车当然有种种好处，但是在一定意义上说，开车也已经是一个负担了。不开车锻炼自己，也为环保做贡献。

不开车的最大好处其实是解放，解放了手，也解放了思想。什么红灯绿灯，思想者拥有一切，那时这个世界的一切纷繁与我无关。

之八十

1998 年 9 月 19 日

我是谁?

很多人在幼年时就有过的一个疑问。我是谁?这个问题连带着的问题是,世界上怎么就会有一个人是"我"?然后接下来又回到——既然有我这样一个人,那么"我是谁"?我自己给自己的答案是,我就是杨仲凯嘛。但是这个回答显然也让自己感到不满意。那杨仲凯又是谁呢?是我。我是杨仲凯,杨仲凯是我。这样的等量代换很欺骗人,没有在根本上回答我的问题和恐惧。很多问题越是想越是感到很可怕。尤其是在夜深人静,或者独处的时候,能把这样的问题想得更清晰。能觉得自己的灵魂和肉身是分离的,或者是说,那个"我"和自己,不是一个人。我甚至想看到和自己好像分离开的那个人,自己当然看不见,就跑去照镜子,镜中的自己显然会让自己失望,我要找的,不是这个人。

有很多问题看来终身也未必能解决掉,比如我是谁,这个问题有点矫情。这是我在独处时的原始的思想。这是生命本来的追问,不是因为我读了书或者经历了什么才有的。

比如现在,我看着我的房间,我仔细看,能把我房间里的物件看成三维立体的,它们都显得遥远,也显得亲近。我仍然没有解决自己是谁这个问题,想得有些头疼。自己和自己相处了二十几年了,反而觉得有点陌生,而这个房间和房间里的东西,相处不过几十天的光景,就觉得都熟悉得很。这也许是因为,物件可以拿在手里把玩、端详,而人心不可测量。自己距离自己最远了,比别人还要远,和别人还可以谈心交流呢,而自己不知自己是谁。

我是谁?答案其实应该是:我是我。我想没有更好的回答。

我又进一步想,我为什么要回到这里来复习?为什么是这里,那么大的一个天津市,没有我上自习的一间教室吗?我爷爷走出乡村,我父亲作为"知识青年"还是回来了。而我又走了，现在短暂的一百天的回归，也毕竟是一种回归。出发了，然后回来，回来之后，再次出发。人其实很难走出自我，就像人永远跳脱不出自己的背影，就像我就是我的回答，我永远在我里挣扎。

2008 年 9 月 19 日

死亡话题（八）

一众人从告别厅走出来，向外走，爷爷的遗体和灵魂往天堂走。通往天堂的路就是火葬场的炉子。到外面，看见天空很蓝。在天津的冬天，很难看见这样的蓝天。大家就都站在一块阳光很好的空地，心态都变得轻松。仪式已经完成，心态当然会马上放松。来的客人有客人的轻松，总算是完成了！而晨生他们作为主人，当然也有主人的轻松。更有作为子孙的轻松，轻松的理由也是，总算是完成了，不仅是这个具体的事情，而且还有人生任务的意味，养老送终，就是这样一辈子一辈子的传承。我安静地看着我的周围，远景是告别厅里的一群群人，火葬场里当然不会只有这一笔买卖，一天当中总要有很多人来这里和亲人告别。

刚刚是别人看着晨生和伯父在前面哭，而现在就是我们在看着另外的人哭。多少人从死去的亲人的身边经过，看最后一眼的时候痛不欲生。走过，一步一回头。终于走了出来，亲友劝慰，自己也要克制。很神奇的，走过来，悲痛似乎就消解了很多。

我看见晨生和伯父的眼睛里已经有了亮色，看着别人的哭泣，甚至还有些悲悯别人的意思，确切地说，我看见他们也都有了笑容。张劲是个老实人，我在从村子里扶着晨生走的时候听见身后的一个巨大的女人样的哭声，甚至像动物似的号叫一样的，我回头，看见是张劲，他咧着大嘴，哭得快晕厥了。而只是一个小时的光景吧，他也和我们在一起，有说有笑了。

远景是那些其他失去亲人的人，而近景就是我的身旁的人。都是爷爷的子侄辈和孙子辈。我听见一位三叔说有的人在火葬的时候是不能烧化的，因为他有"意念"，烧不化，就有人反驳，说铁都能烧化，怎么人会不行？三叔就讲三叔的理解，众人哈哈大笑。伯父讲当年村子里有一口棺材，一天很冷，有个人钻进去取暖，他躺着就不老实，突然又在深夜里伸出了手，吓坏了一个路过的村干部，大家又是哈哈大笑，晨生也跟着笑。伯父一边讲，一边在做动作，大家都认为他很幽默，彼时他的眼睛还是红肿的。

2018 年 9 月 19 日

一张月票

今天在外喝酒应酬，回家仍是醉意未消。但是我马上打开电脑，如果我躺在床上，一定会立刻进入梦乡。随着电脑键盘敲击的情调，醉意就渐渐地化解了，重新精神抖擞。

我接着写关于出行的事。

今天在地铁上，我忽然想起 90 年代初期，出租车刚刚全面兴起之际，那是黄面的和红夏利盛行的年代。在城市的大街小巷，黄色的天津大发车和红色的天津夏利车交相辉映。黄大发如同蝗虫，泛滥成灾，其情其景，和现在的小黄车何异？红夏利显得娇贵和矜持一些，也有几分妩媚，那样子，也许就如同现在的摩拜单车。

那时候，有个比喻，说是黄色的和红色的出租车，在街上穿梭颠炒起来，多么像一盘西红柿炒鸡蛋。现在的黄色和红色的共享单车，其实只是给怀旧的人们一点慰藉。客官，西红柿炒鸡蛋又来了，您尝尝还是不是小时候的味道？

那时候轻易是不敢或者不舍得打出租车的，黄面的价格更亲民一些，夏利稍贵。夏利的价格也不是一样的，有高配和低配两种。高的，起步价以外，一公里要一块四，低的一块二，黄面的呢，一公里一块。当年曾经红极一时的"洛桑学艺"，洛桑在表演的时候就曾经有过一句唱词形容北京生活不易，"我也只好打面的"。不仅洛桑，根据出租车司机回忆，什么刘欢呀，这样的大明星，也是经常打面的。面的除了价格亲民之外，其实还有优势是空间大，高个子的男性能把腿伸展开，红夏利只是经济型轿车，空间确实太小了。

另外呢，黄面的还有一个功能是可以放自行车。黄面的加上自行车的组合，就如同现在下了地铁骑小黄车的组合一样，简直是最佳搭档。带着自己的自行车乘坐出租车，在那个年代，多么智慧，而今，想骑自行车了，就随时驾驭一辆共享单车呗。

那个年代的出行，公交车是主流方式，部分城市也有地铁。像天津是全国第二个有地铁的城市，但是其实只有一段，从当时的天津西站，沿着南京路到新华路，就结束了，几十年的时间里，天津地铁就没有延长。那时坐地铁的人们，可能大多是觉得新鲜好玩儿，路面上有公交车，也不算堵车，为什么要坐地铁呢？

在那个节奏不快的时代，确实没有合适的理由。现在住在地铁附近叫作住"地铁房"，有了地铁不仅可以到商场和办公室，还可以到高铁站，可以到飞机场，地铁就意味着和整个世界连通，地铁意味着准时和快捷。

其实现在的公交车也和过去完全不一样了，这个不一样的程度就像具有金属和高贵气质的高铁之于肮脏的绿皮火车。遥想那个时代的公交车的拥挤，现在坐公交车简直是享受，简直太有做人的尊严。现在的公交线路多，车多，上车基本都有座位，坐上去，就能到城市的每一个角落。由此想起当年的一位朋友的一个心声，他说，我多想拥有一张自己的公交月票呀！

那时候，能有一张拥挤的公共汽车的月票，也可以是一个梦想，也可以是身份的象征。

当然，时间到了 90 年代以后，人们开始用出租车和私家车为出行方式的时候，有不少趣事。在一次聚会上，一个哥们儿吹嘘起来，他说从来都是出门就打车的，他从来都是不坐公共汽车的，而且他打车从来都是要乘坐夏利的，黄大发太没有档次了！

那个晚上他喝多了，趴在地上呕吐不止，眼镜和钢笔掉落在地上之外，还有一张公交月票。

他就是有月票的人呀。

之八十一

1998 年 9 月 20 日
见到董瞎子

我是在午后到街上买食物的时候，看见的董瞎子。

我确信董瞎子也看见了我。

我们对视了一下，各自收回了目光。

他还是穿着那身衣服。一身蓝色的涤卡制服。在我的记忆里，他仿佛一年四季都是这样的打扮。他好像就没有换过衣服。

看起来他显得更老了。刀刻的额头变得很松弛。那些深深的皱纹，好像随时可以被风吹散。或者像是琴弦直接跳起舞来。他站在墙根儿，混在一群农民中间，已经变得很肮脏。秋天的阳光，打在他瓶子底儿厚的眼镜上，那眼镜后面藏着的疑惑和不解上，在我和他对视的短暂的时间里，蕴含着很复杂的情感。

我也感到很纳闷，我为什么迅速地收回了我闪烁的目光，而不是对他抱以应有的热情。我想，这也是他的疑惑。比较起来，他毕竟是长辈和老人，我如果表现出来一点热情，或者少收回我的目光一秒，我相信，他一定会对我报以饱满的微笑，甚至会主动地走过来，跟我握手。但我们的目光一经交锋，好像都被弹了一下。我就默默地推开中学的门，快步走回了我的房间。

董瞎子，这实在是一个没有什么水平的外号。但这里应该不含有更多的贬义，很直来直去。就连他本人，有的时候也会这样称呼自己。

董瞎子是一个乡村的知识分子，他的工作是教书，他的爱好是读书。爱好也还包括吸烟和足球。也许是因为他单身一人，所以，他没有和大家一样的作息时间。每天晚上，他躺着读书，本来已经高度近视的眼睛，越读越坏，他如果有一会儿找不到自己的眼镜，那么他就什么也看不见，和瞎子一样。影视剧里，有瞎子阿炳戴着装饰眼镜的样子，那个迷茫劲儿，简直和董瞎子一模一样。

董瞎子，曾经是我的老师，他可能是兼任学校的教务处处长，但是他把更大的精力，放在自己的专业上。对担任领导职务这样的事情，董瞎子兴趣不大，看来也不适合他。

我还是把称呼换回为董老师，事实上我对他充满了尊敬。

关于董老师的事，明天还可以接着讲下去。

2008 年 9 月 20 日

死亡话题（九）

我们一抬头，发现火葬场的烟囱就在头顶上空，亲人的身体被火化掉，就化成了火葬场上空突突冒着的青烟。

看着那一缕烟，我们继续着在太阳地上的谈论，都在讲着一些关于死亡的趣事，甚至是一些"鬼故事"。还有人讲起爷爷的身高和体重，说是这么一个又胖又高的老头儿，火葬场肯定是赔了的，多占地方，多费工夫。大家不会觉得这样的说法会让晨生父子生气，说得很随便。事实上他们也确实不生气，他们跟着一起笑。我们就是等着爷爷的身体被推进火葬的炉子，然后也化成青烟。大家指着火葬场上空的青烟在议论着，你说这是烧老爷子的烟吗？有的说是，有的说不是。有人说那烟根本不是人肉生成的烟，而是死人身上穿的衣服被烧化的烟，也有人反对，大家边说边笑。

死亡就是这样的悲喜剧。

后来火葬场通知去领骨灰，我们一行人都跟着进去了。我本来是不想面对那样残酷的场面，但又想，如果对死亡进行观察，哪能连领骨灰都不敢去，我就还是跟着他们一起到了火葬场的炉子旁。一群男人无所畏惧，不畏惧死人，也不畏惧生与死的严峻。

我的身旁就是伯父。伯父的心情我完全能体会，他最痛苦，也最冷静，他也已经将近 60 岁了，他没有什么看不明白的。这回经过他的父亲的死，他完全有资格在家里当老爷子了，现在他也是个没有爸爸呵护的人了。过去看影视作品和小说，再就是听传说和亲眼所见，不少老人亲手给自己打造棺材，为自己缝制寿衣，寿衣缝了又缝，棺材漆了又漆，有时候还把衣服放在身上试试，或者自己钻进棺材去试试。当时不理解他们为什么如此地冷静，经历过就知道，这都是太正常的表现。死是人一生最后的一件事，自己要做好，而长辈的死也是晚辈的人生大事，更是自己要做好。在过去的观念里，养儿除了防老，就是送终。伯父把爷爷送走了，就该想自己的事情了，已经轮到他去想，轮到伯父自己和晨生分别去准备了。虽然还早，可是精神上的准备是自觉完成的。

肉身用不了多久已经烧化，我们冷静地看着火葬场的工人，在把人骨头进一步敲碎化成灰。那工人就是干这个的，他面无表情。伯父用手指着那个工人的劳动，对我们几个人说，你看，那是爷爷的头骨，你看那是锁骨，那是颈椎，那是前胸，那是大腿和小腿，那是胳膊，那是脚……伯父就这样说着，仿佛那工人从炉子里捡出的骨灰和他、和我们一点儿关系也没有，他神情坦然，他的父亲刚才还神态安详地躺在告别大厅供大家瞻仰遗容，如今只剩几把骨头。那只是几把骨头，那不是伯父的父亲，也不是晨生的爷爷。渐渐，骨头也成了灰。

写到这里的时候，我觉得喉咙里很渴，想喝水。收音机正在播放电视片《共和国之恋》的主题曲：

在爱里，在情里，痛苦幸福我呼唤着你；
在歌里，在梦里，生死相依我苦恋着你。
纵然是凄风苦雨，我也不会离你而去。
当世界向你微笑，我就在你的泪光里。

这里的"你"该是"共和国"。共和国的概念，一草一木，一山一水，太大了，真的不知该寄情何处。而怀念一个人该是具体的，想想却又是具体，又是模糊。甚至，不知道是为谁在悲伤，为什么要悲伤。

人生的事，也悲伤，也欢喜，也和我们无关。

2018 年 9 月 20 日
乘着地铁远行

今天坐地铁二号线去看望福海师父。谈话中间他说起，刘文步先生没有几天了，心情当然是很悲伤。

接着说交通出行的事。

对地铁的期待，简直就像早晨一样多。

早晨锻炼叫晨练，早晨读书叫晨读。早晨还要梳洗打扮，早晨还要完成诸如早餐和排泄等很多事情。其实对于很多人来说，早晨能痛苦地爬起来就不错了，叽里咕噜的，冲锋一样。

而地铁呢，好像也是这样，别有那么多期待了，有时能挤上来就不错了。至于想在地铁上读书、背单词、用手机写作，这些可以有，如果有那就太好了，如果没有呢，那就闭上眼睛睡一觉吧。在地铁上睡觉，睡得痛苦而又香甜。和那么多与自己差不多的人一样，坐在地铁上，或者哪怕站在地铁上，闭上眼睛，想想生活。很快到站了就下车，或者怎么还不到站呢？两分钟就是一站，在奔忙的生活里，两分钟好像就又能睡上一个回笼觉。

地铁里的人乘着车，在一条铁轨上出发，在不同的车站下车，再汇入新的人流中。看似一样，其实也不那么一样。有的人在对着手机屏幕傻笑，有的人在沉思，有的人在和身边的人窃窃私语。地铁是一种出行方式，地铁也是一种生活，地铁是一种铁路的优美意象。地铁埋在地下，埋得那么深，就像爱。人们找到一个地铁口儿，就像土行孙找到了土，忽然之间就无影无踪。坐地铁的人攀着扶梯，从地下到地上来，一抬头就又是一段新生活，看见阳光，好一个光明世界。

地铁是一个城市的经络，打通城市的任督二脉，疏经活血。地铁也有点儿像地道战，从这个洞口钻进去，又从那个洞口爬出来。甚至从天津到北京，一直在轨道上，天安门连通劝业场，世界紧紧相依。靠近地铁的房子，那当然就叫"地铁房"，房价就要贵得多。地铁口上面盖好的房子那叫"地铁上盖儿"，这些称谓多有意思。

天津地铁，曾经领先。还能想起那些地铁站在七八十年代的样子，想起一起出行的人。这两年天津地铁落后了，又奋起发展，现在基本上也能通往天津的各个方向。天津地铁相对不那么挤，也还有较多时候，上了车就能有座位，空旷的座位显得很洁白。

很多人放弃了开车，用地铁的方式和世界连接，就算是距离地铁站还有最后1公里，那走走路又有什么要紧？就算地铁还要进行安检程序，举起手来，转身，谢谢配合，其实这是寂寞生活里的出行情趣。

坐地铁习惯了，就算有人给付出租车费，就算有人开车来接，甚至还是想去坐地铁，不是担心浪费了那几十元的车费，而是在想，不要浪费了这种生活。坐在地铁上，能到达这个城市自己想去的地方。

之八十二

1998 年 9 月 21 日

还说董瞎子

完成今天的学习任务，还接着说董老师。

我很遗憾和自责昨天没有去和他打招呼，今天还特意上街转悠，但是没有看到他。

董老师是个单纯又复杂的人。学生们对他既爱又恨，爱和恨都是原始和朴素的情感。

董老师太热爱学生和上课了，好像除此以外，他就没有别的事可干。上一节课的下课铃声刚刚响起的时候，甚至铃声还没有停下来，董老师就出现了。他带着他的三角板和圆规，一声不吭地，在黑板上事先画图，全程背对着学生。在他的认识里，课堂宝贵的四十五分钟时间，必须都用来和学生交流，否则就是浪费，所以要事先把讲课用的图画出来。

而他的课，下课铃声响起的时候，他是从来不会走的。他必须要把接下来的课间十分钟也占满。也不管学生是不是愿意，很多学生愿意听，当然也有不愿意的。他在课堂上一点儿也不避讳地吹嘘自己，对于一道数学题，他能有多种解法，他甚至得意地炫耀着和学生们说，你们会吗？你怎么就没有想出来呢？当他热情地从每一个学生身边走过的时候，大家觉得他就像自己的亲人，也觉得他像一个孩子。但是大家讨厌他身上的香烟和单身汉混合的味道。

我和董老师没有任何矛盾。但是我过去隐隐约约地觉得他不是非常喜欢我，他反对学生参与更多的社会活动。他在课堂上总是说："有人喜欢激情满怀发表演说，有用吗？"他说着，表情上流露出鄙夷的神色，接下来，往往他又变得很得意，他会说，"要靠科技"！然后，他会朝着我的方向说，"靠你世界文学"？我到现在也不理解，为什么是世界文学？而且为什么，好像我能够代表这个所谓的

"世界文学"，而他代表的则是科技。如果这是我和董老师之间的一点矛盾的话，那这个矛盾仅仅存在于他所讲授的数学课之上，因为我以学生会代表的身份发表的演讲，他听了以后非常欣赏，我写的文章，他又得意地拿着去跟别人说，看，好不好？这是我的学生写的！

我现在搞不清楚董老师的内心。但我知道他是个好人，而且他也不是一个无趣的人，至少他非常喜欢足球，偶尔谈起足球，他简直眉飞色舞……

写下这篇文章，纪念董老师，并且自责。

2008 年 9 月 21 日
找到手稿

醒来我没有马上起床。我安静地躺了好一会儿，知道这是 2008 年 9 月 21 日的清晨。

只是我一个人住，在周末。读书写字的生涯，有些颠倒的日子，有的时候真的需要想想，这是黑天还是白夜，这是什么时候。

台灯还在亮着，是两盏都在亮着，一盏在床头，一盏在书桌。我昨夜一定又是在书桌前写了很多，然后转移到床上继续读书，读着，就睡着了。收音机还在响着，我在晚间听音乐，有时候也听一些"午夜节目"。常常是在天亮的时候，看见天的亮色进入了我安静的屋子，才发现收音机又响了一夜。

我起床之后就开始了创作，累了的时候就整理我的诗稿。这是个开始很兴奋的事情，后来却很辛苦。很多个过去的岁月和岁月里的故事在诗稿中探出头来，岁月最沉重了。

就在这个时候，我发现了一本用牛皮纸做封皮装订的稿子，牛皮纸上是我自己写的钢笔字——《律考随记》。

这是我十年前的散文作品，记录了我在 1998 年准备参加当时的律师资格考试的生活状态。整整是一百篇文字，那一百天里，我闭门不出，在一个乡村小镇度过了一段现在想起来最美的夏天和秋天。

我一度以为这个手稿已经丢了，后来它曾经出现过，翻翻也没觉得有什么价值，就又扔在了一边，直到今天又找了出来。我拿起来，也许是因为十年后的今天也正是司法考试的日子。我从书桌旁走到床边，把自己摔在床上，等到看完这些文字，才发现外面的世界已经有些昏黑。再看看表，下午将近5点了，下雨了，是雨把世界搞成这个样子，在黄的暮色基调里又加上了一团黑。我摩挲着自己的手稿，想，那段生活，原来已经十年啦。

今天也是在进行"律考"的日子。当年叫作"律考"，就是律师资格考试的简称，现在叫"司考"，就是司法资格统一考试的简称，考试的内容和难度是基本一致的。我用大半天时间看完了我当年的《律考随记》，今年的司法考试基本上也结束了。我的同事、同学、学生，还有其他关系的许多人都在考场里，进行着这个考试。我在十年前的复习生涯里，怎么能预知现在自己的心情。

再过十年之后，我会感慨2008年的时候我还依然年轻呢，还是会感慨自己那时不再年轻呢？

我当时很想让这本《律考随记》成为一本随笔集，同时还能是一本给后来者看的考试辅导书。后来我开始从事律师职业，还和同事谈起过这个东西的两种用途，大家都笑说你太有想法啦，于是我也跟着笑。

十年来，我成为了一名还算合格的律师，可以说完成了那时候的理想。就觉得那些年少时光，没有白白度过。

当年我写完了这本《律考随记》，我记得我是在重阳节前夕搬离了我复习的那个地方，我开始写一套叫作《备战世界末律考》的律师资格考试的辅导用书。我把《律考随记》里面的和"律考"辅导有关的东西都移植到了那本辅导用书里。很快我得知了我考中的消息，我开始参与办理案件，我的书也很快出版了，忙忙碌碌，我从那个时候就没有再停歇。

十年再回首，别是感慨。过去的很多谜底，在今天解开。而今天的很多新谜，不知道又在什么时候能解开。

2018 年 9 月 21 日
《出梁庄记》读感并谈非虚构写作

奔忙是律师的常态，下午天津律师协会的乒乓球比赛，我从滨海新区匆匆赶来。这次比赛由和平区律师工作委员会承办，我是组织者，也是参赛队员。我脱下西装换上比赛服就上场比赛，大败而归。人生有多少次比赛，就是输在"没发挥出来"。为何没发挥出来，还是绝对实力不够。凡是发挥出来的，也就是自己的真实水平。

有家杂志约我谈谈所谓的"非虚构"写作。因为我这几天重读梁鸿作品《出梁庄记》，于是就此谈谈。

第一，是纪实文学的文学之美。

我看完这本书的序言就已经被梁鸿的优美干净的文字所吸引，在过去的报告文学或者纪实文学的阅读体会里，没有看到过这样的散文笔法来写社会学题材的东西。纪实性、具有一定文献性的文章也可以是这样的写法。文字以外的，作者对整个中国乡村的悲悯情怀和责任意识，对个体故乡与亲人的深情眷恋，是这个文本呈现文学忧伤之美的源泉和背景。文学作品的文学性当然重要，而文学性又无外乎文字修辞和蕴含的情感，在梁鸿《出梁庄记》里，这些都能找到，这部书确实是优美的散文笔法。

第二，我想结合自身的写作来谈《出梁庄记》的选材和大视角。

我作为一个律师写作人，常常对自己的写作的正当性表示自我怀疑，我想除了自我怀疑当然也来自于外界。我想消解自我的怀疑，首先是要得到外界的认可。一方面我需要获得文学界的认可，一个严谨的律师，也能写得很好。另外的方面，我还需要获得法律界的认可，如果我做得足够好，他们也就会认为我所做的事情是有意义的。对照梁鸿来说，她本是大学里的学者，她最初的示人的形象也至少不是一个纯文学作家，这一点我和她是一样的。那么获得文学界的认可的这个环节，是先要写出优秀的作品来，梁鸿做到了，她的这部作品及其姊妹篇足以使得她成为中国一线作家。再接着说我，我除了在这个方面努力以外，我一直在想我应该写什么才是更为合适的。我是一个律师，我要为律师代言，这当然没有错，这将是我今后写作的重要方面。但是，《出梁庄记》对于我的启发是，看起来梁庄小而平凡，在中国这样的村庄难以计数，但是这本《出梁庄记》的前传名字叫作《中国在梁庄》，而《出梁庄记》原名叫作《梁庄在中国》。无论是出去还是回来，梁庄其实就是中国。我们每一个人都有属于自己的乡土，我们的祖先在哪里埋葬，我们也将在哪里埋葬，所以从这个意义上说，梁庄可以看作是每个人的故乡，或者至少每个人都会联想起和梁庄相类似的自己的张庄李庄马庄。看看，这个题材小到村庄，大到世界。我以前想去采访律师，用非虚构的手法写他们的生活，但是现在我新的想法是去采访我的那些当事人，比如我去做一个针对败诉当事人的采访。看看如今的他们，过得还好吗？进一步就是说，我只是去写律师，也许还是小众的，小题材，我要以律师的生活切入进去，写苍生，写法治中国。

第三，我想说作家必须直面现实勇敢写作。我们在党的领导下为人民书写，但是必须要有深刻的思考和诘问精神，这是作家的使命、责任、担当和良知。

我还是要再次说明我的身份是一名律师，过去我不敢于书写，比如法治问题可能会涉及司法体制改革，涉及民生和司法腐败，哪一个问题都很棘手。但是逃避能行吗，如果我们不能解决问题，我们先直面人生，指出问题，这是必须要做的。

在《出梁庄记》中关涉到的农村问题，家园的倒塌，乡愁的无处安放，走出找不到，回来没有家，实际上这些严峻的社会问题哪一个都不比司法腐败的话题小。梁鸿写了，她没有过多地抱怨、指责和对抗，她只是平静地叙事，她的平静是最大的勇敢。我想敢于书写是对我的挑战，我觉得只要是能为了国家和大家好，我也要发出一个作家的应有声音。

第四，我还是想再谈谈"非虚构"写作虚构的问题。

在《出梁庄记》的后记里，梁鸿谈到了书中的人名和地名的隐去和改编。这其实已经是虚构了，在后来对梁鸿的访谈中，她也已经谈到了这个问题。当然这种虚构的目的是防止对号入座，防止不必要的纠纷甚至是诉讼。

非虚构创作能不能虚构呢，或者说为什么不能，谁来约束究竟是能还是不能？

在我看来，可以先从"虚构"的概念来入手探究。有人说虚构是小说的专利。首先说小说完全就不能有真实成分吗？答案当然是真实成分，小说也可以有。那么纪实文学的非虚构写法中，在真实的前提下，能不能也有一定的虚构成分，比如说下午发生的事件能不能为了创作服务而被转移到上午去？作家描写的对象可能就是凡人的庸常生活而并非历史事件，情感是真实的，难道还不够吗？要绝对的真实是要向谁汇报呢？就比如一个旧体诗作者明明是要写云，为了平仄的考虑，写成了雾，情感还是一致的，这样的行为是不是像那些伪作日记以便于让自己崇高的人的行为一样，会被进行道德批判呢？

我的理解是不能绝对化。什么是文学呢？文学的基本方法就是修辞手法，文学本来就是有虚有实。非虚构是写作方式，不是文学体裁。非虚构不等于绝对不能虚构，完全真实，绝对化的真实，那就又将回到社会学意义上的调查报告，文学作品失去了文学性，那就不是文学。我举个例子，除了人名地方的改编以外，不编故事，但是可以写想象中主人公的微笑和用文学意象的跳跃来推进叙述吗？或者更直接地说，非虚构允许文学需要的描写吗？如果允许，那就是一定程度上的虚构无疑。

之八十三

1998 年 9 月 22 日
乡村知识分子

今天我再次到街上，试图用目光去找到董老师，但还是没有看见他的踪影。有点怅然若失。

董老师应该是南河镇宽河村的人。我没有和他深度聊过这个话题，因为宽河村有不少人姓董。董老师说话中一点儿家乡口音或者天津口音都没有，标准的京腔京调，这是一个教师的基本素质。

乡村知识分子水平不一定差，并且他们安守乡土，安贫乐道，是非常让人尊敬的。也可以说他们没有更远大的志向，他们最初的淳朴的想法可能就是做个读书上进，然后能农转非吃商品粮的人。他们是这里本乡本土的人，青年时代求学也可能离开家乡了，但是如果能有机会回到家乡，他们还是不愿远离故土。不仅是董老师这样的前辈是这样，就是我这一辈人，好像也还是这样。在乡村，过去的老学究、老私塾先生之类的旧式知识分子，早就不存在了。

除了董老师这样的本土产生的知识分子以外，也还有不少人通过其他的方式来到乡村，成为乡村的一部分。

比如我父亲这些当年下乡的知识青年。当然叫他们为"知识青年"，如果用现在的眼光来看，他们是不是能算作"知识分子"也还不好说。那时候他们不过十七八岁，很多人也就是念了初中就从城市来到乡村，他们只是一群孩子而已。当然也不排除他们中间有的人水平很高。

也有人到乡村，是工作分配而来。他们是纯粹的城市孩子，国家分配工作，从城市分到乡村来，就在乡村能工作一辈子。如果说下乡的知青很苦，那么分配而来的知识分子，就更苦了。很多知青在内心里抱定回城的想法，而很多分配到乡村的知识分子，就想着要在这里过一辈子了。我一直想写一个来到小南河的女老师赵京的故事，她 60 年代就来到小南河村，我听说她是小南河村很多人的老师。来到乡村的时候，她可能不足 20 岁，现在已经三十多年过去了，她在这里成家扎根，留了下来。很难想象，在乡村那个连电灯都还没有的时代，一个城市姑娘是怎么过来的。

还有一些被下放的知识分子也留在了乡村，为乡村的建设奉献了一生。那么难他们也都过来了，看来一个人的一生，很快就能过去。

2008 年 9 月 22 日
想念小贺

我在 2018 年回顾 2008 年。9 月 22 日这一天我乘坐高铁去北京开庭。陪同我一起去的，是贺律师。路上，我一直和小贺聊天，后来在法院的门口等着，因为没有什么事情，就接着和小贺聊。

我们的委托人不用来，来的就只是我和小贺。等了很久，法院的审判人员也都来了，但是因为对方当事人没有来，审判员就表示，那再等等吧，就离开法庭回办公室了。

后来书记员和对方当事人的律师联系，他们表示不能来了，庭就没有开成。审判员从办公室又回来，说，这种情况对方作为案件的被告没有出席，按说也可以缺席进行审判，但是考虑到案件的整体效果，还是再发一次传票，争取还是开庭审理清楚。我们想想，还是配合了审判员的想法。

庭没有开成，白跑了一趟，按说不是个好事。可我记得当时我不但没有感到沮丧，甚至有些高兴。我想，好了，那么下次再来吧。于是又乘坐高铁回津了。在一个律师一生的执业中，这样的情况也算是常见的，对方不来，也有各种可能。法律规定原告不到场会按照撤诉处理，而被告不到庭，就可以缺席判决。

于是，我就和贺律师一起，再次乘坐高铁，回天津。

小贺那时是个年轻律师，因为个人原因，后来出了点状况，不再从事这个行业了。这些年来我带过不少年轻律师了，有的成才了，有的离开了，这也都是很合理的结局。不是所有的人都会继续留在我的律师所，甚至不是所有的人都会继续从事这个行业。我此次同行的年轻律师其实本来是姓何，但是在一个案件当中，当事人叫他贺律师，纠正了几次，当事人还是叫他贺律师，他就不再纠正。我当时还想，这个孩子很了不得，可以把自己的姓都看得这么淡然。

我记得我们从北京的法院出来，好像心情都很不错。天气也好，庭不用开了，好似偷得浮生。我们一出门，其实时间还早，但是小贺提议一起去吃饭。我说好啊，就在北京吃了一餐白记饺子，店面整洁，聊得愉快。回程中，小贺一路都在笑，好像有喜事似的。我记得他还羞涩地跟我说，想买一辆车。

但好像就是从那以后，回到天津，我忙我的，他忙他的，就没有再见面。接着就听说他不再从事这个行业了，从那天起，我再也没有见到过他。

2018 年 9 月 22 日

悼念相声人

在福海师父的带领下，和师兄弟一起吊唁刘文步先生，见到相声界的不少人。

过去我不知道，原来文步先生就住在精武镇的程村，和我的故乡小南河村一街之隔。刘文步是我的师伯，著名的相声艺人。他老来大红，台风火爆，有鲜明的艺术风格。在北京德云社说过一段时间，后来回天津之后就一直活跃在"哈哈笑艺术团"，是台柱子级别人物，天津茶馆相声的代表之一。相声泰斗马三立的高足尹笑声、侯宝林大师的徒弟黄铁良等老先生这几年都相继不在了，刘文步先生这一走，天津茶馆相声的一个时代也过去了。

前些日子刚刚送走魏文华，又送刘文步。这几年相声界走了不少人，常宝华先生也是 9 月走的。当然，常先生快 90 岁了，也算得享高寿，不是相声界衰，而是到了一个相声时代的关口。师胜杰、常贵田先生也都病重，为他们默默祈祷。

写这个小文为相声界的几位老先生哀悼，特别提一句魏文华先生。魏文华是相声名家刘文亨先生的爱人，魏文亮先生的姐姐，是在全国范围内为数不多的女相声名家。刘文亨先生的柳活儿表演，在相声界是公认的，可以和侯宝林先生一比高下，像他的代表作《王金龙与祝英台》《打金枝》，除了他没有人演得下来。而文亨先生不仅唱功好，善学，而且说得也好，另外的代表作《评书趣谈》也一度家喻户晓，他的台风儒雅而又热烈火爆，绝对的大家风范。很可惜因病过早退出了舞台。魏文亮先生是津味儿相声的代表，《要条件儿》《谁的耳音好》都是名段。

特别说到魏文华老师，是因为文华、文亮老师是我的引师。而文亨先生是我师父的亲师哥，我的师伯。我师父福海先生，是目前国内著名的相声理论家和评论家，相声掌故作家，年轻时也曾登台，后来转到幕后，一手拿笔，一手抓管理做领导。

魏文华先生的艺术同样非常好，而且还在北方曲艺学校培养了很多相声新人，受到女艺人说相声的局限，她在曲艺行当里兼学其他，还是北京琴书的传人，她在这一行的老师就是北京琴书的泰斗级人物关学曾。现在人们不怎么知道关学曾这位老前辈了，但是对老人的孙女很追捧，他孙女是谁？影星关晓彤是也。

之八十四

1998 年 9 月 23 日

鲜 血

在成年以后，人其实很难得有机会像我这样独处一段时光。这样的光阴里，读着书，好像很专注，其实思维跳跃，能想起很多。

今天的一个瞬间，想起我爷爷，和故乡院子里地上爷爷的鲜血。

我记得那一年应该是夏天，在乡村的院子里，我和仲达在无忧地玩耍，院子里乘凉的那个老人是我爷爷。他坐在一个马扎上，那个马扎很小，我爷爷坐在上面显得很高大。那一刻，他看起来很困倦了，他眯着眼睛，像是闭目养神，后来就有点像一个磕头虫。他应该是睡着了吗？我也不敢肯定，我只记得他的困倦和无力。比如说蝉鸣，比如他的孙子的叫声，似乎都影响不了他的困倦，他似睡非睡，或者就是睡着了，他的嘴角带着安详和诡秘的微笑，他坐着的那个小马扎在晃。我清楚地记得他在晃，马扎也晃，我们以为那是他在打盹儿，打盹儿当然要摇晃了，他晃着，我们笑着，突然看见他一头栽倒在地上，引来我们慌张的呼喊。

我和仲达迅速作出分工，他负责把爷爷扶起来弄到屋子里去，我呢，去请医生。

我呼呼地喘着气，把那个夏天的气息都吸进了我的肺里，我奔跑着向那个乡村卫生所而去，乡村卫生所的名字叫作"红医站"，是个有年代特色的名字。我跑着，浑身是汗，太阳一沉一沉地，开始变得有些柔弱。

当我带着可能医术也不怎么高明的赤脚医生回到家里的时候，首先看到的是哥哥惊恐的眼睛。爷爷躺在一个人的怀里，那个人是匆匆回家的父亲，哥哥看着爷爷和父亲，又看着我。我们目光相对，好像都知道发生了一件大事。

爷爷的头上和身上有很多鲜血。

我就能想起很多关于爷爷的生活场景，还有我幼稚的想法。我记得我爷爷的钱包是蓝色的，爷爷有一次跟我们生气了，他说，等我死了，看谁给你们花钱。那一刻我的脑海里涌现出那个蓝色钱包，我在想，这有何难，就算爷爷死了，我知道钱包在哪里，难道我还不能自己去打开吗？

　　过去我从来没有认真地想过爷爷会死，但是当我看到他在父亲怀里的样子，看到地上的鲜血，我想到了死亡。

　　我爷爷从那天栽倒在地，流出鲜血来，他就再也没有起来，他卧床将近一年，在1984年4月30日去世。这样推算，那一团鲜血，盛开在1983年的夏天。

2008 年 9 月 23 日
人的称谓

　　这一天记载是去参加政协的一个会议，并处理律所的各种事情。这些年来我先后担任天津市河北区政协委员、天津市政协委员和天津市和平区政协委员。我做律师之余，也做些参政议政的工作。

　　1998年的十年后，和当年的展望一样，我果然是一个做了十年的老律师了。我记得在我1998年复习考试学习间隙胡思乱想的时候，也想过，以后人们会叫我"杨律师"，我很喜欢这个称谓。我还想着如果未来我经营一家律师事务所，那么人们就会叫我"杨主任"。有人认为既然是律师事务所，那么负责人一定是该叫作"所长"，其实不然，根据律师相关法律的规定，律师事务所的负责人称谓就是"主任"。这个称谓好像并不贴切，但在律师行业就是这样称呼。又有问题了，有人认为既然是"主任"，那一定是和医生里的"主任医生"是一回事，所以有人就称呼律师事务所主任为"主任律师"。实际上"主任医生"是一种职称，不是职务。

　　人的一生可能会被各种称谓遮盖着本来的那个自己，我是杨律师，想起这样的称谓我感到兴奋和满足。其实我一直兴奋了这么多年了，这是因为我喜欢自己从事的工作，直到现在，仍然觉得每天都是新鲜的。

　　老张老王老李，是人的称谓，杨律师或者杨主任也是。人还会有各种各样的称呼，比如因为我做律师时间久了，会被人叫作"杨老师"；比如我当政协委员，会被叫作"杨委员"；我从事写作，也有时会被叫作"杨作家"；担任各种社会职务，还被叫作"杨会长""杨主席"；也有人叫我"小杨""老杨"，或者叫我的笔名，或者起个绰号叫个小名，也是有的。

怎么叫都可以，在哪个名字的称呼下，也还是我这个人。当然，人被冠以不同的称谓，好像也有所不同。在不同的称谓情境下，人的精神状态和处事方法，还是有不一样的地方。

2018 年 9 月 23 日

在法庭门口

今天虽然是个周日，却到法院开了个庭。法院现在忙，法官总是加班，别说是周六和周日这样的时间，也有法官在晚上定时间开庭的情况。我带着年轻律师来法院，主审法官有别的案件，暂时来不了，那我就等待着。每个法官每年都有几百件案件，都特别忙，律师和法官，要相互理解。

谈起等待，如果你们通常是在公园门口等你的女朋友，或者公共汽车站等汽车，那么让我想一想，我等待的地方，大多是法庭门口。二十年来我在不同法院的法庭门口，等着。

我所等的人是来开庭的法官，还有我的当事人。律师的工作场所除了自己的办公室以外，还有所服务的专项法律服务和担任常年法律顾问单位的办公地点，像某个公司，某个银行，某个政府的办公地点，田间地头，谈判桌前，发布会现场，甚至凶杀勘察现场，等等。

但是对于一个诉讼律师来说，可能工作中还是出现在法院的时候比较多。

不只是在法庭上慷慨激昂，也在法庭门口煎熬等待。审判员常常一个上午定几个开庭，前面的开庭结束也许是将近中午了，那么后面的开庭就会被宣布改日，另行通知。呆呆地等了一上午，茫然地站起身，就可以回家吃饭了。有人说，大律师也会遇到这种情况吗？会的，谁都可能遇到，而且，在我们这里，没有什么大律师或者小律师，大家都是一样的。如果审判员是因为没有忙过来，这也情有可原，如果是他忘记了，那就太糟糕。过去十年前有过这样的事，现在法院的风貌、软件和硬件都提高了，法院是确实忙，纠纷多。

在等待的时候，律师们或者打开笔记本电脑写东西，或者用电话沟通各种事情，时间不能白白耽误。也有时候律师觉得等候是个好事，就像考试的学生，多复习十分钟也是好的。

　　当然，大多数时候法院还是准时开庭。不管怎样，我每次也是至少提前十五分钟到，这是对法官和法律的尊重。也是对我的事业的尊重，我等在那里，从一个年轻律师，一等就是现在。

之八十五

1998 年 9 月 24 日
爱听刘兰芳

是个晴天。

上午时候忽然扭开收音机，正是刘兰芳在说评书《大辽太后》，说到太后萧艳艳去大将韩德让家幽会，是个爱情故事。就入神地听了起来。

刘兰芳的清脆声音仿佛从童年传来，小的时候，听着她说的《杨家将》和《岳飞传》成长，后来她还有《赵匡胤演义》。刘兰芳好像对宋史很有些研究，代表作都是宋辽时期的故事。

改革开放刚刚开始的时候，中国的文艺也经历了复兴。曲艺界刘兰芳是个代表，可以说首屈一指。听说过她录制《岳飞传》时的发奋故事，几个月里她和王印权夫妇二人起早贪黑、连写带录，才有经典作品得以传世。哪有人能随随便便成功。刘兰芳的表演，口脆、华丽、美，当然后来单田芳的评书也在电台播出之后，那股苍凉味道还是更吸引我，但在我的评价体系里，刘兰芳仍然占有高位，和单田芳各有所长。

天津这个地方，过去其实就是宋辽边界，海河甚至就是界河，天津的静海县非常靠近杨六郎镇守的"三关"，静海附近有很多关于杨家将的传说，而天津的宝坻县，有过去的辽国萧太后运粮河的故事和遗迹，萧太后，就是萧艳艳。今天刘兰芳的书，说萧艳艳到了的时候，韩德让院中的石榴花开了，火一样地红。评书这种艺术的口头表达，既是文学，又是舞台表演，经过艺术家的口中说出来，就有强烈的感染力。石榴花开火红的样子，一下子抓住了我，同时想到萧艳艳和韩德让之间君臣的爱情。其实跟我有什么关系呢，我听了还是心头一震，不禁用手把收音机关掉了，站了起来。我听不下去了。这是艺术家的最高境界，刘兰芳不是让我听得入神，她竟然让我听不下去而关上收音机。打动别人的，从来都是真挚的情感。

自然是想起许多个童年听评书的日子，想起了那样开着石榴花的火红季节。欢乐的心情以及童趣，少年时代银铃般的笑声，仿佛都在眼前奔跑起来，也想起一些爱情。

人生一世，似乎总是伤感多而欢乐少，而再想想，也许还是欢乐多而伤感少，比如这样的"听不下去"，比如这样的想起过去的火红季节，伤感里未尝没有幸福在其间。

此刻又是夕阳西下的时候，我照例是要去散步的。有一些风吹来，把我敞开着的窗玻璃轻轻打来打去，玻璃上映着的晚霞光就随之晃来晃去，如果你不仔细看，甚至会以为那玻璃被晚霞腾的一下烧红了。

2008 年 9 月 24 日
我与庞标（一）

在秋天的阳光下，阳光是暖的，似乎写着的文字也有了温度。

想着一个叫庞标的人。

因为我们都很忙，所以已经很少见面，也因为已经到了"神交"的境界，如果只是为了一些小事情，也没有必要见面说了。彼此，我们都懂得。

今年夏天的某个论坛上，我见到了庞标。晚宴上，我不小心打翻了庞标手中的红酒，溅湿了他雪亮的白衬衫，相视开笑。但未及详谈，就各自忙着会友。转过天来，论坛接近尾声的时候，有一个青年律师成长的讨论环节，我看见一个熟悉的身影站起，正是庞标手持话筒侃侃而谈。会后，我走上前去，一把搂住庞标的肩膀，对他说："你已经肯定不是一个青年律师了，因为就连我都已经不是了。"庞标的律师从业年龄已经超过二十年，而我，一晃也是十年了。

我和庞标结识于 1998 年，那一年庞标 35 岁，我 23 岁。

我记得庞标对我说的第一句话是"欢迎你到长缨来"，他一边走路一边说着，意气风发而且动感十足。他从外面风风火火地走进来，彬彬有礼地和我握手。

当年我虽然只是个 23 岁的青年，但彼时我心高气傲，轻易不能看中别人，但是庞标给我的印象却很不坏！他戴着斯文的眼镜，穿着一件驼色的格状西装，嘴角挂着微笑，表情丰富，很有些志得意满的样子。我喜欢那个样子，那是一种很自信的男人形象。

十年之后，2008年，我特意搞了一次庆祝活动，来纪念我和庞标相识的十年。但我很遗憾在那个实际是专门为庞标而精心准备的活动上，他却有事先走了。我送他下楼时他对我说着他近期的工作计划和写作计划，庞标仍一直孜孜以求，我却多少已经闲云野鹤，萌生退意。我非常钦佩他。他讲着，我未及听完，他已经消失在夜色之中。后来我走出餐厅的时候，路静人稀，我回味着这十年，酒力升腾，浑身火热，径自走回了家！我知道，我的感慨不仅仅是因为庞标和我的友情，也是为了自己的青春十年。我已经到了青春的尾音，而当年35岁欢迎我的庞标，几乎正是我现在的年纪。十年来，这一路他走得也是辛苦不寻常。

这几年我已经渐渐变得沉稳和内敛。2005年，庞标引发了一场叫作"高速公路不高速"的公益诉讼，在全国范围有很大的影响，我作为这个案件的代理人出席法庭，我为庞标当律师。我记得在开庭之后我和庞标有过一番交流，他说没有想到我在法庭上的风格已经不那么犀利，不那么"火"，甚至有些"欠"。我知道，这其实是庞标对我的肯定！

2018年9月24日
八月十五月儿圆

我记得明明是夏季，好像一跨步就是中秋，今天八月十五了。

我住的地方在天津城南方向，一个叫作"梅江"的大型居住区，从那里到团泊湖是相对较近的。午时决定出发，全家到团泊湖去看仲达在那里购置的新居。团泊湖现在是一处风景区，也是生态保护区，水面很大，有很多种鸟在湖上飞翔。这里同时也是一个崭新的房地产开发区域，环着湖水，建有很多别墅项目。今年5月，天津市政府启动"海河英才"计划，不少人看中天津和北京差不多的教育资源，来津落户，也短时间和小范围地带动了天津的房地产业。团泊湖边除了有很多别墅，也有小户型的单元房，单价和总价都不高，很适合年轻人。

从梅江这里到团泊湖，也就是二十几分钟的路程，我们看了新居之后从团泊湖开车出来，时间还很早。就去静海中旺镇，这里是天津和河北省交界的地方了，当地有特产——"中旺肠"，一种美味的粉肠酱货，我们买了些回来。

人不大可能走过所在城市的所有街道，也更没有办法到达所有的乡村。安静乡村的中秋节当天，天高云淡，街道上有农人晾晒的金黄的玉米，正和整个季节搭调。而整洁的农村街道，普通人家的院门上刻着的吉祥话很是应景，我用手机拍下来，像什么"福禄祯祥""富德双润""风华正茂""庭生玉树""瑞日祥云"……简朴的农家，也很有文化，有对精神生活的向往追求。

路在伸展，每家每户都在自己家门前放着晾晒的玉米棒子，于是金黄色也在伸展。季节正是金秋，灿烂得安详宁静。路上还看到"马厂减河"字样，想起当年军阀混战，段祺瑞讨伐张勋，就是在"马厂誓师"。

傍晚我们回到我在梅江的那处院子，我们在院子里摘苹果和石榴吃。很快月亮升起来，我们拿出月饼，却并不吃，摆在院子里的桌凳上，静静赏月，看那天上月光。

之八十六

1998 年 9 月 25 日

阳光的尿臊味儿

在北方乡村的机关、学校和各种单位部门，过去包括现在，一般都有在院子里的排状的平房旱厕。并排的房子，左右结构两间大房子，一边写着一个"男"字，那是男厕所。相反，写着"女"字的，那就是女厕所了。

我所在的这所中学，当然也有这样的厕所。在这漫长的一天中间，我总要有好几次在我的房间和厕所之间穿梭，可能急匆匆地走过去，然后再慢悠悠地走回来。这个时间里，我惬意放松。上厕所，也可以是一种享受和经历。我记得在我们很小的时候接受的教育，你不好好学习，将来就去淘厕所吗？又说，你不好好学习，将来淘厕所都没有人用你！以那个时候人们的想象力，为什么掏大粪这样的事情都不用人做了呢？又听到接着说，将来厕所都是用水冲的！那个时候乡村还没有达到普遍有自来水的程度，乡村很多人，还没有见过抽水马桶。乡村人对于厕所的理解，就是茅坑粪坑。别说是乡村，就是天津城内，也没有几个人管厕所叫"厕所"，更没有人叫"洗手间"或者"卫生间"，都是叫作"上茅房"。就算是旱厕，能是红砖房子的而不是"茅房"，大多已经是很大的进步。

时间已经是 1998 年，永红中学的简易的学生厕所还是旱厕，其实，那个厕所不仅仅是学生的，乡村中学的老师也和学生混在一起，在这里解决问题。

女厕所我没有进去过，不知道。男厕所一般是一排蹲坑，对面是一排小便池。男学生和男老师在课间休息的时候蜂拥而至，掏出家伙，对准小便池发射。小便池里尿渍斑斑，经年累月形成的黄色块状物贴在墙壁上和池子里，那是尿硝，是可以用来做鞭炮的。厕所的屋子里，经常撒满了石灰粉、六六粉，那都是简易的卫生防范措施，那种味道，是厕所综合味道里的重要组成部分。

我同时有着乡村和城市的生活经历，而现在这个时代，旱厕，仍然存在。高楼大厦林立，光怪陆离，中国的经济正高速发展。关于"厕所文化"和故事要说的太多，此刻，写着这些文字，记忆里，甚至鼻息中，弥漫着的，都是厕所的尿臊味儿。那是一种亲切的，甚至迷人的味道。那种尿臊味儿，必须是经过阳光照射的才好。白花花的阳光打在白花花的尿渍上，甚至让人分不清哪里是阳光，哪里是尿渍，甚至觉得那股被阳光晒干的熟悉的尿臊味道，不是来自于人体，而就是来自于阳光，阳光的味道，就是尿臊味儿。

2008 年 9 月 25 日
我与庞标（二）

我在 1998 年参加当年的律师资格考试成功，而庞标在 1998 年创业，这是我们能在一起的机缘。

庞标创业之初，举步维艰，但是到我加盟的时候，已经是一派繁荣气象。年初的庞标依然一副学生形象，而到了年底，他仍然清秀，但肚子微隆，已经有"老板"派头。2001 年，我和庞标这对合作了三年的最佳搭档开始"放单飞"。2001 年底我开始创办"明扬律师事务所"，经历波折，到 2002 年 4 月终于成立。

1998 年的 12 月 22 日，和庞标见面的不只是我一个人，还有谢公省和刘旸。谢公省后来一直做律师，业绩很不错，只是知道刘旸后来考了研究生，十年来没有音信。是庞标邀请我们加盟他的长缨律师事务所，当他以一句"欢迎你到长缨来"，当我伸出手和他握住，我知道我已经接受了他的邀请。那时我正和谢公省一起在南开园的一间狭小平房里雄心勃勃地写一本律师资格考试的辅导用书。我后来和庞标一起相互不离不弃，和庞标的真诚与坦白有很大的关系。庞标是一个透明的人，对所有比他年轻的人都会毫无保留地倾注他的热情。比如我们那本书，编辑出身的庞标倾注了很大的心血，最难能可贵的是，当其他人对我搞的那本庞大而无序的书不太感兴趣的时候，庞标在精神上给了我最大的鼓励。我和庞标一直半师半友，在律师这个行业他是我的引路人。而我那时也以一个二十几岁的青年能有的最大的热情给庞标以支持，我们共同进步。

虽然我没有经历 1998 年庞标创业之初，但是我在后来却都好像依稀见到了。那时候的长缨律师事务所规模很一般，就坐落在天津市南开区风荷园小区里面，不过是以民用的一居室作为办公室。我就是在那间办公室里开始了我的律师生涯。

三 / 秋 / 重 / 唱

我记得和庞标相识的那个夜晚无比绚丽，庞标才情毕现，他高歌几曲，左右逢源。还和张逢太老师唱了样板戏《智斗》，庞标剑眉粗黑，面色白里透红，语调慷慨，机智幽默。庞标有个优点，十分注意总结和保留档案资料，所有大事都有资料留存。那晚的诸多记忆一定都能在他的影集里找到。

那个晚上还见到了很多人，比如我的同学和"辩友"侯午蓓、裴红艳。她们都是庞标最早期的助理，侯午蓓后来去了日本，临行前还说过："等我回来再联系，我们一定要'强强联合！'"当时我在想，你要什么时候才能回来啊！那夜之后再见侯午蓓，是八年之后2007年的北京，庞标律师事务所在北京成立，开业仪式上，我是当晚的主持人。她样子不变，人已经定居北京，我想她也已经忘了当年"强强联合"的话。而裴红艳，从那个晚上我们一经见面就成了好朋友，后来一起参加中央电视台举办的辩论大赛。比赛之后我们各奔东西，她去了广州，在2003年回天津的时候来看过我一次，彼此话未说完，她又匆匆南行，现在也不知道裴红艳怎么样了。

那个晚上大家一起欢笑和游戏，人的一生有很多个重要的夜晚，有洞房花烛，有彻夜长谈，有漫漫长夜的失眠。那个夜晚我认识了很多人，好像有的时候就是这样，在这样一个夜晚把很多人都认识了，然后再开始和大家慢慢地缠绻一生。记忆里清晰地记得还有很多人，不知道他们都怎样了。还有一个重要人物，从商学院来的实习学生吕光。吕光一度以我为假想"情敌"，背后说了很多不利于团结的话，但吕光一直不敢去向那个女孩子表白，他毕业之后回了河南，律师考试失败。在一个冬夜忽然回到天津找我，我正要款待他，他却不知去向，后来我才知道他去找那个女孩了，但竟然仍是什么也没有说！是夜，寒风凛冽，吕光酩酊大醉，我让他躺在我的床上，他的头就躺在我的怀里，我温暖着他。他突然呕吐，我用我的洗手盆去接。吕光突然将头埋在我的怀里大哭，说："仲凯，你是个好人，我过去对不起你。"我知道吕光说的是什么，但我也不知道吕光暗恋着的那个女孩是不是真的曾经喜欢我。如今吕光在哪里，那个女孩又在何处，我都不知道。

2018 年 9 月 25 日

人民陪审员

晚上，我原先所在的律师事务所宴请我和高玉芳，告别宴。吃了回到家，继续写文章。

我好久没有到法院开庭了，继前天的开庭之后，昨天我也到一家法院开庭，从早上9点开始，一直到下午1点半结束。有经验的人肯定会知道我是去开了一个"刑庭"。是的，果然如此。如果是一个民商事案件的开庭，那么中午临近的时候就会结束了，因为大家总是要吃饭的。

这是为什么，难道开刑庭的人不需要吃饭了吗？刑庭的法官以及检察官当然也都是需要吃饭的，但是涉及庭审的被告人是住在公安局的看守所里的，开完庭之后要把人送回去，而且又有控方又有辩方，还要有值班法警参与开庭，相对复杂一些。那么，就算中午先不吃饭，那也要一口气把这个开庭贯穿下来，要不然下次再组织比较麻烦。

这里还要说到刑事审判的另外的参与者。坐在审判台上的人除了审判员以外，也可能还有人民陪审员。人民陪审员是有我国特色的一项审判制度，但是跟西方的陪审团大不一样。人民陪审员中很多人具有某一个方面的专业技能，也有的是热心社会的参与者。他们开庭时很少发问，但也参加合议。

昨天我开庭的案件是一位审判员担任审判长，而另外的两位合议庭的成员都是陪审员，看起来是年龄相对较大的长者，我注意到其中的一位在我发言的时候一直在向我频频点头。

1点半的时候，辩护人在书记员打印了庭审笔录之后开始签字。我正在签字中，在审判台上向我点头的那位陪审员向我走来，他的脸有点潮红，他向我伸出大拇指表示他的赞赏。然后他一转身，走了。

他是一位陪审员，所以他才会用大拇指来表达友好，如果他是审判员，可能就会因为职业的原因而比较矜持。在那一刻，他是一个朴实的老百姓。在一个律师参与的那么多案件中，我经历过那么多审判员，也经历了不少陪审员，我因为良好的表现获得了这位陪审员的赞美，我不知道我们今后还是不是会再次见面，我们对视、点头，谁也没有说一个字。

之八十七

1998 年 9 月 26 日

冬天里的教室

黄昏的时候我在校园里散步，我这次没有到操场，而是到教学区，一间间教室地走过。学生们都走了，教室里空荡荡的，我隔着窗户往里面看，能看见每一间教室的全貌。屋子里空荡了，反而觉得屋子小，就是这样的教室，能承载好几十个学生的喧闹和梦想吗？我这样的一个走出去又回来的游子，也是在这样的教室里读过书吗？

想起我幼年时的教室，好像都是在冬天，是不是跟今天起了一点风有关，要不然为什么想起冬天和冬天的教室。

我记得那时的冬天，大雪纷飞，很北国。而现今的冬天，飘扬的雪花越来越秀气，落在地上就融化了。这几年有个新名词叫"厄尔尼诺现象"，说是"厄尔尼诺"的出现，寒冬都变暖冬了。

那时候，小孩子们都穿着笨重的棉裤，戴着看起来滑稽的棉帽子。顶着西北风去上学，几乎走不动，甚至，几乎，风可以把人刮回去。几个人相互鼓舞着往前走，有时候被吹得东倒西歪的，还有的时候，孩子们用后背去抵挡寒风，倒着走。倒过来，可以看见已经走过了那么长的路，还可以看见，太阳的脸也被冻得通红。

教室里点煤球炉子，有时烧煤球，也有时候烧山西大同产的"大同块儿"。负责生火的同学要早早地起来，打开教室门，自己把火生起来。有一段时间做这个工作的人，是我。于是我就要更早起来，天最黑的时候赶到学校，我觉得我的上进心，我的责任感，我的自律，都是那段时间开始养成的。其中，有几天，我不仅把自己的教室的炉火生起来，还悄悄地到别的教室去生火，但是我的"做好事不留名"的行为总是没有被人发现，我坚持了几天就不能再坚持，至今我还是

355

第一次披露我的这一光荣行为。

记忆里的北国的冬天，其实并没有诗人笔下的壮美，而只有寒冷、苦涩。当然还有温暖，炉子生起来了，大家都暖和。有时候整个炉子都被烧红了，炉火映红了我们的脸，我们下课了就往炉子边靠，在炉子边大家相互挤着取暖和嬉戏。

这些往事不过是十多年以前，十多年以前的孩子们还要自己生火取暖，还要靠"挤"和嬉戏来取暖。这种苦涩的温暖让我想起来就仍然觉得温暖而幸福。还有那些冬日的暖阳，在那样的暖阳下我们拥在背风的柴草垛里，有冬风吹来，有暖阳晒着，还有那些冬日的大地，大地被冻得裂开，冻得很生硬，急匆匆地跑，急匆匆地摔倒，把脸磕在地上，磕得生疼，但还是感受到了大地的生硬的温情。

2008 年 9 月 26 日

我与庞标（三）

我和庞标惺惺相惜，彼此欣赏。庞标能唱评剧和京剧，歌儿唱得也不错，我虽不擅此道，但也喜欢文艺，这是我们相互乐意在一起的原因之一。我更喜欢的是文学，当年有一阵子立志写剧本，偏偏庞标又好演戏，有打入影视圈的梦想。我谈我的剧本，他谈他的表演。当年我没有任何作品，就是十年后的今天，我也没有写出什么像样的东西，但是庞标对我的写作才华一直推崇，我不知道是我真的行呢，还是他认为我行。我们躺在宾馆的床上梦想着一起写剧本，一起和有关导演谈我们的想法，但是谈来谈去，还是没有写出来，而现在我早已经不喜欢写有剧情的东西，我喜欢有淡淡味道的文字，淡淡的，就像人生。

我有时去律师事务所，有时蜗居写我的作品，庞标在我不去办公室的时候，反而常常邀约我一起喝酒，也许就是想知道我在写什么。

1999 年年初，正是早春时节，我和庞标一起乘坐火车到江西吉安办案，那应该算是庞标早期的一个比较成功的刑事辩护案件。那是我第一次领略到庞标在法庭上的风采。江西吉安，那是井冈山革命根据地，时间稍稍有些紧，尽管向往着井冈山，但没有去。也一样见到了江西的翠竹。我和庞标到一个叫作"大东山"的地方游览，迷雾蒙蒙，细雨霏霏。庞标口占一首：

翠竹白杉掩楼台

薄雾偏逢细雨来
般若庵前寻老太
怪树斗胆称刺槐

前两行是即景描写，后两行需要注释。大东山是一个并不大的山，山上有一座废弃的般若庵，传说当年有一老太在此修行，但是庵却没有了，哪里去找人。我们发现在庵前一种在北方从未见过的怪树，据说专家认为是很珍贵的植物。但看起来非常像我们北方的常见树刺槐，庞标于是幽默地说，哪里是怪树，这就是刺槐啊！

细雨中，有彩鸟飞过，人静山空。而大片大片的翠竹像是幕布的背景，像是假的，我从来没有见过那样的翠色欲滴的竹子。粗大的竹子，好像有一圈醒目的白霜缠绕在竹节分割处，其实那就是竹节本来的样子。幽静山中，我忽然想起来，井冈山的毛委员来过这样的小山吗？于是，在餐厅吃午饭的时候，我拿起一张餐巾纸，在上面写了这样的句子。

寻幽寻古寻英才
风月无边自在怀
放眼大东山上望
当年委员可曾来

2007年重阳节，我和庞标一起上盘山赏秋，在山间的农家院吃饭时，庞标的一群少男少女学徒围坐，给他们讲起当年的往事，我念出这两首大东山写的七绝，引起一阵嘘声。还记得当年在天津去往江西的火车上，庞标有联句，上联是"津赣律师真精干"，说的是天津和江西律所联合起来办案的意思，下联是"石城兄弟好实诚"。石城是人名，北京师范大学的老师，历史学博士，就是我们所办案件的当事人亲属。庞标说出上联，不一会儿自己对出下联，颇有几分得意。

庞标潇洒，那一次也领略了。石城夫妇待我们为朋友和上宾，吃了江西特色家常饭，酒足饭饱开始准备辩护词之际，庞标在石城夫妇的殷切目光中说："休息二十分钟。"随即倒头大睡了几个小时后，醒来即凝神聚力唰唰唰伏案疾书，不一会儿就写成了，并不误事。而他睡时，我在一旁忧心忡忡地看着他，又看向石城夫妇，非常担心人家着急。他是散仙，我只是凡人。

从吉安回天津途中，我们一路谈笑。到南昌下车，正是傍晚，我们远远望见滕王阁，一路走过去，只是没有更多时间登楼，至今想起来，还是遗憾。但庆幸的是，我们在滕王阁前合影留念，影像中所见，我穿着的，是庞标的皮衣。

后来春天真的来了，5月，我和庞标一起参加由天津市第一中级人民法院在杨柳青举办的法官律师研讨会，我在那个研讨会上认识了很多朋友。研讨之中，我尚不能抢得话语权，就坐在那里奋笔疾书。在会场、在宾馆，在一中院的乐队的萨克斯乐曲里。同行的陈敏觉得一个律师写小说真是不可思议，却是庞标在一旁频频点头，我相信他其实也没有看见我写了什么，但他总会对我赞赏有加。

1999年，我很快找到了做律师的方法，并投入其中，业务很有起色。庞标推荐我上了一期电视节目，那是一档曾有不错收视率的法制节目，叫作《说理说法》。巧了，同期和我一起担任嘉宾的，是著名作家吴若曾。节目在电视上播出后，庞标还帮助我把节目用录像机翻录下来。我记得在他家中，他收拾着那盘录像带，笑着对我说："你早晚能红了！"虽然只是开玩笑，但那时候我们对自己将来能"红"都充满信心，那是我们真实和简单的想法。在一定程度和小范围之内，应该说后来我们都"红"了，没有什么了不起，一切都是微不足道的。

而现在我杂乱地回忆着庞标和我的1999年，还有一件更值得留恋的，我们都没有忘记。

2018 年 9 月 26 日
律师袍和休息室

凌晨3点睡不着了，就起来写作。

今天是天津青年企业家协会组织的一个全国性的论坛，我们已经筹备好久了，今天搞得很成功。晚上时候，天津市委常委组织部长喻云林、副市长金湘军等领导设宴招待我们和来自全国各地的企业家朋友。回到家，我接着把凌晨没有写完的文章完成。

从1979年算起，到了2000年代，中国律师制度恢复重建，也有二十多年的光景了。律师们觉得，各种改革都在推进，有一件事也该得到解决了，那就是律师着装的问题。

这时候律师的社会地位获得了一定的提升，经济建设突飞猛进，中国加入了世贸组织。律师的改革还在持续，国办的律师普遍都"摘钩"了，合伙制成为主流，中国先进地区律师事务所的国际化样貌开始出现。而各种律政剧开始上演，电视剧里的男女律师穿着光鲜亮丽，好像不食人间烟火；外国电影里的律师们不仅发言气势恢宏，而且样子也都帅呆了。老百姓们看傻了，疑惑地问，怎么我们看见的律师和电视剧电影里的不一样呢？

现实生活中的律师穿衣服各有各的风格，穿什么的都有，有拎着篮子兼当公文包使用的，有穿军大衣的，有把领带从里面抻出来放在毛衣以外的，有穿绿球鞋白袜子的，也有穿白皮鞋红袜子的，甚至还有穿着老头衫就出来的……这可不是故意抹黑，当时确实是怎么穿的都有。不仅是日常这样穿，就算是开庭的时候，律师们也是怎样穿的都有。开庭时能意识到穿 T 恤至少带个领子的，这就基本上是"大律师"了，当然，也有不少律师一贯风度优雅，穿衣得体。

尤其是开那种公开的大法庭，比如刑事辩护案件，法院和检察院连同法警，都有标准和美观的制服，而律师呢，穿着不同风格衣服的律师在法庭上，坐成一排，煞是壮观。

民国时代，法律条文照搬西方，律师制度也一样。律师们平时穿西装和长衫，开庭的时候是有律师袍的，那个样子和外国电影差不多。而律师制度短暂的 50 年代，人们都是穿着整齐划一的蓝黑制服，人们除此也别无选择。八九十年代，人们还是穿制服多，虽然开始穿西装，但是还不太知道在什么时候穿和怎么穿，比如人们在来了客人的时候穿西装，在过年的时候穿西装，在运动和下厨房也都穿西装。人们很茫然，领带总是觉得揪得太紧，穿上西装的时候有时能有职业荣誉感，有时却感到很傻，在地铁上和大街上穿着西装的人发现，满车厢好像只有民工和自己在这样穿，卓尔不群。后来才逐渐知道，西装能有那样多的说法和讲究，而像点样子的西装要很贵，商务和正式场合，还是得穿西装。

有识之士觉得，律师这样一个庄严又专业性超强的职业，应该在履行职务的时候有标准化的服装，这是这个行业的整体荣誉。

于是就想到了律师袍。

穿律师袍，国外或者民国时代，有先例可以遵循。不仅能解决刚才所说的衣着混乱的问题，仪式感也非常重要。仪式感就是程序的体现，在庄严的场合，人们也会不自觉地虔诚和敬畏起来。

2001 年，司法部委托全国律师协会制定《律师出庭服装使用管理办法》并开始向全国律师征求意见。2002 年 3 月，全国律师协会通过了上述规定，随后，当年的 10 月，司法部批准了这一办法，同时还有《律师协会标志使用管理办法》。

从 2003 年元旦，律师们开始被要求在开庭时穿上律师袍，并且要佩戴上律师的徽章。我记得很清楚，我购买那套律师袍大约是四百元，元旦以后在天津第一中级人民法院开庭时我就穿上了律师袍，这一现象还被媒体报道过。

但是我那身律师袍没有穿过几次，现在还在我的衣柜里挂着。不仅我不怎么穿，我的律师同行们都没怎么穿。要说那黑色的袍子和红色的领巾，配上白衬衣和蓝色为主体颜色的徽章，大方庄严，面料是纯毛料的，一切都好像没有什么问题。但不仅是律师，连旁观者都觉得不好看，久而久之律师就都不愿意穿了。说实话，也没有在穿上律师袍以后有非常好的仪式感。

我在穿上律师袍之后，还去拍摄了照片存念，但是照片看上去有些傻，有人说是我自己的问题，也有人说是衣服显的，鼓励我自信些。

2003 年，私家车还没有太普及，律师们还有很多是骑自行车，如果穿着那身袍子骑自行车，那就太拉风了。如果带到法院的厕所去换，又显得没有什么尊严和归属感。在法院的等待大厅，律师是和当事人混在一起等候的，穿袍子简直是举止怪异，就只好等到进入法庭的那一刻再穿上，但那样仪式感就消减了不少。

时代继续向前推进，律师们开始觉得，在法庭上一定要有得体的服装，比如笔挺的西装不是很好吗？而且在律师的内心里也觉得，作为相对松散的律师群体，还是需要更有个性才好，律师的水平如何，穿衣服是其中一部分，何必脱下带有自身修养体现的西装，穿上统一的律师袍，这样怎么体现独有的风格呢？

而且，律师们开庭时候穿不穿袍子，由谁来监督，也是个问题。有的地区规定由法院监督，甚至可以对不穿律师袍的出庭律师训诫。在民国时代，律师的执业行为就是要到法院登记确认，直到新中国，管理律师的司法局的前身，当时还只是高级法院的一个处室。

2016 年最高法院公布的《最高人民法院关于修改人民法院出庭规则的决定》第十二条规定："出庭履行职务的人员，按照职业规定着装。"就是说，最高人民法院也要求律师们的着装了。律师们到了法院之后，如果能有个地方换衣服，能有个专门的地方等候，而不是和当事人在一起，这对律师的执业将大有好处，对法院工作也有裨益。

如果法院能有一间律师的休息室就好了。这也有例子可以遵循，毕竟在民国时代，天津的法院就有律师的休息室，不仅有休息室，休息室里还有电话供律师使用，电话号码只有四位数，是绝对的稀罕物。

之八十八

1998 年 9 月 27 日

丰 收

傍晚的阳光一团一团地停在高高的林梢上，然后一起叠在蓝色并且染了红色的西天上。阳光到处都是，随着微风，能看见阳光又在玉米地里一浪一浪地荡着。

乡村一派丰收景象，庄稼地里，玉米、高粱、稻子；果园里，苹果、红枣、葡萄，都成熟啦！而今天这一天也很成熟，太阳始终充足而且饱满，哪怕不去看庄稼，只是看看这个时节的天空，闻到这样天空里的气息，就知道这是丰收的季节了。

我在傍晚散步的时候到田里去，待了很久。这是一天中最美的时候，这是秋光最丰盈的时候，而我在这个时候，可以放松一点儿，我走着，我的脸颊和河中的秋水也都染了红光，被染红的还有游鸭和思考者洁白的思想。

农忙时节的乡村景象，拖拉机奔驰而过，这是个属于乡村和建设者的意象。拖拉机车斗上，满满的玉米秸，整齐地码放着，那是收获庄稼时割下来的。接下来的冬天，它是可以当作柴火烧火做饭的。在玉米秸上面，坐着劳累了一天的妇女，她的头上，围着一条火红的头巾。开拖拉机的人，头发蓬乱，外面罩着一件肮脏的白衬衣，袖子高高地卷起来；而贴着胸膛的，也是一件火红颜色的背心。

路旁有的庄稼已经收割了，高粱、玉米像士兵一样地站了整个夏天，它们累了，镰刀过处，就索性躺在地上。有的庄稼即将被收割，孤零零地站成一个方阵，以站着的姿态，维护着自己最后的尊严。那些在路旁堆放着的许多玉米秸，还有玉米棒子，闻一闻，真是芬芳。

河岸下边，种着向日葵，那是很值得赞美的一种生物，因为它总是向着太阳。还有河边野生的芦苇，开满雪白的芦花。《诗经》里有"蒹葭苍苍，白露为霜。所谓伊人，在水一方"，蒹葭，就是芦苇。那白的芦花显得圣洁，洗了这番日光浴后就显得可爱了，它们在夕阳下面一动不动地连成雪莹莹的一片，让人产生去抚摸一下又有些畏怯的想法。假如来些风吹抖这芦花，可以想象那也许就像天鹅欲飞或者少女的舞蹈。

后来就是现在的夜晚了，八月初七的月亮，先是白色的，后是黄色的，不像通常的月牙儿状，却像个黄香蕉。一年到了这个时候，就快过去了。就又要想想明年的播种和收成。

2008 年 9 月 27 日

我与庞标（四）

时间是 1999 年的中秋。我对那个时间记忆犹新是因为两个人，一个是庞标，另外一个是我的女友。那个中秋本来属于我和女友，但是我却忽然间飞赴千里之外，和庞标共度。那夜月亮又圆又大，像一个铜镜。安徽宁国的最豪华宾馆里，我们围坐在院落中的一个硕大桌子旁边过中秋，他们都情思凝结，而我却是三心二意。

宁国是安徽靠近浙江的一个县城，距离著名的宣城不远。"宣城太守知不知，一丈毯，千两丝，地不知寒人要暖，少夺人衣作地衣"说的就是那个地方。那时庞标和谢公省在那里的一个大公司常驻，而我在天津办理一个国有企业的改制法律事务，我们分开了。

就在那一年的中秋节前夕，我忽然接到谢公省的电话，说庞标忽然因病住院。庞标身体一直欠佳。我听到这个消息非常担心，第一时间将这个消息汇报给庞标的合作伙伴张勇，张勇老师决定立即出发去看望庞标，并问我是否同往，我一口应承，心中却又忐忑。我们以最快速度会合，同行者当然还有庞标夫人，我们三人飞往杭州，又从杭州乘车往宁国。我在中秋的夜晚三心二意，当然还是因为我的那个约会。我女友当时还研究生在读，是大同人。上飞机前我就想打电话给她，告诉她计划有变，只是十年前，通信还不发达，电话怎么也不通。中秋夜在宁国打电话给她，电话还是不通，彼时研究生宿舍还没有电话，公用的电话都放在楼道里。终于拨通了一次，是一个女生接了电话，说我女朋友打水去了，我请求接电话的女生帮我转达，那时候我还腼腆，我频繁地离席而去到外面打电话，已经感到害羞，所以当我的手机没电的时候也不好意思向他们借电话用。我想她会给我回电话，但我这边手机却偏偏又没了电。我不仅没有能和女友一起过中秋看月亮，而且还不辞而别，我想她在那个夜晚一定伤心极了。

庞标在我们到来之后精神很好，他中风了，但所幸发现得早，人又年轻，所以没有大碍，我们才都放下心来。我的心事他们不知道，直到我写这篇文字的时候，庞标也不知道。后来有人问起我当时的女友是谁，知情者说是南开大学经研所的一个女研究生，庞标问起，说："长得漂亮吗，长得像谁？"庞标说："是不是像林心如？"我想了想，说："对啊，就是像她。"我是信口答言，也觉得是有一些像的。那个女孩子很有才华，人也温婉，那时我在深夜的时候写了诗，她总是第一个读者。想着她是深夜在宿舍楼的楼道里听我在电话里朗诵诗，浪漫而又荒唐。我不知道我们后来没有在一起，是不是和那个中秋夜我的失约有绝对关系。庞标夫人留下来陪庞标，我和张勇则在八月十六的夜晚在杭州经由北京回天津，那晚天空中一轮圆大的月亮，我在飞机上写诗给我的女友，我看着舷窗外的圆月开始写，一直写到能看见北京上空的灯火。我在想，她一定能原谅我的。诗的内容与本文主题无关，在此就不公布了。

我回津之后知道庞标身体康复得很好，也就心安了。

1999年在忙碌中度过，那一年庞标36岁。那年我们一起和作家吴若曾聊天的时候，我说吴老师是在36岁登上文坛的，庞标当时便对吴若曾说："我今年就是36岁。"如今他已经46岁了。而我当时想着，36岁，距离我还很遥远！现在才知道，其实一点儿也不遥远。

1999年，庞标和张勇的事业都上了一个台阶，我也日益进步。那年秋天，中秋节之前，我们搬进了当时天津较好的华盛广场写字楼，长缨律师事务所已经有了繁华气象。我写的那本书在春天时候出版，其中的一个章节叫作"法条顺口溜"，我把法律条文用"顺口溜"的方式"顺溜"下来。编辑是庞标的同学黄煜，他很想把这个章节拿下来，因为实在是不伦不类。我当时不愿再做大的改动了，庞标也力挺，说："这样搞虽然有不通之处，但毕竟是个创举，还是留下来吧。"就留下来了。

1999年过去，那就是2000年了，2000年是一个很好的年景，庞标的事业迎来了一个高峰，我也成为了长缨律师事务所的主力。在2000年，长缨律师事务所是天津律师界的一道风景。

2018 年 9 月 27 日
自行车往事

晚上进入写作时间。

除了地铁和公交车、出租车这些公共交通工具以外，人们也用自力的方式来解决出行。

所谓的自力方式，比如自行车。自行车也叫单车，现在的"共享单车"时代，自行车这个名字少见了，叫单车的多。但是它的学名还是自行车。自行车，好就好在自力解决，不是说不骑它就能自己走，而是说，自己骑上自己的车，去自己想去的地方。

自行车确实比较灵活，如果不是很远，天气不冷不热，骑自行车出行很大的好处是可以随时出发，自己的车，自己做主。也可以随时停下来，比如买个菜，比如临时想去个厕所，比如看热闹。把自行车停下来，很方便。完事了，骑上自己的车，继续走呀走，乐呀乐，想去哪里就去哪里。没有最后一公里的问题，没有拥挤的问题，没有和售票员的争执或者性骚扰的流氓，还有让不让座的尴尬。

当然，还有车费的问题。自行车是一次投资、长期受益。那时候，很多人坐公交车是要考虑一下的，因为公交车是要付费的，而自行车不用。那时候，有多少人想拥有一辆属于自己的自行车！可悖论是，连一毛钱的公交车费都没有，怎么可能有一百元钱买一辆自行车呢。自行车的地位，曾经和私家汽车的地位一样崇高，就像现在大多数人的想象力还达不到自己去买一架私人飞机一样。

人们还记得"飞鸽"和"凤凰"这样的名牌国产自行车的年代，还记得更早的时候就有人玩儿英国的"凤头"吗？那样的自行车，就是汽车里的跑车，拥有者每天擦拭，爱不释手。

自行车的当年，其地位确实能比现在汽车的地位还高。基本上相当于现在的房产。现在老百姓把自己的主要财产都投资在房子上了，而那个时候，人们除了一辆自行车和一块儿手表，也没有别的财产。留下来的很多老照片，人们在下雨天小心地搬着自己心爱的自行车，或者人们给自己的自行车上油保养。人们真心爱自己的车，因为那车真的就几乎是自己的全部财产。

丢自行车，借自行车，买自行车，自己"攒"一辆自行车，相关的故事太多了。还有因为一辆自行车结不成婚或者朋友绝交的，那时候，人们还是穷啊！

自行车还是社交方式。比起私家车的封闭，自行车可以自己骑，也可以结伴骑。大家一路一起骑着自行车，工人或者学生，在单纯的阳光下一起走，一起回。在那些早晨或者夜晚，自行车的骑行声混杂爱情和亲情，丁零零的自行车追赶着时代和生活。车胎破了，链子掉了，后面的车超过前面的了，故事就又发生了。

自行车不仅是自力出行的交通工具，也是那时候纯朴家庭的运输工具。不管是城市里的男式的"二八"自行车（二八的自行车，不是二八的俏佳人），还是农村自行焊制的"大铁驴"，都简直神了，粮食、蔬菜、劈柴，甚至家具，都靠自行车来运输。一辆自行车能驮八百斤，说起来像传说，也许已经没有人信了。除了货运，还有客运呢，一辆自行车不仅是自己的交通工具，也是全家的。男人骑上车，前面的大梁上坐一个孩子，后衣架上坐着女人，女人的怀里还抱着一个孩子，走了，出发！家家都很幸福，家家都是练杂技的。那时交警的主要精力不是抓酒驾罚款或者躲在角落偷拍私家车，而一度是抓自行车带小孩儿的。也有过骑自行车带人收钱的经济活动。

后来人们对自行车就不当回事了。以天津为例，自行车厂，国营的渐渐不行了，王庆坨那边的民营的车厂，多如牛毛。飞鸽名字不够洋气，叫什么"斯普瑞克"吧，也没有挽回颓势。自行车丢了也不心疼了，干脆买旧的骑吧，丢就丢了吧。私家车越来越多，自行车越来越少了，自行车是一种健身器材和玩具。直到现在自行车正式更名为"共享单车"，自行车重出江湖，自行车已经不再属于自己，好在骑上去，还是自己想去哪里就去哪里。

之八十九

1998 年 9 月 28 日

花杆铅笔

今天晚上 11 点的时候，就把所有的学习任务完成了。于是打开收音机，收听了一个文学节目，叫作《子夜星河》。

这是个刚刚开始，还没有定型的节目。今晚请来了河南籍著名作家刘震云先生。主持人小雪的声音很温柔，她请刘震云和听众谈他的长篇巨制《故乡面和花朵》。

我没有时间读刘震云这篇历时八年写成，二百万字的长篇，只是看过大概的介绍。虽然在电台里参与节目也似乎有推广的意思，但是看来这本《故乡面和花朵》的反响并不是非常大，和刘震云的预期并不一样。开始写这本书的时候，刘震云还是一个 32 岁的小伙子，写完之后，八年过去，他走出书房，已是一个 40 岁的中年人了。他自己说，当他走出书房的时候，他感到这个世界已经面目全非，他好像还说，想去学一个驾照。

节目中，他的河南乡音亲切，我听着他的话，想起过去读过的他的许多"新写实"作品。《新兵连》《塔铺》《一地鸡毛》那些，都曾经有广泛的影响。后来他亲自摘了《故乡面和花朵》的章节读了几分钟，我被他的文字尤其是他的声音吸引了。文学是伟大的事业，也如刘震云所说，是悲惨的事业。刘震云提到了一个细节，在许多时候，他看见一支花杆铅笔，忽然觉得曾在哪里见过，到某一个地方，忽然觉得似乎来过这里，于是有写作的冲动。我也常有这样的时候，主持人小雪说她自己也有。就这个问题我问过不少人，有的人说有过这种感觉，也有的人说没有。

每个人都有一些属于自己的细腻感觉充盈于内心，只是不一定有能力把这种隐秘的情感表达出来，或者根本没有意识到要把它表达出来，这种艰巨而伟大的

三 / 秋 / 重 / 唱

事业只有作家和诗人能完成。刘震云所说的文学是悲惨的事业，也许指的不是八年苦功，而是终生寻找。

此刻，我的桌上，就有一支花杆铅笔，我确实是在哪里见过这支铅笔，也许就是在我自己的桌子上。

2008 年 9 月 28 日
我与庞标（五）

2000 年的时候，长缨律师事务所在业务结构、人才储备、规模经济和创收指标上都在天津律师界名列前茅。在繁盛背后，也有不少问题需要我们去解决。比如管理问题，比如持续发展问题，庞标不可谓不动脑筋，他想了很多。他有了想法也经常和我一起谈，他在想，我也跟着一起想，但是我们想到的很多问题直到现在也没有解决。于是我们在矛盾中前进，我们一边苦闷着，一边豪情万丈。庞标那一年还曾经在天津律师界倡议搞一个叫作"新概念律师事务所"，很多天津著名律师都参与了，大家也一样和我们有着发展的困惑。但是那个"新概念"最终没有做成，不了了之。

那一年我和庞标配合做了一个在天津很有影响的案件，那个案件引起了天津全城的热烈关注，庞标和我都成了天津的知名律师，我想这一点不必讳言。在那个案件之后我和庞标也都各自做了一些有一定社会影响的案件，但是如果评选一个最能被天津市民记住的，那还是我所说的这个案件。

案情其实并不复杂，在法律层面也并没有多少嚼头，但是那个案件有故事，有情感，所以还是引发了大家的广泛讨论和深沉思考。其实，所有引起大家关注的情感案件，故事情节似乎都是大同小异，但是法律和伦理道德等相关联的主题从来都是息息相关的，俗套的故事还是让人泪飞如雨。

事情是这样的。一个青年女子，供着自己的丈夫出国学习，自己却在家里苦苦地等待着他的消息。然而她没有等来什么好消息，那男人却提出要和她离婚。这个女人想起往日的深情，想起自己的万分苦楚，就作了一个决定，用浓硝酸将那个男人最喜欢的美丽的小侄女毁容。

那个女人叫刘金凤，小侄女叫小张帅，至今在天津的市民中间提起这两个名字，还都耳熟能详。整个案件从发生到审理，有关媒体全程报道，报纸几乎每天脱销。律师的行踪吸引着每一个人。大家由这个案件记住了庞标和我的名字。

不说案件本身了，只是说那一年的庞标和我。

　　我们一起写辩护词，一起去调查取证，一起去会见当事人。我记得在开庭前夕，我和庞标到刘金凤居住过的地方去调查，正是 6 月火热的季节，我们穿行在南开大学。南开园里都是摆地摊处理自己书籍的莘莘学子，卖了那些书，他们就要离开校园到远方去了。我们在中午时候来到庞标位于南开大学院内的家，庞标是一个手巧的男人，自己会做饭，能处理各样的家务，那一天他下厨煮饺子，我们赤膊上阵，吃得浑身是汗。时间长了，很多往事都记不清楚了，只剩下一些残片，但是在记忆的最深处，很多事情包括一些片段，却永远也忘不了。开庭那天，可以夸张地用"万人空巷"这个成语，我和庞标都发挥不错，后来别人在称赞我们的时候说我们的辩护是"声情并茂"，当然也有人批评说，一个律师，干什么要那样声情并茂呢！

　　当我们走出法庭，法庭之外人山人海。因为案件审理被天津电台错时直播，大街上很多人拿着收音机在听着，我们也听到了自己在进行法庭辩论的声音。有群众给我们送西瓜，还有人送鲜花。我们离开天津市第一中级人民法院后，庞标提议合影留念，于是我们有了一张在南开大学东门前的照片，现在看来照片上的庞标英气勃勃，而我还显得稚气未脱。我们在一起亲密无间，我们都含着微笑，手中拿着群众送来的鲜花。我说了庞标是一个很注重保留资料的人，我们一起在小西关看守所会见的时候也是经他提议留下了照片，那个"小西关"是天津很老的一个看守所，后来就拆掉了。现在看来，那张照片已经显得弥足珍贵。

　　我是在 2001 年 5 月 10 日离开长缨律师事务所的。

　　我记得在我临行前，庞标夫人将我请到屋子里，送给我一件礼物。我知道庞标或者是事忙而不能来，或者是不愿意面对我们的别离。我也知道，庞标夫人是代表庞标和我告别的。在告别的时候，我知道那件礼物是庞标让她送给我的。而在那之前，我已经决绝地表示了我要离开，那时我年轻气盛，不知轻重。在一次会议上，我说了"缘分尽了就该分手"，和"千秋功罪自有后人评说"这样的话，听着我这样说，庞标面无表情，他只是解下打着的领带放在桌上，对大家说，这是仲凯送给我的，我会留作纪念。我不知道那条我送给他的领带他是不是还留着，时间已经很长了。

　　当年庞夫人送给我的礼物我仍然保留着，那个礼物就是我和庞标那次开庭之后的合影。我知道，庞标是希望我要记住我们之间的深情。其实，我又怎么能忘记呢。

后来我和庞标分久必合，再次坐在一起的时候，他还问起我那张照片，还说了听说我撕掉了那张照片，怎么可能，他是听谁说的。我们都哈哈大笑，一笑了之。那张照片至今还色彩鲜丽。

2018 年 9 月 28 日

守法是个硬指标

现在，毕竟和过去不同了，很多人开始特别重视自己的信用记录。比如纷纷处理掉那么多没有太多用处的信用卡，继续留用的卡片和房贷，也都一定要做到准时还款。这就是守信用的具体体现。说得再高一点，这也是守法的表现，也可以说，守约也是守法的一部分。而法律和道德的关系，在这样的情境下也紧密了。上了失信人名单，真的是寸步难行。

中国的法律有千百部，行政法律，部门规章，地方法规，还有最高人民法院的司法解释和答复，简直是浩如烟海。大家都想做到守法，可一不小心就很可能已经违法了。

就拿衣食住行的行来说，开车出行，饮酒驾车是违法，闯红灯是不是违法呢，当然也是。那打开车窗吐痰呢，首先是道德问题，然后也是违反相关法律了。严重违反我国的刑法的行为（比如醉酒驾车），那又上升到犯罪了，可以讲犯罪是最为严重的违法行为。

别那么无所谓，满不在乎，守法是个硬指标，违法留下记录，以后很多事情都不好办，比如贷款或者评先进，都不行。有人以为，小节问题无所谓，很多行为就算是违法了也不丢人。停车随意，开了罚单，无非就是交罚款，拖欠了水费电费，无非补上嘛。法律越来越完善，科技手段也越来越先进，是不是人在做天在看不知道，反正大街上的摄像头是越来越多了，很多不良行为违法行为都被忠实记录下来了。有就是有，没有就是没有，如果能让它没有，为什么要有呢。

很多事情之所以显得不值得，并不是避免起来很困难。比如喝了酒就别开车了，这真的很难吗？答案我们都知道，但每天还有那么多的酒驾发生。人不愿意受到太多束缚，这是天性使然，可人是生活在一个有规则的社会里的，能做什么，不能做什么，心里还是应该更有点数儿。

今天看到 1998 年的文字里提到了刘震云。刘震云也因为陷入了和崔永元的《手机 2》之争再次进入公众视线。冯小刚、范冰冰也都先是因为这部电影引起争议，接下来，讨论最多的是范冰冰的涉税问题。实际上，根据相关法律规定，一般情况下纳税义务人补足了税款，确实就不用再承担相应的刑事责任。其实大可不必销毁账簿，这才是需要承担罪责的行为。而从经济的角度讲，如果不销毁账簿，补缴的税款反而可能更少，至少不用交那么多罚款了。守法确实是个硬指标，对于一个公众人物来说，损失的可能不是钱，损失了多年积累的人缘儿，这才是最大的损失。

之九十

十天和九十天

有句老话说，行百里者半九十。我的一百天复习生涯，我觉得方兴未艾呢，这就过了九十天了。从时间上讲，已经是十分之九的绝对时间过去了。就像很多时光里的老人，常常会讲，总是觉得自己还年轻，怎么就老了呢，怎么觉得刚刚开始，就要结束了呢？

但如果真的是"行百里者半九十"，剩下来的十天能相当于整体时间的一半，其实不是也很好吗？这就要看是把整体过程看得艰难而难过，还是留恋而不舍。十天，真的是和九十天相等的一半吗？

我留恋这个地方，也留恋这段时光，我将很快离开这里，也将很快离开这段时光。我搬一把椅子，坐在我的门前，日光又渐渐地开始薄淡，在手中的书被微风吹乱。

现在正是下午，太阳最风华正茂的时候，阳光和风一起拥来，仿佛能把树叶都染成金色，而树叶的绿色也仿佛把这金风染绿。我知道，我的青春就好像这样的金色的秋天，我渐渐地变得金黄，变得淡定，我不那么青涩，也不那么焦急，我懂得了日子要慢慢来。

最后的十天，如果是下围棋，就是"收官"阶段了，其实冲刺已经过了，现在就是打扫现场，多捞一目就是一目。我这几天的复习，几乎都是"一句话新闻"，而没有"长篇通讯"，是学了就会用的"英语九百句"，而非大部头的"英汉大辞典"。可以用"厚"来表达我的笔记本了，我读书坚持动笔，笔记本写得密密麻麻。我想，纸张的厚是可以转化成人厚的，书读得多了，人就自然厚重了。

民间盖房子，也有"房子上盖儿，活儿完成了一半儿"的说法，意思和"行百里者半九十"类似，无非是要说最后阶段的重要。但我的体会是，十天毕竟只是一百天的最后的十分之一，是很重要，但是达不到那么严重的程度，这是因为，每一天都是重要的，每一天都要认真度过。

2008 年 9 月 29 日

我与庞标（六）

说起我和庞标之间的分开，其实要从中央电视台和司法部联合主办的首届律师电视辩论大赛说起。在那个赛事中，以长缨律师事务所为班底，组成了天津市代表队。我是天津队的主力，而庞标是领队之一。

在 2000 年的下半年，天津市司法局和律师协会组成了十八位队员的"大名单"，这十八位律师分成六支队在天津内部先打预选赛。如果说前面所说的刘金凤案件让我成为了天津的一个"名律师"，那么让天津律师业界更广范围认可了我，应该是这次大赛。而庞标呢，通过这次比赛，也更巩固了他在天津律师界的地位。

庞标在和我分别之后应该也考虑过原因，就如同青年恋爱男女在分手的时候会问，为什么相爱的人不能在一起？同理，我和庞标志趣相投，为什么不能继续合作下去呢？后来甚至有人说我们是"一山不容二虎"的话，其实完全不是。那时候我充其量也就是一个律师界的"新秀"，而以我们之相互信任，也根本不可能有那样的事情。

我之所以提及那个辩论大赛，也并非是那个大赛导致了我们的分开，但在那个大赛完全结束之后，2001 年 5 月，我就离开了我奋斗了将近三年的长缨律师事务所。我离开之时，并非去意彷徨，而是目光坚定。我走之后还写了两首七律发给长缨律师事务所，诗的内容现在都快忘光了，我只是记得第二首的最后两行是："唯愿诸君都顺意，天涯我自万里征。"后来我的两首七律都被庞标张贴在长缨律师事务所的宣传栏里。

我们一起在辩论赛的准备中奋进。庞标如鱼得水，我作为主力队员和庞标一起到北京去，和主持人撒贝宁、王小丫他们也都经常见面。庞标能迅速和别人打成一片，这个能力不得不服。经过一个冬天，就是 2001 年的春天了，天津的六个队十八名队员的选拔赛在天津电视台举行。长缨律师事务所的三位律师有两人成为主力，一个是我，我长于"总结陈词"，另一位是徐燕朝，他擅长"自由辩论"。落选的是裴红艳。裴红艳实力本来也不错！

既已选拔完毕，更是全力备战进京比赛。而就在这个期间，长缨律师事务所遭遇到了困难，事务所发展到了一定的规模，难免会遇到问题，而在处理这样的问题方面，当时的庞标缺乏经验，不能不说他是失败的。他的失败在于他的单纯和理想化，他其实不善经营。就像庞标自己说的那样，他说，我这个人是透明的！事务所的规模大到已经有几十位律师，个个人才难得，不是"海归"就是"教授"，要不就是"资深"或者"青年才俊"。庞标以为他一定能引领大家向前进，但他忽略了很多问题，不是所有人都能一路走来看一样的风景。在业界，庞标显得有些锋芒毕露且有些天真。在我看来，他是可爱的，但不是所有的人都这样看。走在前面的人留给别人的，永远是背影。

　　我记得在进京比赛的前夕，有一次我们是在沃特宾馆演练，我们一起住在那里，往常晚间也是在讨论辩题和法律，而那一次是在讨论我们的事务所发展的问题。这是庞标所不知道的，就是在那个晚上我萌生去意，而庞标还在热情地讲着他新的发展规划纲领。他试图留住所有的人，但是这是做不到的。那个晚上我觉得我不能帮助他，因为我不能帮助他，所以我应该离开了。

　　那次比赛之于我是一次重要的人生经历，在法律方面我因为精研而进步，在人生方面，我也觉得有很多收获，我觉得我就是从那以后变成了一个相对成熟的律师。我们到了北京之后，未及施展才华就被淘汰了。只一场比赛，就被淘汰了。在比赛最终的颁奖中，我们获得了"最佳公平奖"！组委会奖励了我们的高尚风格。期间所经历的，比如我们比赛被判失败，比如组委会公开承认给我们的对手额外加分，比如我们又被邀请继续比赛，然后我们又放弃这个机会。赛后，组委会写信向天津选手公开道歉。那一年我26岁，开始明白，比赛之类的东西，没有什么绝对公平。我历时半年不参与律师事务，闭门不出，到头来一场空。人生的很多事，未必是付出了就一定有收获的。

　　好在让我们感到欣慰的是庞标本人获得了成功，他获得了央视"荣誉律师"的称号，华丽登场，风光无限。当庞标在北京载誉归来，却迎来了和我的分别，我想他一定是伤感的。而我感到我必须离开了，我感到一个时代结束了。

2018年9月29日
飞机之上

　　昨天晚上有个短途飞行，今天飞回程。此刻，我在飞机之上。

飞，曾经是我们的梦想。

每一个人都想飞起来，但是人没有翅膀，很多人想了很多办法，比如制作一对翅膀戴在身上，然后站在山顶往下跳。就算是没有摔死，其实他也仍然没有飞，最多算是做了一个空中漂流。当然，可以想象他在跳下的瞬间，一定也体会到了飞翔带来的美的感受。

直到有了飞机，人们发现钻进飞机里，让它替自己飞，也总算是飞了起来。所以现在人们对坐飞机，常常还会简称飞，我这不是刚从深圳飞回来吗，或者说，下个月我要飞纽约。现在飞行既是我们的梦想，也是一种出行方式。

用飞机作为一种出行方式，也曾经是很多人的一个梦想。机票是昂贵的，而且对于寻常百姓来说，就算是有钱买机票，也实在是没有目的地可去。坐飞机去哪里呢？没有外出打工，没有异地求学，没有商务活动，坐飞机，总需要一个理由。

在大多数人的生活当中，他们活动范围的半径，最多有一个绿皮火车就够了。坐绿皮火车，没有感到拥挤的辛苦，也没有觉得没面子，因为在那时候的人们的想象力所能达到的层级，实在想象不出为什么要坐飞机，而飞机上应该是个什么样子。听说坐飞机是要系着安全带的，那在飞机上的人是不是动弹不得呢，飞机上的空姐是不是真的像传说当中那样漂亮呢？

改革开放年代以后，第一批的寻常百姓坐上了飞机，他们难掩兴奋，小心翼翼地把飞机上的餐食带回了家，他们也知道那并不是什么人间美味，可这毕竟是从飞机上带回来的呀！

社会发展得很快，很多过去不曾有过的生活方式开始和普通人产生了关联，即使没有什么商务活动，富裕起来的人们也开始四处旅游，国内游遍了，开始到国外去。于是，除了国内航班，大家也纷纷坐起了国际航班。飞行时间往往很漫长，有个成语叫舟车劳顿，人们开始意识到坐飞机不仅是个新奇的事情，而且是个体力活儿。国际航班动不动一飞十几个小时，直愣愣地坐在那儿，跟坐绿皮火车差不多辛苦，但却飞跃了时区，下了飞机开始倒时差，才知道世界这么大。

因为感受到了辛苦，所以，人们也发觉头等舱还是比经济舱更舒服一些，尽管不同的舱位也是同时到达。人们发现飞机上，除了有空姐原来也有空嫂，甚至还有空哥。空姐没有传说中的那么漂亮，空姐这个工作实际上就是天上的服务员。起初大家都是喜欢靠窗坐，靠窗坐新奇，可以看见舷窗外的白云，后来更多的人还是喜欢坐在走道旁，一是上厕所方便，另外呢，不用出来进去地麻烦别人。人们开始意识到，就算让别人麻烦了自己，也尽量不要让自己去麻烦别人。

人们开始熟悉不同的航空公司，开始接受飞行生活当中的各种情况，航班晚点让人感到愤怒，也让人逐渐学会了接受。很多事情还是面对吧，因为不面对又能怎么样呢？人们也开始熟悉各种不同类型的机场。大机场真的很大，眼花缭乱，大得让人感到厌倦，从安检口走到登机口要很长时间。还是小机场好，推开门就是安检口，过了安检口就是停机坪。当然，不管是大机场还是小机场，都是一种美好的意象，蓝天辽阔，白云高远。常年飞行的客人，在旅途当中，他们可能转机、升舱、丢失行李。他们遇到各种事情和不同的人，还能遇到一些危险，比如不稳定气流导致的颠簸，比如虚惊一场的疑似劫机事件。还会有各种不愉快，比如安检时，被扣下了充电宝或者洗发香波，或者人走了以后才发现电脑忘在了安检台上。这都是飞行生活的一部分。

现在高铁异军突起与飞机抢市场份额，飞机票仍然很昂贵，但机票可以打折，而高铁票相对恒定。各有利弊，高铁基本不延误，高铁上还能打电话。而飞机一飞好几个小时，一旦飞机落地，人们急着走出机舱，在此之前更着急的一件事情是，落地了，赶快打开手机！（虽然现在飞机上允许使用手机的飞行模式了，但是毕竟没有网络信号，所以大多数人还是关了手机。）那一刻，能听见各种品牌的手机铃声此起彼伏，人们纷纷站起来，拿起行李。又一段旅程结束了，那么，就做好再次起飞的准备。

之九十一

1998 年 9 月 30 日
想去北京

我父母要去北京解放军艺术学院看望仲达。为了这件事，父母已经商量了很久了，并且在此之前和我交流，问我去不去，说如果不算影响我的学习，那就一起去吧。

我当然是想去的，我封闭在这里已经很久了，一家人一起去北京，并且能和仲达一起在他的学校见面，这不是很好的事情吗。但是我多少是有一些犹豫的，我毕竟还有十来天就要考试了，京津之间虽然只有一百多公里，但往来劳顿，又心驰神往，我还是担心我的学习状态会受到影响。

我就让我父母先去，他们准备了一下，昨天就出发了。前几天我就告诉他们，如果他们在北京有比较好的想法，比如去游长城，再给我打来电话，我今天再临时出发和他们去会合，如果他们在北京和仲达见了面，已经尽兴，觉得就想回天津了，那我也就不去了。

他们昨天出发，直到今天中午也没有消息，我就有点儿坐不住。于是我就想，那我干脆还是出发和他们会合吧。我就出门乘坐 157 路公交汽车，到河西区东风里再换乘 9 路汽车，到达劝业场。又步行走过解放桥，到天津站去。我和仲达几天前通电话时，还曾经说过要一起到天安门去看升旗仪式，在公共汽车上，我假想了我到北京后，明天早上全家人一起看升旗时的晨曦。

但是我最终没有去北京。

在天津站拥挤的人流中，我还是没有等来电话，我给仲达的宿舍几次拨打电话也没有接通。我在天津站思考了一会儿，我就算到了北京，能不能马上找到他们，他们在干什么呢？我未免显得太冒失了，找人不如等人，既然也没有约好，那我还是在天津等着为好，或者我就干脆不去了吧。升旗仪式以后再看，和仲达的见面，也随时都可以。于是我乘车回来，准备继续用功。

一个插曲是我回到我的屋门前，发现我没有带钥匙，而且还是没有等来他们的电话，我心情多少有点沮丧，他们在北京团聚了，竟然没有给我打电话，或者他们是不是有什么不顺利的。没有带钥匙是个具体的事情，一点儿也不抽象，其结果就是我进不了屋子，于是我爬上屋子的窗台，打开窗户，跳窗而入，跳下来落地时听到清脆的声音，觉得自己身手很矫捷，简直是年轻力壮，乐而开笑。

2008 年 9 月 30 日
我与庞标（七）

三年后。当我和庞标重新聚首，开始讨论将我创办的"明扬律师事务所"和他创办的"长缨律师事务所"合并的时候，我们又像过去那样紧密地坐在一起。提起过去的往事，庞标曾经用了一个成语，叫作"时不造我"。庞标已经把当年长缨律师事务所的辉煌和挫折看得很淡了。我知道，就像写文章一样，人生也是开始华丽，越来越淡。淡才是人生的真味。

这三年，我一个人创办了一家律师事务所，独立支撑，而庞标也是辛苦的，上下求索。三年间我们相互惦念，彼此祝福。

当我们重新在一起的时候，我感到我们在一起的可贵，我又开始反诘自己，为什么当年一定要离开！而我们似乎一直没有分开，我们眷恋而又新鲜。

2004 年底，我们把办公室又合在一起，2005 年初，在长缨律师事务所和明扬律师事务所的基础上诞生了"明扬长缨律师事务所"。

而庞标显然需要更大更高的舞台，他从天津进军北京了。他在 40 岁的时候，写了一篇题目叫作《律师 40 正年轻》的文章。那是一篇如同庞标本人一样潇洒的文章。文章聪慧而轻快，写文章的人是一个年轻的智者，他把一切都看透彻了。那个晚上，我在《中国律师》杂志上看到了那篇文章，喝了几杯苦茶，我为他高兴，我知道庞标的第二个春天来临了。

庞标在北京做得风风火火，人才到哪里都是人才。很快，北京律师圈子里很多人认可了庞标。2005 年，庞标提起了一个源于"高速公路不高速"的公益诉讼，在全国范围内产生了广泛而深远的影响，庭审当天，有包括央视在内的数十家媒体来报道。庞标的身份是当事人，我是他的律师。后来我写过一篇叫作《我为律师当律师》的文章，我说那是我们多种关系中最新的一种。

在办理这个案件期间，我频繁到北京去，有一次晚饭时，庞标和我，还有时任《中国律师》杂志主编刘桂明和另外一位律师在座。那律师年长庞标十二岁，而庞标年长我十二岁。我时年 30 岁，庞标 42 岁，那位老兄 54 岁。庞标说："仲凯，十年之后你就是我现在这个样子了。"顿了一下，他用手一指那位律师，说，"而我就该是他的样子了！"

从 2004 年底我和庞标重新合作，到如今，竟又是四年的时光。四年以来，我们保持着联盟式的较为紧密的合作，我们非常愉快，我们也谈钱，我们之间已经没有什么不可以谈。2006 年，庞标又有新动作，他以自己的名字命名，成立了"庞标律师事务所"，那时新《律师法》还没有实施，庞标总是走在时代的前列。2006 年庞标的律师事务所和我所在的明扬长缨律师事务所又成立了联合机构，成立大会在天津利顺德大酒店举行，那个夜晚美酒飘香歌声飞，庞标就是一个不老歌神。

不觉之间，2007 年来临了，庞标和他的庞标律师事务所蒸蒸日上，2008 年是奥运年，庞标的业务做到了奥运会组委会……

我很高兴应庞标之邀写了这篇文章，我只是觉得时间太匆忙，总是这样地行色匆匆，还有那么多话没有说。

以此文，纪念庞标的庞标律师事务所即将成立三周年。还将此文，庆祝中国律师事业即将恢复三十周年。

或许还可以将此文，纪念我和我最重要的师友庞标的十年，准确地说，从 1998 年起，我们已经在一起合作十年了。

我在写这篇文章的中间去了一趟岳阳。岳阳天下楼，洞庭天下水。在岳阳楼上远眺洞庭湖的时候，我还想着这篇当时没有写完的稿子，我从岳阳楼想起了滕王阁，当然会遥想 1999 年早春的那个傍晚，我和庞标过滕王阁而没有登楼，我想象着我们那时候年轻的样子，仿佛我们并肩站在一起的背景就是晚霞满天。现在，我的这个稿子就要写完了，庞标人正在凤凰古城，我刚从湖南回来，他又去了。

一个作家的最高追求是把生命和爱情都歌咏尽了，他其实多一个字也不想说。比如这篇文章，就没有必要再说了，说与不说，庞标也都懂得。

2018 年 9 月 30 日
参观悬空寺和应县木塔

之前我的朋友魏连起和另外的几个朋友曾经跟我谈起，国庆节期间一起到山西一游。当时时间还早，虽然我们都是言而有信的人，但我们在那一刻可能也都并不当真，毕竟现在大家都忙，届时能有什么事情也还是不一定。临近这几天，连起又打来电话和我落实行程，我才意识到他真是当事儿了。然而我却有些犹豫了，像我这样奔波忙碌的人，平素很忙，国庆节假期是陪家人的最好时间，我如果陪同朋友出行，觉得对于家人就是很大的亏欠。连起在电话里的一句恳切的话打动了我，他说，带上老父亲吧！我也带着老父亲呢。也好让两位老爷子在路上说说话。

我当然很高兴，可是我想，那我母亲怎么办呢？连起告诉我他准备开一辆豪华的七人座，确实没有额外的座位了。于是我和母亲家人都打了招呼，就决定带着我父亲随同连起做这次行程了。我父亲很兴奋，他高兴我就高兴，当然在我的内心里想，我父亲为什么这样高兴去，他应该更多顾虑母亲要一个人在家，但我还是想，父亲高兴就好。在家人中间，我和父亲单独出门，这还是第一次。

因为担心国庆节出行的人太多，我们想错峰较好，就在今天，国庆节假期的前一天，我们出发了。

早晨的时候我们还在天津，一路风驰电掣在高速公路上行驶。山西和天津同属华北地区，不算太远的路程。连起朋友众多，他呼朋引伴，实际上聚齐了两车人，向恒山悬空寺进发。

到悬空寺时也就是下午 3 点钟左右，下雨了，进山时觉得彻骨凉。到了国庆节前后，一般叫作"金秋十月"，风雨下起来时，说是深秋，也丝毫没有问题。在悬空寺停好车，人刚一下车，就都瑟瑟发抖，冷。远远看到景区售票处门前的告示，这里正在修缮，暂时不对外开放。怎见得，有诗为证：

过悬空寺而不得入有感

浑源古刹竟悬空
道教佛儒共沐风
冒雨来时逢修缮
遥观不敢入其中

379

悬空寺就在恒山脚下，金龙峡西侧，翠屏峰的峭壁之间。一座不大的寺庙，就好像镶嵌进悬崖峭壁之中。有"悬空寺，半天高，三根马尾空中吊"的说法，看起来很险峻，但悬着的寺庙距地面其实并不高。所谓"三根马尾空中吊"说的是悬在空中的寺庙下面顶着几根木棍，远看寺庙的建筑好像是依靠那几根木棍支撑着似的。那木棍经风一吹，还在发抖，这就更显得危险了。而其实不然，木棍根本就没有受力。如果用通俗一点儿的说法来解释，就好理解了。那建筑就好像是个古代的阳台被封了起来，成为一间屋子，现在的楼房封起来的阳台也不是靠木棍支撑的，和阳台是相当的建筑原理。这个寺庙之奇特除了"悬空"的惊险以外，这里是佛、道、儒三教合一的独特寺庙，各路神仙都在里面供着。而实际上悬空寺原来叫"玄空阁"，后来才改名为"悬空寺"，这么玄妙的东西悬空而立，干脆就叫悬空寺吧。

　　我上一次来还是在 2005 年的时候，当时是随同天津市河北区政协来考察，带队的是著名相声表演艺术家冯巩先生的姐姐冯幸耘。悬空寺的"悬空"之美之险，不用登梯拾级到寺庙中，在山下看其实就可以了。我上一次来的时候，就是和冯大姐一起站在山下的平地上往上看这个意境。但是现在不一样了，车不能靠近山下可以观望的位置。我想这是因为收门票钱的原因。如果允许在下面就能看到，好多人就不买门票了。

　　不让靠近，就只能遥望。因为有关方面砌起围墙，遥望也是要找到合适的角度才行。我们一起从墙外的月洞冒雨看悬空寺，就有点偷窥的感觉，也算是清楚地看到了。但父亲感到很遗憾，他还是觉得登上去了才是来了，这次不能算来。在人有限的生命中，我们没有办法走遍所有的地方，这就是这次我们和悬空寺的缘分，看到了，已经是很美好的了，进去了，又能如何？

　　悬空寺属浑源县管辖，距离应县很近。我们就直奔应县木塔而去，因为在应县，又是木塔，所以俗称叫作"应县木塔"。这个塔本来叫作"释迦塔"，位于应县城西北的佛宫寺内，这是中国现存最高、最古老的一座木构塔式建筑，辽代的，和天津蓟州的独乐寺年代差不多，和比萨斜塔、埃菲尔铁塔齐名，并称世界三大名塔。八角形的塔有六十多米高，纯木结构、无钉无铆，当年修这个塔的时候，光是上好的红木就用去了很多。

　　不消一会儿，竟然到了。好一座巍峨木塔，怎见得，仍然是有诗为证：

到应县木塔

释迦木塔第一尊
古往驳叠梦不寻
阁角铃音惊旧日
云飞鸟起过乾坤

这回父亲感到满意了，他连连感叹着不虚此行，并且说，来看应县木塔是他一直的愿望。我笑说，这我不知道，从来没有听您说起。那时日色偏西，天色已晚，但雨停了，气温回暖，在从景区回酒店的路上看到很多卖凉粉的，据说浑源的凉粉有名，看应县这里的凉粉也是很有气势，其中有好几家的字号是"赵二女"，我猜测这是一个人的名字，也许就是一个当代的叫赵二女的人，也许是一位古人，有什么典故我不知道。我买了一份大家分吃，还不错。行走是生活的一种方式，我们今晚就住在应县了。吃着凉粉，口占一首。

应县木塔前品赵二女凉粉口占

一方水土孕其人
凉粉也能有秘闻
应县佳肴名二女
神州过处品苦辛

之九十二

1998 年 10 月 1 日

国庆节随感

国庆节天气晴朗，心情就好。夜晚月光下的秋天大地，干净洁白。

十月的金秋是一年中颇为美丽的时候，国庆节假期，现在就到了，忽地就到了。

书的小山在两个书桌上搬来搬去，已经好几次了，山也就不是山。我把两个书桌合到一起，两边各放一把椅子，各有一些摊开的工作。这样，我在屋子里徘徊的时候可以随便坐下来，不论坐在哪一边都可以继续学习。

写字用力，我的手指又有些疼，于是停下来一阵，到屋外走一走，用左手轻抚右手的手指。我一转身，又回到屋子里，坐在对面的书桌，继续写。其实还是在写字，但似乎写文学的文字，手指就不疼，仅仅是写的内容不一样了，就有这样的功效，也许是心理作用，但确实不怎么疼了。

经过这百余天的反复阅读，我书桌上的教材都显得旧而且脏了，那都是汗津津的手摸上去的缘故。能想起春天时候买这些书的情景。摩挲着书的油墨香，闻着春天的泥土气，在这样的感觉里，有着很多人生的憧憬。把钱交给书店，把书拿回来，沉甸甸的，觉得就是把成功攥在手里了。

而此刻，十月的日子，变得爽利，变得迫近，也变得沉静，空气里飘着的，都是安详。

抖擞精神，经过一上午时间的努力，又完成了不少工作。现在看来大多数法律条款都是熟悉的。用眼睛凝视它们，就好像用手握住了它们的手。学习一点儿也不枯燥，比电影还好看，比游戏还过瘾。津津有味间，该吃午饭了。接着看，太阳落了山，小镇的上空就飘扬起了星星和柔情。

被我忽略掉的一个下午，偷得浮生，做了一件非常美好的事情，我香甜地睡了一觉。直到醒来的时候看见窗外的夕阳光，就把自己的肉身从梦中，接续到桌上的书本。无论晨昏，不是睡着，就是醒着。睡了就睡，醒了就读。

不想睡着，秘诀是不能躺下，其实我是知道的。很多事，很多人都知道。但是做到又谈何容易。我对午睡充满了恐惧。每次在午后的时候睡着，睁开眼睛，内心除了紧张惶恐，还有失落和自责。我把非常简单的午餐吃得很慢很精细，躺在床上，只想简单地休息一下。秋光很慵懒，我很快就合上了眼，在睡与不睡的痛苦选择中，还是睡着了。开始的时候睡得很辛苦，后来渐入佳境，梦很香甜，而且长。我记得大约还是自法国和巴西的足球大战以来，第一次能有这样好的休息，那还是夏天的往事，而现在，已经是国庆节啦。

2008 年 10 月 1 日

有关国庆节的碎片记忆

2008 年 10 月 1 日的时候，全家在我父亲的新居团聚。我的姑姑一家和叔叔一家，也都来了。在父亲的新居，我们欢乐地度过了一天。

我父亲的父亲不在了，但是他的兄弟姐妹还在。亲人对于一个人来说，不仅有实际意义的帮扶，还有陪伴，有精神依赖的作用。和亲人在一起或者想着自己的亲人，是人存在的重要支撑。

2008 年 10 月 1 日的日记里，有记载我想起生命里一家人在一起的"十一"的生活片段。比如我的一位表兄是"十一"结婚的，我去参加那个结婚典礼的时候还是一个 10 岁的孩子，我印象里表兄穿着一件白衬衣，那件白衬衣给了我很强烈的视觉记忆，年代感非常鲜明。还记得有一个"十一"，我一个人骑着自行车在乡村的公路上往前走，路上都是收获的庄稼秸秆，金黄色的……这两个片段都埋在我的记忆深处。我有意识地在记住很多场景，我总是害怕把生活的美好都忘记了。怎么记住这些，用记忆？记忆不可靠。用相机？其实这不是可记录的影像，而只是一种心情。那么只有靠文字。文字虽然可靠，但还是有很多没有经过文字记录的生活片段会没有来由、没有道理地突然跳出来。

还写有一笔 2003 年国庆节当天，我开车载着全家去潍坊看望在那里当兵的仲达，出发前，我们还特意拍照留念。我记得到了李清照的故乡青州，在专门纪念李清照的公园，感慨于秋色的美好，抬头看见公园的旁边有许多人家，那好像是公园工作人员的宿舍，因为那些人是不用买门票的，他们的家和园子是相通的。那些人家好像是在一个高台上,我还记得那些平房的门上贴着红色的对联,我想记住对联的内容,我当时告诫自己要记住那个场景。其实记住这个场景有什么用呢,我也不知道,就是想记下来。想记住,我想那可能就是因为感慨于一家人在一起的美好。

2018 年 10 月 1 日

国庆节圆锁

国庆节当日,天气晴好,我写下的句子和二十年前没有什么区别。时光也不老,晴朗的样子也差不多。山西这边比起天津还是冷了一些,想起去年这个时候,我们全家是在内蒙古赤峰的翁牛特旗,那里的气候跟这里也很相近。

早上无事,和父亲去酒店对面的农贸市场。市场很大,可以用辽阔来形容,看到很多没有见到过的农作物和农具。比如这里的卷心菜好像比天津大了一倍,真是开了眼界。午时参加了一个盛大的婚礼,在应县这样不大的地方,婚礼规模却很大,双方家长请来了天南海北的很多朋友。新郎官是个军人,英气逼人,新娘也漂亮,落落大方,好像是从国外留学回来的。新郎是本地人,新娘是南方人,他们的相识很有意思。那时,双方父母在北京给孩子各自买了婚房,一梯两户,邻居。一家装修房子期间,另外一家来参观,说起房子用途是要给孩子留着,互相问你家是男孩女孩呀,就这么一来二去说到一起了,两个孩子一见面就算是一见钟情了。好了,两套房子直接打通,一起装修,定日子,结婚。瞧瞧,有意思吧,不是小说,这是真事。

婚宴吃罢,从应县驱车到附近属于内蒙古集宁管辖的兴和县去,晚上参加一个孩子的"圆锁"仪式。这种仪式,在京津这两座大城市里从来没有见过。兴和县也是个经济不算发达的地方,但看起来,这个圆锁仪式也显得非常隆重。

说简单一点,就是给孩子过 12 岁的生日,也要大摆宴席。什么是 12 岁呢?在中西方文化里,十二也都是一个很重要的数字,生肖、星座这些,都和 12 有关。现在国内风俗也有趋同的趋势,给孩子过"满月""百岁"都比较常见,也有给孩子过"十二天"的,据说生下来的孩子过了十二天,一般就不会夭折了。而给孩子过 12 岁生日的圆锁仪式,是山西、内蒙古和陕西、河南等地方的一种地域性风俗。大约应该就是和过去"弱冠"差不多的意思,是孩子的一种"准成人礼"。

在高档酒店的大厅里，有今天过生日的孩子的大幅照片，12岁的小男生挺帅。庆典现场喜庆热烈。孩子的父母和孩子一起站在舞台中央，倾情说着他们十二年来的故事和感受，他们都大方得体，一点儿也不羞涩，还相互拥抱，观众给予热烈的掌声，一家三口眼睛中都含着泪花。我真的觉得好像大城市也没有这样的文化氛围。小男生几乎邀请了他的全班同学来给他祝贺，同学们依次上台送上礼物并许下美好祝福。

因为人多，场面一度有些混乱，我坐的距离比较远，还看见了几个和孩子父亲穿着一样深色西装的人上台发言。我没有听清楚称谓，我理解好像那都是孩子父亲的好朋友，来给孩子充当"干爹"一样的角色。小男生站在舞台中心的一番生日演讲字正腔圆，既有形式又有内容，那时我在想的是，我儿子如果也能有这样的表现，该有多好。

我听邻座的人也有的说这个仪式是"开锁"，在我们天津这边，小孩子过"百岁"要送"麒麟锁"，一般是一种银材质的锁，挂在脖子上很好看，寓意孩子长命百岁。而我理解"开锁"或者"圆锁"就是当孩子到了12岁，经过了一个轮回，已经很安全，要给他打开锁，让他心智更趋成人，慢慢长大成人。

夜里，觉得冷。写着这些文字，并且想着修改我的早年的小说《在冬雨里》，那是我写于1994年的一篇短篇小说。我还时不时地和同屋的父亲说说话。

之九十三

1998 年 10 月 2 日

无法逃离

在今天早上晨练和晚上散步的时候，我想我一定被发现了！被谁发现了？哪怕没有人注意我，但是至少还有时光。我的神情异样，举止反常。虽然我除了照镜子看不到自己，但是连我自己都知道，我是在用留恋的眼光看着南河镇的风土和风光。因为我的这段生活就要结束，要离开这里了。

我要恢复旧日的生活，也许要开始一种崭新的生活。我在故乡度过了我生命里较为重要的一段时光，人在不知不觉中，就会走到来的地方。回到原点，反而是没有迷失方向，从头开始，说的就是这个意思。

晚上，和仲达通电话的时候，他在北京辉煌的灯火里，我能听见他那里大街上的车来车往，而他听不见我这边的一片沉寂。他好像正在快速地走着，告诉我他正在写着小说，并且兴高采烈地给我讲着他的构思。我说，我过不了几天，也会又把笔拿起来。其实呢，我写得虽然少，总算也在断续地写着。我从 1998 年的夏天穿越时空，到秋天，到明年，到无限未来。现在，我终于能有一些时间，可以自己翻看一下前面的文字，我能看见我的匆忙，我的汗滴，看见百余个日子的剪影。所有的日子都是雷同的，可仔细地去看，还是有区别的，就像鸡蛋和鸡蛋都不一样，人的面孔和面孔，有善良的，也有不善良的。尽管都是两只眼睛，有的木讷，有的风情万种。

我要离开这里了，去哪儿，我还不完全知道，接下来要做什么，我也不完全知道。但看来我会把法律服务作为我的职业，而也会把我所热爱的文学一直带在身边。人这一生，早就注定，这不是宿命，因为人的命不是天注定，而是自己注定。要做什么和要去哪里，自己的心里其实总是有点数儿的。我就要离开南河镇，和当年我爷爷一样，从乡村到城市。不一样的是，他是直接从乡村到城市，而我是经历了一个轮回，我是"回"到城市。

2008 年 10 月 2 日
银河广场的孔明灯

散步的时候我感受到了节日的气氛。国庆节和秋天的气息，混合在一起。

我居住地附近的银河广场，是天津的著名的市民活动场所。我经历过所以我知道，在我的中学时代，这里还有菜地和垃圾场，现在建成了宽阔的广场。广场对面，就是天津大礼堂，天津每年的"两会"都是在这召开。银河广场在宾水道和友谊路的交口处以东，这是天津的迎宾路线，节日里，尤其喜庆和热闹。夜色里节日才挂起来的彩灯，挂在路旁的树上和其他地方，灯光闪烁，把天空搞得很梦幻。灯光是五彩的，一闪一闪地变换着不同的颜色，那些在大街上奔跑的小青年，一定会把彩灯看成心上人的眼睛。

我抬起头来看，夜色里是湛蓝的天空，天空上有晶亮的星星。我看见在半空中有明亮的灯在缓缓升起，那是有人在放热气球吗？走近些看，原来是有人在放美丽的孔明灯。看见有人用手托住那灯，慢慢地放上去，灯直线升腾着，一会儿就升入了天空。放灯的地方宽敞空旷，在春天时候，常常有人借着微微春风来放风筝。

天空中，一盏一盏地，升起了好多孔明灯，灯和灯在天空对望，灯光有些昏黄，就有几分神秘色彩。灯升空的过程，起起伏伏，但到了一定的高度，就停下来。灯和灯就像在天空联欢，一时壮观无比。

有些凉意。当我回到我所居住的小区，再抬头时，天空中有几个孔明灯已经升到和星星一边高了，星星是银色的，孔明灯金黄。我站在小区的院子里看着，直到一些孔明灯的灯火在天际无影无踪，然后又有一些新的灯升上来。会不会有不知情的人，还以为那是飞碟之类的不明飞行物，赶快打电话给电视台让他们来拍摄，如果觉得太紧急来不及，那就自己赶快用设备拍下来。

2018 年 10 月 2 日
苏木山、察尔湖和凤临阁

兴和县的朋友非常热情，早上一定不让我们品尝酒店的早餐，而要让我们去吃当地的特色小吃。他们本来就都是连起的朋友，我也不认识，我就跟着一起走。吃早餐时，我发现坐在我旁边的那个兄弟，怎么那么像昨天圆锁宴会上的那位年轻的父亲呢，一问，果然就是。我说昨天晚上相隔得远，我觉得你昨天比今天要帅呀。昨天晚上也是因为灯光的缘故，也是距离相对远一点儿，这个兄弟是1985年生人，比我要小十岁，近距离细看，脸上的皱纹也已经不少了。我说，你真是教子有方，你儿子小小年纪简直是风度翩翩，这个兄弟憨憨地笑着，显得很是低调，并且不好意思。就像明星卸去浮华，也就归于平静一样。

大家簇拥着，先去苏木山。到了苏木山，看这里的山色形状，却想起了去年此时去的黄岗梁。黄岗梁太美了！黄岗梁也是一座山的名字，是克什克腾旗草原"热阿线"路上的精华所在。我记得白桦林、云杉树、落叶松，我、路、远方、蓝天，重叠在一起。去年这个时候草原秋天已经很冷，伸手拍照好像能把手冻掉。翻过黄岗梁的秋天，回头看见红彤彤的山花一朵在风中摇曳，口占二首用手机记录下来。

一

黄岗梁秋浴阵风
云岚可比思绪宁
冲天白桦戳心事
朗润晴空更透明

二

往日欢歌俱可听
一年又届仲秋浓
梁头雁队惊寒愈
回首山花摇曳中

今天来到苏木山，也正是秋叶漫山遍野色彩烂漫的时候，人生很多事，很多时，很多人，都会似曾相识。但苏木山不是开车翻过，而是要下车登山，我们队伍里的两位老人老当益壮，但我们爬到半山腰，还是决定回去了。就反身看着壮美河山，直奔察尔湖而去。

还没有到察尔湖，又想起了去年此时，黄岗梁附近，也有一个湖，叫作达里湖。达里湖可大了，是草原深处的咸水湖，湖边是金色和银色的沙滩，那湖面就像大海一样宽广。我们驱车从山坡跃下时，看见远处那个仿佛突然横在那里的大家伙，我们禁不住都被吓了一跳，感叹天地之大，个体的渺小。正逢落日熔金时候，我写了这样的句子。

克什克腾旗达里湖即景

一

黄原碧浪踏银沙
达里湖边无际涯
正遇夕阳流血色
山林异彩映云霞

二

山坡跃下叹连发
但见水波涌日华
只要亲情融暖处
人生何处不为家

去年这个时候我和全家在一起，而今天我和老父亲一路前行，也不知道母亲在做什么。我们一行人坐上快艇在察尔湖中冲浪之际，我又写了下面的句子：

秋日游兴和县察尔湖

阴山北麓杏花沟
察尔湖中做畅游
天设山川分五彩
涛声点染涌成秋

午饭在湖边，朋友热情招待，我无以为报，就把写的诗朗诵给大家听。饭后就又接着前进，傍晚又从内蒙古回到了山西，在大同一个叫凤临阁的五百年老店吃晚饭，吃了著名的"百花烧卖"。这个创始于明朝正德年间老店的"游龙戏凤"的故事流传已久，有好多不同的版本，还拍成了电视剧。

品味凤临阁百年老店感发

捕韵秋声到大同
凤临阁里色香浓
平生尝遍人间味
再品能得别样情

　　大同也是又有几年没来了，这几年听到了关于大同城市大拆大建的很多传说。吃了晚饭，和父亲一起看大同的夜景。凤临阁就在大同的市中心，在千年古刹华严寺跟前，夜市非常热闹，灯火辉煌。凤临阁内部也很大，一步一景，里里外外看了好久。

之九十四

1998 年 10 月 3 日

西楼和小南河

我很久以前已经想过了，离开这个书房，我的下一站是哪里。

考试过后，就去长缨律师事务所开始实习，这是已经在 6 月就说好的事情了。考试如果通过了，律师生活就可以开始了，如果没有通过，那就一边实习一边继续参加考试。

天津市委市政府早就下定决心，要把危陋平房拆掉。我们居住过三代人的祖居，天津市河西区西楼学堂路 9 号，在今年春天灰飞烟灭，而新房子要很久才能分下来，而现有的另外一处住房稍微远了一些，这也是我选择距离父母近的这个校园读书的原因之一。

仲达参军以后，西楼祖屋就是我一个人在居住。屋子虽然不是很大，但我们拥有一个安静的小小院落，院子里有一棵很高的香椿树。院子的墙根下，总是码放着用来取暖的黑色的木炭。院落里，摆放着一张小饭桌，那是我爷爷亲手做的。我记得在我们幼年的时候院子里有一棵葡萄架，秋天的时候能有圆鼓鼓的紫色的玫瑰葡萄，壮观地结满在架子上。后来那架葡萄被我爷爷移植到老家小南河院落里了，我爷爷老当益壮，亲手搭起了葡萄架，并亲自一桶桶地浇水，直到葡萄藤架上的绿枝渗出水来，他才觉得是把水浇透了。记忆里，天津市运输五厂的退休工人我爷爷好像仍然是一个很好的庄稼把式，似乎他还从哪里拖来了几条死猫死狗深埋在葡萄架下，那是上肥料的意思，葡萄藤架才会更加枝繁叶茂。

我爷爷 30 年代从小南河到了西楼，我父亲 1969 年从西楼又回到小南河，1980 年我父亲和爷爷合力在小南河盖起新居。在我看来，那个院落太过一般了，甚至到现在院门的铁皮都没有顾得上刷上油漆。油漆不是没有干，是还没有刷上，房子就渐渐破败了，而我们兄弟作为"知青子女"落实了返城政策。我们这代人当然是不想在农村居住下去，回来缅怀一下故乡和童年的炊烟，这都很好，常住，是我们不情愿的。而我冷眼观察，在我爷爷和父亲看来，他们从城市回到乡村，盖起了新房子，这几乎是他们生命中的重要成就。

现在，眼下，接下来，我要住在哪里，是个问题。我们在市区稍远的那所房子基本上没有住过。在我看来，我的家或者我的房子，还是要和父母亲有关，但我也又感受到，我的时代来了，我这段复习生活结束，我就该登场了，我要有一处自己的房子。

2008 年 10 月 3 日
总要有个理由

我的执业故事成百上千，我基本上把这些封存着，轻易不写进作品里。十年前的今天承接的这个案件，是一位媒体人推荐给我的。那天一个出租车司机走进了我的办公室，告诉我，他的儿子杀人了。

我问，你是出租车司机，那你儿子是做什么的？

出租车司机说，我是开车的，那我儿子能干什么呢，他也是开车的，也是一个出租车司机。我们两个人开一辆车，那些年我精力旺盛的时候，我开夜车，儿子白天开车。后来我的年纪大了，儿子也不那么贪睡了，儿子就心疼我，让我白天开车，晚上由他来开车。结果有一天晚上开车，出事了。

为了更好地了解案件情况，我曾经到过这家父子出租车人的家里。看得出这是个殷实的家庭，父子轮流开车，歇人不歇车，家庭主妇做好后勤保障，为这对父子服务。如果不是出了这个刑事案件，他们的生活本来过得挺好，但偏偏出事了。儿子在一天晚上开车运营时，遇到了一位从上海飞来的女模特。女模特很漂亮，人也很爱说，要到利顺德大酒店，从天津滨海机场上车这一路上，一直和儿子聊天。

我后来在看守所会见时和这位儿子交流他的犯罪动机，我说你是图钱？他摇摇头，我说那为什么，你是看人家漂亮起了歹心？儿子摇摇头，又点点头。我说，那你为什么要她的命？儿子不说话。

无法窥探到别人的内心，很多犯罪动机不可理喻。这位年轻的出租车司机从后视镜里看着后排座的女模特，他借故停下车，打开后车门，用驾驶室里的一把榔头一下子击中女模特的头，人当场就死了。再次会见这个儿子，他告诉我，他一下子抄起榔头，是因为在后视镜里看见女模特的眼神特别像前女友。这，是杀人的理由吗？

　　开庭的那天，女模特的妈妈和爸爸都来了，模特妈妈当场哭晕了，被急救之后坚持不走，一直含泪坐在法庭之上。那位父亲看起来不那么悲伤，之后知道他是女模特的继父，但不知道他的不悲伤和继父身份有没有关系。

　　年轻的出租车司机杀人埋尸，没有去自首，他洗了出租车后座沾满鲜血的座套儿，每天继续他的生活，直到被抓。案件的判决结果是死刑缓期二年执行。两个问题，第一个，这样凶残的当事人，为什么要替他辩护？那个老司机坐在我的办公室里不走，他的麻木的眼神打动了我，律师的职责就是要为被告人进行辩护，哪怕他罪大恶极，他也有应有的人权，至少律师要维护程序正义，这是法律精神。第二个，这样的案件，为什么没有判处死刑立即执行呢？老司机倾家荡产赔偿，我从中穿针引线，审判员也有爱心，才促成了案件的最后结果。一般来说，就算是罪行极其严重的罪犯，只要被害人家属能原谅他，而且不伤害国家和其他人的利益，法院一般不会判处死刑立即执行，这是有最高人民法院的规定的。而女模特的妈妈含着眼泪写下了谅解书，她说，判了死刑又有什么用呢，我的女儿不能活了，只要杀人犯能改好，他不用去死。

2018 年 10 月 3 日
云冈石窟

　　既然是到了大同，怎么能不去游览云冈石窟呢。

　　早晨吃过早餐就从宾馆出发了，以为时间不算晚。但当我们靠近武州山云冈石窟景区的时候，还是发现路上车辆已经排起了很长很长的队伍，车根本开不起来了。走走停停，这一段距离大同城区也就不到二十公里的路程，走了好长时间，才算接近了景区的大门。

　　和我十九年前第一次来的时候，大不一样了。景区的外围扩大了很多，我记得那时候景区的门口就是荒凉的公路，还有奔跑着的大货车，而听连起他们说，更早的时候，在路上开着车，就能够看见石窟的大佛像。进入景区，看到那些巍峨的佛像和石窟，我父亲自然又是很激动和振奋。这些北魏年间就绵延几十年才完成的石窟群常常在电视上或者明信片上看到，但走近一看，不仅能真切地感知艺术之美，更多的还是感动和震撼。

我和父亲边走边说着，等合适的时间，去洛阳看龙门石窟。北魏后来迁都到河南洛阳，就接着在洛阳郊外香山龙门凿石窟。那里的石窟和云冈的，有异曲同工之美。我还和父亲说，将来一起去甘肃看麦积山石窟和敦煌莫高窟，敦煌我去过，天水麦积山还没有去过。我和父亲还热烈地讨论，从北魏时代前后修了六十多年的这座宏伟的石窟，究竟是干什么用的。还有佛像身体上面，有很多非常规整的小圆洞，这究竟是怎么形成的，用途是什么。有人说是清朝时候维修这些佛像，曾经在佛像身上打进去木桩以搭上脚手架，但好像也还有别的说法。

游览中得诗两首——

其一

曾经苦诵圣贤书
多种人生有殊途
长假晨昏读案卷
不如云冈看石窟

其二

色重天澄秋愈深
石窟对望枉凝神
思知多少修行者
本是痴情挚爱人

景区门前路上车的长龙，来时是这样，走时也还是这样。

午饭后从大同去张家口，这就又从山西省回到了河北省。顺路到一个叫落里湾的地方，看连起承包的落里湾煤炭集运站。煤，铁轨，这都是工业的情调。还去左卫看了一个楼盘，开放商叫小胡，人很精神。那年来时，售楼处刚刚在卖房子，今天黄昏时来看，那时的房子早就都卖光了。楼上的灯光说明，家家户户都住了人。小胡已经忙着在开发二期，我们还戴上安全帽，应邀去参观正在建设当中的楼房。我们爬到了一个楼房的屋顶，暮色四合，万家灯火。

之九十五

1998 年 10 月 4 日
想想不值

前两天我在《今晚报》上读到了关于律师资格考试考中者宣誓的消息，今天晚上间隙时读报，还有关于律师资格考试的其他消息。

这篇报道提及天津有一位老者，年年参加律师资格考试，终于在去年的时候考上了。他连续准备了十年，参加了六次考试，才终于获得成功。而成功的时候，他已经 58 岁了。那么，他刚刚参加律师资格考试的时候，是 48 岁。

58 岁开始做律师，还来得及吗？可能也还没有什么问题，姜子牙 80 岁才开始，一生也很有作为。但是如果更早一点儿开始，不是更好吗？在提倡老者的坚忍不拔的精神的时候，还必须要强调，一鼓作气、毕其功于一役，才是正理。

这位老考生也许之前不是学习法律的人，和这个考试没有太多的机缘，缘分从 48 岁才开始，这又有什么办法呢。我并不是想强调 48 岁开始是晚的，58 岁有了结果是晚的，如果能早些达到目的是最好的。如果 48 岁那年就考试成功，不是更好吗！年年参加考试却年年不能成功的大有人在，其实大都是因为有"反正还有明年，今年实力不够，先试试"的心理活动，没有一战成功的决心和勇气，如此年复一年，岂不可惜！律师又不是一种功名，考取了之后就算修成正果。律师就是一种职业，就业做工作，早做一年就是一年的收获，对于自己和国家都是如此。我在这里读书一百天已经感到漫长了，何况十年。十年可以完成很多的事。用十年光景完成一个职业资格考试，人生没有几个十年，想想不值。

当然，58 岁终于可以做自己想做的事了，没有什么比得偿所愿更值得的。人做同样一件事，目的也可能不一样，有的人考试，可能是为了实现做律师的梦想，而有的人，就是为了参加一次考试。如果是这样说，也就没有什么值得或者不值得。再说了，值得或者不值得，是人家自己的事，我们其实不能走进别人的内心。

三 / 秋 / 重 / 唱

2008 年 10 月 4 日

人之常情

那段时间我相对比较闲。当然只是相对的。

我常常想着退休的事，我对做了十年的律师工作多少有些厌倦。对律师工作的厌倦，也许就是因为对于读书写作的生活的眷恋。我白天工作，晚上读书写作，我的写作常常是在晚间 10 点开始，虽然我写得比较快，但是我进入休息状态，把自己放平在床上的时候，思绪仍然不能停下来，身体很平，而思想不平。我的血液在血管里奔突，我想着很多的现实中的人和事，也想着很多虚拟的人和事，理想和现实分不清，纪实和虚构也分不清，我很久也睡不着，我就是在那个时候开始失眠的。

所以我想过全职写作的事情，至少在那个时候，全职写作一直是我的一个梦想，我想推掉所有俗务，除了写作就是读书，过黑白颠倒的日子。

看起来，我 2008 年的那个国庆节假期，也过得比较悠闲。我能拿出比较多的时间来，去走亲戚串门。10 月 4 日这一天，我到我的舅舅家里去，我儿子和我最小的表弟宝湜一起欢乐地玩耍。我的这位舅舅比起我同辈的年龄最大的表哥，只大了一岁。现在，他的小儿子比我的儿子，又只大了一岁。但是，他的儿子，是我的表弟，哪怕仅仅比我儿子大了一岁。我儿子也应该叫这个比自己大了一岁的孩子为表叔。两个孩子还不懂这些，他们只是欢乐地在房间里跑来跑去。我记得我父亲在很早的时候跟我说过，在他小的时候，他也曾经是那个"小舅舅"，就是说，他和他的外甥，年纪差不多。在他的两个外甥还没有出生之前，他的大姐，也就是我的大姑，是非常疼爱我的父亲。那种疼爱，真心实意。但是，当他的姐姐有了自己的孩子，也就是他的外甥的时候，情况还是发生了不小的变化。姐姐，还是把绝大多数的爱，给了自己的孩子。我父亲跟我说这些的时候，并不是对自己的姐姐有所埋怨，而是深情地回忆自己的大姐对自己的爱。而我现在已经能够懂得我父亲所说的，因为我记得很清楚，在我的儿子出生之前，我也曾经想过，我的这个年幼的表弟，我对待他，和对待我自己的孩子，应该不会有什么两样。但当这两个孩子同时在我面前跑来跑去的时候，我还是能够非常明确地分清楚，哪一个孩子是我的儿子，而哪一个孩子是我的表弟。儿子和表弟毕竟不一样，这是人之常情，也是这个世界的法则。在节日期间，我首先和自己的家庭的人团聚，然后，我还需要去见到我最亲近的亲戚。世界上有那么多人，我们是最亲近的人。

2018 年 10 月 4 日

坝上行思

这一天，我们好像都在开车。在坝上高原。

我坐在车上，有时昏昏欲睡，有时望望外面的世界、枯黄的草原。我也用很多的时间，在摆弄我的手机，同车的人以为我在玩游戏，其实，我是在用手机的键盘写诗。

早上从张家口左卫出发，先到张北野狐岭。去看秋天的草原天路。张家口地区的草原天路，这几年名声在外。曾经有过草原天路过路收门票，然后又迅速取消的事件。把一条路收门票，总还是不妥。草原天路，之所以有了那么大的影响力，还是因为它确实很美。夏天时芳草青青，而现在，草色枯萎荒凉，别有情致。丰收的坝上使人愁，只有用诗才能够表达。

坝上行思

雁过长鸣三两声
秋原空旷望远晴
丰收反让人孤寂
岭上枫林一片红

草是枯萎了，但庄稼熟了，树木葱郁，果实累累。秋天是个复杂的季节，有层次，有分寸，而且也非常诚实，从来也不隐瞒自己的观点，这从秋天的外貌就能看得非常清楚。有黄白的枯萎颜色，也有枫红如染，但绿色依然是主流。秋天就像一个成熟的男人，他开始有了白色的胡须，开始有了细密的皱纹，这恰恰是他的魅力，他毕竟还有强健的体魄，还有丰富的阅历。

中午过后，到了沽源。沽源这几年也在办草原音乐节，也许是受了张北的影响。张家口的沽源和张北，还有尚义县和康保县，加上承德的丰宁和围场两个县，连在一起，基本上构成了坝上草原。细分起来，又有丰宁坝上、围场坝上、张北坝上和沽源坝上。"坝上"的坝，就是堤坝的意思，特指由于草原陡然升高而形成的地带。午饭绵长地吃到了很晚，就又驱车前进，草原之外，还是草原。

　　傍晚到围场，紧接着又把宴席摆上，席间还有养殖的鹿肉。围场县，就是过去康熙开辟的"木兰围场"，"木兰"不是一个姑娘的名字，而是满族语言"哨鹿"的意思，就是用口哨引诱猎杀鹿。觥筹交错之际，我还是以诗抒怀。

秋日经大同到张家口天路偶得

行知塞北访河川
大地端出红绿蓝
质朴农家收旧获
全能鬼斧孕新篇
详寻坝上野狐岭
细考大同落里湾
走遍山关仍混沌
不觉秋色是中年

之九十六

1998 年 10 月 5 日
中秋节和父母亲在一起

一年中到了中秋，日子就更不经数了。今晚月圆，月光展露真容有一个过程，起先是云遮月，后来月亮的清辉才照下来，月华如水。

我本来以为我该读书就读书，但这个我一个人的中秋，晚间月亮升起来的时候，我的读书还是几乎就进行不下去，我索性就合上了书，躺在床上想着关于被记忆里中秋串联起来的那些饱满的幸福忧伤。

就是这时候我的父母亲还是带着月饼来看我了。他们的小工厂就在距离我不远的地方，上午的时候我去看了他们，和他们一起吃了午饭，我告诉他们晚上就不要一起吃了，但晚饭后他们还是来了。其实还是来了好，就算他们不来，我已经躺在床上休息，书读不下去了。

我这个夏秋和我父母的接触毕竟还是比较多的，他们对我一个人在这个房子里放心不下，经常来给我送早餐午餐。经过密切接触我发现，他们真的跟不上时代了。他们 50 岁的年纪，好像已经很老了，对这个社会的新事物，他们好像什么也不知道。

知青子女已经"返城"了，但是知青自己户口转回"非农业"，人却留在故乡南河镇。我的父亲，他也只能留下来了，80 年代初，他已经 30 多岁，他们这辈人的学历也基本上耽误了，我父亲在 80 年代后期曾经创业成功，自己创业，也是很不错的选择。

我一直以为知青这一代人一定会留恋城市，因为那是他们成长的地方，殊不知，他们在乡村的时间已经超过城市很多年，已经更认同乡村生活。比如我的父亲，这里又是他的老家，又似乎是他的荣光之地，他不一定要回到城市了。我父亲把他当年带领一群知青做起了一个印刷厂的事迹作为他的荣光，甚至，他在故乡小南河村盖起来的房子都让他有很强烈的满足和荣誉感。而城市已经别离太久，又狭小局促，他怎么能愿意回到城市呢。如果是我，也有可能会留下来。当然，我毕竟是我，吃了这个晚上的中秋月饼，距离我离开这里的时间已经越来越近了。

2008 年 10 月 5 日
秋雨里买书

今天风雨大作。气温就直线下降。冷。

因为是展览最后一天了，雨水稍停时候，再去银河书市买书。

在风里的露天书市，因为雨停了，卖书的人掀开遮盖所用之物，继续卖书。我逐个摊位细看，又买了不少，沉甸甸地拎了回来。这才刚刚进入 10 月，天气在今天怎么这样冷呢，窗外的雨一直不停，几乎可以叫作"凄风苦雨"。前些天我还住在海河边上，搬到天津的银河广场附近，正趁着现在的"十一长假"收拾屋子，让自己安顿下来。搬家那几天还很热，就是昨天和前天也还是很热的天气，今天却下了这样的秋雨。秋雨和凉意的关系，就是今天的这个样子。因为气温骤降，往日的气息也不复存在，又加上我刚刚搬了家，生活就几乎是全新的了。

搬来了几天，按说已经差不多了，我所谓的收拾屋子，其实就是收拾书，把我的过去的书分门别类，上来下去，左右摆弄。书其实并没有那么大的作用，尤其是在网络时代，书其实就是一种摆设，一种情怀，甚至是一种习惯。明明知道也没有那么大的作用，而且甚至是种负累，还是又买了不少。

这个长假里，我安静地待在我的新家。我摆弄我的书房，也摆弄我的文稿，累的时候，我躺在床上，闭上眼睛。更多的时候，我带着儿子到奶奶那里，到亲戚家，或者，我看着他在客厅里奔跑。当我悄悄坐在书桌前开始工作的时候，我的儿子已经能走过来，他的手已经能触摸到我的电脑。他用手敲我的电脑键盘，并且向我微笑。他时刻都是前进和奔跑的姿态，他笑容灿烂。

我终于能有几天闲暇和欢乐的时光。今天，冷雨敲窗，丁丁当当。能看到有些枯枝败叶飞舞在玻璃窗以外。就想着该准备些秋冬的衣服了，换上的时候，就又是一年。

2018 年 10 月 5 日

老舅何申

当地的朋友为了让我们游览得更好，上午专程安排我们到塞罕坝去看林木风光。

塞罕坝地势很高，秋叶黄得灿烂，天气也已经显得比较冷了。其实我们是从草原天路过来的，一直是在坝上草原。塞罕坝位于围场县，是坝上草原的最精华部分，也是坝上草原最北端。再往北走，就是去年我去过的内蒙古克什克腾旗了。相比较而言，塞罕坝的林木气势更足了一些，但我们毕竟是从草原天路过来，尤其我和父亲，在去年的这个时候，从克什克腾旗回天津时来过塞罕坝，所以我觉得父亲有一些审美疲劳。而再看塞罕坝的风光，想起那一年我还组织我的律师事务所里的律师来过这里，还能想起那时的很多细节。现在的塞罕坝，是国家的森林公园，湿地、草原、白桦林、军马场，都是唯美的景象。在当年，五十年前，塞罕坝是一种精神，无数的年轻人，在这里战天斗地，才终于建成了这一片草木丰沛的森林。塞罕坝所在的围场县，曾经就是皇家围猎的地方，又曾经成为过不毛之地，再经过几代人的努力，才终于又成了现在这样的塞上风光。

围场县在承德的最北端了，而在承德市区，住着一位在中国文坛独树一帜的著名作家，河北省的"三驾马车"之首，天津的老乡何申先生。

老乡何申，我却叫他老舅。这是因为，那年何申先生回天津我们一起聚的时候，何先生的几位外甥也一起聚齐。乡情浓于酒，临别时，何先生说，你和仲达和我的几个外甥年纪也差不多，以后你们也叫我老舅吧。从那次起，老乡，就成了老舅。

我不知道在那些建设塞罕坝的人里面，有没有天津的十几岁的青年老舅，但对于承德甚至说新中国建设当中，一定有这个当年的年轻人。他离开天津，这一走，五十年，半个世纪的光景。他放着《承德日报》社长的位子不干，面临故乡天津这个大城市的机会不回，埋首在山沟里，写他的小说，在人生的盛年里，获得了鲁迅文学奖，当上了全国人大代表……

他最新的身份是书法家，行书和隶书都可以写，并形成自己的风格。

我来塞罕坝就联系老舅见面，他甚至想驱车来塞罕坝和我见面。晚上，我们这一行从塞罕坝到了承德市区，这才和老舅相见。他带来了几幅书法作品相赠，依依惜别，不知何年何月再相见。

之九十七

1998 年 10 月 6 日

作家周洁茹和主持人欧阳

我是在完成了最后一次模拟考试之后和周洁茹通电话的，时间是在上午。我模拟考试考得不错，正式考试也迫近了，我忽然很想找人聊文学，我就拨通了美女作家周洁茹的电话。我之前并不认识她，但是我们通信探讨过文学。

今天打电话给她，也不知道她在不在。还好，她不仅在，而且好像那一会儿正不是非常忙。我们直奔主题。在这个安静的上午，聊了好一会儿。周洁茹的声音很好听，而且人很谦虚。现在我跟文学没有什么关系，而她已经是文坛的一个现象。而我这么冒昧地打电话，好像没事干了似的，我觉得她既没有跟我摆架子，也没有因为有人追捧而忘乎所以。

最近几年文坛可是出了不少新秀，而且好几位是美女作家，据说都形成了一个"美女作家群"，其中当然有周洁茹。我和周洁茹不仅谈了文学本身，还谈论了几位女作家，包括与周洁茹年岁相仿的女作家，还有长她们一辈的著名女作家，我们也谈了江苏和天津文学的差异。她很直接地表达了她的观点。谈话间我几次听见她在电话的那一端笑，我想她一定"笑得花枝乱坠"。这是周洁茹的句子。

好像对这些美女作家，文学界有一些争议，而争议的原因就是她们是"美女作家"。其实，一个作家或者一个作家的群体是不是成功，和他们是男性还是女性或者是从事什么职业的，好像关系不大。尤其是不是美女，似乎就更不应该有什么关联。美女作家的称谓，是褒还是贬，似乎是贬的成分更多。但如果从另外一个方面想，简直是在夸赞这个群体。长得也漂亮，又充满智慧。

中午的时候天津电台有一档节目叫作《往日歌谣》，我常常收听，是个播放老歌的节目。主持人叫欧阳，风格很深情，懂的也非常多。他在节目里常常说："因为夜能使我有梦，而梦能使我有你。"我知道，25 岁的欧阳失恋了或者正在恋爱。我不知道欧阳要什么时候能看见我的文字，他会怎么评价，谁都有可能会被别人评价和议论。世界上有那么多人，也有那么多夜晚。

2008 年 10 月 6 日
他们如今何在？

看着 1998 年 10 月 6 日的稿子，想起那时的广播节目和一边复习一边听音乐时的心情。

那个叫欧阳的主持人仍然在天津电台音乐台很活跃，有一年我见过他，他身材很高，体态微胖。他在天津音乐厅主持一台音乐会，是天津律师的包场。我在现场见到了他，但是没有机会去和他交流。那一段时间我常常听到有人提起他，大约都是说他优秀——和我的观点一样，他是一个优秀的音乐节目主持人。最近，我也常常听见他的声音，不过我觉得他已经没有那么好，或者说他的风格有了比较大的变化。1998 年的时候，欧阳 25 岁，那么现在他应该是 35 岁了，但是我们仍然没有机会进行一次交流，他也还不知道我在 1998 年就是他的听众之一。人和人，也有可能是一辈子不当面交流，但不影响他们有过精神交流。只不过我知道欧阳，但是他还不知道我。

1998 年的今天，我跟周洁茹通过一个很长的电话，就十年过来。我也算是个文学人，但我和她再没有任何交集。这也是茫茫人海中人和人的连接方式，就是这样。

周洁茹在美女作家中间，似乎是比较传统一点儿的和受认可程度较高的，1998 年那几年，她的势头很猛，发表了不少有质量的小说。周洁茹的另一个标签是"70 年代群"，比较起 60 年代群，相对而言 70 年代的人好像星光黯淡得多。周洁茹后来似乎是出了国，已经很长时间没有听到过她的消息。听说她曾经和一位北京作家谈恋爱，后来怎样了，没再听说。现在想起来，十年前我和她通电话的时候，她还说经常从江苏飞北京，也许是去谈恋爱。

十年前周洁茹 22 岁，我 23 岁，她已经是个知名女作家，我是一个逼迫自己忘掉文学而投身法学的人。十年后，我还在断断续续地写，却不知道她怎么样了，好像最近看不到她的稿子。

　　　　　　　　　　　　　　　　　　　　　三 / 秋 / 重 / 唱

2018 年 10 月 6 日

避暑山庄的记忆

已经出来有好几天了，虽然我带着我的电脑和我自己，还带着我的老父亲，但是我想回家了。而看起来我父亲却仍然游性甚浓，我的同伴们，也仍然没有定下来回家的具体时间。他们说，来到承德了，那还是应该去避暑山庄。既然是这样，那就一起去吧。

避暑山庄来来往往好多次了，记忆最深的，还是 2006 那一年。一个兴隆当地的姑娘和一个山东的小伙子，在天津我的律师事务所里相识并且相恋了，在兴隆举办了盛大的婚礼，那一年我到承德，就是来参加他们的婚礼。我记得那应该是春深的 4 月，天津已经比较暖和了，但避暑山庄园子里吹拂的还是料峭的春风。参加了兴隆的婚礼之后，我们去避暑山庄游览，但那个时候，封山防火期还没有过去。在避暑山庄，只能看到碧透的水面而不能登山。于是，我提起了一个公益诉讼。对于封山防火的措施，我完全表示同意，但是，我觉得，景区应该是先告知我们这些游客，游客有知情权。我提出的诉讼请求是，要求被告告知我们，在被告收取的门票当中，有多少份额用于避暑山庄世界文化遗产的文化保护。承德文物旅游局，非常谦虚地接受了我的意见，并且派人专门到天津邀请我再游避暑山庄，我接受了这个邀请，并且在当年的 6 月再次来到避暑山庄。我记得避暑山庄的园子里，有很多梅花鹿在奔跑。避暑山庄的蓝天，是湛蓝的。还记得避暑山庄门前的那些野导游，他们招徕顾客的广告语是："山庄美不美，全凭导游一张嘴"……

我和我父亲并肩在避暑山庄里走着，他向我回忆起他第一次来避暑山庄时候的往事和心情。我更关心的是，他当时的年龄。他说他是 1989 年来的，就是说，是他 40 周岁的时候来的，我在想，我已经 43 岁了。很快，我也会像我的父亲一样苍老。

从避暑山庄出来，我们还是又去了普宁寺，著名的小布达拉宫，和拉萨的布达拉宫真的很像。就是在小布达拉宫里面，大家一致决定，这次行程可以暂告一个段落了。于是我们出门上车启动，很快，车又在高速公路上奔驰。晚上就回到了天津。

在回津的路上，我是用手机键盘写了下面的诗。

戊戌秋再游避暑山庄感怀

斑斓五彩满园收

湛透晴空洗尽愁

腹有苍生自避暑

胸怀天下可解忧

幽思坐进画舫里

慨叹停留烟雨楼

早岁来时年太幼

再游百感在心头

之九十八

在南河镇小工厂的我的父亲

我父亲的印刷厂很小。小得可怜。

他的那几台机器的破旧让我感到惊讶。我记得当我几个月前第一次来到这里看到他的工厂"车间"和"工人"的时候,我很是吃惊。在我的有限的关于印刷业的认知里,"胶印"时代好像都过去了,我父亲重新创业,竟然买了几台铅印印刷机。那,基本上就是废铁,就算是新的铅印机,都没有人用了,何况,那几台印刷机和裁纸刀,都老掉牙了。用这样的东西创业,这是跟自己开玩笑呢。

我在这个夏天几次看见我的父亲努力工作的场景,是他拎着兜子,急匆匆地走出门去,他说要去"拿字"。铅字排版,也是个技术活儿,应该由排字工来干,但我父亲的工厂还没有排字工,他就自己干。他做的事太原始了,现在大家都有电脑,有打印机,谁会用他的小厂来印刷呢?在排版的时候他哪怕缺一个字,他都要去买一个实体的铅字块儿去。他也没有汽车,只能是乘坐公共汽车,他也没有手机,只有一个破旧的 BP 机,也不太会用。他摆出一副要做个企业的架势,却做着作坊也不如的事情。如果他实际一些,做一个印字社或者装订社那样的小买卖,可能效果会更好。

更多的时候我看到的是他的一筹莫展。他找不到解决问题的办法,比如说该怎么样打开市场。他的很多想法停留在 80 年代,他把他的想法写成类似于"发展规划方案"的东西,还拿给我看,我看了也没有办法帮助他。这么说吧,看到激光打印机他会感到很惊奇,有什么办法给他提意见呢。我几次走进我父亲的办公室的时候,我看着他全神贯注地盯着那台破烂的电视机看,我感受到了我 50 岁的父亲的暮气力不从心。

原来我在外读书闯荡的这些年,他们是这样过来的。我想明白是这样的,内心也感到茫然无助。我父亲曾经拿着一份他起草的合同，以请教的口吻让我给看看，我虽然还不是律师，但是审查这样的小合同已经足可以胜任，那一刻我觉得我父亲也许应该退休了。我跟他讲，不挣钱，比赔钱也强，该收就收了吧。

这几天就要考试了，我也就离开这里了，我已经不用那么多时间读书而是在想一些事。我甚至想到，我能离开这里吗？我走了，他们怎么办呢？我在这里复习了一百天，可能对我父母亲来说，是个依恋和陪伴，他们的工厂已经基本上快关了，可是该怎样收尾，我父亲有些不知所措。正如此刻我的父亲，他正转身留给我一个背影，他来我这里送了点东西，没有说什么就走了。他能做到今天，他已经很了不起了。

<h3 style="text-align:center">2008 年 10 月 7 日</h3>

<h2 style="text-align:center">原生家庭</h2>

我 2008 年这段时间的日记里，有"高兴地去接儿子，我们一家人又住在一起了"的句子。到了 10 月 7 日，经过一段时间的收拾，我们搬家安顿了下来。

我妻子的考试复习也告一段落了，我们的新家也布置好了，那我们就搬到一起住了。又是在金秋接近假期的美好日子，生活恬淡放松，心情自然不错。

人总是先有一个自己的原生家庭，在原生家庭慢慢长大，然后再走出这个家庭，去建设自己的新家，生命和社会形态就能延续下去了。就说 1998 年 9 月 30 日那天，我在复习期间仍然想着和家人一起到北京去看仲达，其实无非就是对我自己的原生家庭的依恋，只要和他们在一起，我就感到踏实。尽管我就要考试了，但是只要我的原生家庭四口人能团聚在一起，我还是非常高兴的。

而 2008 年的今天，我作为户主的新家庭一家三口的团聚也让我感到幸福，我知道最幸福的人可能是我儿子，我能理解他对家的依恋，就像我当年一样。每一个做儿女的人开始面对这个世界的时候，都是先面对他自己的家庭，生在哪里就是哪里，生在不同的家庭，可能就能决定他今后会是一个什么样的人。儿不嫌母丑，狗不嫌家贫，人都要有一个起点，然后再出发。

我的角色发生了变化，在我这个新的家庭里，确切地说，在我儿子的原生家庭里，我是儿子的父亲。想想我就感到压力、荣耀，然后还是幸福。在我儿子看来，我早先也许是伟大的，后来可能会渐渐觉得他的父亲其实也很平凡。但是不管怎样，他逃脱不了他的出身，他是我的儿子，我伟大或者平凡，他有这样一个父亲，他和我，都无法选择。

原生家庭应该是个相对的新概念，其实原生家庭的家庭成员只是包括父母和兄弟姐妹，不包括夫妻。夫妻之间，有各自不同的原生家庭，很多夫妻可能一辈子不能相互理解接受，比如有的原生家庭一家人吃饭都吧唧嘴，而有的家庭认为吧唧嘴是绝对不可以接受的，有很多夫妻这一辈子的争执，可能就是到底能不能在吃饭的时候发出声音。

一般来说，所谓的"龙生龙凤生凤，老鼠的孩子会打洞"这样的说法虽然是宿命论，却还是有几分道理，因为耳濡目染太重要了，人的性格的养成太重要了，这些都源于人有一个怎么样的家庭，比如吧唧嘴的人会想，这有什么不可以，我爸爸就是这样的，世界难道不该是这个样子吗？

2018 年 10 月 7 日
那年去正定

人到中年，很多习惯也在慢慢地改变。很多功能，也在渐渐地退化，比如喝酒。昨天晚上我们一行人从承德回到了天津，但大家迟迟不肯散去，就又围坐一起，喝起酒来。现在我如果头一天晚上喝了酒，那夜里一定睡不着。果真，我在今天凌晨 3 点就醒了，醒来心情平静，头脑清楚，但再也睡不着了。那就只好起来写东西。

这次国庆的行程，我父亲很高兴。我也难得和父亲在一起这么久。

现在都是我带着我的父亲外出了。如果是他一个人出门，那我简直放心不下。我非常担心他把车的方向坐反了，坐飞机的时候能不能够顺利地换到登机牌，然后通过安检。我觉得，在现在的科技时代，他简直是寸步难行。他不会用电脑，手机也就是最简单的通话。手机用来打车和买票，他都做不到。

但我在静夜里想起，在当年，都是我的父亲带着我们外出。而且，他有着和我现在一样的担忧，担心我们独自外出，能不能顺利地买到车票回家。我记得有一年我父亲带我们兄弟外出，目的地是河北省正定县。那个时候，正定县按照《红楼梦》原著修建起来的"荣国府"和"宁国府"，还有西游记宫，很是火热了一阵。那次我父亲到正定县有业务要做，同时，也是想趁着我们的暑期，带我们长长见识。我记得在临行的前几天，他就问我们，能不能知道外出要带什么东西呢。比如牙膏、毛巾、水杯、钱，这都是那个年代外出必备的东西。我们还没有过什么出门的经历，当然也说不上来太多。我还记得，他耐心地告诉我们坐火车的注意事项。他那个时候对我们耐心，现在，我也要对他有足够的耐心。记得那次正定之行，圆满成功，我们玩得很好，我父亲的事情也办得比较顺利。我依稀还能记得 1987 年的正定的街上的风貌，还有我们父子三人坐在绿皮火车上的情景。正定距离天津很近，但在那个年代，对于一个 12 岁的孩子来说，那就是一次远行。好像是 2014 年的春节，我还特意带着父亲重游正定，是对那次远行的纪念。

长假还没有结束，今天是最后一天了。所以趁着这最后的安静时光，今天下午，我召集召开了律师事务所第二次合伙人会，我们总是有很多话题要说。

　　　　　　　　　　　　　　　　　　　　　　　三 / 秋 / 重 / 唱

之九十九

1998 年 10 月 8 日

时间累了

抬头是朝阳，低头就是夕阳。写到这儿的时候，看看表，差十分 12 点了，该睡了。却不小心，把这个小闹钟碰倒了，就好像时间累了，自己也躺下休息。

有一些跃跃欲试。我开始憧憬关于考试过程中的种种幸福，并且在回味着自己经历过的很多次重要的考试。试卷发下来，稳稳地接住，心情略微有些紧张但更多的只是激动，很快进入状态的书写，试卷很洁白，写上工整的汉字。因为考试给人带来的紧张，手是僵硬的，字写得不一定好，但有条不紊，清清楚楚，整个手掌都是酸疼的。虽然已经告诫自己一道道地依次答题不要看后面，但还是禁不住把试卷翻过来看后面。定睛细看，浏览了一下考卷，前前后后的考题好像都会呀！一点儿也不觉得难，心中暗自窃喜，于是答得很流畅，真有行云流水的感觉。屋子里很静，考生们都屏声静气，把紧张和安详结合起来的地方似乎只有考场。监考官走来走去，不时看一看手表，并且注意那些不大老实的考生。那些被注意的考生的神态都有一些慌张，眼神忽而凝固，忽而发散。答每一道题目都成了一种享受，都可以漫溯一段时光，想起学习知识时候的场景，或者挑灯夜战，或者有各自不同的场景和故事。还能想起课堂，想起和同学们的争论，想起书声和下课铃，想起校园小路。也有拿不太准的，总是不可能所有的题目都会，在几乎答完所有考卷的时候，只剩下那么几道小题，苦思冥想，可就是想不起来，真是其乐无穷。抬抬头，看看考场外面的楼房或者树木。呀，突然想起来了，于是更感到欢乐。答完了还要检查，想着早早地交卷，可是又不放心，好吧，再看一遍吧。在几乎已经站起来的情况下，又把自己强按下来。

走出考场，正是阳光灿烂，心情舒畅。想想为了这么一场考试付出了那么多，于是觉得有些不值得，可再仔细想想，总还是值得的。

我觉得有些突然，考试就要来了。我盼望了那么多天，一旦来临，我又会觉得有点突然。生命怎么这样仓促。

2008 年 10 月 8 日
卡车上的对话

我的搬家已经持续了一段时间了，但还是没有完全搬利索。有很多物品很细碎，加之有不少书，整理起来就很麻烦，加之还要订好车，定好我们自己的时间。我一家三口从民生大厦搬到乐园附近，我父母则从民生大厦住到了杨楼的一处新居。

10 月 8 日的下午，是这次搬家的绝对尾声。因为物品已经不那么多了，尤其是也没有什么大件了，都是些小东西，我们就亲自找来了一辆小卡车。要搬进和搬离的房子有三处，无非就是把一些物品倒来换去。自己动手并且请人帮助，把物品搬到车上，我和仲达坐在那辆小卡车的敞开的车厢上，跟着一起从乐园到杨楼去。车开起来，风就很大。我们好久没有干过搬家这样的体力活儿了，我们兄弟都很忙碌，也好久没有机会坐在这样的车上进行对话了。车开着，我们的头发被风吹起来，车过中石油桥的时候，晚霞满天，我看着仲达的脸，觉得他还比较年轻。因为风大，我们说话要大声才能听得到，所以就都很用力，所以看起来，好像我们又回到了年轻时代，想起我们青年时代，一起在昆明湖上划船，仲达的脸上自始至终都有着光亮。

记得我们谈了很多，我们能谈家庭，还有一些社会问题的解决办法，当然也有文学的内容。我们当然也谈到了 2008 年，那时候 2008 年已经过去了四分之三。我们先是有点忧伤，然后我们说，毕竟还有四分之一。我们一致认为 2008 年是生命里过得最快的一年，然后我们都说，在 2007 年我们也是这样认为的。好像到了一年中的这个时候，觉得所在的那年就是最快的。

不过，我们这些渺小的个体，是跟着家国命运一起前行，2008 年这一年事情真是不少，汶川大地震、北京奥运会、经济危机，在这样的历史事件里，老百姓除了关心自己的日子，也好像关心着国家大事，国事家事天下事，有这么多事要做，时间就这么过去了。况且，我们已经是而立之年，想着把事业做得好一点儿，也想着养家糊口，搬个家都陆陆续续这么长时间，我们已经知道，做成一件事不是那么容易的。

人开始焦虑了，日子就快了。有多快呢？要多快就有多快。如果日子光是快也就罢了，日子从来都是又慢又快。

2018 年 10 月 8 日

高铁时代

早上匆匆乘坐高铁，到北京去，下午又乘坐高铁回来。这是高铁时代，是交通出行的又一个重要方式。

在高铁时代，出行变得简单多了，也有了些新的意趣、新的情调。这并不是指列车的绝对速度快，还包含着其他很多。

想起绿皮火车的时代，车票紧张怎么办呢？比如托人去买，要不然自己连夜去排队，再就是找票贩子加价购买。现在虽然手机抢票也未必就抢得到，但是不再用找票贩子，携程之类的一些票务服务公司帮你抢票，加价收取一定的服务费，其实就是过去的票贩子合法化了。而对于购票者来说，也显得更有尊严，过去就算是从票贩子那里买票，双方也都显得偷偷摸摸的。花钱买票，还没有尊严，钱花得那才叫窝囊。

我早上从容不迫地在天津站上车，下午时也悠哉地从北京南站体面地上了车，没有奔跑和气喘吁吁。那些绿皮火车时代的车上去各地跑业务的业务员，寒暑假期需要两地往来的学生们，还有在春运期间长途奔袭也要回家的人们，相信他们自己想起赶火车时曾经的奔跑，身体上的疲劳也仍然能从记忆深处袭来，感到疼痛。

高铁时代，坐火车跟过去相比，变得完全不一样了。其实相对的坐飞机也是简单的了，不像那个时候，坐一次飞机，似乎是一件荣耀的事情。这些出行工具都变成了生活的新常态。当然，新的生命体验总会是有的，人们总是追赶不上时代。还说高铁，一等座和二等座的小桌板位置不一样，电源插座也在不同的地方，一时没有找到，也是很可能的。坐商务座，不知道该怎么样把车座变成床，这样的例子很多。没有一些更多出门的经历，很多事情是搞不懂的。那一年和我一起去美国的几位律师朋友，在我看来，那个时候他们都已经是成功的大律师，但他们都是第一次出国，所以也都表现得忐忑不安，他们甚至诚实地说，小心不要走丢了免得回不了家。只有经历过，才会知道。

就算是经常出门的人，遇到各种不同的新情况，也不一定完全搞得定。我记得北岛的一篇文章里提及，像他这样在全世界飞来飞去的人，也曾经有过在飞机上搞不懂各种机关而闹出了笑话，还要硬撑着面子的事情。其实这本来也无可厚非，用一个生命个体的微小经验来对抗日益发展的新生活，这也太不公平了。

天下武功，唯快不破。高铁的绝对速度不是高铁优势的全部，但速度的快也足以影响高铁生活。北京到上海当天往返，过去简直不可想象，绝对实力其实就是一切。不仅是高铁时代，哪个时代其实都是如此。

之一百

1998 年 10 月 9 日
寻找七色花

像我这个年龄的人，在我们的童年时代，有许多人都看过一个叫作《花仙子》的日本动画片。那时候日本和其他外国动画片刚刚进入中国，并且受到中国孩子们的欢迎。记忆里先是《铁臂阿童木》《森林大地》《尼尔斯骑鹅旅行记》（原作是瑞典女作家，但动画片还是日本人做的），还有一个捷克斯洛伐克的无声片叫作《鼹鼠的故事》，后来有日本的《聪明的一休》，美国的《米老鼠和唐老鸭》，每一部动画片都有相关的年代记忆，想起这些动画片就想起那个时候的故事，想起一起收看时的人和一起说的话。再后来到了《巴巴爸爸》《黑猫警长》《葫芦娃》《蓝精灵》播放的时候，我们 70 后这一代人，不怎么看动画片啦。

我记得在看《花仙子》的时候我已经是个小学生，内心里自觉地要求自己别看这些小孩子的东西。那时收看很多动画片的时间一般是晚上，或者是星期天，都是在中央电视台收看的。而看这个叫作《花仙子》的时间怎么记得都是中午呢，而且是天津电视台播放的。中午我们在学校匆匆回家吃饭之后，没事可干，胡乱地看电视。也没有什么可看的节目，所以尽管觉得动画片幼稚，也还是看了。午睡也睡不着，也来不及，在那个年代，不看电视，又能干点儿什么呢。

《花仙子》叙述的是一个叫作小蓓（读"裴"音）的小姑娘去寻找一种叫作"七色花"的东西，尽管历尽千辛万苦，也还是没有找到，后来却在自己家的后园的花丛中找到了这种美丽的七色花。她认为万水千山走遍，最后竟然在自己的家中找到花，可能有些失落。

后来她就明白了这个道理。其实是个很简单的道理，很多传说、故事其实说的都是这个道理，比如宋词："众里寻他千百度，蓦然回首，那人却在灯火阑珊处。"如果日本姑娘小蓓不去历经那么多磨难，那种七色花怎么会在她的后园中盛开呢？

伴随我的复习生涯，我要写的文字也就是这么多了。我不知道，在我隐藏在我的故乡这一百天的时光里，我的复习是主要的事情，还是我写下的这些文字更重要。总之我写完了，一百天的封闭训练也同时完成，时光流逝，真是快。一切依旧，今天是最后一天，我和往常一样，我既不紧张，也不浮躁，照样看着太阳升起，日照中天，日光红淡，日光换成月光，我知道明天又是新的。不用去那么吃力地寻找，能找到的，就是自己伸手可及的地方。

认认真真地把一应物品准备好，把铅笔削好，有一支粗的，还有一支细的，橡皮是两块，还有钢笔、准考证和一份不错的心情。小台灯别致地亮着，万家灯火在黑暗中闪烁，我知道，每一盏灯下，都有一个美好的梦。我其实早就有把握了，但我还是日复一日地过着。此刻，我只是想着，快点儿考完吧。人生的考试一个接着一个，我并不是只想考好这一个，我希望这是个很好的开始，考完这个，再考那个。

2008 年 10 月 9 日
十年就这么过来

抬头看了看表，是夜间的 10 点了。

我的案头，刚刚写好的一个大型服务项目的法律意见书的草稿，占满了我的大半个夜晚。一会儿，还将有一个时间稍长的热水澡，和一个家庭影院里的老电影，这个夜晚能容纳的，也就是这么多了。

看着十年前的稿子，1998 年，2008 年，两个年头就把十年的时间紧紧地框住，时间模糊而清晰。我甚至不觉得 2008 年的很多事情就近，我也不觉得 1998 年就遥远。时空的错乱感让人有些头疼。2008 年还有最后的一个季度，但是我已经觉得 2008 年是昨天了，甚至 1998 年是昨天，2008 年，那是前天的事情了吧？

1998 年的秋天，我离开了南河镇，来到了南开大学，在西北村住了下来，我在重阳节前后开始了一本法律书籍的编写，慢慢等待着我的考试成绩。没有什么悬念，我在年底等来了考取的消息，同时正式开始到律师事务所工作。那本书我总是羞于提起，但那段时光我总是难以忘怀。那是 1998 年的深秋，确切地说，就是我的那段复习生活之后的时光的续接。

后来就是 1999 年的春天了，那个春天不错，我第一次以律师的名义去办案，地点是井冈山，到现在我也没有忘记井冈山一带的翠竹。春天很深的时候，我的书出版了，我有了自己的当事人和律师业绩，还有了很多不眠夜晚里的理想，青春和事业的困惑交织在一起，现在想起来是恼人的幸福，而在当时，只是困惑。我一边办案，一边时断时续地写着小说和诗。

痛苦的历练总是会有收获的，哪怕微小。2000 年，我在天津有了一点点知名度，律师生活艰难，也有快乐。

2001 年显得有些荒诞，人们在争论新的世纪到底是从 2000 年开始呢，还是从 2001 年开始，结论到现在也不知道，但是我记得有关单位在 2000 年和 2001 年分别搞了一次世纪庆典活动。2001 年我参加了在中央电视台举办的首届律师电视辩论大赛，我怀揣梦想却被当头一棒，我们被"黑哨"了，证据至今保留着，就是一个游戏而已，没意思。我觉得我在那一年渐渐地成熟，那一年我 26 岁了，我在业界也开始被逐渐认可。在年底，我开始创办一家律师事务所。

直到 2002 年的暮春，我遭遇重重阻力，终于得到审批，就一路义无反顾地经营。我变得一点儿业余时间也没有，我的生活就是工作和想着工作。这样的状态一直维持到 2003 年，在这一年我忽然发现，人们已经不再把我当成一个年轻人，我自己也在镜子里发现，我已经是一个体态臃肿的中年人形象了。

2004 年、2005 年，时间距离现在已经不那么远了。我开始确立律师所的风格和目标。2006 年和 2007 年，那就更近了，然后就是 2008 年。我在 2006 年的秋天忽然写了一本《生命之书》，书写成了，我也成为了一个父亲。

这些年我努力，然后又放弃。然后再努力。我想成为一个风风火火的律师，为正义而战，可是我发现我一个人的力量很微小；我想搞好经营，却又厌倦那样的生活。2008 年我 33 岁了，开年的时候我又是豪情万丈，很快，我又想把日子过得慢一点。

十年就这么过来。

2018 年 10 月 9 日
哪里是更想去的地方

我一天在办公室里写东西。犹如二十年前我的复习生涯，我的办公室里仍然有两张书桌。一个是用来工作的，上面堆满法律书籍，而另一个是关于文学的。我一般是处理我的律师工作的时候多，但也有偶尔的时候，我会在工作时间写上几行字。做哪件事，我就在哪个书桌上。这些年来，我仍然不知道，法律和文学，哪一个是我更想要的。

我的全新的律师事务所将在 10 月 28 日举办一个乔迁仪式，就算正式搬进来了，这些天来还在紧锣密鼓地筹备中，我在做最后的文化建设。我们已经布置出了一个精致的模拟法庭，现在要做一个律师小小文史馆，为此，每天在想着，并且动手去做。我想也许把文化和法律结合起来，才是我的出路。

傍晚的时候，天气凉了。我到外面散步，这个习惯也二十年来一成不变。走着，想起一些事情，灵光闪现之际，忽然想着回家查材料写东西。我发现路旁有一辆小黄车，拉过来，骑上去，没有几步，下意识地摸摸衣袋，就发现手机丢了。

就是在那个时候，天色全黑了，好像什么也看不见。我就从自行车上下来，把车停在一旁，用肉眼在路上找手机。并且用另外的备用手机拨打我自己的电话号码，是关机状态，估计是有人捡到了我的手机并且迅速关机带走了。

我就没有心思再骑那辆共享单车，我把车放在一边，有点惆怅地往家的方向走。我骑上小黄车没有骑出几十米，也就是二三十秒的事，我仿佛不是为了骑车，我就是为了把手机丢掉。但这又算得了什么呢，我们这一生顾此失彼，我们为了得到，总是丢掉了太多。我就安步当车，往家的方向走去。

我从家里走出，又从外面走回家，如此往复。我不知道，家、办公室，或者世界上的任何角落，哪里才是我更想去的地方。

附录：世界杯看世界系列

从开幕赛说起
——系列之一

昨天晚上俄罗斯世界杯开幕了。又是一届将成为往事和记忆的世界杯。时间就是一个落地的孩子，见风就长大，转眼就是少年，转眼又不再是少年。

开幕战，俄罗斯5：0战胜了沙特。

很多真球迷看了全场比赛，还有一些伪球迷，为了证明自己也行，也硬着头皮看比赛。今天早晨还有人悄悄看了新闻之后，就假装也看了比赛，于是在房间里或者自媒体平台上大声地喊着，0：5呀，亚洲队太丢人了。并且做出很懂球的样子，作出各种预测和评论。

人为什么总是这么容易遗忘，0：5，不是沙特的最大输球比分，2002年日韩世界杯，他们曾经0：8被德国血洗。

沙特队也曾经是亚洲的骄傲，1994年美国世界杯，韩国队勇进四强的故事八年以后才会发生。那届世界杯亚洲的"颜值担当"正是沙特队，他们当时打进十六强，是亚洲队唯一小组出线的球队。沙特队的球星奥威兰，在对阵比利时队的时候，还上演了马拉多纳式千里走单骑的好戏，三场小组赛，他们只是小负荷兰而已。关于沙特队的往事，还有1998年世界杯，法国世界杯最后的冠军是法国，金球奖是齐达内。那是巴西和罗纳尔多最好的时候，却在最后时刻神秘哑火，获得冠军的是一支没有前锋的法国队，因为他们是靠后卫进球的。人们记住了齐达内，但是很奇怪，在世界杯的最后阶段，人们似乎已经忘记了就在那届比赛，齐达内在小组比赛中因为故意犯规而被红牌罚下。提起这些世界杯往事我就如数家珍。后来在2006年的世界杯冠军决赛中，在进程完全有利于法国的情况下，齐达内突然恶意犯规，他头顶马特拉齐被红牌罚下，直接导致法国丢冠，意大利人笑到最后，而齐达内傲然走出球场。回国之后，他不仅没有遭到批评，反而受到球迷拥戴，他被总统希拉克表扬为"真男人"，因为真正耻辱的人是马特拉齐，他在场上用言语侮辱齐达内的姐姐。

还是回到沙特队的事吧。齐达内被红牌罚下是因为他故意踩踏了沙特的队长阿明。这实在不是一个光明磊落的行为，和高大坦荡的齐达内形象似乎完全不相符。

好多真伪球迷都说，开幕赛的两支球队是弱旅。真的吗？咱们不说苏联足球辉煌的时代了，在世界杯和奥运会上苏联足球都有骄人的历史，也不说乌克兰的核弹头舍甫琴科，只说俄罗斯。难道忘记了几年前的大球星阿尔沙文，有人说，他应该叫阿尔沙皇，可见有多厉害。俄罗斯确实没有过太好的成绩，但是这样的大比分，他们是曾经打过的！就是在1994年美国世界杯上，俄罗斯6：1赢了喀麦隆队，六个进球中，萨连科一人包办五个。而为喀麦隆打进一球的人是谁呢，就是他们的著名英雄，米拉大叔。

谁让我知道得多一些呢，只好再多说几句吧。

米拉何许人也？米拉是1990年意大利之夏的世界杯英雄，喀麦隆队的队长，9号。

在那首著名的《意大利之夏》的歌声中，那支喀麦隆队最终打入八强，遗憾的因为裁判原因负于英格兰。比赛荡气回肠，把人看得心都碎了。当年的米拉，已经38岁，是历史上的世界杯参赛者中年龄最大的，四年以后的1994年，他打进俄罗斯的那个球，是喀麦隆队当年唯一的世界杯进球。42岁的米拉，打破了自己保持的世界杯最年长者的纪录。

从米拉说到我吧，我现在打破了他的纪录，我今年43岁了，在电视机前，我不是一样参加世界杯吗？想起1990年的意大利之夏，那时哪有这么多的电视转播，也没有网络，那时我是一个15岁的少年，世界杯让我血脉偾张，也让我学会安静地思考，二十八年过去，弹指一挥间，我觉得我有义务把一些往事告诉年轻人，我要是再不说，就怕都忘了。

2018 年 6 月 15 日

谁是球王
——系列之二

世界杯踢着全世界的神经，谁要是不声明一下自己在看球，好像就显得很跟不上形式似的。姑娘们也凑过来，在酒吧或者露天的广场，打开啤酒瓶，摆上烤串、自拍、上传，看球场上的帅哥，问不着边际的问题，还会说：耶！

准球王巨星也都陆续开始登场。葡萄牙对阵强大的西班牙，C罗上来就是一个帽子戏法。而阿根廷对阵弱小的冰岛，梅西却两脚空空，并且罚丢了一个点球。好在比赛才刚刚开始，梅、罗二人一生之敌，你追我赶，有点儿意思。

梅西罚丢那个点球之后，又有一脚差之毫厘的射门。电视机上闪出马拉多纳的影像，动作可以叫作仰天长叹。马拉多纳为阿根廷和梅西而惋惜。

没有特别的册封评比程序，人们还是一致认为球王只有马拉多纳和贝利两人。梅、罗二人的奖项都堆满了荣誉柜，在很多数据上已经超越了前辈，距离球王，他们都还差一座世界杯。

马拉多纳的最辉煌时刻，是1986年。很多人提起贝利，会说他是乌鸦嘴，他对足球比赛结果预测都错了。实际上不是这样。我第一次听说马拉多纳这名字就是在1986年的夏天。在世界杯决战的前一天，我在收音机里听到了贝利对比赛结果的预测，我记得那个女播音员的播音腔：冠军将属于马拉多纳。

那时候播音员还不像现在的电台主持人，一男一女坐在那里耍贫嘴逗闷子，播音员中规中矩，就是念稿子。贝利的预测应验了，马拉多纳和他的阿根廷获得了最后的冠军。其实早在四分之一决赛中，马拉多纳已经大放异彩，他的两个人生中最重要的进球都是在那场比赛中完成，并且似乎映衬出他两面截然不同的人生。

一个进球是马拉多纳长途奔袭，连续过掉对方五人，在几乎摔倒的情况下，将球打进。这个进球在这么些年以来各种横纵不同的伟大进球评比中，从来都是毫无争议，位列第一。这构成了马拉多纳的正面形象，中场核心，摧城拔寨，百万军中取上将首级如同探囊取物，球王。神。

另外一个进球创造了一个词语，那就是"上帝之手"。马拉多纳灵光乍现，骗过裁判，用手打进了一个球。马拉多纳是个神话，他吸毒、嫖娼、枪击记者，活得率性和混乱，但是这毫不影响他的球迷对他的喜欢。那场比赛之后，有人质疑马拉多纳的进球是手球，球王说，那是上帝之手。偏偏这场比赛，是阿根廷对阵英格兰。因为两国之间的战争恩怨，比赛被看成了一场战争的延伸，马拉多纳被当作了民族英雄。

球王是要有代表作的，马拉多纳的这两个进球之后，其实世界杯已经没有那么重要了，他甚至可以退役了。很多球星一生，进球可能很多，但没有这样的代表作。在最重要的比赛中打进最重要的进球，这就是马拉多纳。

时间就到了 1990 年，就是从那届开始，世界杯有了主题歌，《意大利之夏》唱响在我的青春。1986 年是我的第一次世界杯体验，但是已经显得过于遥远和模糊，意大利之夏是意大利的，也是我的，我就是那个 15 岁的看球少年。

1990 年世界杯上最耀眼的明星不是冠军马特乌斯，当然还是亚军马拉多纳。马特乌斯有冠军，他是球王吗？他不是。

是不是球王，还真不一定是不是冠军。梅西的阿根廷也是上届的亚军。梅西在巴萨有很多进球，有很多次救主，但是梅西既没有世界杯，也没有马拉多纳那样的代表作。梅西的粉丝辩解他以一己之力带领阿根廷全队，梅西的拥趸，年轻的孩子们，如果时间回到二十八年以前，看看马拉多纳 1990 年的那个亚军，才会知道什么是一己之力。马拉多纳凭这个亚军也可以封王，但梅西，真的还不行。

我就慢慢回忆，慢慢看球，慢慢讲。秘鲁和丹麦的比赛，马上就开始了。

2018 年 6 月 16 日

1990 年夏天马拉多纳的哭泣
——系列之三

1990 年世界杯，决赛。和四年前同样的两个队，不过这一次笑到最后的是德国队。吹响比赛哨音的时候，马拉多纳哭了。很多球迷陪着他一起哭，好像是为了哭自己，一个漫长的夏天过去，该长大的长大，该结束的结束。

在评价这届世界杯的时候，如同人们从来都是对马拉多纳天使和魔鬼两极分化的评价，对他在这次比赛中的表现，也有两种截然相反的说法。

如果要说数据，马拉多纳一个进球也没有，如果说奖杯，马拉多纳没能卫冕，阿根廷最后获得了亚军。他可以说是失败的。

换一个说法，可能就不一样了。

八分之一决赛，阿根廷对阵宿敌巴西，马拉多纳又是一路狂奔，给卡尼吉亚送出了一粒手术刀一般精准的助攻，风之子接球后晃过门将，打入球门。这个助攻后来被认为是"世纪助攻"。差不多就是从这届比赛开始，他由射手，蜕变成球场进攻的策动者，球王的神奇的靴子脱下来了，他只做赛场的指挥家，不亲自演唱。

在对阵苏联的比赛中，马拉多纳又一次上演上帝之手，不过这一次，他不是用手把球打进对方的球门，而是阻挡了苏联队的球射向自己的球门。这样神奇的事，总在马拉多纳的身上发生。

小组赛中，阿根廷队状态慢热，第一场比赛就0∶1输给了喀麦隆队，爆出最大冷门。随后，阿根廷队跌跌撞撞，凭着战胜苏联队获得的积分，勉强以小组第三的身份出线。那时候的世界杯有二十四支队伍参加，分成六个小组，小组前两名和四个成绩较好的小组第三都可以出线。所以，阿根廷是否能出线，要比较八个小组第三的小分。后来《今晚报》体育版的标题《今晨战罢细算小分，阿根廷队已经出线》我记得很清楚。

有人形容马拉多纳是球场上的足球意外的一个球。他一旦拿球，马上会遭到围追堵截，很多球员对他犯规，他左冲右插，四面突围。进入淘汰赛，阿根廷战车在马拉多纳的带领下，仍然举步维艰，马拉多纳咬住牙关，带领他的球队一关一关地过，一场一场地赢球。门将戈耶切亚在后神奇地扑救，风之子在前，马拉多纳坐镇中场，每场比赛都是如履薄冰，这才到了决赛。那时卡尼吉亚等几个人因为累积黄牌被停赛，比赛进程中，阿根廷队又被争议地判罚下两人。马拉多纳站在球场，四望无人，又四面楚歌。

那时候德国队还叫西德，西德就是联邦德国。很奇怪，西德的足球远远胜过东德，但是东德的整体体育实力却又远强于西德。那届西德队阵中明星云集，队长马特乌斯、金色轰炸机克林斯曼都在，而且都是全盛的好年华。但是豪华的联邦德国队，在阿根廷队被罚下两人的情况下，并没有攻下城池，直到裁判判罚了那一粒有争议的点球，1∶0，比分保持到终场结束。

我这个现在的资深大叔，那一年还是个孩子，那个夏天我参加中考，然后就毕业了。我记得我那时候已经热爱足球，但是我只是个"嘴把式"，我能看，但是不怎么能踢。那时候的中考是在7月，世界杯的决赛也是在7月，可想而知，我一边复习一边看球时纠结痛苦的心情。我倒不是因为看不到球而心烦，我只是想，快点儿开始吧，快点儿结束吧。

是先踢了决赛呢，还是先进行了考试呢，很多事情我记得非常清楚，也有很多事情，我已经记不那么清楚了。我记得考得不是很好，回想着，却恰巧今天吃起了红樱桃，真是流光抛人。

2018 年 6 月 17 日

那些前赴后继的巴西德国

——系列之四

早晨起来看新闻，才知道卫冕冠军德国昨天输给了墨西哥。想起 2002 年卫冕的法国，也是上来就输给了非洲球队塞内加尔，小组三场一场不胜，一个球都没有进就回家了。德国队会是什么样的命运，比赛才开始，谁知道呢。

德国队上一届比赛 7：1 战胜了巴西队，至高无上的巴西队历史上还没有过这样的耻辱。这一届他们是来雪耻的。但是巴西队昨天被瑞士逼平了。巴西队的头号球星是内马尔，四年前在巴西本土，内马尔也已经粉墨登场了，很可惜，后来内马尔因为受伤，而不得不在接下来的比赛中作壁上观了。有人说巴西的场上如果有内马尔，何至于惨败呢，但是这也不容假设了。四年的时间好像很漫长，其实也很快。这四年来，内马尔逐步成熟，球踢得是不是世界第一不知道，但是他从巴萨转会到巴黎，身价已经是世界第一。

昨晚内马尔的亮相，没有像 C 罗那样独中三元，却和梅西似的，遭到重点照顾，没能进球。巴西这样的球队前赴后继，总有代表一个时代的巨星产生。内马尔之前有卡卡、小罗、大罗、里瓦尔多等人。当然巴西还有贝利、洛科、法尔考，那都更早了。1990 年世界杯上和马拉多纳对垒的巴西足球代表人物是邓加，后来也当过巴西队的主帅。

邓加并没有特别特殊的表现，巴西队就结束了那次比赛征程，其实那时巴西帐下有一员以后光芒四射的大将，他就是罗马里奥。罗马里奥跟着去了，但是没有捞到出场的机会，四年后的 1994 年美国世界杯是罗马里奥时间，他最终成为了王者。什么叫前赴后继呢，什么叫层出不穷呢，1994 年的美国世界杯上，也有一个一分钟没有上场的人，但所幸那一届巴西获得了冠军头衔。1998 年，他早已经是外星人，在世界杯上光芒四射，但是在决赛中功败垂成。又四年以后，2002年世界杯来到了亚洲，他一人打进八个进球并帮助巴西最终捧杯，他的名字叫罗纳尔多。

巴西的特产就是足球运动员，就像地里收的粮食一样，就是产这个，而且绝对质量好。其实德国也是这样，就像汽车有不同风格，球员也是这样，巴西产和德国产的球员都好，但风格并不一样。德国也是一茬一茬地生产德国造的运动员，欧洲好几个国家也是这样。1994 年美国世界杯上，冠亚军对垒的是巴西和意大利，那时候巴西已经获得了三次世界杯，意大利也获得过三次了。那意大利是谁呢？这就又引出了一位著名的球星，忧郁王子——罗伯特·巴乔。

回顾 1994 年美国世界杯，从那场沉闷的决赛说起吧，那时我 19 岁了，精力充沛，博闻强记，那些比赛和那个夏天的所有细节，我记得太清楚。下回接着说。

2018 年 6 月 18 日

26 岁定律，36 岁不晚
——系列之五

世界第一身价内马尔被媒体叫作"内少"，今年他 26 岁了。巴西队在每届世界杯都会是夺冠大热门。上届世界杯，内马尔 22 岁，他带领巴西队来拿冠军，但功败垂成。他因为伤病缺席了最后阶段的几场比赛。在冠军决赛中，在巴西本土的足球场看台上，他眼睁睁地看着自己的巴西队被德国队打进了七粒进球，但他也无能为力。

在足球界，有个著名的 26 岁定律。

因为这个定律的存在，加之巴西队的绝对实力，很多人预测本届世界杯的冠军将是巴西。这是因为，巴西人的头号球星内马尔上届年龄虽小，但是这次，内少已经 26 岁了。

26 岁定律，可不是随便说说，有数据在此可以说明。

1982 年西班牙世界杯上，冠军意大利的头号球星"金童子"罗西，26 岁。1986 年墨西哥世界杯封王的阿根廷人马拉多纳，26 岁。1990 年意大利世界杯，捧起大力神杯的德国人射手克林斯曼，也是 26 岁。1998 年法国世界杯，"外星人"罗纳尔多横空出世，决赛中却突然哑火——如果依据 26 岁定律，显然时候不到，他才 22 岁；而当时获得冠军的法国队的齐达内，正是 26 岁。四年以后，罗纳尔多和巴西队在韩日世界杯上成功了，还是 26 岁。

当然，这些足球场上的所谓的"定律"，其实只是一些巧合罢了，也总能找出一些相反的例子来打破传说。自古英雄出少年，三更灯火的少年，内心有着成功的渴望，各种条件具备，就水到渠成了。年华正好，用功用心，在合适的时候，自然就成了。

不光是足球界这样，其他行业不也如此吗？总有很多人天赋异禀，牛顿被授予剑桥大学的"卢卡斯数学教授"席位时恰巧也是 26 岁，这样的例子可以举出很多。

体育对人的身体要求更严格，一般来说运动员出成绩普遍在二十几岁的时候多，过了最好的这些年，运动员就退役了。运动员和常人不同的地方是，他们还有"运动寿命"的说法，这才显出紧迫和悲情，过了这个村，就没有这个店了；而哲学家或科学家，年纪再大一些，也无甚要紧，或者也可以说，只有更丰富的人生阅历，才能对他们的工作有更大的帮助。

即使短暂，很多人也没有放弃梦想。梅西和 C 罗都 30 多岁了，仍在绿茵场上驰骋。这也是因为，现在人们的生理寿命和运动寿命都延长了。就拿足球来说，过去还有个 32 岁定律——很多球星都在 32 岁挂靴，现在这个定律已不攻自破了，32 岁还不是足球运动员的职业暮年。

足球上升到人生的高度，就显得更有意味。足球不仅是游戏，也是血性以及荷尔蒙的象征。这样说还不是全部。一言以蔽之，足球是人生，至少映衬人生。

上届世界杯是巴西人的伤心年，在决赛中德国队不仅 7∶1 击败巴西队，巴西人罗纳尔多保持的世界杯总进球数十五个，这个看似短期不易被打破的纪录，这个看起来只能由球王级别人物才能做到的事情，在巴西本土被德国队的克洛泽打破了。德国也是盛产球星的地方，克洛泽，别说在世界足坛，就是在德国，也是个不算太起眼儿的人。但就是这个看起来星光黯淡的人，就这样看似轻易地攀登上"外星人"的高峰。看来，人生也没有什么不可能：什么 26 岁定律，克洛泽当时已经 36 岁——只要坚持，36 岁不晚。

2018 年 6 月 18 日

忧郁的 1994
——系列之六

我的电脑刚打开，日本打入反超哥伦比亚的头球，2∶1。此刻全亚洲的球队利益一致，中国球迷也跟着一起欢呼，日本队能战胜强大的南美球队，那亚洲其他球队，是不是也有可能？在世界杯的舞台上，亚非兄弟从来是同病相怜，往届总是非洲强于亚洲，而本届比赛，非洲已经连负四场，就看重返世界杯的塞内加尔能不能接下来战胜波兰了。

今天要说 1994 年美国世界杯，说到哥伦比亚，那就先从哥伦比亚说起。那一年的夺冠大热就是哥伦比亚，队中有著名球星"金毛狮王"，留着一头卷发的巴尔德拉马。那是哥伦比亚足球最好的时代，也是最坏的。还记得吗，那场惨案，哥伦比亚输给了东道主美国被淘汰出局，比赛中后卫埃斯科巴不慎把球踢进了自己的球门，回到他的祖国，遭到了球迷的枪杀。足球这项全人类喜欢的运动，却从来都是和暴力联系在一起，有人说这是足球的魅力。这样的魅力宁可不要。金毛狮王，大热球队必死，枪杀，这都是美国世界杯的记忆组成。

那届比赛的金靴奖是俄罗斯的萨连科，就是一场中打进喀麦隆五个进球的那位，还从来没有人在决赛阶段一场打进这么多进球。整个世界杯，萨连科最终共进了六个球。神了，那以后每届世界杯的最佳射手都是打进六个球，直到2002年，罗纳尔多才以八个进球打破这个魔咒。

而本届进球仅次于萨连科的有两个人，一个是冠军巴西的罗马里奥，另一个是亚军意大利的巴乔。他们都打进了五个进球。那时候意大利还不是万人迷贝克汉姆的时代，1994年，意大利的灵魂是忧郁的巴乔，很多懂球的人说，巴乔比小贝，那帅多了。

1994年的意大利像极了1990年的阿根廷，他们几乎不能小组出线，是那个个子不高的巴乔屡次搀扶住球队，直到那个决赛的夜晚，他把球队带到巴西面前。那时候，意大利三次获得世界杯冠军，巴西也是三次，谁胜出谁的胸前将绣上四颗星。

我记得那个夜晚我屏住呼吸等待开始，但是沉闷的比赛中我一直用凉水洗脸，好让自己不那么困倦。巴西和意大利先联手创造了一个历史，在决赛的九十分钟里，零进球，又加时三十分钟，还是没有进球，比赛和闷热的夏天一样闷。以点球大战的方式决定冠军归属，世界杯历史上，这是第一次。

那个时刻全世界都睡不着了，何况我。最后出场的是巴乔，彼时罗马里奥已经打进点球完成任务，而意大利处于落后，巴乔必须把球打进去才有希望。忧郁王子站在那里，良久，他抬起脚，球没有打进球网，而是随着他的目光，直向蓝天。意大利输了，意大利的英雄打飞了他们最后的希望。巴乔留给世界一个忧伤的背影。

后来，有人评论说，因为这个踢飞的点球，巴乔更会被人记住，人们不一定更记住胜利者。说得有点道理。时间到了2002年，那一年又是世界杯，我住在天津的意大利风情区，天津和意大利来往频繁。记得意国的总理还来意大利风情区参观访问。在我住的楼里，那天遇到了一位来办事的意大利女郎，她能讲流利的汉语，向我问好。于是，我说，你一定知道巴乔，她笑着摇头。我有点失望地问她，就是意大利的巴乔呀，你喜欢足球吗，在踢世界杯，你看吗？她还是微笑，还是摇头。谁也不能猜度谁的内心。

2018 年 6 月 19 日

金球与金靴
—— 系列之七

在回津的高铁上，我听说 C 罗带领葡萄牙又赢球了，而且他打入了第四粒个人进球，成为金靴奖有力的争夺者。北京时间 20 日的夜晚，世界杯渐入佳境。

大力神杯是世界杯冠军队的奖杯，但是对于球员来说，还有两个很重要的奖项，一个叫作金靴奖，另一个是金球奖。很有意思，金靴奖是靠进球数来确定的，谁进的球多谁就会获得金靴奖，而金球奖是对一个球员的整体能力和表现的认可，由专门的机构来评定，最终是谁获得，那就不一定了。

这和人生有些像，没有绝对的公平，有很多人并不一定获得名实相符的奖项和评价。有的人获得的多了，名过其实；而有的人，却得到的少了，无冕之王，总之都是名实不符。

如果他去年获得了这个称号，那么今年就要掂量一下，让同一个人连续获评是不是有不好的效应，或者从相反的角度，他已经获评，哪怕仍然是最好也不要再给他了，让更多的人获奖，可以更好地带动行业的发展。还以足球为例，1998 年世界杯，表现最好的或许是决赛中进了两个球的齐达内，金球奖却给了决赛中如同梦游的罗纳尔多，而到了 2002 年，罗纳尔多威风八面，金球奖却评给了亚军队的卡恩。

如果一个人已经有了很多，那么他可能不再被给予，而反过来说，多多益善的例子也不是没有。把奖颁给一个新人，那要冒着很大的风险，而给了优秀的人，这是经过了验证的，颁奖者不用承担选错人的责任。人生有无限种可能，可能获得最好的那种结果，也可能拿到较差的那种。

金靴奖就不一样了，金靴是一场考试，而不是一场评比，谁的进球多，谁的分数高，金靴奖就是谁的。那就努力去射门吧，可是，锋线杀手的军功章上，就没有伙伴的一份功劳吗？只顾自己进球，那就可能陷入个人的算盘城，如果没有人传球，没有人镇守后防，任谁也没有那么大的能耐。没有一个坚强的整体，个人再厉害，也不可能成为英雄，而只能成为个人英雄主义。

评衔、评级、评职称，很多人为此操心，其实不一定是贪图虚荣，奋斗半生，还不是想要一个认可吗？就算是争先争优争上游，原也无可厚非。还是踢出漂亮的足球吧，过潇洒平和的人生。一定会被记住的，只要是用心，用真情，而不被记住又怎么样，就像泥土，像春风。

2018 年 6 月 20 日

乌龙是一条狗
——系列之八

夏至是一年中最长的一天，但也没有人们的等待长。很多人都等着看球呢。

从 21 日的白天一直等到晚上，一位朋友给我打来电话。他说，嗨，闹了个乌龙，看错时间了，巴西的第二场球是明天，22 日晚上踢，白等了一个晚上。

我说，也不白等，凌晨有阿根廷和克罗地亚的比赛，也很好看。

在刚才的这个语境里，乌龙，就是弄错了的意思。实际上，乌龙起初并不是这个意思，乌龙本来指的是黑狗，白居易有诗："乌龙卧不惊，青鸟飞相逐。"描写的就是一条黑狗的样子。也有说法，乌龙只是狗的名字，是不是黑就不一定了。那么，乌龙和弄错了，有什么关联吗？乌龙这个词有稀里糊涂的含义，张冠李戴，搞混记错，就像黑狗的样子。用黑来形容错。

在足球的世界里，乌龙，也叫乌龙球。指的是足球运动员失误了、搞错了，把球踢进自己的球门。英语叫作"own goal"，和粤语的"乌龙"两个字发音类似，后来香港足球记者就用"乌龙"来翻译把球踢进自己球门这种情况，慢慢传播开来，就都这么用了。

足球比赛中的乌龙球，是比赛的一部分，有独有的魅力和故事。在统计进球数的时候，有几个乌龙球，也是要单独列支的。在世界杯的历史上，也有很多个著名的乌龙球，最严重的引发了枪杀，而有的乌龙球非常诡异，在门前回防不慎打进自己球门，这还罢了，很多乌龙球在距离球门很远的地方，竟然就匪夷所思地进了，就算是特意打门，似乎也是打不进去的。

这两天球迷们都在开玩笑，说本届世界杯，目前的射手榜上的头名不是 C 罗，是乌龙。这多么吊诡，乌龙，是一条狗。

搞错了，闹笑话了，其实没有什么大不了，成长中的窘事，把情书误投给

么阿根廷队即使最后战胜了尼日利亚队，也得回家了。

但是，经验告诉我们，先不要管其他事情，在这很多个条件中，要先把自己能做的事情做好。很多看似不可能完成的事情，最重要的一环，还是自己。

克罗地亚队已经出线了，而且他们已经准备派上替补和冰岛队比赛，哪怕克罗地亚较大比分输给冰岛，那克罗地亚队仍然是小组第一，即使阿根廷队胜了尼日利亚队，冰岛队仍然会以净胜球的优势压倒阿根廷队出线。

放水的事情不是没有发生过，1982年中国队几乎进了世界杯，沙特队0:5放水给新西兰，让中国队饮恨。克罗地亚如果故意输给冰岛0:3，那么阿根廷队至少要以5:0战胜尼日利亚队，因为阿根廷队的净胜球目前比冰岛队少了一个。

但是，勇敢地去踢吧，对于阿根廷队来说，就怕克罗地亚队没有放水，而自己拿不下来尼日利亚队。对于看球来体会人生的人来说，拿下该拿的比赛才是最重要的。

2018 年 6 月 24 日

绝　杀
——系列之十一

6月27日凌晨，阿根廷队击败尼日利亚队，晋级世界杯十六强。绝杀。

绝杀，是形容足球赛场的专用词语，就是在比赛的最后时刻，打进致命进球，直接导致比赛胜利。就是前几天的事情，第一轮比赛成绩一般的巴西和德国，都在第二轮比赛中完成了绝杀。

其实绝杀的程度是不一样的，有的绝杀出现在双方焦灼的平局，用一粒石破天惊的进球改变比赛，有的绝杀比赛，真正的绝地大反击，一剑封喉。

最典型的绝杀，刘邦项羽的楚汉之争，垓下一战，刘邦前面已经输了一百场了，就赢了这一场致命的。

梅西能不能演出一场大绝杀？

梅西和C罗一时瑜亮，亦敌亦友。他们似乎就是为了和对方比较才出世的。

他们都缺一座大力神杯，谁先得到，谁就封王。就像刘邦和项羽当年，看谁能先攻进咸阳。

比赛开始了，虽然他们没有直接对决，但是他们的比较是必需的课题。

第一轮比赛，C罗带领葡萄牙队上演绝杀。在绝境的潇潇风中，C罗打进一粒任意球，3∶3踢平强大的西班牙队。葡萄牙队一共打进了三粒进球，都是C罗打进的。而梅西呢，在阿根廷和冰岛1∶1不分高下的时候，踢飞了点球，如果他踢进了，阿根廷队就差不多赢球了。梅西垂着头，在和C罗的第一轮交锋里，输得很惨。

第二轮比赛，C罗踢得很难看，但好死不如赖活着。葡萄牙队1∶0赢了摩洛哥队保持不败，进球的还是C罗。C罗一人独进四球，射手榜排在首位，风头一时无二。再看梅西，第二轮比赛0∶3输给克罗地亚队，梅西连打飞点球的机会都没有了，全场甚至没有多少次触球。赛后，梅西的声誉降到冰点，众说纷纭。梅罗之争，眼看胜负立判。

什么叫风云突变呢？第三轮比赛中罚丢点球的人是C罗，葡萄牙队险些被伊朗队绝杀，而梅西打进致命进球，阿根廷队绝杀尼日利亚队。

前面的小组赛，就这样过去了。清零，重新开始。下面开始淘汰赛，C罗能晋级吗，梅西能吗？如果他们都能晋级，他们就会在八进四的淘汰赛中直接对话了。然后呢，谁能获得大力神杯，最终的剧本怎么写，现在谁也不知道。

大绝杀里可能套着小绝杀，绝杀别人，还要防备不要被别人绝杀，这和人生多像。

2018年6月27日

不得不说韩国
——系列之十二

韩国队战胜德国队的预兆，可能在1994年美国世界杯那个夏天就埋下了。

那场比赛对于德国队球迷来说，显得太漫长了，就是对于我来说，都很紧张。我记得我一边看着这场跟我毫无关系的球，一边紧张地在咽唾沫，我怀疑我看到的球队是不是真的是韩国。韩国队跑不死，德国人眼看就被拖垮了。如果比赛能够再延长半小时或者二十分钟，胜负就不一定了。1994年德国队就是卫冕冠军，险些栽了跟头，二十四年以后，德国队还是卫冕冠军，又和韩国队相遇了。这一次，韩国队真的赢球了，德国队直接出局。

这一次，6月27日深夜，我看着球，心如止水，我开始知道，胜负真的和我毫无关系。而且我知道，韩国好像什么都干得出来。2002年，韩国在自己主办的世界杯上连胜西班牙和意大利，获得了第四名。那是亚洲队最好的成绩，但是这也成为韩国被轻视、饱受诟病的地方。他们的比赛踢得肮脏丑陋，后来裁判也承认收了他们的钱。象征着公平的体育精神，从来也不是多么纯洁。

但是当下这一次，韩国队没有靠裁判，他们完成对德国队的绝杀，先在最后的时刻打入一球，素来稳重的德国队孤注一掷，守门员都冲了上来，却更是大门洞开。趁此机会，韩国队再下一城，完胜。根本没有什么不可战胜，韩国队打破了德国人的神话，也打破了东亚人不适合足球运动这个看来错误的论断。

在这场比赛之前，韩国队几乎已经是一个笑话了。人们在赞美伊朗队和日本队，并且说连输两场的韩国队是亚洲的耻辱。韩国队对德国队这一战，一切都改变了，韩国队虽然没有小组出线，却战胜了卫冕冠军。

我们曾经以为的笑话，战胜了神话，自己成就神话。当韩国队每次大言不惭地喊出高昂的口号时，中国球迷嘲笑，不屑一顾，认为韩国人疯了。

其实，是中国球迷已经不敢有什么理想。忘了那句名言吗，梦想还是要有的，万一能实现呢。

还记得1998年世界杯韩国队0:5惨败于荷兰队，当时韩国也视为国耻，主教练车范根引咎辞职。但今天创造了荣光的韩国队，创造过亚洲球队最大的耻辱比分，他们1954年世界杯曾经0:9输给匈牙利，0:7输给了土耳其。韩国人梦想不死，他们用了二十八年才在1982年世界杯重新回来，并且拿到第一场胜利。他们从此再没有缺席世界杯，他们起起伏伏，不择手段，但是他们跑不死，他们从来没有放弃过梦想。

中国球迷抱怨自己的球队打不进世界杯，韩国人领先了那么多年，坚持了那么多年，成功，他们也才上路呢。

2018年6月28日凌晨

假球和默契球
——系列之十三

这些年，假球的情况太多了。不知道是越来越假与时俱进呢，还是原本就假，只不过当时我们看不清。各种不同角度的假，真真假假，不知真假，假作真时真亦假，真假难辨。球队之间有交易，球员之间有交易，球队和球员间有交易，和裁判有交易，和媒体有交易，除了买票看球的球迷，所有足球的参与人，可能都有交易。当然喽，球迷买票也是交易，但这是正当的。

还有博彩公司，就是赌球的操纵者，俗称庄家，他们躲在幕后，看不见也摸不着，但他们能决定比赛的胜负。

当一场比赛和人们的预期有所差距又无法解释的时候，很多人就会说，假球！假球！假在哪里，为什么是假球，其实也说不上来，只是球迷的猜测而已。球迷太善良，球迷知道得太少了，当然，换一个角度，球迷，也知道得太多了。

所以德国队输给韩国队的比赛之后，一部分人惋惜德国队的出局，一部分人感叹韩国队的顽强，还有人则没有那么多废话，直接就两个字，假球，这是假球。

和假球相关联的，是默契球。默契，本来是个好词儿，心有灵犀才是默契，在这里就是勾勾搭搭的意思了。

这届世界杯很有意思，直到法国队和丹麦队那场小组赛的时候，才出现了第一场0∶0。前面都有进球，这场为什么不进球了？默契呀，两支球队只要踢平就可以携手出线，那何必要拼命踢呢，保存体力，保护主力队员不受伤，能携手为什么不携呢，世界杯是个整体，合理利用一下规则，有力气，到下面的比赛再说呗。

而28日那场日本队和波兰队的比赛，是默契球的新玩法，日本队打平就能确保出线，波兰队赢球也没戏了。但是当比赛进行到还有十多分钟的时候，两个队忽然都不踢了，后场倒脚。因为另外的赛场上，日本队的竞争对手塞内加尔队也落后了，他们积分和日本队相同，但是黄牌多于日本队，如果到终场一切不改变，日本队则晋级。日本队没有绝对的把握在波兰队这里扳回来，弄不好再得黄牌可就赔了。波兰队呢，也就心照不宣，已经是赢了，进攻如果被打了反击，那反而不美。

还有的比赛双方都想输的情况。29日凌晨，比利时和英格兰相遇，谁赢球谁将进入死亡半区，谁输球就可以选择弱些的对手，所以两队对赢球都不是太积极，也是一种默契。没有商量，两个队一共上了十七个替补。

其实，也别轻易贬低默契，还是要堵上制度的漏洞缺口呀。

2018 年 6 月 29 日

往事就在今天
——系列之十四

淘汰赛开始了，遥远的俄罗斯，法国和阿根廷的八强之争率先开始。此刻，法国19岁的姆巴佩强行突破，被罗霍拉倒，点球，法国队1∶0，梦幻开局。当然，一切才开始，也可能就是这样了，也可能风云突变。

现在进行时的比赛，很快就会成为历史，比赛的过程，明天人们有滋有味地讨论一阵以后，就会渐渐被人遗忘，若干天或者若干年之后，被不同的人从不同的角度想起，往事就是历史。大历史的往事，还有各自的往事，记忆模糊不清，记忆也层次鲜明。从这个意义上说，往事就在今天，我想着这些，我想的中间，时光就又老了几分。一分一秒的时光好像不让人注意，但这是生命的构成方式。

当然，重要的时光节点，更容易被人记住，并且能成为大家共同的记忆。你的幸福和忧伤，该怎么样让别人意会，如果你说，那一刻就发生在俄罗斯世界杯，法阿大战之际，那一下子就能勾起多少共鸣。或者你把什么都忘了，你只记得拍马赶到的姆巴佩，他只有 19 岁，他速度奇快，他是现在的追风少年，是未来的记忆。那你还记得 1998 年的欧文吗？彼时他是少年，现在早已经没有了他的消息。电视上闪出法国主教练德尚，在我的记忆里，他还是那个 1998 年法国世界杯场上的球员，江山代有，一茬一茬。

今天是 6 月 30 日，我写下这个日子，就想起了整整十六年以前，那时候正是 2002 年日韩世界杯决赛的日子。因为在亚洲踢，那届世界杯没有时差问题。就是那一年，我的律师事务所开业了，我 27 岁，我和罗纳尔多一样精力充沛。罗纳尔多最终获得了冠军，那是他的时代，他比我小一岁，其实那也是我的时代，可惜那时我并没有珍惜，或者我已经拼尽全力了，只不过我天赋不够，总之一切就是这样了，昔日不能重来。

阿根廷队扳回一球，随即，进入中场休息。

多年以后，我会记得，我是一边看球，一边写文章，作家的所有焦虑其实无非是岁月的流逝。我以为我能对抗，其实都是徒劳，什么都不会改变，什么也都留不下。但是我不写下来，我的思考也会行进，就如同流水。我用笔记下来思绪，不是为了攫取一朵浪花，只是我这样做了，我的疼痛能减缓一些。

人这一生，无非就是很多很多次世界杯嘛。

2018 年 6 月 30 日

自古英雄出少年
——系列之十五

姆巴佩。让我写下他的名字，新贵的名字叫姆巴佩。

我记得自从齐达内在 2006 年世界杯后退役，我就没有再看过法国队的比赛，当今晚我坐在这里的时候，比赛刚刚开始，我猛一抬头，看见姆巴佩的带球突进，立即惊为天人。不一样就是不一样。

如果你不承认和不服气，那我也没有办法，其实，要承认所谓的勤奋，相对来说并没有太大的意义。自古英雄出少年，与生俱来的东西真的没法解释，一奔一跑，一传一射，甚至一颦一笑，新王出世，和其他人就是不一样。巨星只是需要一个出场的机会，时间到了，一挑帝枕登上舞台，一上台就是满堂彩。有天赋，还要勤奋尤其是自律才行。姆巴佩只有 19 岁，他还有无限未来，也可能呢，天才也会堕落，比如罗纳尔迪尼奥，甚至加斯科因，他们本来可以做得更好，可惜泡在了酒精和夜色里。

法国队最终赢得了比赛。1998 年的世界杯冠军阵容里面的德尚，二十年后由队长变成了主教练。那时候德尚是老队员了，当打之年的球员齐达内之外，新星也有亨利和特雷泽盖等人。还记得他们的 5 号后卫图拉姆，后卫带刀，冷气逼人。

那一年比赛的主办地就在法兰西，当齐达内和罗纳尔多在决赛中两军对垒的时候，乃是一个中国深沉的夏夜。那是我的少年时代，我的书桌上堆满了复习材料和法律法规，我在备战当年的律师资格考试。不是所有的少年都能登堂入室成为英雄，但是所有人都曾经风华正茂，所有人都曾经在属于自己的年华里，留下汗水甚至哭泣。

而那时候，今天的主角姆巴佩还没有出生，直到当年的年底，姆巴佩才来到这个世界，他用了不到二十年，就成为了一条好汉。二十年时光足以让新王登基，也足以让人满头白发，我说的是德尚，也勉强说的是自己。

电视机上满屏都是姆巴佩，他用青春和速度把人晃晕了。整个世界都是眩晕的，姆巴佩太快了，和时间一样快。

新王立了，一般就是老王死了。杀死大哥，就是大哥。在最重要的比赛中，面对重要的人物，打进重要的进球，做到这一点的，就是新王。姆巴佩不仅潇洒地独中两球，还在开场就单骑闯关，用一个华丽的摔倒制造了一个点球。最为关键的，是对面阵中，有一个人，是梅西。

梅西已经回家了，C罗的比赛要开始了。这些都不重要，重要的是，一代人，一个王朝可能就要开始了。

2018年7月1日

覆灭只在一个晚上
—— 系列之十六

7月1日的凌晨，我稍微休息了一会儿，再次打开电视机的时候，乌拉圭已经1∶0领先葡萄牙了。和梅西一样，葡萄牙和C罗开局不利。这时候我的困倦袭来，我甚至觉得熬夜看球了无意趣，我要休息了，足球的一个时代也要休息了，C罗比我还困倦，是的，绝代双骄的时代，看来要落幕了。

梅西和C罗都想要拿下大力神杯，但是他们到现在也都还没有成功，四年以后，他们一个35岁，一个37岁，可能性已经不大了。也有人是大器晚成，比如德国克洛泽在36岁拿到世界杯，但是克洛泽一直也不算太显山露水，他靠着意志力磨了出来，梅罗双骄就不一样了，他们一生风头出尽，才华都横溢得满地都是，而他们将随年华老去，他们已经没有太多的激情可以挥洒了。

尤其是，这一生之敌，双骄在这个夜晚双双落败，这可以宣告一个时代的结束。人们在惋惜偶像的远去的时候，其实也是在欢呼新人的出现。梅罗轮流坐庄的日子，有的人已经等得不耐烦了。

由盛转往衰，一分一秒，一点一滴，那个分水岭好像看不到，但新人一经出现，老人很可能就老了。固执的人们以为自己忘掉偶像接受新人需要很漫长的时光，但是可能就在一个夜晚，一个镜头，一个闪念。新人是忽然就长大的小伙子，他身体上的生猛气息，真的是似曾相识。

球星在换代，其实球迷也在换代。我的父辈那代球迷们，很多人已经不再熬夜看球，既然他们已经把一切都看淡看透，他们还看什么球呢，争来争去，争个球呀。不如睡觉。而新生代的孩子就像我们在二三十年前一样懵懂无知，他们不需要忘掉罗纳尔多，他们不需要忘掉梅西，他们才刚刚看球，他们哪知道这些。他们刚刚爱上一个姑娘，他们的荷尔蒙涌动无边，他们大声地喊着，姆巴佩，卢卡库。看着六七八十年代的人眼泪汪汪地看着梅西的背影，并且在看台上出现马拉多纳就兴奋的时候，他们感到父兄辈简直是莫名其妙。

而梅西颓然走出赛场，感到世界变了，他也当然会记得，他自己也有 19 岁，2006 年世界杯，梅西也曾经惊艳了人们。真的没有办法比较关公和秦琼，也实在无法知道马拉多纳和梅西谁更厉害。姆巴佩能怎么样，姆巴佩的亮相比当年的梅西厉害得多，但是未来会怎么样，谁也不知道。谁都是只能超越自己，超越不了别人。

当然，还没有到说再见的时候，淘汰赛也只是刚刚开始，但是早点儿总结一下也不是坏事。

2018 年 7 月 1 日

人生不允许平局
——系列之十七

这次世界杯的头一场加时赛是西班牙对阵俄罗斯。

体育比赛总是要分出胜负的，人生是不是也是如此呢？一般来说，有两种方式决定胜负，一种是计分，比如乒乓球是单局哪方达到 11 分为胜利，排球是 25 分。还有一种是计时，比如足球是全场九十分钟，只要时间到了比赛就结束了。没有分出胜负该怎么办呢，那就是平局了。

而世界杯比赛进入十六强之后，赛制是残酷的淘汰赛，只有胜者才能进入下一轮。所以如果规定的时间之内不能决出胜负，那就加时，胜负是一定要分出来的，不允许平局。

如果在加时里面还是不能分出胜负呢？那就通过互射点球的方式，一定要淘汰下去一支球队！

俄罗斯和西班牙的比赛，加时，还是不分胜负，那就踢点球。随后的克罗地亚和丹麦的比赛也是如此，点球。

加时赛从来都是沉闷乏味的，最典型的代表是 1994 年世界杯决赛，巴西是用了九十分钟没有赢下意大利，加时三十分钟也没有赢球，只好踢点球。加时开始的时候，人都已经很疲倦了，而也都在想着，已经坚持了这么久，这个时候丢球就太可惜了，于是双方就都开始保守，比赛的精彩程度大打折扣。加时，对于球员和球迷，其实都是一种煎熬。加时赛还有一种情况叫作金球制胜法，就是有一方突然进球，哪怕加时的时间就算还没有到，比赛也算立即结束了。这样的方式总算让加时赛有些悬念，但是加时的过程更加显得提心吊胆。这种方法也叫

"突然死亡法"。

点球的方式比的已经不是技术，是心理承受能力和老天的眷顾。关于点球大战的往事，往往大牌球星罚丢点球，得胜热门没有拿下比赛，却栽倒在点球中。罚点球时所有队员看着自己一方和对方的罚球，要紧紧把胳膊搭在队友的肩膀上，所有队员抱团取暖，要不然自己无法面对命运的残酷。每方有五个队员依次罚球，两队轮换罚球，自己踢不进去，就要盼着对方也打不进去，最好是自己打进去了而对方却没有。球踢进去，踢飞，踢在门柱子上或者被对方门将把球扑出来，这都是有可能的。具有多种可能。

比赛不允许平局，那人生呢？人这一生，谁不想平和地生活呢？树欲静而风不止，如果自己不被淘汰，也许就得淘汰掉别人，那就自己淘汰陈旧的自己，让生活全新。

2018 年 7 月 2 日

丑陋的晋级和壮烈的离开
——系列之十八

进入淘汰赛以后，看台上的球迷明显不一样了，球员当然就更显得紧张。这是因为，比赛的两支队伍，一支将进入下一轮，另外一支就要离开赛场，回家了。

就好像真的是生离死别一样，回家的球队垂头悲情，球迷甚至痛哭失声。晋级的球队则狂呼高歌，满场飞奔。

就算是晋级的球队，躲得了初一，未必躲得了十五，这轮就算赢球了，可能下一轮就要回家了。

总是要回家的。冠军只不过是最后回家的人。

所以，世界杯这个游戏，其实比的无非就是谁回家更晚而已。

7 月 3 日凌晨，穿着蓝比赛服的日本队上场了，他们的世界排名是第六十一位，他们的全部球员的身价不足一亿欧元，不及对手比利时的零头，而比利时的世界排名高居第三位，队中的卢卡库、阿扎尔、德布劳内，都是大球星。经过了上半场的平局之后，下半场变成一出大戏，2：0，领先的竟然是日本队。不可思议。但没过多久，比利时队调兵遣将，比分变成 2：2。终场哨前完成绝杀，进球的，还是比利时队。3：2，精彩绝杀。

日本队，是十六强当中唯一的亚洲球队，其实也是唯一的非欧美球队，日本队这一战虽然输球，却因为出色的表现而得到了全世界球迷的尊重。

而其实，日本队也就是完成了救赎而已，在日本队今天壮烈地离开之前，日本队刚刚被骂得狗血喷头，他们是靠着近乎丑陋的手段从小组中出线的。他们在最后一轮比赛中输球晋级，是唯一一支靠着黄牌少而晋级的球队。在最后的十分钟，落后的日本队不思进取，和波兰打默契球，并寄希望于哥伦比亚队不再被塞内加尔进球。最终，他们得逞了。

有一个问题是，如果日本人在 2：0 领先以后，不再投入兵力大举进攻，而是像上一场比赛那样，龟缩死守，结果会是怎样？

日本队在 2：0 领先之后一点儿没有保守。他们踢得血性而有野心，他们一刻也没有放慢脚步。

可是，他们回家了。比利时人高举高打，在这种打法下，硬碰硬的日本人显然不是人家的对手，他们的胜利果实转眼化为乌有。

他们赢得了尊重。可是，说好的比谁回家更晚的游戏，如果再能晋级下一轮，不是还至少有一次表演的机会吗？

总是要回家的。

2018 年 7 月 3 日

球迷众生相
——系列之十九

俄罗斯世界杯的八强在 7 月 4 日凌晨全部产生了，英格兰队终于越过了点球关（英格兰队过去多次在世界大赛中倒在点球大战中），瑞典队战胜了瑞士队之后，也让更多新球迷不至于那么困惑，哦，瑞典，不是瑞士。欧洲在八强占据六个席位，足球还是欧美人的天下。

世界杯将休战两日，球员休息，球迷也能休息两天。这些天来，来自不同地域的众多的球迷也纷纷出场，成为世界杯的话题和生活的组成部分。

球迷是不上场的足球参与者，如果足球场看台上没有人，那足球踢给谁看呢，如果人们不通过电视和网络看球，那么那些转播商、广告商、体育记者之类，就都没有事情可做了。球迷把足球当作生活方式，球迷把场上的球星看成自己，自己钟爱球队的每一脚怒射，球迷都觉得是自己所为；每一次自己球队失利带来的绝望和挫败感，球迷和球员的心是连通着的。

每场比赛双方上场的球员都是十一个人，球场坐着好几万人，电视机前，还有好几个亿呢，全世界的球迷加入这场狂欢，很多不懂足球的人，也加入进来，构成众生百态。

球迷玩儿人浪，球迷打标语，球迷高呼，球迷在比赛之后迟迟不肯离去，疯狂不羁的球迷还可能闹事和群殴，理性冷静的球迷做各种分析和预测，追星的球迷要球员的签名和合影。

这届世界杯在俄罗斯，还好，时差问题不算大。有北京时间晚上 8、9、10 点钟的比赛可看，不至于每个晚上熬夜。有多少次世界杯，很多球迷过上了完全黑白颠倒的生活，他们收看所有的比赛，在半梦半醒之间。还有一些球迷因此去了医院，更有极端例子，看着球，因为激动过度，心脏承受不住而和世界告别。

在车上，在路上，在微信群里，在很多个场合，球迷开始议论冰岛队的球员是不是真的都是兼职的，议论梅西这一次到底能不能行，预测谁才是最后的冠军。真球迷真看球，伪球迷假装看了球然后参与讨论，他们也需要加入进来，需要存在感，需要和这个世界紧密相连。

很多个公司放假了，很多个酒吧都激动了，很多次约会就在某个晚上，啤酒和夜晚，身边的人，一起吹牛，一起用脚跺地板，把大脑放空，把衣服撩起来，迎接夏天的晚风。

球迷其实也知道，假球、暴力、过度商业，这些都是有可能的，这些个夜晚过来，该怎么生活还是怎么生活，球迷是最好的人，他们相信这个世界所有的美好。

2018 年 7 月 4 日

都是在表演
——系列之二十

不能不承认，球场就是用来表演的。

这几天人们在讨论着内马尔的花哨的过人，他的花哨激怒对手对他进行侵犯。数据表明，内马尔是被侵犯最多的队员，当然数据也表明，内马尔也是在球场上躺倒时间最多的人。

比赛进行到四分之一决赛，很多懂球的人都说，四分之一比赛其实是最好看的比赛了，在某种意义上说，比决赛还好看。

尤其是上半区捉对厮杀的这四支球队，如果告说这四支球队就是四强，其实更合理，其中的哪支队可能都比下半区的球队晋级更让人觉得正确。但是足球比赛和人这一生一样，最后进入到四强的不一定是真强，而过早离开的往往才是最厉害的。

法国队又开始了他们的比赛。有人开始对姆巴佩失望，因为他在这场比赛中没有进球，而且，他也像内马尔那样，学会了表演。

在法国队2：0领先的情境下，姆巴佩也开始用插花脚侮辱对方，乌拉圭队长怒不可遏，随即对新王做了侵犯动作，姆巴佩也立即满场翻滚。那个情形和内马尔的表演一样。两队由此发生规模较大的冲突。

和内马尔不一样的是，法国队2：0高调晋级，这场比赛姆巴佩没有更多的表现机会，但是他还有下一场。可是巴西队1：2输给了比利时队，巴西人，内马尔，也提前回家了。围绕着头号夺冠热门的话题总是很多，比如，内马尔再次躺倒在球场，内马尔几次申请点球未果。人们甚至认为，这场比赛的结果早已经被操纵，内马尔和热苏斯的被侵犯至少应该有一个是点球吧，裁判是个塞尔维亚人，他的母队刚刚负于巴西，而当比利时领先的时候，镜头上还竟然显示国际足联主席和比利时官员的庆祝和微笑。

内马尔失去了本届世界杯封王的机会，但是更年轻的姆巴佩还在，下一场比赛，一切都有可能。内马尔没有封王，却被封为影帝，这是内马尔没有想到的。其实，这又有什么大惊小怪的呢，足球比赛不就是一场总的表演吗，千里走单骑进球是表演，倒地不起也是表演，就连比赛结果都可能是被操纵的，大家何苦去责难球员呢。内马尔演了，内马尔也疼了，内马尔被踢了，谁疼谁知道。想想当年的马拉多纳和罗纳尔多，他们都曾经被踢断了腿。就算是内马尔，不是也刚刚伤愈复出吗，他因伤而休息了很长时间，险些来不了。足球确实是男人的运动，但是足球场不能是暴力的犯罪现场。

足球场是个舞台，怎么演，演什么，自己决定。

2018 年 7 月 7 日

谜 底

——系列之二十一

7月8日的凌晨，我在新疆和田收看了本届世界杯最后一场四分之一决赛。相对来说，和田的时间更接近欧洲，这让我在凌晨看球没有感到更痛苦，我坐起来，把自己沉浸在时间里。打入八强已经是俄罗斯最好的战绩了。他们本来有希望进入四强，在加时赛的最后时刻扳平比分，但又倒在点球大战上。但这足以让他们体面地回家了，他们是东道主，回家比较方便。克罗地亚这个国土面积是俄罗斯三百分之一的小国，时隔二十年再次打进世界杯四强，现在我还记得1998年法国世界杯时的苏克的风采。再过若干年，曼珠基齐他们，也会成为又一代人的记忆。克罗地亚将在半决赛面对战胜了瑞典的英格兰队，说实话我对英格兰队没有什么好感，他们打法过于粗糙，他们上一次打进四强是更遥远的1990年，这一次他们分组好，又跨过了点球魔咒，也许他们会有所作为，也许不会。所有的预测都显得毫无意义，球场上什么都可能发生。

四强战，四支欧洲球队对阵，好像世界杯已经结束了，欧锦赛即将开始。自从2002年巴西队获得冠军以后，世界杯的冠军球队就都是由欧洲球队获得。现在不用预测了，冠军肯定是欧洲球队，局面明朗了。可能和之前大家想象的不太一样，为什么会是这四支球队，过去的大半个月都发生了什么？人生总是渐渐地知道了谜底，一路经历，一路迷茫，谜底一个一个地揭开，揭开谜底的代价，真的是失去了那些谜。

总是想着尽量去珍惜，却总是收势不住，谜底在揭开，过程在结束，好像还有漫长的时光可以期待。其实，别在乎最终的冠军是谁了，别挑剔哪场比赛好看或者不好看了。因为已经没有几场比赛可以看了，休息三天再战，然后就是结尾啦，两场半决赛，三四名决赛，冠亚军决赛，四年一届的世界杯，现在就只还剩下这四场比赛。

法国队和比利时队比拼谁更青春风暴，英格兰队和克罗地亚队，他们会证明下半区其实也不弱。最终的冠军只有一个，最后回家的那支球队就是冠军，谁更能坚守，谁就是冠军。足球比赛的魅力，其实不在于进球，而在于时间。要把全部的青春耗尽，不一次挥霍，是缓慢燃烧。

2018年7月8日凌晨

金元对决

——系列之二十二

这是 7 月 11 日的凌晨，法国队和比利时队的世界杯半决赛就要打响了。据说这是两支世界上最贵的球队，他们的身价加起来有十八亿欧元之多，说豪华，这才是豪华，简直是又土豪又华丽。

这不是球队在对决，这是金元对决。这不是球员在战斗，这是钱在战斗。如果这样说，那干脆不要踢了，法国已经获胜了，因为在这十八亿欧元中，法国大约占了十亿，比利时占了八亿，好了，10∶8，现在比赛结束，法国获胜。

能这样说吗？体育比赛的魅力就在于不确定，在于赛程中的跌宕起伏，在于比赛过程的力与美，快与强。如果谁钱多谁就赢球，那么哪里还有什么四两拨千斤，哪里还有什么八百破十万？大就能欺小，强定胜弱，谁胳膊粗，拳头硬，谁就能做主宰，那还能有什么意思呢。卑微者永远卑微，高贵者永远高贵，世界将一成不变。

昂贵的法国队在 2002 年的世界杯不是让塞内加尔战胜了吗！人们说起今年首次打进世界杯的冰岛，会说他们是业余球队，实际上冰岛球员身价也不低。还记得 1990 年世界杯上，1∶1 踢平拥有三剑客（三剑客是谁，古利特，巴斯滕，里杰卡尔德，这都是何等样人物！）的荷兰队的，那支平民的埃及足球队吗？那些球员的身价几乎是零，还有同样是那届的比赛中贫穷的喀麦隆，也创造了历史。

80 年代，马拉多纳创造的最昂贵的球员转会纪录，无非是九百万美元，那就已经名动一时，而现在的金元足球下，球星的价格已经动辄数千万、上亿、数亿欧元，想象力总是被限制，未来还有什么样的可能，不得而知。

但是，什么叫物有所值呢？足球除了体育、审美、大众之外，还是政治、商业、社交。那些高价买来球星的球会，为的是攫取利润或者社会影响力而已。花钱的人也不傻。梅西、内马尔确实有票房号召力，姆巴佩速度确实快，进球、人浪、冠军，用金元博取更多金元和利益，这就是一切。就连没有实际意义的一枝郁金香都可以炒到天价，何况是人们喜欢的球星呢。

不是贵才赢球，而是能赢球才贵。这个关系确实还是要搞清楚。

而金元不仅体现在球员的价格上，围绕世界杯足球的一切都是昂贵的。金元无处不在，甚至收买、贿赂和赌球，也有可能存在。我没有说一定有，一切都有可能。

金元的兄弟叫作大棒，哪里有绝对的公平呢，赢者通吃，落后挨打，多么痛的领悟。

当然，这些弱者，也都还有一定希望。法国是大国，比利时是小国，他们一会儿将要用脚对话，而接下来的克罗地亚是小国，英格兰是大国，他们也要拿脚谈谈，不管怎样，先给弱者一个舞台吧，能不能有机会逆袭，那就看他能不能有这个本事了。

2018 年 7 月 11 日凌晨

青春风暴
——系列之二十三

如同一个少年看世界，以为世界大得无边，以为路可以一直走下去，看球的人以为夏夜永远漫长，但路有尽头，天也会亮。多少人搬来小板凳，买了过多的啤酒，以为这样的日子会永远有，啤酒没有喝多少，可世界杯已经越踢越少，少到只还剩下三场比赛。

有人用冷门迭起来说这届比赛，要叫我说呢，不如说是一场青春风暴。在过去一段时间之内，足球场上除了梅罗绝代双骄，好似不像当年有那么多的星光灿烂，但这届比赛，忽然之间，一股新力量就横空出世。法国队的姆巴佩他们，比利时的卢卡库他们，集中亮相，他们好像统领了世界，出局球队的出局，好像一个时代的结束。其实呢，他们都是来自于五大联赛，他们早都崭露头角，可是为什么之前就好像没有发现他们似的，忽然之间就一大群主宰世界的小伙子站了出来。他们气息生猛，高人一头。

看来，舞台大小还是不一样，世界杯这样的大舞台，还是让人迅速成长蹿红。

小球员是把自己的偶像的照片挂在屋子里的，忽然有一天，自己就和偶像对阵了。本来觉得自己是不该和偶像为敌的，本来也以为自己是不可能战胜偶像的，但是交手以后才会发现，原来偶像有点不堪一击。自己不知道自己的成长是给对方的致命一击，就像一个淘气的孩子挨惯了父亲的打，有一次挥手下意识地挡了一下父亲砸来的手臂，父亲一个跟头摔倒了，这才知道自己已经浑身是劲儿，而父亲，看来是衰老了。

在足球场上奔跑的人，换了一茬又一茬，法国主帅德尚二十年前尚是主力，现在白发苍苍，而比利时队的助理教练亨利，那就是当年法国队的前锋。法比大战之后，德尚和亨利紧紧拥抱，他们是二十年前的青春风暴。二十年前，1998年，他们曾经并肩作战。

一会儿要上场的两支队，克罗地亚和英格兰，何尝不是如此。欧文的风采历历在目，英格兰的当家球星已经是凯恩，看起来他有点显老，但据说他只有25岁。

我儿子目前正在欧洲参加游学，昨天晚上法国和比利时激战的时候，他打来越洋电话兴奋地跟我说，您知道吗，从德国去法国不用坐飞机，开车就到了，而且中间我们还去了瑞士，欧洲的国家都是紧挨着的……哦，您都知道呀，哦，您正好在看法国队的比赛呀……

青春风暴，青春的风总是在不断地吹着。

2018 年 7 月 12 日凌晨

第三名之争，踢还是不踢
——系列之二十四

明天晚上，俄罗斯世界杯的季军之争开踢，比利时和英格兰狭路相逢。

很多体育比赛的第三名之争好像没有什么争的意义，很多最后是并列第三名。万众瞩目的决赛就要开始了，那才是焦点，是主角儿，谁是第三，谁是第四，很重要吗，好像一点儿也不重要，只有冠军是谁才重要。

但是，三四名决赛其实往往也很好看。

不管怎样，这已经是两支球队的第七场比赛，就是最后一场比赛，除了冠亚军之外，只有三四名才有资格踢满七场比赛。要知道，在世界杯的舞台上多待上一秒也是一种展示，我们来到这个世界上，难道不是为了展示自我吗，管他是争冠军还是争第三，你就踢吧，战斗到最后一刻，或者享受到最后一刻，这不是很好吗，那些已经回家的球星，都在家里看电视呢，你还是电视里踢球的人，你不感到骄傲吗？

不再担心被淘汰，这场比赛没有什么点球大战的惊心动魄了，不用考虑红黄牌的累积或者洗牌了，球员们终于可以享受足球了。赢了或者输了，都不如踢了，站在最后的赛场上，都是好样的。所以，看似鸡肋的比赛，才可能踢得才情毕现，无所顾忌地挥洒，最多不就是输球吗，输了和赢了的一起回家，那你还怕什么。没有死生，没有忧患，没有烦恼。

反倒是很多决赛，最是不好看。决赛很可能是沉闷的，冠军队捧起大力神杯，那是人生的巅峰，谁不想呀。一旦想了，动作就可能走形，沧海横流方显英雄本色，想法太多了，就败了。

谜底一个个地揭开，英格兰队最终没能抓住机会，在下半区没有什么强队的情况下，英格兰本来好像有望更进一步的。而比利时黄金一代群星璀璨，现在回想起来，他们是怎么赢的巴西，他们又是怎么被日本队险些爆冷，真是遥远而又奇妙。

悬念也是还有的，冠亚军中将产生金球奖，而金靴奖看来很可能在三四名决赛中产生。凯恩已经打进了六球，他还有一场比赛，卢卡库打进了四球，他也还有这最后的一场比赛。

这是接近最后的比赛，三四名比赛以后，决赛才可以开始，如果三四名比赛不踢，决赛还开始不了呢！是不是有些道理？

2018 年 7 月 13 日

跋

　　我已经好几年没有新书出版了。这个作品的写作实在漫长和艰难。在这 20 多年之间，我深藏身与心，很多人并不知道我的写作人身份。也有不少人知道，并且说我是律师里的作家和作家里的律师。其实这些朋友基本上没有看到过我写的东西，很多事情，都是传说。感谢朋友们的信任，作家、律师或者所有人，还都是要靠作品来说话，用作品来表达一个人的思想、才情和爱。

　　又是一个 7 月，这个时节，花红柳绿，虽然昼长夜短，但所有的夜晚也足够浸泡失眠和梦想。2020 年的夏天，本来欧洲杯要踢，东京奥运会要赛，每个人也都有许多事等着要做。但诡异的疫情从年初蔓延至今，很多人从过年到现在才刚刚见面或者还没有见过面，疑惑如果见面是不是还必须说一声"过年好"。

　　2018 那年，是前年了。像是昨天，又像是很遥远。那年我把 20 年前的书稿，又忽然拿出来打磨和继续。这并不是我多么地匠心独具、精益求精，也并不是我多么有恒心，我在理想和现实中跳进跳出，人生山一程水一程，要做的事情实在是太多，能做的事情又实在是太少。很多事情一放就 10 年、20 年，在这之间，心心念念中重新捡起来的事情，看来还是有意义的。

　　也许时间并没有什么快和慢的区分，时间是恒定的，或者时间根本不存在，一切都是人自己的假想，走得快或者走得慢的，都是人，不是时间。但现实摆在这里，如果不能更早一点起床和更晚一点睡觉，很多事此生也不一定能完成。人生就是尽最大努力完成想完成的事情，想完成并且完成了，这就是意义所在。至于文章究竟是个千古事，还是写完了没有人看，那其实跟作者关系不大。

　　2018 年夏天到 2020 年夏天，变化不小。是俄罗斯世界杯到东京奥运会的区别（尽管没有开成）也是我的律师事务所从重新创业到开业两年的区别，我们做得还不错，律所开到了北京。这中间有人离开了，有人加盟了，和一辆车一样，上来下去，上上下下。

变化也不大。比如我，还是那样，文章不温不火，日子平平淡淡。书桌还是这张，窗外的紫薇花又开了，湖水很绿地荡漾。

我这个年纪，已经在考虑退休的事，已经在接受此生一事无成。我甚至会忧虑，我的体力在下降，我慢慢就干不动了。但我也还觉得，别说是2018年，就是和1998年那个少年比较起来，我也还不算太老。这样想着，我就笑了起来。

感谢我的家人、伙伴和我的所有。感谢作家出版社和李亚梓女士。

2020 年 7 月 4 日